陆天明当代作品精选

省委书记

陆天明◎著

天津出版传媒集团

天津人民出版社

图书在版编目（ＣＩＰ）数据

省委书记 / 陆天明著 . -- 天津：天津人民出版社，
2018.7
（陆天明当代作品精选）
ISBN 978-7-201-13305-8

Ⅰ . ①省… Ⅱ . ①陆… Ⅲ . ①长篇小说 – 中国 – 当代
Ⅳ . ① I247.5

中国版本图书馆 CIP 数据核字 (2018) 第 094152 号

省委书记
SHENG WEI SHU JI
陆天明 著

出　　　版　天津人民出版社
出 版 人　黄　沛
地　　　址　天津市和平区西康路 35 号康岳大厦
邮政编码　300051
邮购电话　（022）2332469
网　　　址　http://www.tjrmcbs.com
电子信箱　tjrmcbs@123.com

责任编辑　章　赪
封面设计　王　鑫

制版印刷　河北祥浩印刷有限公司
经　　　销　新华书店
开　　　本　787×1092 毫米　1/16
印　　　张　27
字　　　数　348 千字
版次印次　2018 年 7 月第 1 版　2018 年 7 月第 1 次印刷
定　　　价　59.00 元

第一章

　　相安无事地跟随贡开宸六年的那双皮鞋，竟然在那一刹那间，露出了它早该显露的那种颓相：鞋跟儿突然松动，并眼看就要脱落下来。当时，他正应中央领导的紧急召见，要从省委大楼前那个极其庄重开阔的院子里，赶往十六公里外的军区空军专用机场，飞赴北京。鞋跟儿的脱落，着实让他好一阵不自在，不痛快。夫人病逝快一年，类似这种小小不言的"不自在""不痛快"已经发生过多起。比如，忽然地，怎么也找不见那支他特别喜欢的英雄金笔了……忽然地，那年冬天为去德国访问而特意添置的黑呢大衣上居然出现了多个大小不等的蛀洞，而这件高档的黑呢大衣至此为止，一共才穿过三次，完全应验了夫人生前反复叨叨过的一句话：呢料衣服越是久藏不穿，越容易招虫蛀……然后，忽然地，又发现卧室大衣柜柜门上的铰链和通往院子去的那条木板廊檐上的木头栏杆纷纷开始松动……继而，包括早年写的那份自传、一直在手头放着的几本相册、临睡前经常要随手翻它一翻的那套中华书局影印版的《资治通鉴》……统统找不见了，完全莫名其妙、一头雾水。有一回，甚至连身份证也找不见了。平时，像身份证这一类小零碎东西都是由秘书郭立明替他保管的。而那天，这个郭秘书居然声称一个星期前贡书记亲自从他那儿取走了身份证，并强调，一直也没将它还回来。为此，郭秘书还出示了《工作日志》为证。郭立明在贡开宸身边已经工作了好几年。这人心细，从被调到贡开宸身边的那一天起，就坚持每天使用一本很厚的《工作日志》，记录贡开宸的每一点活动。这本《工作日志》足有四五厘米厚，用赭石色磨砂小牛皮精心装帧。

"哎，你这个郭立明！我取身份证，干吗使啊？"贡开宸哑然失笑道。他如此反问，当然有充分理由。因为，平时在省里，他的确用不着这身份证，即便去坐民航班机，临行前，省委办公厅肯定会给机场有关方面打招呼，机场方面肯定会安排一条重要贵宾专用通道供他使用。他和他所有的随行人员就可以一律地免去必须使用这身份证明的一套又一套"麻烦事"。

"我不知道那天您为什么要从我这儿取走您的身份证。但，您确实取走了……"三十刚出一点儿头的郭立明红起脸，惶惶地站着。那本大十六开本的《工作日志》则摊开在办公桌上。"您取走后，一直也没还给我。要不然，在《工作日志》上我一定会有记载的。"平时性子显得有些过分阴柔的小郭，每每到这种"关键时刻"，就会特别的固执，甚至会"寸步不让"。后来，贡开宸恍然想起，身份证确是他自己取走了的：有一回去省人民医院住院部干部病房看望一位老朋友。老朋友的孙女刚考上大学，听说了他的身份，十分好奇地问："你们这些当省委书记的，人称'封疆大吏'，声名显赫，权重一时，大概就不必像我们这些平头百姓那样，还要办什么身份证之类的东西了吧？"他笑道："那，也得办哦。我们都是共和国公民嘛。"那女孩儿怎么也不信。他就笑道："好嘛好嘛，有机会一定让你亲眼瞧瞧'省委书记的身份证'。"大概就是那天从医院回来，向郭秘书取了身份证。但后来，再没可能挤出一块完整的时间去看望那位老朋友。老朋友的那位孙女因此至今也没见着"省委书记的身份证"。而身份证也就一直在他办公桌抽屉的一只角落深处，静静地撂下了。

第二章

上车前，他用力地跺了几下脚，把松动的鞋跟儿又强安到鞋底上。

家里应该还有几双质量很不错的皮鞋，但他懒得去找。

假如夫人还在，这样的事，应该说是绝对不会发生的。但她先他而去了……她跟他同岁，不过小他几个月而已。她在一个直属中央部委管辖的驻省科研单位里做行政工作，算起来也是个老资格的副厅级领导干部，也是大忙人，忙得连双休日都不照面。很多年前，他曾经笑着跟她感叹过，说自己"苦啊"，有老婆跟没老婆一个样。她默默地一笑，然后很平静地告诉他，肯定不一样。"如果有朝一日，我走在你前边，你就能体会到了，这个家……"说到这里，她忽然停顿了下来，神情略有些黯淡，过了好大一会儿，才恢复了常态，淡淡一笑地继续说道，"有我，跟没我，还是很不一样的。"

现在，他确实体会到了，有她，跟没她，真的不一样。

她说话，总是那么平静、简洁、准确、有条理，跟她的微笑和为人一样。

……

车队很快驶出了省委大院那个用花岗岩砌成的大门楼子。他喜欢花岗岩。它朴素、坚硬、大气。当时有人建议用较为华丽的云纹大理石来装饰，被他一口否决，各种规格的大理石板都已经拉到工地上了，还是被他一口否决。他就是希望省委大院能够整体体现一种他追求的"朴素、坚硬、大气"。他认为，这对于全省几十万干部也是一道无声的命令、一种有形的脚注和潜移默化的渗透、辐射，既是永恒的昭告，又是借政治场景去体现人文精神的一次绝好机会，是可谓"此时无声胜有声"。

大院整修完工后，果不其然，许多人，尤其是头一回踏进此大院的人，纷纷感受到一种"震撼"。那一片片乌黑的树林和傍晚时分从树林深处掀起的阵阵林涛，映衬着大楼略显生硬而又坚定的线条，再加上院子里那种难以名状的安静和洁净，既开阔又幽深，既包容又单一，无处不显现着某人雄浑厚重而又孤独的背影……

说到"背影"——其实，贡开宸很少有那个闲暇时间，独自在他精心构筑的这个大院里散上一会儿步。充其量，驱车进出大院时，假如心情还不错，他会略略地侧过脸去，透过那深色的车窗玻璃，朝着大院的某个角落惬意地浏览上几眼。而今天，他连这种浏览的心情都没有。此时此刻，困扰着他的很难说是一种焦虑急切，还是烦恼忐忑，准确地说，是两者兼而有之。

下午六时左右，中央办公厅通知，总书记要紧急召见他，让他当晚十点前务必赶到中南海勤政殿。他马上让小郭查了一下民航班机时刻表，六点到十点之间，有三个航班飞北京，机票并不困难。但问题是，起飞时间或者太早，或者太晚，都不合适。经稍许犹豫，他亲自拨通军区空军刘司令员的电话"求助"。十五分钟后，刘司令员打回一个电话来，告诉他，非常"巧"，军区空军正好有一架运输机要飞北京执行任务，起飞时间合适，有关各方也均已安排妥当，半个小时后，将有军区空军作战部的一位副部长驱车到省委大院来接他，陪同他前往空军机场……

现在，那位还不到四十岁的作战部副部长亲自驾驶着一辆挂有空军车牌号的高级轿车，引领整个车队，穿越繁忙的市区，快速而平稳地向机场进发……

第三章

整个市区都处在下班时的交通高峰中。假如没有近五年来修建的那两条城市环道和十几座立交桥发挥排解疏导作用，那么，此时此刻这几条市内交通主干道，一定会像患了严重粥样硬化症的血管一样，在高强度的运营中，一阵阵抽搐，一阵阵表现出异常的滞重和痛苦。往常，只要时间允许，贡开宸会让司机故意绕个道，走一走市中心的某一条干道，顺便去测试一下那儿高峰期间车辆的通行情况，以检验城建、交管各部门上报的种种"喜报"的准确有效程度。但今天，他已然没有了这样的心情。他需要尽快赶到那个军用机场。二十分钟前，市交通指挥管理中心接到通知，要求他们确保这个车队从各道口顺利通过。很显然，交管中心的工作是有效率的。车队到达前，大小每个道口都被一至三名，或三至五名交警有效地控制了起来。整个行程中，车队不仅没有遭遇一个红灯，也没遭遇一次意外的堵塞。

"我们提了三分钟。"到达机场后，那位年轻的副部长走下车，大概出于职业的素养和习惯，低声向走在他身旁的郭秘书宣示。

机场方面在贵宾室做了周到的迎宾准备。几位主要领导受刘司令员的委托，都在候机楼的一个侧门前迎候着，非常热情，非常诚恳。贡开宸在贵宾室里勉强地坐了一会儿，略略地寒暄了几句，连一口茶都没喝，便提出："我们可以登机了吧？"他想尽快得到一个独处的环境，让自己安静下来。他要认认真真地想一想，切实地估量一下两三个小时后的形势——总书记究竟会对他说些什么，自己又应该向总书记报告些什么……在"说"和"报告"之后，整个局势又会发生哪一种不可逆转的变化……

对今天的"紧急召见"，贡开宸既感意外，又觉得在意料之中。贡开宸进入K省省委领导班子，作为一把手全面主持省委工作，已有六七年了，还从来没有被"紧急召见"过。六七年来，他一直告诫自己，居此高位，当然要尽可能地做到"俯仰天地""泰然处之"，"举重若轻""游刃有余"。但是，肩负这么一副重担，不能不持一种"如临深渊""如履薄冰"的心态。可以说，任何时候，任何事情，都不可疏忽大意，要慎之又慎。他觉得自己一贯以来，是坚持这么做的。所以，一旦接到紧急召见的命令，还是感到"意外""突然"。但从另一个角度说，近一段时间以来，他一直预感要出事——而且是要出大事。在省委和省政府的决策层中，这一段时间以来，有这种"预感"的，远不止他一人。所以，对这样的"紧急召见"，隐约之中，似乎又觉得是早晚要发生的事，是"题中应有之义"，只不过，它终于在今天发生罢了……

事情的缘起，大概都因为那个"大山子"。

大山子，没有山，更没有大山。出城圈，地平线上雾蒙蒙、灰蒙蒙，在高耸的烟囱和庞大的炼铁炉背后，起伏着一片片褐黄色的丘陵。那里蕴藏着共和国版图上少见的高质量的煤炭和铁矿石。在这片灰蒙蒙、轻易见不到净蓝色天空的地方，常年生活着三十一万到三十四万人。一个城市，只有三十来万人口，在中国，无论怎么算，它都只能被认为是一个"很小很小"的县级市。但它却拥有中国最大的一个国有企业。这个企业之大，即便拿到全球去比，也应该被认为是数一数二的，全城三十多万人中间，有三十万人在这个企业里工作。这个企业叫"大山子冶金总公司"。由于拥有这家公司，大山子曾是远东最大的几个钢城和煤城中的一个，因而闻名遐迩。它的市委书记和市长历来都是副省级的，那个大山子冶金总厂的厂长和党委书记历来也都是副部级的。几十年来，它们给K省输送过好几位省委书记和省长，给国家冶金部和煤炭部输送过好几位部长和部党组书记。有人说，它是我们这个共和国"国宝级"的特大型工矿企业；有人说，共和国的工业化进程，曾经是踩在它的肩膀上起步的；还有人说，四五十年前，大山子发一天高烧，中国的工业生产就得报三天病危，等等。所有这些说法，即便稍许有一点儿夸张，但确确实实并非故弄玄虚、骇人听闻。然而（请注意这个让人无可奈何的"然而"），四五十年后的今天，当整个中国摆脱种种羁绊，犹如初春开河时的黄河河道，涌起千万重冰排，突然染绿左右两厢那一大片深沟大壑的古老土地时，大山子却在持续发着高烧、报着病危……哦，这个曾被誉为中国和 K 省骄傲的共和国最重要的钢铁煤炭生产基地啊，今天却战栗着、哆嗦着，跟跟跄跄地迈着久病中虚弱的脚步，濒临绝境……

三年前，在中央财政的支持下，由贡开宸亲自拍板，省委向大山子投入二十多个亿的技改基金，意在挽救这个老基地。三年过去了，收效甚微。

更为棘手的是，在 K 省，像大山子这样的老工业基地，还有好多处，虽然不能说都在发着高烧、都已经报了病危，但大部分确实都处在举步维艰的境地之中。高炉的烟囱不冒烟便罢，越是"冒烟"亏损越多。巷道不掘进，还会亏得少一点儿，越是掘进反倒亏得越狠……

真是出鬼了。

更严重的是，由于它们的存在，连带整个 K 省无力变革，同样显得"老态龙钟"。而拥有七千万人口的 K 省，也曾是中国的一个工业大省。

问题在哪里？

下一步到底应该怎么办？

如此局面又能残喘到何时？

……

半年前，总理带人来视察，前后十天，贡开宸一直相陪左右。十天后，总理走了，他作为 K 省的一把手，却越发地忐忑不安起来。总理的此次视察，非比寻常。第一，以往，不管哪一位中央领导来 K 省视察，一般情况下，在视察过程中，总会跟省委、省政府的主要领导做一次长谈。这种长谈，总是很深入，很坦诚，针对性也强，谈得非常知根知底。每经历一次这样的谈话，贡开宸都自觉受益匪浅。受益的还不只是在工作方面。他觉得通过这样的谈话，自己和中央领导在内心里走得更近了，相互更加了解了，得到了进一步的沟通。要知道，这种沟通，不仅重要，而且极为难得。另一方面，在这种长谈中，可以品出中央领导更具个人特色的执政经验和对大局的宏观把握，从中他也总能比评出自己某些方面的不足，可以及时地做调整。而这一点，也是平时从公开的文件、指示、讲话中不容易获取的。他确信，中央领导只有信任你，才会跟你"促膝长谈"。如果没有一点儿可信性，还跟你谈什么呢？但这一次，就没有谈。他不知道总理是否跟别的省领导谈了。他也不便去打听。但能肯定的是，总理没跟他谈。第二，以往，不管哪一位中央首长来 K 省视察，结束视察前，总会召开一次全省的干部会议，就中央最新的工作精神和此次调研中觉察到的该省必须解决的一些重大问题，做一些相关指示。但这一回没召开这样的会，也没做这样的讲话。为什么？他不安……第三，总理此次来 K 省的主旨就是为大型和特大型国有企业的体制改革做调研。K 省的问题着重表现在大山子。但十天中，总理偏偏没去大山子。平时在跟贡开宸的交谈中，也很少提及大山子。为什么？总理是一个从不回避矛盾的人。这一回，他为什么要持此种态度？难道中央决策层对大山子问题已经有了明确的结论，只是觉得还不到"摊牌"的时候？还是因为别的什么？别的还有什么呢？贡开宸越想越不安。

　　总理走后，不到一个月，国家计委、国家经贸委和国务院发展研究中心联合派出一个工作组专门到大山子做调研。在大山子差不多待了有两个星期。计贡开宸感到十分不安的是，他们走时，也是一声不吭。以往这些部委来人（其中不乏从 K 省调去的同志），见了贡开宸，总是有说有笑的。贡开宸向他们了解一点儿内部精神、内部动态，他们也总是少有忌讳，把说话的界限放得很宽。最多，说完了，再笑着追加一句："贡中委（贡开宸是最近这一届的中央委员），咱们这可是想哪儿说哪儿了，一切都以正式文件为准。"一句抹平。但这一回，却完全一副公事公办的架势。事先和整个调研过程中，只跟省委办公厅打招呼，一直回避跟贡开宸打交道，说他们这一回"只是做一些常规性的社会调查，就不惊动省委主要领导了"。他们临走时，贡开宸特地赶到他们住的宾馆去看望。这几位平时很熟悉的"钦派翰林"却个个显得既"木讷"，又谨慎，现场气氛也相当"沉闷"。

一直到走，他们也没有向这位省委一把手做任何调研"汇报"。这也是极为不正常的。按惯例，按组织原则，一般情况下，中央任何一个部委派到省里来做调研，或处理某一事件的工作人员，都应该是"在省委领导下"开展工作。结束工作时，一般也得向省委做一次汇报。此类汇报，即便是例行公事，也总是要"例行"一下，除非发生了什么非常情况……

后来，贡开宸便听说，在他们逗留大山子期间，省里有一个叫"马扬"的年轻干部，曾去"告"了省委一状，在这些北京来的同志跟前，"历数"贡开宸和省委这些年在"大山子问题"上的"失策"，足足谈了四五个小时，此后，又把这些"失误"，写成了一份六七万字的"条陈"，给调研组的同志带回了北京。据说这份"条陈"，最后转呈到了总书记手中，总书记阅后，当即批给了政治局全体常委（还有一个说法是，批给了在京的政治局全体委员），在中央决策层里引起了相当的"反响"。接下来，才有了这次"紧急召见"。

听说此事后，贡开宸让人从侧面"查"（应该说"了解"）了一下。省里确有这么一个叫"马扬"的人，曾在大山子冶金总公司属下的矿务局干过，担任过一届该矿务局局长兼党委书记职务，几年前调到省城，现任省城经贸委主任，正局级，年纪不大，四十出头。此人"脑袋瓜相当够用"，跟调研组的同志的确长谈过一次。至于此次长谈，是他主动找人家调研组的，还是调研组得知K省有此等知情者后，主动去找的他，就不得而知了。事后，马扬是否真写了一份六七万字的"条陈"，矛头所向是否"直斥"贡开宸，那就更不得而知了。

贡开宸没有让人进一步去追查"条陈"的事。

他觉得，没必要显得那么小气。"谁挡得住哪块云彩要下什么雨？算了吧！"

他觉得，此类事，本不该追查。当然，也不便追查……

他觉得，多年来，自己俯仰天地，可以说无愧于心，所能做的，都尽力地去做了。至于，依然没能做好，此亦是大江东去，木落萧萧，已不是他的本意了……

但忐忑不安的心绪，却总是在他胸中郁积，屡屡地、屡屡地拂之不去……

第四章

飞机起飞时，一大块黑突突的雷雨云恰好在机场上空以东四五公里的地方形成，并急速地向四周扩散翻滚。雷声因此不绝于耳。浅蓝色的闪电一再地把已然融进夜色的两片机翼刻画出来示众。很明显，今年最后一场雷暴雨正在逼近。这也是秋天即将逝去的信号，是秋天告别的倾诉吧……

机长过来请示："要不要推迟一点儿时间起飞，等这一阵雷雨云过去？"

贡开宸问："那要等多长时间？"

机长答："很难说，也许三十分钟，也许……三个小时……"

"三个小时？绝对不行。"贡开宸迟疑了一下，马上问，"假如在平时，你们执行军事任务，遇到今天这样的情况，会起飞吗？"

机长答："那，当然要起飞。但，今天您不是在机上吗？"

贡开宸笑了，说："我也在执行任务啊。那就起飞吧，赶紧飞。"

随后，郭秘书送来一片预防晕机的药片，送来一份由省经贸委汇总的本省近期相关经济活动的一些数字。虽然汇总者已经把它们分类列成了清晰的明细表，但仍然密密麻麻地占据了整整两页半的篇幅。每一回见中央领导，这都是必不可少的准备。不仅是数字，更重要的是数字和数字之间的关系，数字和数字后边的背景。这堆数字和那堆数字碰撞以后可能发生的变化，那堆数字影响着这堆数字必然会产生的某种走向、趋势……当然，必不可少的还有这样或那样的问题和一系列解决措施……这些都还没在这份明细表上列出。要是在以往，去一趟北京，总还要捎带办一些其他方面的事。比如，省委组织部会请他顺便去中组部谈某个干部问题，省财政厅（或省长邱宏元）会请他去财政部谈一点儿什么补充预算问题。有一回，省安全厅的同志还把他带到了国家安全部，听了一回"惊心动魄"的情况介绍……他自己也许会抽一点儿时间去广电总局或新华总社看一位中央党校省部级学习班的"老同学"，去琉璃厂古文物一条街品品铜绿、嗅嗅墨香（去年，经北京方面老朋友介绍，他去了一次北京东南角的潘家园文物市场，真让他过了一把文物瘾。但他不可能有那么多时间在那人堆里挤，也不可能蹲在地摊前跟摊主讨价还价，回过头来想想，觉得还是琉璃厂那里的购物环境更适合来去匆匆的他）。但这一回，所有这些捎带要办的事，一概都免了。也没人请他捎办什么事了。所有人忽然间都变得非常知趣、小心、谨慎。

飞机开始动了。他合上眼，往后靠了靠，并不想喝茶，但还是下意识地把手伸到了那只青花茶杯冰凉的杯把儿上——空军的同志想得很周到，准备了他喜欢喝的信阳毛尖。惯于运货的这位运输机的机长在操纵飞机爬升时，显然想到了今天运的不是货，爬升得比客机还要平稳。但即便这样，贡开宸还是感觉到了一阵阵的头晕。药片得过三十分钟才生效。夫人在世时，曾教过他一个预防晕机的"绝招"：临上机前，把治跌打损伤的狗皮膏药贴在肚脐眼儿上。这招儿，他使过不止一回，应该说，每回还真管点儿用。自从夫人去世后，他依然乘机，却再也没使过。他并不是已经把夫人那时的"谆谆教导"丢在脑后了，也不是担心使旧招儿会触景伤情，只是……只是……只是什么？他自己也说不清……就跟皮鞋、大衣这些零七八碎的物事一样，家里备用的都挺多，大衣也有好几件，但自从夫人去世后，他总是盯着今天上飞机时穿的这一件灰呢大衣。为什么？同样说不清……

他知道，此时此刻自己的脸色有一点儿灰白，甚至说它"苍白"，大概也不为过……

他还知道，郭秘书此刻一定坐在机舱过道对面那个离他最近的座位里，在密切地注视着他。

郭立明是个好秘书。该他做的事，一件都不会少做；不该他做的，绝对不会多做一件。特别难得的是，他总是消失在需要他消失的时候，出现在需要他出现的那一刻。贡开宸还知道，此刻，郭立明内心里一方面是担心他身体状况发生意外变化，另一方面是在想寻找一个合适的当口，向他汇报马扬的详细情况。贡开宸知道，在这件事情上，郭立明会做得非常主动的。虽然贡开宸没有授意，但是，郭立明一定会主动地、千方百计地去搞清楚这个马扬的底细。

但此时此刻，贡开宸并不想听郭立明的情况介绍。此时此刻还有一件比马扬重要得多的大事，需要他趁飞机降落前仅有的这一两个小时里，对它进行一次最后的估量：此次，他带了一份请辞报告去北京。他要认认真真地再合计一下，再盘算一下，见了总书记，到底要不要主动提出辞去 K 省省委书记一职，主动为 K 省这两年发展的滞后、缓慢，承担应该由他来承担的那份责任。如果要提，什么时候提出最为合适……

请辞报告在抽屉里已经放了许多天了。是他自己起草的，修改了很多遍。也许是因为"痛下决心，如释重负"的缘故吧，一开始就写得很顺手，一口气写了五六页，说了许多"心里话"。写完后，心里果然轻松了许多，甚至还生出些许"悲壮"之情。有几个核心段落，写得相当有文采，重读之余，不禁感慨系之，怦然心动。但经验老到的他从不相信手拈来的"成果"。于是按老习惯，将它丢进抽屉，冷静地锁了一个星期左右，而后再拿出来审读。果不其然，觉得当初下笔未免有些感情用事了，字里行间隐隐地却又是顽强地透露着一股不该有的"委屈"。大加砍削，剩下一页半左右，再冷一冷，锁它两天。而后他字斟句酌地又推敲了几遍，改去了所有带感情色彩或有可能引起误解的用词和语句，把通篇的主旨完完全全、干干净净地锁定在"责任"二字上。

这件事，要不要跟常委们打个招呼呢？犹豫再三，觉得还是先不要声张，以免引得满城风雨，杯弓蛇影。等了解到中央的确也有此意以后，再去做工作，为时也还不晚。为防泄密，他甚至都瞒住了小郭，没按通常会做的那样，把草稿交付郭立明去誊印，而是取出五年前从北京琉璃厂荣宝斋买的那本木刻水印仿古信笺，磨一池墨汁，舔饱毛笔，亲自将草稿恭恭敬敬地誊抄了一份，签上名字后，还郑重其事地盖上了一方私印。端坐在办公室那把布面的老式软垫圈椅里，他居然面对着那方仿宋铁线阳刻大红印章，闷闷地呆坐了好大一会儿，一遍又一遍默读着这份简约、恳切到了极点的报告，唇角不禁略略地浮起一丝苦涩的微笑。是的，此举在他，并非只是个"姿态"，更不是借机要给中央哪个部门、哪位领导施加什么"压力"，也不是以此宣泄多年来工作中积累的怨气，不，他是真诚的。他真诚地要以自己的"请辞"昭告天下：他贡开宸愿意为自己没能做好的事负一切应负的责任，并恳请后来者能从中汲取应该汲取的教训，真正办好 K 省七千万人的一档档大事。但教训到底在哪里呢？一想到"教训"，他又难免激动起来。

教训？众说纷纭，实在是众说纷纭啊……

假如总书记问到这一点，自己能把它说清楚吗？说不清？还是说得清？

胸臆间顿时又自觉异常沉重起来……呈现在眼前的这两页仿古木刻水印信笺和一笔一画俱端正凝重的字迹也仿佛模糊了，并且晃动着飘摇起来，唯有那方大红印章在飘摇中越来越显著，越来越清晰，越来越厚重……这方仿宋铁线阳刻私章并不是他最喜欢的一枚印章。誊抄完报告后，到底钤盖哪方印章，也颇费了他一番心思。这些年，贡开宸积攒了不少枚印章，最讨他喜欢的大约有那么五六枚。所谓"喜欢"，在他，主要不看石质也不看是否出自名家之手。因为，以他的地位，要得到一枚名家的作品、一方珍稀的石料，都不是难事。最难的是，小小方寸之间，刻家走刀运锋，能充分营造出一种他所要的气韵和气度，能得其心而透其意，也就是我们前边提到过的那六个字："朴素、坚硬、大气"——在这儿，"朴素"二字应该更换成"拙朴"。以此标准衡量，最后筛选出的五六枚中间，真让他爱不释手的无非也就一两枚而已。但经再三斟酌，最后用在这封请辞信上的那一枚，却并非是他最喜欢的那一枚。为什么？他觉得那一枚刻得太"大气"了。字体又是古奥的秦篆，变形中张扬着个性。"大气"，用在激战前发表的"檄文"上，可谓相得益彰。张扬个性，用在私人之间的交往中也还勉强说得过去。而今天，要钤盖的是"请辞报告"，怎么能"大气"？又怎么能"张扬个性"？"大气"了"个性化"了，再加上一个"古奥"，都会让人觉得有"不服"，以至过于"嚣张"之嫌，这都是非常非常犯忌的啊……

第五章

郭立明一直没敢回到上飞机时分配给他的那个位子上去。这几十分钟里，他的确一直坐在离贡开宸不远的那个空位上，密切地注视着贡开宸脸色和脸部神情的细微变化。后舱的暗处，还坐着两位军医。这是应郭立明的要求，由军区空军派来的。郭立明没让他俩穿白大褂。他不想让贡书记觉出有大夫随行，不想把这一路上的气氛搞"紧张"了。按说，六十岁刚出一点儿头的贡开宸身体一直还是挺好的，无非就是有一点儿晕机（跟年轻时就有的那点儿恐高症有关吧）。一般情况下，吃一两片"乘晕宁"或"安定"，闭上眼睛歇息一会儿，等药性一发挥，就没事了。郭立明跟着，经历过多少回了，每一回都这样。但这一回，郭立明却不敢大意。这一段时间以来，"老人家"的状况有所变化，一向挺正常的血压，高压却时常会突破一百四十这条警戒线。睡眠更不好了，过去一两片安眠药就能被"打倒"的他，现在往往三四片也"打不倒"了。眼圈发青了，并且出现了衰老的重要症状——眼袋严重下垂，头发越见稀疏，脸部的肌肉也日见松弛……正如贡开宸料想的那样，郭立明还想在飞机降落前，找个机会向他做一个情况汇报。

但跟贡开宸猜想的不一样，郭立明要汇报的，并非是马扬的情况。前些日子，郭立明的确主动去了解了一下那个马扬。郭立明很明白，贡开宸早晚是要找这个马扬的。不管是正面找，还是侧面找；是悄悄地找，还是"大张旗鼓"地找，事先准备好一份有关马扬的详细资料，是绝对必要的，可以避免事到临头被动。但此时此刻，他觉得最重要的还不是"马扬"。一向谨慎有余的他，鼓起千百倍勇气，要犯一次自己人生的大忌，做一件自来到贡开宸身边后从来也不会做、从来也不敢做的事情：干预一下这位省委一把手的一次重大决策——他要力谏贡开宸，让他千万不要去主动请辞。

郭立明是在一个很偶然的情况下，得知贡开宸已经向中央写了请辞报告的。他当然不会去翻看贡开宸的抽屉。但按保密规定，他有责任每天去清理书记使用的字纸篓。在以往，一旦发现有记录带密级内容的废弃字纸，当天就得交保密室集中销毁，现在各办公室添置了先进的碎纸机，便自行先将它们粉碎，等粉碎机贮藏箱里的积存物累积到一定程度，再取出一并交保密室处理。那天，他就是在清理字纸篓时，发现了贡开宸扔弃的那份最原始的请辞报告草稿。一开始，他并没有把它当一回事。因为，他跟省委大楼里的每一个人一样，绝对不会相信，生性刚强并历来自信的贡开宸竟然会"主动请辞"。完全不可能嘛。贡开宸头脑里即便也会偶尔冒出这种想法，充其量也是一时性起，说说气话，发泄一下，如此而已。但后来，一再地在字纸篓里发现此报告不同稿本的"残片"，经过仔细比照、研究，他看出，书记是在反复修改着这份报告，精心地运作这件事，他才渐渐地把它当真了。但他还是不相信，到最后一刻，贡书记真的会向中央呈递这份报告。一直到今天下午七点左右，贡书记的大儿媳修小眉打来一个电话，才使他确信，这一回贡书记是动真格儿的了。那时候，他们已经准备要去机场。修小眉问："出什么事了，要赶去北京？"郭立明说："没什么事啊，就是中央领导召见。"修小眉追问："真没出什么事？"郭立明反问："你觉得呢？"修小眉迟疑了一下说："没出什么事，他为什么要我马上把全家人都召集到枫林路十一号（贡开宸的住宅小院），并下达了严格的禁行令？"贡开宸要求，在他回到K省前，不许家人随意离开枫林路十一号外出活动，有特殊情况者也不得例外。一定要外出者，必须获得他本人或修小眉的批准。但他又告诉修小眉，在他赴京期间，家人中不管是谁、以什么事由向她请假外出，她都不要准许，否则，便拿她是问。听修小眉这么一说，郭立明心里一紧，嘴里却只是笑应道："是吗？那贡书记对你们可就是太严厉了。"

"我爸他真的没事？"修小眉的声音中已经带上许多不安和忧戚的成分了，"他……他真的要被免职了？"从她嘴里突然蹦出关键的这一句。

"免职？开玩笑。谁跟你传这个谣言？"郭立明竭力让自己的声音显得平静。

"你真不知道？"修小眉的声音开始发抖。

"谁说的？告诉我。"郭立明严肃起来。

修小眉沉默着，从电话里传来她粗重的喘息声。又过了一会儿，她说道："我看到……看到他写给中央的那份辞职报告了……"

"你怎么看到的？"郭立明追问。

又是短暂的沉默。

"修大姐……"

"有三四天了吧……那天晚上我上枫林路十一号给他送药……你知道的……最近他血压不太稳定……睡眠也不太好。我又不太放心你们省委大楼门诊室那两个实习大夫，所以，我总是从自己的医院里取一点儿药给他送去……我赶到枫林路十一号，不算晚，九点来钟，到他房间，就看见他正歪坐在那把旧的藤躺椅里睡着了……最近他有这个毛病，晚上八点到九点之间，总要打一会儿瞌睡，然后，精神特别亢奋，可以一直工作到后半夜。我走进房间，发现有两页古代样式的信纸从躺椅的扶手上掉在地板上……"

"就是那份辞职报告？"郭立明问。他有点儿着急了，因为去机场的车已经在楼下等着了。

"你知道？"修小眉略感意外。

"我不知道。修大姐，请抓紧时间，说最重要的：你究竟觉察到了什么？要我做什么？"

"等我把那两页信纸从地上捡起，他就醒了。见我拿着那两页信纸，他显得特别紧张，就一个劲儿地追问我，到底看了没有；还一再告诫我，不管我看到什么，都不许跟任何人说。我告诉他，我什么也没看。实际上我是看了。信写得很短，也就三四百字吧，意思非常明白，就是要为K省发生的一切承担他应该承担的责任，辞去省委书记一职……今天，也就半个小时前吧，他又打电话给我，一是吩咐我召集家人，再一个就是叮嘱我，在他从北京回来前，不能对任何人说起这份报告的事。我问他，这次去北京最主要的是谈他的辞职问题吗？他批评了我，说这种事不该我问。我说这么多年，我一直是非常听话的，从来不过问家政以外的事，但这一回希望他能冷静一点儿，慎重考虑这个辞职问题……我没把话说完。我害怕他会像以往那样，只要听到我们这些子女对他工作方面的事发表言论，就会扯着嗓门儿打断我们的话……但今天他没有。我停下后许久，大概有半分钟，也许都有一分钟，他居然一直保持着沉默，然后轻轻地叹了口气，说了声'在我回来前，替我管住志和、志雄他们……就这样吧……'就放下了电话……"

"情况我知道了。你看……你看……要我做点儿什么？"郭立明拿起出差应急时用的公文包，急切地问。

"劝劝他……劝劝他……真的去劝劝他……"说到最后一句时，修小眉显得异常着急。

等郭立明放下电话赶到楼下，贡开宸正在和来送行的省长邱宏元、省委副书记宋海峰、省委秘书长高昌小声地说着什么，好像是在谈因他突然去北京，而不得不延期举行的省社科院理论研讨会的事。贡开宸上任伊始，便要求省社科院组织一次大型的理论研讨会，约请国内外知名学者和卓越的实践工作者（退休的省、市长或在位的大企业家），就K省当前急需解决的问题和对今后几年的展望，做"无约定"的讨论和评判。以后，便形成了"制度"，每两年举办一届。时间大约都在秋末冬初。现在又到研讨的时候了。社科院方面，一切准备工作也都就绪。贡开宸的意思是，研讨会还是如期举行。但邱和宋的意思是，这个研讨会无论如何要等贡回来再开。"还是等一等吧。等你从北京带回什么新精神，一起研讨。"邱宏元操着浓重的胶东口音说道。说罢，他还淡淡地苦笑了一下，并十分感慨地拍了拍贡开宸。贡开宸没再坚持。他当然明白，他们坚持要延期召开这个研讨会，所等的不是一个"新精神"，而是一个"新动态"——等待中央对K省目前这个领导班子的态度进一步明朗化。具体地说，也就是在等中央对贡开宸的态度进一步明朗化。假如中央决定要改组K省目前这个领导班子，撤换贡开宸，理论研讨当然就得适当地往后拖一拖，甚至这样的研讨会还要不要举办下去，都得看新来的一把手的意图，从长、重新计议了。

"走吧。放松一点儿。"邱宏元压低了声音，把整个身子凑近贡开宸，微笑着指了指天，对他说道，"问心无愧嘛。放松点儿。"

贡开宸只是默默地笑了笑，用力地握了握老邱伸过来的那只大手。邱宏元两年前才调来K省，年龄跟贡开宸相仿。但他出身"名门"，父母都是中共延安时期最早的一批高级技术专家，也是党内早期留学欧洲、后来回国投身革命的少数高级知识分子型干部。但两位老人在长期的战争年代一直也没有从政从戎，一直奉命坚守在工程技术岗位上，这也是较为罕见的。邱宏元是从另外一个省的省长职务上平调到K省来任省长的。那次调动也是非常突然，十万火急把他请到北京，由中央组织部的领导向他宣布中央有关决定，谈话一共才进行了十五分钟，并要求他第二天就去K省报到。整个谈话过程中，邱宏元一直希望对方能给他一些详尽一点儿的指示和解释，因为他听说K省前任省长是因为跟现任省委第一把手贡开宸没法协调工作关系，才"被迫"离任的。这情况是否确切？他去了后，应注意些什么？等等。但奉命来向他宣布中央决定的这两位领导却完全没涉及这些"敏感问题"。（是有意回避？还是因为没有得到相关授权？或许是在这样的重大场合，本来就不宜谈这一类太具体的问题？）最后，他们只是强调："宏元同志，明天下午三点以前，你必须赶到 K 省。不会有什么困难吧？三点，他们将召开省直机关的处以上干部大会，由中组部的领导去宣布中央的这个任免决定。会议通知已经发出了。"

许多人都为邱宏元能不能处理好与贡开宸之间的关系而担心。因为，他们认为，前任省长的政治经历和个人能力都似乎要强过邱宏元。既然连前任省长都没能处理好这个关系，又何况他呢？但出乎这些人的意料，邱宏元到任后，只用了不到两年的时间，就和贡开宸之间建立了相当不错的工作关系，也建立了相当契合的私人情谊，极大地解除了中央的一个忧虑。这当然都是过去的事。

第六章

飞机起飞后不久，一场不大不小的秋雨在厚厚的雨云的挟带之下，直扑 K 省省城。雷声是遥远的，闪电也只在地平线上轻抚生长在岗地上的那一片片熟透了的红高粱和黄玉米，并对生硬而巍峨的高压线铁塔发出间歇的警告。这时，地处省城东北角高干住宅区的枫林路十一号——贡开宸的家，人称"贡家小院"里，正聚集着一场不是风暴却胜似风暴的"风暴"。

贡开宸有三个儿子：贡志成、贡志和、贡志雄；一个闺女：贡志英。还有两个非贡姓子女：儿媳修小眉和女婿佟大广。四个贡姓子女中，只有一个是他亲生的，那就是老大贡志成。贡志成，军人，修小眉的丈夫，哈尔滨军事工程学院的高才生，国防部某科研所一个尖端武器设计组的重要成员。熟悉贡开宸的人都知道，在所有这些子女中，他最看重的便是这个大儿子。实事求是地说，让他这杆感情的天平发生如此倾斜的，还不是血缘关系。这一点，贡家所有的子女都承认：爸爸之所以喜欢并看重大哥，主要还是因为性情、气质和政治品格。在这些方面，大哥跟老爸的追求太一致了。还有一点，其实也是贡开宸非常看重的，那就是老大长得非常像他。拿他年轻时的照片来和现在的老大对照，活脱脱一个"全选"后的"另存"。有一位跟他二十多年未曾谋面的老同事去北京办事，在国防部大院里，见着志成，忍不住走上前去问："我能冒昧地打听一下，你认识不认识一个叫贡开宸的人？你是不是他的儿子？你俩长得实在是太像了。"但非常不幸的是，几个月前，志成在一次重大武器试验的重大意外事故中牺牲。消息传来，家里所有人都赶回来安慰贡开宸。吃罢晚饭，不知谁提出陪爸爸看一会儿电视，意在调剂一下过于沉重和伤感的气氛。没承想，那一天电视台正播着《毛泽东和他的儿子》。这边也不巧，一打开电视机，就上了那个频道，而且正播到从朝鲜传来消息说，毛泽东的儿子毛岸英牺牲了。当时，所有在场的人一下都紧张起来，非常尴尬，非常难受。家人一方面怕贡开宸触景伤情，再受刺激；另一方面也怕他因此产生误解，以为家里人故意拿毛泽东的范例在"教育"他，而产生逆反心理，大发雷霆。贡开宸轻易不发火，但一旦发火，就非常可怕。届时，你完全可以想象火山喷发的情景，那种要毁灭一切的汹涌，那种势不可挡的灼热，那种带着浓烟、带着火光、带着啸叫的地动山摇天崩地裂……当时，老二贡志和与小儿子贡志雄几乎是不约而同地赶紧从沙发上站起身，向遥控器伸过手去，抢着要去换台。

"别动。"

猛然间，从父亲胸腔的深处，闷闷地发出了这个单调而不容违抗的声音。于是，他俩忙缩回手。其他人也立刻屏住了呼吸，不知道紧接着会发生一场什么样的"地震"。但所有人都知道，此刻最重要的是"服从"和"听话"，千万不能再火上浇油……但几秒钟过去了……又过了几秒钟，等来的却是让他们更为不知所以的寂静，一种茫然若失的"凝固"和"断裂"……然后，又过了几秒钟，仍然没有发生"震荡"……他们这才迟疑地，并瑟瑟地向父亲端坐的方向偏转过脸去。一刹那间，他们不相信自己所看到的居然是真实的和可能的：父亲木木地端坐着，脸部部分肌肉鼓凸着，并且在以让人难以觉察的频率急速地战栗；脸部向来并不明显的皱纹骤然间显得极其深峻，并完全收缩到了一块儿；原先就较为挺拔的上身此刻却变得像石碑一般地僵直。父亲分明是在凭借绷紧全身每一根神经和每一块肌肉，咬紧了牙关，在制止自己情感上的某种"爆发"！他怔怔地瞪大着双眼，直视着电视荧屏，但分明又在告诉周围的人，在这一瞬间，他其实并不知道眼前这个电视屏幕上正在絮叨些什么，他压根儿就没有关注屏幕上上演的那一出大戏。略有一点儿浑浊的眼神也清楚地显示出，他此刻，脑子是空白的，完全空白的。此时此刻，在他心里，只剩下两个字，一件事：儿子啊，儿子！然后他们看到，他的眼泪就簌簌地滚落了下来。那两颗硕大的眼泪，颤颤巍巍地顺着坚韧、粗糙，仿佛在高强度酸碱中经受过千百次鞣制的脸颊皮肤，流淌到嘴角上，下巴上，然后又慢慢滴落下来……

　　一时间，所有在场人的鼻根都酸涩了，眼眶也都湿润了。在一旁早已忍不住的贡志英搂住她四岁的女儿，抽泣起来。志英的抽泣声似乎惊醒了贡开宸。他嗒然低下了头去，默默地呆坐了一会儿。在一次强烈的哽咽后，他终于制止住了自己的泪水，并掏出一块手绢扔到志英面前，低低地说了声："坚强些……一会儿，小眉来了，别让她看见你们的眼泪……"然后就起身向楼上走去了。

　　贡志成牺牲后，全家人把一种罕见的尊重转移到了修小眉身上。一方面当然还是因为怀念志成；另一方面，出身于平民家庭的修小眉温文尔雅，历来宽容、厚重、谦和而又认真，的确也是个值得信任和尊重的人。也正因为如此，贡开宸才"授权"修小眉，在自己紧急飞赴北京后，让她负责把全家人召集到枫林路十一号"待命"。

　　贡志和驾驶着他那辆半新不旧的菲亚特车来到枫林路十一号门前时，雨虽然还在淅淅沥沥地下着，但显然已经不像刚才那么大了。枫林路两旁那些大树的树龄，据说都有七八十岁了。在一片蚕食般响起的沙沙雨声陪衬下，由这些千姿百态并又千疮百孔的老树组成的林荫道，则显得越发地幽暗和清静。一定是又换新警卫了，小战士在对讲门铃里辨认不出贡志和的声音，反复查询他的身份。"我还能是谁哪？"厚厚的大木门终于打开后，贡志和略有些愠色地瞟瞥了那小战士一眼。

　　枫林路十一号是一幢独门独户的老式别墅。据说，民国初年，被一位出关经商的山西富贾相中此地风水，盖起第一幢宅院。那会儿，所盖的当然都是几进几出的青砖大院。据说，这条街上最早的几棵大树就是那会儿栽下的。假以时日，幢幢相连，间或也有"大红灯笼高高挂"起，逐渐出现了"前店后宅"的格局，由此形成街道，木制的或胶皮制的大车轮常年在青石板上咯噔咯噔碾出深深浅浅的辙沟，生生造就出省城一个著名的商贸区。这种状况持续到日本人进占。商家纷纷逃避战乱，空余下这片大小深浅不等的宅院，街区一度变得冷落凄戚。却不料，它又被日本占领军中几位同样深谙中国风水之道的高级人士看中，下大本钱将它改造了一番，变成他们高级军官的"住宅区"，同时也住进一批有特殊身份的日侨。自此岗哨林立，中国人"理"所当然是不得入内了。一幢幢原先的青砖大院由此也变成了围墙矮小、窗门结实的日式别墅。从那以后，傍晚时分，一个个深色原木门楣近侧亮起的则是一盏盏青灰色的椭圆形纸质小灯笼……直至"八一五"，中央军接管，又经过一番改造，在日式建筑风格中添加了许多欧美的东西，纷纷加高围墙，扩大花园，延伸廊桥，拓阔阳台，添加窗前铸铁花饰，搬进德国钢琴、意大利卫浴设备……它又成了国民党接收大员囊中的"战利品"。这些国民党的军政高官在高呼"抗战胜利万岁"的同时，纷纷更换结发的"抗战夫人"，集体引进由城市女学生、女演员、女护士、女商人、女律师、女记者、女秘书、女掮客、女党棍，甚至舞女、妓女等组成新的"胜利夫人"队伍。这一带便焕然一新地变成了战区司令部和省政府、省党部高官的住宅区。街区的格局也在那一时期基本形成了目前这个态势……

贡志和并不热衷"枫林路十一号"的变迁史，虽然他在大学里学的就是历史，现在又供职于省社科院历史研究所。他只是觉得，每一回——即便时隔不久，一回到这个大木门里，总觉得它又陈旧了一些。这跟父亲不让省直机关事务管理部门经常派人来修缮有关，也跟母亲去世有关。只靠那些警卫战士做些日常的维护，肯定是不够的，他们毕竟离开农村不久，修个猪圈、篱笆墙什么的还凑合，管理小别墅就差点儿劲儿了。

"大嫂呢？她怎么还没到？她住得比我们谁都近。"贡志和匆匆走进客厅，四下里扫了一眼，问。客厅里只有志英和志雄。"谁知道……"志雄横躺在大沙发上翻看一本挺厚的时尚杂志，把脚伸直了，交叠起来，搁在沙发另一端的扶手上，懒懒地答道。志英没作声。她老公佟大广出差去俄罗斯了，今晚到不了。得到通知后，她慌慌地把女儿送到婆婆家，自己一个人赶来了。

"爸今晚肯定能回来吗？"志和又问。"废话。他不回来，干吗通知我们哥儿几个连夜在这儿等他？"志雄边翻页边答。"干吗要让我们连夜在这儿等着？到底出什么大事了？"志和再问。"你问谁呢？"志雄把脚搁平了，用杂志盖住自己的脸，双手叠放在脑后，闭目养神去了。"听说军方最近要在我们省搞一次空前规模的演习。中央紧急召见老爸，会不会跟这档子事有关？"志和仍不甘心。一直没作声的志英皱起眉头，分析道："不能吧。爸不可能因为一场什么军事演习，把我们全家召集一块儿，在这儿等他。他想干吗？让我们几个帮着去扛炮弹打冲锋？"

这时，他们三个人中的一部手机突然响了起来。志雄一下翻身坐起，志和和志英也都本能地紧张了一下。最后确定，是志和的手机在作响。志和忙打开手机翻盖，听出手机里的声音是嫂子修小眉。"大嫂，您怎么了？您在哪儿呢？"他忙问。"我……头晕……晕……刹……刹不住车了……你们快……快……快……"修小眉在手机里答道。贡志和、贡志英和贡志雄急忙跃起，冲出院门。只见依然笼罩在雨夜下的林荫道那头，一辆白色的旧普桑晃晃悠悠地挣扎着向这边驶来。虽然车速很慢，但看得出，它已经处在半失控的状态中。一会儿偏向左，一会儿又偏向右，跟跟跄跄，终于挣扎到离院门还有二三十米的地方，未等志和等人赶到，一头撞在一棵大树上，"搁浅"在那儿。

"怎么回事嘛……您开车也好几年了……"几个人好不容易把修小眉扶回客厅，贡志英一边细心地用药棉擦去小眉额角的血迹，一边心疼地嗔怪。"没事……没事……"修小眉似乎清醒了一些。"还没事？再往下撞一点儿，这只眼睛就全报废了。""没事……没事……"修小眉轻轻地重复，而后不再作声。志和、志雄赶紧叫来几位朋友（还来了两位正经穿警服的），一辆除障车。一通折腾，把普桑拖去修理了。朋友们答应，赶明天一早上班前修好，并直接送到嫂子家门前，绝不耽误嫂子上班用车："耽误她一分钟，您搧我一年我也没脾气。"他们主要是志雄的哥们儿。志雄说是在外事口的一家服务公司供职，其实并不去上班。他说他谁也不伺候——包括那些大鼻子鬼佬。他跟公司领导说，我不上你们这班，也不领你们这工资，只求你别给我宣布

"停薪留职"什么的，啥也别宣布，就这么着。否则传出去，我没法跟我爸交代。他知道，爸绝对不会允许他在没有一个固定职业的情况下，在社会上就这么瞎晃悠着。他非常想跟爸充分展开来讨论这个所谓的"晃悠问题"。什么叫"固定"？什么叫"晃悠"？非得拿二十年前的标准来衡量，让牛在一根桩上拴死，从年轻一直干到退休，才算是"固定"，才叫"正经"，否则，就都是"晃悠""不正经"？那，今天，在中国，少说也得有几千万人在挺不正经地"晃悠"着。但，能说他们都没在给这个社会创造财富？不能吧？贡志雄一直也没找着这么个机会去跟爸讨论。当然最主要的还是胆怯——就是有那么个机会，那么个时间，打死他也没那个"胆量"，直接面对那样一位"老爸"去争高低。

在院门外目送朋友们走远，贡志雄这才抽身慢慢踱回院子，在葡萄架下的阴暗地点着支烟，悠悠地吸上两口，发一会儿呆，正想转身向大门外走去，只见志和匆匆赶来拦阻："别走啊。爸让我们在这儿待命哩。""我有事。""谁没事？""我真有事。急事！""那也不行！"两个人正这么一句一递地铰铰，客厅那头传来贡志英兴奋而又尖厉的叫声："爸来电话了……嫂子，爸让您接电话哩！"两个人忙收嘴，赶紧撒腿向客厅跑去。待他们跑进门，修小眉已经接完贡开宸的电话。贡开宸说，他今晚回不来了。修小眉犹豫半天，探问："爸……您……您没事吧？""有啥事？"贡开宸的反驳倒显得非常干脆。然后，贡开宸重申：在他没有回来前，谁也不许离开枫林路十一号一步。不管是谁，要想离开，必须得到修小眉的"批准"。但是，他再次告诉小眉：不管谁，说出天大的理由，你都别准假。当然，这原则，他让修小眉自己掌握就行了，不必公开。

"他干吗不让我们离开？"贡志英十分不安，"到底出了什么事？外头都在传……传……中央已经下了决心，要免去爸的职务……真有这么一档子事吗？"

贡志英终于说出在场各位都已听说，但又都不愿相信，并且竭力三缄其口的消息，于是客厅里一下变得异常安静。这时，贡志雄突然掉头向门外走去。修小眉忙惊叫了一声："志雄！"贡志雄却只当没听见一般，继续大步向外走。修小眉慌不迭地上前拉住贡志雄，叫："志雄，听话！"贡志雄居然一把甩开修小眉的手，继续往外走。这时，贡志和冲上前去拦住了他：

"大嫂的话你都不听了？"贡志雄喘着粗气："我真有事……真的……""回去。回到你原先的座位上去。"贡志和指着那边的沙发，命令道。贡志雄突然抬起头，怨恨地瞪贡志和一眼，再喘两口，突然发力，推开贡志和，向外冲去。他这么蛮干，当然成不了。兄妹几人，贡志和最为"身高马大"，况且"眼疾手快"，而最为瘦弱的正是贡志雄。说时迟，那时快，志和上前快垫一步，一把揪住贡志雄，用力往回一拉，贡志雄便一再踉跄着扶不到身后的东西，顺势跌倒在沙发上。但他并没有就此罢休，马上翻身跳起，再次向门口冲去。贡志和没等他冲到门口，已先他一步"咣"的一声关上了客厅门，并横站在门槛前，死死地挡住了他的去路。

　　这时刻，贡志雄真急了。他满脸涨得通红，绝望地看着脸色铁青的贡志和，嘴唇战栗，恳求："让我走。"贡志和仍不相让。贡志英怕他俩真冲撞起来，忙上前，在两人中间一横，先制造出一个"缓冲地带"。修小眉也上前拉开贡志和，然后去问贡志雄："你真有事？真有那么着急？"贡志雄只是急切地说道："让我走吧……""要真有事，你就走。但你得告诉嫂子，到底是什么事让你那么着急？"听修小眉这么一说，贡志雄的神情果然和缓下来。但他低下头，沉吟一下后却只说："现在没法跟你们细说。但，真的，我……我必须得马上离开一下。"出乎志和和志英的意料，修小眉居然答应放志雄走，只向他提了一个要求："爸回来前，你一定得赶回来。另外，开着你手机。咱们随时保持联系。行吗？"贡志雄当然同意，甚至有些喜出望外，忙不迭地点头答应，转身便走。贡志和却抢了上去，再次拦住他："不行。谁也不许走！爸回来前，谁也不许走！这是老头儿的命令。"贡志雄的脸色一下变青了，跺着脚吼叫："你他妈的，这儿谁说了算？你？还是大嫂？贡志和，我到底怎么着你了，踩着你哪个鸡眼儿了？你干吗非这么跟我过不去？！"说着，转身就从壁炉上方的墙上摘下作为装饰用的一把老式双筒猎枪，对准贡志和，声嘶力竭地喊："让我走！"所有的人一下都愣住了。他们当然知道，贡志雄虽然瘦小，但一旦被惹急了是什么事都干得出来的。十一二岁的时候，他就在家里"纵过火"——因为保姆非"逼"他洗澡；也曾在学校里"跳过楼"——因为班主任老师非"逼"他把家长请到学校里来面谈。

贡志和却慢慢向贡志雄走去，冷笑道："开枪呀！臭小子！"

贡志雄端着枪，惊恐地向后退去："别逼我……告诉你，别欺人太甚……"

贡志和泰然地一笑，把一只手叉在腰上，并去挥动另一只手，用一副好莱坞西部牛仔的神情说道："这枪里没子弹。你他妈的拿一支没子弹的枪，瞎比画啥？快放下！"已经退到墙根儿前再无退处的贡志雄听贡志和这么一呵斥，一下便愣在那儿了：这枪里怎么会没子弹呢？就在这瞬间，贡志和一步上前，从他手里缴下了枪。贡志雄气呼呼地呆站了会儿，突然又向窗口扑去。等贡志和再扑过去，显然已经来不及了，他只得举枪便射——原来枪里还是有子弹的，刚才他只是小小地施了个瞒天过海之计。扣动扳机后，枪口里随即冒出一大团火，并放出一声巨响，在窗上方的框上打出一个大窟窿。轰然的巨响和飞溅的碎玻璃、木屑把贡志雄吓瘫在地上，同时也把那个年轻警卫召了来。警卫急喘，但又不敢贸然近身上前："怎么……怎么……怎么回事？"贡志和一边说"没事，枪走火"一边从枪里取出尚存的另一发散弹，然后把枪扔给了警卫。

枪里还有一发子弹哩！好险啊。

"你知道枪里有子弹？"待把贡志雄送到二楼的起居室去"隔离"开来以后，修小眉又回到楼下客厅里，从桌上拿起那颗笨头笨脑的散弹，问贡志和，心还在怦怦地乱跳。贡志和笑道："老爸收藏这些玩意儿，平时都是我替他擦洗保养。我还能不知道枪膛里装着啥玩意儿？""那你刚才还横眉竖眼地直冲着枪口走？志雄要是真扣了扳机，这事怎么收场？"修小眉极度后怕地嗔责。贡志和苦笑了笑道："他？他要真敢扣扳机，他就不是今天这个贡志雄了。"不一会儿，贡志英也下楼来了。修小眉忙问："志雄怎么样了？"刚把志雄劝定了的贡志英，跟干了一天力气活儿累瘫了似的往沙发上一倒，说道："在爸的书房里躺着哩。二哥，以后你们可不能这样……""我怎么了？你怎么也不分个是非界限，挨个儿打五十大板？"贡志和不服。贡志英长叹口气，也就没再往下说。

又过了一会儿，修小眉突然说道："也许，志雄真有什么急事。就让他走吧……"贡志和却依然斩钉截铁："不能让他走。""他也是二十四五岁的人了。"修小眉婉转地说道。贡志和摇摇头："他的事，你们不清楚。"

修小眉说："再不清楚，我们也不能像管幼儿园里的孩子那样管他。"贡志和说："他要真是幼儿园的孩子倒又好了。"三个人正说着，突然从院子里传来"砰"的一声闷响，好像有个什么重物从楼上掉下。三个人一惊，忙冲到楼上书房里一看，沙发上早没人了，毛毯掀落在地，向着花园的那扇窗户大开。几个人忙扑到窗前，探身向下看去，只见贡志雄正一瘸一拐地急急向大门口走去。再等他们追出大门，他已经上了一辆出租车走了。

贡志和赶紧上自己那辆菲亚特车，但等发动着车，一起步，发现车子行驶异常。他忙踩住刹车，下来一看，车胎瘪了，分明是贡志雄临走前往他轮胎上扎了一刀。他恼怒地甩上车门，狠狠地踢了那车一脚，只得眼睁睁地看着载有贡志雄的出租车走远。修小眉和贡志英同声劝道："算了算了嘛……"但贡志和随即拦下一辆出租车，执意要追上去。"志雄憋着那么大一股劲儿，非得要走，肯定有他非走不可的原因，就随他去吧。"贡志英上前劝说，并把那辆出租车打发了。贡志和还是不肯罢休，拿出手机，叫通了一个叫杨子的朋友，让他马上带两个人，到恒发公司总部大门口守着。"只要见着我弟弟，甭管他说什么，都给我把他弄住，千万别让他进了恒发。他坐一辆蓝色桑的。我这就赶到。"说罢，又回头对志英和修小眉说了句："也许你们认为我今天这么做太过分。但以后，你们会明白的。"又拦了辆出租，飞快驰去。

第七章

凌晨六点来钟，断断续续地在窗外响了一整夜的雨，总算停住。省委副书记宋海峰昨晚一夜没回家，一直在办公室里焦急地等待着北京方面可能发回的任何消息。前一天，有关贡开宸的种种"谣传"刚开始骚扰省城时，他就已经交代K省驻京办的一位副主任（大学同学），注意搜集这方面的动静。昨晚，贡开宸刚起飞，宋海峰就又给那位副主任打了个电话，首先嘱咐："贡书记如果下榻驻京办大楼，一定要尽力照顾好他的生活"，"贡书记近来心情不太好，所以，生活方面尤其要照顾得细致入微一些"；接着就说及这次"紧急召见"——他要求这位老校友立即动用他多年来在京城建立的一切关系，官方的、半官方的、非官方的，以至纯私人的，搜集有关此次召见的"具体情况"，要"事无巨细"，不放过"任何细节"。让宋海峰不安的是，以往接受这样的布置，这位老校友或多或少总能给他搞回一点儿所需要的情况，但今天，等了整整一夜，一点儿情况都没传回来，只说是，晚上九点半左右，贡书记等人乘坐由驻京办提供的两辆车牌号为"KA－00021"和"KA－00368"的黑色大奥迪，从西南门进了中南海，自此，便再没有任何消息了。

奇怪，总书记会跟贡谈整整一夜？不可能啊？

晚上十点来钟的时候，夫人袁玮给宋海峰打过一个电话来紧着问："贡书记怎么还没回来？他老人家到底还回来不回来了？"她告诉宋海峰，从吃晚饭那会儿起，家里不断地来人。一拨又一拨，已经来了六七拨了。

"就这会儿工夫，还有两拨客人在客厅里等着哩。"

"干吗？"

"你说干吗？"

"有事快说。我怎么知道他们干吗上我们家来？"入夜后，宋海峰心里本来就有一点儿焦躁，这时已经挺不耐烦了。

袁玮告诉宋海峰，来的这些客人都是某些部门、单位的正副头头。"有两位还是正厅局级干部……他们说，因为没有处理好大山子问题，中央已经决定免去贡书记的职务，由你来接任省委书记……他们……他们都是来向你汇报、请示工作的……还有从下边地县赶来的哩……"

宋海峰立即把说话声音提高了好几度："你好糊涂！什么汇报请示？什么中央已经正式决定？他们看到中央正式文件了？全都是鲁肃探营——来摸底牌的！你马上请那些同志离开我们家……"

袁玮迟疑着又提醒一遍："有两位老同志……可是正厅级干部……"

宋海峰立即打断她的话："甭管是哪一级的，赶紧去，客客气气地请他们走。马上请他们走！你给我听着，从现在开始，不管再有谁来，你都不要开门。甭管谁给你说什么小道消息，尤其是讲到有关贡书记和大山子的事，你千万不要表态，这都是特别敏感的问题。千万给我管住你那张嘴！别给我添乱！"

几乎在这同时，一辆装载着几十名工人的旧解放牌卡车，摇摇晃晃地驶过大山子露天矿的大坑边，照直地向矿务局办公楼驰去。那是一幢非常陈旧的砖木结构楼。墙皮斑驳，水泥地面开裂，办公桌椅也是那种很过时的铁木玩意儿。而在楼前一些巨大的废料堆上，在同样巨大的工棚里，这时却已经聚集了上千名工人。工人们有的带着雨具，在无聊地嗑着瓜子；有的抱着膝盖，脊背顶脊背，蒙头大睡；还有的围坐在路灯杆底下，铺起一张旧塑料单子，三五成群地下棋、打扑克；也有人抱着双臂，端正地站在那儿，脸冲着那幢陈旧的矿总部办公楼发呆。有几位退休老工人则聚在一起，只是低声议论。他们手里都提着竹编的鸟笼，鸟笼里跳跃着鲜黄的小鸟，叽叽喳喳乱叫。他们都在等待消息，等待从楼里传来的消息。而在楼里的一个办公室里，则挤满了另一群工人。其中的一位在众目睽睽之下，焦急地、一遍又一遍地拨着同一个电话号码——他们在往省委书记贡开宸的办公室打电话。结果，自然是不言而喻的，书记办公室没人接电话。

"你这电话号码对不对？"问话的人叫赵长林，矿务局机修总厂工人，大山子地区一个赫赫有名的人物。他的出名，是因为他十年前被评上了省级劳模，那年他还不到二十岁。那个拨电话的工人答道："咋不对？这号码是从矿长办公室抄来的。"

赵长林愣了一下，忙说："那就继续拨。"

另一位工人挤过来提议："你们真是他妈的棒槌。办公室拨不通，给他家拨呗。活人咋就让尿憋死了呢？"

拿着电话机的那位工人应道："你他妈的才是棒槌！知道不？省委书记家的电话号码是保密的，连电话局的人都整不明白省委书记家的电话号码，你还想往他家拨电话？"

"就是给贡书记打通电话了，又能咋的了？唉……"一个工人叹着气往人圈外挤去。

他显然感到了失望。

"不管咋说，得让贡书记在他下台前把咱们大山子的这点儿问题解决了。"

"唉！我看哪，难。谁那么傻毛驴儿一个，愿意赶在下台前，再往自己嘴里塞个刚起锅的热红薯？噎不死也烫半死！长林，你牛皮大，是省劳模，你他妈的说说。"人群中议论声越来越大，嗡嗡地起旋。这种议论在大山子已经持续了好几年，今天只不过议论到矿总部办公楼跟前来罢了。赵长林却低下头，对这番已经把耳朵磨出厚厚一层茧子来的"嗡嗡"声没作任何反应。他能说什么？说了又管啥用？赵长林每年都要去省里开上一两次会，在省委省政府招待所吃上几天七个碟子八个碗的会议餐，他比那些工友们清楚，在K省，"大山子问题"可能是最严重的，但绝对不是唯一的。谁说虱多不痒？痒！难受着哩！最实际的是，全矿工人有一年多没开工资了。就算是找到贡开宸，他又能怎么的？要是他能解决，还不早解决了，还等到这会儿？但，矿上的工人兄弟说要来"最后"找一下这位"最了解大山子情况的"书记大人，他能不跟着一起来吗？唉，做一个劳模，尤其是要做得让上下两头都满意了，而且要让他们年年都满意下去，您知道这有多难吗？

当今天下事，真是"谁经手谁才知晓"啊……

第八章

六点三十分。省恒发公司董事长张大康得到助手报告："来了辆蓝色桑的，好像是贡志雄……"紧接着，一直在窗前向下探望的另一位助手核实了这个消息："是贡志雄。我已经看到他下车了。"张大康马上拨通贡志雄的手机，告诉他："志雄吗？我已经把各部门的头头都叫来了，就等着听你讲讲最新情况哩。另外，下车以后多注点儿意，我怎么总觉得今天一大早就有情况，公司大门口总有些不三不四的人在晃悠。刚才你哥还给我打了个电话。我怀疑他派人在追踪你……"

贡志雄一边付着车资，一边在手机里回应道："张总，您别找那么些人来啊。我得到的这些最新情况，我自己都没把握，现在只能跟您一个人说。"张大康笑道："有那么玄吗？"贡志雄用力一推车门："您要不信，我就不上去了。"张大康忙说:"行行行。我把他们全打发了,就我俩单打独练。"刚说到这儿,手机里突然传来贡志雄略带惊慌的叫声:"干什么?你们干什么?"接着手机就中断了。张大康忙叫了一声:"志雄!"手机里没回应。张大康一边对一个负责保安的下属叫了声:"快去看看!"一边扑到窗前,忙向下巡视。只见大楼前的人行道上,两个男人有分寸地但又十分坚决地推着、拉着贡志雄向一辆本田越野车走去。等公司保安部的负责人带着几个保安冲出大门,那辆越野车已经载着贡志雄开走了。

"居然在公司大门口让人把人给截走了!肉头!"张大康冲着保安部的负责人生气,"到底是谁截走了贡志雄,看清了没有?"越是生气的时候,他说话的声音就越低沉,头脑也格外清醒,应急措施也往往制定得最为周全。这正是全公司上下所有的人最佩服他的地方之一。"没怎么看得太清楚。不过,其中一个好像叫杨子,我熟……"保安部的负责人喃喃道。他是张大康的老乡,出来当兵后,在军分区当保卫干部,转业后去乡政府干了一段,不得志,托人求到张大康门下,已经在这儿干了两三年了。"那个姓杨的是哪儿的?"张大康追问。那个保安负责人说:"要真是杨子,就应该是头南分局搞内保的,原先也在军分区机关待过。我觉得是他。我追出去时,他还回过头来看了我一眼……"听说是公安分局的人,张大康不觉一愣。他知道贡家兄弟都有公安方面的朋友。但贡志和跟贡志雄不一样,平日里轻易不会动用这些公安方面的朋友。贡志雄十万火急要来告诉他一些"最新情况",贡志和又不惜动用公安方面的朋友到他公司大门口来把贡志雄截回去,不让他往外传这个"最新情况",再联想到省政府机关的一位朋友昨天半夜给他打来的那个有关贡开宸的电话,看来北京方面已经对 K 省省委班子失去了最后一点儿耐心,要对这个班子动大手术了。贡开宸祖籍虽然不在 K 省,但他在 K 省已经连续工作了二十来年,尤其是在省委领导岗位上,扎扎实实经营了近十年,对 K 省极有感情。作为一名"封疆大吏",他明白,自己的首要职责,当然是要不折不扣地贯彻中央的大政方针,牢牢地操纵着 K 省这条大船,不让它稍许偏离中央制定的行进方向。在这一点上,他特别明确、坚定,绝不会有半点儿的含糊。

但他又是一个有思想的"地方官员",对如何治理 K 省,始终有他自己的一些设想。这些年来，他一直很"固执"地在实施着自己的某些设想，也取得过较为辉煌的成果。他的这一个特点和"成果"，使他从上到下，都拥有一批支持者。他的进退势必会在 K 省引发一场不会太大，但也绝对不能小视的"震荡"。张大康的恒发公司，这段时间以来一直在跟大山子总公司洽谈，要并购它的两个厂子，张大康当然十分关注 K 省局势的走向。贡开宸是支持有人来并购大山子的某些国营厂子的。但一旦他下台，新来的一把手对此又会持什么态度？这个生意还能做成否？这里的变数就会因此而加大。

他轿车后备厢里，任何时候都准备着一箱矿泉水和一箱苹果。据说，苹果的长寿、养颜功效也是特殊的。另一位负责此事的副经理提醒道："您从一开始就让我们采取拖延战术，别急着跟他们签协议。您说这些厂子都是他们的包袱、累赘，他们急于出手。越拖，他们那边的报价就会越低……""现在情况有变化。赶紧通知我们的人，要争取这一两天把这并购协议签下来。"那位副经理忙问："为什么？"张大康一口气喝完那缸矿泉水，答道："先不要问为什么。"其中一位副经理略有些激动起来："您这个后发制人的拖延战术一直很见效。在我们的拖延下，大山子方面已经基本就范了，出价一直在往下落。再坚持个四五天，我们完全可能以最小的代价，拿下他们这两个厂子。九十九步都走到位了……这时候再突然倒退这么一步，是不是会自乱阵脚？这么一来，多了不说，我们起码要少赚一千万……"张大康微笑着打断他的话："眼光不要那么短浅。多赚少赚，不是当前问题的关键！"

其中一位副经理犹豫了一下后，问："您认为，贡开宸真的要下？"张大康沉吟道："我想，贡志雄今天火急火燎地赶来，想要告诉我的，就是这么回事。"这位副经理忙说："我倒觉得，正因为贡开宸要下台，我们更不必急着跟大山子方面签这协议，不妨再多拖他个三五天。""为什么？"张大康问。那位副经理见张董对他的想法表示了兴趣，便精神大振，赶紧进一步分析道："道理很简单。一般情况下，新旧书记交接班，往往要出现一个权力真空阶段。这回，贡开宸是被突然免职的，完全有可能在一个阶段里人心会不定，甚至可能出现人心惶惶的局面。这时候，大山子方面也许会对我们做出更大的让步……"张大康笑着挥了挥手，否定道："看来你们还是不了解贡开宸啊！就是下台，他也绝不会让K省出现什么惶惶不安的局面的。这个人……这个人太不可捉摸了……好了，别扯皮了，就这么着，赶紧去把协议签下来。白纸黑字，一了百了。现在最关键的是通过这次并购，进入大山子地区。趁他们有一些人还没睡醒，还没有把所有的漏洞都堵起来以前，赶紧进入。只要能进入，挣大钱的机会今后有的是，明白不？还有问题吗？"

两位副经理好像还有些迟疑，张大康却已经向他们挥挥手，表示谈话已经结束。他们只得走了。然后他又把秘书叫了来，让她笔录一个四A级通知，并马上发出。他口述道："各部门经理和营销长、财会师、公司营销策略规划中心主任，请你们立即召集相关人员，专门研究这样一个问题：贡开宸如果被免职，我省方方面面可能会发生哪些变化，对我恒发公司会产生哪些有利的和不利的影响；对此，我公司营销战略的主攻方向应做哪些相应的调整。记下了吗？"女秘书忙点点头说："记下了。"张大康让她复述一遍，女秘书忙把刚记下的复述了一遍。但她少记了"如果"两字，把"贡开宸如果被免职"记成了"贡开宸被免职"。张大康马上很不客气地呵斥："我跟你说过多少遍了？关键字眼，必须记准确！有'如果'和没'如果'能一样吗？这会影响公司同仁对局势最终走向的判断。"

这位女秘书虽然因为能说一口流利的英语而又天赋一副丰满高挑的身材，在先后几任秘书中，是最被张大康看重和喜欢的，但这一刻她还是没敢还嘴。她知道，在交办任务时，张董是绝对不管你"丰满不丰满"，还是"高挑不高挑"的。

不一会儿，刚才两位副经理中的一位匆匆走来报告，已经给参与谈判的人打了电话，向他们交代了公司方面新的意图。张大康马上从那位女秘书手中把那份修改过的记录稿递给那位副经理，容他看过后，吩咐道："这件事就交给你去办了。我马上要去见一个很重要的人。"那位副经理多少有些觉得好奇，笑着问："谁啊，能让您觉得很重要？"张大康淡然笑着只说了句："一个非常重要的智慧型人物。我去听听他对K省当前形势的看法。具体的，回头再跟你们细说。"没多作解释，便匆匆走了。他走后，集合在营销中心会议室里的一帮公司"中层干部"便议论开了，猜测这位居然能被一向自视甚高的张董称作为"非常重要的智慧型人物"的家伙到底会是何方神灵？他究竟有何能耐，居然引得张董要向他去讨教"对K省当前形势的看法"？这时，那位身材高挑丰满的女秘书走了过来，得知了他们的疑团。她四下里打量了一眼，见没外人，便拿过一位年轻经理手中的笔，在他的笔记本上写了两个字，并在这两个字周围又画了一个大大粗粗的圈，以示强调。

那个年轻经理拿过笔记本一看，在那个既大又粗的圈圈中写着的两个字是"马扬"。

"马扬？"

笔记本立即在这些年轻经理手中争相传阅起来。这些年轻经理似乎都没听说过"马扬"此人，其中一位便哑然一笑地问："马扬？这又是哪个荒山野岭里蹿出来的大尾巴狼？"女秘书却忙做了个手势，"嘘"了那么一声，撕下那页纸，悄悄地走了。

第九章

贡志和把贡志雄带回枫林路十一号。车到小院门口，贡志雄迟迟不肯下车，僵持了好大一会儿，却又突然冲下车，怨愤地大步向大门里走去。闻声跑出门来迎他二位的修小眉、贡志英想上前劝慰两句，却被贡志和使了个眼色制止了。贡志雄直接上了二楼，进了父亲的书房，想撞上门，却被紧跟着赶到的贡志和一把挡住。忍了一路的他，这时再也无法忍受，满脸涨得通红，冲着贡志和嚷道："贡志和，我可从来没做过什么对不起你的事！"眼眶里燃烧着的是湿润的无奈。贡志和没马上回答志雄的责难，只是去关上房门，又拉过一把椅子，示意贡志雄坐下。贡志雄虽然仍很愤怒，更不想坐下，但最后还是不得不坐了下来。

贡志和燃起一支烟。

贡志雄伸手去拿贡志和的烟盒。

贡志和一把按住自己的烟盒。

贡志雄犹豫了一下，便掏出了自己的烟和打火机。显然，这两样东西要比贡志和使的都要高档得多，只看那枚做工十分别致精巧的镀金打火机，就非同一般，是一个沉甸甸的"ZIPPO"打火机，正经名牌。贡志雄点着烟，好似来了瘾头的烟鬼，如饥似渴般地深深地吸了那么一口。贡志和突然一把抓过贡志雄那个总是随身带着的真皮手包，先在手里掂了两下，然后慢条斯理地打开拉链，把包里的东西逐样地取出，一一陈放到桌面上。新款手机、汉字寻呼、IBM掌上电脑、高档MP3随身听、纯金钥匙链……最重要的当然是一个软羊皮做的钱夹，纯黑，瘦长，高雅，含蓄，颇有皇室女眷风范。但打开一看，却熠熠耀眼，只见里面满满当当地插放着两排"金卡"，除了常见的几大商业银行推出的各式各样的信用卡外，还有些便是高尔夫球俱乐部、跑马场和五星级乡村俱乐部使用的会员卡。这些会员卡价值不菲，每一张可能都要花费几万或十几万人民币才能办得下来。

"都是张大康给的？张老板待你不薄啊。真是出手不凡！"贡志和挖苦道。贡志雄不免有些尴尬，忙探过身去，把那些东西从桌面上一划拉，全归进手包。"你在恒发扮演了个什么角色？"贡志和问。"什么角色。哼，我还能扮演什么角色？"贡志雄冷笑着，随手把手包一撇，将它远远地扔到书房一角的一张折叠沙发上。"刚才你想跟张大康报什么信？你小子唯恐天下不乱！""我亲爱的二哥，天下已经大乱，正在大乱。爸在省委常委会上亲自拍板决定，把大山子搞成一个新型的工业开发区，他前前后后投入了几十个亿。两年过去了，大山子除了修了几条路，架了几条高压线，可以说什么名堂也没搞起来。几十个亿啊，可以说捅了个天大的漏洞。中央不会饶了他的……""爸跟你说过无数次，让你不要介入大山子的事，更不要跟恒发公司那个姓张的家伙搅在一块儿，你不听！""爸也跟你说过无数次，让你老老实实在省社科院做点儿学问。你听了吗？你这一阶段神秘兮兮地在干啥呢？省社科院的人说，你有好长时间没去那儿上班了……""我们那儿从来不坐班。""二哥啊二哥，我的确没你那么有学问，也的确没你那么聪明，但我不傻！你们那儿的确不坐班，可在此以前，你每年都要出一两本书，都要出一两次国做学术交流或学者访问，还经常能在许多国家级的报纸杂志上看到你写的文章。但这一年多，你出书了吗？你去学术交流了吗？你的文章又在哪里？你突然开上了私家车……你说你到底在干啥？说你在开餐馆办公司，没见你领工商执照；说你炒股做期货，可又从来没见你去过交易所；说你跟上了洋老板在黑咱中国人的血汗钱，可在任何这样的场合都没见你露过脸……说你在贩毒、泡富婆、开赌场……我还真不忍心。根据多年来对你的考察，我也确信，要干那些事，你既没那贼心，也没那贼胆。可你说你到底在干啥？全家人都在为你纳闷儿。其实我心里明白，虽说我俩都不是枫林路十一号的亲生骨肉，两个人的外貌长得也不像，性格也有很大的差异，但内心深处有一点特别相像：那就是我俩都不想躲在老爷子的阴影下混一辈子，都想自己伸出头去弄出一点儿什么响动。我跟你最大的区别只不过在于，我胆小，遇到什么事，不敢公开跟老爷子顶撞，而你不一样，不管在什么场合，都敢公开跟他对着干……在这一点上，你比大哥还有能耐！"贡志和淡然一笑道："我怎么公开跟老爷子干了，啊？"说罢，叹了口气，起身去父亲书桌上的紫檀花梨木雕烟盒里取那种特制的小雪茄。这时却听到门外有人惊叫了一声："电话！"

这叫声是小眉和志英两个人发出来的。她俩怕他俩上楼来又"打"起来，挺不放心，就悄悄跟上楼来，一直在房门外"监听"。客厅里突然响起电话铃声，她俩起先也吃了一大惊。那部电话机是专线直通的保密电话机。在省内，除了枫林路十一号和省长邱宏元家，就只有军区、公安、安全、武警总队等几个跟处理国家重大紧急事件有关的强力部门领导家里才安有这样的电话。它在这一刻突然响起，打这个电话的只有贡开宸本人。于是她俩忍不住地叫了一声"电话"后，便冲下楼去了。果不其然，是贡开宸打来的。他告诉她们，一个小时后，飞机准点从北京起飞。他要回K省了。

"您……您现在在哪儿？"修小眉气喘吁吁地问。她不敢问得更多，也怕听到更多，但愿他能早点儿回来就好。

"我，正在去机场的路上。"贡开宸的声音略带些沙哑，不无疲惫。他让修小眉告诉志和、志雄、志英等人，一定在家等着他。

准确一点儿说，这时候，贡开宸乘坐的那辆黑色大奥迪车此时刚驶出中南海的西南大门，正沿着那道威严肃穆、由于太古老而经常需要修缮上色的红墙平稳地往南行驶，出府右街街口，从中共中央宣传部那幢古色古香的办公大楼一侧往东拐，便驶近了天安门广场。贡开宸轻轻对司机说了声："绕一绕。"司机会意，便从容减速，拐弯，离开了照直去机场的那条大道，向广场一侧的大马路驶去。这也是贡开宸的一个习惯：每回进京开完会、办完事，临走前，总要让自己的座车绕天安门广场走一圈儿。他并不忌讳这样一种说法：朝拜。他就是要"朝拜"。说起这"朝拜"，那还是他刚被正式任命为K省省委书记时发生的事。当时，他第一次以省委书记的身份赴京参加中央工作会议，也是很急，大概是正式任命下达后不到两个星期吧——这是什么样的两个星期啊：各种汇报，各种会议，各种人来敲门，各种内部情况、请示报告一摞一摞地堆放在办公桌上，都是最紧急的、最重要的、最刻不容缓的……都是最需要您知道、处理、圈阅、批示的……每天几乎只能睡三四个小时。到临飞北京前的那天晚上，刚从尚志河工地上赶回来，又得去听取省文化厅和广电厅的联合工作汇报。会议结束，已是深夜两点多钟了。焦秘书（当时那位秘书姓焦）却来告诉他，有一位年近七旬的老教师要见他。他愣了一下，嘿嘿一笑道："这个时候？年近七旬的一位老教师？要见我？谁呀？"不一会儿，焦秘书果真把一位老教师带到了他面前。这位老教师在省委大楼的一楼大厅里已等了他整整一夜。他上前仔细一看，认识，多年前在山南县当县委书记的时候，结识的一位"老朋友"，山南县城关中学历史教员、县政协委员，一位生性散淡而又博学的"奇士"，专习盛唐和晚清史。"奇士"上课从来不带课本或讲义，只是把身子往讲台上一靠，双肘支在台面上，便侃侃说开。贡开宸推荐他进县政协，还真费了点儿劲儿。费劲儿之处不在别处，而是老人本人不愿意当什么"委员"。老人家里挂着他自己书写的一幅七尺中堂，敬录的是韩愈弟子李翱的一首自述诗，诗云："练得身形似鹤形，千株松下两函经。我来问道无余说，云在青山水在瓶。"好一个"云在青山水在瓶"！老人听说贡开宸荣任省委第一把手，早就想来跟他说说话。那天晚上他给贡开宸带来两个古色古香的"折子"。"折子"的封面封底都用深蓝色棉布黏糊而成。一个"折子"里抄录曾国藩日记中的一段话，贡开宸打开看后，觉得并无新意，无非就是"为政之道，得人治事二者并重……"之类的老词老调。另一个"折子"倒有些蹊跷，是从《资治通鉴》里抄了一个故事。那故事讲的是唐僖宗中和四年七月，黄巢起义失败，有人砍下黄巢的脑袋献给僖宗，一并献上的还有黄巢家人的首级和他的一群姬妾。僖宗当时为避战乱逃到四川，便在成都罗城正南门城楼上接收这些"贡品"。他责问那些姬妾："你们都是大唐勋贵的子女，世受国恩，何为从贼？"姬妾中一位为首的心里不服，回答道："国家以百万之众，都没挡住黄巢的进攻，而'失守宗祧，推迁巴蜀'，今陛下以'不能拒贼'责一女子，置公卿将帅于何地乎？"问得僖宗心里耿耿的，恼羞成怒，便不再追问，强令将她们斩首。消息传开，城里的人都挺可怜这些女子，纷纷拿酒来给她们喝。大多数姬妾于是都"悲怖昏醉"了，唯独那个为首的"不饮不泣，至于就刑，神色肃然"。"折子"抄录到这儿，戛然而止，一句笺注类的话都没说。贡开宸看完后，虽然也有相当的感触和感慨，但总觉得故事没了结似的，怅怅然不明白，老人不惜奔波数百里，苦等大半夜，拿这么一个故事来"教育"他，所为何来，似乎南辕北辙、张冠李戴，此举有一些不得要领。在随后的寒暄中，老人得知贡开宸第二天一早就要赶去北京，忽然又郑重地提醒他，此行无论如何要挤出点儿时间到天安门去转一转。贡开宸这时再也忍不住了，失声笑道："我又不是第一次去北京。"老人却凛然正色道："你已经不是过去那个贡开宸了。以'封疆大吏'之身，再去拜谒天安门，你会获取另一种人生感悟的。"贡开宸淡然笑道："上天安门去转一圈，就能获取'另一种人生感悟'，有那么简单的好事吗？"言语间已经流露出隐约的嘲讽和不耐烦了。对此，老人略微愣了一愣，便不再说什么，神色却渐渐黯淡，只待了一会儿，便弓起腰，收拾起他那个老式的人造革手提包，苦笑着长叹口气道："那……那也只能那样了……"随后便坚拒了贡开宸已经给他安排好的宾馆住所，肃然告辞。贡开宸随后到北京，进入会议程序，那样的隆重、紧张和繁忙，自然把老人的提议完全忘了，完完全全忘得一干二净。直到开完会，又抽空去拜访了中央几个主要部委的主要领导（大概也有"今后请多加关照"的意思在里头吧），随后又踏上返程之路，至此，他都没想到要去拜谒一下天安门。直到车子驶近了广场，还是焦秘书提醒了一句："不去看看？"其实，焦秘书的这个"提醒"也有一点儿调侃的意思，并没当真。"看看？看啥呢？"他当时一愣，然后似乎想起了什么，四下里张望了一下，应和道："看看……就看看吧！"没想到，这一看，果然非比寻常。对于天安门，他绝对熟悉得不能再熟悉了，但第一次以统领七千万人大省的第一把手的身份，开完中央工作会议，再一次踏上这个每一寸地砖上都曾灼烧过，并正凝聚着中国历史大部分意味的广场时，他胸臆间猛地涌出一种难以名状的超升的感觉，一种气吞天地的冲动……又生出一种从未有过的凝重和沉重。刹那间，他恍然大悟，那一晚，老人的所作所为，无非是要给他点明两个字而已，那便是"责任"二字——面对历史变迁，千秋功罪，"公卿将帅"们应负的"责任"啊！于是，他惶惶然地把目光从广场周围那几座巍峨高大的建筑上降落下来，落到了在广场中间蠕动着的那一群群灰蒙蒙的人堆上。他知道，这里一定有从 K 省来的"平民百姓"。他们来这里融合，踏寻。他作为他们的"一把手"，将带给他们什么呢？他感到自己的心在 阵阵地紧缩，刹那间，的确有一种背负生灵，俯瞰大地，扶摇直上九天的感觉，也就是从那一回开始，每一回赴京，在离京前，贡开宸总要让座车绕天安门转上那么一转——慢慢地，认认真真地，转上那么一转。不同心情中，不同处境时，他总能从这"转上一转"中，获取某种精神慰藉和提示。

车子围绕着巨大的天安门广场慢慢地行驶着。车内光线很暗。神情沉重、愈显疲乏的贡开宸深深地陷坐在宽大的后座里，透过深色的车窗玻璃，凝望着广场上的一切。

昨晚，他准时准点赶到中南海西南门。西南门的警卫已经接到内卫有关部门的通知，对贡开宸所在的那个车队的两辆奥迪车放行。车队快行驶到勤政殿前时，坐在副驾驶位上的郭立明看到勤政殿前已停放着十几辆挂有军委和总参、总政、总后、总装等各大总部车牌号的高级轿车。他心里一"咯噔"，没敢出声，只是从后视镜里看了一眼贡开宸。没等贡开宸做出什么反应，一位中年人已走出勤政殿，并快步走到他们车前。贡开宸知道他是总书记办公室的工作人员，便忙下车来答应。在那位工作人员的指领下，两辆奥迪慢慢驶到不远处的一排高青砖平房前停下。

"发生了一点儿紧急情况。军委的领导正在向总书记和在京的几位常委汇报。总书记请您稍等一会儿。"那位中年人把贡开宸领进那排高大结实而又特别宽敞的平房里，沏上茶，和颜悦色地解释。这一"稍等"，居然就是五个小时。大约等到夜里两点半，总书记身边的那个工作人员便来劝贡开宸，能不能到另一个房间的值班床上"稍稍地休息一会儿"："总书记那儿，看样子一时半会儿还结束不了。""不用不用。总书记和常委领导同志都还在工作，我这算什么？"贡开宸忙说道。是的，只论年龄，总书记和几位常委都要比他大许多，他是应该这么说的。总书记身边的那个工作人员笑着轻轻叹了口气，没再劝下去，只是拿来一个靠垫，让贡开宸使用，意思是让他半靠半躺在沙发上等候。毕竟也是六十出头的人了嘛！一开始，贡开宸还不愿半靠半躺下，但终究正襟危坐了四五个小时，腰背早已开始酸疼，于是勉强接过靠垫，枕在脑后，软塌下身子，把脚略略舒展开去，又看了一会儿《人民日报》，竟然不知不觉地睡了过去。再后来，迷迷蒙蒙中似乎是听到了一阵轻微的"骚动"声。潜意识告诉他，有人来了。他告诉自己，应该礼节性地起身应答，但怎么也睁不开眼睛，四肢沉沉的一点儿都动弹不得。反复跟自己挣扎，仍然没用。骤然间有人轻推了他一下，附在他耳旁说了句："总书记来了……"他脑袋里嗡地一响，再一努劲儿，这一下，坐起来了。睁开眼一看，吓他一跳，总书记果然就在他面前站着，笑眯眯地看着他，说道："让你久等了。休息了一会儿？休息了一会儿，好。"瞬间，他全清醒了，忙提议："总书记，您休息一下吧？我再等一会儿……"总书记笑着摇了摇头，然后向外指了指，示意他跟着一块儿去勤政殿，便先转身向外走去了。贡开宸赶紧镇定下自己，跟着走出那排高大的青砖平房，抬头一看，勤政殿前依然明晃晃的路灯下，那十几辆挂着各种军牌号的黑壳高级轿车，这时一辆都不见了。

总书记跟贡开宸谈了一个多小时。后来，总理又跟贡开宸谈了将近一个小时。贡开宸的座车驶出中南海大门时，已是第二天上午六点多了。这时，张大康乘坐的那辆奔驰车也开进了马扬居住的那个住宅区。这是一幢陈旧的红砖住宅楼。由于夫人黄群一直还在大山子职工医院里当她的主任大夫，马扬调任省城经贸委副主任后，一直没搬家。

但今天张大康来敲他住宅门时，他却正在为搬家事宜而忙碌着。不是往省城搬，而是要搬出 K 省，搬过长江，逶迤五岭，演一出新时期的"胜利大逃亡"。也就是说，他终于觉得自己必须调离 K 省了。

实施这次"调动"，当然跟他给国务院发展研究中心写的那份六七万字的"材料"有直接的关系。落笔前，他就很清醒，该材料的每一行、每一个字，最终都会得罪一个人——贡开宸。身在 K 省，却把贡开宸得罪了，这一点究竟意味着什么，马扬当然也是心知肚明的。马扬曾反复考虑过，要不要写这份"后果肯定严重"的材料。有一阵子，他很犹豫，很忐忑。他几次找到国务院发展研究中心那两位资深研究员，想请他们能允许他"不写这样的一份材料"，并希望他们能真切地理解、同情他的这个"不写"……但几次话到嘴边，他都没说出口，并把它们一一"咬碎"，咽回肚里。他反复问自己：有这个必要跟国务院发展研究中心的这些资深研究员诉这种苦吗？他们什么不清楚？什么不知道？一切就看你自己到底想怎么对待这个似乎充满变数，似乎多灾多难，却又似乎让人尚可寄予一线期望的时代……就看你究竟想做什么！

总要改变一点儿什么吧？总要付出一点儿什么吧？

他努力说服自己。

有时候，他站在自己家那扇油漆已然脱落了的木质窗户前，眺望远近那一片片高矮不等、新旧不等且又朝向不一的屋顶，望着那些由屋顶和屋顶划分出的小巷，又由小巷和小巷构建成的市民生活领地，望着那些笔直的砖砌烟囱或在风中战栗着的铁皮烟筒，在烟囱之间低低飞掠过的灰色鸽群……然后他会继续往远处眺望。在接近地平线的地方，那里有几个开掘露天煤矿所形成的大坑。这些坑，口宽少说也有一两千米，深达七八十米，或一百多米。

坑壁向下向中间渐渐收缩，成倒圆锥状倾斜，默对苍天。最鼎盛时，火车和载重卡车齐头并进，日夜兼程，从它们袒露着的"腹"中往外运煤。至今在坑壁上还"残留"着一段段铁轨和公路的遗迹。而在常人看起来如此"宏伟"的铁路和公路，跟这些大坑放在一起，就像遗忘在巨人身上的几根生了锈的、变了色的铁制牙签或骨制牙签。这些坑真是巨大无比啊！要知道，这每一个坑都是人工挖出来的。几十万人的劳作，几十年的血汗，一旦骤然冷寂……雨急风狂，又何妨且当作朦胧秋月、几树惊鸦……

他也曾这样感慨过，也的确一直不忍心掉头他去……

已然四十五六岁了的他，和张大康是大学同窗。当时，张大康是学校团委的宣传部长，校园里一颗极耀眼的"政治新星"。他则是学生会的一般干部。任何时候看到他，总是低着头，斜挎着一只装满了书的旧帆布书包，急匆匆去，急匆匆来，好像永远行走在借书、还书的路上。需要他抬起头来的时候，他也总是默默地对你笑一笑，一副憨厚木讷、少言寡语的样子。但谁都知道，他是张"部长"身边最得力的"高参"，"摇鹅毛扇的狗头军师"，"倚马千言的刀笔吏"。临毕业前，张大康对他自己和马扬曾有过一段极精辟和到位的分析。

他说，这个世界上有一个最佳的三人组合，如果有一天这三个人真能拧到一块儿，那么这世界上就没有他们三人办不到的事。这三人，一个当然就是他张大康，第二人就是马扬，至于那第三位，"你们不认识，我就不说他了，暂时雪藏。"他说他张大康是凭着一股藏不了堵不死也压抑不住，咕嘟咕嘟一个劲儿地从周身的骨节缝眼儿里往外冒的"活泛劲儿"在吸引和推动周围的人。"而马扬是用他的思想、他的人格，不动声色地在聚合人、支配人。假如有一天，他要愿意出头露面站到队伍前边去扛大旗，那，比我厉害一百倍……"这是他对马扬的评价。

住宅楼的走廊里光线暗淡，张大康几乎是摸索着往前行走。到处堆放着杂七杂八的东西，旧床板、草席卷、老式的儿童推车、蜂窝煤堆、破自行车轮，等等，所以他不时地碰响了这个，又碰响了那个。好不容易找到马扬家门前，为了核实门牌号，他打亮打火机。这时有个挺时髦的女青年袅袅娜娜地从走廊那头走了过来。爱恶作剧的张大康忙上前，低声地对她说了句什么。

女青年疑惑地、警觉地瞟了他一眼。他忙向她讨好似的做了个恳求的手势。女青年无奈地笑了笑，走到马扬家门前，敲敲门，叫了声："马主任在家吗？"

叫罢，回过头来看看张大康，似乎在询问，喊这一下够了吧？张大康示意她再叫一下。她于是再一次拍了拍门，又叫了声："马先生在吗？"但门里并没回应。

女青年丢下他，不管他径直走了。

稍稍等了一会儿，张大康自己去敲门，并捏着嗓门儿，装作女声，叫了声："马先生是住这儿吗？我是《环球青年报》的记者，您的崇拜者……"

还是没回应。他犹豫着去拧了一下门把手——门居然开了。他又捏着嗓门儿，冲着屋里头叫声："马先生，我特崇拜您……"一边说，一边蹑手蹑脚地走了进去。屋里似乎没人。他又往里走了两步，突然身后有人用笤帚疙瘩顶住了他的腰，大喝一声："你小子！"张大康回头一看，便大笑起来："马扬，你狗日的！"喊叫的工夫，脚下却被满地的书绊了个趔趄，眼看晃晃悠悠地要往下倒去，手也张扬起来，把一大瓶带来作见面礼的法国香槟扔了出去。张大康几乎是绝望地叫了声："酒！我的法国香槟酒！"就在那一大瓶价值千元的法国香槟"砰"然落地前的一刹那间，马扬一探身一伸手，却将它稳稳地抓住。但紧接着，他也被脚下那些乱七八糟的东西绊倒，并且带倒了那一大片乱七八糟的东西。在稀里哗啦地非常可观地响过一阵以后，两个人便躺在地上哈哈大笑起来。

张大康进门前，马扬正坐在地上，捆扎着书，为防灰土，他戴着一顶用旧报纸做的帽子，还穿着一件蓝布工作大褂和一双特大号的军用翻毛皮靴，嘴里还在哼着门德尔松的一支什么小夜曲。那副老式的黑框眼镜老是滑落在高高的鼻尖上。所有这一切都使他看起来特别的"滑稽"，甚至还给人一点儿"笨拙"的感觉。他熟练地开启香槟酒瓶塞，先给张大康斟了一杯。张大康笑道："胜利大逃亡啊胜利大逃亡……没想到，精明如马扬之流的，居然也会有今天！那会儿我就跟你说，别逞能，别给中央写什么条陈。你小子就是不听。哗哗哗，六七万字，痛快，矛头还直指 K 省主要领导。马扬啊马扬，你真以为你是谁呢？"马扬端起酒杯，放到鼻尖前嗅了嗅，平静地一笑："我没写条陈。这种说法不准确。""那六七万字的东西是什么？""看法。

仅仅是一点儿个人看法而已。字数嘛，是多了点儿……但肯定不是呈给中央的'条陈'……充其量也不过是应国务院发展研究中心工作人员所约，写的一篇学术讨论性的文章而已。""个人的看法在历史面前总是苍白无力的，如果你不顺从历史愿望的话……""但历史的真谛就是要让每一个人诗意地存在。""哈哈，哈哈，好一个'诗意地存在'。你就跟我玩海德格尔吧！"张大康大声笑道。

马扬不说话了。他常常这样，觉得自己已经把观点阐述清楚了，便会及时地从争论中撤出。保持适度的沉默便是最有力的雄辩。他还认为，必须留出足够的余地，让对方自己去思考。唇枪舌剑，只能把对方逼到无话可说的绝境，但问题最后的解决，还是要靠对方自己在思考中去完成。

"贡开宸很快就要被免职了，你知道吗？"张大康突然转入"正题"，问。马扬淡然一笑："是吗？"张大康端着酒杯站了起来，问："你不信？"马扬又笑了笑："你信？"张大康再问："你为什么不信？"马扬反问："我为什么要信？"张大康做了个幅度很大的手势："许多人都在这么说……"马扬一笑叹道："真可惜了你还是 K 省强势群体的一位杰出代表人物，居然也在拿民间传说来做时局判断的依据。K 省啊，我可怜的 K 省，你怎么会有光辉前程呢？""贡开宸家里的人也这么说……""贡家人？哪一位？贡志和？他没这么瞎嚷嚷吧？没有吧？""但你总得承认贡开宸这一回是严重受挫了。从北京回来他肯定要收敛、沉闷上一段时间。他一定得找个安静的角落，去疗救自己的伤口。这是个机会，马扬，你不觉得吗？这是个难得的空当。别走啊，留在 K 省，你我正好可以放开手脚好好干一番。南方人才济济，有你一个不多，缺你一个也不少，去那儿凑啥热闹嘛。干脆到我公司来干吧。只要你愿意来，董事长、总经理随你挑。年薪嘛，咱们绝对不少于这个数。"说着，张大康便伸出五个手指，在马扬面前用力地晃了一晃。

"五万？"马扬故意问道。

张大康一耸眉毛："五万？你把我当什么了？五十万！怎么样，还说得过去吧？刘备请诸葛，也就三顾茅庐，一杯薄酒。你老人家仔细算一算，我上你这儿来过多少回了？少说也有七八回十来回了吧？上我那儿去吧，我保证给你一个自由发挥的空间。"

马扬突然哈哈大笑起来:"'自由空间'?哈哈哈哈……老同学,这几个字从你嘴里蹦出来,我怎么听着那么别扭?资本家会给他的雇工一个自由发挥的空间?这又是你自己的新创造吧?哈哈,哈哈哈哈……真可以去拿诺贝尔经济学'创新'奖了。可我还没弱智到会相信这种鬼话的程度!"

张大康不无尴尬地一笑:"你小子又在臭我。"

马扬沉静下来:"咱们先不说你我之间的事。有一点,你的判断有重大失误。这么多年,谁听说贡开宸公开承认自己会受挫?谁又告诉你,贡开宸受挫了就会沉闷?我曾经认真研究过他。K省是他一生的梦想,K省在他老人家的治理下,曾经非常辉煌过。多年来,他在中央一些要人的心目中有相当的影响。目前虽然困难重重,但你必须承认,这老头儿身上有一种过人的韧性,过人的攻坚能力。他绝不会主动要求离开省委一把手这个位置,绝对不会。即便这么做了,也只能认为是一种政治姿态,绝非他的本意,也绝不会产生真实结果。他认为他在K省还有许多要做的事没有做。他还会抓住大山子问题,大做文章,从大山子找到突破口,把整个K省的工作再拱上一个台阶。而中央也会权衡,当前在中国,能主持K省工作,比较好地解决K省问题,暂时看来还没有比他更合适的人选。所以,根据我的判断,中央绝对不会免去这位贡大人的职务。在这种情况下,贡开宸杀回K省,重打锣鼓另开张的可能性极大。他回来后,第一件事,他要干什么?他必然要整肃内部,稳定队伍。他必然要拿我这个'刺儿头'开刀,这是他别无选择的选择。任何一个政治家都会这么干的。曹操不杀杨修,何为曹操?!又怎么能为魏国奠基?所以,老同学啊,你就别再劝我留在K省了。你劝我留下,就是在要我的小命。最后,我再次向你重申,我马扬这辈子绝对不会下海。我鼓励过许多人下海,其中也包括你老兄,但我自己绝对不下海,也包括到你恒发去拿几十万年薪当什么董事长老总什么的,所以,以后你不要再拿花花绿绿的人民币来诱惑我这个穷书生了。可爱又可恨的摩非斯特先生啊,还是离浮士德同志远一点儿吧。他心里既烦躁,又害怕,怕有朝一日顶不住你这几十万年薪的诱惑而丢失了自己那份必要的贞操……"

张大康哈哈一笑:"啥贞操?愚忠!固执!"

马扬却叹道:"随便你说它什么都可以,也许,用俗人的一句话说,这就叫，萝卜青菜，各有所爱……"

张大康沉默了，最后只得苦笑着指着马扬的鼻子，啐道："你他妈的，整个儿一个贡开宸的翻版。你们俩，谁说谁啊？！"张大康愤愤地走了。马扬却仍温和地笑笑，塌坐在一堆纸板箱上，漫不经心地冲他高大的背影摆了摆手，拉长了音，叫了声："你他妈的这个粗野汉子，走好——"

张大康带着强烈情绪化的脚步声，笨重而又快速地，终于消失在楼道尽头。马扬脸上的笑容也随之一点点凝固了，僵化了，渐渐淡去。当这笑容最后从他唇边完全消失时，他低垂下了脑袋，完全失去了收拾行装所必需的那份精细心情，呆坐着了。应该承认，马扬对自己选择"逃亡"，心有不甘，真可谓"既知今日，何必当初"？这么多年，何必在这"灼人的太阳地里"，苦苦守望着这片"麦田"，以致"沦落"到今日这一步？要走的话，早就可以走的嘛。这些年，从中央到地方，各级公务员队伍里，多少像他这样被称作"年富力强"的当任干部掉头他去，进入商海；商海里又有多少条民营、国营"大船"的"船老大"，向他们这些年轻的厅局级、县处级干部发出过各种各样极具诱惑力的"召唤"……他从未怀疑，自己去办公司，即便不能说比张大康"之流"办得更好，也绝对不会次于他。让个人拥有几部大奔，几幢小楼，几个国际头衔，应该说是"小菜一碟"。但他没走。不走的理由，他从不回避，他看重公务员群体对整个体制的那点儿"影响力"；他从不回避，他的志向并不在办好一两个公司上。他认为现在，对于中国，更重要的是创造出一个能让所有的公司都办得起来，并且能让它们中的大多数办得兴旺的环境和条件。这对于已经走上改革不归路的中国来说，可以说是"致命"的。中国当然缺乏优秀的企业家（老板），但同样毋庸置疑又往往被人们议论得较少的却是，中国更缺乏真正能按人民的需要和经济发展的需要来操作和改造整个体制的优秀公务员和杰出政治家。在这一方面，也许可以说他的胸臆间还荡漾着一股"学者"的迂执和激情。但曾几何时，K省这块数以十万平方公里计的地面上，居然也容不下这么一个迂执"学者"的小小五尺之躯了……

第十章

几乎在这同一时候，马扬的夫人黄群却心急如焚地乘坐一辆装运大件行李用的一三零小货卡，正火速向自己家跑来。雨后的大山子露天矿区街道上，布满了大小不等的水坑和叫卖零食的小摊儿。小货卡一路颠簸、弹跳，快速进出水坑。水珠纷纷飞溅到街道两旁的摊主们身上，引发一片谩骂：

——"嗨，哥儿们，会开车吗？"

——"他妈的，跟谁过不去呢？"

不大会儿工夫，小货卡便冲到楼门口。黄群带着那几个搬运工匆匆推门走进自己家，屋里除了马扬，还有他们的女儿，高二学生马小扬，也在帮着收拾东西。黄群火急火燎地四下里扫了一眼，赶紧数落："这爷俩怎么回事嘛？多半天工夫就打了这么几个包？"随后又发现了那个高档法兰西酒瓶，不高兴地问："那个张大康又来过了？"马扬赶紧歉疚地解释："我跟大康就聊了几分钟……小扬刚回来……我们都在努力……"同时加快手里的动作，赶紧去收拾另一堆东西。黄群忙制止："行了行了，先别管那些东西了……你们赶紧走。"

马扬一愣："什么叫'先别管'？先别管，什么时候再来管？"黄群没顾上回答马扬的疑问，却去吩咐搬运工把那几个已经打成包的行李扛下楼装车，然后才回头告诉马扬："你带小扬先走，这是你俩的火车票……"一边说，一边从衣帽架的铜钩上取下外衣，分别扔给他俩。马小扬接过外衣，疑惑不解地问："您不跟我们一起走？"黄群说道："我要赶得上的话，也坐这趟车。万一赶不上，就赶明天那趟车。"马扬更是大惑不解了，笑道："喂喂喂，老婆同志，您这又是跟我唱的哪一出？要跟我们分开走？什么意思？还有哪位先生需要您去跟他单独诀别？"黄群瞪他一眼，啐道："臭贫！"说着，便去关上房门，把他拉到一旁，压低了声音说道："刚才我到车队去调车，车队的梁队长跟我说，昨晚，有人组织了上千名工人找矿区党委，要求在贡书记调走前，把你调回大山子……"

马扬嘿嘿一笑："看上我了？新鲜事！"

"别嘿嘿。那上千名工人现在还在矿区总部嚷嚷着哩。后来，我又接到省妇联的老孟，就是省组织部周副部长夫人的一个电话，她悄悄给我递了个信儿，说省委组织部已经得到新指令，要他们尽一切可能留住你……"

马扬哈哈一笑："留我？谁发的这指令？"

黄群正色道："还能有谁？当然是贡开宸。"

马扬说："那怎么可能呢？现在最希望我离开K省的人，应该就是他了。"

"别不信。我去组织部核实过了，贡书记确确实实已经给组织部下达了这样的指令，要他们暂时冻结你的一切组织关系，凡是还没办的手续，一律停办。"

马扬这才收起笑容，问："他什么时候下达的这个指令？"

"一个多小时前。"

"一个多小时前，他还在北京。"

"在北京又怎么了？组织部的人说，他就是从北京打回电话来，给组织部吕部长直接下达这个指令的。"

马扬这才不争辩了，呆站了一会儿，愣愣地自问："他留我干啥？想给自己树一个对立面？让我充当他鱼箱里的那条泥鳅，通过我不安分的'捣乱'，来激活他这箱鱼？他贡开宸能有那样的胆识？那么大的气魄？"

"别净想好事了，还激活谁哩！他留你这个活靶子，杀鸡给全省的猴看哩！"

"他居然想留我……想留我……留我……新鲜……"马扬还呆站在那里，反复地念叨着。这个消息显然给他带来极大的意外和冲击。

这时，从窗外传来小汽车的声音。黄群走到窗前往下一看，有些惊讶地说："省委组织部的车！他们的动作真快。你快走吧，让他们把你截在这儿，麻烦就大了……你到底还想不想走啊？"黄群真急了。马扬抬起头只是看了看她，却依然呆站着不动，脸上仍凝固着那种由于顷刻间思绪万千而引发的苦涩的微笑。"你改主意了？又想留下了？"黄群的心跳骤然加快。

说实话，她一直不太相信马扬真的会带着她母女俩离开 K 省，一直在担心他会突然变卦。但她真的非常希望能离开这个对于他们全家来说已成了是非之地的地方——为了他，也为了他们这一家。"大山子是一副什么烂摊子别人不清楚，你还不清楚？三十万职工已经两年多没发奖金了。有的分厂一年多没支出一分钱工资。总公司整体负债率已经达到百分之一百二十多。你没听人说吗？大山子就好比一艘千疮百孔的大船，谁当这船长都没治了。你有啥能耐改变这一切？就算你马扬是块好钢，把你全砸成薄板，也补不了几个窟窿眼儿！"

这时，门外传来清晰的敲门声，显然是组织部的大员驾到。

马扬猛地抬起头，毅然决然地命令黄群："开门去。"

黄群脸色青白，浑身微颤，拼着全身的精神，在做最后的挣扎："再说，你就不考虑自己留下来，这位贡大人能给你什么好果子吃？你辛苦半辈子，好不容易才挣到这个份儿上，难道说就是为了等着让他来收拾你一盘？你想想……"马扬再次命令道："开门去。"

黄群不动，心里突然委屈得想大哭一场。马扬无奈了，轻轻地叹了一口气，安慰似的拍拍她胳膊，然后掸掸自己身上的灰土，自己去开门了。

也就在这个时候，从北京飞来的波音 757 客机降落了。不一会儿，贡开宸在来接机的一行人陪同下，乘坐由四辆奥迪车组成的车队，缓缓驶出机场大门。贡开宸一上车就吩咐郭立明："告诉高秘书长，请他通知在家的常委领导，马上过来开常委会。邱省长这会儿可能在大石湾免税区搞调研，请他务必赶回来参加这个会。"郭立明犹豫了一下，问道："您是不是先休息一下……哪怕休息个一两个小时，稍稍躺一会儿……"贡开宸不耐烦地打断了他的话："快通知。"然后他又让郭立明接通组织部吕部长的电话，询问马扬的情况："那个马扬怎么着了？已经派人到他家去了？对，先别让他走了。扣住他，把他所有的关系都先给我冻结了。这小子，放了一炮就想走人？留一屁股屎谁来替他擦？净想好事！你替我把他看住了，要走了人，我拿你是问！安排好了，马上过来参加常委会。"

第十一章

203 会议室，又称"常委会议室"，在整幢省委大楼里，它的地位，从理论上来说，应该说是"至高无上"的。当然，常委会并非全在这儿举行。比如坐落在近郊黑松林中间的那个白云宾馆七号小楼，就是举行常委会的另一个地点。这样的地点还有两三个，但常委们最常使用的，还是这个203，就近嘛，方便。

常委们从昨天晚上起，就不约而同地在等待着这个开会通知。他们看到，由于连续二十多个小时没有得到充分休息，在此期间又两次经受晕机的折磨，贡开宸的眼圈有一点儿发黑。

"总书记没有接受我辞去省委书记职务的请求……"贡开宸在向常委们简单报告了此次北京之行的过程以后，单刀直入，先把所有人最关心的那个结果做了宣示。这时，203 会议室里静得简直可以听到大头针落地的声音。在回 K 省的飞机上，贡开宸反复琢磨过，要不要向常委们报告他向总书记提交"辞呈"的事。考虑的结果是决定向他们报告此事。不说，也是此地无银三百两嘛。现在，所有人都在关心他是否会离任，都在关心他自己对此事究竟持何种态度。他要让全省上下都清楚地知道，贡开宸愿意为发生在 K 省的任何问题负起他应负的责任，绝不会推卸任何责任，直至摘去自己的"顶戴花翎"，并以此为契机，进一步引导全省上下密切地关注大山子问题和国有企业的改革问题，开拓全省经济工作的新局面。"总书记同时又非常严肃地批评了我。他说，如果我坚持要辞职，他可以把我的请辞报告提交中常委讨论。但是，总书记认为，我这个时候想辞职，是一种推卸责任的做法，是避重就轻的做法，是在大局面前缺乏一个共产党人应有的历史责任感的做法。他说 K 省的问题，的确需要认真总结教训，它也集中表现在大山子的问题上。但是，要解决这些问题，首要的还是要解决我这个班长的精神状态问题，要解决我们省委常委一班人的精神状态问题。他让我回来首先解决这个问题。他说他完全相信 K 省一班人能够解决好以大山子为突破口的特大型国有企业的改造问题，让 K 省的工作再上一个台阶……"正在做记录的宋海峰这时停下了笔，似乎分心了，走了一下神，但很快又控制住了自己的注意力，接着埋下头去继续记录贡开宸的讲话。

"总理在我离开北京前，也单独找我谈了一下。他主要是谈大山子问题。他认为，当前解决大山子问题，重要的有三点。一个是人的问题，也就是领导班子问题；一个是调整产业结构问题；第三，就是建立现代企业管理制度问题。从大山子的情况来看，当前最迫切的最关键的还是解决人的问题，领导班子的问题。不首先解决好班子问题，一切问题都免谈……然后，他还问了一下我们去年搞的农业产业化试点的情况。这次在北京还谈了一个问题，就是本月内将有三个集团军，并包括一部分海空军，在我省马公岛举行一次新中国成立以来最大规模的抢滩登陆联合军事演习……"

怎么贯彻落实中央领导的这些最新指示精神？

贡开宸提议暂时休会，请常委们对此认真做一些准备，用三五天时间。假如觉得不够，还可以延长一点儿——但绝对不能拖，可以有针对性地下去做一点儿调研，找一些专家和基层干部进行座谈，拿出一些针对性强而又切实可行的想法，最后形成一个全面的贯彻落实方案，呈报中央。一经批准，就尽快召开常委扩大会，一竿子插到地县级主要领导，部署贯彻落实这个方案的措施。

散会后，贡开宸回到办公室，又做了一系列的安排。首先，让郭立明通知省委宣传部、省委政策研究室和省报的几位领导下午三点来见他。他让他们马上组织人，围绕总书记的谈话精神，着手撰写一篇专谈领导干部精神状态问题的重头文章，在适当的时候，以省报社论的形式发表。然后又通知省计委、经贸委和体改委的领导下午四点来见他。他要他们列席复会后的常委会，并作专题发言。每人的发言，既要具体，又不得超过十五分钟。话题集中在一件事上：根据总书记和总理的最新指示精神，针对我省特大型国有企业存在的问题，你认为当前最迫切要做的一件事是什么？怎么做？发言必须具体，一切套话、官话、外交辞令皆免。假如说到人事问题，必须点明：谁、哪件事、怎么样。谁绕圈子，趁早闭嘴。然后他又给省工大和省财经大学打电话。他曾通过有关部门，给这两所大学下达了一个研究课题，专门研究"大山子发展问题"，并为此还成立了一个课题研究小组，拨了五万元的专项研究经费。他让郭立明通知这个课题组正副四位组长，下午五点三十分左右到他的办公室汇报研究的最新进展情况。最后他又跟省军区司令员通了个电话，请省军区代表省委省政府，及时跟军委、总参的有关部门沟通，及时了解此次军（事）演（习）对地方党政组织有什么具体要求，及时跟省委省政府通气，以便省委省政府及时采取措施，组织配合实施。

晚上八点零五分，一直还没吃晚饭的贡开宸匆匆到楼下机关食堂要了一碗热汤面，并告诉小郭，马上备车，他要去前任省委书记潘祥民家"看望潘书记"。

"您不回一趟家？小眉、志和他们都还在枫林路十一号等着您哩！"小郭提醒道。

贡开宸还真把这档子事给忘了。他长长地"哦……"了一声，歉疚地笑了笑，拍拍自己的脑门儿。郭立明马上掏出手机，替他把家里的电话要通，然后把手机递给了他。接电话的是修小眉。姐弟几个真是等得一点儿脾气都没了——已经整整等了二十多个小时了！修小眉接完电话，忙向那几位宣布："爸已经回省里来了，刚开完常委会。让我们别等他了。过一两天，他会另找时间，跟我们再好好谈一次。"贡志和忙问："他没被免职？""他没提免职的事，只说他开了一下午的常委会，还要去办一些要紧的事，怕一时半会儿是回不了家了，让我们别再等他了。""他倒好，让我们等了一天一夜，就这么一句话，把我们打发了。"志英有点儿不高兴。"这说明他没被免职嘛！你还要怎么的？"贡志雄眉飞色舞地大声嚷了一句，赶紧又问，"他还说了啥了？""他……"修小眉想了想，"他提醒我们千万不要相信社会上正在流传的那些谣言，老老实实做好自己的本职工作……""对对对，做好咱们的本职工作。"贡志雄连声应和，然后挑衅似的问贡志和："怎么样，我是不是可以走了？该'刑满释放'了吧？"贡志和没搭理他的挖苦，只是怔怔地打量修小眉，似乎是在琢磨她脸部神情的细微变化，从中进一步验证她刚宣布的那个消息的真实程度；然后突然地一转身，什么也没说，便向大门外走去了。不一会儿，便听到他那辆菲亚特车发动机响起的声音，并很快驶远。

第十二章

　　前任省委书记潘祥民住在南城大法寺后边。那是个老城区。他住在老城区一个上世纪六七十年代盖起的省厅局级干部住宅院里。那院里耸立着六七幢四层高的青砖楼房，被一道高高的青砖围墙护围着。围墙里大树参天。进大院，往里走，又有一道青砖围墙（并不太高，也不太厚），一道铁栅栏门（常年也不关）。铁栅栏门里，有一个砖砌的花坛和一片高大的毛白杨。毛白杨丛中坐落着几幢当年专为副省级干部盖的住宅小楼。用现在的眼光看，这些小楼虽然够宽敞，但无论式样，还是设备，都可说是既老旧，又很过时的了。每一幢小楼住两家，楼上一家，楼下一家，各走各的门，各用各的院子（一家用前院，一家用后院）。潘祥民从任省委组织部部长时搬进这院里，从大院，住到小院，一直到担任省委书记，他也不肯搬走。他喜欢这儿。用他的话来说，这儿有一股少见的“人气”。他所谓的“人气”，就是普通市民的生活气息。大院就坐落在普通居民区中间。一出大院门，走上不到几十米，就是狭窄泥泞的菜市场，弯曲嘈杂的小街、斜街，或后横街。这里，有些商场虽然早已改建得豪华气派，安装上了滚动电梯，可在当地居民们嘴里，它们还是“××大合作社”。可以这么说，这个大院是K省唯一“残存”下来，还“混迹”在普通居民生活区里的高干住宅区。潘祥民看中的就是这个“混迹”。他任省委书记后仍不肯从这儿搬走，别人当然就不能再跟他一起分住那幢小楼。原先跟他分住一幢小楼的那位副省长很快找了个理由搬走了。他倒也自在，独住一幢小楼，独享前后两个院子。只是楼上那一部分，他很明智地让它们空着，也不让儿女们占用。有时在那儿堆放一些用不着又舍不得扔弃的旧书、旧报、旧家具、旧衣物，也堆放一些一时半会儿消费不完的烟啊、酒啊、水果啊，还有那些“名优”

土特产品，等等。

潘祥民的老伴过世有两三年了。去年，他又找了个新老伴。

听说现任省委书记贡开宸要来看望"老潘"，潘祥民的新老伴徐世云还真有点儿手忙脚乱。"小徐"是一位老战友向老潘隆重推荐的。她是北京一家中型学术刊物的编辑，父母都是退休的大学教授。她起小跟着父母在上海长大，后随父母搬到北京，家里的保姆又是从上海带来的，所以沾染了一身的南方习性，至今还适应不了K省那套生活习俗。比如说，K省人不管做什么菜，起油锅时总要先将蒜片或蒜泥或大葱段扔进油锅里炸上一番，美其名曰：吊味儿。但徐夫人打小就忌大葱、忌蒜如同忌毒品，至今仍是只要一提及此等做法，依然大惑不解，并心有余悸。

"贡书记会在咱家吃晚饭吗？要不要……为他准备一点点心什么的？"忙乱了一阵后，她突然想起这么个重要问题，便带着那位她亲自从市妇联创办的"家政服务咨询中介中心"挑来的"家政服务工"，一起来请问"老潘"。

"随便随便。"潘祥民笑容可掬地随口应了句，眼睛仍没离开秘书小董刚送来的大字本"内参"。

"哎呀，什么叫'随便'嘛？'随便'这道点心叫人怎么做嘛？""小徐"非常认真地表示着不满。

"他不会在我们家吃晚饭的。"

"你怎么知道他不会在我们家吃晚饭？"

"老潘"无奈了，这才抬起头来，看着他这位新夫人，心想：你既来"请示"我，我说了，你又不信，叫我如何是好？这话当然是不能说出口的，说出口的却是这么一句话："这么吧，你上楼去找找，看看有没有好的绿茶拿两筒下来。贡开宸就好喝那玩意儿……"

"水果呢？起码得有一点儿水果吧？"

"他有糖尿病。不碰那玩意儿。"

"碰不碰也得上一点儿啊。要不然，茶几上空荡荡的，多不像样。再说，也不够那个规格啊。"

"上，那就上，那就上。""老潘"说着，脑袋又向大字本"内参"低垂去了。

"人家不是请教你嘛。""小徐"不满意"老潘"那种马虎应付的态度。

"请教好，请教，好嘛。""老潘"只得又抬起头，笑着补充了一句。

贡开宸今晚来是要跟老书记说说他准备如何处置马扬。贡开宸曾作为潘祥民的副手，在潘祥民的身边工作过多年。军人出身的潘祥民骨子里有一股矿工的憨厚和稳重，而矿工出身的贡开宸却天生有一种军人的果断和豪气。也许正是由于这种在气质、天性和思维行为方式等方面互补和多年在各种风浪里建立起来的默契关系，使得贡开宸在接任省委第一把手后，一直保留着那样的习惯：但凡遇到特别重大、特别关键的问题，他总要来找潘祥民"聊一聊"。

贡开宸并非处理不了马扬这个人和这件事。但他深知此事非同小可：处理好了，能起一石数鸟的连带作用；处理不好，也会像推倒一副多米诺骨牌似的，引发一系列的麻烦。

"对大山子，你究竟有什么考虑？"潘祥民沉默了一会儿，反问，没有直接就"马扬"问题做出回答。

"我这一届，还有两年任期。我一定得在这两年里拿下大山子！"贡开宸声色不动，却说得咬牙切齿。

潘祥民放下他那个青花玲珑茶杯，往沙发背上一靠，无声地笑道："两年时间，说长不长，说短也不短了。主席从一九四七年到一九四九年，在解放战场上变战略防御为战略进攻，一下把坐拥八百万重兵的老蒋赶到台湾，也不过用了两年时间嘛。小平同志从一九七七年到一九七九年，差不多也只用两年时间，把整个党的工作调整到搞经济建设为中心的轨道上来了。按说，用这点儿时间去收拾一个大山子，应该是够用的了……"

贡开宸忙笑着打断老潘的话："我等之辈怎么能跟主席和小平同志相比？他们是伟人，大手笔哦！"

"是啊，我们没法跟他们比较……"潘祥民也感慨了一声，突然掉转话题说道，"马扬这小子也够能写的了……六七万字……挺老厚一摞哩……"潘祥民一边揉着有些酸疼的后腰，一边慢慢地在客厅里溜达着。"听说他已经办了调动手续，要去南方某省？"别看潘祥民都退了好些年了，对省里正在发生的一些重要情况，却依然掌握得相当及时，相当清楚。各地可能都这样，一些老同志在当地经营多年，总有一些亲熟关系，在他们退下来以后，仍会经常地向他们通报一些情况。

"我已经下令把他扣下了。"贡开宸回答得非常干脆。

"怎么，你想收拾他？"潘祥民一下站住了，问。

"您觉得呢？"贡开宸微笑地反问。

潘祥民不作声了，长时间地没做任何反应，然后就在沙发上坐了下来，端起那杯茶，慢慢地啜了一小口，然后又慢慢地啜了一小口，却仍是不作声。

这时，贡开宸从公文包里取出一本打印的材料，放在潘祥民面前："您先替我看看这个！"

潘祥民随手翻了一下那本"材料"，问："啥材料？是马扬写的那个'条陈'？你真想收拾他？"

贡开宸仍微微笑道："您先看看。"

潘祥民沉吟了一下，把材料推回到贡开宸面前："如果你真有那意思，要收拾马扬，那……还是让政策研究室的那帮眼镜儿们帮你拿主意吧……"

贡开宸哈哈一笑道："潘领导，您怕啥呢，啊？"

潘祥民却只是默坐不语，过了好大一会儿，才说了句："喝茶，喝茶。这是江苏的一个老朋友送来的太湖碧螺春。好茶……好茶……"

第十三章

贡开宸到潘祥民家去，没带秘书。每回都这样，只要去潘祥民家，他都不让任何人跟着。这"任何人"，当然也包括郭立明。因此，贡开宸走后，郭立明抓紧时间处理了几档子由于赴京而积压下来的文案，再看看备忘板，备忘板上也没记着什么特别需要急办的事。这时候，他觉得自己真该回家走一趟了：妻子怀孕六七个月，刚把岳父岳母从河南农村接来，许多后续的事都还没安置妥帖。但他在光线已很暗淡的办公室里呆坐了一会儿，却怎么也起不了身，总觉得还有什么事情没办利索。一种忐忑，一种不安，一种不稳定感……隐隐地搅动着他的心。不知道为什么，近期来，这种感觉总是时强时弱地在袭扰着、困惑着他。

　　十分钟后，办公桌上的电话突然响了起来。他一愣，心跳骤然加快。

　　这是预料中的，他知道这个电话是谁打来的。他明白自己迟迟不走，其实是在等这个电话，但又有点儿害怕……怕他会打来，犹豫了几秒钟，他还是去抓起了电话。

　　果不其然，电话是省委副书记宋海峰打来的。最近，宋副书记总是在贡书记不在的时候给他打电话。这一个规律，已表现得非常明显。电话的内容，也越来越多地脱离工作，而"漫不经心"地向非工作领域延伸。

　　郭立明是个非常敏感的年轻人。虽然秘书这个工作要求担任此职务的人头脑比较灵活，但又不希望他们时时表现出自己天性中的那种敏感和冲动，不过，此时此刻，他拿着电话机的那只手的手心里却已经渗出许多的汗水了。一时间，仍然是那许多的忐忑不安和那种不稳定感一齐袭来，甚至还有一点点难堪。

　　"回来了？"宋副书记的声音很平和。

　　"宋书记。回来了……上午就回来了……"郭立明立即拿起电话机的机身，拖着长长的话线，一边连声应答，一边忙去关上办公室的门。其实下午开常委会时，他俩已经见过面了，小郭还特地过去和宋副书记打了招呼。但宋副书记还是要这样问，显得他特别关注小郭似的。"一路辛苦。"宋海峰寒暄了几句，然后轻轻地问道："贡书记怎么样？没事吧？"

　　"没事，没事。""一点儿事都没有？"宋海峰再问。他想知道，除了在下午的常委会上公开传达的那些情况以外，贡开宸在北京还遭遇了些什么。宋海峰当然不便问得那么直截了当，但含义是相当明确的。"从大的方面讲，应该说是……没有……""从不大的那些方面讲呢？"宋副书记故意笑着追问。"这我就不是很清楚了。中央领导跟贡书记谈话时，我没在场……""那很好，很好。什么时候上我这儿来坐一下，咱们随便聊聊？"

　　郭立明没马上回答，本能地向贡开宸办公室所在的方向扫了一眼，然后才连声说道："好的……好的……""现在有时间吗？能不能现在就过来一下？""好的……好的……"郭立明这么答应着，但真的起身向宋副书记办公室走去，那还是二十分钟以后的事。二十分钟里，他什么事也没干。他只是呆坐着。他心里一阵阵发虚。他知道，作为省委书记的秘书，他不应该和其他省委领导同志发生除工作需要以外的频繁往来和过于紧密的联系。这是在高等级的政治生活中，特别忌讳的事情——有关这样的"工作纪律"，虽然没有明文规定，但却是此类政治生活中，早就约定俗成了的"规则"。大家都这么很自觉地遵守着，以保持这一层次政治生活所必需的和谐和周全。但二十分钟后，郭立明还是犹犹豫豫地跨过了这道"门槛"。他安慰自己道："我这样做，也是为了工作……"是的，他这么说，并非没有一点儿道理。近一两年出现的种种迹象都在表明，如果贡书记一旦离任，宋海峰接任省委第一把手的可能性极大，最重要的明证便是前不久，经中央批准，在贡书记率团去德国访问期间，被确定来临时主持 K 省省委工作的便是宋海峰。为工作着想，也应该让他了解更多的情况。但是，宋海峰当前毕竟还不是书记。无论从哪个角度来说，郭立明这么做，仍然是严重违纪的——要知道郭已经不止一次去宋副书记处"串门"了。但……这是宋副书记主动邀请我去的，我……我能拒绝吗？每一次都这么犹豫，犹豫之后，也还是要去。带上几份本可以这时候去送，也可以不在这时候送的文件，郭立明便起身向宋副书记办公室走去了。

宋海峰的办公室总是布置得那么有特色。这跟他整个人的气质一样，虎虎有生气。

他从来不用秘书替他起草讲稿。特别是那些重要讲话，他都会像当年在学校里写毕业论文一样，找来一大堆参考资料，还要找一些对这一专题素有研究的同志，在时间允许的情况下，跟他们做一些尽可能的探讨和切磋。他会和他们争论，诱导他们向他提出种种反驳，以便他在最后阶段生成一条对问题非常明晰而又有力的逻辑思路和阐述走向。他始终认为，"副手"的主要职责，就是给掌握最终拍板权的一把手当高级咨议。因此，在任何情况下，一个称职的优秀的副手都要十分重视和十分善于掌握情况、研究问题、准备方案、提供思路，当然还应具有相当全面的行政能力，去推行一把手所拍板定下的工作思路。即便是当了省委副书记这样的高级"副手"，已经在分工管辖的许多领域、许多部门里被赋予了相当的"拍板权"，他认为其工作的基本性质仍然没有变。贡开宸在相当长的一段时间里，十分欣赏他身上这种研究问题的浓烈兴趣和深厚功力。这使他在政治上显得特别生动，特别不一般，洋溢着一股少见的学者气和强大的行政能力。

他今天找郭立明，是想摸一下底，确切地了解一下贡书记对马扬的态度。

"还不太清楚贡书记最后准备怎么处置这件事。但有一点是清楚的，他已经让人去搞清马扬的情况。他把这件事交代给组织部了。"郭立明回答道。如果说在走进宋海峰办公室前的那一刻，他对自己究竟应不应该来见宋海峰还有所犹豫和忐忑的话，一旦坐在了这位副书记面前，所有那些犹豫和忐忑倏然间都弱化了，甚至消失殆尽。自己会不由自主地应和着宋海峰的每一点要求，去回答他的每一个问题。每次来见宋副书记，郭立明都会产生这种感觉。宋海峰也的确有这样一种非常的亲和力和震慑力。机关里很多人都有这样的感受：不能当面跟宋副书记说事。只要当面跟他说事，不管原先是怎么地跟他不一致，说着说着，你就会认同他了，就会跟着他的思路走了，你就不想再坚持自己那一套东西了。等走出他办公室，回过味儿来了，可这时，你往往已经不好意思再去"纠缠"他了。所以，有人开玩笑说，宋副书记身上有一股特殊的"气场"，对人能起催眠作用。也有人说那是一种先天的气质，既俯瞰一切，又亲和一切，是天生的"领袖"胚，学是学不来的。这，大概就是人们所说的一个领导人的"个人魅力"吧。

"他交代给组织部谁了？"宋海峰问。

"吕部长。"

"跟老吕是怎么交代的？"

"他原话是这么说的，情况不管正面的、反面的，都要搞清楚，搞彻底。"

"哦……"宋海峰稍稍沉吟了一下。常委分工，他管组织，贡书记为什么没跟他提一下此事呢？他心里不由得掠过一丝淡淡的阴影。他接着问："你看贡书记的意思是要起用这个马扬，还是想收拾他？"

"他没明说。"

"你这个郭立明啊！"宋海峰淡然笑道，"这样的事，书记他怎么会明说呢？依你的分析呢？"

郭立明犹豫了："我……我真不太清楚……"

"那……好吧……"宋海峰没再为难对方，然后又问了些生活方面的问题，比如郭立明的岳父岳母从河南来替他带孩子，住房有没有困难，等等。然后，郭立明就赶紧告辞了。

郭立明走出宋海峰办公室不多远，宋海峰的秘书又追出来叫住他，跟他说："宋副书记还有点儿事……"郭立明一听，忙转身要回宋的办公室。那位秘书笑着拉住他说："你不用去了。是这么回事，宋副书记知道你家里来亲戚了，住房有点儿紧，刚才他亲自给管片的区房管局领导打了个电话，让他们给你岳父母找个临时住房，解决一下困难。这是管你们那一片的区房管局局长的手机号码……"郭立明忙说："这……怎么可以……"宋海峰的秘书笑道："没事。宋副书记早先在那区里当过区委书记，跟他们特熟。区房管局的几个领导都是他一手提起来的。你就说是临时租用的。当然，到底什么时候还，就看你方便了。"说着，把那张记有房管局局长手机号码的小纸条塞给了郭立明。

郭立明回到自己的办公室，面对着那张小纸条，又呆坐了一会儿，心里七上八下，仍然是忐忑，仍然是不安，同时又有许多的感动和感激。贡书记什么都好，但的确没问过他岳父母的事……忽然间，他觉得自己真有点儿对不住宋副书记。有一个重要情况刚才应该告诉他的，自己却犹豫了没说。常委分工，宋副书记管组织，把这个情况告诉他也是符合组织原则的嘛！他站了起来，又呆想了一会儿，终于鼓起勇气，下决心拨通了宋海峰办公室的直通电话："宋书记，我是小郭……房子的事，太谢谢了……"

"郭秘书，你干吗？"

"真的特别感谢领导的关怀……"

"嗨，忙你的吧。"宋海峰已经没有兴趣听小郭说这一类的"客套"话了，说着就要挂电话。

郭立明忙说："宋书记，您先别挂电话，还有件事……下午，组织部送来一份材料，是对部分重点培养的干部的民意调查，其中也涉及了马扬。我想您会感兴趣的。"

"对马扬的民意调查？是吗？结果怎么样？"

"认同率相当高。尤其在大山子。大山子接受调查的人中间，有百分之七十三点二的人认为，如果调整大山子领导班子，马扬是担任总公司和市委一把手最合适的人选……"

"哦？"

"不知道这个调查真实可信度到底有多高。如果真实可信程度较低，直接报给贡书记了，对省委领导产生重大误导，那负面作用就大了……"

"先拿来我看看吧。"

"行，行……"

这时，有人敲郭立明办公室的门。是省长邱宏元。

郭立明忙对宋海峰说了句："邱省长来了。一会儿我把材料给您送去。"放下电话，忙把邱宏元迎进办公室。邱宏元是来找贡开宸的。两个人刚说上话，贡开宸就打电话来了，真是"说曹操，曹操就到"。贡开宸在电话里让郭立明马上找到省长，说他有事要跟省长商量。郭立明放下电话，立即告诉邱宏元："贡书记正在往回赶的路上。他说，可以的话，请您在这儿等他一下。"

贡开宸没在潘祥民家待太久，自然也没品尝潘夫人徐世云特地为他烤制的那些颇为精致的无糖小点心。潘祥民到最后也没答应为贡开宸"审看"马扬的"上告材料"。

从老人今晚的态度来看，有一点很明确：他反对"收拾"马扬。

很好。奥迪车驶离潘家时，贡开宸松了一口气。他今晚去潘家，主要目的，就在搞清这位前任书记对马扬这个人和整件事的态度。潘祥民在一大批退下来的老同志和在位的基层干部中，仍享有很高的声望，因此，他对问题的态度和看法，是不能不顾及的。当然，搞清潘书记对事情的看法和态度，还是不够的。严格地说，事情做到这一步，还只能松下"三分之一口气"，接下来的一件事，就是要摸清省长邱宏元在这个问题上的态度。

"有个细节，我在下午的常委会上没敢传达，怕吓着了各位常委。总书记在找我谈话时，说到大山子问题，非常激动，一下站了起来，把外衣扣子都解开了，拍着桌子大声说，作为一个中国共产党人，如果解决不好中国的国有企业问题，就不仅仅是个历史欠债问题，也不仅仅是什么失职问题，对你我这样的人，都是个盖棺论定的大问题……"贡开宸一边说，一边递了支烟给省长，却久久没给他火柴。老邱接过烟，也久久没点着它。他俩都曾想戒烟，戒了无数次又都宣告失败，已经不准备再下这个决心了，但又不知从谁那儿学来三"点"经验，据说可以减少抽烟危害。该"经验"称：烟拿上手后，晚点一会儿；点着后，少抽一点儿；抽了以后，少往肚子里咽一点儿。对此，他们贯彻执行得倒颇为坚决。

"大山子问题，要打屁股，应该打我这个省长，我主管经济嘛。你不必在中央面前大包大揽。"邱宏元诚恳地叹道。

"你到K省才几年哦？"贡开宸苦笑着摇摇头，轻轻地叹了口气道，"再说，大山子问题远不止是个经济问题。在更深的层面上来说，它是个政治问题，体制问题。我不大包大揽，在道理上说不通，在良心上、党性上也过不去，更没法跟中央交代啊！"

两个人沉默了一会儿。

过了一会儿，邱宏元试探道："我尽快找省经贸委和省计委的同志再对大山子问题认真做一次论证，准备几套方案，供下一次常委会讨论时做选择？"

贡开宸默默地点了点头。

"听说你要留下那个马扬？"又过了一会儿，邱宏元居然主动提起了马扬，"留他何来？"

"留下他干什么，我真还没想好。"贡开宸坦诚地说道。

邱宏元一笑："这倒是你的风格。许多事，往往先干了再说。"

贡开宸也一笑，叹口气："批评我呢？"然后又沉默了一会儿说，"在目前这种情况下，我当然不能让他一走了之。"

"不让马扬离开K省，是上边的意思？"邱宏元试着问。

贡开宸摇了摇头："他们怎么会管得那么具体？"

"据说这个马扬是个非常聪明的人。如果上边没人发话，他会留下来吗？"

"我已经把他所有的关系都冻结了，他还能往哪儿跑？"

邱宏元拿起火柴，似乎要点烟了，迟疑了一下，听贡开宸说话口气如此强硬，不免一愣，便又放下火柴来问："对他来硬的，好吗？"

贡开宸笑笑："谁说我来硬的了？所有的事情都在协商之中嘛。"

　　"嚓"的一声，邱宏元手中的火柴划着了，但仍没有往烟头上凑去。"你那种所谓的'协商'，我可是领教过。"邱宏元慢吞吞地笑道。小小的火焰不一会儿便燃到了火柴棍的尽头，灼疼了省长的手指。他不紧不慢地晃灭了它，把多半截已燃成炭条的火柴棍扔进那只异型烟缸。曾有各种各样的人给贡开宸送过各种质料的烟缸，纯金纯银的，水晶绿松石的，镶嵌珐琅磨漆竹刻玻璃不锈钢的，等等，甚至还有一只象牙的，一位印尼侨商送的，雕着三个裸女顶着一艘旧式木帆船。木帆船的甲板上又雕有三只硕大的"木筐"。"木筐"全敞着盖儿。一只"木筐"用来装烟，一只"木筐"用来盛火柴，另一只则用来掸烟灰。裸女瀑布般的长发、精美小巧的乳头和秀足上每一个光润肉感的脚趾，以及船帆上每一个补丁、木筐上每一个木结疤都雕刻得细致入微，惟妙惟肖。但贡开宸全都没留，全送了人，只留下这一个。这一个是 K 省汽车厂开发的第一辆轿车下线时，送来的纪念品，给省委省政府每个办公室都送了一个，形状酷似那辆轿车，还带一个烟盒和自动打火器。只要你取烟，合上烟盒的盒盖，那打火器就能自动打着火，还会响起一个女孩儿的声音，甜甜地送上一声："我是中国名牌车，谢谢惠顾。"但使了没多久，那"女孩儿"就不出声了，"名牌"也不嚷嚷了。从那以后，贡开宸每回见到汽车厂厂长，都要"臭"他一通："瞧吧，火车不是推的，名牌不是自己吹的。自己吹出来的'名牌'，准得哑巴了！"那位厂长好几回都要拿一个新的烟缸来换，贡开宸都没允许。他说："给我撂这儿。哪天你们厂子的车真成了中国名牌，我亲自带人敲锣打鼓把它送省博物馆去。"

　　"其实……留下马扬，也是个麻烦……"邱宏元进一步试探。

　　"何以见得？让他一走了之，你我就痛快了？"贡开宸也试着追问。

　　"嘿嘿……嘿嘿……"省长同志含义不明地干笑了两声，再一次划着火柴。这一回真把烟给点着了，但只吸了一口，就闷那儿了。过了一会儿，他才抬起头来，定定地看着贡开宸，冒了这么一句话："不过……真要让马扬那小子走了，不管他去哪个省，都让那个省白捡个便宜。怎么说，这小子也是个人才啊。人、才、啊……"在说最后那三个字时，他用了很感慨的语气，很重的语调，很深沉的眼神，脸部表情忽然间也变得十分严肃，就那么直瞪瞪地看着贡开宸，似乎是在用这些无言的表达传递着一种确定的"意向"。

邱宏元一时间拿不准在处置马扬的问题上，贡书记到底是怎么打算的，也不知他是否已经做出最后的决定。他不想在不明情况的前提下，草率地和书记同志"唱了反调"，但作为一省之长，他确实又不舍得放走这么一个"人才"，又觉得自己应该不失时机地向书记同志表明自己对马扬这个人、这件事的看法。要很得体地、很婉转地把方方面面都照顾到了，这是非常必要的。

这时，电话铃响了。是宋海峰打来的。他向贡开宸报告："老吕那儿搞到一些有关马扬的情况，您什么时候有时间，我让他们过来向您详细汇报一下？"

贡开宸立即答道："我尽快。你告诉小郭，让他安排一下。还有一件事，去北京前，我曾经让老吕组织人到大山子去搞民意调查，看看大山子群众心目中有没有合适的一把手人选。他们搞了没有？材料里有这方面的情况吗？"

宋海峰略略迟疑了一下，说道："没有……在我看到的这部分材料里，好像……好像没有这样一份民意调查材料……"

"那你赶快催办。让他们赶快把情况搞全面了！这件事，你过问一下。"

第十四章

赵长林跨上自己那辆旧自行车，一路蹬到矿总部大楼后门口，政治部宣传科的两个干事已经等候在那里了。两个小时前，矿总部得到通知，说是有两个"老外（记者）"急着要采访大山子的工人。领导紧急研究，圈定让赵长林出面接受采访。四处打了一圈电话，好不容易在工段里找到他，催得他都没顾上换一身干净衣服就赶来了。

"真够磨蹭的！那俩老外眼珠子都等绿了。快洗洗。用点儿香皂，别让你这一身机油味儿、汗臭味儿，熏着老外了。"那宣传科的干事指着办公室里早就备好的一盆洗脸水，对赵长林说道。

"三车间那部选矿机出了点儿毛病，耽搁了一会儿……"赵长林歉疚地笑笑，一边忙脱掉脏了吧唧的工作服，双手往脸盆里那么一插，水面上立马就漂起一层油花。"今天这个记者采访，你唱主角。"另一位干事这么对他宣布。赵长林一愣，忙从那盆已经变得油黑油黑的洗脸水里稀里哗啦地抬起头，问："我……我唱主角？矿领导呢？""今天那几个老外就想采访普通工人。矿领导研究了一下，你是省级劳模，工人阶级的优秀代表，就把这好活儿派给你了。""我操！这要都是好活儿，那世界上还有孬活儿不？"赵长林尴尬地笑笑，继续使劲儿擦他那黑乎乎的脖颈。一位干事掏出一份打印好的材料递给长林，叮嘱："这是你的讲话稿。"先头那位干事则忙着从一旁的那个大柜子里取出一套廉价西服和一根颜色颇为鲜艳的领带，同时递给长林，让他赶快换上。赵长林瞟了一眼那西服说："衣服就别换了吧。反正他们也知道我是工人。""嘿，'工人'也有个形象问题。"那干事大声笑道，"咱是中国工人阶级，代表改革开放中的中国工人形象！二五眼呢？快换！一会儿见完记者，你可得把衣服给我留下。下一回还得使哩。""那是，那是。下一回还得靠它给咱中国工人阶级长脸哩。"赵长林擦干了手，实诚地点点头说道。另一位干事在一边叮嘱："一会儿别管老外咋问，你都照这稿说，千万别说走了嘴。最近这段时间，中外媒体对咱们大山子特别关注，净想来捞稻草哩……嘴上可得把着点儿。记住，你是在代表中国工人阶级说话。"

赵长林紧着点头："那是那是。"一会儿工夫衣服换好，在那套并不合身的廉价西服的约束下，赵长林浑身不得劲儿，在那两个机关干部的陪同下，一边整理着那根怎么整也整不好的领带，一边别别扭扭地向会议室走去，快要走到小会议室门口了，突然从走廊的那一头拥来一群工人，拦住他，一边跟他低声地说着什么，一边拽起他把他往外带去。那两位干事急了，忙追上去呵斥："干什么呢……干什么？"赵长林为难地告诉他俩："马主任要走了……"干事没听明白："什么马主任？"赵长林忙解释："就是前些年在咱们这儿当过一阵矿长，后来又去省城经贸委当副主任的马扬……"那干事不高兴了："你们这真是剃头的在跟搓澡的戗戗！那儿大鼻子记者在等着哩。"站在赵长林身后的那几个工人没理他俩，三下五除二脱下赵长林的西服，又把讲话稿塞还给了他俩，说道："大鼻子记者管我们饭不？管我们开支不？给我们报销医药费不？这节骨眼儿上，他们上这儿来瞎掺和个啥嘛！矿上劳模多的是，谁念讲稿不是念？麻烦你们另找人去吧。"说着，便拉着赵长林向外跑去。那两位干事这回真急傻眼了，忙叫喊："你们还真无法无天了！"并跟在后面追。因为赵长林只把西服上衣脱了，西服裤子还穿在他身上哩。"哎哎……裤子……裤子……"他俩一边追，一边这么讨要着叫唤。

这时，一支由一辆国产摩托车和众多破旧自行车组成的车队，早就在矿务局大楼的后门外等候着了。见那几个工人架着一边脱裤子，一边瘸瘸拐拐颠跳着的赵长林跑出后门，车手便立即发动摩托车。等那两位干事追出后门，摩托车已然载着赵长林，在那个庞大的混合车队的簇拥下，急速地向马家驰去。赵长林脱下裤子用力一扔，那裤子便飘飘扬扬地在空中划了一道不怎么标准的弧线，最后软趴趴地坠落在冰凉的水泥台阶上。

二十多分钟后，马扬便听到从自家楼下响起一片叫喊声："马扬别走！省劳模赵长林来求你了！""马扬别走！赵长林来求你了——"这时他正跟省组织部来的那两个同志交谈。叫喊声骤起，所有在场的人，包括组织部来的同志都吓了一跳，不知发生了什么，忙赶到窗前探出头去往下一看，只见楼前那泥泞的空场上，早已黑压压地挤满了不知何时集合起来的人群。

"马扬，你别走啊！"

"马主任，火车跑得快，全靠车头带！"

"马矿长，别——走！呱呱呱！马矿长，别——走！呱呱呱！马矿长，别——走！呱呱呱……"

这"呱呱呱"，是工人们手上拍出的有节奏的掌声。就在这一片整齐的掌声中，马扬的心酸涩了，马扬的心温润了，马扬的心战栗了，马扬的心滚烫了。他不忍再听下去，更不忍再看下去，一咬牙，便关上了窗子。

"请你们容我再考虑一下。"等自己稍稍平静下来，他对组织部来的那两位同志说道。

"还要犹豫什么呢？你听听这外边的呼声。这可不是谁策划的。服从天意和民意吧。"组织部来的那位男同志温和地笑道。

　　"让我再考虑考虑……"

　　"马扬同志……"组织部来的那位女同志也想说什么。

　　"容我再考虑十分钟。十分钟，怎么样？"马扬对他俩做了个十分恳切但又非常坚决的手势。组织部来的那两位同志不说话了。马扬忙把黄群招呼进了里屋，并立即关上门。到底是走，还是留，他要跟黄群再沟通一下。里屋挺暗，但两人都没去开灯，就那么默默地在暗地里干站着，好像所有要说的话都已经说尽了，但又特别不甘心似的……过了一会儿，马扬刚要开口，黄群抢在头里开口了："你真要留下？"

　　马扬歉疚地："眼前的局面你都看到了……"

　　"我看到什么？你让我又一次看到了一个软弱的马扬，自作多情的马扬！"黄群眼眶里一下溢满了泪水。

　　"黄群……"

　　"别说了。"

　　"先把车票退掉吧。"

　　"今后你怎么面对南方的那些朋友？他们在你最困难的时候，出了那么大的力……"

　　"先顾一头吧……能怎么办？"

　　"怎么办、怎么办、怎么办！"黄群一下叫了起来，圆润而不乏秀气的脸庞顿时涨得通红，因为着急，她那平时显得十分清灵的眼睛，这时却灼灼起来。"马扬啊马扬啊，你也是在官场上混了这么长时间的人了，你怎么就看不清楚！因为他们曾经批准过你调离，所以到现在为止，一切行动的主动权还在你手里。但是，一旦你交出准调令，真的留下，又成了他们管辖的人了，你就瞧着吧！别看他们这会儿好声好气地求你，到那时候，还不知道谁是孙子谁是爷哩！"

　　"我不在乎谁是孙子谁是爷……"

　　"你不在乎？马扬，醒醒吧。大山子是个什么地方？它是你圆梦的地方吗？"

这时，马扬突然瞪大了眼，烦躁不安地叫了起来："我圆什么梦？我还能有什么梦？"高亢又严厉的话音一下传到外屋，传到楼前空场上。正在七嘴八舌议论声中等待着的工人们听到这话音顿时安静了下来。黄群一时间似乎也被镇住了似的，背转了身去。

是啊，还说什么呢？这两年，大山子的高级工程技术人员已经走了百分之四五十，有博士、硕士学历的走得更多，差不多百分之七八十都走了。"这种特大型资源性企业，一旦资源枯竭，唯一的出路就是解散、死亡……""但是，它的资源现在还没有枯竭。大山子问题的关键，根本就不在于它的资源是否枯竭……""我明白你想说什么。你想说，问题的关键在于一种特别僵硬的管理体制，再加上一大批在这种体制下培养起来的根本不懂经营的所谓的经营者，是不？我不懂经济，但任何一个外行都明白，体制问题，经营者问题，对一个企业来说，只要遇到其中一个问题，就寸步难行。现在它同时面临这两大问题，应该是毁灭性的。既然如此，你还要怎样？你还能怎样？再说……"说到这里，她迟疑了一下，怕自己说的话分量过重，伤了马扬，便一边打量着马扬的神情，一边怯怯地说道，"我也不怕你生气，你说……你……你认真掂量掂量，你马扬就真的懂经营？你成功地经营过一个特大型国有企业？在中国，谁敢吹这个牛，说他一定能救活一个几十万人的特大型国有企业？就算你有那个能耐，可以点石成金，那也得有那个环境和条件啊，得有人允许你，支持你充分施展你的能耐去点石成金。你有这么个环境和条件吗？你闹清楚没有，贡开宸今天突然扣留你，到底是为了什么？尤其是在你给上边写了那样一份告状材料以后……"

"那不是告状材料！"

"可你在材料里罗列了省委、省政府那么多问题……"

"我说的都是客观事实。"

"我的老公同志，在某些当官的眼里，什么是真理？什么是事实？官大一级就是真理，就是客观事实。在他们看来，真正值得使用的人只有两种，一种人是铁杆心腹，能舍命替他办一切事情，包括那些最黑最丑的事。这种人即便能耐不大，不懂业务，他也会重用。还有一种人就是业务能力特别强的，虽然不那么贴心，不会整天哈着他俀着他，但老实憨厚，起码不给他找麻烦。这种人他们也会重用，这是他们制造政绩少不了的人。你掂量掂量，自己是这两种人吗？"

"贡开宸还不是那种官……"

"那，你说他是哪种官？"

马扬苦笑笑，没再往下争论。这个问题太复杂，不是这时候能讨论得了的。"我们只有十分钟时间……"他抬起头，恳切地看着黄群，然后郑重地说道，"就算我这一回错了，你也让我再错这一回吧。"

听马扬对她说了这么一句话，眼泪一下便涌上了黄群的眼眶。如果说男人是天下最复杂的"动物"，那么黄群肯定会告诉你，马扬是所有男人中最复杂的一个。如果说男人是"动物"中最幼稚、最单一、最好冲动的家伙，那么，黄群也会告诉你，她的马扬又是所有男人中最最"幼稚"、最最"单一"、最最好冲动的。结婚这么多年，她跟他争论过无数回。

她知道，只要他说出"就算我这一回错了，你也让我再错这一回吧"这句话，争论就算结束。他不会再跟你争论下去，你就得按他说的去做，你再说，他就会拂袖而去。有时，他内心的固执和那种霎时间出现的莫名其妙的"软弱"，就像共生在同一块矿石中的异类结晶体，难分难离，却又绝对地相互排斥……

但今天黄群却不想就此罢休。不管他将会做出怎样激烈的反应，她一定要再挣扎一把，再努力一下，毕竟眼前这件事太重大了，毫不夸张地说，他们一家三口人的身家性命，百年前程，全系于此了。

"但怎么再跟他往下说呢？"做出这样的决定后，黄群却不敢正眼去看马扬，表面上保持着僵持的姿态，心里却在快速盘算着。

也许因为，走，还是留，的确不只是他一个人的问题，今天马扬的态度也不像往常那么激烈和强硬。看黄群仍板起脸站在那儿，倒着一口口粗气，眼眶里饱噙委屈的热泪，他便破天荒地和缓下语气说道："黄群，你应该知道，我对这回请调，本来就心有不甘……目前这个阶段，不仅仅是大山子，也是我们全省最关键的时刻，我这样离开，实际上是……是逃跑，是挈妇将雏，败走麦城。至于你刚才提到的贡开宸的态度问题，我现在是这么考虑的，不管贡开宸最终对我个人持什么态度，大山子都是可以做成一篇大文章的，也是必须做成一篇大文章的。三十万工人的问题必须同时得到妥善解决……"

"必须妥善解决大山子三十万工人的问题？马扬，你一直吹嘘自己是当今大陆上最有经济头脑的学者型的行政领导人员。在这么个关键时刻，你那些经济头脑都上哪儿去了？你学者般的冷静和理智又都到哪儿去了？这些年你去欧美许多国家考察过，也跟他们许多企业家打过交道。你说说看，国外哪一个有头脑、有魄力的企业家遇到大山子这种状况，会不惜丢掉争取更大发展的机会，让自己深陷在这个泥潭里死缠烂打的？谁会去做这种倒贴老本还可能一无所获的事情？"

马扬稍稍提高了一点儿声音，挥起一只手回答道："他们是资本家。他们为了追逐个人的发展，可以置几十万几百万工人的命运于不顾。我们也要个人的发展，但我们不能不顾工人的死活。因为我们毕竟还是个共产党人……"

黄群苦笑："那好吧。你留在这儿做你的共产党人吧。"说着，眼泪便再也忍不住，夺眶而出，马上掉转身，拉着马小扬，拿起手包和随身携带的一个小皮箱，大步向外屋走去了。马扬一愣，但没去阻拦。他以为，那只不过是黄群一时气头上的冲动，走几步，或十几步，至多等到走出房门，或走到楼梯跟前，她一定会自动停下。以前不是没有过这样的先例。但今天她母女俩的脚步声却明白无误地告诉他，她俩确确实实地走下楼梯去了。

院子里，暮云四合，天色已很暗。黄群、马小扬走出楼门，拥挤在楼门前的大群工人惊愕地看着她俩，默默地自动为她俩闪开一条窄窄的通道。马扬在楼上却只是呆站着，听着妻子和女儿的脚步声声声远去，他脸上毫无表情，只从他眼神深处，或许能稍稍觉出一丝的困惑和无奈。一直到黄群和马小扬的脚步声完全消失，他仍一动不动地在那儿呆站着。黄群、马小扬的举动显然也震动了那些工人。他们目送着她俩，有些不知所措，甚至觉得挺对不住这一家人的，脸上纷纷流露出许多的愧疚。有人要上楼去，大概是想对马扬说些什么安抚的话。赵长林一把拉住了这些工人。他大概想到，作为普通的工人，这种时刻，无论说什么，对于像马扬那样一个层次的领导人的家庭内部纷争，都是无济于事的。他对大伙儿使了个眼色。

大伙儿便悄悄地散去了。这时，仍在自己家的里屋呆站着的马扬听到了从楼下传来一三零小货卡马达启动的声音。他脸部的肌肉猛地抽搐了一下，扑到临街的窗口向下张望，只见那辆小货卡亮着车前灯，正缓缓地掉头离去。这时，他才意识到，她俩真的要走了，便赶紧向楼下跑去，想去截住这母女俩。等他冲出楼门，楼门前的土路两旁依然还呆立着一些没有离去的工人群众。在他们多少有些迟钝的目光注视下，那辆小货卡已经掉过了头，向着夜幕深处缓缓驶去。这时，最后一批工人也开始散去。不一会儿，小货卡便消失在变得相当浓重了的夜色之中。马扬不禁有些悲凉，苦笑着长长地出了口气，摇了摇头，正要回楼上去；转身之间，眼角的余光掠过，他突然看到，在这幢居民楼不远的一个拐角处，在那被昏黄的路灯淡淡地照亮着的地方，也是刚才被最后离去的那群工人遮挡住的地方，孤零零地站着黄群母女俩。天哪，她们没走！他惊喜地叫了一声："小扬……"便情不自禁地大步向她俩跑了过去。

第十五章

贡志和驾驶着他那辆菲亚特车驰近清风阁茶艺社时，张大康和他那辆奔驰车早已在茶艺社门前等着了。贡志和没停车，只是减速，缓缓驶过奔驰车，按了两下喇叭，向张大康示意，他到了。张大康立即启动车，加速后反超到菲亚特前面，并对贡志和做了个手势，让他跟着他。两辆车便一前一后，急速地向城北驰去。

傍晚时分，张大康从贡志雄嘴里听说了贡开宸已经保住了省委一把手的职务，整个省委班子可能也不会发生什么大的变动。他马上让身边的人又通过其他途径去核实。消息一经确认，他大大地松了一口气，但心情仍应该说是忧喜参半。喜也，忧也，喜忧都在贡开宸身上。近年来，他奋力发展他的恒发公司，为此，他通过种种关系走近了贡家人，也和这个省委班子里的个别领导建立了比较密切的个人关系。但让他伤透脑筋的却是，他费尽了吃奶的力气，却怎么也走近不了贡开宸。他俩不是没见过面、没握过手、没寒暄过……不是的，贡开宸还"热情"地到恒发公司来视察过，他们一起吃过饭，合过影，面对面地探讨过中国民营经济的定位和走向等问题。但关系也就到此为止。想试探着跟这位书记大人建立进一步的私人接触，没门儿。他试过几回，都碰了软钉子。有一两回，那"钉子"，还碰得相当硬。比如说有那么一回吧，张大康想直接"闯"到贡家去看望这位书记大人。他早听说贡开宸有个怪脾气，他从来不去别人家里串门（一两位老同志的家除外），也不在家里接待任何人。特别是下班以后，绝对不在家里接待任何来求他、找他办事的人，更别说来找他拉关系的。有事吗？请上办公室谈。有事吗？请上班时间谈。但张大康偏偏就不信这个"邪"，不信他贡开宸真有那么拧，那么绝。在一个周日的晚上，他摸准了贡老头儿在家，便带着一箱进口的"胎盘粉"和东北产的"鹿茸酒"，驱车去了枫林路十一号。递名片，亮身份（恒发公司在 K 省赫赫有名，张大康更是个经常在电视台和省报上露脸的角儿），咬牙跺脚，硬泡软磨地纠缠了四十分钟，警卫就是不开门。后来贡开宸出面了，张大康忙上前道歉。贡开宸拉长了脸问："找我？对不？行。走吧。"一下把张大康带到办公室，一落座，就问："什么事？"张大康忙说："没什么事啊，就是想来看看您……大礼拜天的，您也该放松放松嘛……""真没什么事？"贡开宸再问。张大康淡然笑道："没事没事……"随手掏出烟盒和金壳打火机。贡开宸一下站了起来，又问了第三遍："真没事？"张大康一愣："没事啊……""那就恕我怠慢了。"贡开宸说着按响了电铃。郭立明匆匆赶来，贡开宸命令他："送客！"即刻就把张大康"轰"走了。以后在各种各样的公开场合，他们还见过很多次面，依然谈笑风生，握手寒暄，该干嘛干嘛，但张大康脑子里却再也没敢冒出那种怎么去私下里接触这位"书记大人"的念头。不是不想，真是不敢，不敢再去冒犯。虽然心有不甘，却也实在是无可奈何。

是啊，无论如何，这总是一个缺憾，巨大的缺憾。

后来又打听到，这位书记大人在生活中并不是不跟任何人来往的，但对人称"暴发户"的民营企业家，却犹存"戒心"，在生活中是绝对不肯跟他们有所往来的。对此，张大康先生心里所产生的那种感觉就远不是"缺憾"

二字就能形容得了的了，甚至多多少少都感到了一种不踏实、不安生……

　　贡志和驾驶着菲亚特，紧跟在张大康的奔驰车后头，眼看着就要出城圈了。出城去干吗？贡志和纳闷儿，他一下刹住了车。他比较了解这个张大康，对这位大康先生时有戒备。傍晚时分，张大康打电话来约他见面，他问他见面干吗，这家伙还神神秘秘地卖了个关子，说见了面就知道了。他怕他又玩啥"幺蛾子"，一路上都提溜着这个心哩。

　　不一会儿，机敏的张大康发现贡志和没跟上来，便也停下车，拨通手机，问贡志和："干吗不走了，黏糊啥呢？"贡志和答道："我干吗还要往前走？这都出城了，你到底想干什么，快说。"张大康嘿嘿一乐道："兄弟，你着哪门子急？今天是周末，我带你去一个乡村俱乐部……"贡志和往驾驶椅背上一靠，冷冷地说道："少跟我来这一套，我不是贡志雄。快说，什么事？""贡志雄怎么了？你们家志雄好着哩。"张大康有点儿不乐意了。贡志和没管他那么多，只说了句："你说不说？不说，我走了。"就收了手机，掉头向城里方向驶去。张大康赶紧也收了手机，驱车赶上，并把菲亚特逼停在路边，然后赶紧下车，走到菲亚特车跟前，向贡志和解释："咱们总不能就待在这荒郊野地里说话吧？"贡志和仍不为所动，坚持道："你要不说，我真走了。"张大康只得无奈地苦笑着摇摇头感叹了一句："二少爷，你真是个二少爷……"贡志和一下从车窗里探出头来斥问："谁是二少爷？啊？"张大康忙打圆场："得得得……咱们就在这儿说。马扬要走了，知道吗？"贡志和耸了下眉毛，故意反问："马扬是谁？干啥吃的？"张大康敲敲车窗："嗨，哥们儿，别这样……得想办法留住他啊。"贡志和突然发动着车要走，张大康忙往车前一横，贡志和只得猛地一脚踩下刹车，又把车停了下来。然后，张大康就冲着贡志和嚷道："你他妈的，你真是你爸爸的好儿子！马扬不就是给你老爸提了几毛钱意见嘛，至于把人家恨成那样？你们俩在一块儿当过兵……应该知道他是块什么料。拿出点儿男人气来嘛。"

　　"少跟我说这个！"

　　"志和，你还记得我跟你说过的那句话吗？在K省干事，有一个天下第一搭档，那就是你贡志和，我张大康，再加上这个马扬，只要这三个人能捏到一块儿，可以说天下没有办不成的事，没有做不大的生意。今天我们要眼睁睁地让马扬走了，总有一天会头撞南墙满世界去找后悔药吃。"

贡志和却冷冷一笑，说道："那是你。"

张大康索性钻进菲亚特车里，逼近了贡志和说："马扬这回死活要走，完全是因为跟你父亲搞僵了关系。你出面去挽留一下，会比其他人去做工作要更有力度……"

"你头一回跟我们家的人打交道？不管什么事情，只要跟我父亲扯上一点儿关系，我们家的其他人就绝对不能再插手。这是一百年的老规矩了，而且是铁的规矩，谁也不能违背。张老板，你不明白？"贡志和一边说，一边又发动了车。张大康还想劝说几句："志和……"但那边，贡志和嚷了声："没别的事，就到此为止。回见。"说着，脚下已经松开离合器，车子便慢慢地启动了。张大康知道谈话已无法再继续，忙跳下车，顺手甩上车门，还给了一句："你父子俩就等着吃后悔药吧！"菲亚特那边，不理不睬，风驰电掣般地照直回城去了。

张大康和贡志和虽说不上是特别好的朋友，但两人之间的关系一向还说得过去。但最近一个时期以来，这个贡志和却让张大康大伤脑筋，跟他办什么事都不顺，总是像今天这样，别别扭扭，高低不成，好像真欠了他几百万似的。张大康细想想，自己没做过什么对不起这位"二少爷"的事啊！他到底是怎么啦？贡志和平时为人做事绝无半点儿"颐指气使"的"衙内"气，是个相当有头脑、有学问，也知道节制自己的人。那他为什么突然之间会对自己采取这么个"不讲理"的态度了呢？张大康在深秋夜晚略带些寒意的风中闷闷地站了会儿，无奈地发动自己那辆奔驰车回城去了。

晚上九点。贡志英刚安顿了珍珍睡下，便听到有人敲门，而且越敲越急。贡志英一边叫着"来了来了……"一边赶过去，透过安装在防盗门上的猫眼，向外张望。门外站着贡志和。贡志英笑着打开门上的保险锁："干吗哪，火急火燎的，要打仗呢，还是要找人抢银行？"贡志和却做出一副蹑手蹑脚的样子，慢慢腾腾走进屋，"贼头狗脑"地四下里打探一番，才问："敲半天，不开门，干吗哪？"贡志英笑着打了志和一下说道："你说干吗哪？"

贡志和故意冷冷一笑道："老公不在家，这就很难说了。"贡志英脸微微红起，啐了志和一口："去你的。谁跟你们男人似的！""大冷天的，你老公干嘛老往俄罗斯跑？是不是有美人在那儿等着他？你可小心着点儿！"贡志和一边笑道，一边打开一个包装得十分精美的礼品盒，从里边拿出一件带给珍珍的高级玩具。这时，贡志英的女儿珍珍刚躺下还没睡着，穿着一身小小的睡衣睡裤，闻声从卧室跑来，抢过玩具，叫了声"谢谢二舅"又跑回儿童室去了。贡志英忙跟过去，替珍珍重新掖好被角，叮嘱道："快睡，关灯了。"珍珍撒娇似的在被子里扭了扭小身子，哼哼地说道："别关灯。你不关灯，我就睡。"贡志英妥协地笑着，同时却又做了个威胁的手势，但还是留下床头那盏蘑菇形童话灯。回到客厅，她给志和沏了杯柠檬红茶，一边催促："快说，这么晚了，找我什么事？"

贡志和下午就给志英打了个电话，说是今晚要来她家说事。

贡志和从杯口上拈起那片柠檬，在棕红色的茶汤里慢慢地晃了晃，微微一笑道："有一件非常非常重要的事情要请你帮忙。"贡志英一听，乐了："你有事要求我？拿我开心哩？"

贡家的几个孩子，包括那两个外来户都算在里头，唯有志英在学历上算个白丁——手中没有大学文凭，职业也不是很理想，在省城某一所中学的校办工厂搞后勤。所以，在兄弟姐妹中间说话做事，难免总要流露出一点儿"自惭形秽"的情态。其实，家里没人计较她，只是自己心里总存着那份压力，拂之不去而已。

贡志和知道一时半会儿怕是不容易让她真的相信他是来求助于她的，于是迟疑了一下后，拿起桌上一把水果刀，在自己的大拇指上狠狠地划了一刀，顷刻间，手指上鲜血直流。这时，根本不可能睡得着的珍珍悄悄地从自己的房间里溜出来，想找二舅玩，突见此状，一下便吓得尖叫起来。贡志英忙抱起女儿，送回儿童室，然后又赶紧跑来，找出药棉捂住志和鲜血直流的手指，颤颤地斥责："犯什么浑呢？还是在社科院工作的大知识分子哩！"

"这件事非同小可……"

贡志英将信将疑地看了看贡志和："那也不至于开这种玩笑……"

贡志和见志英仍认为他是在跟她"开玩笑"，便再一次伸手去拿水果刀。

贡志英忙去夺下刀子，慌慌地叫道："你干吗……你想干吗？"

贡志和正色道："你必须端正态度，认真对待我们今晚这次谈话。"

贡志英脸色苍白，连连应道："端正！端正！"

贡志和沉吟了一会儿，说道："我犹豫了很久，不知道该不该来找你。我的确需要你帮忙。这件事，除了你，没有人能帮得上我……你觉得，这一两年，特别是从大哥牺牲以后，嫂子有什么变化吗？"

贡志英一愣："你……你这是什么意思？"

"那天爸去北京，她非常反常，把车都开到马路边上去了。为什么？"

"你说为什么？对那天的事，嫂子本人已经解释过了嘛。当天晚上她接到许多朋友打给她的电话，都说爸爸可能要被免职，她着急上火，一时没控制好自己，出了车祸，这难道不是很正常的事情吗？"

"嫂子是那种容易让自己精神失控的人吗？"贡志和冷冷地问。

贡志英略略一愣。倒也是，嫂子除了为人谨慎、谦和、宽容，她还具有一些别的女人所不具备的长处，比如遇事特别冷静、理智，尤其是善于控制自己的情绪。这是贡家所有人，包括大哥都非常佩服的。就拿志成牺牲这件事来说，志成是在做新型导弹推进器试验时，突然出事牺牲的，可以说事先没有任何征兆，也不可能有什么征兆。这种毫无思想准备的重大打击，对于任何一个女人来说，可以说都带有"毁灭性"，一时间心理上都很难承受。修小眉当时的确也非常非常痛苦，但是，应该承认，整个善后过程中，她没有表现出任何失态行为，尤其在公众场合，她把自己内心的痛苦都控制在很有分寸的范围里。在那么大的一种打击下，她照常开着车上班下班，都没有让手中的方向盘失去控制！而这一次却失去了控制。为什么？

"你总不能说，她对爸爸的感情要远远超过对大哥的感情。"贡志和在做了上面那些分析后，这么说道。

"别胡说！"贡志英狠狠地反驳，很不满意地瞥了志和一眼。

"是啊！如果我这么认为，那就是胡说，是一种亵渎。但事情就是这么发生了，原因何在？那天晚上到底是一种什么样的心理冲击，击溃了嫂子那么完善的一张心理自控网呢？"

"你说呢？"贡志英实在不明白，二哥为什么突然间拼命地要在嫂子身上找"碴"儿。"还有一点，也让我觉得有些反常。嫂子平时最听爸爸的话，大哥牺牲后，在家里这么些兄弟姐妹中间，爸也最信任嫂子。但那天，爸一再叮嘱她，不管是谁向她请假要离开枫林路十一号，都不要准假，可她最后居然准许志雄离开……""这也能算个事？""你觉得这不算个事？""谁都会有心软的一瞬间……尤其是我们女人……""你不觉得还有那样一种可能：当时嫂子自己也希望志雄能出去把爸爸可能被免职的消息传递给某一个人？""你在编小说呢？那几天她身体特别不舒服，经常头晕……这也可能是那两天里她心态特别不稳定的原因吧……她找她们医院的内科大夫还开了药……""你相信这种说法？""她给我看了她的病历记录。""她也给我看了，但病历卡上的这一段记录是伪造的。""伪造的？你怎么知道是伪造的？""给她写这段病历记录的那个内科大夫也是我的一个朋友，我找他核实过。""他不承认那段病历是他写的？""不，这段病历确实是他写的。但是据他说，他是应大嫂的要求写的。而那天，她根本没有病。"

贡志英完全愣住了："你……你在暗中调查嫂子？二哥，您这是为什么？就算她在伪造病历又怎么了？要说伪造，我也伪造过。如果你愿意把这种行为叫作'伪造'的话，我想中国至少有一千万人伪造过自己的病历。小老百姓让大夫帮着撒一点儿谎，不就是为了上单位领导那儿蒙几天病假，干点儿私事呗……中国的小老百姓不就是这点儿能耐吗？"贡志英说着说着真有些激动了，"……你还在秘密调查谁？你是不是要我去帮你监视嫂子？让我给你当克格勃？"她大声斥问。

"不是监视……"

"这不是监视是什么？这都不算监视，那，什么才算监视？你应该明白，除了爸爸妈妈，大哥大嫂一直是我们全家最受尊敬的人。大嫂虽然是外姓人，但她对我们这个家的感情，为这个家所付出的心血，比我们都要多得多。尤其是大哥牺牲后，她在我们家真的是拥有了一种至高无上的地位。这时候谁要敢伤害大嫂，全家人都会饶不了他！二哥，你是不是应该去看看心理门诊了？"责问到最后，志英都快要哭了。她心里非常难受，她不明白好好一个家，平白无故，怎么会发生这种乱七八糟的事。

"说完了吗？"等志英的情绪稍稍平复了一些，贡志和问。

贡志英扭转身去，不理贡志和。

贡志和沉吟了一会儿："好吧，既然话已经说到这儿了，我也只能把什么都跟你说了。大哥牺牲前，曾经跟我长谈过一次，说到嫂子的一些情况……"

贡志英一怔："嫂子的一些情况？他为什么要跟你谈嫂子的情况？"

"很长时间以来，我和大哥之间一直保持着一个好习惯，每隔一段时间，比如一年半载的，就要长谈一次，交换一下对各种问题的看法。这个习惯从我们俩在北大读书时就开始了。有时候，国内外发生什么特别重大的事情，我们也会临时找个时间，凑一块儿，交换各自的看法……那天晚上，原定的话题并不是要谈大嫂，但谈着谈着，不知怎么就谈到了她……""大哥为什么要跟你谈自己的妻子？难道他预感到自己要出事？要……一去不回？""不是他有什么预感。他说他早就想跟我说说这件事了，但……总开不了口……""到底是什么事？""你得向我保证，在没得到我允许之前，不把我今天告诉你的事，透露给任何人，包括嫂子本人，也包括爸爸在内。""有那么严重吗？""保证。""我……保证……"

"说坚决一点儿。""你怎么那么多事？""说。""我保证。"

然后，贡志和就把那天晚上贡志成跟他说的那些情况，一五一十地对贡志英说了。但在两个关键之处，也许是出于一种本能吧，他保留了没说。第一，他没告诉贡志英，大哥发现修小眉跟张大康有相当密切的来往。第二，他没告诉贡志英，某一天的晚上，大哥曾在修小眉的手包里看到过一张十五万元的银行存折。第二天，这张存折就不见了，以后再也没有在他们家的任何地方出现过。

贡志和说了大约五十分钟，翻来覆去所说的，主要是在告诉贡志英，大哥和嫂子的关系绝不像家里人从表面上看到的那样和美、协调。而且大哥怀疑嫂子参与了些不正当的经济活动和政治活动。"大哥说，嫂子的心其实并不在他身上。这一点在这一两年表现得尤为突出……"

贡志英完全傻了，完全呆了。过了一会儿，她好像突然醒过来似的，直瞪瞪地看着贡志和问："怎么证明你刚才说的那些事情，确实是大哥牺牲前亲口告诉你的？怎么证明，这的确是大哥本人对大嫂的怀疑？怎么证明，这不是你编造的？"

"怎么证明？谈话现场只有我和大哥。当时，我也不可能对大哥搞现场秘密录音。"

贡志英一下激动地站了起来："你拿不出证据……你拿不出证据！我的二哥，你知道自己在说什么吗？这样的事能乱说的吗？这事太重大了，太重大了！我不能只凭你这么一说，就相信这些话是大哥说的。大哥大嫂一直相处得非常融洽，他们相亲相爱，相敬如宾。大哥牺牲后，大嫂那么痛苦，这么多年，她对我们大家又那么好……她当了那么多年的牙科大夫，历来为人谨慎、谦和、宽容，无论在政治上、经济上，都没有一点点野心。她怎么可能背着爸爸、背着大哥，背着我们这样的家庭，去参与那些不正当的经济活动和政治活动，又跟什么张大康掺和在一块儿？而且提出这种怀疑的恰恰是最了解她也是最爱她的大哥。你怎么让我能相信你说的这一切全是真的？"

"志英，你冷静一点儿……听我说……"

"我不能冷静！不！我不听你说！"贡志英哭了。

第十六章

今天，马扬又起得很早。他总说自己是"农民"，因为他习惯早睡早起，就像中国亿万农民千百年来所惯常的那样，日出而作，日落而息。他今天起得甚至比往常还要早，在院子当中的那个木料堆上默坐了好大一会儿，东边的天肚沿上才慢慢泛出一点儿灰白和灰蓝，以后又掺进了些许的粉红和橘黄。他不知道贡开宸会让他在这个新址里待命多久。一个月？两个月？或者更长，三个月？半年？不会吧……他这样安慰自己。那天，他一答应不走，第二天组织部就派了两辆卡车，一气儿把他家搬到了这儿。据说这也是贡开宸的指示，让他立即搬离原先住的那地方，以免除各种干扰，让他安安静静地等待新的任命。其实，有这必要吗？看来这位贡书记还是不了解我马扬。马扬是谁都干扰得了的吗？马扬这样想道。再说，大山子市区跟个老掉牙的磨盘似的，本来就不大，剩下那几道浅浅的"沟儿"啊"坎儿"的，你能"躲"哪儿去哟！但，话还得说回来，事实证明，还真不能说搬家一点儿作用都不起。起码通过"马扬搬家"，大山子人明白有人不希望大家伙儿这时候再去纠缠他，这是第一。第二，大山子的老百姓们再一想，马扬已经留下了，至于，到底把他往哪儿搁，怎么使唤他，这的确不是平头百姓们吵吵就能解决的事。中国老百姓特懂事，您瞧，这十来天，果不其然，几乎没什么人来围马扬了——说实在的，人家不是不知道他的"新家"在哪儿，可以这么说，真要来围，一围一个准，但就是懂事，不围了，都等着。

"且看下文分解。"

是啊，没人来围，没人来找的日子，真安静啊！

新家在市郊，是一排旧车库改装的房子，钢筋水泥，上下两层，上头那层是后加的。

楼梯砌在了西头的外墙上。院子不算小，十几棵高大的加拿大黑叶杨围着院子间隔地长一圈儿，就算是院墙了。屋后还有一片不大的黑叶杨林。离这片黑叶杨林不太远的地方，就坐落着那几个大大的露天矿坑。

这几天，马扬正在院子里做着一点儿木工活儿。难得一闲，书也看烦了，非常时刻串门儿更不好，他知道这时候，他的一举一动，都会有人将它们拿了去报告给贡开宸，何必搅得上下都不安呢……干脆，做点儿木工活儿吧。但今天这时候就动斧子动锯，似乎太早了点儿，动静会很大，怕吵了黄群和小扬，于是他折身从木料堆上站起，耸耸肩头上披着的大衣，准备踱出黑杨林去走一走。一回头，却看见小扬站在楼上的走廊里正呆呆地注视着他。他叫了一声"小扬……"小扬跟个惊着了的小鹿似的一扭头跑回自己的房间去了。

女儿是他的骄傲，长得特别像他。（哦，造物主，您真是个无比奇妙的神灵！）无论是内心的炽烈执着，还是外表的文静理智，都比他更"完美"更彻底。（他在她三岁时就断然地看出了这一点。哦，造物主，感谢啊，感谢您这想挡也挡不住的恩赐！）而让他尤其感到自豪的是，女儿自小就特别地缠他，特别地偎他。第一次送女儿进全托，女儿哭着喊着死活不上车，嘴里叫的全是："爸……爸……你不要我了？你干吗不要我啊……"马扬起码有三次红着眼圈恳求黄群："别送她去全托吧？啊？别送了吧……"女儿去全托后第一次回家过周末，时任大山子矿务局副局长的他，断然把当天下午所有的公务活动都改期了。为的什么？为的是到班车站上去接这个宝贝女儿。一直到她上初中，住校，周末一回家，噔噔噔跑上楼来气喘吁吁，冲进家门，第一句话问的准是"爸呢？爸不在家？"然后就去各个房间找，找一圈，才泄了气儿似的，扔下书包和一袋换洗衣物，嘟着个小嘴，追着黄群问："爸啥时间才能回来？"黄群气不打一处来，一手叉着腰，一手指着她的小鼻尖，瞪大了眼反问："喂，喂，你是不是也该问候你老妈一声？""您不是在这儿嘛……"她一边解释着，一边嬉皮赖脸地凑过来，一下扒住黄群的脖子，亲上一口说道："好好好，问老妈好……妈，我可想你了……""去去去，滚一边去，假模假式的，干啥呢？"然后母女俩就搂一块儿，嘻嘻哈哈乱笑一通……

但这一年多，女儿突然变了，完全莫名其妙，常常躲着马扬，也躲着黄群，成了他俩一大心事。总担心着，保不齐哪天这宝贝闺女会给他们捅出一个惊天动地的娄子来。而这天早上，果不其然，就"出事"了——做完早饭的黄群慌慌张张地跑来告诉马扬，小扬不见了。"怎么可能？刚才我还见她来着。""就是不见了嘛！""你去她房里找过没有？"

"找啦，没有。""怪事……"马扬不信，又跑回小扬房里去找了一遍，果然没有。于是，两个人忙又去黑杨林那边找，终于在林间某一段湿软的土地上发现了几个女儿刚留下的脚印。他们循着脚印寻去，穿过这一小片高大而茂密的杨树林，女儿的脚印断断续续地一直向郊外的原野上延伸去了。

清晨的原野笼罩着一层淡淡的薄雾，就像是一片浮动中的海平面，若隐若现。他们大声地叫喊，喊声一直传得很远很远，甚至都惊起了几只小鸟。突然间，他们看到有一个黑点在远处的矿坑边伫立着。他们跑近一看，真是小扬。穿得非常单薄的马小扬双手合十，伫立在矿坑边上，凝望着眼前这个仿佛散发着某种巨大魔力的大坑，完全陷入一种物我两忘的境地之中。

"你干啥呢？想吓死我们？"气喘吁吁的黄群一把搂过马小扬，责备道。

马小扬紧紧地依偎在妈妈怀里，浑身怕冷似的索索打着战，却只是一声不响。黄群想再追问，让马扬使了个眼色，制止住了。一直到坐到早饭桌旁，一家三口谁都没再提这档子事。再熬到吃罢早饭，黄群实在忍不住了，不顾马扬一再发出的暗示性劝阻，问道："到底怎么了，女儿？"一边问，一边伸出手去想摸女儿的额头，试试她是否病了。

马小扬躲开妈妈的手，搁下碗筷，只说了声："我上学去了。"便回自己房间，在湿毛巾上擦过嘴和手，收拾了书包，刚要走，马扬和黄群一前一后走了进来。马扬掏出几张一百元的大票，问："不是说又要买校服吗？够不够？"马小扬接过钱，只淡淡地说了声："谢谢。"黄群提出要跟她一块儿走："你等我一会儿。这一段路特别背，听说前一段时间这儿出过两档子事。"马小扬死活不愿意让她跟着。黄群忙解释："反正我也是要去上班的嘛。"马小扬赌气似的从肩上取下书包，往沙发上一扔："本小姐不走了，您瞧着办吧。"黄群只得松了口，无奈地说了声："好吧好吧，你自己走，自己走。"马小扬这才重新背上书包，逃也似的快快走掉了。

黄群和马扬只得依靠在门外走廊里的那根白皮栏杆上，目送女儿骑车远去。黄群忧心忡忡地催促："你是不是该跟你这位宝贝闺女好好谈一谈了？你没觉得她最近老是那么恍恍惚惚的……"

"青春期嘛……"马扬叹道。

"我们青春期是那么恍惚的吗？"黄群马上反驳。她最不满意马扬的就是这一点，只要一谈到小扬的什么"问题"，他总是百般为她辩护，而且强词夺理。每逢这种时候，他所有的判别能力和原则精神都降到了最低限度，就好像她这个亲妈一定会把他这个宝贝闺女生吃了似的。

"时代不同了嘛。我们那时候根本就不允许你恍惚嘛。"马扬笑道。

"现在就应该允许这些十来岁的孩子恍惚？你说你这是什么观念？有你这么宠女儿的吗？"

马扬忙让步道："你跟我着什么急嘛？好像是我在恍惚似的。找个合适的时间，跟她谈一谈不就行了嘛。"

"你以为你不'恍惚'？这段日子我瞧你'恍惚'得厉害！紧着在家锯

这个砍那个的，烦死人了。还真把自己当个小木匠了？都十来天了，这个贡开宸连一点儿信儿都没有。到底想怎么着我们，是死是活，也给个话啊，别不死不活地这么吊着我们！当初我就跟你说，他留你，绝对不怀好心！你上中央告了他，他还能善待你？这么大度的领导干部，他妈还没怀他哩！你是不是也该为自己操点儿心，赶紧去找找省里的那些头儿说道说道……贡开宸在搞你的专案，你知道不？他一直在派人调查你，你知道不？再怎么的，你也是在中央领导跟前挂了号的人，你就由着他这么折腾你？这个贡开宸到底想干什么？打击报复也不能搞得那么明显，那么蠢嘛！"

马扬不置可否地笑了一笑，不再说话了。他知道贡开宸在"调查"他，有人暗地里给他递过这个消息。（这就是"政治"！）他不怕任何"调查"，怕调查，就不是"马扬"。另外，他也不认为贡开宸迟迟不给他下达新职任命，是蓄意在筹划一场严重的"打击报复"。说实话，他不是没有这样担心过，有那么两三天时间，他也非常担心，但基于多年来对贡开宸为人和政治品质的了解，随着时间一天天过去，随着某些迹象的出现，他认定，贡开宸的确是在筹划着什么，但他所筹划的绝对不是对他马扬的一场"打击报复"，而是一场更大范围、更大规模的政经行动。贡开宸是想把马扬纳入到他这个"大行动"中去。现在只是不清楚贡开宸的这个"大行动"究竟针对什么而来，更不清楚最后在这场大行动中贡开宸又会怎么使用他……难道他真的已经明白我的价值所在了吗？这恰恰是马扬现在最担心的事情。

他想起当年的一次经历。那时，他还只有十四岁，在老家，过完周末，背着食用一个星期的生米和咸菜疙瘩，还有一小袋红辣椒粉，步行回学校。走过荒原时，突然间头顶上乌云翻滚，雷声震耳，天地交合，闪电不绝。整个荒原上只有他自己一人，雷仿佛就在他头顶上方三尺的地方轰鸣，而闪电则在不断地撕裂地平线上的那片天空以后，迅速游动到离他方圆仅仅数百米的一个范围里，连连劈倒并点着了好几棵大树。大雨也随即倾盆而至，他无处可藏，更是无处可去，浑身早已湿透。闪电继续向他靠近。云层的低垂，就像一团浓雾似的包围住了他。此时的他几乎和雷电处在同一高度，他能清晰地看到游蛇状的闪电在云层中早已变成一团团灼眼的、形状多变的火球，狰狞地涌动着、飘浮着，一会儿是无数个，一会儿又化作一大片。顷刻间，他觉得自己这一回活不成了，要死了，而且死定了。忽然间，他感到了孤独，他感到了委屈，他浑身战栗起来，他开始哭泣。被雨打湿了的辣椒粉，从布袋里渗透出红色的汤汁，顺着他的裤腿流淌下来。在乌云和雷电的包围中，他觉得自己挺不住了，他闭上了眼睛，他想跪下来，扑倒在地上，把脸深深地埋进那根本不可能让他埋进去的泥地里。他不愿意看到自己的死亡，他为此抽泣——无论如何也不甘心地抽泣着……就在这一刻，他心底里那种天生的倔强和不服气的劲头涌了上来："不就是个死吗？死吧，死就死吧！死吧死吧死吧死吧，死吧……"他凶凶地睁开了眼，高举起双手，大声喊叫着，对着那雷电和云层，对着那正在向另一个高地移去的大雨叫道，而眼泪却继续在哗哗地流淌着……不知道为什么，几分钟后，一切突然都消失了：雷走了，闪电也走了，乌云渐渐变得灰白，飘飘悠悠地渐趋渐远，淡淡地回到了它本该待着的天空上去了。只有湿漉漉的大地告诉他，刚才就在他站立着的这个地方，确实发生过一场生和死的交错，这时，他才疯了似的转身向后跑去。

"死吧，死就死吧！"后来的日子里，一直到成年，一直到今天，他常常回味这句充满绝望情绪而又极度亢奋的话。"不就是个死吗？死吧，死就死吧！"他常常在心里这样对自己喊叫，尤其被困在某种绝境之中的时候。

傍晚时分，黄群从医院里下班回家，把女式小皮包往桌上一扔，一边换鞋，一边当着女儿的面，气愤地又在絮叨她单位里的那点儿"烂事"："谁都在说，你留下来绝对没好果子吃，贡开宸轻易不会饶了你……"

"别嚷嚷了！"马扬心里烦透了，便凶了她一声。

"我嚷？你以为我愿意嚷？没有你这种优柔寡断、'高风亮节'，我们全家早就到深圳了！"

"好吧……你嚷……嚷……"马扬连大衣都没拿，转身向门外走去。他大步走出杨树林时，旷野里几乎已完全黑了下来。走不多远，他听见身后响起一阵细碎的脚步声，紧追不放，回头一看，只见黄群和小扬拿着他的大衣和手电筒，亦步亦趋地跟随在后头。他站住，她俩也站住，他再往前走，她俩也往前走。他无奈地笑了笑，只得往回走。走过她俩身旁，快走出黑叶杨林了，见她俩还是警觉地站在原地不动，便笑道："回啊，等着天上掉冰淇淋呢？"但黄群和马小扬还是没动弹。十来分钟后，小扬一个人回来了。马扬忙问："你妈呢？"小扬说："在院子里伤心哩。你真够霸道的！"马扬忙走到院子里，黄群果然独自一人坐在木料堆的背后，低声地抽泣着。马扬忙偎过去，搂住她肩膀，压低了声音说道："至于吗？""你当然不至于了。""你老是当着小扬的面说这种事。""小扬不是孩子了，我也不是孩子！""谁说你是孩子了？""我看在你们这些人眼里，别人都是孩子，都是仆从，只有你们自己才是大人，是主子。""又说那些没原则的话了……"

黄群一下站了起来，脸上还挂着一片湿漉漉的泪迹："你说你准备拖到什么时候才了结这档子事？"马扬有口难辩："我准备拖下去？夫人同志，现在我们只能等……除了等，我们还能做什么？他是省委一把手啊！一把手，意味着什么，你不清楚？"黄群不依不饶："有人给你机会让你抬起头来堂堂正正往前走，你不去，非得窝在他这个屋檐下给他低这个头哈这个腰，你就是自找！"说着，她眼圈又红了起来。马扬赶紧长叹道："黄群啊黄群，事情没那么简单。""事情本来很简单，就让你自己给搅复杂了。"

晚上九点左右，小扬敲敲门，走进他俩的卧室，告诉他俩，她要去看个同学。正埋头油漆一把新椅子的马扬忙抬起头问："几点了，还出去？""才九点，你以为呢？"黄群问："功课都做完了？""当然。"黄群又问："去看谁？男生？女生？"马小扬很不高兴地瞥了黄群一眼，谴责似的叫了声："妈！"她压根就不愿正面回答这个问题。黄群还是不依不饶，这毕竟也是个"大原则"问题："说，是男生，还是女生？"马小扬爽快地答了声："男生。"黄群的脸一下涨红了，马上把矛头又指向在一旁站着的马扬："马扬，你听到没有？你就忍心这么在你女儿的狂妄面前，一直保持着你那高贵的沉默？"马扬愣了一下，含糊其辞地和着稀泥道："同学嘛……就是同学……""这个同学是个残疾同学，刚转学到大山子，在我们班插班。'他'在艺术方面特别有天赋，就是数理不行，家里生活也非常困难。'他'那该死的爸爸遗弃了'他'和'他'的妈妈。'他'妈妈原先是省京剧院的花旦演员，说是省京搞缩编，就把'他'妈清退到我们大山子来了，一月只给开三百来块工资，还老拿不上。为了不增加'他'妈妈的负担，'他'毅然决定退学，准备靠自己画画和音乐方面的特长，挣钱养活这个家。我们全班讨论了一下，一致决定，说什么也不能让'他'退学，要通力帮助'他'……今天晚上，我作为我们班民选的全权代表之一，就是去和'他'，以及'他'的妈妈谈判去的。还要我继续'坦白交代'下去吗？"

出现了一片沉默。

这时，有人在院子里叫着："马小扬——小扬——"

马小扬忙应道："来了——"答应后，她忙从书架上拿了几本书，又从存钱的一只猪罐里取出一些钱，从衣柜里拿了两套自己的女式衣裤，一起放进一只小背包，这才对黄群和马扬说了声："实话告诉你们吧，她是个女生。放心了吧？这衣服也是带给她的。"便掉头向门外跑去。

黄群忙叫了声："等一等！"从小皮包里取出两张一百元的钱，跑过去，交给小扬："那女同学……还没买校服吧？"马小扬心里一热，忙接过钱，紧紧地搂了一下黄群，说了声："谢谢妈妈……谢谢……"赶紧走了。

"女儿真是长大了……"马扬感慨道。黄群却许久没有说话，马扬凑近去仔细一看，见她独自站那儿默默地又流开泪了。"怎么了？怎么了？女儿不听话，你心烦，女儿学好了懂事了，你也心烦……怎么的了？""你别管，别管……"黄群跑出去，站在走廊里让自己舒舒服服地流了一通眼泪，这才走回卧室。

一列拉煤的火车从远处的地平线上驶过，发出一阵阵有节律的响声，然后又渐渐远去。然后又有一阵汽车的马达声自远及近，向这边驶来。几分钟后，就听得非常明显了，这汽车是冲着这个院子而来的。这时，马扬正懒洋洋地躺在一把很旧的摇椅上，把脚长长地伸出去，搁在一把矮矮的脚凳上，就着身旁一盏小小的枝形台灯在翻看一本很厚的外文年鉴，并不时在一本牛津词典中查找生词。黄群也在看她的业务书籍，只是在另一张书桌前坐着。就像所有等待中的人一样，对外边一切动静都会格外敏感，况且这汽车又分明冲着这个院子来的，他俩立即坐直了身子，向着院子的方向"支起了"耳朵，并相互迅速交换了一下疑询的目光。说时迟，那时快，院子里已经有人下了车，并向楼上发出灯光的窗户，叫喊了起来："马扬同志是住在这儿吗？"马扬像一根突然间被松开的弹簧似的，一下从躺椅上蹦了起来，对黄群说道："去看看，看看。"黄群立即放下手里的书，二话没说，裹上件外衣，走了出去。不一会儿，黄群慌慌张张地跑了上来，甚至可以说是夺门而入，直喘着粗气告诉马扬："贡开宸来了……贡……贡书记……来了……"马扬一怔，愣了一下，然后笑了："你开我玩笑！"黄群着急地跺着脚说道："真的……"马扬哈哈大笑道："贡开宸？这家伙怎么会上这儿来？"却不料，话音未落，贡开宸笑嘻嘻地果真出现在了房门口，并笑道："这家伙怎么就不会上这儿来呢？"

马扬一下窘迫得无地自容，在心里连骂自己十声"浑球"，忙迎上去，十分尴尬地伸出双手握住贡开宸的手，招呼道："贡书记……"贡开宸轻轻地晃了晃马扬的手，故意自嘲般地解释道："对不起啊，这门是开着的，贡开宸这家伙就只好不请自进了。"马扬再一次大红起脸，忙说："请进，快请进。"

第十七章

一给贡开宸上罢茶，黄群便非常知趣地退出了房间。

"先跟你说清楚，今天晚上的拜访，纯属私人交往性质。没人在这儿代表省委说话，你也别把谁当什么书记和一把手。就像你刚才说的，今天晚上，这儿只有这个'家伙'和那个'家伙'。咱们随便聊聊。"贡开宸开宗明义，一张嘴便先给今晚的谈话和自己的身份定了性，免得出现那些不必要的麻烦，果然见得一个老党政领导人的历练和精明。

应该说，今晚这个让马扬感到如此意外、如此"震惊"的"拜访"，其实，早就在贡开宸的计划之中。读完马扬写给国务院发展研究中心的那个材料，并大致了解到这个姓马的"家伙"不仅年富力强，笔头、嘴头都十分了得，而且在大山子任职多年，具有相当的基层领导工作经验以后，他就决定要"见一见"这"家伙"，而且，就已经有了个基本倾向：今后得设法使用这个"家伙"。但真要他下这么一个决心，并将它排上工作日程，加以实施，却并非易事。首先，这件事闹得太大，可以说全省上下大大小小的干部几乎没有不知道也没有不在议论这件事的。而在 K 省的干部队伍中，并不是所有的人都认为像马扬这样的人是应该重用的。出于种种原因，有一些同志长期以来早已不习惯、不愿意使用那种遇事自作主张而又特立独行的人。假如，不做好充分的铺垫和引导，这些同志（他们可不在少数）会认为你之所以要使用马扬，完全是迫于上头的压力，是手软、心虚、无能的表现，是大叫骡倒了嗓子，狮子狗给剪掉了那一身威武雄壮的卷毛，无形之中会损及省委的权威性和凝聚力，在某种程度上甚至还会起到涣散士气、影响斗志的负面作用。前一阶段，他分别找潘祥民、邱宏元这样的老同志谈这件事，就是要摸清情况，为出下一手牌做准备。另一方面，众目睽睽之下，坚持使用马扬，这事只许成功，不许失败。万一马扬是个"扶不起的刘阿斗"，嘴上行，实干不行，这最后就不仅仅要伤及贡开宸个人辛苦一世在 K 省地面上建立起来的声誉和信誉，更严重的是，时间因此被耽误了，他贡开宸就再也没有那个可能去兑现自己对中央所做出的承诺，横刀立马彻底解决大山子问题。因为，他的任期只剩下最后这两年了。

所以，他不得不十分慎重。

用？还是不用？

用？还是不用？

用？还是不用？

贡开宸不止一次地逼问自己，又不止一次地劝告自己：不要用了吧。此时此刻，何不去使用一个没有争议的人呢？毕竟自己的任期只有最后两年了，还争什么高低呢？最后两年啊……

换个角度想想，就这样"全身而退"，能心安理得吗？像阿 Q 一样为自己一生画上一个并不圆的"句号"，就此罢休？哦，不，贡开宸同志，如果真是这样，您还不如"阿 Q 同志"那样的"伟大"和"光彩"。"阿 Q 同志"匍匐公堂，虽然战战栗栗，但他还是紧抱着竹竿秃头毛笔，在竭尽一切努力地想着要去把自己这人生的句号画圆。最后之所以没能把它画圆，只为他"没这本事"而已。而您呢？您机巧未尽，雄风犹在，就这样轻易放弃了人生的最后一笔？两年，两年又怎么了？"若要足时今已足，以为未足何时足"，要知道人生自古如此啊。

是的，使用马扬是有风险的。但是，为什么不看到一旦把马扬这样的人用好了，就会给当前略显沉闷的 K 省干部队伍注入一股清新之气，一股掠野之风，也会给一部分面对众多积重难返的国有大型企业而稍感"计从何出"的同志一个震动，一个启迪……

这也就是中央所说的"精神状态"问题嘛！

是耶？非耶？

在反复推敲了数天之后，问题的焦点从"用，还是不用"上，渐渐转移到了马扬这个人到底值不值得重用上。贡开宸让组织部派人认真对马扬的"历史情况"做了一番调查，结果仍然让贡开宸举棋不定：总是有两种不太相同的看法出现在对马扬的评价中。但有一点是让贡开宸高兴的，即人们不管对马扬持何种看法，他们都认为马扬这个人比较正派，是个实干的人。但是，仅仅比较正派实干仍然不能促使贡开宸最后下决心。事情的转折，发生在昨天晚上。昨晚，宋海峰和组织部的吕部长应贡开宸之约到这儿来谈民营企业中党的队伍建设问题。谈了约两小时，宋海峰和吕部长都走了，办公室里只剩贡开宸一个人。他呆坐了一会儿，脑子里又在翻腾马扬的事。他在问自己，对马扬到底还有什么不放心的呢？于是，一一排队、过滤、筛选、清理……过了一会儿，他脑子里突然一亮："是的，是的，到现在为止，所有的调查材料里都没有谈及这个重要情况：群众到底是怎么看待他的？"他想起自己曾经指示让组织部搞民意调查，于是，赶紧伸手去按响了电铃，把郭立明叫了来。

"组织部最近送什么情况报告来了吗？有关干部民意调查方面的。"他问。郭立明心里一慌，忙说："我……我去查一查。""查什么？这么重要的一份报告，送来没送来过，你还没数？""我印象中好像是有过这么一份报告……""有过这么一份报告？为什么不及时送给我？""我……我当时可能想到您曾经明确过，让宋副书记来过问一下马扬的事……可能把这个情况报告送他那儿去了。我这就去查一下发文登记本……"

几分钟后，郭立明来报告查找的结果："是送宋副书记了。"其实他并没有查。回到秘书室后，只是在办公桌前坐了一会儿，让自己略显慌张的心情稍稍得以平复。因为这件事根本不用查，他始终都记得很清楚。"送去有多少天了？""十……十天左右吧。""哦……""我这就上宋副书记那儿把这份材料取来。""不必了，吕部长那儿还留有底吧？让他赶紧再复印一份送来。"郭立明立即给吕部长打了个电话。二十分钟后，材料便送到了贡开宸的办公桌上。

百分之七十三点多！贡开宸震撼了。大山子有百分之七十三点多的群众要求马扬去当他们的一把手。极难得啊，"百分之七十三"，他甚至都有些妒忌这个"年轻人"了。十分钟后，他告诉郭立明，明天晚上的一切活动安排都顺延，他要亲自去看望马扬……

"住得简陋了一点儿。还适应吧？"贡开宸环视了一眼这用车库改装的住宅，端起茶杯小小地呷了一口，问："这茶不错嘛。哪儿的？""嗨，很一般的炒青。是我南方战友寄来的，但绝对是当年的新茶，而且还是他自己家做的。"

"嘿，茶农给自己家做的茶，那还有不好喝的？都是最新鲜、最环保、最天然的。"

"他们家还不是茶农。只有那么几棵茶树，每年摘了做一点儿成品茶自家人饮用。您要喜欢，我让他们家每年多寄一点儿来。"

"别别别，我那儿的茶就已经喝不完了。别再从你们那仅有的几棵茶树上抽头了。找恨呢？哈哈哈哈……"两个人就这么有一搭没一搭地闲聊起来。

几分钟后，马扬忍不住了，开始切入"正题"："贡书记，我那份给国务院发展研究中心写的情况报告绝对不是背着您在告谁的刁状。当时的情况是……"

贡开宸忙挥挥手："就算是告刁状，也没什么不可以。谁说省委、省委书记就不能告了？党中央没这么说过吧？党章上也没这么规定吧？你的那份情况报告，批评省委在大山子市和大山子矿区一系列问题上处置失误……"

"贡书记，我写那份情况报告的本意，绝对没有要批评省委的意思。我在大山子工作过很长一段时间，对大山子问题感同身受，可以说有切肤之痛。

我很清楚，大山子问题的造成，绝对不是哪一届两届省市委的责任，它也不是我们 K 省一个省的问题。当时，国务院发展研究中心有两个同志针对特大型国有企业的问题来搞调研，经人介绍，找我聊了那么一聊。我把我在大山子工作的那点儿经历和感受跟他们说了说，他们非常感兴趣，就动员我写成文字……我真没想那么复杂……也没想到这份情况报告居然一直捅到了总理和总书记那儿，最后会给您添那么大麻烦……说实话，当时如果我真是存心使坏，要跟您、跟省委作对，后来打死我，我也不敢退了那几张火车票，让全家人陪着我继续留在 K 省面对您和省委一班领导同志。我这有一比，也许不恰当，就像当年张学良犯上发动'西安事变'，本意确实只是为了促蒋抗日，否则，事变结束后，他绝不会又冒那么大的傻气，护送蒋介石回南京……"

对马扬这一番长篇表白，贡开宸嘿嘿一笑："这么说，你留下来，也只是为了表明你的光明磊落？"

马扬恳切地答道："我还不敢这么说。其实我留下来，也是有私心的……"

"哦？说说，说说你的私心。"

"多年来，我一直以自己是 K 省人而骄傲。因为 K 省作为中国的工业大省，拥有中国规模最大、数量最多的特大型国有工矿企业，可以这么说，中国早期的社会主义工业化是踩在我们 K 省人肩膀头上起步的。而这份家当，正是我们 K 省人的父亲和爷爷亲手创下的。作为 K 省父亲们的儿子，K 省爷爷们的孙子，怎么能让这份家当败在我们这一代人手里呢。说实话，当初策划调离 K 省，翻来覆去痛苦了好些个晚上，而决定退掉火车票留下来，真的只花了几分钟时间，我自己都为自己如此'反复无常'而感到吃惊。"

"我爱听你这番'甜言蜜语'，但我更希望听听你的具体打算。"

"具体的……反正我已经留下来了。我这人到底值不值得省委信任，我这颗小棋子到底往哪儿搁，就全听您的了。要杀要剐，反正也就这一百来斤。"

贡开宸笑道："好嘛，都开始跟我论堆了！"

谈话气氛如此协调，完全出乎马扬的意外，觉得机会难得，于是，忙暗中盘算了一下，便想趁机摸一下省委书记的"底牌"，迟疑过后，便问："您觉得，大山子有我这样的人干的活儿吗？"

"想到大山子去当一把手？"贡开宸马上明白了他问话的意思，便含而不露地反问道。

马扬脸微微一红，忙"撤退"："我没这个意思……"

贡开宸把眼睛一眯，再问："那是什么意思？"

马扬淡淡一笑道："什么意思，最后也得由组织决定。"

"哈哈……果然名不虚传，你这个不老不小的中滑头！"贡开宸大笑起来。

这时，一直在楼下那辆奥迪车里守候着的郭立明急匆匆跑上楼来向贡开宸报告，省军区首长打来电话，说去马公岛视察这次军事演习的中央首长可能要比原定的到达时间提前两小时。贡开宸一听，立即起身告辞。马扬忙叫了一声："黄群，贡书记要走了。"黄群即刻从小扬屋里跑来，问："贡书记，您不再坐一会儿？"贡开宸一边向楼下走去，一边笑道："再坐就惹人讨厌了。"黄群忙说："您这样的贵客、稀客，我们盼还盼不来哩。"已经走到楼梯当间的贡开宸立即转过身来，笑指着黄群的鼻子说道："俗套了吧？这么说，就俗套了。"黄群的脸却一下红了："这是我们的真心话。"

贡开宸挥了挥手，一边说，一边继续往下走去："行了行了，别在背后骂我就行了。马扬，今天晚上咱俩谈得不错。但有一条，你可给我记住了，以后不管谁再让你整谁的'黑材料'，只要跟咱们省有点儿关系的，都想着提前跟我这个省委书记打个招呼。眼里没这个省委书记可不行哦，啊？"走了几步，又回过头来关照道，"这两天你不是正闲着吗？有本书，你找来翻翻，是军区一位中将副司令员前两天在饭桌上推荐给我的，叫什么来着？"

郭立明忙应道："《战略论》，英国人利德尔·哈特写的。""知道这个利德尔·哈特吗，大学兼职教授同志？"马扬忙说："不知道……"

这时，贡开宸已走到奥迪车跟前了："找来看看，看看。还是得多读点儿书嘛。听说你跟美国那个卡特总统一样，业余时间挺喜欢鼓捣一点儿木工活儿？那是美国政客在作秀哩，你学他们干啥？还是得多读点儿书，军事方面的也应该读一点儿。这个利德尔·哈特，是上个世纪英国的一个大军事学家，在西方军事学界很有点儿影响。这家伙鼓吹战略上要搞迂回，反对正面跟人死拼硬打、抬杠顶牛。我看哪，这本书，正适合你，啊？去找来翻翻。"

　　贡开宸的车刚从视线里消失，马扬便大步跑上楼去翻找那本《战略论》。他记得他们家收藏过这本书。他很早前就听说过这位国际军事学界的巨子。刚才只是不想让贡开宸扫兴，才故意说"不知道"的。但书买来后，也的确一直没看，这一搬家，又全搁乱了。找了一会儿，还真把它找到了，随手翻了翻，却一点儿读它的心情都没有，满脑子都在重复着贡开宸今晚说过的话、眉目间传达的各种"信息"。他一点一滴地回味，寻找可能的迹象。所有的疑问、所有的期待、所有的不安和激动，都集中到了一个问题上："他真的会把我放到大山子去当一把手？可能吗？"但只要稍稍往深里一想，他就马上否定了自己的猜测：把我放到大山子去当一把手，方方面面的阻力太多，很不现实。贡开宸不可能有那么大的气魄和胆识，不可能的……不可能的……不可能的……几个"不可能"一念叨，心里似乎又平静了许多。但就在这时候，家里的电话机响了。直觉告诉他，这电话很可能是贡开宸打来的。贡开宸有一个重要决定要对他公布？他一把抓起电话，果然是贡书记。"你准备一下。准备在最近一次省委全委会上，给全体省委委员讲一讲你打算怎么解决大山子的问题。"血开始往上涌，马扬竭力保持语调的平静，紧握电话，问："为什么要我去讲？"

　　"让你讲你就去讲！但有一条，别净讲空道理。不是让你去给省委委员们上课，而是去接受考核。听明白了吗？是上考场！"

　　哦，上考场？为什么？为什么？为什么……浑身的血又一次向上涌来……

第十八章

　　大杂院里的这个小屋只有十二三平方米，虽然杂乱不堪，但仔细看，还是看得出主人赋予它挺多的"文化色彩"。比如说，居然还挂着一幅中堂行书，写着诸如"业精于勤"之类的套话，还挂着某次演出后首长接见的大幅彩照，一些京剧脸谱画像、头饰、珠花……那把琵琶和那把小提琴却是货真价实的玩意儿，还有一个用玻璃钢制作的仿古希腊裸女雕像、几个已经陈旧了的布娃娃毛毛熊，等等。在所有这些东西中间，最打眼的，却是十几幅色彩非常鲜艳，又非常具有现代意识的水粉画，这是女主人的女儿夏菲菲的作品。夏菲菲就是马小扬说的那位天分极高的残疾女同学。吃罢晚饭，夏菲菲犹豫了许久，才下决心告诉她妈，有几个同学今晚要上家里来。她妈一听就不乐意了。自从被"下放"到大山子以后，她一直拒绝任何人来访。她不愿意让人看到她——夏慧平，想当年也算得上省京的一个"角儿"，现如今"沦落"到如此窘迫的地步。"我跟你说过多少回了，这会儿别让你那些同学上这儿来串门，等我把这屋拾掇出个模样来再说。你就不爱听妈的话。你说这屋能让人看吗？你这不是明摆着要你妈丢人现眼嘛！"妈妈一边叨叨，一边紧着化妆。这也是她多少年在舞台上和演艺圈中生活所养成的"毛病"：不化妆，从不见人。"他们又不是来参观我们家的。再说了，也不是我让她们来的。"历来素面朝天、潇洒自如的夏菲菲挺看不惯演艺圈里这种种的矫情伪饰，只要逮着机会，就会跟她妈呛上两句。这不，一转眼的工夫，夏慧平又急着找她的假发套了。夏菲菲实在受不了了，就叫道："哎呀，您就别倒腾了。都是跟我一般大的同学，您至于吗？又不是给首长演出……"夏慧平手忙脚乱，四处一通乱翻："你懂什么！我那假发套呢？快找找。""我怎么知道？""我就搁这柜顶上了。""那您跟柜顶要啊。""你这丫头！怎么说话的？""您瞧，不是在水壶底下压着呢？"

"哎哟，我的妈哎，谁这么缺德……都湿成这样了，我还怎么戴？"

这时，马小扬等一行人说说笑笑，推着各自的自行车，进了院子。夏慧平赶紧把屋里的灯关了。夏菲菲叫道："妈，您这是干什么吗？"说着摇过那辆自行焊制的轮椅车，拽住灯绳，又把灯开了。"这假发套都这样了，你让我怎么见人？"夏慧平真急了。自从省京剧团宣布她为第一批下岗人员，三天内，她不吃不喝不睡，想不通啊，那一头浓密乌黑的头发顿时稀疏许多，鬓间也平添不少灰发……从此后，她不仅不化妆不见人，不戴假发套，也从不见人……每每想到这些，菲菲又挺心疼妈妈。谁让她曾经是个"角儿"呢？谁让她曾经在灯光下舞台上是那么的光彩照人？看着妈妈此刻那样恳切哀怜地看着自己，她心里一阵酸涩，便把灯绳又交还给了妈妈。

夏慧平接过灯绳，心里同样涌起一阵酸涩。她同样知道，女儿是不愿得罪这些同学。

得罪谁，她也不愿得罪自己的那些同学。十多年了，正是这些不同学校不同班级的同学背着她，扶着她，一瘸一拐地（那会儿还没轮椅哩），从小学到初中，又从初中到高中，走过了一条常人根本无法体会的挣扎之路。她最怕的就是这些同学不理她。她不是怕没人背她没人扶她，不是的。摔得眼青鼻肿，她也能自个儿爬起来，她怕的是大伙儿不再从心灵上、精神上给她一种必要的支持。她需要一个温暖的眼神，需要渗透无限真诚的温暖，充满绝对平等的真诚，洋溢着至尊信任的平等。你能理解残疾女孩儿内心深处那种深重的孤独感吗？夏慧平理解。手里捏着灯绳的她，迟疑了一会儿，又把灯绳交还给了女儿。但这时，女儿已经摇着轮椅走出门去了。她在门外迎住马小扬等，对她们说："别进屋了，咱们就在外头说会儿话吧。我妈累了，已经睡下了……"夏慧平鼻腔里一阵酸热，竟然控制不住地呜咽起来。这时，远方又有一列拉煤的火车鸣叫着，从铁道上缓缓地驶过去了。

第十九章

十天后，省委办公厅来电话通知马扬去白云宾馆参加省委全委会，一早车就来接他。

马扬赶紧收拾齐了，便去隔壁小扬的卧室敲门，跟母女俩"告别"。昨晚为一盒录音带的事，黄群挨了马扬一通很严厉的批评，一气之下，就去女儿小床上挤着了，一晚都没回大床上来。应该说，得知马扬要去参加省委全委会，黄群当然是高兴的，但她也有一份特别的担心，担心马扬上了会，在那种气氛的熏染之下，"激情澎湃"起来，再度向贡开宸主动请缨，去大山子当什么一把手。"什么叫'再度'？好像我以前曾经无数次向贡书记请过缨似的。"马扬笑道。"你敢说你没主动请过缨？""没有。"马扬一口否认。黄群当即从她的抽屉里取出一盒录音磁带，又去小扬房里取来录音机，播放了一段马扬和贡开宸的对话录音。马扬一听，这不是那天晚间贡书记到家里来看望自己时，他俩的谈话吗？他立刻严肃起来，很不高兴地责问："你怎么可以偷录我和省委书记之间的谈话？"黄群一开始还挺得意，说："我怕他为了让你留下，拼命跟你做各种各样的许诺，以后又赖账，所以……""所以你就偷录我们之间的谈话？！你知道你这是在干什么吗？快毁掉它！这是党内纪律绝对不允许的！亏你也是个老党员！"马扬板起脸，厉声斥责，还不依不饶地拍着桌子命令："快去毁掉它！"黄群从没遭到过马扬这么"凶狠""绝情"的对待，一下子既感到失了大面子，又觉得无比委屈，便完全愣在了那儿，僵持了好大一会儿，看到马扬仍板着脸等她处理那盒录音磁带，这才从录音机里取出磁带，往马扬面前一扔，说了声："给你……给你……总有一天你会后悔的！"就跑女儿房间去了……

　　早晨听到敲门声，小扬要起来开门，黄群一把拉住小扬，不让她理睬马扬。马扬只得转身走了。见马扬真要走，黄群又赶紧下床来开了门，嗔责道："不吃早饭，你上哪？"马扬说："会务上有早饭。"黄群板着脸，说了句："上午是报到，万一没安排早饭呢？"去厨房，不大会儿工夫，便把早饭给马扬做好了。

　　马扬端起一杯滚烫的牛奶，笑嘻嘻地拉住黄群的手，说道："还是夫人好。"黄群没理会他，甩开他的手以后，只是默默地替他往面包片上抹果酱，然后又从他身上扒下外衣，架起烫衣板，插上电熨斗的电源插头，默默地烫起外衣来。不一会儿，马扬听到烫衣板那头有轻微的抽泣声发出，忙放下筷子走过去。黄群赶紧擦去眼泪，躲开他疑询的眼光，啐道："吃你的饭去！"马扬默默地站了会儿，伸手去揽黄群。黄群伸手去推他，他却一把把黄群完全揽了过去。黄群默默地依在马扬的怀里，索性出声呜咽起来。马扬便低声笑道："你瞧你。你以为大山子市委一把手、大山子总公司一把手是随便什么人都能干的？这可是副省部级干部！""我不稀罕！给个省部级，咱也不往火坑里跳！"黄群叫道。马扬不说话了，沉默了一会儿，淡淡一笑道："好了好了。你不说，我心里也明白着哩，大山子很可能是个大火坑……"黄群再一次喊叫了起来："不是很可能，它就是一个大火坑！

马扬，你一定要清醒！"马扬指着那盒录音带，极其真诚地对黄群说道："这里我说的都是真心话。作为 K 省父亲们的儿子，K 省爷爷们的孙子，作为在大山子工作过多年的共产党员，我没法说服自己绕开这个'火坑'……"

听马扬这时候还在说如此"愚蠢"和"迂腐"的话，眼泪一下从黄群的眼眶里涌了出来："那你就跳吧。跳吧。"马扬苦笑道："可是，我需要有人支持我，我需要一帮人来支持我，其中也包括你的支持。"黄群也苦笑道："我的支持？我还能怎么样？这一辈子反正是要跟着你了，上天堂，下地狱，都得跟着……"

马扬再次搂过黄群："我需要你真诚的支持，需要你用真诚的微笑来支持我。"

黄群这时反而平静下来了，她转过身，面对着马扬，很认真地对他说道："作为妻子，我可以尽我的义务，跟着你一起下地狱。但是，要我笑着跟你下地狱，我做不到！永远也做不到！"说着，她推开马扬，收拾了熨斗和烫衣板，一句话也不说，回小扬房里去了。那边传来很响的一声关门声。

这一天，黄群回家比较晚。小扬学校里有活动，马扬又去了会上，两个人在外头都有饭辙，她不必像往常那样，一下班就得急着赶回来做饭。于是，她也就在医院食堂里随便吃了点儿，然后又去超市转了转，到家都快八点了，天也全黑了。上得楼来，掏出钥匙，打开家门，刚放下手包，扶着门框，弯下有点儿酸疼的腰，去换鞋，忽听到屋里某一把转椅"嘎吱""嘎吱"发出两下轻微的响声，她竖起脖颈定睛一看，转椅上竟然黑乎乎地坐着个人。这一惊非同小可，"啪"的一声，那只鞋便自动从手中掉下，整个人也跟个"机器猫"似的一下绷直了，往后倾靠在墙上，嘴张大了，却发不出声音，心怦怦地乱跳，却不敢喘气。无意中碰着灯绳，"啪"的一下，把灯拉亮，慌慌地再一看，那人却是马扬，神情十分沮丧，好像遭遇了什么重大事故似的呆坐着。

"出什么事了？"她慌慌地，连拖鞋都没来得及穿，就光着一双袜底，忙走过去，问。

他黑着脸，不作声。

"到底出什么事了？贡开宸在会上对你发难了？说话呀！"

他还是不说话。过了一会儿，大概是见黄群一直就那么呆呆地站在自己的身后，等着一个"所以然"，这才勉强直起半拉身子，说道："我要安静一会儿。出了一点儿意外的事，但不算太重大。我正在考虑到底应该怎么对付……等我考虑出一个头绪来了，再跟你说，好吗？我还没吃晚饭，能给我准备一点儿吃的东西吗？我今晚可能还要写一个东西，要写一个通宵。给我准备一点儿夜宵，好吗？谢谢了……"

黄群呆呆地又站了会儿，便上厨房去了，并在厨房里一动不动地又呆站了好半天。

第二十章

贡开宸没想到，经过一番如此周全的筹备，临开会了，在马扬身上还会出现这么大一个"娄子"。全委会上午报到，他不用去那么早，就想利用上午这点儿时间，把全委会的那个总结报告稿再亲自润色修订一下。两天前，常委们开会，基本认可了这个总结稿，提了一些意见，但没伤什么筋骨，贡开宸就不准备再劳动政策研究室和秘书处的那些"大笔杆子"们了。就在这时候，省长邱宏元打来电话。老邱告诉他这么一个情况，有人反映，马扬这几天"活动"得很厉害。"每个常委那里他几乎都去串门了，还走了一些省委委员的家。为自己的事情活动得这么凶，不是个好现象，我真是不太赞成这种做法啊……甚至有点儿为这个年轻人担心啊……"邱宏元在电话里长叹道。"他去常委家里干什么？"贡开宸对此也感到有些吃惊，忙问。"你说还能干吗？为通过对他的任命，疏通关系呗。"邱省长猜测道。贡开宸的脸色一下子沉了下来。

"这样吧，找个时间，咱们当面说一说……"邱省长也很重视这个刚出现的情况。

贡开宸立即说道："还找啥时间？就这会儿吧。是我过去？还是你过来？"

"当然我过去。我过去吧。"

省政府大楼和省委大楼中间只隔了两个街区，没多大会儿工夫，邱省长就大步走进了贡开宸办公室。"真没想到，他会在背后搞这种活动……听别人反映，马扬这同志，还是有一定的领导工作经验的，知识面比较宽，知识结构也比较新，干起工作来有一股子冲劲儿。留住这样的人才，是我一贯的主张，但现在看来，他身上的确还有一些不成熟的东西……到底应该怎么使用他，还真得认真地、慎重地考虑考虑。"

"你说他身上还有些不成熟的东西？哪些？比如说？"

"比如说，他给国务院发展研究中心写的那份材料。"

"这件事，他跟我充分解释过了。"

"我也听他本人解释过。这件事本来不应该算个问题，但是……但是，现在再回过头来想一想，搞这么一份重量级的材料，居然就直接捅到北京去了，一点儿招呼都不跟省委省政府打，无论是在操作程序上，还是在组织纪律性、政治素养上，总还是有点儿那个吧？毕竟不是个单纯搞学问的大学教授，或是耍耍嘴皮子、笔杆子而已的作家，是个党政领导干部啊，怎么就没有想到这儿还有个省委和省政府呢！我记得你在很多会议上都强调过，在K省，不管某人有多大的本事，作为一个党政干部，只要他眼睛里没有省委省政府，这人就不能用，这话有道理啊。从工作的角度着想，是啊，一个六七千万人的大省，要是在各要害岗位上替我们把关的同志，心里都没有我们这些人，这么大一个摊子怎么弄啊？我们怎么在这儿带领这几千万人落实中央的各项大政方针？这样的人今后肯定还会给你我捅更大的娄子。那我们光替他擦屁股堵漏洞都来不及，就别干事了！这些年轻的一拨人啊，都挺有政治智慧和政治技巧，不像我们这一拨人只知道闷头傻干。说起来这是一种进步，是好事。但政治智慧、政治技巧这玩意儿，一旦玩过头了，可了不得啊！"

邱宏元一气说了这么多，贡开宸反倒不作声了。老邱说的这些，何尝不是他所担心的呢！最后，老邱又补充了几句："我并不是那个意思，谁提了我们的意见，就要去追究谁的责任。大前提，马扬这小子是个人才，要爱护，要培养，要使用，但不能操之过急。当然，在用人问题上，我过去说过一句话，现在还强调这句话：不管你最后下什么决心，到常委会上，我一定会支持你做的决定的。这一点，你尽管放心。"

贡开宸默默地点了点头。邱宏元走了。他立即给宋海峰打了个电话："这一两天，马扬去找过你吗？"

宋海峰愣了一下，吞吞吐吐地答道："他……"

"他怎么了？"贡开宸不动声色地追问。

"他这会儿正在我这儿哩。"宋海峰忙答道。

贡开宸立即沉下脸说道："过一会儿，你让他上我这儿来一下。"

马扬原先没打算去看望宋副书记的。车走到省委大院门前，他忽然想到，反正有一上午的报到时间，何必去得那么早呢？当年在省团委工作时，宋海峰是他的"老领导"，已有很长一段时间没去看望过他了。这才灵机一动，让司机把车拐进省委大院。

得知贡书记有"谕"，马扬当然不敢怠慢，连电梯都没敢等，直接走楼梯（副书记的办公室跟书记的办公室只相差两层），急速走到贡开宸办公室门前，稍稍安定一下自己的神情，伸手按响门铃。郭立明好像早就奉命在那儿等着他似的，门立即打开了，郭立明马上把他引进贡开宸的那间大办公室。

"这两天，你很忙啊。"贡开宸开门见山，神情冷峻。

"忙倒是不忙，就是有点儿紧张……"马扬答道。敏感的他，一下就注意到了贡开宸的冷峻。但他依自己的经验，当领导的常常是这样，因为实在太忙，把你叫来说某一档子事时，还没从刚处理完的那一档子事情中回过神来，此刻的"冷峻"仍可能是前一刻的"余威"，并非是针对他而发的，所以他没在意。

"紧张啥？"贡开宸问。

"您让我在这次全委会上汇报如何整顿大山子的想法，我认真整理了一下自己的想法，觉得有些思路还要做一些大的调整……但对于这样的调整，我自己觉得还不太有把握……"马扬答道。

"只是调整思路的问题吗？调整思路，至于要挨个地去敲常委领导的门，还要找一些省委委员串门？"贡开宸单刀直入了。

敏感的马扬当然不会听不出贡开宸话里那个意思，忙解释："我这次调整思路，涉及面比较广，动静比较大，我想应该在将它们拿到全委会上亮相以前，先跟分工负责某一方面的常委和省委委员做一个沟通，当前可以避免某些不必要的误解，以后也可争取他们在工作上给予必要的支持……"

"你想！这次全委会后，接着就要召开常委会。而这次常委会主要的一个议题，就是研究决定对你的使用问题。你在会议前夕，频繁接触常委领导，这是非常忌讳的一件事……"

马扬鼓足了勇气分辩道："我去找他们，没有任何个人意图。"

贡开宸冷冷一笑道："谁都在说自己没有任何个人意图，难道不是这样吗？"

马扬不作声了。他知道自己不能再说什么了。过了好大一会儿，贡开宸突然向马扬宣布道："今天，你不必到白云宾馆去报到了。什么时候去报到，等通知。"就这样，他被取消了今天到会的资格。

时钟滴滴答答地已经指向了十二点。为了不妨碍黄群睡觉，马扬用一张旧报纸套在台灯的灯罩上，把那点儿橘黄的灯光完全局限在自己眼皮下的一小块地方。但已然呆坐在书桌前数小时的他，面对纸和笔，却还没写成一行字。要不要向贡开宸做这样的"申诉"？要不要再写上几万字为自己辩护？是的，这十天来，自己的确频繁地接触了常委，还接触了一些省委委员，在个别人那里，也确曾谈到过他今后的去向问题，但那的确只是咨询性的，绝对没有那种意思，想请他们在常委或全委讨论对自己的任命时，高抬一下贵手。

"好在常委们还都在，我接触过的那些省委委员，也都在，组织上可以去调查，核实……以上所说，如有一点儿不实之处，我愿意接受组织任何处分，直至开除党籍。"写下这些慷慨激昂的话，他很快又把它们都画掉了，并非常烦躁地站了起来，在房间里大步地来回踱着。

有意义吗？为自己做这样的辩护、申诉，提这样的请求，看起来似乎非常的"光明磊落"，但实际上可以说毫无意义。别的不说，就说让省委真下决心组织一个调查组，去调查他这样一个司局级干部这一件事，实现起来谈何容易！这里有许多手续要办，许多过场要走，就算千辛万苦地在一年或半年之后把调查组成立起来了，也查清事实真相了，十次全委会也早开完了。

还有一个办法，可以了结此事，那就是找贡书记低头认错，做一番"深刻检讨"，求得他"老人家"的理解和原谅。即便不能再列席这次全委会，也不能再向全委们阐述自己治理大山子的想法，更不可能在今后的日子里参与对大山子的治理，但有一点是可以保证的，那就是"贡大人"心气儿顺了，他会让人尽快地给自己安排一个岗位，结束目前这种等待分配的尴尬局面。走吧，离开这个是非圈子吧，干什么不是干？怎么活不是活？何必死死地要去争这一日之高低，一事之成败呢？况且，还有一句话也是可以拿来安慰自己的，那就是"来日方长"嘛。

但是……但是……但是什么呢？如果仅仅为了让自己有一个安身立命的岗位而可以置大山子于不顾，当初自己为什么要退掉火车票，放弃去南方工作的机会，而决定留在K省？既然是为了大山子才决定留下的，就应该想到留下一定会有留下的艰难。现在这个"艰难"刚刚来敲自己的"门"，自己怎么可以只在自己"清白与否""今后的安置问题"上患得患失，甚至想抽身滑脚，一走了之呢？可以不为自己辩护，但不能置大山子于不顾啊！

想到这里，马扬的心境突然平静下来。正在发生的一切，应该是在情理之中，只不过是意料之外罢了。况且，自己在这件事中，也确有失误的地方，贡书记批评得并非没有一点儿道理。在这么重要的一次全委会召开前夕，自己作为一个司局级干部，事先不向省委请示报告，就"私下"里频繁地接触常委和部分全委会委员，怎么可能不引起误解？说你政治上不够成熟，还有什么不"服气"的？

马扬很快回到书桌前，拿起笔，急速地写了下去："未向省委报告，又未经省委批准，在此次全委会前，我如此频繁地接触常委和部分全委会委员，引起不必要的误解，责任完全在我。我要从中汲取深刻的教训。在这里，我只向您说明一点，所有常委都可以证明，我在跟他们的谈话中，没有一句话是涉及这次对我的任用的。大山子治理的成败，不仅关系到我个人的身家性命、仕途安危，也牵扯大山子三十万干部群众的身家性命和子孙前程，它在深层次的意义上，给了我们所有人一次思考和实践的机会，探索当下中国真正实现富强的道路。也许由于我的不谨慎或不成熟，我将失去这次任职的机会，但我恳切地希望，省委主要领导能允许我把这几天来反复思考所得的一些想法，向常委和全委会委员们做一次最后的陈述，这些想法已经远远地突破了几个月前，我向国务院发展研究中心曾经报告过的那个思想底线。我觉得，事到如今，我马扬个人最后被安置到什么岗位上，已经不重要了。只要我的某些想法，能对最后解决大山子问题，产生一点儿作用，那么组织上怎么处置我，都是可以接受的。"

也许正是这最后两句话打动了内心深处同样凝结着一团化不开的"大山子情结"的贡开宸，在看完这封"申诉信"的半个小时后，他亲自跟常委们分别通报了这封"申诉信"的内容，在征得大部分常委的同意后，他让郭立明立即通知马扬去全委会报到。这时候，已是第二天的凌晨五点左右，淡青色的晨光刚刚把东边地平线从沉睡了一夜的黑暗中剥离出来，呈现出日出前那一刻恢宏的宁静和单纯的斑斓……

全委会一共举行了四天。马扬的发言被安排在会议结束前的那天下午。那天下午一共安排了八位同志做大会发言。发言的中心议题当然也就是这次全委会的中心议题：如何贯彻落实中央的有关指示，认真解决K省在国企改革和干部精神状态方面所存在的问题。"马扬要在大会上发言"，这消息很快传出，在与会者中不胫而走，他很自然地成了会议上最让人关注的焦点人物之一。但是，与会的同志很快发现，马扬"失踪"了。发言的头一天晚上，一吃过晚饭，他就被一辆车接走了。当晚没回来。第二天上午也没见他踪影。下午，在大会上发言的仍然是八位同志，但这八个发言者的名单里，已然没有了马扬。一直到散会，马扬再没有在白云宾馆里露面。

有人说，为了更好地准备明天的发言，头天晚上，他回家进一步润色自己的发言稿去了，搞了一个通宵，接着又搞了一个上午，便病倒了……

又有人说，他是被省委政策研究室几位专门负责研究国企改革的同志叫走的。贡开宸对他的发言有点儿不放心，怕出大格儿，为了保险起见，特地委托这几位同志"预审"一下他的发言内容。一听之下，果不其然，即便在如此小的一个范围里，也引起了极大的分歧和争论：有人认为，马扬的想法"振聋发聩"，有"很强的前瞻性"和"可操作性"，不妨一试；而有的则认为，马扬所提种种建议将破坏当前来之不易的稳定团结的大好局面，和中央一贯强调的"稳定、团结、改革、发展"等基本方针背道而驰，虽亦不无可取之处，但利弊相衡，弊远大于利，等等。意见连夜反映到贡书记那儿，贡书记和几位常委紧急商量了一下，决定"暂停"马扬的发言。马扬便"病倒"了……

还有一种说法，那天晚上，马扬是被前任省委书记潘祥民叫走的。据目击者称，那辆来接马扬的车就是潘书记的专车。还有说得更玄的，说当时潘书记就在车里坐着，他们都看到了——潘老戴着墨镜，神色肃然。他们说，马扬大学刚毕业那会儿，曾给潘老当过一阵秘书。潘书记这些年一直挺关注这个"年轻人"。听说马扬要在这样一个会议上不计后果地发表那样一通带有"爆炸性"的言论，便决意赶来，将他强行带走了……

就像绝大多数的会议一样，不管与会者中有多少"传闻"，私下之间又有多么激烈的议论，会议总还是一往无前地在既隆重又平稳平静的气氛中宣告结束，顺利地通过了会议的各项决议和《告全省共产党员的一封公开信》。第二天，省报在头版头条的位置上，以社论的形式，发表了早就准备好的那一组专论新时期共产党人的精神状态的文章。从一论、二论、三论，一直发到五论。会后，省委向总书记和中央书记处报告了此次全会通过的加强全省党的干部队伍思想建设和作风建设十九条措施，争取以全新的精神面貌，加快全省国企改革进程，迎接新挑战，开创新局面。应该说，这一件事到此便"圆满"地画上了一个句号。起码可以这么说，"暂时"告一段落，或者还可以用现在的一个习惯用语来说，它取得了"阶段性的重大成果"。

于是，人们在学习、宣传、贯彻、落实《十九条》的高潮中，开始淡忘那个叫马扬的人。虽然有人也会偶尔提起他在会上突然"失踪"的事，但听众中肯定会有人以"知情者"的口吻说上一句"这小子，没戏啦，这辈子肯定没戏了"，来结束这种好奇的探询。有人看到他和他那当大夫的妻子、读高中的女儿仍然居住在那个用车库改成的"休闲别墅"里，一早一晚，偶尔地还在那个借助高大的黑叶杨围成的院子里制作或修缮他那些似乎永远也制作、修缮不完的木器家具。有一回有人还在省图书馆的大厅里见到过他，借了一大摞经济学方面的书籍，还借了两本诸如食谱和美容、时尚指南之类极无聊的书，骑着个自行车，向大山子方向走了。"他能骑自行车回大山子？这小子身体够棒的！""嘿，四十来岁，如狼似虎哩！只要想得开，干啥不是干，咋活不是活，有啥撑不住的？"当然，只有极少数的人，他们掌握真正的内情，明白此事还远未到完结的那一步。但谜底终要在光天化日之下揭开。

所幸，揭开谜底的时间拖延得并不长。一个半月后，人们——首先是省委大楼里的人惊奇地获知，他，马扬将要被任命为大山子市市委书记兼市长、大山子市冶金总公司总经理兼党委书记，以四个一把手的身份，将四个副省部级职务集于一身，全面主持大山子的工作。省城轰动了。大山子轰动了。人们第一个反应是"不可能，根本不可能"。从"文革"后期开始，直至今日，在K省，但凡有重大人事变动，在省城，即便不是"全城"，最起码也会是在相当一个范围的政治圈子里，事先总会有种种迹象、种种"传说"、种种议论，或暗或明，或真或假地，沸沸扬扬地，风雨一番。然而这一回，事先一点儿消息都没透露，半点儿迹象都没显示，突如其来，晴天一个霹雳，泥坑里飞出一条小白龙，蛤蟆嘴里蹦出一颗夜明珠，完全平白无故，说梦话哩？但就在这消息被省委大楼里的人们得知三四个小时后，也就是当天的下午，就是这个马扬，众目睽睽之下，乘坐贡开宸特地从省委办公厅调去支援给他的一辆2.6升的黑壳子大奥迪车，连一个秘书都没带，在省委组织部吕部长和省纪律检查委员会周书记的陪同下，先去"接管"了大山子冶金总公司，当天晚上又"接管"了大山子市委和市政府。在这两个地方，吕部长代表省委省政府分别宣布了对马扬的任命：大山子冶金总公司总经理兼党委书记，大山子市市委代理书记和市政府代理市长。

是在做梦吗？不，一切都千真万确。

省委全委会期间传说的所谓的"马扬失踪事件"也的确发生过。那天傍晚，的确有一辆车开到白云宾馆，接走了马扬。但接走马扬的那辆车里没坐着潘祥民。当时，马扬是被接到省委另一个"招待所"去的。那个招待所，人称"三十一号招待所"，靠近乌马河水库，原先是省安全厅一个多年闲置的秘密工作"据点"，依山傍水，环境十分幽静，有一幢老式的小楼和几幢宽敞结实的青砖平房，去水库钓鱼、荡舟、野餐十分方便。省委政策研究室的几位笔杆子早就听说了这地方，省第十次党代会前，他们就曾借住在这儿（把小楼和那几幢平房几乎全包下了），为贡开宸起草党代会的政府报告，前后差不多住了六七个月，以后又多次在这儿起草省委省政府重要文件，每每也是一住就是一两个月或三五个月。省安全厅的同志见此状，索性做了个顺水人情，把它让了出来。经双方友好协商，作为象征性的补偿，省委办公厅从省委书记工作基金里为安全厅争取到一笔为数并不太多的基建费，去修缮他们在市内的一处工作用宾馆；又从省长工作基金里争取到一点儿钱，将小楼和平房做了适度的装修，将它们改造成了如今的"省委第三招待所"。因为它地处乌马河路三十一号，一直以来又神神秘秘地总关着大铁门，而多数日子的夜晚，那小楼里又都黑着灯，大铁门里也总是静得可怕，所以，这里的山民习惯称它"三十一号招待所"。贡开宸估计马扬会在发言中扔出一颗"重磅炸弹"，他也希望用马扬的"重磅炸弹"去松动多数干部的思维定式。但他并不希望多数与会者被马扬扔出的"炸弹"炸晕过去，不希望在省委的全委会上出现思想无法统一的混乱局面。这是绝对要防止的。所以，一经确定让马扬发言，他就催促马扬提前把他的发言稿提交大会秘书处"审查"。马扬也是过于慎重，一直在争取时间修改他的发言稿，一直拖到发言前的那一天，才说可以送审了。这时，秘书处的同志觉得时间过于紧迫，怕把不住关，一时疏漏，捅出什么大娄子，没敢独自接这个"活儿"，直接找到贡开宸，提出希望请省委政策研究室的同志一起来"会审"。贡开宸当即批准了秘书处的动议，派车分别把马扬和省委政策研究室的同志拉到三十一号招待所进行"会审"。马扬离开白云宾馆后三十分钟，又开来一辆黑色的奥迪车，这辆车里坐的才是前任省委书记潘祥民。当然他没像人们传说中的那样"戴着墨镜"，但他的神情确实是异常肃穆沉重。他不是来带走马扬的（即便是前任省委书记，毕竟也是"前任"了啊，怎么可能擅自从省委的全委会上把人带走呢？），他是来找贡开宸的，为的也是第二天马扬的那个"发言"。马扬在把自己的发言提纲交付大会秘书处审查前，多了个心眼儿，他找到潘祥民，想请潘书记先听一听。他料想自己这个发言会在大会上引起震动，但他不希望由此招致"枪毙"——请别误会，此"枪毙"不是说人被枪毙，而是指发言的内容，也即他马扬一整套整治大山子的想法被枪毙。他想试着看一下潘书记的反应，试一试自己能否说服这位潘老。

如果能把潘老说服，那么，说服贡开宸和大多数比较起来要年轻得多的与会者，应该就更不困难了。昨晚他赶到潘祥民家，完全按大会发言的要求那样，十分清晰而又十分慷慨激昂地说了整整三十分钟。出乎他意料的是，听完他的"发言"，潘老完全平静，完全没有反应。

"您觉得怎么样？"

潘老不说话，拿过发言稿，逐页逐页地又很快地浏览了一遍。

"您觉得有什么问题吗？"

潘老还是不作声，眼睛只是直瞪瞪地看着他的那份发言稿。

"明天还有一整天时间，我可以修改这个稿子。"

"我……我得想一想……"潘老终于开口了，表情非常恳切。

"明天晚上以前，您有什么意见，随时打电话通知我，我二十四小时开着手机。这是我的手机号。"

但是，第二天等了整整一天，潘祥民没有给马扬回话，到傍晚时分，却亲自驱车去找贡开宸。当晚，听完马扬的阐述，他的确被镇住了，甚至还有点儿一下给打蒙了的感觉。马扬发言的中心意思就是：大山子现在需要的是一次重新"洗牌"，就像中国多数大型国有企业从整个生产结构和经营管理体制上来说，都急切地需要经历一个重新洗牌的过程一样，大山子也非得经历这样一个过程不可。也就是说，要调整它整个的经济结构，转换它整个的经营体制，建立一整套现代企业制度，确立新的市场方向。而调整结构、转换经营体制等一系列问题的关键，他认为，又是人的问题，也就是怎么科学地、合理地重新使用和安置好目前这全部的三十万干部和工人……"怎么安置？这毕竟是三十万人，而不是三百、三千人。"在发言中，马扬这样设问自己，然后他又答复自己道："我们装修老房子有这样的经验，最好是先把老房子清空……解决大山子问题的第一步，我想应该让大山子三十万干部工人全部下岗，然后在建立新的结构体制的同时，一步步将他们再安置到新结构和新体制所设定的新岗位上，在现代企业管理制度的激励下，去运行新结构和新体制……"让三十万干部和职工全部下岗？让大山子整个变成一座"空城"，变成一个被点燃的"炸药桶"？那样伤的何止是一点儿元气？请问，一个炸药桶被起爆以后，还能谈什么"下一步"？

还会有什么下一步？

他疯了！这小子想干什么？

这就是潘祥民送走马扬以后最初的一个小时里，在他脑子里翻来覆去咕嘟冒泡翻腾的东西。但理智又告诉他，马扬并不是个"疯子"，他也绝对不是在蓄意"炸毁"大山子。经验告诉他，"我们装修老房子，最好的办法是先把装满旧物的老房间清空"这句话是对的，作为一个特大型国有企业的领导（他曾是大山子矿务局局长、大山子冶金总公司总经理兼党委书记），他深知，"甩开旧物"轻装上阵，是多么的必要，也是他们这些人多年的向往。但作为一个政治家，他更明白，让三十万干部工人同时下岗，如果处置不好，那么在大山子、在整个K省被点燃的就绝对不止是一个两个"炸药桶"！其后果可以说是"不堪设想"，"不可收拾"啊……

这一夜，潘祥民整整一宿没合眼。夫人徐世云醒了三次，见他还在客厅里呆坐着，便起床来给他做夜宵。他不吃。她只有穿上明黄团花织锦缎面的丝绵睡袍，穿上湖蓝静电植绒挑花软皮底拖鞋，坐在客厅外的那个小过道间里的一把布艺沙发上守望着。比较懂事的她知道这种时刻不能进到客厅里，坐到他身旁去，那样会让他倍加心烦。要是以往，过上一会儿，老潘一定会带着一种哭笑不得的神情走过来，拉起她的手，或者摸摸她的头，或者亲吻一下她的额角，低声地劝上几句，让她赶紧去睡。但今天他却完全熟视无睹，完全置之不理，又过了一会儿，他为了求彻底安静，居然"砰"的一声，把客厅门给关上了，把她完全弃之在门外！她很难过，但又不敢说什么。她知道这种时候，她不能说什么，因为一切迹象表明，省里一定发生了什么天大的事……

第二天，马扬在忐忑不安之中等了整整一天，潘祥民也没给他回电话。潘祥民一早就打电话让秘书把近期来中央下发的有关国企改革方面的文件和相关领导的讲话都给他找来。经过反复考虑，他觉得，这件事太重大了，不能先对马扬表什么态，必须先跟老贡通个气，报告一下这个情况，再看看贡开宸对这件事持什么态度再说。他知道上午贡开宸有个外事活动安排，要接待一个越南党的代表团，中午还有一个宴请，于是一直等到两点半左右，他给贡开宸打了个电话，简明扼要地说了一下情况。贡开宸的反应很平静，告诉他，已经安排人审查马扬的发言稿了。"那好，那好。"他放下了电话。贡开宸的平静让他不安，也让他大惑不解。他责怪自己在电话里没把情况充分说够，责怪自己跟贡开宸说这件事的口气也过于"平静"，对贡开宸产生了一种"误导"。在极度的不安中，他熬到傍晚时分，估计全委会上也要开晚饭了，于是叫来了他那辆大奥迪，直奔白云宾馆而去。

　　潘祥民直接找到贡开宸，一五一十、详详细细地把马扬昨天晚上所说的都给贡开宸复述了一遍。"如果可以，我希望你今天晚上亲自去听他说一说。我担心，把他那些想法直接拿到全委会上，一下炸了窝，全委会就很难再开得下去……"潘祥民急切地说道。"您老也真沉得住气，熬到这会儿才来找我。"贡开宸淡淡一笑道。"现在采取措施还来得及嘛。"潘祥民说道。贡开宸看了看手表，沉吟了一会儿，说："他们在三十一号可能已经开始审听了。索性再等一等吧，等等那边的结果。"没想到，二十多分钟后，三十一号招待所那边就打来电话说，他们已经听"马扬同志"讲完了。"贡书记，最好还是您亲自听一下……"政策研究室的主任为难地说道。"你们的意见呢？"贡开宸问。"最好，还是您亲自听一听……"主任一个劲儿地请求道。"你们听了吗？""听了。""你们总有个态度吧？""我们的意见就是还是请省委主要领导亲自来听一听……""你们自己就没个看法？"贡开宸有点儿不高兴了。"我们的看法就是希望省委主要领导亲自听一听，最好是今晚就来听一下。"研究室主任用一种特别平静而又老到的口气说道。贡开宸不作声了，随即放下了电话。过了一会儿，他问潘祥民："您怎么想？""那边还在等你的回话哩。"潘祥民指指电话却这么说道。贡开宸做了个"甭管他们"的手势，继续问潘祥民："你到底怎么看这档子事？""你那些'御用'的'翰林大学士'都不表态，逼我说啥呢？"潘祥民笑道。"您拿自己跟他们比？您要是他们，今晚就不会主动上这儿来找我了。快说，别再跟我这儿卖关子了。"贡开宸也笑道。"第一嘛，你还是得亲自

107

去感受一下这位马扬同志的'高见'。然后，如果你仍然觉得需要听听我们这些人的意见和看法，我想，无论是老朽如我之流的，还是年轻才俊如研究室那一帮的，都会向你提供自己的一管之见的。"贡开宸明白他们都觉得事关重大，怕自己"误导"了他这位一把手，而酿成不可挽救的后果，所以，在他没有亲自去听一听马扬的发言内容前，都不愿表明自己的态度，他能理解他们的这种心情。半个小时后，他邀请几位当晚没什么安排的常委，一起驱车到三十一号听马扬"发言"。潘祥民说，他就不去了，但他会在家等着贡开宸的电话的。一个小时后，潘祥民接到贡开宸打来的电话，说，已经决定取消马扬在第二天大会上的发言了。

"然后呢？"潘祥民急切地问。

"然后啥？暂时还没什么'然后'。"贡开宸回答道。

"所有的人都认为，只要取消马扬的发言，就万事大吉了？"潘祥民愣愣地问。

"先这样吧，先保证把全委会顺顺当当地开下去。别的事，以后再说。"

第二十一章

马扬是在回到白云宾馆自己住的房间以后，才得到会议秘书处的通知，他的大会发言被取消了。潘祥民一天没给他回话，秘书处和政策研究室的同志听了他"发言"后一直保持沉默不表态，然后贡开宸和几位省委常委匆匆又赶来听他"发言"……所有这一切都使他敏感地意识到，自己的这个"发言"已是"凶多吉少"。但真的接到"被取消"的决定，他还是猛然愣怔了一下，还是有点儿受不了。不完全是"面子"问题……但多多少少还是有这么一点儿"面子"问题在里头……而且这个通知里，对为什么取消他的发言，不置一词。他很快离开了白云宾馆，离开前，没有向任何人打招呼，也没向秘书处要车，而是打了个出租。在出租车上，他向秘书处"请了个假"："我头疼得厉害，明后天的会，可能参加不成了……"然后就径直回家了。

出租车驶进大山子街区，夜已经很深。那些陈旧的小型立式锅炉外壳早已锈成了棕褐色，一根根细长的铁皮烟囱高高地耸立在黑暗的天空中。头一场夹杂着些许冰珠雪粒的寒雨终于细碎地落了下来，在细雨的浸润下，一些肮脏的水珠从同样锈蚀了的烟囱外壁上慢慢地往下流淌。厂区里堆积物凌乱不堪，街道上则冷冷清清。

回到家，他什么也没说，甚至都没脱衣服，就上床躺着了。雨越下越大，冰珠雪粒虽然不见了，雨珠却哗哗地击打在偌大的玻璃窗上，形成稠密的水帘往下流淌。马扬一动不动地躺在床上，瞪目地望着窗外的雨发呆。黄群在另一间屋里陪小扬在灯下做功课，同时又惦记着那边的马扬，分身无术，心神不定，不时地去偷看在一旁滴滴答答走着的那只异型小闹钟。小扬发现后，很不高兴地把钟倒扣在了桌面上。过了一会儿，她终于忍不住了，歉疚地对小扬说了句："你自己做吧……我……我去看看你爸……"不等小扬做出反应，便赶紧走了出去。"贡开宸和常委们对你这件事到底怎么表态的？啊？"黄群怯怯地问。马扬闭上了眼睛，不做回答。"我不是要过问、干预你的工作，我只是想知道他们的态度……"黄群再问。马扬还是不作声。黄群于是说道："不让干，就算了。还非得哭着喊着、赶着往自己脖子里套这根绞绳？他们还真以为这是个好活儿呢？脱脱脱，把衣服脱了，好好睡觉。只要他们不来找你，你就再也别主动去找他们了。你啊，该长点儿记性了！"第二天、第三天……一直到全委会胜利闭幕，贡开宸果然没再来找他，甚至都没打个电话来，或者简单地解释一下为什么要取消他的大会发言，或者问候一下"病情"，完全无声无息了。这样又过了四五天，又到了一个下着雨夹雪的晚上，马扬已经上床，突然，小扬匆匆推门跑了进来，报告道："有人来了！"马扬忙披上外衣，翻身下床去看时，只见哗哗的雨中，两辆大奥迪一前一后鱼贯地相随着缓缓开进"车库"前的空场上。四道车前灯光雪亮地划破雨夜的黑幕，使一缕缕如注的雨水和掺杂其中的雪珠晶亮地闪现在整个黑夜之中。车刚停下，就按响了喇叭。隔着雨幕，虽然没能看得清车牌号，但凭着经验和直觉，马扬马上断定又是贡开宸来了，只是不知道那第二辆车上坐的又是哪位领导，便一边吩咐黄群："快，把屋子收拾一下！"人已经向楼下冲去了。黄群忙不迭地在后头叫了声："拿把伞呀！你这人！"马扬已经冲到车跟前了。

来者，果真是贡开宸，另一辆车里坐的则是潘祥民。"咱们这是夜闯民宅……"待两人坐定，潘祥民笑着打趣。贡开宸却不同意这说法，笑着纠正："这里也是个官宅。不过，比起你我，他马扬的官稍稍小了一点儿而已。"一会儿黄群来上茶，两个人又跟黄群开了几句玩笑。

潘祥民还跟黄群说了一段马扬当年在他身边当秘书时的往事……接着，两个人又执意地要见他俩的"宝贝女儿"，又"闺女"长"闺女"短地跟小扬逗了几句。马扬自然懂得，很显然，两位"大人"这是在努力地调节着主宾之间的心态和现场气氛，以便让接下来要进行的那场严肃的或严重的正式谈话显得稍稍轻松一点儿。待他俩把"戏"演到"恰到好处"，马扬忙向黄群使了个眼色。黄群赶紧对潘、贡二人说了声："你们谈，你们谈。"便拉着小扬回那边的房间去了。

黄群和小扬走后，两位"大人"果然静默了下来。为了避免不必要的尴尬，马扬拿起个苹果来削皮。贡开宸忙冲他摆摆手："别弄那个，别弄那个。潘书记血糖高，我牙口不好，血糖也偏高，都不碰那玩意儿。能在你这儿抽支烟吗？"马扬忙应道："抽，尽管抽。"并起身取出烟具和待客用的好烟。贡开宸又冲他摆了摆手，从自己的烟盒里取出烟来。然后，烟点着了。但，还是静默着。过了一会儿，潘祥民问："身体怎么样？上医院检查了没有？""没事。其实不是身体的问题。"马扬坦率地答道。那边贡开宸赞许地笑着点了点头，还跟潘祥民交换了一下眼色。"心里还窝着火，是吗？"潘祥民笑道。马扬忍了忍，但，转念一想，此时不摊牌，更待何时？便噌地一下站了起来说道："两位书记，请允许我说句实话，你们可以取消这个马扬的大会发言，也可以长期把这个马扬晾在一边，永远不给他安排工作，甚至把他扔到太平洋里，开除他的国籍。但，最后解决大山子问题还是要承认这么个事实：这条伟大的航船在行驶了几十年后，现在遍体鳞伤，到处是漏洞。如果说三十万人谁都不肯下船，不给这条母船得到一个驶回船坞去喘息、更新、调整、加固的机会，那么最后的结果，只有一个，同归于尽——也就是船沉，人亡……"

"说，继续说。"见马扬突然停下不说了，潘祥民做了个坦然的手势，鼓励道。但马扬不说了。聪明的他知道，两位"大人"雨夜屈尊上门来，绝对不是来"探病"的，也不只是为"取消大会发言"一事来安抚他，做什么善后工作的。他们肯定是为大山子问题而来，肯定有重要的话要对他说，甚至还可能有什么重要的事向他宣布……因此，在把话题引向大山子，并简单扼要地表明自己的态度以后，自己就应该适可而止地闭上嘴了。

　　是的，马扬猜对了。贡开宸"带着"潘老冒雨上门来看他，确实是为大山子问题而来，"有重要的话要对他说"。那天，到三十一号审听了马扬的"大会发言"内容后，他和所有在场的人一样，感到"震惊"。和许多人不一样的是，他还感到了一种从未有过的"兴奋"。由此产生的第一个决定就是，必须取消马扬的这个大会发言，道理很简单，不能在全委会上引发太大的争论、分歧，必须保证全委会顺利完成所有议程，安然闭幕，这是会议期间压倒一切的首要政治任务。但这不等于他不同意马扬的看法。特别让他高兴的是，从马扬的这个"发言"里，他看到马扬这个干部不仅仅会"挑毛病"，而且还有非常的胆魄和提出解决问题措施的能力，同时还有实行这些措施的非常决心。在看到这一点的同时，一个重要的决定在他的脑海里开始形成：把马扬派到大山子去！但为了最后下定这样的决心，在这几天里，贡开宸做了大量的工作。首先，他争取到所有的人（或者应该说几乎所有的人）——不管对大山子问题是持何种观点的，都赞成他当机立断取消马扬的大会发言是个"英明"之举，有效地及时地避免一场"内乱"。然后，他委托潘祥民和政策研究室的同志分别在退下来的老同志和在职领导干部中召开了一系列的座谈会，并和省长邱宏元一起，召集省计委、省经贸委的同志进行商讨，在一个有控制的小范围里，有控制地抛出马扬的观点，对此展开一系列的"争论"。"争论"并没有让这些参加争论的同志完全弥合分歧，趋向最后的统一，但却取得了一个特别重大的成果，那就是让贡开宸将清了工作思路，让他看清按马扬的想法起码是可以解决大山子目前存在的某些问题的，于是，最后下定了这个决心——把马扬放到大山子去解决问题。

第二十二章

　　赵长林一手吊住驾驶室外的铁把儿，一手拿着红绿两面小旗，站在火车头的前踏板上，引导着车头缓缓向站区驶去。因为正行驶在一个弯道上，车子减速。只见铁道两旁的秸秆堆后头，呼啦一下冲出几十个村民，爬上火车，往下扔大块儿煤。还有一些等候在铁道旁的村民赶紧往自己的筐里、麻袋里捡拾这些煤块。赵长林一看，着了急，忙跳下车头，向那些村民们冲去。但等他冲到那儿，车上的村民们早已跳下火车，车下的则扛起装得半满的筐子和麻袋，呼啸着做了鸟兽散。铁道两旁残留下许多煤块和煤屑。这一段，车间里没活儿，大部分人都在家歇着了。他因为是省劳模，打发谁回家，也不能打发他回家，总公司特批，临时安排他到运输线上跟车。其实活儿也不多，一向特别金贵的煤，现如今也卖不出个好价钱。咋搞的嘛？说是让那些乱采乱挖的小煤窑挤的。你说这大象还真让蚊子给咬趴下了，堂堂这么大一个国家，怎么就收拾不住那些"苍蝇""蚊子"呢？唉……挨到下班时分，赵长林一边思忖着，一边叹着气进了自家院门，正脱着身上那件油脂麻花的工作服，却瞧见在自家院墙跟前立着一个鼓鼓囊囊的麻袋。他一愣，忙走过去，打开麻袋一看，里头装的居然也是大块儿的煤。他立马气不打一处来，转身冲进自家屋子，二话不说，冲着自己才十二三岁的女儿劈头盖脸地一通乱打。闺女刚从外头回来，正低头在一个旧搪瓷盆里稀里哗啦地洗脸，衣服上还沾着许多的煤屑和煤灰。妻子陈奎娥闻声忙从外头的小厨房里冲过来，抱住女儿，对赵长林吼叫道："你打！你打！有本事把俺娘儿俩全打死！一年多没开一分钱工资了，就捡他这点儿煤，又犯你哪条死罪了？"赵长林气得满脸青白，浑身发抖，一声不吭，扛起那袋煤块儿，走到货运段煤场，爬上高高的煤山，把麻袋里的煤全力倾出，然后一屁股坐下，十分沮丧地耷拉下头，茫然若失地张望着前方正被越来越浓重的暮色吞噬的旷野。远处，一列厂区内窄轨小火车嘶哑地鸣叫着从一片林子背后慢慢驶过……

奎娥说的不是没一点儿道理。但是，国家给的，叫"工资"，自己拿的，就是"赃物"，这是不能随便混淆，更不能随便胡来的。况且自己还是省劳模，整个大山子才只有两个省劳模，那一位已经老得不能动了，所以不论什么活动，都指着他去撑"场面"哩，怎么能为了几块煤就丢了组织那么厚重的一份信任和嘱托呢？听说，铁路公安最近要组织一次专项行动，专门打击扒窃火车的偷盗行为，她母女俩万一要让公安逮个正着，赵长林这脸往哪儿搁？那才是现了大丑了！一想到这里，长林不禁打了个寒噤。

但是……闺女的学校又要她们交钱了，说是添置校服。干吗年年买校服呢？矿区的学校干吗要学人家大城市那学校的做派呢？学得起吗？再说了，包子好吃不在褶多。

一年穿八身校服，这学生就都能奔"三好"去了？不是吧？但……校服最终还是得买……家里也不是说就一定拿不出这二三百元。但在眼前这情况下，"平白无故"地又多花销这几百元，心里实在不是个滋味。又在煤山上坐了几分钟，也怕引起守候在煤料场上的保安人员的误会，赵长林便一颠一纵地，带一溜小跑，回家去了。回家的任务，是要跟她母女俩把事理掰开了揉碎了，好好谈一谈。牢骚怪话只许关起门来说，歪的邪的事情半点儿也不许沾，谁沾了谁自己扇大嘴巴，乖乖地自己到派出所去自首，还不许说自己是从赵家院里出来的。要坚定不移地相信，党和国家不会瞅着大山子这么个特大型国有企业撒手不管。中国没几家这么大的企业，谁当家都不会让这么大一份家当半死不活地一命呜呼下去。

就说你家里养条小狗吧，天长日久，有了感情，你舍得让它饿死吗？再穷再困难也得从自己嘴里省下一口半口玉米饼子来喂喂它吧？大山子三十万工人跟这个国家、这个党几十年来建立了一份什么感情，这不是明摆着的事吗，还用我说？所以说，都别瞎操心……

只要长林哗哗哗说开了，奎娥就红着个脸，搂着闺女，在那张矮矮的炕桌旁耷拉着个脑袋，再不吱声了。这么多年，奎娥一直觉得自己特幸运，嫁了个好男人，实诚，能干，心里还真有这个家。上省里开个会，宾馆里发个水果、小梳子、小牙膏、小牙刷、方便鞋刷什么的，他都不舍得吃、不舍得使，老拿个小口袋装上带回家。有时从电视里看到他在大会上念个发言稿什么的，还挺顺溜，奎娥心里也挺美滋滋的。两个人之间万一遇上什么说不到一块儿的事，她也总让着他。再想不通吧，最后，得，干脆顺着他的思路走吧，这一来，一通百通。你想啊，只要男人能真心为这个家，做女人的，有什么不能让着他的？人家在外头多辛苦，做个劳模，容易吗？所以，即便没什么好吃、好喝、好穿、好使唤的伺候着自己，她倒也心宽体胖，印堂发亮，一副福相，每天晚上，头只要一挨着枕头，一准就呼呼入睡了。但不知道为什么，今天却不对了，一直到后半夜，长林还发现她直瞪瞪地睁大了双眼，望着黑乎乎的房梁出神。

　　"奎娥……"他轻轻地叫了一声。她忙闭上了眼。"奎娥……"他又叫了她一声。她还是不作声。"奎娥。"他叫了第三声。她终于轻轻地叹了一口气。又过了一会儿，她突然坐了起来，瞪大了眼，望着长林，眼睛湿润润地亮着，问："我能瞎操一回心吗？"长林一愣，忙说："当然可以，你想操就操吧。"奎娥"扑哧"一声笑道："你说的咋那么难听！"长林让奎娥说愣了，再一想，自己也禁不住笑了："都是你搅和的！想操啥心，说吧。""我说错了，你不骂我？""那可说不好，就看你说啥了。""那我不说了。"奎娥倒下去，索性蒙上被子。"你这人咋这样，说话说半句？"长林一边笑，一边就把手顺进被子，游到她柔滑的腋下使劲儿挠。奎娥挣扎着笑，笑得上气不接下气，便只得求饶："我说……我说……"奎娥喘喘地换过气，擦去眼角笑出来的泪痕，整理了一下被长林扯皱扯松了的内衣，又长长地吐了口气，这才说道："我听人说，这两年，咱大山子是让总公司的几个头头糟践了。他们背着大伙儿，借着改革的名头，把大山子掰开了、拆散了在贱卖，他们自己再从买主手里大把大把地拿好处费。说是总公司的几个头头，连带矿局和几个分厂的领导，都在省城体育场对面的小区里给老婆娃娃买了独栋的小楼，有的还置了外国进口私家车……捅这么大个窟窿眼儿，你说有多少水经得住他们这么可着劲儿地往外漏？""没把柄的事，别跟着乱嚼舌头。""你就没听你们厂子里的人说过？""我说这没把柄的事……""可俗话说无风不起浪！""可还有说无风也起三尺浪的呢！"奎娥还真没听人说过无风也起三尺浪的，骤然间便愣怔住了，张口结舌回不上话来，呆呆地坐了会儿，背转过身，一下缩回被窝里，把双手紧紧地抱在自己胸前，虾似的弓起身子，再不吱声了；但继续东想想，西想想，一直到快天亮那会儿，才渐渐把气儿出匀了，睡了过去。

第二十三章

贡志雄把刚得来的两条消息告诉了张大康后，便立即打着打火机，把记录着这两条消息的信笺烧了。这两条消息是：一、在K省马上还要举行新一轮的军事演习；二、贡开宸力排众议，已经任命鹰派人物马扬为大山子的第一把手。张大康赶紧坐到电脑跟前，拿起鼠标点击了一下，看了看屏幕上显示的股市行情，自言自语道："股市没太大的变化啊？"贡志雄一边收拾着那些信笺的灰烬，一边说道："这两个消息我都刚得到，股市上那些傻蛋怎么可能会那么快做出反应？"张大康迟疑了一下，立即又给公司专门负责证券交易的那位副经理打了个电话，告诉他："有两个消息，你别记，听着就行了……我估计马扬到大山子以后，可能会相继出台一系列收拾特大型国企的重大举措。这两天你们在股市上要特别注意一些机构的动静……"还没等他这句话落地，贡志雄指着正在发生变化的电脑屏幕，叫了起来："有动静了。估计是机构在抛盘，打压多头了。"张大康赶紧扭头去看，果不其然，股指图标上的阴线几经起落后，正曲曲折折地大幅度下降。贡志雄低声建议道："你也赶紧抛吧？"正在隔壁开会的一些公司中上层领导也都闻讯赶了过来，围在电脑屏幕前关切地注视。张大康考虑了一下，拿起电话，指示那位副经理："马上给我抛！"这时，股指图标上的那根曲线突然又开始艰难地上升了。电话机里传出那位副经理十分焦急的请示声："张总，有机构介入，正在托盘，来势很猛……""你给我抛！"张大康命令道。而电脑上的股指图标仍在曲曲折折地上升着。电话机里请示的声音一下子也变得十分焦虑和紧张："张总……"张大康额头上这时微微地渗透出些许热热的细汗，但他继续下令："继续抛！"股指图标曲曲折折地上升了一段后，

115

开始趋平了，然后骤然地又大幅往下跌去。总经理办公室里顿时响起一片如释重负的惊叫声。这时，另外一部电话机的铃声也响了起来，一个助手接了电话后，告诉张大康，马扬找他。张大康一愣，问："谁？谁找我？马扬？你别搞错！"那个助手肯定地回答道："就是那个著名的马扬找您。"

　　张大康完全没有想到，骤然间已变得"炙手可热"、肯定忙得不可开交的马扬，这时候居然还"抽得出那闲工夫"来光顾他。但稍稍往深处和细处想想，他不禁又有些惶惶然不安，难道……马扬刚去大山子就职，已经知道了他廉价并购大山子那两个厂子的事了？这位大权在握的"大山子新贵"难道是为了这件事"兴师问罪"来的？犹豫了一阵子，准备了几套应对的方案和说辞后，这位大康兄便撂下手头所有的事，匆匆赶往马扬约定的那个清风阁茶艺社去了。"祝贺啊祝贺！现在该称呼你什么了？马市长？马书记？还是马总？现在了不得啊，四顶帽子落在马某一个人头上，空前绝后，牛，简直牛气冲天。你不能再叫马羊（扬）了，该叫马牛。或者干脆就叫'马牛皮'，哈哈哈哈……"一见面，张大康便亮开嗓门儿，嚷嚷了一通，又把茶艺社的经理和领班都叫了来，向她们介绍了马扬，又点了瓶法国路易十三，一定要和马扬"痛痛快快"地干上几杯。马扬却依然一副漫不经心的样子，淡淡一笑道："别折我。市委市政府那边还没下正式任命，只不过是暂时代理而已。""代理市长代理市委书记也行啊，反正四根权杖抓在你一个人手里，了不得啊了不得。还是我说对了吧，别离开K省，K省绝对是你我这一茬儿人的宝地。干了！""今天不能多喝，一会儿还得回大山子，还有好几项安排在等着我……""我知道你忙，马总，马书记，马市长，你的酒量我还不清楚？这一瓶路易十三你一个人干了也不耽误事……"

　　但酒过三巡，马扬便坚决捂住酒杯口，一定不让张大康再给他斟酒了。马扬是个在任何时候、任何情况下都不会让自己失控的人，在这一点上，没法去跟他争高低，比较了解马扬这个脾性的张大康于是就很知趣地做了让步（要知道，在一般情况下，张大康这家伙大事小事都轻易不让步的）。而酒过三巡，同样聪明而有主见的张大康已经掂量出马扬今天并非是为了那两个厂子的事来兴师问罪的，便大大地松下一口气，所以也更乐意让一回步，以制造一种良好的氛围，大踏步推进自己和马扬之间的这种关系——就连傻瓜也会十分地珍惜这种关系的。

　　已经去大山子报到了的马扬，今天的确是在百忙之中特地抽身来"会晤"这位老朋友的。对于大山子，他可以说充分估计了那种"百废待兴"的困难局势。他想到了自己一去之后，整天会被成群结队上访的群众包围，被各种各样来诉苦的基层干部包围，会有数不清的账单雪片似的向他飞来……但他完全没有想到，实际情况要比他能想象到的"恶劣"一百倍。那天，组织部吕部长亲自去宣布他的任命决定，会开到一半，突然停电了。一追问，总公司已欠交电费半年多，电力公司"忍无可忍"，觉得无论如何也得向新来的总经理施加一点儿压力，便决定在他上任的第一天，拉闸示威。吕部长亲自给电力公司老总打电话，请他们无论如何把电给到开完会的那一分钟。但那边回答，老总出差了，找不见。点上蜡烛坚持开完会，送走吕部长，回到他那个总经理办公室，一推门，在办公室里等着他的居然是省中级人民法院的几个同志，还有外省市两个法院的同志。他们都是来向新任总经理送"传票"的，传唤新任总经理到庭，接受"审判"。而这仅仅是已经要开庭的几起经济官司而已，据说还有十多起经济官司等着要开庭……走廊里整个儿黑乎乎的，从公用厕所里弥漫出一股股尿味儿，老旧的人造革地板开裂、缺损、脱胶，墙纸剥落，到处都显现着一片片泥迹，且又黏糊糊湿漉漉得让人腻味……而最让马扬感到吃惊和头疼的是，总部机关干部们的慵懒散漫。那天，他决定再召开一次总部机关的全体干部大会，这是他到大山子报到后，召开的第四次总部机关全体干部大会。八点五十分，他下令按响电铃。五十五分，以他为首的总公司领导班子成员全部在主席台上就座完毕。离开会还有五分钟时间，此时会场里却哩哩啦啦地还没坐几个人。进了会场的，也并不安静，三三两两，嘻嘻哈哈地说笑着。许多人仍在各自的办公室里干着自己的私事，下棋、打牌、打电话打听股市行情、交流装修私房经验、帮忙替朋友的孩子转学、抄写中医秘方、传授气功心得……而最多的一群人则聚在某个办公室里正津津有味地议论着这位新来的一把手的政治背景和家庭情况，平生犯过多少次错误，有没有桃色传闻……他们全都置铃声于不顾，可谓"充耳不闻"。这时，一个瘦骨嶙峋的老干部，一手端着一只保温茶杯，一手拎着一块自制的棉垫，胳肢窝里夹着一本记事本，走进这间办公室，敲了敲门板，对他们嚷了声："嗨，兄弟姐妹们，走啊！新领导有请啦！""干吗呢，言处，您都五十好几了，还指着新领导给您加什么官晋什么级呢？死心吧，您哪！"一个下棋者头都不抬，只是冲着他挥了挥手。这时，铃声突然停了，在场的人都一怔。那个被人尊称为"言处"的老干部忙抽身向会场走去。那一群下棋和观棋者，也忙着收拾棋子棋盘，开抽屉拿笔、拿记事本、拿烟盒打火机，拿牙签、拿硝酸甘油救心丸……拿怎么也拿不完的东西，或者往自己的茶杯里再续上一口万万不能少的开水。当然最重要的是，几乎每个人都没忘了拿上一个垫屁股的棉垫子。当那个被人尊称为"言处"的老干部和那群有拿不完的东西要拿的同志们或急急忙忙，或不急不忙走进会场时，会场里的格局已经有所改变了。所有在铃声响起以前走进会场的，全部被请到了会场的左边，他们当然是有资格坐着的。而除此以外，会场右边的椅子全部被撤走，因此，在铃响完以后再进会场的人，就只能站着了，站在那空出来的一大片灰色的水泥地面上。那个"言处"大概以为自己是个处级干部总还是有资格去左边的座位里占有一席之地，拿着自己那些零七八碎的东西，刚想往左走，却被两位事先安排好的"纠察"伸手拦住，请他"别客气"，也站到右边那阴冷的水泥地面上去。这时，不断有人或急急忙忙或不急不忙地赶来，都被请到右边去了。于是会场里不断响起一阵阵哄笑声。有发自左边的嘲笑声，也有发自右边的自嘲声，更有双方互相起哄嘲弄的声音。不一会儿工夫，右边的人越来越多，会场里的笑声也越来越响。有人趁机想溜之大吉——老子不陪你玩了，总可以吧？会场门口却早站了六七个"纠察"，这些人又一个个地被请了回来。他们中有的很尴尬，有的却若无其事，还跟坐着的那些人一起前仰后合地哄笑。但忽然间笑声渐渐地低微下去。一些人渐渐把目光投向了主席台。主席台上的那几位领导脸都板着，神情也并不一样，有的不无尴尬，有的却隐含着一种嘲讽的意味。当然，这时候谁也搞不清，他们此时此刻究竟在嘲讽谁。但可以肯定的是，许多的嘲讽里总有一种是在嘲讽那位新领导马扬——干吗呀，你这不是没事找事嘛！而坐在他们正中位置上的马扬，这时已经站了起来，向台下走来。他走到那个"言处"面前："言处长，辛苦，上台坐去吧。"

言处长满脸涨得通红："别别别……"马扬又转向那一大群没座位的迟到者："请问，这里还有没有处以上干部？"众人沉默。

"没有了。有没有科以上干部？"马扬继续问。

众人仍给他一个沉默。

"怎么？还需要请组织部部长来点名？"马扬扔"撒手锏"了。当干部的都怕组织部长和纪委书记。于是，不一会儿，那群人里陆陆续续地有三四个人举起了手。"谢谢，请放下。现在我请拥有党员身份的也举一下手。"在犹豫了一下后，几乎有一半以上的人举起了手。总部机关嘛，党员总是占多数。"谢谢，谢谢。"说着，马扬转身向台上走去。那位言处长以为没事了，便也转身向人群里走去。马扬立即制止了他："请留步，言处长，还要辛苦您一会儿。"言处长只得站住了。马扬回到主席台上，站在话筒前："请党委委员都到后台来一下，马上开个小会。"这时，有人立马站起来，大声嚷道："你们当官的开小会，我们干啥呢？"有人便哄笑起来。马扬不急也不恼地说道："那就请大家伙儿耐心地等我们一小会儿。"有人叫："能上厕所吗？"更多的人哄笑起来。又有人叫了："管天管地，还管拉屎放屁？"

哄笑。马扬板着脸站在台上不动。笑声一点点微弱下去，最后消失。"党委委员，有请。"马扬做了手势，党委委员们开始起身向台上走去。会场上出现了一种让人窒息的沉静。

突然，又有人嬉皮笑脸地站起来插科打诨一下，会场上又开始有点儿骚动。马扬用力拍了一下桌子，那个嬉皮笑脸的人忙缩回到人堆里，会场上又渐渐地安静下来。

马扬把党委委员请到后台的化妆间。马扬对党委委员们说："这是我到任以后，召开的第四次全体机关干部会议。在第一次会议上，我曾经宣布过几条机关工作纪律。我说过，对于不把纪律当纪律的人，可以容忍一次、两次，但决不能容忍三次。大山子这条载有三十多万名船员和乘客的大船眼看要沉了。我们可不是在演美国大片《泰坦尼克号》，泰坦尼克号沉来沉去，无非是为两个年轻人的爱情故事在做铺垫。但我们这条大船万一要真的沉了，那实实在在牵扯着三十万人的身家性命。历史交给我们的任务是要保证这条大船不沉，不仅不让它沉没，还要让它扬帆远航。靠什么？一靠中央的方针政策，再就是要靠我们各级干部苦干实干。机关干部是领导的耳目，又是左膀右臂。如果我们连一次像样的机关干部会都开不起来，还谈什么挽狂澜于既倒、救黎民于水火？我们怎么再去面对今后这无数个日日夜夜所可能发生的种种艰难困苦？各位委员同志不知道是怎么看待这个问题的，今天不就是开一个会吗？你们看，端着茶的、拿着屁股垫的、嗑瓜子的。还没到十冬腊月哩，大老爷儿们的屁股有那么金贵吗？都在坐月子呢？这像一个大战前夕的指挥机关吗？机关作风至今没有明显改进，首要责任在我。请各位委员来，就是要做这么两个决定：一、马扬同志上任以来，工作不力，给他记过一次；二、立即免去言可言同志财务部主任的职务，财务部的工作暂时由副主任方清同志主持。请发表意见。"

一片沉默。

马扬重复说了一遍："我对今天这个状况负主要责任，请先处分我，有意见吗？"还是沉默。马扬耐心地解释道："有不同意见也可以说一说，同志们都在会场上等着我们的决定。"仍然是沉默。"如果不表态，能不能认为是默认我这两个提议？"依然是沉默。马扬无奈了，只得提议："那好。请秘书记录在案，全体党委委员默认了我刚才的两个提议……散会。"这时，有一个委员站了起来："等一等……别默认啊……上个星期，省委组织部来宣布，我们这个党委班子只是个临时工作班子。我想请问马扬同志，一个临时工作班子，能不能做出这样处分处以上干部的决定？"马扬说："省委组织部宣布这个决定时，特别强调说，省委常委会决定，大山子目前的这个班子是临时的，但行使正常工作权力。对省委常委的这个决定还有异议吗？"另一个委员犹豫着说道："你觉得就凭这么个小事，处分一个在岗位上工作了几十年的老同志，合适吗？"马扬当即答复："处分的理由我不再重复了，请发表意见。"

还是沉默。马扬有点儿着急了："同志们，大伙儿在会场上等着哩。你们可以反对我的提议，但必须表态。"依然沉默。马扬只能来硬的了："那好，我们一个一个表态。（转身问身边的一个委员）您什么意见？"那个委员犹豫了好大一会儿，涨红了脸："您是一把手，您看着办吧。"马扬转向下一个："您呢！"那个委员无奈地笑："您看着办吧。"马扬对第三个委员："该你了。""看着办吧……"马扬不依不饶："请说清楚，让谁看着办？""您，您是一把手嘛。"以后各位都是这个态度："您是一把手，您瞧着办吧。"

于是，马扬在到任后的不到一个星期内，撤换了手下最重要的财务部主任，同时也给自己记了个过。以后又连续撤换了几个科级干部，机关作风这才稍稍有些好转。

他痛感手下无大将，忽然间，想起了张大康。"你以前说过这样的话：只要你、我，再加上志和，这三个人捆在一起干，这世界上就没有办不到的事。"他试探着。张大康笑道："说过，我说过这话。至今我还这么认为，起码在K省，我们这三个人绝对是天下第一搭档。怎么，回心转意了？连副省级都不要了，愿意上我这儿来跟我一起干？欢迎欢迎，革命不分先后，只要觉悟过来了就行……"马扬轻轻捶他一拳，笑嗔道："别装糊涂！""哦，是副省级瞧得上我，想把我张大康收入麾下，到大山子去给您当个助理什么的？对不？荣幸，荣幸之至。"张大康端起茶杯，眯细了眼缝，微笑道。马扬十分诚恳："大康，你下海这么些年，挣了不少钱。我想，光藏在枕头套、床铺底下的那点儿现金，大概都够你花天酒地过好几辈子的了！上岸来吧，咱们一起为当前中国的体制改革做点儿事。"张大康马上放下茶杯，正色道："我下海办公司，难道就不是在为中国的体制改革做事？你这是什么观念嘛？体改不能只是政府行为！你瞧瞧你这个精英分子，露怯了吧？"

"三十万人的大山子，是个很大的舞台……"

"它是谁的舞台？"

"当然是全民的舞台。"

"哈哈，哈哈，全民？哈哈，蒙小孩儿呢？我再问你，能说大山子是个企业吗？"

"它当然……应该算是一个企业……"

"哆嗦了吧？应该？拿市场经济的游戏规则来衡量，它根本就算不上一个企业。全部的问题就出在这儿。几十年来，它充其量只是一个用皇粮养着的、完成国家订单的加工车间，是现实生活中一个变态的、扭曲的经济模型。它跟真正意义上的'企业'，相差何止十万八千里。""那就让我们把它变成真正意义上的企业……""马扬兄，让它变成真正意义上的企业，这句话，谈何容易，谈何容易啊！多少年来，从东欧，到苏联，现在又轮到我们中国，无数志士仁人，前赴后继，都在这块泰山石上碰得头破血流……""那就再加上我们俩，再往前拱一拱。"张大康长叹一声笑着摇了摇头，沉默了。"怎么了，张董？""马扬，说心里话，我一直很敬重你。你大概是本世纪末最后一批为数不多的理想主义者了。但理想主义者也分三类，一类是不清醒的，一类是清醒的，还有一类是一会儿清醒，一会儿又不清醒，老是来回摇摆。我认为，不清醒的理想主义者对社会的祸害，要远远超过其他一切人……""高见。我呢？我属于哪一类？""你……一会儿清醒，一会儿不清醒……""哈哈……""你不认为是这样？""我不敢说我永远是清醒的，但我敢说，我永远知道自己究竟在干些什么、追求些什么，我永远清楚，自己这一生应该对谁负责！""马扬，以后你会明白，今天我张大康没有答应你的请求，放弃我的公司，放弃我好不容易获得的这个独立法人资格，是一个多么英明、伟大的战略决策。万一有一天，你在这个上下牵制而令出多门的体制里摸爬滚打，搞得浑身是伤、筋疲力尽，只剩下一口气半条命，想着要为自己找一个能安安静静舔舔伤口的地方，请你记住我今天这句话，我留下的这个恒发公司永远是你可信任的第一选择。"

"等着我来乞降？"马扬淡然一笑道。张大康苦涩地叹道："咱们还是不要用'乞降''招安'这一类可怕但往往又没法回避的字眼儿。""你认为，在目前这个体制中，完全不可能解决大山子问题？我即将要做的无非是一种无用功而已？"马扬追问。张大康冷笑道："你以为呢？""大康，当年在学校里，你还是团委宣传部的部长，还是我的老领导哩……你……"张大康忙做了个手势，打断马扬的话："我现在还愿意当你的领导。马扬先生，如果你能下决心，甩掉你现有的一切，到我恒发公司来。我保证，十年后，在 K 省，在中国，甚至在全世界，我会让所有的人都抬起头来看我们。而那时候，你所拥有的一切，将完完全全是你个人的！无论是从萨特的意义上讲，还是从海德格尔的意义上讲，还是从郭尔凯格尔的意义上讲，你都将是一个真正意义上的独立存在的人！"

马扬怔怔看着张大康，不作声了。

这时，在省委大楼里，郭立明奉贡开宸之命，找马扬，找了一大圈，终于找到清风阁来了。他让服务员小姐上楼去通报。那个小姐便走进马扬和张大康所在的包间打听："请问，哪位是马先生？楼下有一位姓郭的先生找。

他说他是省委办公厅的。"马扬立即站了起来，对张大康说："是郭秘书，贡开宸身边的人。我去一下。"

张大康却对马扬说："容我最后再对你说两句话。"并对那个小姐说："你先下去。马先生马上就下来。"等那位服务员小姐走后，他告诉马扬："有件事我要让你知道，我在大山子有投资。"马扬说："我已经有所耳闻。"张大康说："这说明，我也是很重视大山子的。只是运作的方式跟你不一样。我现在只想跟你说一句话，你要动国企这个大盘，勇气可嘉。但老弟啊，你一定要清醒。这件事肯定要触犯很多人的利益，你要清醒地看到，现在有很多蛀虫是靠着这个大盘子在发着他个人的横财……"马扬呵呵苦笑道："发横财？大山子工人已经有一年多没发工资了。"张大康冷峻地反驳道："你应该明白，我说的不是工人！我再浑，也不会把工人当作蛀虫。所以，你的对手，不是那些将被你弄下岗的工人。你动国企，工人兄弟们也许会非常想不通，会跳一跳，嚷一嚷，但我相信我们这些可爱的工人阶级们无奈之后，还是会识大体顾大局的。而你真正的对手将是某一部分跟你一样拥有权势的人。这部分人肩不能挑担、手不能提篮，实际上又不会经营、不会搞市场，常年当官做老爷，你一旦断了他们口中的皇粮，就等于掘了他们家的祖坟，断送了他们的一切前程。想想历史上所有那些变法者的下场吧！商鞅、王安石、谭嗣同……都是因为触动了既得利益者，最后或五马分尸，或削职为民，或问斩菜市口……刀光过后仅为梦，六宫粉黛今何在哦，我的马扬同志！"

第二十四章

在电话里听志英说，要约他到"奥伦奇咖啡馆"见面，贡志雄还真大不大不小地吃了一惊。"奥伦奇"是省城近年来开张的几家高档咖啡馆里档次最高的一家。最随意吧，要一杯现磨的咖啡就得花七八十元，一个最普通的冰激凌也得四五十。ORANGE，橙黄色，那是金子的颜色，能不贵吗？"姐，您今儿个怎么了，敢把我和嫂子约到这地方来说话？您知道这地方的消费水平吗？"志雄还没等志英跨进咖啡馆门，就提醒道。"哪是我呀，是嫂子非得约我们上这儿来见面。"

奥伦奇装饰的特色却跟它的名字相反，一切都是深棕色的。深棕色的柚木构件和深棕色的墙布、深棕色的桌椅，铺上色彩淡雅、线条简洁的装饰布块，使这儿的一切都带上了典型的南美风味。由电吉他演奏的背景音乐，轻柔，明快，而又在诉说着某种躁动。咖啡馆里顾客并不多，零零散散地分布在那些笨重的柚木构件背后。由于穿着一件浅褐色的驼绒大衣，又围着一条明黄织花玉兰真丝围巾，志英和志雄一眼便看到早就在咖啡馆里等着他俩的修小眉。自从那天，志英匆匆赶到她家，把志和所说的那些话，一一都告诉了她（但话到嘴边，志英又本能地把十五万元存折的事"瞒"了起来），修小眉就一直想安排这样一次不受干扰的见面，能跟志英和志雄俩好好地深谈一次。是的，多年来，她和志成的生活，并不像外人在表面上所看到的那么和谐幸福。有许多难言之痛、难言之隐是只有她自己才清楚的。她并不想借此机会向谁"诉苦"，但有几个问题的的确确是在困惑着她、纠缠着她，让她不得安宁：志成为什么要把只属于他俩的秘密告诉他兄弟？他想干什么？志和为什么又要把这些事告诉志英？他又想干什么？志和身上绝少小市民的习气，有时反而还有一种知识分子可爱的呆气，他绝不会是嘴闲得无聊，才去倒卖这些"闲言碎语"。那么他此举真正的目的是什么？

"志和还跟你们说了些什么？"待志英和志雄俩一坐定，她就发问，一边用小银勺子在镂花镀金铜套的咖啡杯里慢慢搅动着，唇边却多少保持着一缕淡淡的苦涩的微笑。

听修小眉这么问，贡志雄先迷惑了。因为，贡志和没找他说过这些事。于是，在征得修小眉的同意后，贡志英只得简略地把贡志和说给她的那些话（当然除了"十五万元存折"以外）一一又给志雄说了一遍。说到"大哥甚至有一点儿怀疑嫂子对他有外心"时，志雄嘿嘿一笑道："大哥也是的，现在有几个结了婚的大男大女没外心的？这都成时尚了，对这种事何必那么较真呢？"然后他又回过头来劝慰修小眉："您也别在意。大哥就是过于正统，跟他过日子就是累。好在事情已经过去了，我想，我们都不会在意这些话的，都什么年代了嘛……"

124

"你瞎说什么呀，好像嫂子真有什么外心似的？"志英嗔责道。

　　修小眉微微红起脸，默默地坐了会儿，又问："但是……你们的大哥为什么要跟志和说这些呢？他从来都不是一个无聊的碎嘴婆子，志和也不是一个无聊的事儿妈，他为什么又要跟志英说这些事？他俩都是特别正经的大知识分子啊，他们为什么要这样做？你们了解他们的想法吗？""嗨，你千万别把什么知识分子当个玩意儿。他们要无聊起来，比谁都无聊！"贡志雄冷笑。"你们真的不知道志和的用意？"修小眉追问。"他能有啥用意？还不是因为听说您跟大哥之间居然还有不和之处，心里特别扭呗。"志英当然不会告诉小眉，贡志和还让她帮着"监视"她哩。女人顾家的本能告诉她，为了这个家，有些话是不能在自家人中间随意地搬来搬去的。

　　"你们还是没把我当贡家人……"修小眉见贡志英总是不告诉她真话，便苦笑了一下。

　　"嫂子，您要这么说，就太没良心了。"贡志英红起脸，轻轻地驳斥。过了一会儿，那缕淡淡的苦笑慢慢从修小眉的唇边消失，她低下头，轻轻地叹了口气，眼圈突然红了起来："好吧，你们不愿跟我说真话，让我来告诉你们这里的原因。你们的大哥这两年对我的确有些疑神疑鬼。他……怎么说呢？他在某个方面挺……挺自卑……心态变得很不正常……"

　　"我大哥自卑？他心态很不正常？"贡志英轻轻地叫了起来。贡志雄忙给她使了个眼色，让她别轻易插嘴，耐着性子听修小眉把话说完。他已经预感到这位受全家人敬重的嫂子今日会抖搂出一些他们全都不知道的重大生活机密，他怕志英大惊小怪一扰乱，修小眉又不愿说了。

　　"我跟你们的大哥一起生活了这么长时间，应该说两个人相处还是很和美的。我们也有不和谐的地方，只不过因为我俩都比较有修养，也比较能控制自己的情绪，而且结婚之初我们就有个约定，为了不让爸爸妈妈为我们分心，保证在任何情况下，都不把我们之间的矛盾公开到外面去……"

　　贡志英忍不住地问："你俩到底有什么矛盾？"

　　修小眉低下了头。贡志雄劝道："大哥已经不在了，你们当初的承诺已经没有约束力了。"修小眉的眼眶一下湿润了："正因为他不在了，我才觉得不应该再去碰这个伤口。你们的大哥是个非常崇高的人，我俩之间的不和谐，原因是多方面的，我不想再伤害他……"贡志雄劝道："说吧，大哥都不在了，没什么不可说的了。"修小眉犹犹豫豫地，显得非常痛苦："怎么跟你们说呢？你们的大哥……他……他其实……一直是……一直对我跟他那种……那种夫妻生活……很不感兴趣……他身旁有没有一个女人，对他来说并不重要，他需要的只是一个战友、一个同志再加上一个做饭洗衣服的辅助工……""您说大哥一直是个性冷淡……或性无能者？"贡志雄把修小眉一直不好意思说出口的话直接点明了。贡志英极痛苦地呵斥道："志雄！"贡志雄不说话了。修小眉也不说话了，眼泪无声地在她秀丽、圆润，但多多少少也已隐隐地刻画出一些眼角纹的脸庞上流淌了下来。贡志英的眼圈刹那间也红了，忙从手包里掏出一小包纸巾，递给修小眉。修小眉说了声："谢谢。"但没接那纸巾，打开自己那个小巧而又设计制作得非常风格化的手包，取出一小块消毒湿巾，轻轻地按放在眼圈上，吸去沾染在眼影上的那些泪水。
"不管怎么样，大哥还是非常爱您的，只不过他只能用他可能的那种方式去爱罢了。"贡志雄劝慰道。修小眉轻轻地叹了口气："大概吧……""您没陪他去看看心理大夫，或看看男科门诊？"贡志雄小心翼翼地问道。"志雄，你说什么呢？"贡志英红着脸，很不情愿地嗔责。贡志雄却满不在乎地说道："这是可以治疗的一种疾病，你以为呢？"修小眉苦笑了一下说道："志雄，你没有完全理解我说的意思。你们大哥的冷淡不仅仅是性，他对普通人日常生活中一切有趣的事情通通都不感兴趣，吃什么、穿什么、住什么，更不要说玩什么，他一概都不感兴趣。他心里只有事业，可我，打根儿上起，就是一个特俗的人，我特别看重世俗的生活……这么多年，我总是让着他，也压抑着自己。你们的大哥对这一点不是没有察觉，他希望我过得好，可又没法改变他自己。他又是一个责任心非常强的人，他希望对自己妻子的一切都负起他一个丈夫应该负起的责任来。但他在那些方面又实在负不起这个责任，所以，许多时候他比我还痛苦，他在内心不仅承受着他自己的那一份痛苦，还承受着我承受的那份痛苦。他多次劝我跟他离婚，可我怎么能同意呢？后来，他渐渐地就有些变了……一种心理变态……也就是说，他开始无端地怀疑我变心……""我能理解大哥的痛苦，理解他的变态……"贡志雄叹了口气道。"你……还是应该主动找二哥去谈一谈，自家人，别闹误会。"志英真诚地建议道。修小眉为难地摇了摇头："我怎么好说？如果有机会，麻烦你们二位，给志和递个话，假如他觉得有必要，我随时都愿意跟他直接交换看法。为了维护这个家的尊严，我觉得我修小眉所付出的绝对不比贡家任何一个人少。"说到这里，她的眼泪又簌簌地流了下来。

这时，贡志英的手机突然响了起来。是贡志和打来的。贡志和的声音听起来显得十分焦急，他让贡志英马上赶到他家去。

"什么事？"

"别问什么事，赶快过来。"

"我……我跟志雄在一块儿说事哩。"

"那你俩就一块儿过来，赶快。"

但等他俩赶到贡志和家，贡志和自己却还没赶到。贡志英忙拨通贡志和的手机问："我们已经到你家门前了。你在哪儿呢？"贡志和反问："你们上楼没有？"贡志雄从贡志英手里拿过手机，没好气儿地答道："我们又没有你家的钥匙，上个鬼的楼啊？你叫我们到你家来，到底有什么事啊？我还忙着哩。"贡志和忙说："我马上就到。现在你们留在原地别动，哪儿也别去。"贡志英还要去接孩子，所以从贡志雄手里拿过手机，气呼呼地催促道："你还要我们等多长时间？"贡志和说道："一个小时前，我原先在社科院历史所的那个办公室和办公桌全被人撬了，而且突然莫名其妙地燃烧起火，我担心这些坏蛋对我家也下了手。"贡志英和贡志雄一听，便呆住了。不一会儿，贡志和驾驶着菲亚特车飞快驰来。兄妹三人着急忙慌地跑上楼。贡志和掏出钥匙刚要开门，一触门板，门居然"吱呀"一声地开了。贡志和忙回身打开楼道里的消防箱，从中拿出一把红柄的消防斧，双手把它牢牢攥定，憋足一口气，猛地推开门，冲进去。眼前出现的一幅景象，让这三人都惊呆了——屋里显然被人抄检过了：壁柜和床头柜的抽屉都被拉开，衣物零七碎八地被扔得满地都是；CD 架和音带柜也被翻得一塌糊涂；书架上所有的书几乎都被扔到了地板上……贡志英潜意识地伸手去扶起一个倒在茶几上的台灯。贡志和忙叫了声："别动，什么也别动！"贡志和小心翼翼地在乱七八糟的现场走了一圈，回到贡志英和贡志雄所在的客厅。他问志英："你是不是把我前些日子跟你说的那些话，全都告诉了大嫂？"

贡志英脸一红："没……没有啊……"贡志和狠狠地瞪着贡志英："没有？再说个'没有'？"贡志英大红着脸，低下了头去。事发后，贡志和立即认定，是贡志英把他说的那些情况透露给了修小眉，修小眉又把情况透露给了她背后的那个人。那个人便派人来贡志和处查抄他所掌握的"证据"，同时也想通过这样的举动，威慑一下贡志和，让他"少管闲事"。如果这样的推断是正确的，那么，修小眉到底是个什么样的人呢？贡志和有点儿不敢往深处想了……

第二十五章

马扬急急忙忙地赶到贡开宸办公室，贡开宸没说别的，先递了一份当天的股市行情给他："你先看看这个。"马扬拿过行情表，看完后，迟疑地打量着贡开宸，不明白他为什么要让他看股市行情。"这两天股市行情波动太大。据我们得到的消息说，中央领导也非常关注这件事。我想让你暂时放慢在大山子的动作……尤其不宜立即着手进行几十万人下岗的事。"贡开宸解释道。

"您过虑了吧？大山子虽然重要，但对于全国来说，它毕竟只是一小块儿。这么个小勺子里起的风浪，怎么可能影响了全国股市的行情？"马扬笑道。贡开宸摇了摇头说道："你不能掉以轻心。股市动荡太大，一定会削弱大山子自身和周边环境对我们即将出台的那一整套改革措施的承受力，这一点，我们必须考虑周全。另外，你也不要小看大山子这'一小勺水'在全国的影响，现在很有一些人是号着大山子的这根脉，在摸中央下一步治理整顿全国特大型国有企业的底牌。它对整个股市的行情还是会产生一定的推波助澜的作用的。不论从哪个角度看，我们的股市都还很不成熟，中央不希望它发生太大的动荡。在这一点上，我们要主动配合中央的决策和部署，心中一定要有大局观。"马扬又笑道："但是，怕疼，大概是办不了事的。"贡开宸瞪他一眼："谁不怕疼？你？"马扬略略低下头，不说话了。过了一会儿，马扬却又说道："有件事，不知道该不该问？"贡开宸猜到他大概想问什么，便答道："除了跟你任职有关的事以外，别的，什么都可以问。"马扬便笑着叹了口气道："那就算了。不问了。"贡开宸笑道："怎么，心里还不踏实？""那是。正式任命大约什么时候能下来？"马扬壮起胆问。贡开宸又瞪他一眼道："跟你说，今天不谈这档子事。""听说，对我的任命之所以迟迟下不来，是因为有人反对让我一个人担任大山子四个一把手。是这么回事吗？""别瞎嘀咕，最后怎么定，看中央的。""中央还不是看省里怎么往上报。""哎，你这个同志怎么这么看问题？中央有中央的原则精神！"话说到这个份儿上，马扬觉得只有站起来准备收场了，便笑道："好吧好吧，那就安心等中央的决定吧。"说着，就要告辞。

贡开宸却又把他叫住了："哎，明天上午你去组织部找一下吕部长。"马扬忙问："干吗？"贡开宸说："你不是老在嚷嚷，大山子的干部不够用吗？昨天常委讨论了一下，决定让组织部尽快调十五到二十个县和副县一级的干部给你。"马扬犹豫了一下。贡开宸笑道："给你十五个县长副县长、县委书记副书记，你还怎么的？"马扬忙说："谢谢……谢谢……"贡开宸又说："还有个问题，你也得认真考虑。这两年，省纪委接到不少举报材料，揭发大山子总公司前任领导班子的一些问题，这些问题可能还会牵扯上上下下一大批人，你去大山子以后，这些问题也会通过各种渠道捅到你面前来。你千万不能什么事都还没干哩，就一头陷在这些问题里。你当前的重头戏，是调整大山子的经济结构，开拓新局面，把效益抓上去，把人气抓出来，先不要忙着算这些老账，更不能搞得大山子人人自危。对于你来说，时机还不成熟，从策略上来讲，这么干也是不聪明的。当然，这一笔笔账，我们是一定要算的，绝不能让损公利己、损公肥私的人在经济上、政治上占到半点儿便宜，不堵住这些漏洞，不卡断这些黑手，再大的家当总有一天也要败在他们手里。但什么时候打这场围歼战，怎么打，一定要非常注意策略，讲究方式方法，一定要和省纪委保持密切联系。对这个问题，省委是有通盘考虑的，明白吗？"

贡开宸实实在在的一番话把马扬的心说得热乎乎的。在踏进贡开宸办公室门之初，他还有许多的担心，担心贡开宸会像某些一把手似的，事情一到关键时刻，"乌纱帽情结"就怦然膨胀。这时候，他们除了考虑怎么保住自己头上那顶乌纱帽，什么国家、民族、事业大局的安危利害，都成了次要而又次要的事，至于那些在下边工作的同志的利益，他们就更不会放在心上。这时候，该他做的事不做了，该他说的话也不说了，跟个缩头乌龟似的，躲进那个天生的硬壳里，只要能保住自己头上那顶乌纱帽就万事大吉。看来，这个贡老头儿还不是这样的人，心里既有大局，也还能替下边的人着想……

在回大山子的车里，马扬盘算了一路，到底要不要接收省委调给他的那一二十个县级干部。最近，大山子市里正在刮一股风，说他马扬信不过原大山子的干部（这跟他处分那位财务部老主任多少有些关系），说他正分期分批地用外来干部把大山子的老人马全部撤换下来。许多人，特别是一些老同志，惶惶然，又愤愤然，个别一些同志甚至谋划着要搞串联，组织人集体上访去告马扬。对此，马扬当然不能掉以轻心。有一笔账，马扬心里是清楚的：不管大山子的干部队伍目前存在什么样的不足，这支队伍中的大多数人总是好的或比较好的，不管今后出于何种原因，对这支队伍还要做一些什么样的调整，为它从外面补充一些必需的干部人才。但今后从总体上来说，还是得依靠这支队伍来带领大山子的几十万员工去实施大山子整体的改造和创新。从总体上来说，这支队伍是不可替代的，也是不该被替代的。在这种情况下，一下调进一二十名县级和副县级领导干部，给社会上那股谣传恰好做了有力的旁证，会极大地影响原有干部的稳定和整个社会的稳定，其可能产生的负效应比它可能带来的正效应要大得多。而且那些"县长""副县长""县委书记"和"副书记"们出身党政机关，一下调进大山子这样的特大型国有企业，面对"经济""成本""利润""效益""竞争"……一旦身边没了秘书，腰间少了红头文件做支撑，一切都要从零开始，有几人能真正适应这一场新的"长征"，还得时间来考核……在经济领域中，并非外来的和尚一定好念经，这一点，已经被许多企业的经验教训所反复证实了……

车到大山子，已是晚上九点多钟了。他还是让秘书把总公司党委的几个主要领导成员一一请到他办公室，向他们传达了省委要向总公司支援十五到二十名县和副县级干部的决定，同时也向他们说明了自己对这件事的考虑。经过一个多小时的讨论，认识得到了统一，决定暂缓接收这批干部，报请省委"酌定"。散会后，马扬让党委办公室的同志就此事连夜起草一份请示报告，并附上今晚的会议纪要，让负责起草的同志用词一定要精当，语调一定要谦和。明天中午前一定要将报告和纪要报到贡书记处，同时报省委组织部和省委常委中分工负责干部、组织工作的副书记宋海峰同志处。然后，他给黄群打了个电话，说今晚可能要晚回来一点儿，让她别等他了；转身又告诉秘书小丁，立即备车，他要去看望那个被撤了职的言处长。

"言处长？对了……"丁秘书一愣，似乎是忽然间想起了一件什么天大的事情，脸色顿时有些青白，神情也有些慌乱，忙转身去自己的桌上翻找什么，不一会儿找出一份卷宗，打开以后，放在马扬面前。马扬拿起一看，是市公安局几个小时前以特急件形式报来的一份刑事大案报告。报告说，一个多小时前，有人在矿区二号露天大坑坑底发现一名死者，经初步认定，死者为大山子冶金总公司原财务部主任言可言同志，死因可能是他杀……

第二十六章

马扬赶到案发现场，已是第二天早晨了。天阴沉得厉害，头天后半夜下了一点儿小雪，这时基本上都已经化完了，现场一片泥泞。市局刑侦支队的一些干警正在那里忙碌，运尸车已经开来，但尸体还没运走。大家为马扬让开一条道。马扬走到陈尸的地方，市局的一位副局长为他揭去盖在尸体上的一块黑色雨布。马扬久久地看着全身早已僵直、眼睛还微睁着的老言，心里突然涌起一股莫名的歉疚和深重的遗憾。在处分老言前，他已经了解到这是一位精通业务、工作踏实、作风正派但又谨小慎微的老同志，从不得罪人、陷害人，也从不让别人得罪他、陷害他。尤其难能可贵的是，他在财务这个岗位上干了几十年，一本"几千页"的大山子荣辱兴衰史可以说全在他肚子里装着。他本人实际就是一本无法再复现的大山子"活字典"。他拿他开刀,就是要借他的人望震慑一下其他同志。然后,他当然还要充分发掘、发挥这个"老财务"潜在的能量和作用,也就是说,他肯定还要重用他。在处分言可言的第二天,马扬曾亲自到老言家,跟他促膝长谈过一次,请他正确对待这次"处分",不必有所计较,趁此机会好好休养生息,看点儿书,总结一下以往。他还让黄群所在的那个医院派两名大夫专门为老言检查了一次身体。同时,他还跟总公司组织处的同志商量,从现有的财务和管理干部中挑选一批年富力强(或比较力强)、作风正派(或比较正派)、对大山子的未来依然充满激情(或比较有激情)、愿意随着时代进步而不断改变旧我(或比较愿意改变旧我)的同志,由言可言带队,先用一个月时间,在国内进行一次考察,然后给他们配备翻译,用三个月时间再到国外考察,专门考察现代企业管理制度。他还要听言可言认真分析一下,大山子近年来突然衰败的原因究竟何在?他确信,在言可言那个谁也进不去的头脑里深藏着一个巨大的"秘库"。

可惜啊……

"他没得罪过人呀,也没做过啥坏事……老天爷为什么这么不待见他啊……他没得罪过人呀……他这一辈子啊……老天爷,你还要他咋样……"马扬一进言家门,老言的老伴就这样向他哭天抢地地哭诉。马扬默默地坐了一会儿,劝慰老人节哀,保重自己,又跟她说:"组织上一定会尽全力找到凶手,搞清真相。您也要配合公安,提供线索,方便他们破案。"继而他对老人的生活又做了些安排,便驱车到了市公安局。

"尸体是怎么发现的?"未待坐稳,马扬就发问。"一个放羊的老乡发现的。"市局刑侦支队的领导答道。"可以肯定是他杀吗?"马扬又问。刑侦支队的领导非常肯定地回答:"可以认定是他杀。"马扬没再继续问下去,默坐了一会儿。这时,一种直觉不可阻挡地涌上来告诉他,老言的被杀,断然不会是一般性质的刑事案。老人一生本分,总取笑自己说,年轻时有那贼心,没那贼胆。现在有那贼胆了,又没那个贼力了。从他身上从没有发生过任何桃色绯闻,所以,不可能是情杀;也不可能是仇杀,老人个人的生活圈子极封闭,对任何人不施恩,也不结怨,没有至亲的朋友,更没有过不去的仇人;也不可能是劫杀,全大山子的人都知道,老人平时身上最多只带二十元钱，家里的一切财务开支大权全在他老伴手中掌管，真要冲钱财去，劫他老伴倒还是个正事。因此，最大的可能是杀人灭口。因为老人干了几十年的财务，他心中的的确确装着许多人、许多部门经济往来的秘密，随便甩出一个"包袱"来，都可能砸了某一群人或某一些人赖以昌盛发达的"金字招牌"。假如说，在大山子确实存在一个或几个非法的"既得利益集团"，假如真有某种迹象让他们预感老人所掌握的这些秘密必将危及他们的生存的时候，下决心取他这条老命，封他那张关系过于重大的嘴，对这帮人来说，似乎是顺理成章的事。

"近期内要派人保护好言处长老伴的人身安全。实在不行，让她转移个地方住。房子，我让市政府办公室解决，但老人的安全由你们负责保证。"马扬指示道，"另外，老言生前保存了一份非常重要的材料，认真查一查，看看还在不在他家里，能不能动员他老伴把这份材料交出来。"马扬说到的那份"材料"，其实他也并不清楚究竟是一份什么东西。

只是有一天——处分老言后的第三天早晨，也就是马扬去他家看望老言后的第二天早晨，老言的老伴拿着厚厚一份封面已经被烧焦了的材料来找马扬，说昨天晚上，马扬自她家走后，老头子仍絮絮叨叨发了大半夜的牢骚，然后又发了会儿呆，到快天亮时，不知从哪个犄角旮旯里翻出这份材料，拿到厨房里点着火想烧了它，幸亏她抢得快，只烧了点儿皮。

老伴还狠狠地数落了老言一通："你说你这是何苦来着？这材料，你藏着掖着、一点一滴攒了那么些年，一把火烧的不是你自己的心头肉？就算挨了个处分，马书记又能来看你，也算是给足面子了。他新官上任三把火，总得拿个人开个刀，祭祭阵，谁让你撞在他刀口上了呢？"当晚，她帮着老头儿把烧焦了的那几页一一修补齐，第二天一大早，趁老头儿还没醒来，拿块黑绸缎子布包起那材料，就来找马扬。她也不知道这本被老言一直当宝贝藏着、掖着的材料到底是个什么玩意儿，她还以为那厚厚一摞，记的都是工作日记。她的本意是想借此来向马扬证明老头儿是个本分谨慎的好人：您瞧嘛，这么些年，他一天天干的，全在这儿记着哩，有半点儿对不起人的事，您找我算账！言可言一早醒来，见老伴和那份材料都不见了，知道大事不好，赶紧打了个车追过来，冲进办公室，不等马扬翻看，就把那份材料夺了回去……

　　直觉告诉马扬，这份材料里可能记载着对某些人来说具有致命威胁的机密，拿到这份材料，可能对破案有用。"你只要跟老人说，就是上一回老言想烧掉的那份材料，她就知道了。"他这么提示公安局的同志。这时，丁秘书来告诉他，贡志和打电话找他，有急事，假如方便，请他务必回个电话。

　　马扬上大学前，当过几年兵，退伍前的一年，因身体不好，一直在营部"帮工"，做些文牍方面的事，就是在那会儿，认识了刚入伍的贡志和。志和到部队，一开始上边还是替他瞒着他那个"地委书记的儿子"身份的，但很快还是暴露了，然后就遇到不少麻烦。一部分老兵因此待他特别严厉，时时处处故意找碴儿，想收拾他一把。还有一部分老兵和大部分新兵蛋子，则又待他过分"热情"。这一冷一热，就跟大冬天在野地里烤火，让贡志和觉得特别不好受。倒是年长他几岁的马扬，平平淡淡地相待，不卑不亢，亦真亦诚，给他留下极深的印象，从此两人一直保持来往至今。

　　回到办公室，马扬立即拨通了贡志和的手机。"我必须马上跟你谈一谈。"贡志和说道。"我这里刚出了点儿事，再约时间吧。"马扬说道。"不行，必须马上谈。""你听我说……""现在我要你听我说！"跟马扬说话交往，从不"耍横"的贡志和居然也"耍横"起来。

　　马扬想了想，让步了，对方毕竟是贡开宸的儿子，又是一起当兵的战友："那好吧，你现在在什么位置？""我？我已经进了你机关大门了。"说话间，贡志和就进了马扬的办公室。马扬无奈地笑着摇了摇头，热情地去握贡志和的手，说道："你小子脾气见长啊！不过，还得请你暂时回避一下，让我先处理一档子急事。"贡志和担心只要自己一"回避"，马扬就会立即被别的事纠缠上，一档接一档，难以脱身，那就"猴年马月"去了，所以不想"回避"："我在这儿待着，不妨碍你批阅文件，也不妨碍你打电话。""贡志和同志，你这样……是不是有点儿太过分了？"马扬一边笑道，一边就往外推贡志和。贡志和只得上外边那间办公室里等着了。

　　等贡志和走后，马扬马上拨通市公安局领导的手机，对他说："我刚才提议，为安全起见，尽快把老言的老伴转移走。不过，我又想了想，这可能不是个好点子。老人的安全是有保证了，但是，这么做，可能不利于暴露凶手。如果我们能初步确定凶手是想通过杀害老言而隐瞒什么重大情况。那么，他们是不是也会想到，老言的老伴跟老言生活这么多年，是不是也掌握了一些情况，下一步他们会不会还要在他老伴身上做一点儿什么手脚？留下老言老伴，放出这根长线，说不定能钓上一点儿什么玩意儿。这样做，到底好不好，你们认真研究一下，再告诉我一个结果。研究的时候，先不要跟同志们说这是我的主意，这方面我是外行，别妨碍了你手下那些刑侦高手充分发表他们的意见。当然，不管怎么做，一定要切实保证老言同志老伴的人身安全。这方面，你们要做周密安排，确保万无一失。"放下电话，他把贡志和重新请回办公室，说："很抱歉，咱俩只有十分钟的谈话时间，最多不能超过十五分钟。你老爸打电话来要召见我，所以，请你务必说得简单明了。"他知道，跟贡志和无须客套。

"十分钟哪儿够啊！"

"快说，你只剩下九分半钟了。"

"你他妈的现在官气也挺足。"

"只剩九分钟了。"

"好吧，请你先回答我一个问题：你马扬到大山子，究竟为什么？是为自己混一个副省级的官职？还是真想为这个国家、为这个事业，做成几件有意义的事情？"

"志和，这会儿，咱们就不讨论这种既崇高而又太抽象的问题，行吗？"

"请你正面回答我。"

"兄弟，我这里刚发生一起相当严重的谋杀案。"

"我还就是为这起谋杀案来的！"

"哦？你……你怎么知道得那么快？哎，快说说，说说，我这里谁是你安插的内线？！"

"别臭贫！如果你及早采取措施，老言就不会被杀了！如果你还顾虑这、顾虑那，那么我要说，肯定还会发生类似的，甚至是更大的恶性事件！"

马扬遗憾地，但又不无难堪地笑了笑，不作声了。

是的，前些日子，贡志和曾提醒他，要特别关注大山子机关里一个叫"言可言"的老同志："这个言可言，别看他表面随和，肚子里可有东西了。

我曾找他聊过，没想这老头儿的嘴还挺严实，哼哼哈哈净跟我打马虎眼，看来是有顾虑。你派人好好地做做他的工作，从他那儿掏点儿真东西，也许能帮你解开整个大山子这个谜题……"遗憾的是，也许因为太忙了，当时，马扬没怎么太重视贡志和的提醒，一不留神，酿就了这样一个没法挽回的遗憾。

那天，贡志和跟马扬还谈了另一个非常重要的事，也即"分权"的问题，"宋海峰要从马扬手里分权"的问题。当时，贡志和是这么说的："我有消息，说省里要分你的权。"马扬明白他说的"分权"，是指省里有人动议，任命宋海峰来担任大山子市委和市政府的领导职务，不让马扬一人集这四个一把手于一身。"听说宋海峰是自告奋勇要去大山子市兼任市长和市委书记两个职务的，他挺着急。"贡志和这么告诉他。马扬听后，淡淡一笑，装着好像并不知道这情况似的："哦？不可能吧？"其实，他知道。前些日子，贡开宸和宋海峰分别找他谈过这事。贡开宸告诉马扬，省里和中央有关部门的一些同志，之所以不主张让马扬一人兼任四职，并不是不认同马扬个人的能力和品质。他们只是从改革发展的走向和建立完善的社会主义市场经济考虑，政企必将分离，如果继续让一个特大型国有企业的老总来兼任所在地市的市长和市委书记，或是由这个市的市长、市委书记来兼任这个特大型国有企业的老总和党委书记，显得特别不合时宜。他请马扬考虑这个思路。马扬当即对贡开宸谈了自己的想法：他也认为这个思路是正确的，但他觉得从大山子当前的实际情况考虑，在工作初期，阻力比较大，局势还不明朗，暂且不妨把权力集中一下，以便能力排众议，尽快把产业结构调整和机构整编工作顺利地推行开去。他的观点是，待局面打开以后，再分权。随后，宋海峰也来找他，则是在试探他——"假如派我去兼任大山子市市长和市委书记，你会欢迎吗？"马扬就没再说别的了，当即十分爽朗地应下了："您如果愿意屈尊去挑这副担子，那当然好啊。老学长嘛，老领导嘛，当然好啊！"宋海峰见马扬持这种态度，显得很高兴，马上说："那就好，如果真有这样的机会，我想我们俩一定会合作得很好。"随即，他还要求马扬："在正式任命下达前，你不要去跟任何人谈及我俩今天的谈话。不同的人从不同角度看问题，往往会把好事也看歪了。"马扬马上答应了下来："那当然，那当然。"其实，即便是宋海峰没做这样的提示，马扬那天在贡志和面前也会装"不知道"的，因为这种人事安排问题，是官场中最敏感的。从好的一方面说，它的确是事业成败的关键所在，难怪人们要如此关注它，并时时为它揪心；从另一个角度说，在这个体制里，它又是造成利益再分配的最重量级的驱动器，很自然会引得某些人"技痒难耐"，尽全力在"谁又上了""谁又下了"的旋涡里周旋奋进。在这个领域里，任何的不谨慎，都会酿成无法挽回的恶果——既伤了别人，也会伤了自己。对此，刚走马大山子的马扬当然要慎之又慎，即便在贡志和面前，也要如此。

"我希望你能发挥你的影响，阻止宋海峰去大山子任职。"贡志和突然这样说道。"为什么？"马扬暗自吃了一惊。"以我对你的了解，你小子当然是不希望宋海峰去大山子……""为什么？派一个省委副书记去加强大山子的工作，我怎么会不乐意？""操！半句真话都没有，不跟你说了！"说着，贡志和起身就要走人。"别别别……"马扬忙跟着起身，拦阻。"请继续往下说。"贡志和勉强坐下，犹豫了一会儿，突然问道："马扬，咱俩过去是战友？"马扬答道："现在还是啊！""今天来找你之前，我找了一些人打听你马扬最近的所作所为，大部分反映，认为还可以吧，觉得你老兄基本上还保留了个人样……"马扬哈哈大笑起来："我操！我这样的，还只够个'基本'？"贡志和继续很认真地说道："马扬，你听我说，宋海峰要去大山子，是有私心的……"马扬立即反驳："此话差矣。他一个省委副书记，到大山子兼一点儿职，既没升官也没提级，所得的只是劳神费心，责任更重大，说他有'私心'，既不公平，也不公正。你的理由何在？"贡志和说道："马扬，你还记得不？今年春节，在省社科院组织的一次团拜会上，你问过我，为什么这一两年看不到我的研究论文了，更见不着我的理论专著了。当时，我只告诉你我心有旁骛，另有所专，现在我可以实话告诉你，这一段时间，我没在历史的故纸堆里梳爬，而是回到现实的大森林里寻找一条被迷失的路。具体来说，就是对经济领域的一些不正常现象做了些深入的调研。再具体地说，我也和你一样，着重研究剖析了所谓的'大山子现象'，就是要搞清，像大山子这样的国宝型企业，这些年究竟是怎么一点儿一点儿衰落下去的。"马扬忙说："研究大山子现象，也可以出专著嘛。只要是写我们大山子的，出版方面，我可以想办法替你解决，钱的问题，包在我身上。""我研究大山子现象，目的不在出书，更无意向上敬呈心仪……"马扬马上伸出一根手指，指着贡志和的鼻子笑嗔道："挖苦我？""我只是在求一个自己心境的明白。我要知道我到底站在什么地方，将和一些什么样的人走向一个什么样的结局，是最后的涅槃，还是不可避免的毁灭……""这一切，和尊敬的宋副书记去不去大山子，有什么关联？"贡志和说："如果我告诉你，宋海峰死活要去大山子，目的在于牵制你，不让你揭开一个在大山子藏得很深很大的黑洞，你会接受吗？"马扬心里一紧，脸部的肌肉微微地抽搐了一下，然后他很快控制住了自己被极大地震撼了的情绪，端起身前茶几上的茶杯，象征性地抿了一口，放下茶杯后，细细地打量着贡志和，却久久再没说话。过了好大一会儿，马扬才竭力把语调放平缓了问道："你……开玩笑？"贡志和却依然很认真地反问道："你看我像是在跟你开玩笑吗？"马扬迟疑了一下，上门外去看了看，确认了门外没人，这才又回到座位上："能说得更具体一点儿吗？"贡志和看看手表："你有时间听我说吗？十分钟早过了……"马扬忙说："只要你愿意说，我可以把今晚原定的所有活动都推掉，听你说。"

就在这时候，贡志和向他提到了那个"言可言"，然后又简略地跟马扬谈了他大哥跟他的那次深夜长谈的内容，谈到修小眉和张大康，谈到了最近发生的一些事，有人抄了他的家、烧了他的办公室，等等。马扬忙问："这些情况你都没有向有关部门报告？包括你的办公室和家被抄，都没报告？""办公室被抄，当然是瞒不住的。但单位和当地派出所都只把这件事当作一般的溜门撬锁案在查。""也没跟你父亲透露一点儿这方面的情况？"马扬又问。

贡志和摇了摇头："事情牵扯到我嫂子，还牵扯到张大康，我不能轻举妄动。我爸爸太喜欢我大哥了，只有我们自己家里人才知道，大哥的牺牲使老爸经历了一场什么样的痛苦。大哥牺牲后，我爸爸特别不能容忍任何人在任何一点儿事情上无故伤害嫂子。何况我现在所掌握的，无非也只是一些表象，真要把它拿到桌面上去，有很多方面还说不太清楚，也缺少必要的证据。"

说到这里，两个人沉默了一会儿，马扬说："有件事，我一直想问你，不好意思开口。"

　　贡志和笑道："别跟我装小脚了，你还不好意思？"马扬说："是关于你家庭隐私的。"贡志和说："你居然也对别人的隐私感兴趣？"马扬说："老早我就听说，你们家兄弟姐妹不全是贡书记的亲生骨肉？"贡志和笑道："我以为什么大不了的事情，这早就不是什么新闻了。""他们说，只有你大哥是贡书记的亲骨肉，你们几个都不是的。""对，我、志英和志雄都不是开宸同志的亲骨肉，我们都是他收养的孤儿。当然我们这几个孤儿不是战争的产物，是一次事故的产物。""事故的产物？""你应该听说过，'文革'前，大山子曾发生过一次特大事故。事故中牺牲了一些干部和工人，我们哥儿几个就属于双亲都在那次事故中牺牲了的那种。""贡书记为什么要收留你们呢？""他那会儿就是我们生身父母的领导，他不愿意让我们在福利院长大，就把我们带到家里来了。""你说贡书记特别喜欢你大哥……""你千万不要误解我说的话，他喜欢我大哥，跟血缘没有任何关系。大哥从各方面都特别像我爸，内心气质、思想追求、为人做事都特别像。我们大家也特别尊重大哥。"

　　"你觉得这件事只凭你自己一个人的力量，就能把存在于你大哥心中的那些疑团搞清楚了？""我当然不会只靠我一个人的力量……""你的所作所为，已经在危及一些人的存在，抄你的住所，烧你的办公室，是那些人向你发出的警告。而且，最糟糕的是，你这么单枪匹马，付出再大的代价，也不可能把这件事搞清楚。"马扬冷静地分析。贡志和激动了，站起来说道："那你说我该怎么办？到检察院去，或者到纪检委去，向他们举报省委副书记，举报本省最大的民营公司老板，举报我自己的嫂子？他们说，你有什么证据？没有。你听谁这么说的？我大哥。你大哥是谁？当今省委书记的大儿子。你是谁？我是当今省委书记的二儿子。我……我能这么干吗？或者学学好莱坞悬念片的手法，从报纸上剪些单词，贴成匿名信给他们寄去？"

　　马扬不作声了。

　　贡志和说："我知道，让你出面去阻止宋海峰到大山子兼职，是给你出难题……"

马扬缓慢地摇了摇头，说："这道难题真要有解，那，咱们付什么代价也拼命去试一把。可你这道难题，对我来说，压根儿就是没法解的。首先，我们有什么理由去否定对宋海峰的任命？没有，一切都是猜想，这是拿不上桌面的事。再说，我有什么能耐去阻止一个省委副书记到大山子兼职？而且他要兼的这两个职务，原先还都是我要兼的。我闹的力度不大吧，挡不住他，闹的力度太大吧，人家会说，马扬这小子想权想疯了，居然跟省委副书记争权……"

贡志和苦笑了一下说道："我不想为难你。可是，你想啊，这件事跟你、跟大山子还是有直接关系的。假如大山子确实存在这么个黑洞，你说你在大山子怎么干？你就是干出个金山银山，也经不住他们往这么个黑洞里祸害啊。而且我还认为，前些年大山子的衰落，固然跟管理体制的陈旧、生产构成脱离市场需求、干部思想观念的落后、素质的欠缺等因素有关，但跟存在着这么一个黑洞，是密不可分的。"

"证据，说这种话，应该拿出过硬的证据！"

"证据，我暂时还没有。但有一个现象我认为也是能说明问题的……"

"什么现象？"

"穷庙富方丈现象。你看看那些濒临破产、举步维艰的国有企业，他们的厂长经理，有一部分人用着高级轿车、出入高档酒家豪华宾馆，自家没有个四五处住房，也总有两三处，每一处住房都装饰得跟宫殿似的，动辄便出国考察，去港澳早已不过瘾，去欧美就跟去南门外大街遛弯一样随便……"

"这是个别现象。"

"你又在跟我打官腔！好了好了，您老人家也别为难了，到此为止吧，就算我今天什么也没说，您呢，什么也没听见。"

"等一等，给我一点儿时间想一想，想好了，我会主动找你的。不过，在我主动找你之前，你得停止一切'非法活动'，也不要向任何人透露今天我俩见过面。"

"我非法？我作为省社科院的一个研究人员，搞社会调查，非法吗？"贡志和又叫了起来。

……

以上这些，就是那天他俩谈的。

"马扬，已经过了好些天了，你想得怎么样了？你还要想多长时间？你还在等待证据自己送上门来吗？他们已经开始杀人了，杀的就是最重要的证人！你还要等他们杀死几个重要证人以后，才能下得了这个决心？"

马扬没说什么，只是无奈地笑了笑。

贡志和站起来叫道："笑？我连跳楼的心思都有了！"

笑容从马扬的脸上渐渐消失，他低下头沉吟了一会儿，然后突然抬起头，正视着贡志和，真挚地说道："志和，你是个好同志，我真的以自己能拥有你这样的知心朋友而自豪。说一句实话，在今天，还能有这样的激情，为一些跟个人并没有什么直接利害关系的事情着急上火、暴跳如雷、爱恨交加的人实在是不多了，甚至可以说已经很少很少了。对于这一点，我有时候的确感到非常非常茫然……""少说这些好听而无用的废话！"马扬看看手表："我得赶紧去见你老爸了，就只简短说几点看法。第一，要我去阻止宋海峰来大山子兼职这是不可能的事情，搞得不好，会赔了夫人又折兵，而且由我去做，最后的结果很可能就是赔了夫人又折兵；第二，这跟我看重不看重个人的权位得失没有任何关系，由我去做这件事，完全违背政治常识，也违反游戏规则，而在政坛上，为人做事尤其得遵从游戏规则；第三，我觉得，你最大的一个失误，就是时至今日还瞒着你那位可尊敬的父亲。是的，事情有可能牵涉到你大哥的隐私，你也不想在事情搞得水落石出前，去伤害你那位可尊敬的父亲，这种种心情完全可以理解，但你必须明白，他不仅是你的父亲，还是我们K省的第一把手，在这件事情上，你应该更注重他一把手这个身份，而不是缠绵在父子之情上。在K省，只有他才有这个可能对如此重大的问题做出最后的决定，他丰富的政治经验和手中掌握的足够的运作手段，都是我们这些人所望尘莫及的。如果事情不涉及你大哥，还好办一些。而事情又偏偏涉及这么一个人……最后一点，关于大山子问题，宋海峰问题，我们还是要重证据，没有证据，这些话你千万不能在外头乱说……千万千万啊！"

贡志和知道再说也无用，便立即应了声"好了，我明白了"，就往外走去。

"志和！如果你真把我当知心朋友，一个可信赖的真朋友，一个你认为是真心要把大山子的事情办好，甚至有心把中国的事情办好的人，在你决定要对你父亲开口之前，请跟我通个气。另外，还有一件事情也许并不是不重要的：在跟你父亲谈这件事的时候，请注意回避他身边那个姓郭的秘书。"

贡志和一愣："你说的是小郭？他怎么了？"

马扬说道："我只是有一种直觉，也说不清究竟是为什么。你注意他一点儿就是了。"

第二十七章

刚送走贡志和，市公安局的几位领导就匆匆赶来了。公安局的几位领导问："什么事，那么着急？"马扬说："贡书记要我们去汇报言可言被杀案的情况。"公安局的领导问："要谈侦破方案吗？"马扬一边匆匆收拾桌上的一些文件，一边答道："当然要谈啊。"公安局的领导有些为难地说："整个侦破方案，还没有考虑成熟……现有的一些想法，也还没来得及跟您汇报……"马扬挥了一下手："不用再多绕这一道弯了，一会儿直接跟贡书记和省公安厅的领导汇报吧。上车。"

赶到省委大楼小会议室，马扬才知道，来听汇报的除了贡开宸和预料中必有的省公安厅领导，居然还有政法委、纪检委和监察厅的主要领导和一些相关业务处室的主要领导。可以说，能出动的全出动了，阵势真够强大的。

马扬待自己坐稳了，便低声问贡开宸："可以开始汇报了吗？"贡开宸却说："再等一下，我还通知了一位省里的领导来听汇报。"不一会儿，宋海峰匆匆走进会议室。他一进门就向先来的各位打招呼："对不起，来晚了。"贡开宸冲他做了个手势，让他赶快找个座位坐下，还替他开脱了两句："是我通知你晚了，别检讨了，快坐吧，就等你一个了。"然后回头对马扬和大山子市公安局的几位领导说道："谈吧，越详细越好。"

一见贡书记把宋海峰也找来听"言可言被杀案"的情况汇报，马扬立即断定，"分权"的事情已经有最后结果了——宋海峰肯定要派到大山子来

142

任市长和市委书记了。说不清为什么，是因为受刚才贡志和谈话的影响，还是内心深处某种变态的自尊一下受了"打击"？他心里突然涌起一股不太舒服的感觉。他知道这情绪"不正常"，为了避免在座的领导同志觉察出他的这种"情绪"，他赶紧站起身，伸出手去，主动跟宋海峰热情地打了个招呼，然后又迅速在一张纸条上写了几个字，递给公安局的那位领导，并说了声："这两个情况你别忘了汇报。"

公安局的那位领导拿过纸条来一看，纸条上写的却是："只谈案情，侦破方案以后单独汇报。切！切！"公安局的那位领导略有些不解地看了看马扬。马扬马上又把纸条收了回去，催促道："快汇报吧，领导们在等着哩。"

汇报进行了一个半小时，待汇报完，马扬率领市局的那几位领导走出省委大楼时，天都快黑了。宋海峰居然一直送他们到楼下，这也让马扬进一步认定，宋很快会到大山子来兼职。马扬等人乘坐的三辆车首尾相随，风驰电掣般向大山子驶去。没等驶出北门，贡开宸打来电话，让马扬立即返回。

"书记是不是有饭局啊？有饭局，让我们也去陪一陪啊。"车停下后，市局的几位领导开玩笑说道。"别净想好事。"马扬笑着数落了他们一句，又跟他们交代了几件事，特别让他们回去抓紧时间做言可言老伴的工作，弄清那份材料的下落（马扬还担心那份材料是否让凶手们劫走了），便赶紧掉转车头，直奔省委大楼。

办公室里只有贡开宸自己在。

"怎么的？领导要请小的我吃晚饭？"马扬笑道。"你！"贡开宸也笑了笑道。"要不，我请书记吃晚饭？"马扬笑道。"行了行了，你快坐下吧。少贫嘴，我们只有三十分钟时间。"马扬笑道："哦，原来领导同志还是有饭辙在等着哩？"贡开宸也笑道："怎么，我这个当省委书记的外头有个饭辙，你还觉得过分了？"

这时，从外间秘书办公室里传来一声轻微的门的启动声。两个人不说话了，马扬想去外间看一看，贡开宸做了手势，让他别动。稍等了等，外边又传来开抽屉和翻纸张的声音。贡开宸冲外头问了声："谁啊？小郭？"郭立明应声推门进来，手里拿着两份铅印的内部刊物，解释道："是我。马总，您来了。政研室搞的《内部未定稿》第一期印出来了，一共印了三十份，下班前，送了两份过来，刚才我把这件事忘了……"贡开宸淡淡地说了声："搁桌子上吧。"郭立明把那两份内部刊物放在贡开宸的桌上，然后拿出一只一次性茶杯，准备给马扬沏茶。马扬忙说："我自己来。"郭立明说："您坐，您坐。"等沏完茶，他又问了声："没事了吧？我走了。再见，马总。"

郭立明走了。然后是脚步声，关门声，脚步声渐渐远去。走廊里彻底安静了下来。贡开宸起身上外间把大门锁了起来，回到里间，在那个越旧皮子越红亮的旧皮转椅上坐下来，直瞪瞪地看着马扬，说道："说吧。"马扬一愣，稍稍迟疑了一下后，又起身上外间看了看，确认外间已是空无一人了，回到里间才反问："要我说什么？"言下之意是，您召我回来，我怎么知道您要谈什么呢？贡开宸说："刚才在汇报会上，你们只谈了一部分情况，为什么？你们市局的那位领导要继续往下说，你还一个劲儿地暗示他别说了。马扬，你搞什么名堂？在内部制造什么紧张空气？"马扬微微一笑道："真是什么也瞒不住英明的贡领导。"贡开宸正色道："我很严肃地对你说，在没有充分事实依据的情况下，在内部制造这种莫须有的不信任气氛，是非常有害的，也是组织原则所不能允许的！"

马扬沉默了一会儿，问："志和最近找过您没有？"

贡开宸耸了耸那两道淡得已见有些稀疏了的眉毛，反问："怎么扯到志和身上了？"

"他还没找您吧？"

"没有。"

"有些情况，等他来找您谈了以后，我们再说。"

"什么意思？"

马扬扯开话题，忙拿出手机说道："您先去应酬。等您应酬完了，我把我们市公安局的那几位同志重新叫来，让他们再单独向您汇报刚才没讲的那一部分情况。我不是不信任谁，也不是故意要在自己的同志中间制造紧张空气，我只是……只是防患于未然而已。大山子的情况确实比较复杂，如果您觉得我做得有些过分了，我一定注意改正。"

贡开宸无奈地笑了笑道："你小子，就是主意大。但我还是要再提醒你一次，你作为一个特大型企业的一把手，你的首要任务不是破杀人案，也不是抓贪污分子，搞好大山子的结构调整，尽快建立起一套现代企业管理制度，为整个大山子寻找到最合适的市场发展方向，让大山子各种经济要素充分流动起来，把三十万人的生产积极性充分地调动起来，这才是你的中心任务。最近，我认真地考虑了一下，恐怕只有从更高的角度、更宏观的范围，去破除我们原先在认识上的一些条条框框，才有可能真正解决大山子的问题，可能还要触及一些根本的理论问题。马扬啊，继续拿出你那种向中央领导告我刁状的勇气……"马扬的脸立即红了："贡书记，您怎么老是哪壶不开提哪壶呢？您还要我怎么向您解释？当时我真的没想要告您的刁状……"

贡开宸笑着挥了挥手："开个玩笑嘛。另外，我要告诉你，宋海峰去大山子兼职的事，省委已经定了，中央也批准了，他兼任大山子市委市政府的一把手。在大山子新建一个经济开发区，撤销原来的冶金总公司建制，但原总公司的所有的厂子、矿区、人员全部纳入开发区。你任开发区主任兼党委书记，享受副省部级待遇。很快就正式宣布你俩的任命。"

马扬故意叹了口气道："还是对我不放心啊。"

"不放心？不放心提你一个副省级？"贡开宸笑道，"这样的'不放心'，怎么没人来赏我一个？不能再患得患失了，马扬同志，大山子三十万人的身家性命基本上就全交在你手里了！"

"但是……"

"没什么'但是'的了！"贡开宸厉声打断马扬的话。马扬不作声了。然后，贡开宸又宣布道："下个星期，邱省长亲自出马，带你们大山子招商引资团先去南方走一圈，探探路，摸索一点儿经验。"马扬问："这个招商引资团，由大山子市政府出面组织，还是用我们大山子经济开发区的名义组织？"

贡开宸很不高兴地反问："又来了，这有什么好争的？"

"我没有争，只是问问。"

"问问？那你皱着眉，耷拉着个眼，一脸的'旧社会'，苦大仇深的，干什么？"

马扬忙笑道："我'旧社会'了吗？行行行，我又错了，行了吧？"

贡开宸也笑了："别跟我油腔滑调！"过了一会儿，他突然长长叹了口气说道："马扬，大山子有问题，这我很清楚。这些年，特大型国有企业也有搞得很好的嘛，大山子没搞好，就说明它肯定有问题。前两年扔进去二十多个亿，没见大起色，我心里就起了老大的一个疙瘩。我相信，随着工作的逐步深入，大山子原先潜藏的问题会进一步地得到暴露，有些矛盾还会激化。对这一点我是有准备的，也可以说是有安排的。现在我心中最没底的是，怎么为大山子找到有市场发展前景的、新的经济增长点。抓坏人，堵漏洞，虽然新时期有它的新情况新特点，但对此我们还是有一点儿办法，有一点儿经验可借用，然而抓经济的新增长点，我心里实在是没数，我希望你在这方面多下点儿功夫。说白了，当前，你工作的重点，就是带领大山子的干部和广大群众找出路，找饭辙，真正把经济搞起来，走上一条良性循环的发展之路。这个重点抓不住，你问题抓得越多，人心就越散，怨气就越大，大家越是看不到前途，这后果同样是不可收拾的……"

这时，电话铃突然响了起来。很显然是贡志和打来的。贡开宸拿起电话说："我这里有事哩，以后再说吧。""啪"地一下挂断了电话。马扬赶紧对贡开宸说："贡书记，请您无论如何抽个时间跟志和谈一谈。志和掌握着一些情况，很重要。在这个问题上，请您不要仅仅把他当作是自己的儿子。我相信，他给您打电话，也不仅仅是在找自己的父亲，他是犹豫再三，经过很长时间的思想斗争，下了极大的决心，拿出极大的勇气，才给您打这个电话的。"

贡开宸迟疑地看了看马扬。马扬不由分说地拨通贡志和的手机："志和吗？你等一下。"然后，他把电话向贡开宸递去。贡开宸看着神情急切的马扬，也不明白他跟志和之间搞了什么"勾当"，好大一会儿不作声，也没有做任何反应，最后，才满腹狐疑地、勉勉强强接过手机。

第二十八章

又是一个不眠之夜。这是第几个晚上了？言可言的老伴躺在床上，悲哀过度，脸上依然泪痕未干。靠墙摆放的那个老式条案中央，陈设着言可言的遗像。遗像装在一个紫檀木的镜框里，就像是镶上了致哀的黑边一样，衬托着言可言那老谋深算的脸容，使其显得越发的深沉和沧桑。房间里灯光暗淡。儿女们都围坐在她床前，个个悲痛哀切。

"妈，您合一会儿眼吧……"大女儿红肿着眼圈，拉着母亲的手，又心疼又着急地劝道。

言可言的老伴默默地摇了摇头，眼泪又止不住地涌了出来。"今晚让小妹陪陪您吧……"在一家分厂也是做会计工作的大儿子，提议道。老伴又默默地摇了摇头，过了一会儿才气息低微地说道："你们回去照顾你们的孩子。明天，你们也该上班了……"大女儿说："要不，我留下来陪您？""不用，让我一个人跟你爸待一会儿……"言可言的老伴说着，眼圈又红了。霎时间，在场的那些儿女们眼圈都红了。妈说得也不错，从事发的那天到现在，老人身旁就一直没断过人，都被这突如其来的噩耗震蒙了，也都怕老人在孤独中，顶不住这猛然的打击，一时想不通，会再有什么闪失。谁都没想到，在这最悲痛的日子里，还应该留出一段时间，让两个老人单独待一会儿。虽然一个已经走了，一个还得继续活着，但他们的心还是相通的……儿女们是懂事的，默默地又待了一会儿，给妈准备齐了热水、药丸，检查过门窗，便都悄悄地走了。他们知道，从性格上来说，老妈比老爸更要强。只可惜她从小没机会获取足够的文化，又在那样的年代里，处在了一个女人的位置上，但等社会开始男女平等，提倡女人也要走出家门去创造独立人格的时候，她又被六个必须由她来侍弄的子女绊住了手脚。爸爸也常说，真可惜了你们的妈妈，一生被这个家牵累了、埋没了。房间里终于只剩下了她自己一人。她侧过身，默默地注视着镜框里的老言，眼泪无声地流淌。突然，一阵猛烈的抽泣从心底涌出，她大声地哭了起来："老言，你死得好冤啊……好冤啊……"她突然跳下床，从屋子另一边的柜顶上，翻出一卷用旧报纸包裹着的东西，拿剪刀剪开旧报纸，里头裹着的正是那份为许多人瞩目的材料。那封皮烧焦以后又用其他纸补贴上的旧痕，依然历历在目。老伴久久地注视着它，寻思着。那天，老言被那个古怪的电话叫走，临出门前，他好像预感到要出事似的，翻出这份材料，并郑重其事地把它交到她手上，说了一番掏心掏肺的话："老伴啊，这么些年，我言可言在许多人眼里，大概也就是个听话、能干、只知道围着当官的转鹞子的人。每月挣个八九百、千儿来块柴米油盐钱，每天晚上爱喝上那么两盅，有一碟葱丝拌猪耳朵、一碟红油凉皮，再有一碟盐水花生豆，就高兴得屁颠屁颠的臭老头儿。天大的好事，也不过就是见天有那么个把人提溜着几瓶好酒、几条好烟、几箱子好果子上门来求着办个事罢了。可我这个大山子财务部主管，手把手掐地管过几十个亿人民币！几十个亿的人民币从我手里流了出去，只有我知道它们一笔一笔流向了哪里。几十年来，大山子辉煌过，又衰败了，这里有它必然的因素，客观的因素，可我清楚，这里也有人为的因素。这份家当不该败得那么惨啊，我知道我不该把这些事情一笔一笔地都记下来，这里的利害关系太大了，但我又忍不住，我不能不记……"

当时，老伴还插了一句，问他："那你还不赶快把你记下来的这些材料给马书记送去，让他也知道你老言有多么重要。"

言可言苦笑着长叹道："你啊你，说到底还是个女流之辈啊。他一个当总经理当书记的，能不知道我这个财务总管的重要吗？我不重要，他能拿我开刀吗？开了刀，他能亲自上门来安抚吗？过去我也不爱跟你唠叨这些事，今天你可听清楚了，你老头儿是大山子数得着的关键人物，正反两面都有人盯着你这个臭老头儿哩。但在没搞清这些人到底安的是个什么心以前，你不能从家里拿出一张纸片去。大山子财务总管家里任何一张纸片扔出去，都会给大山子，甚至给整个 K 省带来一场不大不小的地震，也会给你我带来许多没法补救的麻烦，甚至灾难。别听他们嘴里说得好听，这改革，那改革，大山子给折腾到这份儿上，不是包青天来主事，啥改革都是瞎耽误工夫！听明白了吗？我说的这些话，你可得往心里去啊！"说实话，当时她没全听明白。就是现在，她依然也没怎么明白，为什么大山子财务总管家里任何一张纸片扔出去，都会给大山子，甚至给整个 K 省带来一场不大不小的地震，还会给这个家带来什么灾难；为什么大山子的改革非得"包青天"来主事才管用。但是，老伴那一句刻骨铭心的嘱咐，她记住了——在没搞清这些有权有势的人到底安的是个什么心以前，你不能从家里拿出一张纸片去。

"得把这份材料藏住了，得让老头儿在九泉之下安心……"她战栗着，扫视屋子里的每一个角落，反复比较着，哪一个角落更安全、更隐蔽，最终她的视线落到了老言的遗像上。"对，还是交给他自个儿去看管吧，他的在天之灵会保佑这份材料的……"想到这儿，她眼睛一亮，赶紧过去，从墙上取下陈放老言遗像的那个镜框，并拆开镜框后面的挡板，把那份材料藏到了那挡板里头。

第二十九章

那天，夏菲菲放学回家，一进屋，便看到妈妈在明处留的那张纸条。纸条上写道："菲菲：我去公司总部大楼找他们领导，可能要回来得晚一点儿。你先把炉子捅着，坐一壶水。别的事，就别管了，安心做你的功课。妈妈即日。"

妈妈不甘心后半辈子就此在大山子某分厂氧气站三班倒的工人岗位上窝着，这段时间四处奔波，用她自己挺"文化"的话说，要在人生的坐标系里，寻找一个崭新的"亮点"。昨天她去了矿区文化站。她跟文化站领导说："我在省戏校学了八年，又在省京剧院唱了好些年花旦……"文化站站长特别瘦，眨巴着一对又大又"油腻"的眼睛，跟她说："夏女士，非常抱歉，我们矿区文化站的京剧队早解散八百年了。""夏女士"说："我不一定非得要当演员。说实话，这京剧我也唱腻了，还是干点儿别的痛快，只要是跟文化沾边的活儿，能推动我们矿区精神文明建设的，啥都行啊。"站长同志嘿嘿地干笑起来："有意思，还'推动我们矿区精神文明建设'哩！尊敬的花旦同志，你不瞧瞧大气候？全都在下岗啊，连我这个文化站站长都快给'趴斯'（pass）了。你说你还'推动'啥呢？"也是的，这段时间，整个矿区和总公司范围内，一批又一批人，稀里哗啦地"下岗"。谁都害怕下午五点，工段长通知你去厂部参加"座谈会"。因为那"座谈会"没别的，就是一个内容，通知你下岗，准的。

"他们把我放到氧气站当临时工。我不说什么大材小用的话，也不是要吓唬谁，唱了这么多年的戏，脑子特别容易走神，我只怕我管不了氧气这玩意儿，一不留神出点儿事故，闹个大爆炸什么的，我个人牺牲了倒没啥，还真替大山子三十万阶级兄弟的生命安全担心。"夏慧平不知从谁那儿听说了"氧气站氢气站，爆炸起来顶一颗小型原子弹"的说法，想拿来吓唬一下这位干巴瘦的站长。没想这么重要的一个"阶级兄弟生命安全"问题，压根儿就没吓住这位站长同志。这位老哥依然不咸不淡地笑道："没事，没事，氧气站已经出过好多回事故了，也没死多少人。"夏慧平一听，以为自己抓住对方的话把儿了，便赶紧站起来斥责道："死一个人也不行啊，你这当领导的怎么说话的？"站长同志不愧见多识广，一下也站了起来，还"当"一声拍了下桌子，冷笑道："你说我怎么说话的？我还没见过你这样的女人，好说歹说不管用，还想拿氧气爆炸吓唬人。你以为你是谁呢？告诉你，今天有个氧气站让你干着，是你的福分儿！赶明儿，你想干还不一定让你干哩。你还死乞白赖地在我这儿闹啥闹？"一句话把夏慧平一下给闷那儿了，半天说不出话来。最后，她下决心去找总公司"一把手"。是啊，找谁不是找？干脆找最大的官。

说来也巧，一走进原总公司机关那幢破楼，还在想着这楼可真破，原先瞧着省京那楼就够破的了，没想它比省京那楼还破，真少见，她就遇见了马扬。马扬刚开完会，要回自己办公室。下午，他召集经济开发区的组织人事部、劳动福利部、体制改革办公室、工会和市民政局、市总工会的同志开了个联席会议。参加会议的还有原总公司属下的各分厂、原矿务局属下的各矿党政一把手，主要分析研究自开展机构和产业结构调整以来的形势发展特点和存在问题，研究下一步的部署和改进措施。这一阶段，下岗了五万人，还没发生太大的动荡。这一段时间，马扬雷打不动，每天都抽出半天时间，带一帮子机关干部，深入到各分厂和各矿点，召见在第一线上做下岗工人工作的基层干部，听取他们的汇报，现场解决"急、危、难"问题。他提出，经历如此重大的变动，不让一个工人哭鼻子、骂娘，是不可能的，但是"工人哭了，干部一定要心疼；骂时，干部一定要耐心听着；哭过骂过，干部一定要上门，一定要做出具体的反应，对'急、危、难'的对象一定要及时汇报，及时采取措施"。规定了这"五个一定要两及时"，还要求每个单位的党委书记、党总支书记和党支部书记每天至少要接触五个"急、危、难"对象，要跟他们亲自谈话，亲自解决他们的问题。他自己也是这样，不管多忙，每天都安排出一个小时，雷打不动，接待来找他诉求的工人和基层干部。

正因如此，这会儿马扬见这么一个穿着打扮还有点儿文化素养的女子在走廊里东张西望，便主动上前去问："找谁？"夏慧平倒也不怯场，直直地答道："谁是马扬我就找谁。"在马扬身后走着的丁秘书想上前挡一手，刚说了句："马主任他……"马扬却已经对夏慧平做了个手势，向自己的办公室指了指说道："请进。"

马扬听夏慧平简要地介绍了她自己以后，还真对她产生了一点儿兴趣。他早想好了，开发区的文化工作今后是一定要搞起来的，不是小搞，还要大搞，而且很快就得列入规划。既然是从省文化团体下来的人，自然得细细考察一下，他便问道："你是学花旦的？会唱《卖水》吗？"夏慧平忙回答："那是我们花旦的看家活儿。"马扬微微一笑道："试试？"夏慧平反倒犹豫了。马扬又笑道："怎么，连看家活儿都不会？"夏慧平忙解释："不是，不是。今天没溜嗓子，这音儿还没打开……"马扬挥挥手道："怕什么？您这么个科班出身的专业演员，糊弄一下我这么个业余票友，还不行？"夏慧平没法推辞了，只得清了清嗓子，摆了个身段，自己给自己数着板儿，唱了起来："行行走，走走行，信步来在凤凰亭。这一年四季十二月，听我表表十月花名：正月里无有花儿采，唯有这迎春花儿开……"刚唱到这儿，嗓子有些发毛，声音发劈，便停下来，再次清了清嗓子。

马扬亲自倒了杯水放在她面前，鼓励道："再试一遍？"夏慧平喝口水润润嗓，又唱了起来，但唱到"正月里无有花儿采，唯有这迎春花儿开"又唱不下去了，脸大红。

马扬大致搞清了她的水平和状态，劝慰道："就这样吧。回去把氧气站的工作做好，也是你一个贡献，这可是责任重大的一个工作啊。业余时间，还得吊吊嗓子，走走台步，别把多年辛苦得来的那点儿玩意儿全扔了。"夏慧平挺难过地说道："我嗓子是不行了，不能搞专业，在文化站搞搞业余辅导还不行？"

这时，丁秘书走了进来："马主任，您约的市劳动局的几位领导来了。"

马扬站了起来，对夏慧平微微一笑道："怎么样，夏女士，就这样吧。"夏慧平急切地说："能允许我再说两句吗？"丁秘书忙拦住夏慧平，一边往外送她，一边对她说道："可以了。马主任到咱大山子，多少人都想给他献歌一曲，都没捞着机会，您今儿个可是一唱再唱啦，真可以了。等马主任下回忙完了，再来听您唱，行吗？"等夏慧平走出办公室门，再回头来看时，马扬拿着笔记本，对她笑着挥了挥手，已经向会议室走去了。

第三十章

一过下午六点，时代广场这一带就"灿烂"起来。各种各样的霓虹灯，都在半空中流光溢彩，铺排出一条七彩"银河"落人间。这时候，不管你是什么车：警车、军车，还是持有特别通行证的那种大奔或大奥迪，再想"挺进"五光十色的时代广场，就难了。为什么？挤满了呗。所谓"时代广场"，其实是一条长四五百米的新街，坐落在省城近郊的那个经济开发区。三四年前，这儿还"极偏僻""极冷落"，两个村子中间夹着一个办得并不景气的种犬养殖场，著名的省第一女子监狱距此也不远。每每到荒野的冬日，远处的狗吠声从高耸的岗楼背后传出，这儿更是人迹罕至。而现在，女子监狱已经迁走，种犬养殖场那十几幢红砖平房也早已推平，一条高等级的市内柏油马路从天而降，同时魔幻般地出现了几十家餐馆、商社、宾馆、夜总会和酒吧茶坊……十几幢商住两用楼拔地而起，各大商业银行的分理处、一些外国跨国公司的霓虹灯广告，巍然出现在那些七八层、十几层和二三十层高的大楼顶上。天还没擦黑，各种品牌的名车、新车便从全市全省各个角落蜂拥而至，并从各餐馆、夜总会门前排到了马路中间。所有的包房、高套雅座间，以至大厅的散座全都客满。马路上只留下窄窄一条通道，供各餐馆、夜总会的引领员们在那儿穿梭忙碌。这些引领员大都是二十岁上下的帅小伙儿，都穿着滚金丝红边黑呢大衣，大衣上都缀着金闪闪的黄铜扣子，或戴法兰西高筒"军"帽，或戴英伦猩红的无檐扁帽，虽然一张嘴那话里多少还带着些打工仔的土味儿，但他们仍然惹得不少人产生一种激情的遐思：K省这些年国企改革那么艰难，但又怎么来解释这种在不同人心中引发不同评价、不同人生感受、不同社会结论的"时代广场现象"呢？

是的，从周一到周末，这儿几乎每天晚上都是那么拥挤、嘈杂、兴旺、热闹……那么的"蒸蒸日上"。这儿，只有白天是安静的，在清风和蓝天的伴随下，空旷的大街上匆匆走过一些苗条而矜持的白领女孩儿，或匆匆走过一些身穿深色西服、年纪轻轻便开始发福的中年CEO们……

这时，在广场的中心地段，某豪华酒楼的豪华包间里，宴会还没正式开始。豪华包间除了设有一个金碧辉煌的餐厅，还设有一个同样金碧辉煌的会客厅，供主宾们在用餐前叙晤。此刻，会客厅金色丝质面料的豪华型沙发上坐着一些相互之间都熟稔的宾客，在那儿潇洒地寒暄着。大约二十分钟后，潘祥民带着秘书来了。他个子不高，步幅不大，步频也不快，满头雪一般的白发，使他在众人面前不严自威，一踏进那扇充满欧陆风情的雕花柚木镶钿大门，在场所有的人都不约而同地起身迎上前去。

张大康显然是今晚的"主人"。他热情地握住潘祥民的手说道："潘书记，我以为您不来了哩。"潘祥民随意地把手伸出去，让他握了一下，笑道："那怎么可能呢？张老板的事，我怎么敢怠慢呢？"张大康忙笑道："不敢怠慢的是我们嘛，当然是我们。来来来，我给您介绍一下，这几位都是我们省里顶级的民营企业家……"

"好啊，好啊。"潘祥民继续很随意地把手一一伸向其他宾客，同时又在笑道，"新兴阶层，新兴阶层，好啊好啊。"

"潘书记，以后别又把我们当革命对象对待喽。"一位稍上了点儿年纪的老板笑道。

"我都跟你们'同流合污'了，又握手又干杯，吃喝不分，今后，谁革谁的命啊？"

"来来来，入座，入座，边吃边聊，边吃边聊……"这时，张大康又张罗开了。

前几天，潘祥民接到张大康打去的一个电话，说，省里几位民营企业的"巨子"听说省委省政府决定要把大山子改建成一个新型的高科技经济开发区，

"非常兴奋"，很快行动起来，成立了一个松散性的联合投资咨询中心，要在大山子这个新兴开发区联合投资搞项目，"特聘"潘书记担任该中心的顾问。

"经请示，省委已同意我担任你们这个投资中心的顾问。"潘祥民端起酒杯，大声宣布。

顿时掌声雷动。

潘祥民一口干了自己杯中酒后，却说："稍稍有点儿遗憾的是，今天晚上我不能在这儿跟大家一块儿尽兴。"这句话刚说完，席间立即升起一片诧异不解，并多少有些失落的议论声。潘祥民拿起温热的口巾，轻轻地擦了一下嘴角，解释道："不是我不愿在这儿跟大家一块儿尽兴，实在是事先有约。假如一定要追究责任，也请追究大康先生，因为他今天这个电话打晚了。"张大康忙说："我做检查，我一定做检查。但是，潘书记，俗话说既来之，则安之。在座各位虽说人微言轻，也代表着一方水土哩，您得给在座各位一点儿面子。"潘祥民当即拿眼角扫了一下捧着酒瓶一直守候在一旁的服务员小姐，示意她给自己的酒杯满上，然后端起酒杯说道："大家都知道，最近大山子出台了工人干部下岗政策。第一批下岗了五万人，最近又下了五万。十万之众啊，一场不大不小的地震。省委省政府动员了不少退休老同志去协助做这个工作，今天晚上就替我约了一个下岗工人座谈会。当然，我可以推迟去，甚至让座谈改期进行。假如那样，我想我们在这儿喝着这个酒，聚着这个餐，心里一定不会踏实。不仅我心里不踏实，相信在座各位心里也不会太踏实。但各位是我 K 省今后发展经济的重要支柱之一，也是我个人重要的朋友，为了弥补今晚这个遗憾，我主动罚酒三杯。一、祝贺咱们这个投资中心成立；二、感谢各位对省委省政府工作的支持；三、为我的提前退席，再请大家原谅。"说着，喝干了杯中酒以后，又让服务员倒了三杯酒，一一地干了，然后大声说道，"大山子曾经是我们 K 省的骄傲，重新振兴大山子，是几届省委的既定方针，也是不变的决心，也是我们每个 K 省人的光荣责任。从这个意义上说，在座各位的行动起了一个很好的带头作用，我受本届省委主要领导的授意，代表他、同时代表省委省政府，向各位表示真挚的感谢。谢谢，谢谢！"

上了车后，不胜酒力的潘祥民靠在汽车后座椅背上，轻轻地揉着自己的太阳穴，自嘲地嘟哝道："这个张大康……"秘书回过头来，关切地问："没事吧？"潘祥民合上眼，缓缓地挺直上身，喘过一口气来，说道："没事……没事……开快一点儿吧，已经有点儿晚了……"

黄群前些日子出了趟远差——被派去美国采购一批医疗器械，今天刚回家。很少能早回家的马扬，今天却破例提早回了家，一到家，却发现黄群和小扬两人神色都有点儿不太对头，跟卡通片里那个偷吃了东西的小猫似的，都有点儿不敢正眼看马扬。"怎么了，真理这一回怎么又从多数派手里溜掉了？"马扬一边拈起一块黄群带回来的美国点心，扔进嘴里，一边笑着追问。他们家两女一男，因此，他属于"少数民族""少数派"，家里一旦发生争论，他常常引用马克思的名言"真理往往掌握在少数人手里"来"捍卫"自己。"不是真理的问题。"小扬红起脸解释。"那是什么问题？"马扬笑着追问，又往嘴里扔了一块美国点心。小扬为难地看看黄群，黄群却说："你自己跟你爸说！""说就说！"小扬赌着一口气，横下一条心说，"爸，我有个同学，她家长想见见您……""不行。"马扬不等小扬把话说完，便断然回绝。"爸……""怎么连这点儿规矩都不懂了？"马扬有点儿不高兴了。

多年来——从他担任领导职务以来，也从小扬长大懂事以后，他就跟小扬定下这规矩：可以带同学到家来玩，但绝对不能答应同学、老师，利用他和她之间的这种特殊关系来找他办事。"绝对不可以！记住了？"马扬让女儿抬起头，看着他的眼睛，这样嘱咐道。实事求是地说，这些年来，小扬是认真执行了这个规定的。她也打心眼儿里瞧不起那些依仗父兄权势吆五喝六、横行乡里的"恶少衙内"，在外从不宣称自己是某某人的女儿。但今天，她却下定决心要"犯"一回"禁"。事情的缘起是今天傍晚时分，菲菲的母亲、那位花旦演员夏慧平，生拉死拽带着菲菲来找马小扬，要她帮着引见她那位任大山子一把手的爸爸。

"爸，她真的太可怜了。四十多岁的人，让京剧团开了，前两天又让氧气站给开了……"

马扬还记得这位决心要从事"文化工作"的京剧女演员。

"氧气站裁员，第一批下岗名单里就有她。她下岗了，我那个同学怎么活？还怎么上学？她特有才华！"

"她来找你了！"

小扬没答话。

"说话呀。她人呢？"

"您别骂我……"

"你把她带到我们家来了？"

"不是我带她来的……"

"她人呢？"马扬无奈地看了女儿一眼。

"在我房间里待着哩。爸，求您了，您帮帮她吧，就这一回。我再不带任何同学的家长来找您了。求您了……"

"马主任，我不跟您胡搅蛮缠。十万人都下岗了，我死乞白赖要您替我安排活儿，也太不懂事了，太难为您了。"夏慧平一见马扬，就这么说道。但接着，却向马扬提出了一个特别"古怪"的要求："我只求您替我找个老公……多老多丑都无所谓，只要有能力帮我，让这个闺女把书读完。我无能，不能再耽误孩子，可我又没那能力再供她上学。只求您替我找个老公……"说着，她便哽咽起来。夏菲菲的眼圈也红了，一直站在菲菲身旁，轻轻地搂着她的马小扬眼圈也红了起来。马扬也被难住了。这一阶段，他接待过无数下岗工人，为他们解决过无数急难问题，可还没遇到过要他找老公的人。唉，这个夏慧平，真是个"角儿"啊……

这时，潘祥民的车已经驶入大山子市。这里算是大山子市内一个比较热闹的地段，路面坑洼不平，街边挤满了各式各样的小摊儿，卖什么的都有。许多地摊上卖的是工人常用的一些工具和劳保用品：各种型号的老虎钳、扳手、卡尺、帆布手套、翻毛皮鞋、铁丝、螺帽、大锤、电焊工用的防护面罩等等。有些小吃摊儿甚至摆到了路中间，使本来就不宽的路面越发显得狭窄了，车速也就不得不放慢了下来。就在这时候，潘祥民好像发现了什么似的，忙让司机停车。潘祥民向车右侧的街边注意地看了看，问秘书："你看那个人像谁？""像谁？"秘书不太清楚潘书记的用意，小心地反问。

"像……像咱们省著名的劳模赵长林。"潘祥民说道。秘书忙探身过去细看。但街边人头攒动，路灯光又暗，一下子很难分辨得清楚谁是谁。他匆匆看了一眼，忙问："哪儿呢？"潘祥民有点儿着急："那儿，那个擦皮鞋的。"秘书一边顺着他手指的方向看去，一边还在嘀咕："不会吧，赵长林怎么会擦皮鞋？别说他是省劳模，就论技术，他也是八级机修工，再没饭吃，也不能沦落到去擦皮鞋啊！"

　　但那人的的确确就是赵长林。他刚替一个过路人擦完皮鞋，正在收钱。他跟所有刚下岗的工人一样，还不好意思跟人砍价，略有些腼腆地说道："您瞧着给吧，三毛五毛，随便……"那人扔下一张一元的纸币，起身走了。纸币飘飘扬扬地落到擦鞋箱外边的泥地里，赵长林忙拾起来，并用袖口小心地擦去纸币上的泥。

　　潘祥民在确认了对方是赵长林后，便急忙下车向赵长林走去，秘书当然也急忙跟了过去。赵长林发现有两个人下了公家的车，大步向他走来，以为自己违反了市容检查大队的什么规定，这二位是要来"收拾"他的，便赶紧收了钱，背起擦鞋箱，向一旁躲去。他们之间相差总有十来米吧，腿脚毕竟已经不怎么灵便的潘祥民总也赶不上，又不好意思当街嚷嚷，只能眼看着赵长林拐进一家个体饭店去了。那小饭店门口竖着一块简陋的牌子，上面写着"下岗工人擦鞋点"。秘书凭经验知道这事一时半会儿消停不了，便拿出手机通知大山子方面组织座谈的同志："潘书记已经进了市区了，被堵在小白楼街口，可能还得一会儿……"追到离小饭店十来米处，潘祥民站住了，也没让秘书再追过去，并闪到一旁的暗处，他要好好看一下究竟。

　　"擦鞋点"牌子周边还有几个年龄不等的中年工人模样的人，都背着擦鞋箱，默默地等着活儿。赵长林在小饭店里躲了一会儿，见身后那两人不再追来，又出来为正在饭店里用餐的一位先生擦起皮鞋来。

　　潘祥民走了过去，走到赵长林身后站住了，怔怔地异常心酸地看着正低着头全身心地忙着替人擦鞋的赵长林。秘书想上前跟赵长林打招呼，被潘祥民一把拉住。

　　一个工人背着鞋箱过来兜生意："两位，擦鞋吧。我们都是八级工老师傅，活儿包您满意，价钱也好商量……"

秘书忙把他拉开。

这时,赵长林发现了潘祥民,抬起头打量了一下,也看清了潘祥民的面容,不由自主地放慢了手里的动作——他是认识潘书记的。那位顾客有点儿不耐烦了:"嗨,看什么看呢?蹭脏我袜子了。"赵长林忙红起脸低下头去加快了手里的动作,并道歉道:"对不起……对不起……"潘祥民心里一阵酸涩,转过身走了。几分钟后,还在和夏慧平母女俩谈话的马扬接到了潘祥民亲自打过来的电话。"赵长林在替人擦皮鞋?这情况我不清楚。好,我马上就过去。"夏慧平此时已经把想说的话都说透了,便赶紧说道:"您忙吧,我该走了。"马扬暗中对黄群示意了一下,黄群跟着马扬走到外头,听马扬吩咐了几句话,又和马扬一起回到房间里。马扬让夏慧平"再坐一会儿",然后转身对夏菲菲说:"菲菲,小扬常在我们面前夸你,说你在各方面都挺优秀,以后有可能,希望你多帮助我们家的小扬。家里生活遇到什么困难,可以来找你黄姨。"说完他就匆匆走了。黄群拿出一点儿钱给夏慧平,并说:"菲菲她妈,这是小扬她爸……"夏慧平的脸一下涨红了,忙推开那钱:"她黄姨,您这是什么意思?"黄群也略有些难为情地说:"给……给菲菲买一点儿学习用品……"夏慧平的眼眶湿润了,只是坚决地说道:"她黄姨,我……我们不是来讨饭的!"

黄群拿着钱的那只手却一下颤抖了起来。

第三十一章

大山子机关旧楼小礼堂里,前来参加座谈的下岗工人代表早已到齐。因为潘书记迟迟没到,座谈会还没开起来。组织会议的工作人员焦急万分,工人代表们却异样地保持着沉默,神色一律十分严峻地安坐在各自的位置上等待着。开发区一位姓姜的副主任解释道:"对不起……潘书记在路上被耽搁住了……他马上就到……"工人代表们却面面相觑,不做任何表态。

马扬一赶到机关,就让丁秘书去查了一下第一批下岗的人员中,到底有多少省市级的劳模。"接到您的电话,我马上让他们看了一下,列入这一批下岗名单的省市级劳模,只有一个,就是赵长林。也真是不巧……"小丁报告道。马扬皱起眉头道:"大山子就这么一个宝贝疙瘩,怎么就把他给疏忽了?"小丁忙说:"我已经请市总工会和劳动局、民政局的几位领导在您办公室等着了……"马扬却说:"先去会场。"

马扬一走进会场,大家都站了起来。马扬忙温和地笑道:"请坐,大家请坐。潘书记让我来向大家致歉,非常过意不去,路上遇到了一件意外的事情,耽搁大家这么长时间,他正紧赶慢赶往这儿赶。"

这时,开发区办公室主任却走了进来,附在他耳旁,低声说道:"潘书记到了,在您办公室里哩。他让您过去一下。"马扬忙回到自己办公室。只见办公室里已经坐着不少人了,最引人注目的当然是潘祥民和身前放着擦鞋箱子的赵长林。潘祥民脸色不太好看地瞥了马扬一眼,马扬上前跟他握手,他都没理会。马扬多少有些尴尬地招呼:"刚到?"潘祥民却冷冷地问:"还有可以说话的地方吗?"马扬一边忙答"有,有",一边把潘祥民带到了另一个办公室。一进那个办公室,早憋了一肚子火的潘祥民便冲着马扬嚷嚷开了:"我说马扬,你这么大一个大山子,就容不下一个省级劳模?啊?你是不是还要把全国劳模都弄下岗心里才舒坦?""是我工作疏忽,确实是我工作疏忽……"马扬忙答应。"疏忽?你知道吗,你这种疏忽,伤害的不仅仅是一个赵长林!"潘祥民仍然不依不饶。

这时,丁秘书又匆匆走来报告:"与会的下岗工人代表听说赵长林来了,都上办公室去看他了。"

跟赵长林在一个擦鞋点干活儿的那些下岗工人,见潘祥民执意带走赵长林,心里都有些发慌,也怕赵长林吃亏,招呼两辆的士,紧随其后赶来。下车时,两位司机一概拒收车资,只说道:"得,得,这趟车,我们请了。记住,替哥们儿在当官的面前多说几句实在话,比什么都强!"

于是,马扬办公室里人越聚越多。丁秘书忙招呼:"请同志们还是到小礼堂去……"不大一会儿工夫,小礼堂里也人满为患,两侧的走道里甚至都站上了人。姜副主任说"先请我们尊敬的老领导,原省委书记潘祥民同志讲话"时,依然还板着脸的潘祥民说:"还是请你们的一把手马扬先讲,他讲比我讲管用。"马扬赶紧站起来说："好，我先说几句，一会儿大家都讲完了，再请潘书记做总结。首先，我要向大家说明一个情况……"这时，赵长林突然站了起来，满脸涨得通红地举起一只手，请求道："能不能让我……让我先说几句？"马扬一愣，所有与会的人都一愣。主持会议的姜副主任担心现场气氛如此"炽烈"，再由他这么横插一杠子，又会出啥乱子，便凑近了赵长林，低声地却又坚决地、既用商量的口气又带上吩咐的口吻说道："长林，让马主任先讲完吧？"赵长林歉疚地看看这位姜副主任，然后又求援似的看看潘祥民，说道："我……我……"潘祥民立即应和道："既然长林有话要说，那就让长林先说。长林，你说，有啥说啥，放开了说。"马扬也马上胸有成竹地应和道："好，长林，你先说。"

真要让他先说，赵长林一时半会儿地却又犹豫开了。几分钟后，他开始喃喃地说道："省市两级领导也有一段时间没跟咱们工人面对面座谈了，今天这个会又让我这么点儿屁大的事给搅和了，我挺对不住在座的各位领导、各位同志……"会场上一片肃静。"前些日子，马主任在电视里给全体大山子市民讲话，有一段话说得我心里挺不好受。他说，几十年来，咱大山子全体市民、工人、干部，为大山子总公司的建设尽心尽力，做出了卓越的贡献，这笔账是要记在共和国的发展史上的。但由于当前遇到了空前的风浪，加上部分机械失灵，某一时期管理指挥有误，这艘拥有三十万船员和旅客的'超级大船'已经没法承载这么多船员和旅客了。现在摆在大家面前的，只有两条出路，一条是，谁也不下船，悲壮地与船一起沉没；另一条出路就是，多余的船员旅客赶紧下船，先保住大船不沉，等把船抢修好了，装上了新的机器，能远航五大洲四大洋了，再根据需要和可能，让大家伙儿上船来。即便最后还是有一部分人上不了船，党和政府也绝不会弃之不顾，也要对他们的基本生活有一个妥善的保证。这次我们机修分厂百分之百被裁减了。厂领导征求过我的意见，他们说，你是省级劳模，你提个要求吧，我们给你报到市里去，根据有关政策，可以对你做特殊安排。我没提这个要求。刚才，马主任一见面，就和姜主任一起，一个劲儿地向我道歉，说他们工作有误，疏忽了我这个省级劳模、工人阶级的优秀代表，伤了大伙儿的心。他们还马上让在场的劳动局领导对我做恢复公职的处理。我挺感激的，但是，我还是拒绝了。我不是在跟省市两级领导憋气。当然，下岗后，我也憋过气，骂过娘。大山子的工人都说，盼马扬，想马扬，马扬来了全下岗。但这些日子我想通了，真的想通了。这条大船就是修好了，跟以前的那条大船也是不一样了。从前的那条船，国家是包吃包住包产包销，每年每月每天都有人给你派活儿，你只要埋头干你的活儿就行了。可以这么说，三十多年，我赵长林除了学会修那几种老掉牙的机器，别的真是啥都不会。从今往后不可能了。不管在船上还是船下，我们都得有那种本事，要学会在没有人托着你、领着你的情况下，自己也能扑腾两下。从小处说，也能给老婆孩子找一口饭吃；从大处说，还能发挥咱工人阶级的余热，给国家、集体创造一点儿财富。这本事，晚学不如早学，强迫学不如自觉地学。擦皮鞋又不丢人现眼，目前，咱只有这点儿能耐，那就擦呗。谁知道今后就不会擦出一个啥名堂、蹚出一条啥路数来呢？"说到这里，他有点儿说不下去了。对今天以擦鞋谋生，他的确心有不甘，而对明天的日子，他的确又茫然无措。忧愁和焦虑，忐忑和疑惑，不安和委屈，冲动和克制……这世界上但凡能把一个中年汉子折磨成蔫乎小老头儿的那种种为难情绪，这时候全跟杂合面似的，糅混在一起，全部涌上心头，骤然间，他的眼眶湿润了。

　　静场，久久的静场。马扬突然站了起来，激动万分地带头鼓起掌来。潘祥民鼓掌了。姜副主任和机关的工作人员鼓掌了。与会的工人代表们鼓掌了。闻讯随后赶到的市政府两位副市长也跟着鼓起掌来。但就在这时候，赵长林却突然一屁股坐在了自己的那个擦鞋箱子上，双手捂住自己的脸，呜呜地哭了起来。

　　这哭声把所有在场的人都震呆了。马扬忙上前劝慰："长林……"赵长林忙擦擦眼泪，勉强地笑笑道："我他妈的这是干啥呢？走了，干活儿去了。"潘祥民一把拉住赵长林，向秘书示意了一下。

　　秘书忙拿出一些钱。潘祥民诚恳地说："今天耽搁你干活儿了，这是一点点劳务补贴。"赵长林接过钱，手颤抖着，眼眶里久久地转着泪花，半晌没说出话来。他喃喃地说了两声"谢谢，谢谢"，却又把钱塞还给了潘祥民的秘书，背起鞋箱，转身向外走去。这时，马扬冲过去，叫了声："长林，请你等一下。"

赵长林站住了。

马扬问秘书："机关里还有多少同志没回家？"秘书迟疑了一下，答道："有三分之一还在加班吧。"马扬立即下令："马上通知他们中间所有穿皮鞋的同志，到这儿来集合。"秘书一愣，不知马扬要干什么，但仍习惯性地转身去通知人了。不一会儿，有十来个穿皮鞋的同志走了过来，还有些穿其他鞋的同志手里拎着一些皮鞋来了。

马扬挥着手大声说道："来来来，高级享受。擦鞋擦鞋，一双五元。把钱交到丁秘书那儿。"

赵长林脸一红："别别别……马主任您别……"

马扬对那些还站在那儿不动的机关干部们又嚷了一声："傻站着干啥呢？坐下，坐下。""别别别别……"赵长林有些不知所措了。

"没那么贵，我们擦鞋是一元一双……"另一位老师傅红着脸说话了。

"五元，今天是五元一双。交钱，交钱。"马扬大声嚷嚷。

赵长林一下跳了起来："马主任……潘……潘书记……马主任……没这么个规矩啊……没……没有啊……"

马扬却说："长林，谢谢你刚才说的那一番交心的话……谢谢你的支持、理解……"说着，他眼眶湿润了，哽咽着，话怎么也说不下去了……

一个月后，以这批擦鞋工人为主体的大山子市"永在岗鞋业服务铺"正式开张。员工们一致推选赵长林为经理。这是大山子开始改制以来，由下岗工人自己组织的第一家企业。开业的那一天，省委书记贡开宸和省长邱宏元亲自到场为他们剪彩，并代表省委省政府机关全体工作人员向"永在岗鞋业服务铺"的全体员工每人赠送了一套工作服——紫红色小立领上衣，深蓝色裤子。那天记者们蜂拥而至，摄像机、长焦距照相机……纷纷对准了贡开宸和邱宏元，把赵长林等人反而冷落在一旁。贡开宸很不高兴地指着赵长林对那些记者们说："今天谁是这新闻场面的主角？是他，是他们，不是我和邱省长！是他们在开创自己生活的新路，重建新生命。不要搞错对象！"但大部分记者还是把摄影机的镜头和录音话筒对准了贡开宸和邱宏元。"贡书记，能不能让我们再补拍一张照片？我们是《×××》报的，明天头版头条要发您关心下岗工人再就业的照片，刚才我们拍了一些，可能不太理想……您帮帮我们吧，要不，我们的总编大人肯定放不过我们……"几位年轻记者扒着车窗口，对已经上了车的贡开宸说道。几分钟后，贡开宸给省报总编向少怀打了这样一个电话："老向，报纸有个倾向，你们得注意啊，不能除了追领导，就去追明星和大腕。领导、明星、大腕都要追，但是，要特别关注普通百姓头脑里正在想的那些难点、热点和焦点问题。尤其在这一阶段，更要注意这个问题。你听着，今后十天，除了中央领导的重大活动，你把头版都给我留出来重点报道赵长林那样的下岗工人，告诉我们的记者编辑，要用百倍千倍的热情，把这样的工人介绍给全省人民！同时也配合支持一下大山子的工作。你把我这意思转告省委宣传部的领导，让他们立即通知全省各新闻单位，这一阶段，统统照此办理。"

第三十二章

贡志英这些日子四处忙着核实修小眉所说的大哥"性无能"一事。

"我到大哥的劳保医院和所有开设男科门诊的医院都去查过了……"那天下了班，她赶到贡志和单独在外租住的那套单元房里，对志和说道。

"你干什么？去查证嫂子说的那个'性无能'问题？你还真把她说的当真了？再说，医院也不可能让你查，他们有责任保护病人隐私。"

"我当然用了些办法，走了些关系，也使用了贡家这个特殊身份。看来，嫂子还真没瞎说，大哥还真的去看过这方面的病……"

"胡说！"

"二哥……我亲自翻看了病历档案……"

"她不是没有伪造过病历。"

"但是她怎么可能到那么多的男科门诊去伪造那么多份病历档案？"

贡志和不说话了。但他还是不愿意相信大哥真的像修小眉说的那样，是个"性无能者"。

"有一段时间，大哥几乎走遍了所有医院的男科门诊。"

"不可能。大哥和我无话不说，大哥如果真有这方面的痛苦，他会跟我透露的。"

贡志英心里也挺难受的："你和大哥的确是无话不说。但大哥是一个特别负责任的人，是一个特别不愿让别人分担他的痛苦而只愿意去分担别人痛苦的人。在这一点上，他和爸爸特别相像，他们总是给人一种感觉：他们是这个世界上最强大的人，他们能解决这个世界上一切问题，一切困难，他们能承担一切痛苦。但他们从来不把自己内心的痛苦向外透露一点点，也不习惯向别人透露自己内心的痛苦。从某个角度上说，他们也不能向别人透露自己内心的痛苦。我早就感觉出来了，他们在精神生活方面，实际上是这个世界最孤独的人。你同意我这个分析吗？"

第一次听到志英能对人做如此尖锐而深刻的分析，志和真有点儿不相信自己的耳朵。他无法反驳志英的分析。她对爸爸和大哥的这些认识，也正是他久埋心底而又苦于不能对外倾诉的。

"不过，嫂子有一点没说准。大夫们说，大哥还不属于'性无能'，根据他的情况，他应该属于一种心理症，是由于长时间焦虑和过度的思虑引发的……那种……那种……"

"那种什么？"

贡志英脸微红："哎呀，就是那种……那种问题嘛。"

"阳痿？"贡志和一语道破地反问。

贡志英脸大红了："哎呀……瞧你这张嘴……"

贡志和却仍一本正经："我们在讨论问题。快说，是不是我刚才说的那种问题！"

贡志英点点头："是的……所以……您看，大哥会不会由于这方面的焦虑，引发一种自卑，而产生了一种心理扭曲，错怪了大嫂？"贡志和没作声。过了一会儿，他才说："你能相信，像大哥那样一种人，仅仅因为这样一点并非经常出现的心理性病症，就能把自己扭曲成那样，甚至把大嫂的为人都看错了？大哥跟我谈的时候非常清醒、非常冷静、非常客观，没有一句断语，只是在分析，只是在列举现象，好像谈的不是他的妻子，而是他经历过的数十次重型武器或核物理试验中的某一次似的。那一晚上，他所有的谈话没有一点儿牵涉私人情感，更没有一点儿迹象说明他怀疑嫂子在情感上对自己不忠，恰恰相反，他总是在强调，大嫂对他很好。我们都清楚，大哥在这方面特别耿直，从不作假，也容不得别人作假。正因为这样，他才会那么激动地用一二十个小时的时间，跟我探讨当前社会上出现的这种种虚伪和贪婪的现象，那么急切地希望我把探究的目光从故纸堆里，转移到当下的生活中来……"这一回轮到志英沉默了。实事求是地说，这一年多，在嫂子修小眉身上，她并非没觉出一点儿"意外"的东西。比如那一回，嫂子把他们约到奥伦奇咖啡馆，她和志雄就都有同感。过去在大哥身边生活得那么拘谨本分的嫂子，在那样一个高档次的社交场合，举止居然那么坦然、自如、放松，坐在吧台的高脚椅上，跷起双脚，显得那么如鱼得水，咖啡馆那个年轻帅气的男服务生来替她点烟时，她那种理所当然的神情和无意间向对方投去的那一瞥淡淡温情的一笑……都使志英和志雄暗自吃惊。

贡志英犹豫了一下，试探着问："二哥，咱们是不是……找爸谈一谈？"贡志和沉吟了一会儿，长叹一声道："也许是该找找他了……"这时传来门铃声。贡志和打开对讲系统，问："哪位？"从话筒里传来一个女人的声音："志和，是我。"贡志英一惊："嫂子？"听说是修小眉，贡志英不免也吃了一惊，忙说："我去开门。"贡志和放低了声音道："你别出面。她无事不登三宝殿，一会儿，你还是做个不在场的见证人吧。"说着，便把志英推到里间，并把那扇通里间的门关上，然后细心地消除志英存留在客厅里的所有痕迹，再去开门。

随着修小眉的出现，客厅里荡漾起一股清淡而高雅的香水味儿。修小眉一边从手包里取出一小件包装得十分精美的礼品——自然是送给贡志和的那位"小芳"的，一边问："你那位'小芳'呢？""人家在准备考博士，顾不上我了。"贡志和接过那一小瓶挪威香水，在手里掂了掂。他俩说到的那位"小芳"，是指贡志和的女朋友。修小眉笑着叹道："女博士……多大了？也快三十了吧？再读几年博士……你们以后就不打算要孩子了？"贡志和淡然一笑道："孩子的问题，那太遥远了。"修小眉神色立即黯然下来："别学你大哥和我。没有孩子的家庭，总是不完整的，没有当过母亲的女人，也不能算是一个真正的女人……"接过贡志和沏上的茶，修小眉沉吟道："志和，约了你几回，你为什么老不愿见我？"

贡志和解释道："最近……特别忙。"修小眉坦然一笑："忙什么？""乱七八糟，什么事都有……"修小眉轻轻地叹了口气，苦笑道："包括安排人来监视我、调查我？"对这样的问话早已做好思想准备的贡志和立即反唇相讥道："所以你就让人来烧我的办公室、抄我的家？"修小眉马上放下手中的茶杯，正视着贡志和说道："你真高看我这个做嫂子的人了。"贡志和觉得既然事情已经说开了，不妨再往深处走一走，便断然问："志英跟你透露了我的想法，第二天就发生了那两档子事，你认为纯属偶然？"修小眉突然激动起来，眼睛灼灼地闪亮，大声地说道："把这个世界上发生的一切事情都看成是必然的，有根源的，都要去追问一个为什么，都要从中找到规律性的东西，然后再加以控制利用改造强化推广……我真受不了你们贡家这个……这个'优秀传统'！"

贡志和淡淡地讥讽道："'你们贡家'？"

修小眉仍大声地答道："是的，你们贡家！"

"好，总算说了句真话。"

"我还说了句真话。你能对我说句真话吗？"

"你并没告诉我那两档子事究竟是怎么回事。"

"我可以告诉你那两档子事情到底是怎么一回事，但是，我想知道的事情你能告诉我吗？"

"你想知道什么？"

"那天晚上，你大哥到底跟你说了些什么？"

"那是我和我大哥之间的秘密，用你的说法就是，是'你们贡家'人之间的秘密。"

"那好，你想知道的，也是我和另外一些人之间的秘密。"

贡志和一下站了起来："谁允许你们来烧别人的办公室、抄别人的家？"

修小眉也站了起来："谁又给你那样的权力来监视、调查别人的生活？"

贡志和无奈地一笑道："那好，那好，咱们法院见。"

修小眉冷冷一笑："想告我？"

"不是我要告你，是你自己已经承认，你跟那两件非法暴力事件有直接关系……"

"谁告诉你，我承认了我跟这两起非法暴力事件有直接关系？"

"你自己刚说的。"

"我刚说的？你有什么证据能证明这话是我说的？没有吧？有证人吗？啊，好像是有个证人，是吗？那就快请证人出庭吧。"修小眉不等贡志和有所反应，居然照直走过去，一下拉开那扇通里间的门，把贡志英亮了出来。原来，她今天来得比较早，她来的时候，贡志英还没来，连贡志和也还没回来。她在楼前的几棵大树底下等了一会儿，都准备要走了，贡志英来了。她不想让志英看到她来找贡志和，就赶紧躲到大树背后，想等贡志英上了楼，再等天色稍稍黑下来一点儿就走。但一会儿工夫，贡志和回来了。这时，她突然改主意了，反而觉得，有志英在场，更好，也许更能把事情说明白。可是，上得楼来，却没见贡志英，她当即猜到，贡志和为了防备她，跟她玩了那一手……

因为当场被"抓"出，贡志英感到特别难堪，便红起脸要向修小眉做解释："嫂子……"修小眉立即打断了她的话："这事，跟你没关系。"然后又转身对贡志和说道："这件事我已经忍了很长一段时间了。我今天来找你，就是要告诉你，我没法再忍下去了……也不能再忍下去了。就是为了贡家，我觉得我也不能再忍下去了。你说吧，是想到法庭上去说，还是在这儿说。还有一个去处，那就是去找爸，当着他老人家的面，把一切都说说清楚。"贡志英惊叫道："上什么法庭？你们俩都疯了？"修小眉却说道："疯吧，今天我就是要疯一回。一个人一生要不疯那么一两回，也许就白来这世界上走一遭了。"贡志和淡淡一笑道："修小眉，别再玩弄贡家人的善良、宽厚了，也别老把自己打扮成受害者的模样了。你还有那种兴趣知道我大哥生前最后一次是怎么谈你的吗？他对你，还有那么重要吗？为了掩饰自己某种见不得天日的东西，居然不惜用床上的那点儿事情来攻击自己的丈夫，而这个丈夫还是一个为事业而献身的顶天立地的真正男子汉，你还给自己留一块最后的遮羞布吗？你还能算一个好女人吗？修小眉，别再装了……"

一向显得温厚敦良的修小眉这时尖叫了起来："我装？我装……好，我装……"眼泪一下涌了出来，脸色苍白的她一下拿起手包，夺门而去。

两天后，在贡志和的强烈要求下，当然也由于马扬前些日子的说项，贡开宸终于答应抽时间跟贡志和细谈一次。那天晚上，风大，枫林路十一号院里，不知哪儿有扇窗或有扇门没有关紧，强风过时，便发出一阵"乒乒乓乓"的碰击声。客厅里自然只有贡开宸和贡志和父子俩。大概因为这场谈话一开始就进行得不怎么顺畅，气氛显得格外沉闷。"你是怎么说动马扬，居然让他来为你做说客？"过了好大一会儿，贡开宸才慢慢地问道。贡志和不便说明是马扬鼓动他来找父亲的，便只能闷头不作声。贡开宸便催促道："说吧，找我什么事？"贡志和这才咬了咬牙，鼓足勇气说道："能提一个小小的要求吗？""什么事还没干哩，就先提要求！"贡开宸又有点儿不高兴了。贡志和忙退缩："那就算了。"贡开宸却说道："快说，什么要求？""我今晚只占您一个小时时间，但我希望您能把这一小时完完整整地给了我……""这由不得我。""好吧，那就这么谈吧……"贡志和说着，匆匆瞟了一眼墙上的电子钟。没想到，贡开宸拿起放在身旁一个高脚茶几上的电话，拨通了郭立明的电话，吩咐道："小郭，我现在在家里，谈点儿事。一个小时之内，有什么事，你都给我先挡一下，就这样。""谢谢。"贡志和真诚地感激道。"还是从大哥牺牲前跟我做的那次彻夜长谈谈起……"贡志和稍稍整理了一下思绪，开始向父亲说道，"那天，大哥跟我整整探讨了二三十个小时。除了上厕所，我俩连房门都没出过一回。他的中心意思是，要我别一个劲儿地埋头在故纸堆里。他说，中国正处在一个非常关键的时刻，要我用更多的时间关注中国今天的社会进程，并实际地参与到这个进程中来，切切实实地担当起知识分子应该担当的那份社会责任……"

因为说到志成的事，贡开宸专心多了。他问："他让你怎么担当这个责任？下海？经商？"贡志和轻轻地摇了摇头："具体干什么，他不在乎。但他要我注意一个问题，那就是当前中国从计划经济向市场经济转轨的过程中，也会出现岔道和弯路。也就是说，市场经济也有好坏之分。离开了规范的法治的市场经济方向，就有可能演变成一种坏的市场经济，或者也可以把它称之为 crony capitalism……"

曾自学过英语，但始终没能掌握住它的贡开宸想不起来这个"crony capitalism"是什么意思，便问："crony capitalism？"

贡志和忙解释道："裙带资本主义，或者也可称之为权贵资本主义。"

"什么裙带资本主义、权贵资本主义，中央有这种提法吗？乱造名词。说吧，说下去。"

显然，这个"crony capitalism"还是引起了贡开宸的兴趣。贡志和说道："大哥认为，我们的改革是在保持原有的行政权力体系的条件下，从上至下推进的。在这种情况下搞所有制结构调整，某些拥有权力的人往往比别人有更大的方便条件，为自己牟取私利，说通俗一点儿，就是'权力掺和买卖'，或者也可说'官商勾结'，暗中把国有的东西一点点私分黑吃了。如果不高度重视这一点，到最后，社会主义不是没有可能只剩下理论上的一面红旗、实际上的一个空壳，而广大人民群众到头来还是什么也没得到，或者，所得甚少。"

贡开宸往沙发上一靠，习惯性地反驳道："我们的党绝对不会允许出现这个状况的！"

贡志和忙应道："是的，对于这一点，大哥也是有充分信心的。但现在的问题是，我们每个人到底做得怎么样？比如说，我们家里这几个兄弟姐妹……省委书记的儿子、女儿、儿媳或女婿……"说到这里，贡志和又不敢贸贸然往下说了。

贡开宸却不动声色地提示道："说下去。"只是眉毛略略地抖动了一下。贡志和沉默了一会儿："如果我说到具体的人，您别生气……"

贡开宸没作声，等着志和往下说。

贡志和怯怯地说："您真的别发火……"

贡开宸不耐烦了："你到底是说，还是不说？"

贡志和顺下眼睑，放低了声音说道："我一直没这个勇气跟您说这些。因为，谈完话不久，大哥就牺牲了。全家人都特别伤心，我不能在这时候，再往大家的心上插上一刀。另外，大哥跟我说的一些情况，也只是他的某种感觉，并没有充分的事实依据，我不能拿没有依据的事情来打扰您。这一年多，我在私下里做了一些工作，就是为了想查证大哥的那些'感觉'……

但至今，我仍然不能说已经掌握了什么过硬的依据……"

贡开宸折身从沙发上坐了起来："你这开场白真够长的了！让你到大会上去做报告，非把大伙儿都说跑了！"

贡志和稍稍加快了点儿语速："大哥怀疑大山子的经济状况这些年突然下滑到了难以收拾的地步，除了体制、管理、资源、技术、产品的适销对路等方面存在的问题，还有一个大问题，就是在那儿存在着一个个看不见、摸不着的'黑窟窿'，通过这些'黑窟窿'，有人内外勾结在分割大山子这块蛋糕，同样由于这些'黑窟窿'的存在，加剧了大型国有企业经济的下滑和崩溃。他怀疑，我们家有人卷进了某一个'黑窟窿'。"

贡开宸提高了声音问道："谁？"

贡志和忙说："您别激动……"

贡开宸瞪起眼斥责："你怎么那么啰唆！"

贡志和喘了一口气道："他怀疑大嫂……"

"他怀疑谁？小眉？乱弹琴！她一个普普通通的内科大夫……"贡开宸矢口否认。

"爸，您能耐住性子听我说下去吗？我应该还有四十七分钟。"

贡开宸也看了一下墙上的那个旧电子钟："说。"

这时，电话铃突然响了起来。贡开宸示意贡志和去接电话。但奇怪的是当贡志和拿起电话问道："喂，这儿是贡家，请问是哪位？"对方只是在电话里喘着气，不作回答。贡志和又追问道："喂，哪位？请讲话。"对方还是不作回答。贡志和又问了一遍，"啪"的一声，对方把电话挂断了。贡志和疑惑而无奈地放下电话，电话铃却又一次响了起来。

"这是什么人嘛？"贡开宸不高兴地嘀咕道。

"我觉得可能是大嫂……"

"你别什么都往你嫂子头上扣！"

"很可能她不希望我知道她今天也想来找您……"

"很可能？很多事情就坏在你们这各种各样的'很可能'上头了！"

这时，电话又响了起来。贡志和马上拿起电话。这一回却是郭立明打来的。他把电话递给贡开宸："郭秘书。"郭立明告诉贡开宸："贡书记，刚才修大姐打电话到办公室来找您，我想她是您家里的人，就告诉了她，让她往家里打电话找您。没影响您谈事吧？她说要打电话给您的。"贡开宸放下电话后，默坐了一会儿，把郭立明说的这个情况告诉了贡志和。贡志和立刻断言："刚才那个不吭气的神秘电话，一定就是她了。""是她……她为什么不吭气？"贡开宸问。"可能……她不想让我知道她想见您，也可能……她只不过是在试探，看看这会儿工夫，我是不是跟您在一起。""她在防范你？""她防范我不是一天两天了。""为什么？""因为她已经非常清楚地感觉到，我正在调查她的问题，调查她跟那个著名民营企业家张大康之间的关系。"

贡开宸一愣，呆坐了一会儿，忙问："她跟张大康之间的关系？"

"是的。"

"志成也知道她跟张大康之间有什么关系？"

"是的。"

"志成什么时候感觉到小眉跟那个张大康有来往的？"

"这个他已经记不住了，大概有一两年了吧……"

"一两年？"

"一开始，大哥也没在意。您应该知道，大哥是个非常宽厚的人，脑袋瓜也不封建，他从来不在意嫂子跟异性往来。他俩关系还挺融洽的时候，嫂子甚至跟他开过这样的玩笑：你那么不在乎我跟谁往来，瞧着吧，总有一天我让老和尚背走了，你想买后悔药都没处买！"

贡开宸犹豫了一下，说道："如果只是正常往来，这应该没什么……"

贡志和说道："问题就在于，后来，大哥发现，张大康通过大嫂跟大山子矿务局和冶金总公司的某几位前任领导搭上关系，结成了一种利益互动关系……"

贡开宸警觉了："小眉出面替张大康去拉关系？可能吗？小眉这么内向、怕生……"

贡志和深深地换了一口气说道："发现这一点后，大哥也挺震惊的。有一回，他们宴请中科院物理所来的几位专家，在时代广场鸿宾楼包了个雅座间……"

那天，古色古香的鸿宾楼饭庄跟往常一样，典雅高贵，流光溢彩，灯火辉煌，且又宾客满堂。穿着红缎子绣花滚边旗袍的女领座员款款地引领着贡志成一行人向楼上的一个雅座间走去。这时，从另一个雅座间里传出一阵阵哄笑声："唱一个，唱一个。来，给点儿掌声，欢迎欢迎。"听声音，好像是一群人在企望一个女子唱歌。那女子羞怯地推脱："不行不行，我从来没唱过……"那女子的声音，贡志成听起来挺耳熟的，但一时间却又不好确定。

于是，他又往前走了。而那女子竟然唱了起来。一听这歌，再加上这声音，贡志成马上认定这是修小眉。因为这是她非常喜欢的一首歌，经常在家里轻声地哼唱，常常唱得十分深情：

如果你的生命注定无法追逐，
我也只能为你祝福；
如果你决定将这段感情结束，
又何必管我在不在乎；
如果我的存在只能增加你的痛苦，
为何你不对我说清楚；
莫非我早该知道，
我将要孤独；
哦，孤独使我美丽，
我也要在寂寞中继续走我自己的路……

志成匆匆走到那个发出歌声的雅座间门口。当时，正巧服务员往里送菜，趁服务员推开那扇描金画彩的门的一刹那，他匆匆向里看了一眼。里边的确聚着不少人，但站在卡拉OK机前，拿着话筒唱歌的，正是修小眉。而这时，修小眉无意间抬起了头，一瞥之下，也看到了站在门外的贡志成。贡志成忙背过身去，修小眉却已经呆住了。等服务员小姐上完菜出来，门再一次被打开时，贡志成回头又向里瞟了一眼。因为，刚才那一瞥之下，他还看到了另一张比较熟悉的脸，但时间太短，门便关上了，他没能看清。再说，刚才他的注意力主要集中在修小眉那儿，也不可能再去探视别人。这一回从那扇张开的门中向里看去，不无难堪的修小眉正低着头，不知该怎么办才好，而原先坐在她身旁的那位中年男子（就是贡志成觉得脸熟的那人）站起来，微笑着十分体贴地凑过脸去询问，一只手很自然地向修小眉的肩头上搭去。修小眉轻轻地闪了一下身子，躲开了那只白皙而修长的手，放下话筒，转身向另一边走去，便走出了贡志成的视线范围。那个男子，抬起了他保养得十分好、修饰得也十分讲究的脸，哈哈笑着，端起酒杯，大声说了句什么。这时，贡志成看得十分清楚，那男子正是张大康。

"过了几天，大哥再去问嫂子，嫂子却怎么也不承认有过那么一回事。她坚持说，一定是大哥那天晚上喝高了，精神恍惚，看错了人。但大哥记得非常清楚，那天他还没入席，根本不存在喝高喝低的问题。再说，大哥从来也不喝酒，就是喝一点儿，也从来不会过量，这是我们大家都知道的。他说他在那个雅座间门口足足站了有好几秒钟才走开……"贡开宸多少也有些难堪地干咳了两声，说道："这能说明什么问题？年轻人有一点儿社交活动，这在你们看来，不是很正常的事情吗？志成怎么会那么保守，就凭这一点儿事，跟人家小眉闹分歧？"

贡志和说道："嫂子过去从来不参加这一类的社交活动，可后来，大哥发现她参加的次数越来越频繁，回家的时间也越来越晚，而且……大多是那位张大康先生拉着她去参加的。特别是在张大康廉价并购大山子那两个亏损分厂的过程中，嫂子发挥了不可或缺的作用。有一天晚上，嫂子在卫生间里洗澡，也许是她一时疏忽，平时很少随便乱放的手包，居然就扔在客厅的沙发上，而且还敞着口。大哥在手包里发现了一张十五万元的银行活期存折。洗完澡，换了衣服，嫂子又跟往常那样，带上手包匆匆出门去了。等她回来，大哥再去翻包，存折就不见了。为了不至于引发别的方面的误会，大哥没有马上就去跟嫂子核实这件事，但这张十五万元存折的事，一直就像是梗在他心里的一块大石头……"

"后来他再没跟小眉当面把这件事澄清一下？"贡开宸追问。

贡志和答道："大哥是想找个合适的机会，跟嫂子好好地谈一谈，充分沟通一下，再澄清这件事。但不料，没过多久，他就牺牲了……"

"唉，该重视的不重视，该抓紧做的不抓紧做，不该重视不需要急办的却乱猜疑、乱计较、乱生气！你们啊！"贡开宸重重地叹了口气。

第三十三章

得到报告，昨晚有不速之客袭扰言可言家，马扬立即把市公安局的几位领导请到了自己办公室。昨晚的情况是这样的：大约在后半夜一点多钟光景，有人猛敲言可言家的大门，言可言的老伴被惊醒。她起身，拉亮灯，马上又想起公安局的同志曾嘱咐过她，晚上不论发生什么样的情况，都不要开灯，也不要开门，更不要声张，只要静坐在家中就行，外头有派来保护她的公安人员，会处理这些事的。于是她立即找到灯绳，又把灯拉灭了。这敲门声同时也惊动了负责监护言家的两名便衣警察，但等他俩掏出手枪，从近旁蹲守处跑到言家，那个不速之客已经不见了。他们四下查看了一番，看到楼道里一扇原先用铁丝拧死的窗户此时已被打开，扑到窗户前向下一看，有一个穿深色衣服的人刚从窗户旁的落水管上滑下楼去，并迅速地溜进楼旁幽暗的小巷里。

"我们初步分析了一下，得出这样两个结论：第一，昨晚骚扰老言家的那个家伙和杀害老言同志的凶手可能是一个犯罪团伙的，应并案处理。从昨晚骚扰的做法来看，他们并没有指望在昨天真的干什么，用意可能是投石问路，试探一下我们对老言家保卫工作到底做到了什么程度。从这个意义上来说，他们昨天达到了目的。第二，杀害老言不久，他们居然就敢冒如此大的风险，派人对处于高度警戒状态的言家一探虚实，说明他们急不可耐，想从言家得到什么。或者说明，那天晚上他们威逼杀害老言，并没有得到他们想得到的东西。或者说，他们得到了一些东西，但是在言家一定还有比他们已经得到的更重要的什么东西，他们急于要拿到手，所以才会如此急不可耐到了嚣张的地步……"市局负责刑侦的一位副局长分析道。

"我们的意见是，现在要兵分两路。一路，继续下大力气侦破杀人案；另一路要着重对老言同志的家和家属做工作，要抢在凶手之前，把那些十分重要的材料搞到手。"市局另一位领导补充道。

　　马扬问："具体做法呢？"

　　市局的局长说道："一、借口安全问题，把老言同志的家属请出她的住宅，然后彻彻底底对这个住宅进行一次查找；二、在搬离时，还可以密切观察老言同志的家属把什么东西带了出去；三、让她离开原来的生活环境，也便于我们的同志从思想感情上真正接近她，动员她说出她所知道的秘密……"

　　马扬问："杀人案的侦破，有什么进展？"

　　局长瞟了一眼那位负责刑侦的副局长。那位副局长便说道："进展缓慢，至今还没找到第一杀人现场。"局长觉得他说得太简单，怕引起马主任的误解，以为他们工作不力，便把过程详细说了一遍："省厅组织了一支两百人的干警队伍来支援我们。我们也发动了所有派出所干警和居民委员会的治保联防人员，对移尸现场周围五公里的地方，进行了拉网式的搜寻，对居民区里任何一个有可能成为作案现场的死角、空房等地方，都进行了踏勘，但都没能找到第一现场。下一步，准备扩大到十公里……"

　　马扬突然问："第一现场有没有可能在汽车里！"那位负责刑侦的副局长说："我们也想到了这个可能。"马扬沉吟了一下说道："你们已经做了大量的工作，我代表开发区党委和管委会的全体领导和开发区近三十万群众，向你们表示最真挚的敬意和谢意……"局长苦笑道："马主任，您这是在批评我们？"马扬忙说道："怎么是批评？也不是跟你们瞎客气，是真心话。"公安局的一位副局长似乎从马扬的话里听出一点儿什么名堂，便说道："您这不是一家人说两家子话吗？"马扬果然笑着叹了一口气道："两家人啦。明天，市委市政府的新领导就要来上任了。大山子市和大山子开发区要完全脱钩分离，公检法系统仍然归属市委市政府领导。今天，我是最后一次以大山子市委和市政府领导的身份听取你们的工作汇报……所以，还是要说一点儿两家子话的，希望市公检法系统的各位领导、各位首长，今后多支持我们开发区的工作……"说着，马扬笑了笑。在座的各位也都笑了起来，但笑容和笑声显然都有一点儿不自然。马扬接着说道："趁

175

今天这个机会，我最后再讲两句。一、希望你们今后一定要尊重和服从市委市政府新领导的领导，尽全力协助新领导做好大山子的公安工作；二、言可言被杀案不是一般的刑事案，是对我们这些共同为大山子的未来负有一定责任的人的一个严重挑战。这场挑战的焦点就集中在这样一个最根本的问题上：我们最终要让大山子成为一个什么样的大山子，是为大多数人谋利益的大山子，还是仅仅供少数人在这儿无法无天地掠夺财产、肆意享受的大山子。这件大事，今天就拜托给各位了。我相信各位有这种勇气去做到这样一点：这个案子不管涉及谁，涉及哪一个层次哪一个范围里的人，你们都能一查到底。"

丁秘书这时悄悄地走了进来，对马扬低声说了些什么。马扬跟在座各位打了个招呼，便立即走了出去，匆匆走进办公室，去接贡开宸打来的电话："贡书记，您找我？"贡开宸先是笑着问道："又在听取公安局的汇报？你对杀人案那么感兴趣，干脆调你去公安局当政委算了……"马扬忙笑着解释："再不会去听他们汇报了……您放心……"贡开宸缓缓地说道："不是不要你过问这种事，只是提醒你，千万别陷进去。不解决体制和管理的问题，不解决新的经济增长点的问题，光在那儿堵漏洞，大山子还是腾飞不起来的。"马扬忙答："是，是，您放心，我不会光在这儿堵漏洞的。"贡开宸接着又问："听说你打了个报告，要把原市辖的一个工业专科学校划归你开发区所有？""是的……我想有可能的话，将来把它扩大成一个经贸学院……为开发区日后的发展准备一点儿人才……""你办什么学院？统统交到市上去。把学校、医院、餐饮等一切社会服务项目都交出去，不要搞小而全、大而全那一套，这些事情交给市政府，交给社会去办。开发区跟这些事情彻底脱钩，集中你一切精力搞好结构调整工作，还是那句老话，整顿原有的企业，寻找新的经济增长点，让各种经济要素流动起来……这才是你当前最重要的事，听明白了没有？"

毋庸置疑，言可言的被杀确是马扬一大心病。他急于搞清这案子的真相，要给大山子众多心中颇有怨气的老百姓树立一个信心，也给那些视大山子为私人盘中菜、口中食的家伙一个正告。他当然清楚，仅仅靠堵漏是不能让大山子发达起来的。但大山子的结构调整究竟怎么搞，新的增长点到底落实在哪一点上，第一个开发项目到底搞什么，等等，必须慎之又慎，必须要有个比较周全、科学的考虑，要在经济效益、市场前景和可行性持续发展等一系列问题上下大功夫，千万不能轻举妄动。在大山子目前这个状态下，不该求毕其功于一役，但务求首战必胜。所以，他要求自己沉住气，在没有十分的把握前，不要到贡开宸跟前去瞎嚷嚷，即便因此一时会引发某种误解，也在所不惜。同时，他又确信省委省政府的几位主要领导都有过比较丰富的基层工作经验，也可以说是比较成熟的政治家了，在用心协调方方面面关系的同时，他们会给他一个相当的时间和空间宽容度，允许他一步一个脚印地把大山子的事情扎扎实实地做起来。

当然，这个宽容度不是无限的。必须想到，贡开宸的任期只剩两年了，中央也不可能无限期地延长它对 K 省的期待，而大山子百姓忠厚的信任和所求不多的期待更是不可让他们一再地归于无望……对于大山子来说，这一战，肯定是关键的，也许还是最后。马扬自认为自己心中对这一切都是明白的，而且始终是清醒的。

第三十四章

一辆高档轿车缓缓驶来，停在大杂院门口那棵大榆树下。已经有一年多时间没再乘坐过这种高档轿车的夏慧平下车时忍不住向四下里扫视了一下。她想知道邻居们对此会有何种反应。可能会"惊诧"，也可能会有点儿"酸涩"，一路上她一再暗自告诫自己，不管遭遇何种反应，自己一定要坦然处之，诸葛孔明说得好，"我本是卧龙岗上散淡的人"嘛。但多少让她有些扫兴的是，大榆树跟前居然一个人也没有——大概因为是大白天，又是下午时分的缘故吧。她自嘲般地笑了笑，便快步向自己家跑去。让她特别生气的是，菲菲完全没把今天这么重大的一档子事当一回事。"怎么还没收拾好？天哪，连衣服都没换？人家车都来了。你这丫头，存心气我呢？"她跺着脚嚷嚷。菲菲仍坐在那台新弄来的电脑跟前，噼里啪啦地敲打个没完，连眼睛都没

177

向这边斜一下，说道："我跟你说过，我不会跟你上那种场合给人当摆设的。""谁让你当摆设了？人家杜舅舅瞧得起你……"菲菲却完全不屑一顾地撇撇嘴道："谢了。"夏慧平又说："人家杜舅舅……"

这一下，夏菲菲回转过头来了，义正词严地声明："妈，请你以后别再'舅舅''舅舅'的，行不？""为什么？他就是你舅舅嘛。""您以后是不是还想跟他结婚？""是啊，当然要跟他结。""那我以后怎么跟人家说？自己的妈跟自己的舅结婚了？""那是表舅，是你妈的远房表弟，而且是出了五服的远房表弟，怎么不能结婚？""这个所谓的'杜舅舅'是个好人吗？""你说啥呢？""别以为我什么都不知道，听人说，这个所谓的'杜舅舅'从前是大山子的一个机修工，因为不好好干活儿，屡犯厂规，特别不招人待见，让厂子开除了。这么一个'混混儿'，在社会上逛了几年，口袋里攒了几张臭钱，就找不着北了？谁知道他那几张臭钱到底是怎么弄来的？我表示怀疑！我更怀疑他追求你的动机。他很可能是乘人之危，瞧你急着要找生活靠山，玩你一把，你还乐滋滋的……"

"啪"，一个耳光打在了菲菲脸上。夏菲菲一下呆住了。夏慧平自己也一下呆住了。夏菲菲的眼泪一下涌上眼眶，呆呆地看着妈妈："你……你打我！"夏慧平满脸涨得通红地叫道："我……我还想杀你哩！"说着，转身跑出门，被已经等候在院子里的杜光华一把拽住："慧平……"杜光华就是那辆高级轿车的主人，就是菲菲那位远房表舅，十年前让大山子开除的"机修工"，十有八九，还将成为她未来的"继父"。

夏慧平眼眶里满含泪水，用力甩开杜光华的那只手，怨愤地叫了声"别管我！"便上外头车跟前站着了。而夏菲菲此刻依然坐在轮椅里发呆，两行眼泪在她清瘦的脸庞上慢慢地流淌。忽然间有人在轻轻敲门。那敲门人不等菲菲答应，便自行推开了门，往里走了进来。菲菲连擦眼泪都来不及，只能捂住被打红了的那半边脸，抬头看去，敲门人是杜光华。夏菲菲立即背过身去，冷冷地呵斥："出去！"杜光华亲切地叫了声："菲菲……"夏菲菲便一边声嘶力竭地喊叫："出去！出去！出去！"一边操起一个旧的搪瓷茶缸向他砸了过去。

说时迟，那时快，她又抄起一把菜刀，要向杜光华砸过去。杜光华一个箭步冲上前，从夏菲菲手中夺下刀。

夏菲菲疯了似的叫道："滚！你滚！"

杜光华怔怔地看了菲菲一眼，然后用力把刀剁在一块厚厚的砧板上，一声不响地转身走了出去。紧接着从屋里传来菲菲一阵阵抽泣声："打我……居然还打我……为了一个曾经那样的男人……居然打我……打吧……他不就是有点儿臭钱吗？有钱就是好男人？呜……呜……呜呜……"

一开始杜光华还忍着，后来实在忍不住了，想进屋去稍稍"教训"一下这个蛮不讲理而又自以为是的小丫头；刚迈开脚，却被人拉住，回头一看，是夏慧平。

夏慧平同样泪流满面，拉住杜光华，抽抽搭搭地过了好大一会儿，才说道："你走吧。她不可能接受你这个继父。走吧……"杜光华默默地站了会儿，突然转过身，大步向小屋里走去了。夏慧平知道杜光华脾气中包含有撞南墙也不回头的成分，怕出什么事，赶紧跟着一起进了屋。

夏菲菲见杜光华再度大步闯进小屋，而且铁青着脸，不觉一愣，便支吾道："你……你想干什么？"杜光华冷冷一笑道："我要走了，还不许回头来道个别吗？"说着，大大方方地拖过一张方凳，索性坐了下来，点着一支烟，并且从窗台上一堆杂物中，找出一个旧烟灰缸，往自己腿面上一放，很放松地弹了弹并没有多少的烟灰。"我原以为你真的像许多人夸你的那样，是一个天分很高，又有很高文化素养的一个女孩儿。但看来，你不是……"他鄙视地一笑。

夏菲菲脸微微一红："我是不是，跟你没有关系。"

杜光华又鄙视地一笑："但你污辱了我，污辱了你母亲。是的，十来年前，我被大山子开除过，我不安心在车间里干活儿，我比较散漫，我顶撞领导，我不服管，我做了一些现在让我一想起来就感到脸红的事。但我可以对天地发誓，当时的杜光华的确年轻不懂事，但我绝对不是存心要伤害他人，伤害集体。在更大的程度上，我是想自己独立做一点儿事，不想受当时那么多的约束。我心里有好多想法，一说出来，他们就嘲笑我、挖苦我，甚至批判我。后来大家伙儿都不理睬我，让我感到完全孤立无援，有时几乎近似绝望。我破罐子破摔，就这样，我走到他们的对立面上去了……被开除的滋味，像你这么一个连年的三好学生，是不可能体会的。一度，我真的觉得自己走到了绝境。但是，后来的事实证明，这也是我新生的开始——它逼我自己去奋斗。当然，也是因为这十来年，我们这个国家又真正允许个人去奋斗了，给了我一个千载难逢的大好机会。所以，我对你母亲说过，别怕下岗，说不定下岗还是你真正实现自己价值、充分发挥自己能力的一个开端，下岗还是一次新的解放哩！这个世界本来就有你我的一份，只要允许我们去努力，我们就没有任何理由悲观。我今天不想告诉你，我已经拥有了多少资产，就是你母亲，也不知道我的家底，我不想让'钱'这个东西夹在我们中间干扰我们的关系。十来年，我不敢说我赚的每一分钱都非常干净，非常道德，但我可以向我亲生母亲保证，这些年，我基本上是在法理的轨道上走过来的，我所做的一切，都是政策允许的。至于这些政策本身，曾经有过什么漏洞，那就是另一回事了。说到我和你母亲的关系，那是一部非常精彩的言情连续剧的素材，将来，等我闲了，我会拿出点儿钱，像现在文艺界有人常干的那样，找两个枪手，编个剧本，再找个像样的导演，来好好演绎一番。我从十六岁起就一直在暗恋着我这个远房的表姐，但当时，你外婆外公瞧不上我，你母亲也下不了这个决心。后来，我结过一次婚，很快离了，也不瞒你们，后来我还结交过别的女友，甚至还跟她们有过很亲密的关系。但我再没结婚，我始终觉得，我的归宿是在你母亲这儿。这二十来年坎坎坷坷、恩恩怨怨，这一切，你母亲可以证明，我杜光华不想靠自己口袋里的那点儿臭钱摆布任何人……"

说到这里，杜光华的眼眶湿润了，开始哽咽了，说不下去了。

杜光华这次回大山子，中心任务之一，当然是续缘，完婚，说得肉麻一点儿，就是"冲着菲菲她妈，了却一生情债"，好在这笔债是自己欠自己的；中心任务之二，却是找他当年学徒时的师傅，这位师傅姓赵，名长林。是的，著名省劳模赵长林就是这位杜某人当年的掌门师傅。找师傅，也是想还一笔债，说起来，这也是一笔情债。当年赵劳模在这个极聪明、极伶俐的杜光华身上煞费了一番苦心，本意绝对是想把他培养成方方面面俱佳的"接班人"。但徒弟偏偏不领这个情，愣是一根筋走到了"反面"。在宣布开除徒弟的大会上，赵劳模缩坐在最后一排，脑袋耷拉得比这个徒弟还要低，真是恨不能钻进裤裆，一口气把自己憋屈死了事，回家就生了一场大病。他病，他心里承受不了，并不是因为自己大失面子。赵劳模有一点挺棒的，他向来不把自己这个"劳模"金牌看得特别怎么样。他特别清楚，这劳模是上头把你选上的，并不是你真比谁强多少（当然也有某些强过别人的地方），别老觉着这块金牌就是该着你似的。这就像有一些当官的挺清醒，什么官不官，不就是一张纸（任命决定）吗？一张纸，你上来；一张纸，你下去；一张纸，你在这儿干；换一张纸，你就得上那儿干：得把这事想透了，看透了。他难受，是实实在在为这个徒弟的未来发愁。杜光华到他家去道歉、告别，师傅躺在床上，嘴里翻来覆去念叨的就一句话："你咋办呢？今后你咋办呢？咋办？"那天，师徒俩再没说别的，也实实在在没别的可说了啊……后来，杜光华就离开了大山子。当时他信奉的就一句话："树挪死，人挪活。"他还坚信，这世界终究不是为了憋死人而存在的，东方不亮，西方亮，西方不亮还有别一方嘛。

那天，"永在岗"服务总店生意不错。虽说是"总店"，其实只不过是在街面上搭起的一个临时性建筑。但硕大招牌上，红底白漆"永在岗"三个大字，却煞是醒目。店堂里，五六个穿统一制服的店员忙着为人擦鞋、修鞋。修鞋是生意做大了以后，又添加的一个服务项目。大约快到下班时分，店里有人告诉赵长林："有位先生找你，他说他叫杜光华，是您从前的徒弟……"三四年前出过一回工伤事故以后，赵长林的脑袋瓜就不像过去那么好使了，尤其爱忘人名，居然一时半会儿没想起这个"杜光华"："我的徒弟？这名字咋那么耳熟？"杜光华一手提着用大红福字彩纸捆扎整齐的点心盒子和水果篮子，一边笑嘻嘻地走了过来，说道："您能不耳熟吗？"赵长林一愣，终于喊叫起来："噢……杜光华……你这个杜光华……杜光华……"杜光华这次来要报答师傅，不是送钱，那样太"低俗"，当然，适可而止地，他觉得自己也应该贴补师傅一点儿，但主要不是送钱。自从离开K省，自从赚到第一笔钱，自从自己可以不再为生活而犯愁以后，他就一直订阅K省省报——不管游走到哪块地面上。最近他从省报上看到关于师傅和"永在岗"的报道，放下报纸，他挺心酸。他想帮师傅一把，帮他"换换血""换换心"，换一种方式生活。他要让师傅确信，中国已经发展到那一步了，每一个中国人，只要你不犯法，只要你肯干会干，又输得起，现如今都是可以真正当自己的家了，也能真正做自己的主了。

随后，赵长林把杜光华带到大堂后那间用纤维板分隔出来的"经理室"里，问："听说你在外头发了，成了款爷了？"杜光华不置可否地笑了笑说道："啥款爷，瞎混。走，找个地方，咱师徒俩喝两盅，好好唠一唠。"赵长林忙说："别，这会儿正是工作时间。"杜光华哈哈一笑道："嗨，您当经理也挺模范。"赵长林又赶紧说道："别别别，别跟我再提'模范'这一茬了，窝心。"说着他举起茶杯，向杜光华示意道："有事吗，杜老板？您不会是来找我擦鞋的吧？"杜光华忙举起茶杯，上前轻轻地碰了一下说道："师傅，这哪儿能呢？我哪儿能让您给我擦鞋……"随后，杜光华强行把师傅拉出了这间用纤维板分隔出来的"经理室"，上附近一家茶座里，说了半天话。到晚间，赵长林就紧急召开了个"全体员工大会"，会场就设在打烊后的"永在岗"服务总店店堂里。

"今天临时召集大家伙儿，讨论这么个事：有人提出，要收购我们永在岗服务公司……"

赵长林一开始还没敢亮出"杜光华"来。在场不少人都知道杜光华，也都挺瞧不上他的，赵长林担心一开始就亮出他来，大家伙儿心里一顶牛，这件事就绝对办不成了。

"哪根藤上结的烂倭瓜，想收购我们'永在岗'？嘿，嘿，口气不小哇！""那烂倭瓜，就是杜光华那小子吧？""咋的了，他也下岗了，看上咱'永在岗'了？""他下岗了咋还有钱收购我们呢？""会场"上立即响起一片议论声和嬉笑声。事实证明，大伙儿打一开始就知道长林说的那个人是谁，很快就把这层窗户纸给捅开了。

"别瞎嚷嚷，听长林说下去。"有人喊了一嗓子。但嬉笑和议论仍在继续中："当年被开除的主，来收购我们？他想干啥呢？显摆自己，还是寒碜我们？""操，你们能管住自己这张臭嘴吗？！听长林把话说完。"又有人喊了一嗓子，但嬉笑声和议论声仍在继续。"下岗已经够丢人的了，再让一个当年被开除的人收购，咱们还做不做人了！"有人站起来向外走去。会，还真有点儿开不下去的样子了。

第三十五章

第二天，赵长林骑着一辆旧自行车，匆匆赶到开发区管委会机关旧楼，找马扬。那次，在旧楼里看长林替机关干部擦完鞋以后，马扬曾紧紧握着长林的手，对他交代过，以后，只要你想找我解决问题，任何时候，任何情况下，都可以直接来敲我的门。他也给开发区管委会机关的同志交代过，赵长林，以及像赵长林那样由下岗工人创办的企业发生问题，都要当急办件来对待，知情者必须立即汇报，七十二小时内必须拿出解决方案，不得有误。但，这段时间以来，赵长林一次都没用过这柄马扬亲赐的"尚方宝剑"。不仅没有直接去敲过马扬的门，间接地拐着弯地托个人去敲个门捎个话之类的事，他都没干过——他不想麻烦领导，只要自己能熬得过去，就自己熬呗，这就是"赵长林本色"。但今天他必须去找马领导了，他拿不准这大主意了。这一向，他心里正烦着哩。"永在岗"创办起来，并得到省市各级领导重视、支持后，开头一段形势不错；却不料，没多久，不少人纷纷仿效办起了"长在岗""好在岗""都在岗"……最近还有人办了个"老妈在岗"，专营家政服务，挺吸引人。赵长林当然不能不让别人干，都是下岗的主嘛，有饭得让大伙儿吃嘛，这一点，赵长林想得开。现在的问题是，在这样一种竞争局面中，怎么能使"永在岗"继续存在、壮大、发展。壮大发展，不是一句空话，得有资金啊。现在杜光华主动找上门来了，似乎是件好事，但烦心的事是：杜光华这种人的钱，能使吗？假如能使，怎么使？假如不能使，银行能帮我赵长林一把吗？但银行里我没熟人，而且这银行的钱，又该怎么使，等等，一系列的问题都纠缠着他今天非得来找马扬。

赵长林敲敲马扬办公室的门，里边偏偏没人答应。马扬不在办公室，这

183

时候他正在某个陈设简陋的会议室里跟杜光华谈着哩。杜光华是来谈"投资问题"的。初步接触了一下，马扬觉得这位"杜老板"挺有诚意，就决定让两位处长先跟他谈具体问题，最后再来作决定。"杜老板，那你们继续谈，我就不陪着了。"马扬热情地说道。杜光华不希望大山子的父母官称他"杜老板"，便说道："马主任，您就别这么称呼我了。我也是大山子人，我的父母双亲现在还在大山子住着哩，我们都是您的臣民哪。"马扬笑道："老板就是老板，这没什么可客气的。有什么要求，您尽可以跟我们这儿位处长说。"杜光华连连点头道："那当然，在草签合同以前，我们还是把双方都关心的那些事情谈得越细越好。谈判桌上还是应该先小人，后君子。"

走出会议室，秘书小丁低声对马扬说："听说这个姓杜的家伙，过去是被咱们开除的一个工人。"马扬似乎对这个话题并不感兴趣："是吗？""您说他这次杀回大山子，到底想干什么？""你说他想干什么？""总有些意图的吧？"马扬回过头来看了丁秘书一眼，笑着问道："啥意图？组织暴动？还是阴谋夺权？"小丁脸一红，忙说："这倒不一定……"马扬笑了笑，挥手道："去，请杨处长马上过来一趟。"

杨处长是留在会议室主持谈判的两位处长中的一位，不一会儿，他便匆匆赶到。

"老杨，这位杜先生是我们开发区成立以后，第一位来洽谈投资意向的。"马扬对他强调道，"你们要充分认识这件事的重要性。我们现在迫切需要一个突破口，并在众多可能的投资者中树一个标杆。""明白，明白。"杨处长点着头，答道。"不管谈成谈不成，关系一定不能搞僵。"马扬进一步强调道。"明白。""不管谈得怎么样，中午要留人家吃饭，规格可以高一点儿。超标的那部分费用，从我主任专项经费里给你报。""明白。""对这位杜先生，外边有一些闲言碎语，你们不要去理睬。我们要十分重视这些在市场经济中拳打脚踢自己挣扎起来、有真本事的民营企业家。欧亚各国经济发展的历史都证明，只要政策对头，这一类经济人极富有生命力，在国家和地区的经济增长中也是能够发挥重要作用的。当然了，我们也要警惕那些善于坑蒙拐骗的家伙。""明白。""我让有关部门向厦门深圳方面调查了这位杜光华先生所属企业的资质和金融信用度，情况总的来说是比较好的。

这份详细报告的复印件，你们拿去做参考，要认真看一下。""好的。"

这时，丁秘书又来报告："马主任，赵劳模在那边等着您哩。"马扬把那份调查报告交给杨处长后，便匆匆赶去会晤"赵劳模"。"这位杜先生还要收购你们'永在岗'公司？他胃口真不小。今天他正跟我们谈一笔大买卖，想收购我们原先有色金属总厂的那三万多平方米旧厂房。""在五号公路边的那个有色金属总厂？"赵长林问。"是啊。""他要那破破烂烂的厂房干什么？"马扬嘿嘿一笑道："他要的当然不是厂房，而是那块地。""卖地？"赵长林惊叫道，"那里的位置很好，将来很有发展前途，卖了，可惜！""不能说是'卖地'吧——土地永远是国家的，只不过是有期限地有偿转让使用权。这可以为本地区的发展筹集相当一批资金，是卖了羊毛来养羊，叫羊毛用在羊身上。深圳、上海、北京等地早就这么做了，效果不错。我们胆子太小，做晚了。哎，你那儿的情况怎么样？"赵长林轻轻叹口气道："工人们想法很多……"马扬笑了笑："你呢？""当然也不会很舒服。'永在岗'是我们辛辛苦苦创建起来的，虽然规模比较小，但在大山子，也可以算一个名牌了吧？现在要卖出去，让别人去经营……"马扬立即打断他的话："谁说要让给别人去经营？你跟杜光华是怎么谈的？""如果我们在新公司的总投资额里占不到百分之五十以上的份额，按有关规定，实际的经营权，就不可能掌握在我们手里。"

马扬立即问："你现在最多能占到多少？"

"还不到百分之二十。"

"加上银行方面的贷款。"

"可能……也就是百分之三十五六的样子吧。要是达不到百分之四十，将来连董事长和总经理人选都得由对方出。那，咱们纯粹就是听喝的了。"

"你这个徒弟对你这个师傅也不肯让让步？"

"他跟我说这个话了。他说，这不是徒弟和师傅的问题，现在是公司对公司，必须亲兄弟明算账，按国家制定的《公司法》办事。"

马扬笑着叹道："好一个亲兄弟明算账。那……还差百分之五……这五个百分点，得多少钱？"

赵长林抬起头默算了一下，答道："二百万左右吧。"

"二百万……说起来也并不多……"

"开发区管委会能支持我们一下吗？"

马扬叹道："昨天我查了一下我这个主任现在临时能调配使用的现金是多少，说出来我都脸红：三千七百元。"

"噢……"

马扬拍拍他肩头说道："行了，别跟我耷拉着脑袋了。这事，你就别管了，我替你想办法。一定要让你拿到那个总经理的位置，你是我们大山子所有下岗工人的代表，这面旗不能倒。"

赵长林忙说："我没那个意思，不一定非得我去当这个总经理。"马扬笑着反问："干吗不一定啊？"赵长林诚恳地解释道："马主任，跟您说句心里话，就是把我架到那总经理位置上，我……我干着，心里也不会舒坦……""什么意思？"赵长林只是摇着头，不说话。马扬长长地"哦"了一声说道："我明白了，杜光华过去是自己的徒弟，又是被开除的徒弟，现在再回过头去，给他当下手，替他打工，大面上撑不住这张'老脸'，心里也咽不下这口气！"赵长林脸微微一红，依然不作声。马扬便说道："长林啊，咱们先不说人家投了这份钱，咱们这个'永在岗'公司可以迅速扩大成一个集餐饮、娱乐、休闲等多方面功能的生活服务企业，我们可以为更多下岗的工人兄弟姐妹提供就业机会；也不去说，有了这样的连锁企业，可以使我们大山子的夜晚更明亮多彩，给市民添加更丰富的文化生活，对改善我们的投资环境会起多大的作用；只说这个杜光华，基本上白手起家，在短短十来年的时间里，个人资本扩张到了十二三个——你看，这是我刚拿到手的对他个人情况的一个调查报告——你不觉得，这种人身上的的确确还有某种东西是值得我们去捉摸、去学习的？跟人家合作，除了个人的一点儿面子以外，我们没丢掉啥啊！"

赵长林还是坚持道："还是换个人去当这个总经理吧，我……真的不行……"

马扬沉吟了一下道："好吧，人选问题我们再商量。你先把这个合同给我谈下来。"

赵长林恳求道："您……还是另外派人来做这档子事吧……"

马扬问："这又怎么了？"

赵长林支吾道："我……我真的不行……"

这时，杨处长等人急急地走了过来。马扬忙问："你们那儿也谈崩了？"杨处长脸色不太好看："这小子简直不是东西。他完全排除了跟我们合作的可能，他要独自拿下这三万多平方米的旧厂房……太嚣张了嘛！"马扬又问："价钱怎么样？"杨处长说："价钱上他倒没怎么计较，基本满足了我们的要求……""他人呢？""走了。"马扬有点儿急了："没留他吃饭？"

杨处长哼了一声："人家不稀罕我们这穷家寒舍的饭。"马扬急问："他走了多大一会儿了？"杨处长看了看手表："大约有七八分钟吧。"马扬立即下令："派车！"杨处长稍稍一愣，马扬脸色也不好看起来："我让你派车！"

几分钟后，一辆崭新的奥迪快速地驶到楼门前停了下来。马扬不知道机关里居然还有这么一辆好车，等车启动后，便问："哪儿来的钱买这么辆新车？"坐在后座的杨处长答道："听说不是买的，是有人拿它抵债，还给我们的。"坐在副驾驶座上的马扬探过身去看了看里程表："才跑了一千来公里，还没过磨合期哩。""听说这样以抵债的方式搞到手的新车，一共有三辆，还有一辆宝马、一辆杰士达。怕您批评，今天没敢把那辆宝马开出来。"

马扬半信半疑地看了杨处长一眼。

这时，在大山子城市宾馆一层大厅的总服务台，杜光华已经结完账，自己拿着行李，刚走出旋转大门，一个服务生又跑了过来，告诉他有个姓杨的先生打电话来找他，还挺急。杜光华一听就知道是那个说话做事挺生分的杨处长了，便说："哦，请你告诉他，我已经走了。"那个服务生犹豫了一下："这……""怎么，还要我自己去跟他说吗？"杜光华见他那么为难，便有点儿不高兴。这家城市宾馆号称大山子的"五星级"酒店，硬件设施也不能说太差，但服务水平却仍然跟过去的招待所差不多：早上七点左右，不管你愿意不愿意，他（她）们一定自行打开房门来换暖瓶；也不管你是进店，还是离店，永远不会有人来替你拿行李；而任何一个客房的卫生间里永远会有一个或两个水龙头在漏着水；热水管里最初几分钟放出来的水，永远会是带着锈泥的焦黄色。

187

"不不不……那位杨先生说，不是他要跟您说话，是我们大山子开发区的一把手，管委会主任兼党委书记马扬要跟您说话。"那个服务生忙说。

大概因为"开发区的一把手，管委会主任兼党委书记马扬"要驾到，宾馆一层门厅里所有的灯都打开了；那个总是蜷缩在阴暗角落里，很少有人光顾的咖啡吧，这时也突现了出来，六七张小圆桌上沾满茶迹的旧桌布立即被新桌布取代；好几大株热带观叶植物居然"从天而降"，让杜光华眼睛为之一亮，心里也温暖许多；从未谋面的宾馆总经理、副总经理、客房部主任、餐厅部主任、营销部主任纷纷云集在门厅里；过去站没站相、坐也没个坐相、总是扎堆聊天儿的服务生们，这时也都毕恭毕敬地站立在各自的岗位上。这一切都发生在不到十分钟的时间里。"只要他们愿意把事情做好，还是可以做得很好的嘛。唉……"杜光华不免在心里深深地感叹、惋惜。

"哎呀呀呀……马主任，怎么可以劳您大驾呢？"马扬一出现在大厅门口，杜光华就略有些夸张地伸出双手，快步迎了过去。

马扬回头问杨处长："给杜先生安排住的地方了吗？"

杜光华忙说："不用，不用。"

马扬依然只对杨处长下令道："快去，告诉总台，要一个豪华套间。"

杜光华忙做出一副惶惶的样子："真的不用，我刚退了房。"

马扬这才回过头来，很诚恳地对着杜光华说："我请你再多留一天，费用，由我方负责。杜先生，这点儿面子你还是要给的嘛。"

杜光华说："该谈的，我和杨处长都谈了，真的不用了……"

这时，办完住房手续的杨处长，拿着房卡和房门钥匙走了过来："请上楼，204房间。"马扬却对杨处长说："你先上去看一看，合适不合适，是不是最好的那一套。要不合适，让他们换另一个豪华套间。"

204豪华套间，的确是这个宾馆最好的一套房间。

"告诉总台，给204房间每天送两次水果。"一进房间，马扬对杨处长做了这样的指示。"马主任，马主任，您要这么见外，我真的一分钟都不待了……我是大山子人……"杜光华忙说。"来点儿水果怎么就见外了呢？大山子人就不吃水果？"马扬笑道。杜光华默默一笑道："恕我直言，听说您主任基金账上，能调动的现金只剩下三千多元了……"他想刺激一下这位"一把手",测试一下他会做何种反应。见了这第一面,凭自己这些年在"江湖"上走动的经验,他觉出这个马扬办事能力非比寻常,待人也热情,这一切都让他心动;但不知在这"非比寻常"和"异常热情"的外表里头,跳动的又是一颗什么心?他得摸清这一点。马扬也默默一笑道:"你没见我坐着一辆新车吗?我刚才知道,我机关车队里还藏着一辆宝马、一辆杰士达、一辆奥迪2.6。"说着走过去,"哗"的一声拉开窗帘,指着窗外一片灰蒙蒙的景色,对杜光华说:"当我们大山子整个负债率高达百分之一百好几十、大多数厂子没法开工、纯粹依靠国家银行贷款过日子的时候,我们却用公款养着这样一个豪华型四星级宾馆。明白我说这话的意思吗?这座宾馆里,有六套这样的套间是专门给前市委市政府和总公司、矿务局领导留着的。市委常委会和总公司党委常委会,一多半也是借座于此召开的。甚至起草一个很普通的市委文件,也要在这里包上两三个房间,住上六七天,或一二十天……我们是一个什么了不起的大都市?只有三十万人啊!而所有这些费用都是名正言顺地用公款报销,计算在总公司的经营成本里了。杜先生,你是腰缠万贯、亿贯的大老板,你舍得这么花你自己的钱吗?"

杜光华的心又一动,但他没作声。他想再听一听,再看一看。

马扬却又在催促杨处长了:"去拿水果呀。我这个手里只剩三千元主任基金的开发区一把手,也得请我们尊贵的客人吃点儿水果啊。"

杨处长向外走时,对另外两个在场的机关干部示意了一下,他们便一起出去了。然后在总服务台就发生了这样一场对话:

餐饮部主任:"中午饭按什么标准安排?三千元一桌的标准,还是五千元一桌的标准?过去,市里和总公司的主要领导来,都是定的五千元一桌的标准,但实际上,我们是按九千元一桌的标准给他们做的。对市和总公司两级领导,我们向来都特别优惠。过去总公司领导宴请广州、上海方面来的老板,订餐都是一万五千元一桌的标准……"

杨处长:"等一会儿吧,我得请示一下马主任。"

餐饮部主任:"今天你们是付现金,还是签单?"

杨处长:"这也得请示。"

餐饮部主任略有些为难:"那……能不能请快一点儿定,我们还得提前通知后头做准备。"

杨处长有些不耐烦："那也得请示！几千元一桌的饭，现在可不能随便吃了，现在开发区的领导，不是过去那个总公司领导了！"

与此同时，在楼上204房间里则进行着下面这样一段对话：

马扬说："跟你说一句实话，我现在非常需要有一个人来大山子投资。我得开个张啊！"

杜光华笑笑："我看出来了。"

"往我这儿投这笔钱，我坚信，你不会后悔的。"

"我现在开始也有这样的感觉了。"

"当然我不会给你写任何保证书。"

"我知道您不会干这种傻事，也没想让您干这种傻事。"

"但我现在就可以答应你，你要的那三万平方米地，按一平方米一百五十元的价格给你。"

"我这个价，已经高出你们一年前卖给恒发公司那一万多平方米的价三十倍了！当时，你们怎么那么善良，只跟恒发要了五块钱一平方米？"

"现在咱们不讨论过去的事。一百五十元一平方米，给你三万平方米，而且让你独资经营。跟你签二十年合同。"

"五十年。"

"二十年，这一点不能再谈。"

"三十年。"

"二十年。"

"二十五年。"

"二十年。"

"好吧好吧，算你厉害，二十年成交，我独资经营。"

"但还得附带两个条件。"

"哈哈，黄雀在后哩？"

"先说'永在岗'公司。'永在岗'公司你还要不要了？"

"要啊。但是，也别着马腿哩，谈不下去。"

"'永在岗'公司你必须跟我们合资经营。这是我们下岗工人亲手创办的一块名牌，它牵涉到我们多少下岗工人的感情问题，不能兜底都卖给你了。"

"合资没问题，关键是要严格按《公司法》来操作，按投资比例来决定管理权限的分配。你们出资百分之五十以上，这个董事长你们当，否则对不起。除非，你马主任来当这个董事长，我同意。"

"哈哈，想让我为你打工？你想得美！董事长可以让你当，但我们得要这个总经理。我们有个省级劳模，他创办了这个公司，我想给他一个更大的舞台，磨炼一下、培养一下……"

"你想磨炼谁、培养谁，我不管。只要你出资百分之四十，总经理人选就由你们定，要是出不到这个比例，一切免谈。"

"资本家啊，真是资本家啊。"

"甭管什么家，我早说过，谈判桌上，必须先小人后君子，一切按游戏规则来。啥都讲人情面子，就没有规范的市场了，没有规范的市场和市场规范，我们这些民营企业家，不去坑蒙拐骗，就只有死路一条……"

"别忙着给我上课，资本家先生，百分之四十，我给你。"

"马主任，这个问题，我跟你方的谈判代表整整谈了八九个小时，要是有一线希望，我今天也不会退了这房间准备离开大山子了。"

"现在，你是在跟我谈。我告诉你，百分之四十，我给。"

"仅仅在这一个方面，你们的资金缺口就是二百万，这情况你清楚吧？"

"放心，这二百万我不会让你给我垫上的。"

杜光华将信将疑地看了看马扬，却没有说话。

"第二点，我要跟你谈的是，出让给你的那三万平方米土地，在两年内，你要替我做一件事。"

杜光华警惕地问："做啥？"

"替我种两年草。"

"种草？"

"准确地说，是一种德国进口的草皮。"

"还得是德国进口的草？"

"是的。当然，有一点我要说明，我不会让你白干。占用你两年资金，两年的损失，我会按银行贷款利率赔付给你，种草用的一切费用，我也会在两年后还给你。但是现在你得替我垫付这一切费用……"

"为什么要在这三万平方米地上种草？"

"对不起，我得过一段时间才能告诉你这里的原因。"

"现在不行？"

"现在不行。但是你现在就得替我把草种上。"

"那抱歉，现在我也不能跟您签这个合同。要先期投入上千万哩，我可不能在两眼一抹黑的情况下，用这些钱打水漂儿。"

"不是我不愿意告诉你，而是这会儿我还不能说，有几件关键的事情还没有个眉目……"

"那等你什么时候能说了，咱们再签。"

"但我需要你草签一个合同。"

杜光华犹豫了。

"给我二十天时间，最晚不超过一个月，那几件事就会基本有个眉目。到那时候，我一定会详详细细地把来龙去脉给你讲一遍。你听下来，如果觉得我想做的事值得你为它冒一下险，你再跟我正式签合同；如果你觉得不合适，就吹，我绝不为难你。"

"你稍稍透露一点儿内幕嘛，毕竟是上千万的大事啊，我的首长先生……"

这时，杨处长敲敲门走了进来，手里还拿着一瓶酒："可以吃午饭了。"

马扬从杨处长手里把酒拿了过来，杨处长又拿出两只酒杯。马扬往酒杯里斟满酒："杜先生，很抱歉，开发区党委制定了几条章程，不管来什么样的贵客，只许具体负责接待的那个部门领导陪客人吃饭，其他人，特别是管委会的主要领导，一概不许陪吃陪喝。为了我们这一次合作，我在这儿先敬你一杯酒。饭我就不去吃了，一会儿由杨处长代表我陪你用餐。"

"对不起，这杯酒现在我还真不能喝。请允许我再考虑一下，给我二十四小时。如果到那时候，我觉得可以跟您草签这个合同了，我再来喝这个酒。"他在推开那杯酒，接触到冰冷的玻璃杯的时候，手指突然微微地战栗起来，这一刹那间，他整个人都呈现出一种异样的僵硬，甚至目光都有些呆滞了。还好，这种变异闪电般地袭来，又闪电般地消失，只有手指的战栗，延续了好几分钟……

杨处长插嘴说："杜先生……"

马扬立即做了个手势，没让杨处长再往下说："好，我等你二十四小时。"

"痛快，我喜欢跟懂道理的痛快人打交道。"

第三十六章

二十四个小时，已经过去几个小时了？204豪华套间的偌大的会客室里，空空落落，很显然，杜光华已经在这儿把自己关了很长一段时间了。打开的笔记本电脑早已进入屏幕保护状态，屏幕上一只硕大的水母在漆黑的深水里缓慢地游动着，伸缩着，探寻着。烟灰缸里也积满了烟头。杜光华把自己放倒在长沙发上，身边放着一瓶精装的二锅头，那酒已然喝掉多半了。他端着一个原先用来喝茶的玻璃杯，怔怔地看着屏幕上游动着的水母出神，杯子里还有大半杯酒。

"叮咚"——有人按响了门铃。他赶紧起身冲进卫生间，把杯子里剩下的酒全倒进马桶，放水冲掉，然后又赶紧把酒瓶藏进柜子，把烟缸拿进卫生间，并把散乱地扔在沙发上的六七本时尚、家庭、政法、言情类的杂志一股脑儿地塞到枕头底下——这里头好像还有一两本欧美出版的色情杂志，最后，他用浓茶过了过嘴，又掏出一小罐口腔清洁剂之类的东西，往嘴里喷了两下，定了定神，梳理了一下头发，这才去开门。

进来的是个六十多岁的老者，名叫谈辉，是杜光华"雇用"的总经济师，退休前曾任华东某重要城市的计委副主任。

杜光华这时又变得"神采奕奕"了，问："搞到什么新情况没有？"老人四下里略略地打量了一下，反问："你从网上又查到些啥？""啥也没查到，媒体好像还没怎么注意这个新兴的开发区……"老人在沙发上坐了下来："我这里有两个不太好的消息。虽然不是最近才发生的，但值得你我重视。一个是 K 省省委派省委副书记宋海峰来兼大山子市的市委市政府一把手，马扬的权限被大大缩减；第二，原大山子冶金总公司的财务总管前些日子被人杀害，凶手至今还逍遥法外。看来，大山子的情况比我们原先估计的要复杂，而且不是复杂一点儿，而是复杂得多得多。"杜光华替老人沏了杯花茶，说道："我正琢磨，这个马扬答应卖我三万平方米地，却又要我先在那上头种上德国进口草皮，他搞啥名堂？这方面你打听到什么没有？""没有任何消息，连他们机关党委副书记对此都一无所知。他们那个机关党委副书记说，马扬这人有时挺邪门儿的，谁也摸不准他到底想干什么。用那位副书记的话说，种草？绝对不可能。大山子市内连像样的大树都没几棵，机关大楼上还有好几扇窗户玻璃都没配齐哩！种草？干啥呢？喂马还是喂骡子？搞不好，这又是马扬的一个什么虚招儿……刚才路过他们东方广场时，我看不少工人在那儿搭台哩。我打听了一下，说是今晚，马扬要在那儿公开拍卖什么东西。""他是该拍卖一点儿东西了，他手头只有三千来块活钱供他支配。""那我们还要往这儿投钱？"杜光华沉吟了一会儿，慢慢说道："我的谈老军师，我当年起家的时候，手头还没这三千块哩！这一点不是最重要的，重要的是，第一，贡开宸信任他，他手里有实权；第二，他手里有三十万人、几十亿的固定资产、几十万平方米的土地。现在最重要的就是得摸准他脑袋瓜里到底有些什么想法，他这人是不是真干实干的货，这一点特别要紧。有一些当官的，发发原则指示，在中央和基层之间当个传声筒，行；要他自己拿个主意，实实在在地办几件事，他就顾虑重重，重重顾虑，全'虾米'了。我就怕跟这一号人打交道，白搭工夫嘛，跟他说半天，他嘴里倒来倒去的全是《人民日报》社论和中央文件上的话，没一点儿实际的。你说念叨几篇最近发表的社论也行啊，他不，念叨来念叨去的还全是几年前的套话，整个儿闹你一个没脾气，气死你还不给棺材！""兴许，这个马扬是真的要办畜牧场？要不紧着张罗种草干什么？"老者退一步估摸道。杜光华哈哈一笑道："别闹了，他办畜牧场？那你才小瞧他了。我直觉，这'种草'，或许是个虚招儿，但这一虚招儿后头一定藏着掖着一个巨大的行动计划。依我判断，这家伙要不是个野心勃勃的'拿破仑'，就是一个能带领自己的人民走出困境的'摩西'……你没感觉到，这家伙身上有股气场？当面跟他说上三五分钟话，就能把你罩住。"老人笑了："得得得，只要你瞧得上的人，你就总说他身上有股气场……"杜光华也笑了："嘿，你还真不能不信！""那……你说我们怎么干？"杜光华又沉吟了一下说道："让我再想一想。"老人提醒道："你可是答应他们二十四小时后给答复的，你可得充分利用这段时间哦！""我怎么没充分利用时间？""时间是利用了，充分不充分，就不好说了。"老人一边说，一边从柜子里搜出酒瓶。杜光华脸微微一红："这肯定不是我喝的……"老人紧接着又从卫生间搜出杯子，放在鼻子尖上闻了闻，板着脸说："玩猫腻儿前，得把杯子好好地用清水涮干净了！"

杜光华不说话了。老人轻轻地叹口气问："这是今天第几瓶了？"杜光华还是在回避。老人又要去搜，杜光华忙说："第二瓶，保证再没了。"老人脸色一变："光华，五十六度的烈酒，你一天两瓶！你知道大夫怎么说你？"杜光华低下头。老人义正词严地劝道："你已经不是十年前的杜光华了，也不是五年前的杜光华了！你别跟我强调，你是和当官的不一样，你喝你玩，你放纵自己，你花的是你自己的钱。但是你必须明白，从你拥有那些企业的那一天起，你杜光华同时拥有了一份不能推卸的社会责任，你就不只是属于你自己的了……"杜光华有些难堪："行了行了，你也来给我叨叨社论！"老人冷冷一笑道："我这社论是明年后年才会发表的，您哪，就先受着吧。"杜光华申辩道："我明白，我有病，但你得容我慢慢治。冰冻三尺非一日之寒，化冻也不能着急……"老人激动起来："你准备花多长时间来治你这病？十年二十年？你这样放纵自己，还会有十年二十年时间吗？你那么大一个摊子，那么多员工，允许你再'病'十年二十年吗？大夫说你已经……"杜光华一下站了起来："住嘴！大夫，大夫，他知道个屁！他们知道那些年我是怎么熬过来的？我不就是喝点儿酒嘛！那个时候，我要再不喝点儿，能熬得下来吗？混这么些年，就落这么一点儿毛病，你还想让我怎么着？"

老人不作声了。静场。老人苦笑："好好好，算我多嘴，多嘴……杜老板，还有什么吩咐？要没什么吩咐，那我走了。"杜光华突然抬起头，严厉地大喝一声："站住！"老人一下站住了，慢慢地转过身来。杜光华抓起酒瓶，冲到老人面前，瞪大了眼说道："不就是要我戒酒吗？你吓唬谁？"说着，高高地举起酒瓶，向桌子上砸去。

到傍晚时分，杜光华驾驶着他那辆高级轿车去看望夏慧平母女。但不巧，夏慧平上街买东西去了，只有菲菲自己在家。杜光华多少有些尴尬，怕话不投机半句多，再次跟菲菲把关系闹僵了，只在屋里转了一圈，不等把板凳坐热，便找了个借口就想上外头车里等着去。没想，菲菲叫住了他。她发现他右手上包着绷带，便问："您手怎么了？"这是刚才砸酒瓶时，让玻璃碴子扎的。杜光华当然不会跟她细说，只是笑道："没事。"夏菲菲又问："他们说您是中国最年轻的亿万富翁？"显然她的态度有相当的变化，起码是想平心静气地跟杜光华对话了。杜光华倒也安心下来，便笑道："是不是最年轻的，我不知道……""那，肯定是亿万富翁了？""怎么？要搞我的调查？"夏菲菲戛然一笑道："假如您银行里真的有那么多钱，为什么还要死活追求我妈？"杜光华耸耸肩，做出一副大惑不解的样子，问："钱多钱少，跟死活要追求你妈，有必然联系？"夏菲菲诡异地撇撇嘴，说道："有人说，男人对异性的忠诚度跟他口袋里钱的多少是成反比关系的……我妈既不年轻，也说不上多么漂亮……"杜光华很平静地一笑道："所有这些喜欢乱嚼你妈的舌头的家伙，他们了解中国这一拨的亿万富翁吗？啊？他们真正接触过几个亿万富翁？"夏菲菲说道："可我妈也没接触过像你们这么有钱的人啊。"杜光华笑道："那就对了。她只要把我看成'杜光华'就足够了，什么富不富的……""你别看我妈平时风风火火，上谁跟前都不怯场，也不认生，其实她这人特别脆弱特别单纯！""谢谢你的提醒……""您谢错了，我只是想提醒我妈。"

"不，也提醒了我。很多年了，我以为她已经不再脆弱，不再单纯了。""您还没正面回答我的问题哩。"杜光华笑着摇了摇头道："这话题以后再续吧。真要回答你的问题，太深沉，太正经，会让你听着觉得我是在说假话，我自己也会觉得特别别扭。生意场上待了那么些年，太内心太深沉的话，已经说不惯，也听不惯了……商人哪，有时候挺坏。"

"您……也是的？""当然……""那您为什么还要让我妈把她的后半辈子和一个坏人勾结在一起？"杜光华哈哈笑道："勾结？不不不，我说的那个'坏'，跟你说的那种'坏人'的坏还不一样……"夏菲菲追问："有区别吗？"杜光华大声地笑道："当然，当然有区别……"

这时，夏慧平买罢东西匆匆走进院门，刚走到窗前的大柿子树下，便听到屋里有谈笑声传出。听出是杜光华和菲菲的声音，她先暗自一惊，再听，又觉得气氛还算平和，便自觉地放轻了脚步，悄悄移到门前，想再听个究竟，却让屋里的杜光华有所觉察。这就是商人的"鬼"，常常不能把心妥实地安放在自己的胸膛中，总得耳听八方，眼观六路，生怕自己辛辛苦苦架起的"万丈云梯"被人暗中抽去了哪一级踏板，一脚踩空，而跌入万世不得复出的万丈深渊……就在夏慧平悄悄踏上那几块用旧石板砌起的台阶，想"偷听"一二时，杜光华突然中止了跟菲菲的谈话，一下拉开了门，闹菲菲她妈一个大红脸。"妈，你干啥呢，鬼鬼祟祟在外头待着不进屋？"菲菲问。"谁鬼鬼祟祟了？"夏慧平老大不自在，但很快镇静下来，忙说，"马扬在广场那边搞拍卖哩，快开始了。人都挤得跟个蚂蚁窝似的……热闹得不行了！咱们也去瞧瞧吧。"

"他卖啥呢？"杜光华问。现在，马扬的任何举动，他都十分关注。

"离得老远，看不清。听人说，在卖汽车哩。"夏慧平答道。

"汽车？"杜光华略感意外，又暗自一惊。

"说是把机关里所有的新车都拿出来拍卖了，给赵劳模那个'永在岗'公司做本钱哩。说是有个老板挺缺德的，非逼着赵劳模拿百分之四十的股本，要不就把他们那些下岗工人全开了。赵劳模急得不行了，找马主任想辙。马主任这会儿哪拿得出那么些钱？实在没辙，就卖机关里的汽车。""据我所知，那老板好像还没那么缺德，没说凑不齐百分之四十的股本就要把赵劳模他们全开了。""嘿，你怎么知道的？""我当然知道喽。""'当然'？你凭什么'当然'知道？"菲菲撇撇嘴，做出一副挺不屑一顾的模样，说道。这时，杜光华哈哈一笑说道："凭什么？很简单嘛，因为我就是那个老板。"

闻此言，夏慧平母女俩顿时呆那儿了。

第三十七章

　　马扬要拍卖机关车队里那三辆新车，是下午才做的决定。决定做出后，他立即通知了省内外一些"大户"朋友——一些大企业的老总和他们的代理人，中央一些驻省单位的老总和他们的代理人，各新闻媒体的领导、朋友，向他们一一说明他的苦衷：他必须凑齐这两百万元，兑现他对大山子下岗工人兄弟们曾经做出的那个铁血般的承诺——尽全力支持他们重新创业，开辟人生新天地，只要他们有这个雄心，他一定尽自己全部绵薄之力。

　　"今晚我拍卖我仅有的三辆新车。各位仁兄仁弟，有钱的请帮个钱场，没钱的也请来帮个人场，拜托拜托。"一个多小时里，他连续打了十多个电话，把嗓子都说毛了。为了让那些远在外省外地实在没法赶在这个时限之前脱身亲赴现场的"款兄款弟"也能及时掌握拍卖的进展情况，适时参与喊价，他"命令"电信局的同志以"战斗的姿态"，设法在现场拉了几条电话专线，以便于那些老总们用电话参与这次拍卖活动。天黑以后，东方广场上便人声鼎沸，光影晃动。那三辆新车在聚光灯照射下，披红挂彩，气宇轩昂，一字排开，雄踞临时搭建的木台上。从市广播局和开发区文化站凑来的几个进口扩音器里反复播放着《我们工人有力量》。那气势，不像是拍卖，倒像在庆功。

　　这时，在夏家，夏慧平和夏菲菲同时发现杜光华突然显得有些坐立不安了。她们当然感到纳闷儿，于是夏慧平关切地问："怎么了？哪儿不舒服了？""没什么没什么，我……我要打个电话……"杜光华目光闪烁游移，环顾左右而言他。"想打电话就打呗。"夏慧平说道。杜光华忙解释："我得用手机打。"夏慧平笑道："那你就用手机打呗。"杜光华继续环顾左右而言他道："这屋里信号不太好，我……我上外头去……"说着，拿着手机便匆匆上外头去了。

夏慧平想跟出去，夏菲菲忙一把拉住她。她俩都知道，杜先生所谓"这屋里信号不太好"的说法，完全站不住脚。大杂院里的房子全为砖木结构，你想让它对手机信号进行屏蔽，它还屏蔽不了，怎么可能"信号不太好"？他只不过是很拙劣地找了个不是理由的理由，真实目的肯定是为了不受她俩的干扰，上外头找清静，独自跟谁说"悄悄话"去了。已坐实了自己这个"杜夫人"身份的夏慧平，对此，心里自然会有点儿酸涩，有点儿不舒服，当然很想跟出去探探虚实。菲菲则觉得大可不必那么小家子气，也不该如此小家子气。无论在什么情况下，交往双方都应给对方一点儿自由度，这既是各方应享有的权益，也是相互应有的一种尊重。

杜光华到了院子里，还真做出副鬼头鬼脑的模样：在拨号前特地回头打量了夏家的小屋两眼，确认她母女俩此刻没有向外"偷窥"，才背过身去，要通了他所要的那个电话。

这时在东方广场拍卖现场，正在叫拍的是那辆宝马车。"宝马200，三十八万。好，这位，三十九万。三十九万，一次……这位，四十万……四十万……"这时，守候在电话专线旁的一个机关工作人员突然激动万分地跑来向马扬低声报告："有人嫌麻烦，要一气把这三辆车买了，开价二百零一万元。"

得到报告，马扬真是亦惊亦喜，更多的是喜出望外。因为，拍卖现场气氛固然热烈，但从拍卖的竞价情况看，三辆车全卖了，最后可能仍完不成两百万的指标。除了这三辆车，机关里还有什么可卖的？前台一声声叫价针扎般刺痛着呆站在后台的他。而现在居然有人一下把价抬到了期望中的两百万，这显然是有"奇人"在暗中相助。这个价码向全场报出后，果然也震动了全场，拍卖现场完全静了下来。主拍师的声音也因激动和意外而有点儿颤抖了："二百零一万……一次……二百零一万，两次……"

突然，有一个声音从前边传来，大概不在麦克风近旁，所以听起来有些微弱："二百零五万。"主拍师忙叫道："有人开价二百零五万，谢谢。"台下立即掀起风暴似的欢呼声。丁秘书激动万分地跑来告诉马扬："恒发的张大康把价抬上去了，二百零五万。"

马扬的心猛烈地跳动起来。他命令自己沉住气，忙对小丁说："赶快把这情况通知那个神秘的客人，看看他还有没有可能把价再往上抬一抬。"这时候电话专线那边已经传来消息，说那个"神秘客"一下把价抬到了二百二十万。"二百二十万！二百二十万，一次……二百二十万，两次……"随着主拍师的喊价声，全场又一次死一般地静了下来。二百二十万？开玩笑哩？

张大康接着报出二百三十万。他觉得这是一次机会极难得的"活广告"，其效益都不是"一石几鸟"可以形容、可以概括得尽的。

"二百三十五万……"那个"神秘客"似乎也摆出了一副志在必得的架势。

"二百四十万……"

"二百四十五万……"

"二百五十万！"全场第三次陷入了死寂般的静谧。风，轻轻地从在场所有人的心头掠过……

"二百五十万，一次……二百五十万，两次……"

马扬屏住气，低声问小丁："告诉那个神秘客没有，有人出价二百五十万了。他还有什么打算？"随后传来的消息是：那位神秘客突然关掉了手机，失踪了。

"二百五十万三次！！"拍锤"啪"的一声重重敲击在用不锈钢做成的底座上。

这时，在夏家的那个大杂院里，杜光华呆呆地站在那棵大柿子树下。几分钟前，他的手机里还传出拍卖现场工作人员的问话声："有人出价二百五十万，您听到了吗？二百五十万……"在狡黠地经过一番短暂的犹豫之后，他快速地关上了手机，然后就回到小屋里，显得特别高兴和轻松，招呼她母女俩："走走走，我请客，咱们上外头吃饭去。"夏慧平却说："烧啥包呀？平白无故地，下啥馆子？想吃啥，我这里都有，荤的、素的，下酒的、下饭的，都有……想喝两盅吗？"说着从吊柜里拿出一瓶白酒。杜光华突然脸色变得极其难看，身上也涌起一阵阵战栗，忙跑出屋去。夏慧平忙追出去问："没事吧？"杜光华竭力地控制住自己："没事……没事……"在大柿子树下站了一会儿，他渐渐地平息了下来，缓缓地对夏慧平解释道："一点儿老毛病……没事……以后，在我跟前别提酒这个字，也别拿酒瓶在我跟前乱晃，我特别见不得也听不得那东西……""真的假的？大老爷们还见不得酒？我怎么不知道你有这毛病？"夏慧平疑惑地问。杜光华说："你就把它当真的吧。最近我对酒过敏，真的不能听人跟我提到酒，也不能见到酒……起码在这一两个月里，你得记住这一点……"夏慧平一笑道："行，帮你治病，咱们现在就统统灭了它。"说着，回到屋里拿出两三瓶积存下的酒，"乒里乒啷"地都在院子里给砸了。

随着一阵阵酒瓶破碎声起，那一柱柱酒液四溅，酒香四溢，在暗处站着的杜光华身上又涌起了一阵阵无法控制的痉挛般的寒战，他几乎又要站立不稳了。

第三十八章

这一晚，说好要回家的，但大约等到半夜两点，马扬还没到家。黄群有点儿急了，打电话到他办公室，没人接，打他手机，也没人接，她开始有点儿不安了，于是找到小丁。小丁从被窝里伸出手来接电话，说马扬早走了，再看看床头的闹钟，说他应该早到了家。黄群忙问："谁开车送他回来的？"还在睡意蒙胧之中的小丁努力想了想，答道："好像……好像他没让人送，是自个儿骑车走的。"这一下，黄群真急了。这一段时间以来，社会游民骤增，刑事案的发案率暴涨，常有外地流窜来的所谓的"斧头帮""棒子帮"深更半夜（有的干脆就在大中午）藏身在特别背静处和常人的视界盲区——比如，人流量较少的过街天桥桥洞里，伺机迅速从后面接近行人，猛击其头部，劫掠其财物。"你们怎么能让他自个儿骑车走？"黄群当时一下叫了起来。她的担心非虚，他们家住的这地方，临近城乡接合部，树木和违章建筑较多，非法出租私房的人家也较多，居民状况比较复杂。黄群早就提醒马扬，既然已决定留在大山子干了，是不是趁早把住房问题解决了。她这么着急，主要的，还真不是为了她自己和女儿着想。但马扬一直说，等等吧，别急，"牛奶会有的，面包也会有的"。黄群觉得也是，马扬是大山子的一把手，要解决个住房问题，算不上个难事，但眼下马扬实在太忙，再说，房子问题也不能解决得过于草率了，既然说等等，就等等吧。

这事就这么暂时地搁下了。

当晚，三辆车拍得出乎意料的高价，回到管委会机关旧楼，铺上白桌布，举行拍卖成交的签字仪式。新来兼任市领导的省委宋副书记也到场助兴。"祝贺，祝贺。这件事，干得漂亮，双赢。我代表市委市政府向你们双方表示祝贺。"宋海峰用力地握着马扬和张大康的手说道。马扬笑道："嗨，穷人穷招数。主要还得感谢恒发公司张董的鼎力相助。"张大康举起手中的香槟酒杯说道："恒发永远和大山子共进退。"宋海峰接着笑道："希望这是开发区最后一次拍卖活动。"马扬忙点点头说："说实话，我手头已经没什么可拍卖的了。再拍的话，只有拍我自己了。"张大康忙笑道："那我一定来参拍，出天价，我都奉陪到底。喂，开发区的各位首长和领导同志都听着，什么时候拍卖你们的这位马主任，提前跟我打声招呼，我一准死拍！"宋海峰大笑："好，好。"

这时，丁秘书悄悄走到马扬身边，低声跟他说了句什么。马扬立即对宋海峰等人说了声："对不起，我去接个电话。"便随小丁走了出去。

电话是杜光华打来的："马主任，佩服啊，这出戏，导得好，演得也好啊，佩服佩服，祝贺祝贺。"马扬笑道："你这会儿在哪儿呢？刚才我打电话到204房间找你，你没在。"杜光华说道："我是没在那儿。很可惜啊，我没张大康那么财大气粗……"马扬却笑道："我已经非常感谢你今晚所做的一切了。"杜光华故作惊讶状地问："谢我？干吗？"马扬淡淡一笑道："谢你替我把价码抬到了二百万以上，否则，我还真犯愁哩。谢啦。""你知道是我在背后为你哄抬行情？""那怎么会不知呢？只是让大康兄多出了点儿血……"杜光华忙说："嗨，多宰他几十万算个啥嘛！你没听说？张大康这小子这两年从大山子掳走的黑钱，何止十倍百倍这个数！"

马扬只是笑笑，没表态。

杜光华乖巧，自然懂得身居要职的马扬在这个问题上不可随意表态，便马上转移了话题："主任同志，你把好车全卖了，自己用啥呀？暂时从我这儿拿一辆奥迪A6去使使吧，堂堂开发区主任总不能成天窝在一辆老普桑里去跟人谈买卖吧？"马扬忙说："车的问题你老弟就甭替我犯愁了，还是考虑考虑我俩之间那个合同吧。"杜光华马上答道:"合同,不用考虑了,我跟你签。"马扬还有点儿不信他已下了最后的决心,便试探道:"还没到二十四小时哩,你,就定了?"

"定了。"杜光华的口气很干脆。

"哎,杜老弟,你……"马扬还在试探摸底。

"马主任,你咋也那么黏糊呢?你不想签了?"

"签,签,签。"马扬赶紧连说了三个"签",赶紧把这件事落实了。

杜光华没把自己突然提早结束二十四小时考虑期的原因告诉马扬,是有他的考虑的。他知道马扬对他做了调查,他也要对马扬做一点儿调查才能下最后的决定。当时他让老者谈辉去省城找计委的几个中层干部吃饭,想从他们嘴里挖一点儿有关马扬为人的真实情况,情况还没搞到,所以他提出了二十四小时的期限。但今天晚上这场拍卖车的大戏,让他看到了马扬为人的另一面——让他感动、振奋的另一面,又让他感到新鲜、新奇。他甚至还说不清自己为什么会如此感动和振奋,为什么会产生如此新鲜和新奇的感觉,但一个基本的结论却产生了:马扬这人是可以信赖的比较出色的合作伙伴。杜光华有时特别相信自己的直觉,这也是他的一个"理论":在生意场上,区别一个经营天才和"笨才",就看他对瞬息万变的市场行情,有没有一种在刹那间发现机会,抓住机会的直觉能力。杜光华认为,他就属于那种具有这种直觉能力的人,天生一个好商人。这一切,在这时候当然是不能跟马扬说的,因为他俩毕竟还没有相知相熟到那样的程度,在生意场上,步步谨慎是第二条生命线。第一条生命线是,发现机会,必须不顾一切猛扑。

而后,马扬对杜光华重提了那两个条件:"一、永在岗公司我投资百分之四十,一年后,你得再替我安排一千五百名下岗工人,并且把总经理的职务留给我那位赵劳模。二、那三万平方米的地,你得先给我把草种上,一切费用得两年后才能给付。我可是光棍不怕刀砍,白纸黑字签上了,你可得替我做到,想清楚了?"杜光华笑道:"下午没说要安排一千五百名下岗工人的事呀。你这人怎么这样,行情见风涨啊?"马扬解释道:"你公司扩大了,不也得招工嘛?招谁不是招?我这儿下岗工人个个都好使着哩,谁不用谁是傻瓜!"杜光华笑道:"得得得,我算是服了你了!只要你别让我在那三万平方米地上种大烟就行。一个小时后，你带着你那一帮人来，我在城市宾馆那个房间里等你。但有一条，你别再带那酒来，我这人烦酒，特别烦酒。"

　　一个小时后，马扬亲自带人到城市宾馆去签了合同，回机关还掏钱买了一瓶茅台让大伙儿喝了，表示庆祝。"感谢各位这一阶段的努力！可惜我不是大款，否则我就拿十瓶二十瓶茅台来请大家一醉方休！"他这么说道。而后，他就回家去了。司机说要开车送送他，他知道这车明天一大早还得去省城的机场接人，他就让司机早点儿回家歇着，自个儿骑着车走了……

　　算时间，算路程，就是走着回家，他也该到了啊！黄群真沉不住气了，几次三番要给派出所、公安局"报失"，拿起电话，想想又放下了。一旦报告马扬失踪，片刻之间，是会惊动省市委主要领导的，甚至可能惊动中央领导——他毕竟已经是个副省级领导干部了啊。不断地有车开过来，一道道雪白的车前灯光扫过周边黑黑的树丛，也有自行车的声音，琐琐碎碎地近了又远去，但等她们（这时，小扬也从床上起来了）追下去看时，都让她们失望而归。这期间，秘书小丁两次打电话来询问，他也觉得事情有点儿蹊跷了。大约三点多钟光景，黄群和丁秘书最后通了一次电话后，商定报警，正打着电话，从楼下的院子里传来几下汽车喇叭声。马小扬眼睛一亮："爸！"说着，她便冲了出去。黄群却一怔，但也马上跟着冲了出去。

　　此时，确有一辆车缓缓驶进院子。车停下后，车上下来两个人。这时，马小扬想冲下去接马扬，却被黄群一把拉住。黄群战栗着低低对女儿说了声："别……"黄群觉出有一点儿不对头，两个人忙躲进暗处。马小扬向那两个人看去，只见那两人从车上抬下一大包东西，放在院子的地上，很快又开车走了。马小扬要向楼下走去，黄群再一次拉住她，让她别去。母女俩呆呆地打量着那个东西，马小扬迟疑道："不像是炸弹……"

　　黄群说："不是炸弹也别去！"

　　又过了一会儿，马小扬经不住好奇心的诱惑，恳求道："去看看吧……"黄群忙说："别去……"但口气已不像刚才那样坚决了。小扬说道："去看看吧……"一边说，一边慢慢地试探着向楼下走去。黄群轻轻地叫了声："小扬……"马小扬一步三回头地向院子里走去。黄群则从墙根儿抄起一根柴火棍，警惕地看着快要接近那包东西的女儿。

小扬走近那包东西，这才看清，它用一条旧棉毯子包裹着，长长粗粗的，再往前靠近半步，那东西忽然间蠕动了一下，并且还有低微的呻吟声从旧毯子底下传出。

马小扬忙往后倒退了一步，回头向母亲喊道："好像是个人……"

黄群惊叫了一声："别动……别动……"一边叫喊着一边往院子里跑来。

可这时，马小扬已经又向那包东西走了过去，看到有个捆扎那包东西的绳头露在外边，便怯怯地去拉那绳头。等黄群赶到，棉毯已经全部散落，袒露出包裹着的那个人的头发。

毯子继续往下滑落。睁大了双眼注视着那正在往下滑落的毯子，两个人都惊恐地叫了起来，并本能地用双手捂住自己的脸，不敢再细看。

这人正是马扬，血还在他脸上慢慢地往下流淌着。马小扬哭喊着"爸——爸——"，扑了过去。黄群也扔掉手里的棍子，一边叫喊着"马扬——马扬——"，一边扑了过去。

第三十九章

半小时后，贡开宸和邱宏元得到马扬被伤害的报告。待他俩驱车赶到，宋海峰和大山子开发区党委、管委会、市公安局，以及医院的一些领导都在大山子医院主楼门前的台阶上迎候着了。

"情况怎么样？有生命危险吗？"贡开宸一边匆匆向急诊室走去，一边问。"X光照射后，怀疑颅骨后侧有一条细小的裂缝，不过还没发现有颅内出血症状。除此以外，还有些钝器敲击造成的皮下瘀血和其他原因造成的软组织撕裂伤。从目前情况看，假如没有其他还没发现的伤情，一般来说，不会有生命危险。"医院院长答道。

"裂缝？"邱宏元一惊，忙问，"颅骨上有裂缝？"

"马上准备做进一步的检查，最后再确诊一下。"医院院长答道。这时，这一行人已经走到急诊部的观察室门口了，院方的人拿来几件白大褂，分发给各位领导。待他们披挂整齐，走进观察室，马扬却已经下了病床，并摆脱黄群的搀扶，大步迎了上来。这让贡开宸等人非常意外。他们以为这时见到的马扬一定气息奄奄，没料想，不仅仍精气神十足，而且还能大步上前寒暄问好。再看床头，居然还堆着一厚摞等待他批阅的各种报告和卷宗。这家伙想干啥呢？贡开宸看看院长，哑然失笑道："你说这家伙颅骨上让人砸开了一条裂缝？这像是颅骨上让人砸出裂缝的人吗？怎么，还在这儿办公？你这儿是医院吗？"院长不无尴尬地对派来特别看护马扬的那个小护士说："你怎么搞的嘛？"一边说，一边上前去"没收"陈放在桌上的那些文件、材料。小护士脸大红，忙上前帮着院长收拾那些文件，却被马扬按住。他对院长说道："你老兄别乱批评人，这事跟这位小同志没关系。坐，各位领导请坐。"

这时，潘祥民也匆匆赶到，他显然是从另外的渠道得到这个消息的。马扬忙笑道："各位领导，干嘛呢？来跟遗体告别，还是开追悼会？"黄群在他身后狠狠瞪了他一眼，啐道："乌鸦嘴！呸！"潘祥民问公安局的领导："怎么会出这种事情的？""没事没事……遇见一伙小流氓……"马扬抢先答道。"小流氓？不会那么简单吧？"潘祥民说道。"我们一定尽快抓获凶手。"公安局领导坚定地保证道。"要好好总结一下经验教训了。两起案子了吧？财务部那个姓言的老主任被杀在先，现在开发区一把手脑袋又被砸，这里总有点儿名堂吧？"邱宏元说道。然后他又分析道："这两起恶性案都针对领导干部，又都是团伙作案，会不会是一伙人干的？"马扬却说："不一定。我估计，打我的那一伙，纯粹是小流氓滋事。他们本来是要打另外一个人的，看走了眼，才打到我头上来了，纯粹闹了个误会，所以他们也就没多打。抢了两棍子，一瞧，不对头，就赶紧收家伙，还挺仗义，把我送回家……"

公安局局长说："但是从现场情况看……"他想趁诸多首长都在场，做些案情分析。马扬却立即打断了他的话："这会儿你就别搞你的案情分析了。你们先出去待会儿，我要跟几位领导单独请示个事。"等院长和公安局的几位同志，还有黄群等人都走了出去后，马扬对贡开宸和邱宏元说道："我只占用领导十分钟时间。年初，我听说，省里从国家计委和经贸委争取下来一个大型坑口电厂的项目。"邱宏元笑了笑道："你的情报搞得挺准。"

马扬问："省里有没有最后定下，把这个坑口电厂项目给谁？"邱宏元略略地看了一眼贡开宸，见贡开宸没有表态的意思（贡开宸进了这观察室后，不知为什么，一直不怎么说话），便说道："给谁，目前也不可能给你啊。这个大型坑口电厂将由德国方面贷款三个多亿美元，并由他们最著名的卢尔公司承建。这些德国人对环境要求特别严格，硬件、软件一点儿都含糊不得。你瞧瞧，大山子目前这状况，我敢让那些德国老板上你这儿来吗？来了，再把人家的脑袋砸个窟窿，怎么收场？"

同样一直也没怎么吭声的宋海峰这时却插上话来说道："贡书记、邱省长，我作为大山子市的主要领导，可以向你们保证，如果你们能同意把这个坑口电厂放在我们大山子，我保证所有德国工程技术人员的人身安全绝对不会出一点儿问题！"

贡开宸这时却挥挥手说道："这里不光有个人人身安全问题。假如只是这么个问题，那好办，我相信，只要投入力量，你们是一定能够保证这些外国老板和专家的人身安全的。但人家跟我们较真儿的不仅仅这一点，人家讲究的是整体投资环境，光不挨打，那怎么行？还有一点，刚才邱省长还没跟你们说，这个坑口电厂最终建在哪儿，得由德方来定，他们要派人来考察。你们说，大山子目前这个环境、条件，德国人能看得上吗？"

马扬忙问："他们的考察组什么时候到？"

邱宏元笑道："你啊，来不及了，连打扫你这些街道的时间都没有了。他们明天就到。"

马扬再问："能允许我们去跟德国老板接触一下吗？"

邱宏元指着马扬头上裹着的绷带："你……你还是先把你脑袋上的这条裂缝焊结实了再说吧。"

"如果有三点四亿美元的投入，有一个大型坑口电厂在建，大山子开发区可以就此运转起来，方方面面就可以进入一个良性轨道。希腊有个科学家说过这样一句话，只要给他一个支点，他就能把整个地球撬动。这个坑口电厂项目，就是我们正在寻找的支点，对我们来说也可以说是一只上帝之手……"马扬急切地说道。潘祥民笑道："别把那些外国老板说得那么邪乎，什么上帝之手什么古希腊支点！"邱宏元劝道："让大山子尽快进入良性轨道是我们共同的心愿，但你们也不要一口就想吃成个大胖孩儿。你们目前这个状况，要让德国人下决心把这三点四亿美元投到这儿来，是不是还有点儿差距？""差距恐怕还不止一点点。"潘祥民感叹道。马扬忙说："请领导给我们这个机会，去跟德国人争取一下。成不成，是我们的水平问题，给不给这个机会，是领导的政策问题。请领导暂且不要主动跟德国人表态说大山子不行。"邱宏元说："可我们也要为这个电厂负责，我方毕竟也要投入十多亿资金。"马扬立即说道："如果我们争取到这个项目，我给你们立生死状。要办不好这个电厂，你们就枪毙了我。"邱宏元哈哈一笑道："你知道我们毙不了你。"马扬立即从病床的枕头底下掏出一页打印好的文字，交给邱宏元："这是我的军令状。如果由于人为的因素，而使这件事没办好，我愿意负刑事责任，并且用我全部的家产担保。"潘祥民笑道："马扬啊马扬，你那点儿家产，哄谁去呀……"宋海峰说："那我也赞助一下，在马扬的这份军令状上签个名，用我们两颗脑袋、两份家当一起来担保。"马扬忙说："谢谢宋副书记支持。我想用我这一颗脑袋来扛着就够了，咱们还是得尽量减少创业成本嘛（听马扬这么说，在场几位领导都笑了起来）。再说，也得为省里这两位主要领导着想，到时候，让他们砍我这一颗脑袋，总比让他们砍两颗脑袋，要好下手一些。潘书记，您也替我说两句啊。"潘祥民哈哈一笑道："我说，管啥用？"

邱宏元见马扬这会儿真有点儿起急了，怕加剧他脑震荡后遗症，便上前安抚似的拍拍马扬的肩头，说道："好了好了，今天就不说这档子事了。你呢，还是得实际一点儿，这心情我们理解，但是，人家毕竟明天就要来了嘛。啊？"马扬十分恳切地说道："请各位领导让我试一试。"话说到这份儿上，贡开宸觉得自己该最后表个态了，便说："你怎么试？瞎胡闹！这会儿你还在医院里躺着，脑袋上还有条裂缝等着处理！"马扬还在坚持："谁说我脑袋上有裂缝？"一边说，一边用力拍了拍自己的额头，又伸伸胳膊，踢踢腿，大声嚷道："我好着哪！"贡开宸忙制止道："行了行了，别再瞎闹了，有没有缝，得听大夫的！这个问题，我们回去研究一下，再答复你。"转身便走了。

贡开宸走出观察室，找到院长，下了两个指令：一、立即把马扬转到特护病房去看护，在伤病没有得到彻底治愈前，不许他回机关工作。"千万不能让这伤留下什么后遗症，这一点，你要直接对省委负责。"二、马上把马扬的颅骨 X 光片送省人民医院和军区总医院，请他们那儿最好的外科、骨科大夫一起来会诊，"会诊结果要在最短时间里报告给我！"

院长受命后，马上安排人去调 X 光片子，同时派人派车带着这片子，跟几位领导一起去省城。但不料，没过多大会儿，去调片子的人急匆匆赶回来，把院长拉到一旁，悄悄地告诉他，马主任的病历找不见了。院长一惊："马主任的病历找不见了？怎么可能？"那人想了想，忙改口道："不是病历，是他的颅骨 X 光造影片找不见了……"

院长低声急问："确实？"

那人低声说道："确实。"

院长压住心头猛然升起的无名怒火，只得先把贡开宸等领导送走，然后急忙赶到病历室。那儿，定下要带着这张片子去省城会诊的那位主治大夫正带着好几个工作人员埋头在翻找这张 X 光片子。病历室的一位女工作人员是这件事的当事人，她负责保管这些 X 光片子，但她却说不清这种一百年也不会发生一起的事怎么偏偏在这个节骨眼儿上发生了。她心慌意乱，一边嘀咕，一边翻找："不可能……完全不可能……"忽然间，她想起什么来了："对了对了，这张片子被人借走了。"所有在场的人几乎都叫了起来："借走了？你怎么不早说？！"那位主治大夫忙问："你借给谁了？"那位女工作人员想了想说道："我不认识……"院长哭笑不得地说："你不认识？你让一个自己不认识的人把马主任的 X 光片子拿走了？"女工作人员又想了想，忙说："他说……他说他是马主任身边的工作人员……"那位主治大夫责备道："他说他是马主任身边的工作人员，你就把片子给他了？他要说他是卫生部来的，你还不得把咱们这医院整个儿都卖了？"院长挥挥手，让那位主治大夫这时别先忙着一味责备，加剧那位女工作人员的惶惊心态。他把她叫到一旁，缓和下口气问："你查看了他的证件没有？""没……""你也没问他借这片子干嘛使？""没问……""你可真行，你太行了！"那位主治大夫忍不住又插了一句。院长立即又拿眼色制止他。

这时，也许因为有院长的"偏袒"，那位女工作人员的神经稍稍地放松了一些，开始回忆起更多的细节："我当时想……他要不是马主任身边的工作人员，上我这儿来蒙这X光片子干吗啊？这片子，又不能吃，又不能玩，拿出去连根冰棍都换不来……"院长问："你认定他是马主任身边的工作人员？"那个女工作人员想了想又说："一早我见他在观察室门前转悠来着，还见他跟马主任的家属说话来着，就是叫不上他的名儿。"院长又问："你让他打借条了没有？也没有？"女工作人员这时好像大睡初醒似的叫道："借条打了，我让他打借条了。"一边说，一边在一个小抽屉里拼命翻找起来。

最后查实，马扬这张至关重要的X光片（以后抓住凶手，上法庭，它还是必不可少的定罪量刑的铁证），是被马扬的贴身秘书小丁借走的。接下来的行动，自然是立即去找丁秘书，但院长匆匆走了几步，却突然站住了。他忽然想起，假如真是丁秘书借走了这张片子，其中必有名堂，在没了解到事情全部的背景情况前，身为院长，还是暂时不出面的好。不管是什么原因促使这位丁秘书借走马主任的片子，万一伤了他，将来总也是个事，人家毕竟是领导身边的工作人员。于是他回头吩咐那位主治大夫："你带她（指指病历室的那个女工作人员）去找丁秘书。态度好一点儿，主要是问清情况，别跟抓小偷似的，跟人玩横的。把事情闹清后，马上到办公室来找我。"

丁秘书这时已经跟马扬一起转移到了楼上的特护病房，见病历室那个女工作人员带着主治大夫来找他，心里已经明白是怎么一回事了，忙把他俩挡在特护病房外头，并把他们带到走廊尽头一个僻静的拐弯处，压低了声音，严厉地说道："小点儿声！X光片子是我借的，但现在不能给你们。"然后他转身对那位主治大夫说："一会儿你跟省领导汇报马主任伤情的时候，再别强调什么头骨上有'裂缝'，更不要拿这张X光片子去招摇……"那位女工作人员有点儿"死性"，也就是俗话所形容的那种"一根筋"，执着地说："可是……"丁秘书立即打断她的话，说："这事，你别掺和！"主治大夫却说："这……这对马主任不好吧……他头部受到重击……他需要认真治疗，需要静养。"丁秘书忙说："是的，他需要静养，这一点，他本人非常清楚。但那是二十四小时以后的事。具体原因，我现在不便披露。但请你们相信我，当前，对任何人保守马主任伤情的秘密，有关大山子前途，请你们一定配合。另外，我要明确地告诉你们，我这么做，这么说，绝对不是个人行为。我再说一遍，并用自己的人格担保，我所做、所说的这一切，绝对不是个人行为。"

既然秘书同志说得如此恳切和坚决，主治大夫和那位女工作人员只好不再追问。其实他俩到最后也没弄明白，丁秘书说的这个"绝对不是个人行为"到底是个什么意思。不是个人行为，难道说，还是"团伙行为"？不会吧……他们更弄不明白，为什么必须等二十四小时以后，马主任才会愿意来治伤？为什么当前必须要对外，甚至还得向省委省政府主要领导隐瞒他的真实病情？而这事居然还"有关大山子的前途"……

哦，官场的事，实在太复杂了……

第四十章

黄群送走领导，一回到特护病房，吓了一跳，只见马扬倒在那个单人沙发里，抱住自己的脑袋，不间歇地在低声呻吟。显然，刚才那一番"充满精气神"的"表演"激发了伤痛，尤其是最后那两下"满不在乎"的拍击，不仅让他头疼欲裂，甚至还天旋地转般眩晕。黄群慌不迭地扑过去抱住马扬，连声问："你怎么了？怎么了？叫大夫吧？"马扬"嘶嘶"地倒吸着凉气，却还在厉声呵斥："别嚷……"

这时，有人敲门。

马扬忙抬起头，屏气敛神，祛除病容，整理了一下自己的衣貌，示意黄群去开门。门开了，却是马小扬。马扬一下又泄了气似的瘫倒在沙发上，咬紧牙关，一下下揉着自己的头部。马小扬忙上前替父亲揉头，叫道："爸……您怎么了……怎么了……"马扬闭着眼睛，有声没气地劝慰道："没事……没事……"

黄群手忙脚乱地提议："吃两片止痛片怎么样？"马扬摇了摇头："去叫小丁来，赶快。"黄群犹豫了一下，但看看马扬的脸色，又不敢推三阻四，

211

不一会儿，便匆匆把小丁叫了进来。

"马上替我办两件事。第一，通知开发区党委全体委员十五分钟后到这儿来开会。"马扬仰身靠坐在单人沙发上，闭着眼缓慢地说道。他的脸色不仅有些发灰，而且还有些发青。

"马扬……"黄群想插嘴，想提醒这两人，贡开宸已经下了指令，在没得到他这个 K 省一把手同意之前，谁也无权恢复马扬的日常工作。但这时，马扬却变得异常的霸道，根本不许黄群再说第二句话，突然从沙发上坐起，瞪大眼睛，怒视着黄群说道："你别插嘴！"

然后，他又慢慢倒了下去，闭上眼，吩咐小丁："四十分钟后，请机关全体科以上干部到机关小礼堂召开紧急会议，并通知开发区所有企事业单位的一二三把手都到会，不得有任何人请假。有特别重大事情不能到会的，必须得到我亲自批准。请组织人事部的杨部长和纪检委周书记协同督办此事，保证所有该到会的人都能到会。第二，通知那个杜光华，让他马上来见我。"

贡开宸离开医院返回省城前一刻，贡开宸刚要上车，公安局局长突然走过来，一手扶住车身，一手挡在车门上方，似乎是在守护他，别碰了车门框，实际弯下腰，急促地低声对他说道："贡书记，有个重要情况，要向您单独汇报。"贡开宸其实刚才在观察室里早已看出一点儿不太正常的迹象，便问："这会儿？"公安局局长点点头说："越快越好。"说着，便转身走了。贡开宸沉吟了一下，马上对郭立明说："告诉邱省长、潘书记，请他俩先走，我去大山子干休所看望一下军队退休的老同志。你……你跟邱省长的车走，先回去检查一下明天上午台盟和侨委联合组织的那个座谈会的筹备情况。"安排停当，贡开宸乘坐的大奥迪便急速驶出市区。刚驶近一个加油站，从这个加油站里驶出一辆警车，冲着大奥迪鸣了两下喇叭，便带着大奥迪向郊外驶去。两辆车一前一后大约又驶出十来里，警车拐了一个弯，驶上了一条便道。大奥迪也跟着拐了个弯，上了这条便道，并稳稳地插了上来，和那辆警车一起，向一旁的大山里驶去。驶到一个山间别墅样的大房子门前，警车拐进门，大奥迪紧跟着也开了进去。进屋，落座，贡开宸问："这房子是你们市局的？"局长忙摇头说："哪能啊！凭我市局的那点儿经费要置起这样的房子，我这个局长早被'双规'了。这是我的一位老战友几年前下海经商攒了一点儿钱，原想在这山里搞个旅游餐馆什么的，不怎么景气，亏了本，就撤了，把房子借给我们局，做了工伤干警的疗养点。""没别的交易吧？"贡开宸笑着点拨了一句。"啥交易，您查嘛。这里住的都是执行公务时光荣负伤的同志，一边治伤，一边疗养，省几个住院费，用在办案上。"局长忙解释。"别把自己说得那么可怜，我可知道你们搞钱的招数。"贡开宸指着局长那个憨厚的神情笑道。这时，疗养点的两位负责人（都一身警装打扮）进来上茶，问候。局长挥了挥手，立即把他们打发了，关上门，汇报道："我感到非常奇怪。马主任今天跟您汇报的情况，跟他昨天发案后苏醒过来后跟我们谈的，完全不一样。昨晚，我们向他了解情况时，他非常肯定地说，根据种种迹象，他认定这起伤害案是有预谋有组织的；可今天在您跟前，他又一口咬定这完全是一场误会，这……"贡开宸问："昨天他根据什么，说这起伤害案是有组织、有预谋的？"公安局长扳着手指汇报道："一、案发处原先有一盏路灯，昨晚偏偏灭了，明显是有人为晚上作案做了准备。二、作案时，歹徒之间分工非常明确。歹徒们是从附近一道残破的矮围墙后头跳出来的，有人一脚先把他的自行车踹倒了，另一个人上来打了他一棍子，然后就是一通乱打。在半昏迷状态中，他还听到歹徒中有人叫了一声：'够了够了，老板不让往死里整，整死了可了不得！'接着就有人拿出一条旧毯子来把他给裹上，抬上了车，把他送回家来了。三、很重要的一点，歹徒们拿来裹他的那条旧毯子还是马主任他家的……"贡开宸一惊，浑身立即起了一层鸡皮疙瘩："是吗？""马主任说，这条旧毯子在案发前几天丢了，晾在院子里丢的。估计也是这些歹徒们偷的。"贡开宸忙问："这些人为什么要用马家的毯子？""假如用别的毯子，会给我们破案提供一个线索。""看来这帮人还是很有点儿反侦破头脑的。""马主任也是这么看的。他说，毯子的事情，也充分说明这起案子是有预谋的。他还认为，有个能人在背后策划指挥、制造了这起伤害案，而且打他的和杀害言可言的可能是一伙人。当时他非常明确地要求我们把这两起案子做并案处理。""可刚才他反驳了这种看法。""是啊，所以我觉得特别奇怪。马主任聪明过人，他突然这么变卦，肯定有什么重大原因……"

贡开宸不作声了。这时，公安局局长口袋里的手机响了，这电话恰恰是马扬打来的。"他吩咐我，在没有得到他同意以前，不要跟任何人谈起昨晚他跟我说的那些案情分析的话。看来，我今天是多嘴了……"局长在接了电话后，立即向贡开宸报告了电话内容，然后就不再说话了。他知道，他已经把该他说的话都说尽了，剩下的，就是领导怎么去做判断、下结论了，就不该他多嘴了。

贡开宸当场没说什么，只是又默默地坐了一会儿，然后站起来对那位局长说："我顺道去附近那个军区干休所看望一下部队退休的老同志。刚才你跟我说的这个情况，暂时不要跟任何人说。"公安局局长忙点头答应："那当然，那当然。"

这时，马扬要去主持开发区党委紧急会，黄群却死活不让他出特护病房的门："如果你不要命，那你就走。"马扬说："黄群……我这点儿伤并不碍事……"黄群说："你蒙谁呢？你蒙贡书记、邱省长可以，还想蒙我？我也是大夫！"马扬说："我只需要二十四小时。"黄群说："可对你头部这个伤来说，这二十四小时正是最关键的时刻。"马扬想了想，让了一步，说："也许只要二十小时就够了……"黄群叫了起来："你把我当小孩儿？二十小时和二十四小时有什么质的差别？"马扬恳切地说："黄群，你要明白，我必须把这三点四个亿美元的投资搞到手。这么跟你说吧，大山子今后的命运，也包括我个人事业的成败，都在此一举，非同小可。明白吗，非同小可！"黄群无可奈何了："我不想再说什么了，你要走，就走吧。"说着，便在一旁的椅子上坐了下来，拉着小扬的手，默默地流起眼泪来了。

马扬走过去，轻轻搂住她的肩，说："黄群，人活一辈子，只有几步路是最关键的。这几步路走得怎么样，会决定性地影响这个人一生的价值、作用、前程和结局。对一个企业、一个单位、一个地区，甚至对于一个国家、一个民族、一个时代，也是这样。这二十来个小时，对大山子就是这样一个极具关键意义的时刻。这一段时间，我一直在考虑，我作为开发区的一把手，必须解决这样一个战略性问题：大山子要向哪个方向发展，下一步到底要走一着什么棋，才能做活大山子整盘棋。我们有一个很大的冶金企业，但设备和产品都很老旧，没法跟人家竞争。我一下子又拿不到那么多的资金，根据国际和国内市场的需要去改造它们。我们的矿务局也是个沉重的包袱。这些年，国有大煤矿让无数不规范的乡镇小煤窑挤得几乎没有了一点儿生存空间。现在国家已经开始整顿这些小煤窑，但什么时候见成效，还很难说。我一直在想，能不能把我们的煤变成另一种资源，进入另一个市场，可能就是一步活棋了。可那也需要一笔巨大的资金。可我没有，我寸步难行啊。钱哪，有时候，一个惊世英雄也会被这么一个'钱'字困死啊。这次德国人愿意掏钱来建坑口电厂，对我们是一个千载难逢的机会。黄群，真是千载难逢，天助我也，上帝伸出他万能的手来了，浓雾中奇迹般地透出一道强光。如果我们能争取到这几个亿美元的投资，争取到那个特大型坑口电厂，就能就地把我们的煤变成电，而电在今后相当长的一个时期里，都是国内的'紧缺商品'。这样，首先，我为我们那几千万吨煤找到了出路，然后，我就可以积累资金，用借鸡生蛋的方法去融资，拿到更多的钱去改造冶金那一摊儿，于是，一通百通，大山子就有希望了，就能真正走出困境了。黄群，我亲爱的夫人，请支持我一下，配合我一下……"

马扬的目光在灼灼闪烁，而且通体每一个节骨眼儿里都在流露出一种异样温情的祈求。

黄群知道马扬说的这一切都是"真理"，但是……但是他头部有伤啊……她怎么能同意他带着这样的伤去组织那样一次大"战役"呢？这不是要他的命吗？她是他的妻子，是他女儿的生身母亲，要她心甘情愿地说出"行，你就拿自己的命去换大山子的前程吧"那样的话，她说不出口……她真的说不出口啊！于是她一甩肩，起身向门外走去了。等她拉开门，却看到医院的院长和主治大夫站在门外，忙擦去泪水。院长和主治大夫是得到护士的报告，说马主任跟夫人吵得不可开交，死活要去召开一个什么会议，急忙赶来做马扬的工作的，正赶上在门外听到了马扬这一番痛心疾首的肺腑之言。

都是大山子人啊！还要说什么？还能说什么？院长沉默了，犹豫了。

"十分钟后，我要在这儿召开开发区党委会。三十五分钟后，你也要去机关小礼堂参加我召开的全开发区科以上干部大会。你、我，我们共同为大山子的今天和明天负责……"马扬一边对院长这么说，一边脱去病号服，想换上平时穿的衣服。院长本能地上前阻拦："马主任，您听我说……"

马扬显然有些生气了："现在没时间再听你说了。你这个医院是我们开发区属下的医院，你这个院长是我可以任免的院长——我这可不是在吓唬你。你现在什么也别说了，听我安排，马上为我做三件事。一、二十四小时之内，你不能让任何人知道我这脑袋上有这么一条裂缝，特别不能让明天可能会来的德国人知道这一点。从现在开始的二十四小时内，这是我们大山子开发区的最高机密。它不仅具有最高级别的商业意义，也具有最高级别的政治意义。如果你向外透露半点儿这方面的消息，我立即撤了你。你还要向我保证管住你这儿所有知道这个秘密的人的嘴。二、从现在开始，你派两名医护人员，身穿便装，携带急救箱，随我一起行动。他们的任务是，必须保证我在这二十四小时里能像正常人那样说话和行动，在这一方面给我以足够的医疗支持和医术保障。三、找一些最好的止痛片给我，要最好的。"

院长心里酸酸的哽哽的，又无奈地说了句："好吧……"便转身出门去落实马扬的这三点指示了。走到丁秘书身旁，他停了下来，对丁秘书说："现在你可以把那张 X 光片子还给我们了吧？我们得根据片子上的情况，去认真研究一下，明天这一天怎么确保我们这位首长头骨上的'裂缝'不至于变成'裂洞'！"

第四十一章

机关科以上干部会是个紧急动员大会。为接待德方考察组，马扬在会上做了一系列的安排，可以说，三十万人总动员，整个开发区都拉响了"防空警报"。会后，组织人事部（前阶段开发区机构改革，把党的组织部门和行政的劳动人事部门合并了）奉命在全区内寻找精通或能进行德语会话的人才，居然找到了二十多位。"真不少啊，咱大山子还真是藏龙卧虎！"杨部长感叹。"但是，其中有十一二位已经老得不行了，就是请他们来了，也不管用了……"一位干事说明道。"那也得请，马主任交代了，一定要把懂德语的人才统统请到现场。让德方人员感受到一种气氛，这也是软环

216

境的一个方面。"杨部长坚持道。"据了解，在二监狱还有一位通德语的人哩。""二监狱？劳改哩？""是，判了十五年刑，诈骗罪。"

"那就算了吧，十五年后再请他吧。"杨部长笑道，然后又催问，"找了田院士没有？"大山子几十年来一直设有钢铁和煤炭两个研究所，聚集了一批这方面的高级人才，其中还有一位姓田的工程院院士，人称大山子"唯一的国宝"。

"马主任特别交代了，田院士当年就是留德的，又是国内机电方面的顶级专家，所以，无论从哪方面说，明天都得请他到场。"杨部长强调。工作人员忙答应："我这就去通知田老，这就去。""不是通知人家，是请人家，而且是恳请人家——把心态和位置都放对了！"杨部长追着那工作人员的后背，又补充叮嘱了一句。

这时，邱宏元召集省计委、省经贸委和省建委的同志，就坑口电厂能否"落户"大山子的问题做最后的认定。开会前，他听说贡开宸还在去军区干休所的路上，便让秘书赶快给他打个电话："告诉贡书记，我这儿有了结果，会马上跟他通气的。请他那边一完事，尽快回来。"

其实，贡开宸这时已经准备离开军区某干休所了。他没在那儿待太长的时间。今天本没有这样的日程安排，也是为了"掩护"跟大山子市公安局局长去"单独交谈"，才决定来这儿过一下的。干休所的几位领导和一些住所的老同志见贡书记要走，都执意要出来送一送。等大奥迪缓缓驶出干休所大门，贡开宸的司机发现，有两辆挂军牌的轿车从后面缓缓地跟了上来。贡开宸问："这是干啥的？"司机笑道："可能是护送我们的吧。""告诉他们，别送。"贡开宸皱起眉头说道。司机笑道："部队领导的一点儿心意……"贡开宸固执地冲他挥了挥手。司机忙下车，去传达贡书记的意思了。那两辆车果然缓缓掉转头去了。但没驶出多远，那两辆小车又飞快地赶了上来，等接近大奥迪时，带头的那一辆按了两下喇叭。开车的是个军人，他放下车窗，冲大奥迪这边招招手，示意它停下。大奥迪停下后，那两辆小车也停了下来，从车里走下好几个军人，领头的是一个中校军官。中校军官向贡开宸敬了个礼，报告道："首长，有命令，还是要我们来护送您回去。"贡开宸嘿嘿一笑道："护送什么？这是敌占区呀？""刚才我们接到省委办公厅负责同志的一个电话，说，首长这回单车单人出来，希望我们派车派人护送一下。""瞎闹腾。"贡开宸说着，他身边的手机响了。

打电话的是邱宏元。会开完了。他告诉贡开宸："与会的同志认真研究了一下，都觉得，从各方面来说，马扬那儿还不具备筹建大型坑口电厂的条件。假如真把德国人领到大山子，看到大山子那副破旧模样，一下倒了他们的胃口，很有可能对我们整个省都会失去兴趣，那就非常糟糕了。请您最后再考虑一下……"

打完电话，贡开宸立即让司机打道回大山子。他想马上去做一下马扬的工作。

大奥迪在两辆军车一前一后的护送下，渐渐接近大山子。贡开宸十分诧异地看到，离开大山子还不到两个小时，大山子好像一块发酵过了头的生面团似的，突然发生了"形变"。只见街道上到处活动着各种各样的人群，在冲洗路面、拆除窝棚、擦拭非法小广告、更换破损路灯灯泡、清除垃圾堆、重新油漆马路中央的隔离墩……仿佛在准备过大年。车到医院，医院的院子里也聚集着许多医护人员在打扫卫生。"你们干吗呢？是要接受爱国卫生大检查？"贡开宸问匆匆赶来迎接他的院长。院长答道："准备接待外宾。"贡开宸问："什么外宾？"院长忙答："德国人。""德国人？谁在开这样的玩笑？"贡开宸一惊，再问。院长犹豫了一下，答道："没人在开玩笑。马……马主任刚在大会上做了动员。"贡开宸一听，马上明白是怎么回事了，便气呼呼地说了句："躺在医院里还不老实！走，带我找他去。"院长忙说："他走了。下午，您走了以后不久，他就走了。"贡开宸又一惊："什么？！你怎么让他走了？"院长无奈地说："他说他要走……"贡开宸很生气地："他说他要走，你就让他走了？他是你的病人！"院长苦笑着，也很无奈地叹了口气道："他还是我的顶头上司啊……"

管委会机关那幢旧楼里这时同样忙成一片，一部分机关干部和勤杂工在整理内务，另一部分人则在为接待德方人员做着其他方面的准备。马扬办公室里更是电话铃声响成了一片，里外三四部电话机这时候都好像要响爆了似的。"什么？只搞到两辆推土机？那三万平方米的旧厂房今晚十二点以前，必须炸掉，明天天亮前必须把场地清出来。两辆推土机怎么够使？最起码得十辆……"马扬拿起其中一部电话大声嚷嚷着。在办公室的一角，坐着两位穿便装的中年医护人员，目不转睛地在一旁守候着。院长原先派来的是两位眉清目秀却身单力薄的女大夫，马扬一见，便笑道："院长大人，这节骨眼儿上，派俩林黛玉守在我身边，想干吗？乱我阵脚？再说那副弱不禁风的样子，到时候，你是准备让我来抢救她们呢，还是让她们来抢救我？你以为我这儿从现在开始的这二十四小时好过？"不由分说地把她们"哄"回去了。

同时，马扬还在亲自过问另一档事，就是杜光华的那份合同。他让丁秘书一直等在文印室，只待打印出正稿，就赶紧拿去给杜光华过目。然后他又催问其他各种要签署的法律文书是否都准备妥帖，是否也已让杜先生过目认可，请开发区的法律顾问审看过没有。在得到肯定的答复后，他又拉着杜光华一起去看省建筑设计院和园林规划设计所为"永在岗"服务公司新营业点和那三万平方米绿地所做的设计规划方案。那些方案已画出彩色效果图，全都张挂在大会议室里。

"赵劳模来了没有？"一边走，他一边问。

设计师们和赵长林也已经在会议室里等着了。

马扬走到一张长沙发前，无奈地笑了笑："各位，要失礼了，我得躺着听你们汇报了，今天有点儿小小的不舒服。"这时，赵长林和设计师，甚至包括杜光华才发现有两个陌生男子，各提着一只医疗器械箱，紧跟在马扬的身后。一进会议室，其中的一位忙调整了一下沙发上的那个大靠枕，搀扶着马扬躺了下来；另一位从药箱里拿出一小瓶分装好的药片和药丸，递给马扬，又递给他一小杯水。马扬当然已感觉出他们的诧异，仿佛敬酒似的，冲着那几位设计师扬了扬手中那一小杯水，说道："大师，请开始吧。"然后他转头对杜光华和赵长林又说道："这几张彩色效果图上画的就是将来建成了的新'永在岗'公司营业点和那块三万平方米绿地的模样。你们有什么要求、想法，可以向设计师们提出来，他们会连夜修改的。"然后做了个手势，助手们便赶紧把效果图前的几盏射灯全打开，蓝天白云绿草树丛，再加上颇有现代意味的商住楼店面点缀其间，果然"蓬荜生辉""非同凡响"。

但杜光华好像并没有为之所动，沉吟了一会儿，向马扬示意了一下，提了个问题："马主任，现在我肯定是要跟您签这个投资协议了。您现在能不能帮我解开这个谜团，您啥都没干哩，为什么要花那么大的代价，在这儿搞三万平方米的绿地，还非得是德国进口的草皮？特别是逼着大伙儿非得在明天德国考察组到大山子前，把这些只存在于纸上的美景表达出来，真正的用意到底是什么？"

马扬微微一笑道："还不明白？"

杜光华默默一笑道："还不明白。"

马扬得意地出声笑道："伙计，怎么样，跟不上趟了吧？其实用意很简单，我要向德国人证明，明天他们看到的这个大山子绝对不是一年后他们能看到的那个大山子。我要告诉他们，我一切都准备妥了，只需要再加上上帝给的时间，一年后的大山子就一定会是他们在这些效果图上所看到的那个模样。我要让他们放心在我这儿投资……"

"用我今天这个一千万的投资协议和这几张效果图，明天去为您的大山子钓德国人那几个亿的美元？你真高明！"

"说'钓'太难听，还是说'铺路'贴切。另外，我要严肃地纠正你的一个提法，什么叫'我的大山子'？光华先生，从现在起，这个大山子也是你的了。你原来就是大山子的子弟嘛，现在更是它的一分子了，三十万分之一——大山子维系着我们共同的命运。"

这时，组织人事部的杨部长匆匆走来，对丁秘书说："能请马主任出来说件事吗？"丁秘书笑着问："特急？"杨部长也笑着答："三个加号。"不一会儿，丁秘书便把马扬请了出来。杨部长告诉马扬，他们费了九牛二虎之力，也没找到田院士，最后才闹清，中组部、中宣部、国家劳动人事部和中科院、工程院等几家联合邀请了几十位两院院士和一些搞人文科学方面的专家去海南休养，田院士也在被邀之列，已经离开大山子了。

马扬沉吟了一下，说道："不行，明天一定得请田老在德方人员面前亮一下相。我方谈判阵容中，有这么个留学过德国的工程院院士，分量就会很不一样。你们跟他通上话了没有？"杨部长说："通上话了，在他登机前几分钟通上话的。"马扬问："他怎么走？直接飞海南？"杨部长答："他说走北京，再飞海南。"马扬说："你跟他说了大型坑口电厂的事了吗？"杨部长答："说了。可他根本不相信我们能把这样的项目从德国人手里争取过来。"马扬说："你要跟他说清楚，不是我们去争取，现在是要让他和我们一起去争取，一起去跟德国人谈。"说这话的时候，声音高了些，头部伤口处一阵阵火辣辣的疼袭来，差一点儿让他不能支撑。杨部长忙去搀扶他。马扬推开他的手："没事……他什么时候到北京？"杨部长看了看手表："该到了吧。"马扬问："这次去海南休养的主办单位是谁？"杨部长答："国家劳动人事部。"马扬当即决定："马上给主管方面打电话。"杨部长为难地说："这会儿……"

马扬正色道："马上去打。告诉他们，我们有十万火急的事，必须请田院士回来一下。二十四小时以后，我们派专人送他去海南，保证不会误了院士的休养。"杨部长仍犹豫着。

马扬催促："去呀！"杨部长这才转身离去。马扬却又叫道："等一等。你有田院士手机号吗？给我拨通他的手机。"

手机响时，田院士正和老伴一起，跟着主办单位来接他们的工作人员走出首都机场候机大厅。手机是放在老伴的背囊里的。老伴跟小年轻似的，背了一个很时兴的双肩背囊。老伴取出手机，接通后，告诉田院士："又来找麻烦了。""谁啊？"田老问。"那个新上任的小年轻。"老伴笑道。"哪个新上任的小年轻？"田老问。"还有谁？那个马扬呗。"老伴笑着把手机递了过去。

"田院士，我是马扬。很是抱歉啊，刚下飞机就来打扰您。我得请您回来啊，十万火急，您千万别说不行……"说到这儿，马扬觉得后脖颈上热乎乎地好像有条毛毛虫在爬，不经心地伸出两根手指去蹭了一下，缩回手指来一看，却见满手指黏腻、鲜红。原来头部的伤口里有一小注鲜血慢慢地、慢慢地渗出绷带的缝隙和发际，正沿着脖梗细细地蠕动下来。他忙将后脑勺转向没人的那个方向，继续对田老说道："我一切都安排好了。开发区驻京办的同志马上赶到机场来为您办理返程机票……二十四小时后，我派人送您和您的老伴去海南……"

几分钟后，丁秘书便接到了马扬的指令，让他在二十四小时后护送田院士去海南。"这节骨眼儿上，还是让我留在你身边好一些……派别的同志去护送吧……"小丁提议道。"这节骨眼儿上，把田院士夫妇安全快捷地送达海南，就是头号任务。懂吗？"马扬劝道。丁秘书没再坚持，便回办公室去打听航班和机票事项，刚放下电话，听到有人敲门，刚应了声"请进"门便被推开了，抬头一看，不觉一惊，来人居然是贡开宸。

"马扬呢？"贡开宸闷闷地问，眼睛都不看着小丁。小丁从书记的脸色和语气上感觉到出什么事了，就没敢告诉他马扬的去处，只说去找找，赶紧"溜"到会议室，悄悄跟马扬报告了这情况。马扬立即中止了这边的研究，赶到办公室。贡开宸向丁秘书和随即一起跟过来的那两位医护人员挥了挥手，那意思是让他们离开这儿。小丁稍稍迟疑了一下，瞟了一眼马扬，见马扬也不敢挽留他们，便赶紧替书记沏上一杯好茶，知趣地带着那两位医护人员走了。

"你躺着。我有话要问你。"贡开宸说道。虽然有贡开宸发出的这样的指令，可马扬哪敢躺下啊！见马扬依然傻傻地站着，贡开宸指着沙发，提高了声音，再次下令道："我让你躺着！"马扬索索地坐了下来。贡开宸又叫了一声："躺着！不会躺？"马扬为难地叫了声："贡书记……"贡开宸大步走到门外，把守候在门外的两个医护人员和丁秘书都叫了进来，指着马扬对他们说道："扶他躺下。"医护人员和丁秘书怔怔地看看马扬，又看看贡开宸，不敢贸然动手。贡开宸有点儿恼火了："我说什么了？"医护人员和丁秘书这才忙上前扶马扬在长沙发上躺下。"谢谢，你们可以出去了。"贡开宸的脸色稍稍缓和了些。

医护人员和丁秘书赶紧走出办公室。办公室里又只剩下了贡开宸和马扬两人。马扬不好意思全躺下，但又不敢不躺下，就这样半躺不躺、又躺又不躺，很难受地在长沙发上蹶着。

"马扬，你跟我玩什么花招？"贡开宸在略略沉默了一会儿后，终于发话了。这话从省委书记嘴里说出来，当然是极有分量的，马扬惊得一下坐了起来。"躺下！"贡开宸随即又下令道。马扬愣怔了一下，又只得慢慢地往下躺去。"自己不跟我说真话，还不许别人跟我说真话，你想干什么？""我……我怎么不跟您说真话了？""还在跟我编瞎话！"

这时，从门外传来一阵响动。大概是机关里有些人听说贡书记来了，在跟马主任发火，有好心的，也有好奇的，更有好事的，纷纷前来探个究竟。

贡开宸大步走到门外，对偎缩在门外的那些人呵斥道："待远点儿！"那些人赶紧往一边走去。随即，办公室门"砰"的一声关上了。那几个人吓了一跳，面面相觑。这时，黄群带着女儿，提着一串不锈钢饭盒，给马扬送饭来。丁秘书忙迎上去，把她们往另一个办公室带。黄群不解地问："他没在他自己的办公室里？"丁秘书一个劲儿做着手势，让她别作声。

"为什么要市局的领导对我封锁案件的真实情况？你曾经怀疑郭秘书，后来怀疑宋副书记，现在又怀疑我……"

马扬低头坐着不作声。

"为什么不说话？"

马扬抬起头，平静地答道："贡书记，您相信我是我党的一个忠诚干部吗？"

"现在的问题是，您马先生相信不相信我贡开宸是我党的一个忠诚干部！"

"您是省委书记……党中央最信得过的人……"

"少来这一套！"

"贡书记，我现在没法把我的心掏给您看……我也没法跟您解释我为什么要在上午汇报讨论案情时，在您面前说了不真实的话……"

"什么不真实？完全是假话。"

"是，我说了假话。"

"为什么？"

"能容我过二十四小时后，再向您解释吗？"

"为什么要过二十四小时？二十四小时你能获取什么保险？"

"在您老面前，我还能有什么保险？无非是，过了二十四小时，您就是撤了我，'双规'了我，对我来说，也无关大局了……"马扬苦笑着长叹道。

"这话什么意思？"

马扬没答话。

"二十四小时……你想把德国的那笔投资争取到手？告诉你，这已经不可能了！"

马扬一惊。

"在发生了所有这一切事情以后，难道你还想要那笔投资？还想让我们能放心地把这个项目交给你？"

马扬一下站了起来，脸色刷一下变苍白了："贡书记，这个项目直接关系到大山子三十万人和整个开发区的前程。您不能因为一个马扬得罪了您，做了什么在您看来似乎是错误的事情，就去惩罚那三十万人，毁了整个开发区的前程。开发区是国家的，这三十万个平民百姓，他们是没有罪的……"

"我先跟你把话说清楚，如果省里最后做出决定，不把这个项目放在大山子，跟今天你我这场争论没有任何关系……"

"贡书记，您处分我吧，您现在就把我撤了，开除了，但是，求您了，求您收回那个决定，给大山子人一个机会……求您了……"也许是太紧张了，也太用力了，还没等他说完这段话，马扬的头部再一次剧烈地疼痛起来。这一次疼痛来势很猛，马扬脸色一下变青灰了，虽然紧咬着牙关，但依然疼得浑身直打战，人怎么也站不住，便一点点软瘫了下来。

贡开宸忙跑到门外，大叫："大夫……大夫……"

第四十二章

几分钟后，当天先回到省城，然后一直留守在省委大楼办公室里的郭立明接到了贡开宸打来的电话。电话铃响了有几十秒钟，郭立明犹豫着没去接。他不是不想接贡开宸的电话，而是有一点儿怕接宋副书记的电话。因为他刚接了宋副书记的一个电话。还在大山子医院里待着的宋海峰打这电话，用意似乎只是想跟小郭"随意"聊聊。"房子问题解决了没有？最近又去找过头南区房管所吗？"宋海峰问。"这件事真的太谢谢您了，宋副书记。那天，还没等我去找，房管所的同志主动找上门来了，把房票都给开好了。"

郭立明忙答道。"房子怎么样？还凑合吧？"宋海峰又问。"可以，完全可以。挺大的，两室一厅，六七十平方米。虽然是个旧房子，两个老人住，挺宽敞的了。"郭立明忙答。"旧房？怎么给了你一个旧房？"宋海峰不高兴地问。"宋书记，旧房就可以了，反正老人也只是临时住一下。"郭立明忙答。"你看房管所的这两个家伙，一点儿都不会办事。""宋书记，真的很好了……房子朝向也挺好，位置也算居中，真的不用再去麻烦他们了。""这算什么麻烦吗？这两个家伙全是我在那儿当区委书记时提起来的，让他们办这么点儿事，还怎么了？""宋书记，真的不用换了，已经非常好了，两位老人挺高兴的。""真不用换了？""不用，绝对不用。""那行，什么时候觉得不合适了再跟我说，我再让他们给你换。还有件事，恒发公司的张总你知道吗？就是那个张大康，昨天给我送来两张高尔夫俱乐部的会员金卡。你看，贡书记有空上那儿去休息休息、放松放松嘛！""这事……还是趁早别跟贡书记说，说了也是找骂！""那你拿去玩吧。""嗨，我玩什么高尔夫！""你怎么就不能玩高尔夫？那地方不光有高尔夫，还有住的、吃的、桑拿按摩什么的，环境也挺好的。拿着会员卡去消费，你一切花销，只要签个单就行了，不用你付现金，那个张总最后会跟他们去结账的。""不是那意思。宋书记，我真的谢谢了……""带两位老人去见识见识嘛，他们也是难得来省城一次。就是不想去玩，你让谁去把那会员卡退了，一张金卡也能退好几万块钱哩，替老人买几身衣服，买点儿日用品什么的。一会儿，你上我这儿来拿吧。"郭立明忙说："宋书记，真的不用了……"还没等话音落地，宋海峰说了句："好了，就这样吧。""啪"的一声，就把电话挂了。郭立明只得也慢慢放下电话，不知为什么，脸一阵阵燥热，心也怦怦乱跳，只能呆坐着。过了一会儿，电话铃突然又响起。他以为又是宋副书记打来的，便有些怕接……但宋副书记的电话无论如何是不能不接的，这才在犹豫了一阵以后，勉勉强强地拿起了电话，仔细一听，才知是贡书记的电话。贡开宸让他赶紧给陆军总院领导打个电话，请他们马上派一架救护直升机到大山子，把马扬送往省人民医院抢救……

机身上标着巨大红十字的军用直升机很快降落在大山子医院主楼前的广

场上。几位军医下了飞机后，捂着帽子，猫着腰，快速向主楼跑去。但马扬却说什么也不上飞机。已经被安放在平车上的他，拉住黄群的手，强挣着直起自己的上半身，对贡开宸说："等一等……等一等……贡书记，容我跟您再说几句……"贡开宸不搭理他的请求："有什么话，到陆军总院再说。"马扬却坚持道："一定要在这儿说，一定要现在就说！只有几句……几句……"宋海峰也皱起眉头批评马扬："你怎么这么不听话？"马扬忍着剧痛："只有几句……几句……"贡开宸只得答应了，多少有些无奈地说道："好吧。你们暂且都出去一下。"在场的绝大多数人立即走了出去，剩下宋海峰。宋海峰犹豫了一下，见贡开宸没有那种要留他下来的意思，便只得也出去了。

"说吧。"贡开宸冷冷地说道。

马扬挣扎着下了平车，摇摇晃晃地去关门，然后一手扶住平车，颤颤地站在贡开宸面前，对他说："今天白天，我对您说了假话，我错了，不管是什么缘故造成的，都非常错误，我承担责任。""说假话，还有缘故？"贡开宸的神情依然十分严峻。他最容不得手下的人对他说假话，更何况像马扬这样重要的干部呢？"我是错了……"马扬诚恳地又重复了一遍。"什么原因让你对我说假话？"贡开宸毫不客气地追问。"我会对您交代这里全部的原因的。但是，请原谅，在这时候、这场合，还不便跟您说。"

贡开宸疑惑地又很不高兴地打量了马扬一眼。

"请您相信我，我这么做确实是事出有因，又实属无奈。"马扬恳切地说道。贡开宸仍疑惑地打量着马扬。

"我会尽快找个合适的时机，向您报告这里的原因，并且，就说假话的问题，向您做进一步的检讨……但是，今天，我无论如何不能离开大山子。不瞒您说，我已经把大山子三十万人全都发动起来，准备迎接德国方面的考察小组。箭在弦上，只待一发。我作为这三十万人的发动者，这时刻突然走了，不仅失信于民，也失信于天啊！贡书记……"

贡开宸激愤起来："我已经对你说了，这件事，不可能！马扬，你是挺聪明的一个人，这会儿怎么变得这么固执、迂腐，甚至……我都不好意思说你变得这么愚蠢！就大山子目前这种状况，人家外商怎么可能把一笔价值三四亿美元的投资投到这儿？马扬同志，人家是西方发达国家的大企业主、大金融家，是精明透顶的、每一根毛细血管都浸透了金钱意识的资本家。他们到中国来，是寻找赚钱的合作伙伴，不是来行善扶贫的。你企望他能可怜你？就是有那么一点儿好心，愿意救一救穷，也不会给你几个亿的美元！他认识你是谁啊！"

"贡书记，我没想让他们扶贫。我要让他们看到，在大山子有他们一个最出色的合作伙伴。您让我试一试。"

这时，门外传来一阵吵吵声。过了一会儿，丁秘书敲敲门走了进来，报告道："杨部长十万火急，要见您。"马扬应道："让他等一会儿。"丁秘书略有些为难地补充道："是关于召集全开发区工程技术专业人员大会的事……"

马扬一听，立即改变了主意，转身对贡开宸说："贡书记，耽搁两分钟，我跟老杨说几句。"然后让小丁赶快把杨部长叫了进来。杨部长一进门，先恭恭敬敬地冲着贡开宸叫了声"贡书记"，然后赶紧问马扬："您身体怎么样？"马扬立即打断他的话，说道："别扯我，专业人员大会的事怎么了？"

杨部长便问："明天还召集不召集全体专业人员了？"

马扬一耸眉头："谁说不召集了？"

"机关里都在传，说省里已经定了不把那个坑口电厂项目给咱们，又说你伤得挺厉害，根本不可能主持明天所有的活动。"

"就这事？"

"就这事。"

"那你先回。把手机开着，一会儿我再跟你说。"

杨部长犹豫了一下，好像就这么走了心有不甘似的，但又不能不走，便只得说："行……我等您的回话。贡书记，您还有什么事吗？"

贡开宸冲他挥了挥手，什么也没说，等那位杨部长走了后，却问马扬："你召集开发区所有的专业技术人员来干什么？"马扬稍稍喘了口气，等一阵剧痛发作过去后，缓缓答道："作为一个有几十年历史的特大型国有企业，大山子的确有它致命的弱点。但它也有一般企业厂矿无法比拟的长处，那就是人才优势。几十年来，您应该很清楚，我们这儿积聚了一大批高级工程技术专家。大山子近年来的衰落，不是因为它没有人才，而是因为它僵硬的管理体制严重地阻碍了人才优势的发挥。我们这儿的确没有优美的环境，没有成片的绿地，没有音乐喷泉，也没有古树成荫的街心花园，但是我们有中国最好的工程技术专家和技术工人。我相信，德国方面的这些行家是识货的，他们会掂量出大山子这一方面优势的真正分量的。办企业，毕竟还是要靠人啊。我请他们直接和我们这些工程技术专家和高级技术工人见面，让他们自己去考核我们这方面的优势。我们还有好几个到德国留过学的专家……"

听马扬这么一说，贡开宸面部的表情和整个神态开始缓和下来："马扬，我非常欣赏你这种不屈不挠的精神。这一点，在今天的中国，在我们K省，很难得。这也正是中央领导要求我们具备的东西。但是，你一定要明白，省里已经做了最后的决定，德方工作小组肯定不会再到你这大山子来了。他们在K省一共就待那么两天，日程已经全部排满。后天下午他们就飞北京，去中南海晋见我们的总理，然后，他们就回德国了……马扬，不要固执了，以后再说吧。等你把大山子稍稍整出一点儿模样，这样的机会，以后还是会有的。"

马扬低下头，不作声了。

几分钟后，贡开宸来到院长办公室，通知等候在那儿的陆军总医院来的那几位军医，他和马扬的谈话已经结束，让他们"立即行动"。于是，直升机的翼片开始轰轰地旋转起来，留守在机舱里的医护人员打开舱门，准备接受转运的伤者。院长和主治大夫，还有陆军总医院的那几位军医匆匆向急诊室走去。马扬在开发区管委会机关旧楼里伤情加剧后，即被送到这儿做紧急处理。但等他们走进急诊室一看，不禁全愣住了——马扬不见了。赶紧里里外外地找，都没找见，只在一张斑驳的白漆面桌上找到这样一张纸条，是写给贡开宸的。纸条上写着这样两句话：

贡书记：

这二十四小时，我真的不能离开大山子。请您理解，并宽谅。

一再地冒犯，容后当面请求处分。

马扬于即日

而正如马扬所预料的，他不顾一切"逃"出医院，回到机关旧楼，不啻给已堕入沮丧绝望边缘的接待筹备工作注入了一针最有效的兴奋剂。霎时间，"马主任回来了！马主任回来了！"的叫嚷声便电传般回响在走廊的各个角落。只见，正在吃盒饭的，赶紧收起饭盒；已经出了办公室门、打算下班回家的，又赶紧返回了办公室；那几张彩色效果图已经被收进大柜子里去了，现在又重新从柜子里取了出来；每一个办公室的电话又都开始忙碌起来……

　　回到机关后，他做的第一件事是跟杜光华把协议签了。不仅签投资协议，还把那份建设三万平方米绿地的协议也签了。而后，他有些支持不住了，在那张长沙发上躺了一会儿。

　　这时，开发区办公室的一个工作人员走到马扬身边，悄悄地告诉他，办公室主任有急事找他。马扬强撑着站起，对杜光华说了声："对不起。一会儿让丁秘书送你回宾馆。过些时候，我再去看你。"杜光华忙说："你忙，你忙。还有什么事需要我做的吗？"马扬紧紧地握了握杜光华的手，热诚地说道："你已经为我们做了很多了。谢谢，非常感谢。"

　　办公室主任奉马扬之命，去搞清德方考察小组明天一天的日程安排。

　　马扬一进门就问："情况搞准了？""应该说，基本上是准确的。"办公室主任年龄不算大，他父亲也是个老机关。他从小就跟着父亲在机关长大，特懂机关上下的那一套，方方面面特有人缘，也特会办事，但又比较稳健，从不说过头话，也不做过头事。"别闹半天只跟我搞来一个'基本准确'啊！明天这场戏，可就全靠这一锤子买卖了。你一定得给我说个准话。"马扬笑着逼问。办公室主任咬了咬牙说道："准确，这回肯定准确。他们今天晚上的日程是，邱省长出面宴请德国工作小组全体成员和德国驻华大使馆的经济参赞……""参赞大人也来了？好，来的官员的层次越高，这事越好办。""宴请完了，还有个情况介绍会。由省计委和省经贸委的同志，向德国客人介绍我省的概况，以及原定几个中方候选合作单位的情况。"

　　马扬赶紧问："那几个中方候选合作单位领导今天晚上跟德国方见不见面？"

"不见面。他们之间见面是明天上午的事。"

"好，他们今晚不见面，好。"

"明天上午，德国工作小组全体成员七点起床……七点半早餐……八点半出发……"

"够早的。"

"这您一定清楚，德国人办事特守时，特严谨。"

"那我们八点前必须赶到？"

开发区办公室一位副主任想了想，说道："八点都有点儿晚了。"

接待筹备工作领导小组主要成员之一的杨部长说道："也不能太早。去得太早，惊动了省里那帮人，会出来阻止我们的行动的。"

马扬拍板道："就八点。德国人刚吃完早饭，离出发还有半个小时，这时候，省里的同志也不会去打扰他们。咱们就趁这个空当，来个'奇袭白虎团'。"然后他又回头问杨部长："所有定了中高级职称的工程技术骨干都通知到了？"

"都已经通知了一遍。"

"什么叫'通知'了一遍？你还准备通知第几遍？"

"所有拥有中高级职称的工程技术人员都通知他们做好来和德国专家见面的准备。但考虑到，这些技术人员中，还有一部分平时牢骚怪话、思想问题比较多，工作不太稳定，想请您最后定一下，这部分人是不是要请。定下来以后，再告诉他们具体的座谈时间。"

马扬想了想，说道："请。这些同志平时有牢骚，有意见，是针对我们这些当领导的，他们对中国、对中华民族、对这个大山子，都是热爱的。要相信他们，在这种关键时刻，一定会维护国家和民族的利益，这是中国知识分子天生的优势。就算是说了些难听的话，也没什么嘛。外国人就烦咱们一边倒，一个口径嘛。跟你们一接触，说的全是一样的套话，就知道假，就知道来参加座谈的是经过精心挑选过的，就没了信任感嘛。没有了基本信任，还谈什么投资？既然要让他们在中国投资，就该让他们了解中国嘛。让他们听到不同的声音，有什么可怕的？你不让他听，他们就不知道你这儿有不同的声音？啊？与其让他们偷偷摸摸地去了解，还不如我正大光明地请他们来了解，让他们充分感受到，在中国也是可以发出不同的声音的。当然，谁要反对我们的宪法，搞暴力，搞民族分裂，搞国家分裂，那是不行的。怎么样？我的意见，还是请这部分同志来。五百多位身怀绝技的工程专家，济济一堂，对大山子的未来各抒己见，各表衷心，我看这种高层次的生动活泼的场面，一定能打动德国客人。"

大约有两三秒钟的时间，所有在场的人都没作声。一种特别怪异的寂静一时间笼罩了现场。过了一会儿，杨部长犹豫道："只要您点头，咱们就这么办呗。"

马扬一看，在场的各位，对这件事的认识还有分歧，但时不我待，已没有时间深入探讨了，他当机立断了："哈哈，'就这么办呗'，看来，我们的杨部长底气还是不足啊。就这么办！出问题，我负责。不过，通知的时候，再加一句，告诉他们，座谈时，首先当然是要讲礼貌，切忌张狂；但是，也要学会适当地表现自己，要有足够的自信。自己这一生干过哪些工程，技术上有哪些特长，学术上研究过、解决过哪些问题，在客人面前也得亮一亮。一定要让客人充分感受到，大山子穷，绝对不是因为这儿的人不行。另外，我们那个国宝、工程院的田院士一定要安排在前座，要专门安排出一块时间，让德国人跟他好好接触一下。怎么样，还有什么问题？"

一个部门负责人提议："要不要再看看会议室的布置？"

马扬点点头说声："走！"就带头往外去了，并掏出一只小药瓶，又吞了两片药。检查了会议室的布置，稍稍作了些必要的调整，马扬问："还有什么问题？"办公室的几位领导都说："应该没了吧？"马扬还有些不放心，提醒道："再想想。"这一提醒，办公室主任还真想起一件大事来了："车的问题……对了，车的问题怎么解决？这还真不是个小问题哩。"一位副主任忙说："车有啥问题？我已经通知机关车队明天留下四辆车做备用……"

办公室主任说："可是没一辆好车。据说在欧美各国，汽车就是身份的象征，有身份的人之间交往，特别看重这一点。我们开着老掉牙的伏尔加之类的旧车去见人家德国客人，给人家第一印象就是，穷酸，没实力，是个办不了大事的单位。这第一印象太重要了。他们怎么敢把那么个大型坑口电厂放到我们这儿来折腾？"

马扬忙说:"有道理,第一印象不能输了。再想一想,除了车的问题,我看还有着装问题。车的问题我来解决,着装的问题,你解决。你在百货大楼当过经理,跟他们商量一下,租十五套名牌西服,后天一早还给他们。"

办公室主任犹豫了一下:"租……不行吧?"

马扬说道:"我们就穿几小时。现任经理不是你过去的助手吗?施加一下你的影响。下个星期,我请他吃饭。快去办。"

办公室主任迟疑了一下,还是走了。在走廊里,他遇到正匆匆往这边走来的丁秘书,便赶紧对他说:"那两个大夫呢,回医院了?还得让他们来盯着马主任。我看他气色特别不对头。"丁秘书忙点点头道:"我已经安排了,大夫一会儿就到。"

第四十三章

修小眉给自己脸上补了点儿妆,挑了件深色的大衣穿上,刚要出门,放在梳妆台上的那个电话机响了。她犹豫了好大一会儿,最后才决定去接。

"怎么这么长时间才来接电话?"张大康一边开着他那辆心爱的宝马车,一边说道。

"我怕又是我们家的那两位……这些日子,他俩有事没事,老往我这儿打电话。我想,他们一定是在探听我的行踪……"修小眉无奈地说道。张大康问:"哪两位?"修小眉苦笑笑:"还能有谁?志和、志英……""我早告诉你,去电信局申请个来电显示功能,瞧着不合适,就不接了……""你不接他们的电话,他们更得胡乱猜疑了。""什么年代了,你还怕人家猜疑?你为谁活着?你啊你!别瞎想了,快出门吧,还在老地方等你。"

走出楼门前,修小眉戴上一副墨镜,惶惶地向四下里探视了一下,还试着往前走了一段,确证了身前身后都没有人在监视或跟踪,这才回过头来直奔自己那辆白色普桑,钻进车里,很快发动着车,加速驶出小区,驶进那个"老地方"——一条比较幽暗僻静的小马路。果不其然,张大康那辆宝马车早已在马路边等着了。快驶近宝马车时，她突然打着车前灯，并闪了两下。宝马车随即启动，很快又走在了普桑的前头带路。两辆车不远不近地相随着，快速地向郊外驶去。

不一会儿，地平线上的幢幢楼房已被重重大山代替。无数窗户里迷人的灯光也被天边闪烁悠远的星辰替代。宝马车驶到一家规模不小的高尔夫俱乐部大门前停了下来。张大康从车窗里递出一张会员金卡，并指指后头那辆普桑，向身穿高档制服的门卫说了句什么，门卫立即开启了电动栅栏门。

修小眉好像头一次进这个俱乐部。那特别幽暗的车道，道旁或者是高大成林的观赏性阔叶树，或者是大片缓缓起伏的绒毯似的草地，包括树林上空那浓重的夜幕，以及或远或近星星点点的灯光，都平添了一种特别神秘的意味。她感到兴奋、新奇——这是跟张大康在一起，总能获得的一种心理愉悦，也是贡志成多年来总是不能给她，也不能在她身上激发出的那种愉悦。她紧张地让自己的车跟上张大康，一边又担心，下一刻不知又会发生什么——这种盼望中的忐忑和紧张也是她过去极少能从贡志成那儿获取的。她实际上是一个非常需要感性生活的人。她自认所需并不多，也不为过——她需要意外的惊喜和冲动般的递进……她早就觉出张大康是个"老谋深算"的人，她害怕这种"老谋深算"。但他一次又一次给她惊喜和激动，使她还是抵御住了走近他以后常常会产生的那种惧怕心理。当然，每次跟张大康"见面"后（她从不认为自己是在跟他"约会"），她都会告诉自己，她之所以走近张大康，是因为他跟贡志成一样，胸怀大志，又在全力推进着一项大事业。他们都是"伟男子"，可谓"雄风盖世"。她给自己做的这种心理分析，应该说是有道理的。

张大康和贡志成都属于事业性栋梁型的男人，她似乎依然行走在情感惯性的轨道上，没错吧……

拐了几个弯以后，两辆车终于停在了一幢带有欧陆风情的尖顶小别墅楼前。这时不知从什么地方突然冒出两个服务生，从他俩手里接过车钥匙，开着这两辆车去停车场了。张大康做了个手势，请修小眉进别墅。

修小眉担心地问："他们没给停车牌哩，一会儿怎么取车？"

张大康刮了她一下鼻子，笑道："别土！这儿存取车还用车牌？"

修小眉仍不放心："那一会儿，我们怎么取车啊？"

张大康挽起她的胳膊，一边趁势把她往别墅里带去，一边笑道："好了好了，我的傻大姐，这儿不是一般的宾馆。这个高尔夫俱乐部在中国，即便在亚洲也要算顶级的。走之前，只要给总台打一个电话，报上我们会员卡的号码，他们就会把车送到我们住的小楼门前。假如连这样的服务都没有，我为什么要买他的会员卡，带你上这儿来消费？办他一张会员卡，我要付他两万美元，将近十六七万块人民币哩！"

接过服务生递来的房门钥匙，张大康示意了一下，那个服务生便很知趣地离开了。在为修小眉脱大衣时，他又试探性地抚摸了一下她的肩膀。修小眉只是红红脸，回过头来对他略显有些紧张、忐忑地笑了笑，没作任何厌弃反感的表示。张大康的心兴奋得几乎多跳动了一下。随后，他带着修小眉往楼上去，一边走，一边把楼梯旁的壁灯一一关灭，只留许多暧昧和黑暗在他和她的身后，而她居然也没表示反对。在开启房门前的一刹那，他做了最后一次试探，他凝视着她的眼睛，故意用一种"大老虎吓唬小女孩儿"的口气说道："现在可只剩下你我两个人了。"她仍只是惶惶地笑笑，不适应地出了口长气，四下里打量一眼，又回过头来对他含义不明地笑笑。到这时候，张大康自己可能也不是特别清醒了——虽然他完全可以算是纵情方面的一个老手。但他这个"老手"，应算是"激情型"的，而且常常被自己的激情灼烧得不那么清醒。

房门打开了。里面自然是黑着灯。迎面涌来一股他特别熟悉，也特别喜欢的那种，很少住人但又被精心维护的高档房间所特有的气息——这是由高档地毯、真皮家具、丝质的立地灯灯罩、老式的空调和菲律宾紫檀护墙板，再加上卫生间里那种高档护肤香波久久融合成的一种气息。一闻到这种气息，张大康浑身就会感到由衷的放松，天大的烦恼在这一刻也会因之而烟消云散。他知道一进入这个"气场"，他便不用再对自己强加任何约束。社会上的一切，都被关在了门外，不必再去计算代价、后果、前程、得失、年龄、血脂高低……

他要享受，他要回报自己，袒露本能的一切，还一个真实的张大康……

于是，一进房间，他就把修小眉抱住了。修小眉一惊，忙挣扎："别……

234

别这样……"

张大康用力把她拥进怀里，轻轻地呼唤着："小眉……小眉……"修小眉不仅慌乱，而且本能地涌出一股反感，这一瞬间，多年来在枫林路十一号所造就的尊严感本能地发挥了作用："别……别这样……"说着，她从张大康的怀抱里挣脱，跑到一旁，紧靠在用金黄色提花墙纸装潢起来的墙壁上，低着头，不住地战栗起来。

张大康完全被她搞糊涂了：经过多次试探了的嘛，不至于产生如此大的反差和失误啊。他愣怔了，甚至有些不高兴了："怎么了，你……"很有些霸道地拉过修小眉的手，似乎要她说个明白。修小眉开始躲他，也设法不让他抓住自己的手，并连连地说道："别……别……"

这时，张大康的手机响了起来。修小眉好像得着救星似的，忙说："接电话！"

张大康特别生气地说道："别管它！"

修小眉索性把双手全藏到自己身后："你听我说……"

张大康继续使着他的蛮劲儿说道："今天，你听我说！"

修小眉近乎哀求了："大康……"

这时，手机又响了起来。

张大康开始骂娘了："真他妈的烦死人！"掏出手机，想关掉电源，但习惯性地先看了一下来电号码，居然无奈地叹了口气，去接这个电话了。修小眉不知何方神圣，居然能镇住这位"张大妖"，好奇地问："谁的电话？"

这时，张大康显然已顾不到修小眉了，只是做了个手势，让她别出声，很快接通手机说道："马主任，找我？"

是的，电话是马扬打来的。马扬为找张大康，都快急出心脏病来了，连着不停地拨他的手机，这小子就是不接电话。"我说张总，你在干啥活儿呢？手机老响着，就是不接！""非常抱歉，非常抱歉，刚出去了一会儿，手机没带在身上。有啥指示，请吩咐。"张大康故意做出一副谦恭状，又带一点儿调侃意味地解释道。

马扬急切地说道："啥指示，跟你借样东西。"张大康马上答道："我的马主任、马书记、马官人，老同学啦，想要啥，直说，借啥借！只要在我张大康口袋里放着的，就是你马扬的。我没有的，当了裤子，也一定替你去搞来。快说。"马扬笑道："不用你当裤子啦，把你买去的那几辆车，借我使一使就行，使四十八小时，保证还你。"张大康一跺脚道："我操！你要什么不行，偏偏要这玩意儿？"马扬拉长了声音说道："你看你看，还没让你当裤子哩……"张大康忙说："千万别误会，问题是这几辆车眼下真的不在我手里……"马扬说道："我给你打借条啦，老同学，绝对不会黑吃了你这几辆车。四十八小时后，我肯定完璧归赵，拿人格担保！"张大康真有点儿急了："老同学、老同学……我信不过谁，还能信不过你？好好好，不说了。这样吧，过二十分钟，我给你回电话。不管怎么着，我一定替你搞几辆车。要几辆？四辆？行，你等我回音！"马扬忙嘱咐："哎，不是只要四个轮子的都行，一定得是进口高档的，顶级的。"张大康一咬牙："你小子，一百年不开口，开口就得吃唐僧肉。行，进口的，高档的。我要搞不来，把我自己卖了，也替你去买几辆！"见张大康挂了电话，修小眉这才说："他跟你借什么？借车？借给他嘛。听说这个马扬人还不错，不是那种雁过拔毛、铁公鸡身上也要榨出几两油水的家伙。"

张大康叹口气道："不是不借，我刚把那几辆车处理了……"

修小眉忙问："你又卖了？不至于吧！"

张大康笑笑："卖什么卖，全拿它们走了关系了。"

修小眉又问："走了谁的关系了？"

张大康又叹道："这你就别问了。反正是给了那种你不得不给，也不能不给，给了他也不一定给你什么好脸，但不给他是肯定没好脸让你瞧的家伙。你等一等。"说着，他立即拿起手机来给自己公司总部拨了个电话。他问经办人，那几辆车是否已经送走，手机里的回答是："哪儿还有不开走的？怎么了？"张大康长长地叹了口气。经办人以为张总不高兴了，忙解释："这几辆车可是您钦定的，让我们赶紧通知那几个家伙来取。还说要越快越好，还说要跟人家说得巧妙一些，别让人觉得我们是觍着脸在给人送礼……"张大康不耐烦了："行了行了，你烦不烦啊，屁大个事就叨叨个没完！快替我想想，哪家公司老总手里还有大奔？"经办人忙问："谁啊？非得要用大奔！""我，我要用！不行？"经办人说："咱们公司不是有两辆大奔吗？"张大康恼火了："喂喂，你今天是怎么了，存心跟我较劲儿？我要用四辆大奔。听明白了吗？四辆！十分钟之内给我回话。告诉车主，我用四十八小时，肯定还。要是还不了，就用我那两辆顶。""张总，您要把咱们自己那两辆车顶了，您用啥？"

张大康气极失笑："我骑自行车，我坐公交车，再不行，我走着上下班！这用你操心吗？""行行行，我这就去给您办。"手机挂断了。张大康松了一口气，开亮顶灯，往沙发上一坐，点着支烟，舒舒坦坦地深呼了一大口。

修小眉不无感动地表扬道："真难得，为自己的老校友办事，都能这么两肋插刀。"张大康苦笑："想知道我为什么要对他那么好吗？""为什么？"修小眉问。张大康却沉默不语。修小眉又问："为什么？跟我还卖关子？"张大康笑了笑说道："跟你说了，你可别出去乱说。最近中央组织部派人来考察干部，据说你那位老公公、我们可敬的省委书记贡开宸同志，向考察组推荐了马扬……""推荐他干什么？不是刚提了他一个副省级吗？""副省级还可以再往上走一步嘛。你老公公准备让他当省委书记的接班人哩。"修小眉笑笑："小道消息。"张大康满不在意地笑道："如果你认为是小道消息，那就算它小道消息吧。"修小眉认真地再问："这是党内绝密消息，你怎么会……知道的？"

张大康故意提高了声音说道："是吗？你都忘了？是你告诉我的啊。你在你老公公身边生活，什么事瞒得了您？"

修小眉见他不肯说真话，脸一沉，拿起自己的手包就向外走去。

张大康忙追到门口，拦住她，忙说："对不起。"修小眉依然沉着脸，不理他。张大康连连追加道歉："对不起……对不起……"

修小眉转过身来，责备："你怎么对谁都没一点儿真诚呢？"

张大康趁机拉起小眉的双手："好了好了。有些事情，你知道得越少，对你越好……我是为你着想嘛。"修小眉用力抽回自己的双手，问："你买通了我公公身边的人？"张大康说："别问了。我再说一遍，有些事情，你知道得越少，对你越好。不过，有一件事倒可以跟你说一说，还算有趣。南方有一个大走私犯在受审时，曾说过这样的话，他说在他们那儿，也就是说在他待的那个城市里，你往桌上拍出二十万元现金，能让一个局长浑身哆嗦；拍出三十万元，就能让某一个当红女歌星脱下她那高贵的裤子；要是拍出五十万或一百万，就绝对地能让他那里的市政府或市委的高官替你办你所想要办的一切事情……"

修小眉的脸一下红起："你也是这么看我的？"

张大康马上觉察到自己失言了，忘形之下，居然忘了小眉也有一个"高贵"的身份，忙找补道："小眉，我怎么可能把你列入那一些人之中去呢……"

修小眉这时已经听不进张大康的解释，推开他那双伸来想拦阻她的手，一转身，噔噔噔地就跑下楼去了。

第四十四章

贡开宸回到省委大楼，已经是夜里十一点多了。一进办公室门，他就接到邱宏元打来的电话，说要见他。贡开宸已经好长时间没过省政府大楼那边去了，就说："你等着，我过去。"贡开宸走进省长办公室，一边脱大衣，一边问："跟德国人谈得怎么样？"邱宏元一边亲自给贡开宸沏茶，一边说道："跟德国人谈得挺好。可是我得到一个消息，还没最后核实，是关于马扬的。"

贡开宸眉毛一耸道："哦？关于马扬的？什么事？"邱宏元说道："先说我这茶怎么样？"贡开宸笑道："你邱省长这儿从来就没好茶。"邱宏元忙笑道："我这可是北京顶级的花茶。"贡开宸笑道："瞧瞧，大省长又露怯了吧。告诉你，第一，真正的茶客是不喝花茶的！第二，北京出高干，但不出茶叶。""可我这最好的花茶就是在北京买的。"省长同志继续"狡辩"。"那是，在北京南城西边有一条街，叫马连道，是整个华北地区茶叶销售流通的集散中心之一。在那儿你可以买到全国最好的茶叶，但它还是不出茶叶。"书记同志继续不动声色地"贬损"着省长同志。"你要喝绿茶那还不简单。说，想喝什么样的绿茶。"省长同志说着，"哗"地打开办公桌后头一个硬木柜的柜门，好家伙，在其中一格里，存放着十几罐各式各样的茶。贡开宸忙捂住自己的茶杯，笑道："别浪费了。再怎么说，花茶也是茶嘛，让咱们继续把它喝完，喝完……"

紧接着，两个人就切入正题。

邱宏元得到的消息是，明天一早，马扬将亲自带人到白云宾馆，强行把德国客人请到大山子。贡开宸一听，还乐了："这小子，能有这一手，搞'劫持'？"邱宏元说道："这消息虽然还没经最后核实，但已经不止一个人给我报了这信儿。"

很快，笑容便一点儿一点儿地从贡开宸的脸上褪去。

邱宏元提议道："是不是应该给马扬这小子打个电话。有积极性是好的，有创造精神更可贵，但凡事总还得讲个规矩、信誉，讲个组织原则，不能只顾自己，不能想怎么着就怎么着。况且这还是一档涉外的大事，更不能胡来。"

这时，省长的秘书走进来报告，805矿务局的戴局长和山南地区的孟专员要见省长。邱宏元对贡开宸苦笑，道："瞧，事来了吧。"

省里原来慎重选定，由软硬两方面环境条件都比较好的805矿务局和山南地区作为候选定点地，供德国投资方挑选，两家为此也做了充分准备。却不料，万军阵中冷不丁杀出这样一个姓马的"程咬金"。"这种完全不讲游戏规则的举动……省里也不管一管？省领导要是觉得可以这么干，那我们以后也撒开了玩，什么组织原则，什么组织服从，都扔一边去……"山南地区的孟专员说得气愤难平。805矿务局的戴局长也有些激动："马扬这么干，不仅仅是不讲游戏规则，简直就是一种破坏游戏规则的野蛮行为。""他眼里完全没有省委省政府嘛。如果对马扬这种无组织无纪律行为不加制止，今后大家都群起而效之，还不乱了套了？"孟专员接着补充道。戴局长则"乘胜追击"："省委省政府究竟还有没有权威性了？你们说话还管不管用了？"

贡开宸突然笑道："我真庆幸马扬这会儿没在场，要不，肯定得闹出人命官司。"

戴局长非常委屈地说道："这么大的外商投资项目，过去从来都是省里定了给谁就给谁。如果省里提倡大家竞争，那就争嘛，谁还没那两手？这马扬！"

邱宏元看看贡开宸说道："书记同志，看来麻烦还不小啊，得给这两位同志消消气。怎么样，你说说？"

贡开宸忙说："你说你说，咱这不是在您的地盘上嘛。"

邱宏元说道："你说你说，还是你说。"

贡开宸笑了笑："那，我先说说，然后，咱们再听邱省长的……投资、立项是省长大人管界之内的事，我这个'铁路警察'是多管闲事。"这时，却有电话来找贡开宸。贡开宸接了电话，马上捂住送话器，笑着告诉邱宏元："是马扬。"邱宏元略略一怔，问："他干什么？"

"他要找老孟和老戴说话。""找我们？"孟戴二位也倍感意外，忙问："他干吗找我们？他怎么知道我们在这儿？这家伙神啊！"

贡开宸笑着问道："愿不愿意直接跟他交换一下意见？"

孟戴二人犹豫了一下，应下了："行吧……"

贡开宸立即按了一下座机上的一个按钮，通话便变成了免提方式。电话机的袖珍扬声器里立即传出马扬的声音："孟专员、戴局长，我打电话四处找你们俩，你们的人告诉我，你们去找贡书记、邱省长了。想跟你们打个招呼，明天我想请德国客人上大山子来转一转，最多占用一个多小时，然后我会把他们送还给你们……"

戴局长俯下身去，就着电话机上那个小小的拾音器说道："马主任，您现在是副省级干部了，您愿意咋干就咋干呗，还用得着跟我们打招呼？"

马扬忙说："戴局长，这些年你们805矿干得很出色，是我们省国有大企业的标杆儿。我还准备让我们开发区党校上您那儿办两期短训班，麻烦您给讲讲课。到那时候，您如果还有气，咱俩就找个背静的地方，让您好好地消消气。我保证，骂不还口，打不还手……"孟专员走到座机跟前说："马主任，您觉得我们国内的这三家兄弟单位当着人家德国投资方的面，各施奸计，为一个项目争来夺去的，影响好吗？"

马扬沉吟了一下，答道："做生意，搞工程，有一点儿竞争，我想这在他们西方人眼里看起来，是十分稀松平常的一件事……没有竞争，那才是不正常的。当然，我并不是要两位老大哥可怜我们大山子，我只是希望两位老大哥给我们一个公平竞争的机会……"

戴局长立即说："那好吧。我马上打电话回去，让他们现在就派车把德国客人接到 805 去。"

马扬稍稍沉默了一会儿，说道："戴局长，很抱歉，您可能已经来不及了。为了不影响你们两家原定明天和德国客人之间的洽谈，我们改变了安排，决定今天连夜去见德方人员。我想我必须跟您二位通报一下，这时候，我们的车队已经快到白云宾馆了。"

第四十五章

马扬是在得到"情报"，说山南地区的孟专员和 805 矿务局的戴局长连夜赶往省城去找书记、省长告他"违规操作"的状以后，立即做出这个决定的。说实话，要他做出这样的决定，也是万难的，甚至是痛苦的。正如 805 矿务局的戴局长说的那样，这么大的外商投资项目，过去从来都是省里定了给谁就给谁，现在也没说过"从此以后就不再由上边来定"，更没说过"从此以后各路诸侯就可以通过公平竞争的方法来争取这样的工程项目"，在这个情势之下，他这么横插一杠子，实乃是"冒天下之大不韪"，"犯众怒""激公愤"是可想而知的。结局会怎么样？要知道，这个依然世俗着的人世，惯以成败论英雄，干成了，固然能送他一个"一俊遮百丑"。但万一干不成呢？这些曾经被他"伤害"过的，还有那些虽然不曾被他"伤害"过，但却一直看不惯他这些行为举止的人，会怎么来"圈定"他这个人生"结局"？啊，"狂傲不可一世""只顾自己，完全不顾他人""典型的动物"等"美誉"都会自动地落到他的头上……也许，因此在 K 省，他就会失去最后立锥之地，政治上彻底地败走麦城……说自己年轻，也已四十多奔五十去了。在我们这个年龄大小对能不能继续往上提干仍起着相当作用的体制下，四十六七边上再摔这么一大跤，当然你还可以爬起来再干，但还有可能干到今天这个"副省级"吗？几乎是不可能的了……代价啊！

值得如此一搏吗？大山子，你值得我为你如此一搏吗？

生存，还是死亡，这始终是个问题……

他闭上眼睛，静静地站了几分钟，居然哽咽了起来。他想到太湖边上一块巨石上镌刻的四个大字——"包孕天下"。包孕天下，何等气概，何等胸襟，何等向往，又是何等的一个人生过程……我难道只是为我自己？只是为了一个小小的大山子？也太小看我马扬了吧？既然包孕天下，又岂在意一时一事一隅的得失？包孕天下者，不以得失论成败。谭嗣同、鲁迅都曾发誓用自己的头颅和鲜血来祭世风的开化和时代的进步，至今仍有一些小女子、小男人以嘲谑矮化这些民族英灵为乐事，来掩饰自己心灵的缺损、精神的虚弱和人格的萎缩。难道这个世界因此就应该跟着这些人继续去缺损心灵，虚弱精神，并萎缩人格？忽然间，他再度想起那一段在平原上遭遇雷暴的经历。是的，一望无际；是的，无遮无拦；是的，雷雨交加；是的，孤独和绝望似乎就是眼前唯一的"主题"。但"死就死了吧"，不依然还会是晴空万里，一往无前吗？

干！

于是，四辆大奔驰一辆接一辆急速而又平稳地向白云宾馆驶去。四辆车的十二扇门在同一刻缓缓地开启。十二位中年人穿着清一色的深色名牌西服，雪白的衬衣和深色的领带，锃亮的高档皮鞋，每人手里都提着一个高档的硬壳公文皮包（全都是租来的、借来的），由马扬带领着（马扬下令让医护人员把自己头上的绷带全部去掉），缓缓地走下车，然后车门又逐一地被关上。锃亮的皮鞋踩在幽暗的水泥道上，十二人排成两路纵队缓缓地踏上外宾居住的一号楼台阶。

这时，最紧张的要数奉命在车里待着的那两位身穿白大褂的大夫。他们抱着急救箱，怔怔地注视着向楼门走去的马扬。在经过连续一二十个小时强脑力和强体力的刺激以后，他显然已处在强弩之末的状态下了：走路不稳，人略有些摇晃，在上最后一级台阶时，发生了一个大的晃动。两位大夫悚然一惊。只见一直紧跟在马扬身后的丁秘书赶紧上前一步，暗中伸出一只手去托了一把。又见我们这位马领导微笑着回过头来，摆脱开丁秘书的手，继续向小楼里走去。这时，让两位大夫更为担心的是，他们看到了一股暗红的血丝从马领导后脑的头发根里慢慢地流淌了下来。

好一个丁秘书，果然心细眼明，尽职尽守，血的暗流也没逃过他时刻警惕着的观察，忙凑近马领导，悄悄提醒道："擦一下，快擦一下，后脖颈处……"

马领导不慌不忙地掏出一块雪白的手绢（这可不是借的），擦了一下后脑勺——手绢上立刻沾上一块鲜红湿润的血迹——然后从从容容地把手绢折起，重新放回裤子口袋里。脸上继续保持平静而得体的微笑，继续一步步向门厅里走去。然后一号楼底层大厅的门突然打开了，一道辉煌的金黄色的光涌了出来。马扬率领着他的人继续着外表自信、内里忐忑的步伐，走进这辉煌的光影之中。

第四十六章

修小眉一路带着小跑，快步走出小别墅的大门。张大康随后就追了出来。

"喂，你的大衣……还有车……车，你也不要了？"

是的，没拿大衣，还有那辆白色的桑塔纳。修小眉终于停了下来。一停下来，她就感到了一阵阵寒意——毕竟是深秋。深秋的深夜，在这平均气温要低于市内三四摄氏度的郊外休闲区，在忘了穿大衣的情况下，骤然跑出温暖如春的房间，又加上内心的愤懑和疼痛，打寒战自然是要发生的事。

"唉，真是贡家大院出来的人，一个瓜子壳里嗑不出两种仁（人）儿，都是属爆竹的。"

张大康替修小眉披上大衣后，想搂她一下，再劝她回别墅去，但既没敢搂，也没敢劝，怕她再"炸"了，只是认真地解释道："修小眉同志，你也不想想，我那番话，只是在描述当前官场上出现的一种现象，我怎么可能把你比成那种不要脸的歌星呢？"

"要脸不要脸，反正我在你心目中也是那种用一点儿钱就能买到手的人，是吗？"

"你……你能不能把你那金贵的嗓门儿放轻一点儿呀？"

修小眉不作声了。

"好了好了，我向你道歉，我伤害了你，我说了错话。请小眉女士息怒，进屋去喝口水，平平气，容我从头向你说来……"

"取车。"修小眉似乎已无心纠缠。

"小眉……"

"取车！"修小眉似乎去意已定。

张大康无奈地叹了口气，拿起手机，拨了个号，说道："总台，金卡号13811598888，取车。"不一会儿，两辆车便送了过来。修小眉走到那辆白色桑塔纳跟前，拉开驾驶座的门，刚要上车，张大康伸手拦住了她。她推了一下，但没能推开。张大康向那两个送车来的男服务生示意了一下，待他俩走后，便贴近修小眉，用很柔和亲切的音调对她说道："别耍小孩儿脾气了，跟我进屋去。我还有正事要跟你说。"

"什么正事？请在这儿说。""别闹了……"张大康拉长了声音劝道。修小眉心里却忽然地难过起来。跟志成一起生活的那许多日子里，她总是克制自己（心甘情愿的），按志成的意愿安排自己的和家中的一切，偶尔提出一点儿什么异议，坚持一点儿自己的想法，志成也总是用这种口吻打断她的话："别闹了……"好像这世界上根本就不该有她，而她只要表现一点点自己的意志，她就是在"闹"。

"我怎么了？我没想闹……没有！"她大声地叫了一声，甚至眼眶都湿润起来。

"没有就没有嘛，干嘛这么激动？"张大康略略地皱起眉头，小声地责备道。

修小眉赶紧转过身去，擦去已流淌到脸颊上的泪水。张大康趁机挽起修小眉的胳膊说道："走吧走吧，进屋去。这儿能喝到全世界最好的咖啡……"修小眉再次甩开张大康的手："大康……真的……今天我……真的没那个心情再跟你进屋去喝什么咖啡……有什么事，你就快说吧……"张大康仍皱着眉头，说道："怎么能在这儿说事？你也太小孩儿气了！"

他一皱眉头，很威严，也很有男子气。平时，修小眉很喜欢看他皱眉头的样子，也许还是长久受志成熏陶的缘故吧，潜意识层面上，她还是愿意跟有深度的男人在一起。但她也知道，在张大康的"深度"中，还有很粗暴的一面。对此，她是警惕的，又是好奇的。但今天，她没心去欣赏他的"深度"和"男子气"。

"有什么事不能在这儿说的？快说。"她几乎在下令了。

张大康犹豫了一下，突然把声音压得很低很低："那张十五万元存折的事……"

修小眉一愣："什么十五万元存折？还有什么十五万元存折？我不是早就让你退还给他们了吗？"

张大康踌躇着从西服里边口袋里掏出一张存折。修小眉拿过来一看，显然还是存着十五万元的那张。她一下蒙了，发了一会儿呆，又急火攻心地大声叫了起来："你怎么没还给人家……"张大康忙"嘘"了一声。修小眉呆住了。是的，这件事的确不能在露天地里嚷嚷，不能。但是，但是，这个张大康为什么不按她托付的那样，把它早早地退还给人家呢？张大康啊张大康，你到底想干什么？

那天晚上，贡志和也没闲着。他把贡志雄带到自己在省社科院历史研究所独用的那个"小书房"里。"小书房"在新盖的社科院大楼后首，是一大片平房和四合院中的一间。原先的社科院就坐落在这些平房里头。大楼起来以后，这儿一度改做过招待所。后来招待所又搬出去了，这里才真正冷落，有的改做库房，有的索性空着。偶尔，有一些退休的老专家、老研究人员突发怀旧之情，带着老伴，或带着孙儿女，或孤身一人上这儿来转上一转，寻找往日的思绪和思绪中的往日……贡志和就在这众多的小跨院里挑了一个还算干净、整齐的小院，收拾成了自己的"小书房"——不过得说清楚，这儿可是冬天不通暖气（暖气管拆了），夏天更谈不上空调降温。当时父亲批评他用功不够，他是想学越王勾践，在此"卧薪尝胆"，发愤十年，搞一部像样的《中国近现代思想史》。他觉得李泽厚搞的那部，当年轰动了知识界和思想界，但现在再来看，未免有些"糙"，笔主的主观意念色彩过浓，拿古人说事的成分也较重，对一些边缘人物的梳理还远未到位，更谈不上还他们一个"历史本来面目"……他现在也不承认这计划已然"夭折"，而只是"暂时性地中断"。

"你们这儿真安静。"贡志雄探头去窗外，环顾四周，肃然叹道。

贡志和拍打拍打桌上、椅子上的灰土，答道："这里是贯通世界的过去和现在的地方。也许它就该呈现这样一份沉静和安宁。"

贡志雄却说："太安静了，怎么跟牢房似的……"

贡志和笑着问："你去过牢房？"

贡志雄忙说："我哪去过……想象呗……"然后他开始打量房间内的陈设。房间不大，陈设也很简单，四壁都陈放着各种各样的书，有中国古代线装本的，也有欧美烫金羊皮面精装和软面精装本的，有些整整齐齐陈放在书橱里，更多的，却随意堆放在凳子上、沙发上、窗台上，甚至地板上。"哇……这就是你工作的地方？为什么不开灯？"贡志雄喜欢通透明亮，金碧辉煌，热血沸腾，极端极致。

贡志和腾出一个地方来让志雄坐下，解释道："那天，我和大哥也是在这儿，也是没开灯，从晚上，谈到天明，又从天明，谈到晚上……""怎么的，你打算也跟我这么来演习一遍？我一会儿还有事哩。"贡志雄发出预报。但他没多说，他似乎意识到，二哥今晚要跟他说些什么。

贡志和从随身带来的一个背包里掏出一些饮料罐头："喝什么？有啤酒、红茶……"贡志雄却从堆满了书和杂志的书桌上拿起一个火箭模型："是大哥送给您的？"贡志和答道："是的。"贡志雄自嘲似的笑笑："大哥还是对您好啊。他就没送一个给我。"说着又从窗台上拿起一个小巧的镜框，镜框里装着一位"女眼镜"的照片，便问："这就是您那位'小芳'？怎么也不带回家来让我们瞧瞧？"贡志和忙夺过镜框，把它塞进抽屉里。最近，"小芳"正跟他闹别扭，逼他也去"考博"，他正为此事烦心着哩。

贡志雄却一下拉亮灯，去后头那个小房间里找什么。"您这儿没床？那您怎么跟您那位'小芳'幽会！""我是你？"志和嘿嘿一笑。"我怎么了？这很正常嘛。您敢说您没跟您那位'小芳'幽会过？""这是做学问的地方……""哈哈，哈哈，哈哈哈哈……"贡志雄用他诡异的笑，一票否决二哥这种把做学问跟幽会断然分隔的"虚伪"说法，然后觉得再跟他讨论这种问题太累太乏味，便往一把很旧的藤椅上一坐，长叹口气："行了，快说吧，把我找到这儿来，想干什么？我跟您说，二哥，您干嘛都成，就是别跟我上大课，尤其别跟我上您拿手的历史课。上学那会儿，我就最烦那玩意儿了。

您说这人吧，折腾点儿啥不成，非得把几千年前的死人、古人从坟墓里拽出来折磨活人，吃撑了？"

贡志和于是单刀直入："你跟张大康到底是什么关系？"

贡志雄一愣："我跟他能有啥关系……备不住，您觉得我俩在搞同性恋？""爸去北京那天晚上，你那么着急上火，不惜跟我动刀动枪地要跑出去给他报信儿，为什么？""我说您真是个学历史的，怎么老喜欢翻陈年旧账？这都是几百年的事了！""少贫！""我还想问问您哩。那天您干吗跟真的似的，我拿枪逼您，您都不放我出去。在我印象中，您好像从来也没像那天晚上那样忠于老爸的指示……""张大康替你在他的公司里谋了个什么位置？""您小瞧您这位三弟了。""你真的没在张大康那个公司里干点儿什么？"

贡志雄只是淡然地笑了一笑，没再正面回答贡志和的追问。说来谁都不信，贡志雄还真没有在张大康的公司里担任任何职务。他俩之间的交往，还真是贡志雄占主动。张大康原先并没有把这位年轻而又好玩的"少公子"放在眼里。贡志雄接近张大康，只有一个原因：他就是佩服那家伙，干啥都玩得转，是条汉子。他就是愿意往他跟前凑，没图别的，就图一个心里痛快，你没辙。

"那么，那天晚上当你得知爸爸可能要被免职，到底因为什么，居然那么着急上火地要冲出去给张大康报信儿？"

"生意上的事，满意了吗？"

"什么样的一笔生意，能让你那么着急？"

"这，您就别问了。隔行如隔山，就是我说了，一时半会儿您也闹不明白。"

"志雄……"

"二哥，我们兄弟一场，实在是太不易了。我珍惜我们这种比同胞骨肉还要珍贵的兄弟姐妹关系。我敬重你们，也希望你们能尊重我，相信我贡志雄也是个有头脑的人，我也想让自己的日子过得有意思一点儿。但我知道，你们打心眼儿里瞧不上我，也没那工夫听我瞎叨叨……"

"胡说八道。"

"您想听我瞎叨叨？"

"有啥话，你就尽管说嘛。"

"那我就说了？"

"说吧。"

"二哥，其实，无论是您，还是我们大家所敬重的大哥，你们……你们不觉得自己都活得有点儿过气了？你们这种人，说得好听一点儿，是书生气太重，是当代中国最后一拨理想主义者，要说得不好听，你们也就是一群旧体制的哀歌吟唱者。你们不改变你们的行为方式和思维方式，必将一事无成。要知道，中国社会发展的趋势已经表明，这个时代是属于另一种人的……"

"哪种人？"

"这一点您还不清楚吗，尊敬的历史学家？"

贡志和嘲讽似的笑了笑："请指点迷津。"

"这时代，属于张大康们！"

贡志和一怔。他不说话了。久久地，久久地，他怔怔地看着贡志雄，就像是看一个完全陌生的人。他真没想到平时看起来完全活在"浅表层欲望"之中的这位三弟，居然有如此明确的思想指向和断然的生活结论，这不仅让他感到意外，甚至都让他有点儿激动起来。他一下站了起来，好像有许多话跟贡志雄说，但一时又不知怎么开头才好。一时间，他在十分拥挤的屋子里来回走动了一下，大概是想平息一下自己突然涌动的心潮，甚至还苦笑了笑，不知所以地摇了摇头。然后他沉静了下来，逼近到志雄面前，几乎是一字一顿的语调，问："你，了解那个张大康吗？"

贡志雄不动声色地反问："您，了解那个张大康吗？"

贡志和再度激动起来，应该说有些激愤，他高高地举起那个火箭模型："你，当着大哥的亡灵，发誓，说你真的很赏识这个张大康。"

贡志雄从不在任何人面前发誓，他觉得一个人只要对得起自己就足矣，所以他说道："有这个必要吗？"贡志和坚持道："当然有这个必要。"贡志雄也一下站了起来："二哥同志，我伟大的历史学家，睁开你那智慧的双眼，启动你知识宝库的全部内涵能量，对历史走向做一个客观的判断吧。不管我贡志雄是否完全彻底了解这些张大康、陈大康还是宋大康、王大康，是否赏识他们，是否明悉这些人的底牌，中国正在发生的那许多事情都已经说明，中国的未来是属于他们的，是属于那些大康们的！这就是当代中国正在书写的历史！"

"你……你跟爸谈过你的这些想法吗？"

"您觉得有必要去跟他老人家谈这些事吗？谈了，有用吗？只要是中央文件和《人民日报》社论不认同的观点，你就是跟他玩白刀子进红刀子出，他也不会认同你的。这种'惨痛'教训，你我已经经受过多少回了？再说，他老人家也不会有那个时间来听我谈什么想法，连您和大哥都不屑于跟我长谈。"

贡志和再问："你正面回答我，这个张大康对你……真的就有那么大的吸引力？"

贡志雄不屑似的一笑道："请注意我的说法，我说的是'张大康们'。"

贡志和不作声了。

而这时，在那个名流云集的高尔夫俱乐部里，修小眉却已经回到了那幢小别墅二楼的起居室里。这回是她急火火地拉着张大康回到小别墅里去的。"你怎么不把这十五万元还给他们？多长时间了？他们会以为我已经收下这十五万块钱了……""收下又怎么了？这是你该得的劳动报酬。""给我十五万？我做什么了？""你只要往那儿一坐，什么也不用做，就足够了。""可……这是十五万元啊！""你不要小看你自己。你往那儿一坐，就是一种资信。凭着你这赋予他们的资信，他们才得到了大山子那两条生产线。仅仅这一笔生意，他们就净赚了将近一千万。而你只得到了其中的百分之一点五，还觉得拿多了？按正常的游戏规则，你应该拿百分之十到十五的佣金，甚至拿到百分之三十也不为多。也就是说，他们应该给你一百万、一百五十万，或者三百万，那才算是公平合理的……而市面上黑一点儿的，拿佣金最多可以拿到百分之四十，你说你打什么哆嗦？""佣金？我要什么佣金？我不要，还给他们，我不要……""你瞧你，你说你还要辞去你现在的公职，到我的大山子分公司来跟我一起干，就你这观念，这劲头……""我到你公司去干，只是想试验一种新活法。我并不想拿这种黑钱。""修小眉，你还要我说多少遍，这不是黑钱。醒醒吧，你以为每月十五号，带着私章到会计那儿去领那一份几百大元的工资才算是正当收入？你说的哪年的事？

唐朝的事吧？用你这么个框框去办事，我恒发公司怎么可能在三四年里迅速从两家分公司，扩张到六家分公司？”

“大康，我跟你们不一样……”

“什么不一样？你不就是贡开宸的儿媳吗？市场经济的规则，对谁都一样！”

“请你不要逼我。”

“你退掉这十五万元，别人怎么办？”

“什么别人？我跟别人有什么关系？”

“在这笔交易里收取佣金的不止你一个人。还有拿了三十万、四十万甚至更多的。”

“他们愿意拿多少，我不管！”

“你不管！你知道他们是谁吗？”

“他们是谁？”

“别问了。小眉，整个中国都在朝那个方向走，你跟着走就是了！你不是对我说过，这一段时间里，你跟我在一起，感受到了一种从来没有感受过的兴奋，你觉得你重新发现了自己，再一次找到了那种真正想做一点儿什么事的冲动？生活在你面前整个儿翻开了崭新的一页，你再次确认了在中国有你修小眉可做的事情，现在为什么又犹豫了，又哆嗦了？”修小眉迟疑着站了起来，这时，她忽然非常想知道，在这笔“生意”里，除了她，还有谁同时也拿了这“佣金”……张大康却一把抓住了她的手：“相信我……”修小眉惶惶地看着他。张大康用力把修小眉往自己怀里拉：“小眉……”修小眉推拒：“别……别这样……”“小眉……”修小眉挣扎着，喘息着。张大康坚持了一会儿，但最终还是松开了手。

修小眉忙往后退了两步：“对不起……”张大康以为她松动了，便再一次向她逼近。修小眉忙惧怕地伸出双手，像要推开什么似的连声说道：“大康！别这样……我还没想好……我还没有想好……”张大康近乎痛苦地说：“你还要想什么？”“对不起……我真的还没想好……”

“好吧……好吧……”张大康无奈地长叹了口气，掏出一张房卡，“这是你的房卡。我住在那边三号别墅里，有事给我打电话。你休息吧，休息吧……"然后他就走了。门外传来他急促的下楼的脚步声，然后又传来门被碰上的声音，然后是一片极度的安静，无边无际的安静。

雨声索索，雨声寂寥。

呆坐中的修小眉打了个哆嗦。她忽然站起身，冲到房门前，扣上防护链，又插上插销，这才慢慢回到那张靠椅前，十分疲乏地坐了下来。当她的视线慢慢落到身前那张精美的大理石面小圆桌上时，骤然吃了一惊：她看到了那张十五万元的存折。不知道是不是故意，他把它留在了这儿。她一颤，猛地站起，顷刻间，脸色变得极其苍白。

第四十七章

下午三点左右，由贡开宸乘坐的奥迪车和另外两辆别克轿车组成的车队驶近山南地区，今天的目的地是四方钢铁集团公司。小雨淅沥，高速公路上车辆稀少。"今天晚上，恐怕来不及赶回省里去了，就在四方钢铁集团过夜，行吗？"坐在副驾驶位置上的郭立明回过头来请示。正在昏暗的后座里凝神思考着什么的贡开宸只是回答了一句："一会儿再说吧。"这时，郭立明身上的手机响了起来。打电话来的是山南地委的乔秘书长，他请郭立明转告贡书记，地委和行署的几位主要领导已经到达山南地区的地界跟前，等着迎送车队。这个风气，不知是什么时候开始时兴起来的，只要有上级领导的车队路过，该地的党政主要领导都会放下手中一切重要事情，集体等候在本地区的地界跟前迎送。如果临近吃饭时间，当然是设宴招待，假如不在这个时间，也得一前一后地护送上级领导的车队驶出本地区的地面方肯罢休。贡开宸已经在好几次相关的会议上讲过此事："能不能把我们之间的关系调整得平和一点儿，行不行啊？现在有的乡长下村检查工作，也要搞迎送！干吗呢？乾隆皇帝下江南呢？有那么多乾隆皇帝吗？啊？"但说归说，各地区依然照干不误。他不太高兴地问郭立明："你没通知他们，让他们别再搞这一套花架子了吗？"郭立明忙说："我通知了，我就是给这位乔秘书长打的电话。我还请他务必向地委和行署的主要领导转告您的意思……完全照您的原话说的……""让他们回去。"贡开宸断然下令。

郭立明却犹豫了一下。他考虑的是，人家地委和行署的主要领导既然已经倾巢出动，并在深秋的寒雨中等候了这么长时间，就"下不为例"吧。但贡开宸一向反对"下不为例"。经验告诉他，许多本不该做的事情往往打着"下不为例"这块似乎通情达理的招牌，"犹抱琵琶半遮面"地拿到了畅通无阻的"通行证"，"下不为例"变成了"以此为例"。这也就是在我们一些地方的政治生活中，虽有三令五申，却仍令行不止、行政乏力的重要原因之一。当然，在极个别的情况下，并不是不能用"下不为例"来缓和一些必须缓和的关系，但滥用"下不为例"却实在是行政的一大忌。

几分钟后，车队逼近山南地界，并很快看到了那块硕大的横跨公路上空的蓝色指示牌"山南人民欢迎您"。就在这指示牌下方的公路旁，六七辆黑色轿车静静地等候在淅沥的细雨中。当贡开宸的车队从不远处带坡度的弧形路面上冒出湿润而锃亮的车顶时，这六七辆黑色轿车里，同时钻出六七位身穿深色西服的中年人，还有一位穿套裙的中年女干部。他们有的自己打着伞，更多的是由秘书打着伞，很快地走上公路，并自觉地按级别高低职务大小调整了各自站立的位置。很快，奥迪车队离迎候的人群越来越近。地委书记常春亭让秘书收起雨伞，其他领导也马上收了雨伞，并向路面上可能停车的位置鱼贯地走去。这时候，一件完全出乎他们意料的事情发生了：贡开宸的车队居然旁若无人地从他们身旁一掠而过。贡开宸没让停车，把这一群淋在雨中的地区级领导干部完全给晾一边了。山南地区的领导们一下都愣住了，不明所以地目送着车队飞快远去。这时候，常书记身上的手机响了，是贡开宸打给他的。贡开宸没批评，只是说："回去吧，雨大了。有话晚上再说，今天晚上，我住你们那儿。"

这一下午，过得特别慢，常书记和孟专员都有些坐立不安。到下班时分，孟专员把焦副书记请到自己的办公室，问他："你跟郭秘书通过电话没有？"焦副书记叫焦来年，今年四十有余，原先是贡书记身边的大秘书。因为有这点儿历史关系，山南地区的领导有什么特别难办的事要找贡书记，总是请这位焦副书记出面去"通关"。当然，这一招，并非百试不爽，因为，贡书记很快就给焦来年下了个严厉的指令："你什么时候也学得被人当枪使了？该找不该找的你都来找，以后你的电话我就不接了！"这倒也替焦来年做了解脱。因为他其实并不想这么干，只是夹在贡书记和常书记、孟专员中间，有点儿难做人。

孟专员下午让焦来年给郭立明打电话，一是打听贡书记今晚到山南的确切时间，以便他们好适时安排接待；第二，当然还想问问今天下午贡书记不停车的真实原因。因为他和常书记总觉得贡书记不会仅仅是因为反对他们搞花架子迎送而不停车，这里必有其他原因。

"小郭说，据他了解，没别的原因，贡书记就是不赞成搞这花架子迎送。至于他们到达的准确时间，暂时还定不下来，得看贡书记在四方集团那边的活动情况。但贡书记说了，不让我们傻等着，该干嘛干嘛。他到了，会直接去招待所的。"焦来年这么说道。但，经过研究，常书记和孟专员还是觉得，最起码也得到地区迎宾馆等着贡书记，否则就是"大不敬"了。于是，几位领导分头回到自己办公室，匆匆拾掇一下待了结的公务，仍穿着西服的，赶紧换夹克或其他样式的两用衫——他们都知道贡书记平时不喜欢他身边的人西装革履。大约到七点钟光景，地区迎宾馆经理打来电话通报："常书记、孟专员，贡书记已经到了。"

常书记忙问："到哪儿了？"

经理跺着脚答道："快点儿吧，已经到我们这儿了。"

于是，六七辆轿车又快速地扑到被习惯称作"招待所"的地区迎宾馆门口停下。果不其然，由贡开宸那辆大奥迪领头的车队此时已经一字排开停放在迎宾馆颇为气派的大院里了。一见山南地区那几位领导同志，贡开宸张口就问："你们还真是不把红薯当粮食，不把村长当干部？啊？"把那几位问得目瞪口呆，不明所以。瞧着贡书记的表情，似乎带着微笑，但听他的语调，却十分严厉。不等他们回过味儿来，贡开宸接着问："省委办公厅根据省委常委进一步改进我省党的作风建设问题的精神，就接待问题，专门发了个文，你们都没看过？"常书记忙说："看过，我们专门组织了学习贯彻，有个情况报告办公厅了。"

"那你们还玩啥花活儿？跟谁唱对台戏呢？今天我让小郭特地给乔秘书

长打了电话，特别关照，不要再搞地界迎送了，你们就是不听招呼！"贡开宸批评道。

几位领导都不作声了。

贡开宸又问："到底怎么回事？"

常书记犹豫了一下，说道："贡书记，您是想听真话，还是假话？"

贡开宸反问："你说呢？"

常春亭说："您要听真话，我就说真话。改进我省党的作风建设问题的文件，我们都学了，也坚决拥护。但招待起来，不是没一点儿顾虑，顾虑就在于搞不清你们这些上级领导心里是真的不希望我们到地界去迎送哩，还是只是嘴上说说的……"

孟专员补充道："我们担心，要是真的不去迎送，省里的一些老爷们心里恐怕又不高兴了。过去我们就吃过这样的亏……"

乔秘书长说："那年搞'四菜一汤'，上头也规定得挺死，说得跟真的似的。我们以为上头机关来的同志一定会带头执行，真的就上四菜一汤，可结果咋样？正经耽误大事。四菜一汤往他们跟前一放，人家挺有修养，当面啥也不说，照样跟你说说笑笑，可转过脸去，该批的项目不批了，该给的指标不给了，该追加的财政拨款也不追加了，该有的年终评奖也没了，那……谁受得了？"

"谁给你们穿小鞋，你们可以举报啊！"贡开宸一本正经地说道。

"哎哟，我的贡书记，谁也不会说是因为你上了四菜一汤才不给你批项目的。人家都是在暗中跟你较着劲儿哩。你举报谁去？"有多年基层接待工作经验的乔秘书长更是深有感触地说。

"所以呀，老百姓就会有这样的牢骚，说上头的经是好经，就是让一些歪嘴和尚念走了样！"贡开宸愤愤地说道。常书记等人不说话了。场面上的气氛一时有点儿拘谨，甚至还有点儿尴尬。焦来年忙转移话题："贡书记，还没吃饭吧？"知趣的郭立明忙接过这话题："没哩。其实四方钢铁企业集团那边已经安排了，贡书记说，不吃了不吃了，咱们上山南吃。就赶过来了。"常书记也趁机接过这话题调剂场面气氛，笑道："焦副书记，你去安排晚饭，你了解贡书记的口味。今天咱们就给贡书记四菜一汤，一个菜也不给他多做。

多做一个，我打你五十大板。"焦来年忙点头："行行行，打我。"在场所有的人趁机都笑了起来，终于把场面上的气氛调解开了。

贡开宸却吩咐："多安排一桌，一会儿还有几位客人要来，我请的客人。"焦来年忙笑道："那就不能四菜一汤了。"常书记笑道："反正今天这顿晚饭就看你的了。是好是赖，板子都打在你屁股上。"孟专员忙说："行了行了，还是我去安排吧。"焦来年便说："那，这板子可就打在你的屁股上了！"孟专员笑道："只要让我们的贡书记吃好了喝好了，心情愉快了，我挨几板子，又算得了什么？小菜一碟！"

这回，大家真心实意地放松地笑了。贡开宸的神色也平和了许多，他解释道："我把合江地区的几个领导请了来，晚上，一起谈谈农业产业化的问题。下个星期，省委常委要专题研究这件事，我想先听听你们的看法。据专家估计，加入WTO，对我国农业会有相当的冲击，必须早做打算……"孟专员问："WTO有戏吗？磨了这么多年……应了当年陈老总的一句话，从黑头发都谈到白头发了，还没谈成。"贡开宸眼睛一亮，说道："对这件事，中央决心很大。WTO第一任总干事鲁杰罗先生当年在上海说过很有名的三句话：一、一个对外开放的中国决不能再袖手旁观，看着别人制定规则而自己被动地去适应；二、一个经济迅速增长的中国，决不能再失去有保证地进入全球市场的权利；第三、一个依赖科学技术和现代化的中国，决不能再落后于世界经济政策一体化和经济全球化的发展。走进WTO这个大门，会得到种种方便，尤其重要的是，可以取得这样一种资格，和他们一起来制定发展这个世界的经济和贸易的规则。但是，既然想拥有这样的权利，就得遵守这大门里现有的种种规矩。这就会对我们现有的经济秩序、政治秩序，乃至整个社会生活产生一系列不可忽视的冲击，在某种意义上甚至可以说是重大的冲击。所以我们要早做准备，化被动为主动，化不利为有利，充分利用这些冲击和方便条件，给我们K省创造一个经济增长的新阶段、新局面……"

贡开宸饶有兴趣地谈了一会儿"WTO"，那边就过来叫入席了。"吃饭吃饭……"乔秘书长大声张罗道，"甭管饱汉饿汉，有饭不吃是笨蛋。"常书记和孟专员便陪着贡开宸走进小餐厅。

这精致的小餐厅纯粹中式装潢，中央只放着一张泰国紫檀圆桌，并有一扇四条屏嵌山水红木雕屏风在一厢围护。菜已然上齐,四个五寸的青花瓷盘和一个显然是盛汤用的青花瓷广口碗——仿佛真的是四菜一汤。不管是菜盘,还是汤碗,都有相应的盖碗盖着,桌上只摆放了两副餐具。

贡开宸指着那孤零零的两副餐具,问:"什么意思?其他人呢?我说过,还有合江地区的几位同志,还有你们各位呢?"常书记忙解释说:"焦副书记刚才忽然想起,今天是您一个特别的日子,让您单独在这儿用餐。让孟专员在这儿陪您,我上那边去陪合江来的同志……""什么特别日子?这个焦来年又出什么馊主意?"显然,贡开宸自己都有点儿忙糊涂了。

这时,焦来年匆匆走来。他是来报告,合江的同志已经到了,请常书记过去陪客人。

孟专员忙拉住他,让他赶快解释一下:贡书记自个儿都闹不明白今儿个这日子有什么特别之处。焦来年有点儿不信,愣怔着看看贡开宸,提示道:"您……您真不记得了?"贡开宸忽然想了起来:"今天是……十一月十四日……十一月十四……是吧?"焦来年忙点头:"是啊……"这一下,把在场的几位闹迷糊了。"十一月十四,这是什么日子?"常书记问。贡开宸苦笑着,只是感激地拍拍焦来年的胳膊,没作任何解释。焦来年也不作声,只是表情逐渐庄重起来,一味地保持沉默。

常春亭见此状,便知趣地不再打探。其他几位领导虽然同样好奇,但看贡开宸和焦来年的神情,意识到这里也许有一些不该他们多嘴的名堂,便也都把到了嘴边的问话咽了下去,场面上的气氛居然变得有点儿生涩了。常春亭赶紧跟贡开宸说明了一下,便带着其他几位领导去那边餐厅里招呼合江来的客人了。贡开宸居然把老孟也打发了过去,这边就只剩下他自己和焦来年两人。两个人默默地站了一会儿,贡开宸十分感慨,又有一点儿内疚地拍拍焦来年,低声说了句:"谢谢……谢谢……"便转过身去,也向那边的大餐厅走去了。餐桌上,孟专员正巧坐在焦副书记旁边,便忍不住地压低了声音问:"这十一月十四,是什么日子?"焦来年笑了笑,只说:"无可奉告。"老孟轻轻捶了他一下,追问道:"是跟贡书记家里什么人有关的纪念日?"他似乎敏感到这可能是个私人性的祭日之类的伤心日。焦来年低声笑道:"虽然您的官比我大,但我还是要对您说:无可奉告。"

贡开宸一向胃口挺爽，夹了几筷金钩香菇油菜，再舀了几勺红油鳝糊搁在饭上，三下五除二地把一碗拌米饭快快地扒进嘴里，最后又喝了两小碗由墨鱼、沙参、麦冬、五味子、山药片用文火慢慢炖出来跟奶汁一般浓的汤，又把剩在玻璃杯里的那点儿啤酒"门前清"了，在温热的手巾上擦擦嘴擦擦手，撂下手巾，便起身向外走去。跟他一起坐在主桌上的那些领导同志立即都放下筷子，站了起来。贡开宸冲他们挥了挥手说道："干吗？你们吃你们的。老常，一会儿，你吃完了，上我那儿去一下。"

贡开宸告诉常春亭，今晚议论完了农业产业化的问题，他还得连夜赶回省里去。

常春亭笑着问道："干吗呀？山南就那么不招您待见？"贡开宸端起那杯茶，往沙发上一靠，微微笑道："你瞧你，说啥呢？刚才省委办公厅打来电话，说中办发来了个急电，要我尽快赶回去看一看。""您那儿，哪天没急茬儿的事？回不回去就那样，让办公厅的人替您挡着点儿，您就踏踏实实在我这儿歇一晚上，天塌不下来！我这儿有个女中医，挺年轻，推拿正骨一把好手。您颈椎不是老出毛病？一会儿开完会，先桑拿一下，把骨骨节节的都蒸开了，让她替您把颈椎腰椎什么的好好推拿一下……"

贡开宸笑道："女中医，就算啦。"

常春亭正儿八经地说道："您想哪儿去啦？人家正经是中医学院学正骨的大学毕业生。""算啦算啦，我还有点儿私事，今天必须赶回去。"贡开宸说道。常春亭问："约好了的？"贡开宸轻轻地叹口气："那是……"常春亭忙感慨地应和道："您也的确该找个伴儿了……"贡开宸顿时哈哈大笑起来："你瞧瞧，你又想哪儿去了，我约的是我那几个孩子。"

常书记忙说："嘿，您孩子老大不小了吧？还管他们？我那俩闺女，还不到十七，成天的，根本也不着家，别说管，连哼哼都不让我哼哼她们一下。"

"不，今晚我得回去，真有点儿事。他们都在家等着哩。"说着，居然有一缕忧郁的阴影从贡开宸脸上淡淡地掠过。常春亭赶紧不再坚持了，忙改口道："既然家里有事，我就不强留您了。"贡开宸却说："还有一件事，要跟你商量……"常春亭忙说："别商量啊，有什么，您只管吩咐。"

贡开宸折了折身子，重复道："商量，真是商量。我可能要借你那位焦来年使几天……没问题吧？"常春亭迟疑了一下，答道："用，用，啥时候要用都没问题。"

贡开宸为了表示感谢，微笑着点了点头，补充道："不过，这件事，你暂时得替我保一下密，等组织部最后的通知。"常春亭不无担心地问："您不会就这么把他给我调走了吧？我这儿还指着他顶大梁哩。"贡开宸笑道："我说了嘛，暂时只是借用。"

第四十八章

晚上七点多钟，贡志雄、贡志英约了贡志和一起回枫林路十一号参加一年一度的"11·14"聚会。贡志雄说："顺便去把嫂子叫上吧。今天是大哥牺牲后全家头一回举行'11·14'聚会，别把她给落了啊。不能让她感到，大哥不在了，贡家的人情也不在了。"

贡志英笑着啐道："行啦！等你提醒，黄花菜早凉了！我早给她打过电话了。"贡志雄又说："我总觉得……爸都这把年纪了，以后……是不是……就别再搞这种'11·14'聚会了？每回，为这'11·14'聚会，爸都特沉重、特难过……大伙儿心里也特别不好受……"

正开着车的贡志和说："这事我跟爸都提过几回了，他不同意。"

是的，十一月十四日这个日子，对贡开宸来说，的确是个沉重的日子。他不能忘怀，也不敢忘怀……二十多年前，他时任大山子矿务局副局长，局长在北京学习，由他全面主持矿上的工作。有一天，北京发表"最高指示"，矿上连夜举行大游行庆祝，他下令中止了正在进行通风设备大修的工作，连夜恢复这几个巷道的掘进和采煤，要以"全面高产稳产"的实际行动，庆祝"最高指示"的发表。他亲自带领一班干部下到掌子面开钻，由于通风不畅，几个小时后，这个掌子面所在巷道里发生了瓦斯爆炸，死伤十多人。他带下去的几名干部，包括他自己也受了重伤。这一天正是那一年的十一月十四日。获救伤愈后，他请求处分，被撤职下放到班组劳动了一年多。恢复工作的第一天，他戴着黑纱，以谢罪的心情，去看望几位死者的家属。谁知道，家属中，有两位携家带口搬离了大山子，有三位年轻的遗孀则远走他乡改嫁，把孩子留给了市属福利院。她们是贡志和、贡志英和贡志雄的生身母亲……当天晚上，他跟妻子商量以后，噙泪向组织打了个报告，请求由他来抚养这三个孩子，让他们改姓贡，他要把他们当亲生的孩子一样，抚养成人，培养成才……

十一月十四日，让他真切地懂得，一个为官者的手心里，确确实实手掐把攥着平民百姓的"身家性命""安危祸福"和"血汗前程"……每年的这一天，他都要和孩子们一起坐一坐，跟他们说说他们的生身父母，说说他一生最深重的教训，说说他对他们的期望……但这些年，他总觉得自己对此已渐渐开始淡漠，也许是忙得有点儿顾不上了，连那个他一直珍藏着的黑纱也不知道丢到什么地方去了。一直到去年，志成也在一次爆炸中牺牲，他深深地被震撼了，他暗自内疚、愧懑、自责……"惩罚啊……天意啊……"很短的一段时间里，他几乎不能自拔，甚至被一种他从不相信的宿命的念头紧紧地纠缠住了，以致大病了一场……后来，修小眉在志成的一个小皮箱里居然又找到了那块黑纱（真不知道志成什么时候，又为了什么把它收藏到他那儿去的），他的内心才慢慢地又恢复了应该有的那种"平静"——也许说"镇静"更为贴切一些……

志和、志英、志雄决定顺道去约修小眉。没料，车刚拐进小眉住的那个小区，他们几个人几乎同时看到了在小眉住的那幢楼门前，停着张大康那辆宝马车。三个人心里不约而同地都"咯噔"了一下。

张大康此刻确实在修小眉家里。

张大康最近特地为修小眉申报了个新公司，让她出任经理。今天专为这件事来跟修小眉商谈，当然也想顺便为那天在高尔夫俱乐部发生的不愉快，做一点儿弥补。修小眉却看看手表，愧疚地一笑道："出任经理的事，容我再考虑考虑，行吗？我真得走了，今晚，枫林路十一号有个聚会……""这么个事情你还考虑啥嘛？你到底是不相信我，还是不相信你自己？""两方面的原因……大概都有吧……"修小眉如实地说道，"另外，那张十五万元存折，你千万要替我还给你那位朋友。""你瞧你这人，不就十五万吗？值得你那么整天念叨吗？"张大康说。修小眉马上严肃起来："大康，别的事，咱们都可以商量，就这事，你要不替我还了，以后，咱俩就别来往了。"张大康今天不想再悖逆小眉，再惹个不痛快，便赶紧说："还，一定还。你这个人啊！"然后拿起修小眉的大衣，想献一下殷勤，伺候她穿上。但修小眉没让他献这份殷勤，她又怕出门时张大康会做什么搂抱的动作，拿上大衣就先跑出门去了。一直到下了楼，走到两人的车跟前，要各上各的车了，张大康又说了句什么话，做了个亲昵的动作，似乎又要去拥抱修小眉，被小眉委婉地推开——这一切，却让在不远处这边汽车里的贡志和、贡志英、贡志雄三人全看在眼里。贡志雄当场就要冲过去，好好地教训一下张大康这个"无耻的贪嘴猫"。他也的确向那边冲了一下，但却被贡志英一把拉住。志英在为小眉着想。她想到，志雄这一冲，虽说是冲着张大康去的，但当事的另一方修小眉也会被搞得无地自容。而仅从刚才他们所看到的那一点儿现象，还没法准确地判断事情的全部真相，修小眉似乎也还不应该受到如此的打击。更重要的一点，志英当然要为贡家着想，这件事毕竟牵涉贡家的儿媳，因此，无论如何也不能光天化日地去吵吵这档子事啊！所以，她主张暂时按兵不动。待张大康、修小眉一前一后驾驶着他们各自的车离开以后，她才让志和启动了车，随后向枫林路驶去。

　　一到枫林路十一号，贡志雄自然是再也按捺不住了。不等坐定，也不管志英如何对他使眼神、做手势，发出什么样的暗示希望他少安毋躁，他直冲着修小眉去了："张大康到底是怎么回事？""什么'怎么回事'？你们今天怎么了，老是张大康张大康的……"修小眉的脸微微一红，强撑着反问。贡志英怕事闹大了，不可收拾，忙上前，推开志雄，又把修小眉拉到一旁坐下，微笑着温和地说道："也没什么大事，就是刚才我们去您家，原想约您一块过来的，没想在您家的楼前看到那个张大康了。"修小眉心一慌，嘴上却依然强硬："看到了，又怎么了？"贡志雄冷冷一笑："我们看到他想抱您。"修小眉脸一下大红，忙说："胡说！"志雄正要大发作一下，志和上前干预了。他往后拽了一下志雄，用力很大，差一点儿把志雄拽倒，然后瞪大了眼睛，一声不吭地狠狠看住他，那意思是：你想干什么，傻小子？一会儿爸就回来了，这是你胡来的时候和地方吗？再怎么说，她还是我们的嫂子，大哥的遗孀。请讲点儿分寸，好不好？

静场。

贡志雄挣脱开二哥那只有力的手，自嘲般地对修小眉说道："其实，有人想抱您，也没什么……"修小眉极其难堪，又极其痛苦地叫道："志雄！"又是一个短暂的静场。然后，贡志和缓缓地开口说话了："嫂子，我相信，志雄跟我们家其他人一样，都没那个意思要来干预您的私生活。在这方面，您有充分的自由，也有充分的权利。你应该了解，我本人就是张大康的朋友，很长一段时间以来，我们甚至可以说是很好的朋友……"修小眉无所适从地摊开双手说道："今天晚上我们到底是来干什么的？不会是召开张大康专题讨论会的吧？如果今晚就这么一个话题，我不想再跟你们谈下去了。"贡志雄嘲讽道："嫂子，我想我们还是应该在爸爸回来前，结束这个话题，否则，当着他老人家的面，再谈这件事，也许就更不好了。说实话，我们感兴趣的还不是张大康想抱您这一点……"修小眉又一次涨红了脸："抱抱抱，是的，他想抱谁，这是他的事。如果你们觉得他不该抱谁，你们跟他谈去呀！"贡志英劝道："嫂子，您让他俩把话说完，我们真的没恶意。您还不相信我吗？"修小眉气呼呼地往一张仿维多利亚式样的软垫靠背椅上一坐，不作声了。"刚才我已经说过了，在私生活方面，您拥有完全的自由。将来不管您跟谁好，您永远是我们的大嫂。如果您坚持要跟张大康来往，我们可以向您提供某些方面的建议，因为我也罢，志雄也罢，都比较了解他。比如说，据我了解，他要拥抱一个女人，尤其是像您这样身份的，除了情感和性这两方面的常规因素外，他一定还会有别的方面的考虑和打算……"贡志和一边说着，一边向修小眉递过去一支烟。修小眉没接。

贡志雄站起来也走到修小眉面前爽快地说道："嫂子，我不会说那种拐弯抹角的话。坦白地说，对张大康这个人的看法，我和二哥不一样。他瞧张大康，基本上是一堆臭狗屎。我呢，也不能说他在我眼里就是一朵花，但我对他，确确实实是持基本肯定的态度的。这人非常有能力、有魄力，非常有经营头脑，是个能独当一面，可以成大事的人，应该说，我非常佩服他。当然了，他也是一个非常有手段的人。但我一向认为，这一点没什么，要成就大事，就得会玩手段。当官是这样，经商更是这样，只要符合游戏规则就行，必要时，甚至还得下狠心，所谓'无毒不丈夫'嘛。他就是这么个人。如果您不是我嫂子，知道您跟他来往，除了祝福，我还真不会说任何话。但谁让您偏偏是我的嫂子呢？说实话，我现在真替您担心，我真不愿意您在他那个坑里陷得太深。我真的担心他在您身上正玩着什么手段……说破大天去，您毕竟是我的嫂子啊。退一万步说，我不为您想，也得为我们的大哥想想，咱们得让他的在天之灵永得安宁啊！"

"他想让您干吗？"志英温和地问。

"他希望我到他新办的一个公司里去做事，今天他来就是跟我谈这件事的。"修小眉也平静了许多，能正面回答这几个家人的问题了，只是语调显得……

"他又新办了一个公司？"贡志和问。

"大山子恒发。"

"他果然把恒发办到大山子去了。这小子早就盘算着要向大山子这块肥肉下筷子。他让你去那个公司干啥？"贡志和又问。

"当经理。但我跟他说了，我就一个普普通通的牙科大夫，怎么能去当经理？你有多少钱让我赔？"

"他怎么说？"

"他说，你就在经理的位置上给我坐着，具体的活儿，有下边的人去干……"

"您答应了？"贡志雄问。听修小眉这么说，志雄心里挺不是滋味，顿时觉得张大康这哥儿们真不够朋友，就当经理而言，他怎么也要比修小眉强啊！姓张的真他妈的"重色轻友"。

"他说，我应该鼓起这个勇气，迎接生活的这种挑战。他说，这么多年，我从来没有主宰过自己的生活，也从没主宰过自己的生命历程。对于我这样年龄的女人来说，这一回也可以说是最后一个机会了……"修小眉没直接回答志雄的问题。

"你答应了？"贡志和重复刚才志雄的问题，又追问了一遍。

"他翻来覆去地说……翻来覆去地劝……"修小眉表示了十二万分的为难。

"您最后还是答应了？"

"下楼前……我勉强答应了他……"

这时，电话铃响了起来，是贡开宸打来的。"爸……我们都在哩。"贡志英拿起电话，对贡开宸说道，然后忙捂住送话器，低声地关照在场的那几位，"爸马上就到了。快别说张大康的事了。"然后她又松开手，对电话里的贡开宸说道："爸，您快来吧，我们都在等着您呢。"等志英接完电话，贡志和拿起电话，递给修小眉，对她说："你马上给张大康打电话，说你不能担任这个经理……"对这个问题，贡志雄却有不同的看法。他从二哥手里拿过电话，重新放回到机座上，说道："别慌着回绝人家。我觉得，如果事情真的像嫂子说的那样，我觉得也不是不可以干。嫂子怎么就不能当经理？"贡志和却没理会志雄的异议，只是斥责了一声："你懂什么！"然后又转向修小眉说道："嫂子，听我的，你现在就告诉张大康，你不能当他这个经理！"

贡志英倒是觉得，修小眉还真有当经理的潜质，假如机会合适，还很难说她将来会发展成一个什么样的人。现在的问题只在于，她怎么去妥善处理好自己和张大康之间这个让人头疼的私密关系，但也不必立马回绝张大康。所以，她也想劝志和别逼修小眉这么做，便叫了声："志和……"

贡志和却越发地固执，甚至都有些凶声凶气了，一下打断志英的话："你俩都别说了！"

然后他再度把电话递给修小眉，催逼道："快打！"

修小眉犹豫了一会儿，还是接过了电话，但没马上拨通张大康，只是瞠目地看着贡志和，迟迟疑疑地问："张大康这个人……真的有你感觉到的那么坏？"这个问题在修小眉心底，已翻来覆去地自问了千百遍。她没法让自己抗拒张大康身上那种总在灼烧的活力，包括他不时爆发的那点儿粗鲁，也总让她既惧怕、不知所措，却又感到新奇……张大康在生活上、事业上，一个接一个翻新出奇的设想，让她目不暇接，让她处在一种无名的激动和心跳中。这种感觉真的太好了。要知道，这正是许多有头脑的女人在男人，或者延伸了说，在另一个自己最希望接近的人身上最想得到的东西，那就是所谓的"精神支撑""精神赋予"。但是，正如志和、志雄描绘的那样，张某人身上总有另一种让人无法捉摸的东西，不时让她感到，即便他冲过来要拥抱她，要向她表示最亲昵的索取和奉献时，他仍然是陌生的、遥远的、不可把捉的，甚至是带着一种重重的"异味儿"的……那究竟是什么呢？让她苦恼的是，拿从小在学校得到的一切教诲、父母的一切规训、单位领导的全部讲话和后来贡家给予的所有的道德范式和思想点评，都不足以替她解释清她感觉到的这个"张大康"……

假如真有这样一个"张大康研讨会"，她想她不仅会"拨冗"参加，还会全力资助，乐于其成的——但今天的中国，谁又会专门去召开这样一个"张大康研讨会"呢？

没等贡志和回答她的疑问，从院门的方向传来了熟悉的汽车声。"爸回来了。"贡志英一惊，说着，忙从修小眉手里夺下电话，把它放回到机座上，"好了，都知趣些，别再说什么张大康了……"

第四十九章

早晨，在枫林路十一号的花园里，总是美好的。樟子松蓬乱的树冠被露水濡湿后，经最初那一抹曙光随意地渲染，真可以说根根针叶都似那绿玉雕就般晶莹剔透，又泛滥着一股无比清淡顽强的大自然气息，加上清脆的鸟鸣声声，加上深秋的晨雾漫过围墙墙头，而攀附在墙头上的萝枝藤依然繁茂，朵朵肉质肥厚的花苞猩红地张扬其间，在残石枯根腐草里又时时响起秋虫间断的鸣叫，真是无法形容这一方天地中所构筑起的和谐和天趣，只能一起集合在"散漫"和"天成"这样的字眼儿之中。而后，又有了一股咖啡的香味儿……有咖啡香味儿飘出，这说明，昨晚在聚会之后，有人留下没走，不是贡志和，就是贡志雄。这二位，都喜欢一早起来，喝一杯自己煮的浓咖啡。

大哥在时，说他们是"洋派"。

用志英的说法，便是"臭美"。

贡开宸起得也早，穿一身睡衣睡裤，端着一应洗漱用具下楼洗漱。走过客厅门口，他听到客厅里有声音，推开客厅门看时，有人还在大沙发上躺着，身上盖着厚厚一条毛毯。放在茶几上的那个煮咖啡用的电壶却在嘶嘶作响，脸却用本大型的杂志遮盖住。他不能确定是志和呢，还是志雄，便走进客厅，揭开杂志看，是志和。贡志和也就赶紧地跳起，叫了声："爸……"

"没走啊？怎么睡这儿呢？快上房间里睡一会儿吧。"

贡志和揉揉眼睛，忙说："不用了，我睡得挺好。"而后他探头到窗外，向楼上叫了声："志雄……"

贡志雄睡二楼的客房里了。按平时的习惯，这钟点应该是他睡得最香的时候，但昨晚跟二哥有约，一早还得趁老爸上班前那短暂的十分宝贵的时间，跟老爸说点儿事，所以即便十分痛苦，他还是强迫自己从床上挣扎起来，一边穿衣服，一边敲了敲通向隔壁一间房的门。在隔壁房间里睡着的是贡志英，她很不情愿地从被窝里坐起，坐了一两分钟，还不愿把眼睛睁开。你想啊，好不容易独自睡一个安稳觉，不必为老公忙早饭，为闺女打理"红妆"，不用收拾房间，更不用在烧开水、煮鸡蛋、叠被子、取早报的同时，赶紧把昨晚换下的脏衣服扔进全自动洗衣机里，选定全套操作程序，按下按钮，让它们自己在那儿"轰轰轰"转去……"催什么催呀？又不赶法场！"但是，怨归怨，轻轻叹口气，还是得把脚往裤腿里伸啊！

很快，他们便在餐厅里集合齐。贡开宸已经在那儿用早餐了，他们三人则围坐在一旁。

贡开宸的早餐很简单，一杯牛奶，一个煎鸡蛋，两片用五合面（玉米面、黄豆面、芸豆面、黑豆面，再加一点儿大麦面）做的馒头，一碟用切开的生菜、黄瓜、青椒和西红柿，浇上一勺花生酱拌起来的"全家福凉菜"。他在家用餐机会不多，但一般情况下，早饭总是要在家里用的。夫人病逝后，每个星期修小眉都为他精心制定一个早餐菜谱。

昨晚聚会结束后，这三人跟修小眉一起离开了这里。当时修小眉就觉得，这三人可能要搞什么鬼。因为按过去的惯例，志英总是坐她的车走，志和则开车送志雄。但昨晚却不，志英死活要挤在志和的车里。她说要让志和到她一个女朋友家里去给女朋友的女儿讲一讲学历史的重要性。她那位女朋友的女儿特别不爱学历史，但能叫得出全世界女歌星和女影星的名字，并清清楚楚地说得出她们每一个人的发迹史。可昨晚离开枫林路十一号时都几点了，还去什么女朋友家讲历史？鬼哦！她当然不便多问。三个人没走多远，果然就又回到了枫林路十一号，悄悄开了个小会，一致认为，嫂子和张大康之间的关系已经到了必须过问和干预的地步了，其严重性也已经发展到了必须让老爸知情的程度了。

　　志和代表这三人把所要讲的简要地叙述了一遍。贡志英说："我们本来不想拿这事来打扰您……"贡志雄说："可我们又觉得这件事发生在这个当口，有点儿蹊跷。"贡开宸不动声色地看看贡志和，又看看贡志雄和贡志英，问："还有什么事？"贡志和说："还有两件事想跟爸商量一下：第一，每年我们家这个十一月十四日的聚会，是不是从明年起，就别再搞了……"贡开宸眉毛一耸道："为什么？""我们觉得，'十一月十四'这个话题对您、对我们全家来说实在是显得太沉重了。事情已经过去二十多年了嘛，还有这个必要每年再搞这么一次'生死祭'，再来揭这么一次伤疤，往早已愈合的伤口里再扎上一刀、再撒一把盐吗？"贡志和不无激动地说道。贡开宸说："这么做，于你们，是对自己生身父母的纪念，于我，则是重温一个绝对不能忘掉的教训……"贡志英忙说："爸，事情已经过去这么多年了。我们也都长这么大了，绝对不会忘记我们的生身父母。您呢，就别老这么责备自己了。"

　　贡开宸定定地看了一眼志英，沉默了一会儿，便问："第二件事？"

　　贡志和说："妈走了快一年了，您是不是也该考虑一下您个人的问题了？您这么忙，总得有个人照顾您的生活。您这样，妈在九泉之下，也不会安心的。"

　　贡开宸轻轻地叹了口气：问："还有别的什么事吗？"贡志英知道爸要结束这场谈话了，忙叫声："爸……"她想再争取几分钟时间，把话说透。但贡开宸坚持问："还有别的什么事要说吗？"贡志和苦笑笑，说："没了……

大概，就是这些了……"贡开宸推开眼前的杯盘碗碟，站了起来："好，我知道了。"贡志和三人忙也站了起来："那……我们走了……"这是告辞的话，也是请示的话，如果同意他们走，贡开宸会点一下头，或"嗯"上一声。但贡开宸却只是站着，没表态。这让贡志和等兄妹三人走也不是，不走也不是，只能干站着，等着。但他们隐隐地觉出，爸爸或许还有话要跟他们说。

果然，没过多大一会儿，贡开宸问贡志和："上一回我跟你说过什么话，还记得吗？"

贡志和忙说："您让我不要擅自过问那些不该由我去过问的事情，尤其是不要搞那些非组织活动，去探查那些不该由我去探查的事情。"

"这个约束，现在对你仍然有效。"

贡志和忙应道："是。"

"社科院是个非常重要的地方，好好地利用那儿提供给你的条件，静下心来，认真深入地研究一下当代的中国，当下的世界，争取拿出一些真正有价值的研究成果，为中国当代的发展起一点儿作用。这不也是你大哥对你的希望吗？"

贡志和忙说："我一定这样去努力。"

"你们可以走了。志雄，你再留一会儿。"

贡志雄一愣，忙答道："好的，好的。"

对他们费那么大的劲儿所报告的张大康和嫂子的事，父亲居然不置一词，重申了一遍对贡志和的约束后，又单独把志雄留下，在搞啥名堂呢？上了车，贡志和没马上发动车，只是闷闷地坐着。他所能猜测到的，父亲的这"不置一词"，绝不表明他对此事漠不关心。老谋深算的父亲一定有他自己的考量和安排，总有什么微妙和为难之处，让他不便这时候就跟他们直白地说明他的态度和想法。是哪种为难，让父亲陷入了这般微妙境地？

贡志和飞快地思考着、推测着，贡志英却低声问："爸干吗要把志雄单独留下来？"贡志和没正面去回答，只是又闷闷地坐了一会儿，突然发动着了车子。

第五十章

几天后，贡开宸找马扬。马扬自然不敢怠慢，早早来到省委大楼，轻轻地敲了敲贡开宸办公室的门。出来开门的是焦来年。马扬略感意外，下意识地用眼角的余光去瞟了一下门楣上钉着的房号小铜牌，想确认一下，自己是否走错门了。这个动作虽然微小，但还是被心细的焦来年注意到了。

焦来年笑了笑说道："马主任，请进吧，您没走错。我是贡书记新任秘书焦来年，焦裕禄的焦，来来去去的来，过年的年。""哦，焦秘书，你好，你好！"马扬立即热情地伸出手去招呼。

焦来年是贡开宸从前的秘书，已调山南地委任副书记，在那儿工作很出色，上下的呼声都很高，只要没什么特别的意外，他应该是常春亭的接班人。怎么突然又调回贡书记身边来了？郭立明呢？

一连串的疑问在马扬心里闪电般地掠过。虽然一时间不可能得出什么明确的答案，但政治上极敏感的马扬从这个"重大"的人事变动中感觉出，要出什么大事了，一定的。心里虽然在这么紧张地盘算着，脸上却依然平静地笑着。不一会儿，门外传来一阵急促有力的脚步声。马扬立即站了起来。他听出来了，这是贡开宸的脚步声。

贡开宸一进门，就向他做了个手势，让他跟他一起到里边的办公室去。

"新换了个秘书？小郭呢？"坐定后，马扬问。

"送省党校学习了。"贡开宸漫不经心地答道。

"学习好啊，学习好啊……"

"那好，下一拨就送你去学。"

"好啊，好啊！"

"脑袋上的伤怎么样了？"

"应该没问题了吧。"

"别大意。"说着，贡开宸按了一下桌子下的电铃，叫来焦来年，并向焦来年介绍道，"认识不？马扬，大山子管委会主任，有名的马大胆儿。我觉得应该赐他一个外号'马大哈'才对头，糊里糊涂让人砸了一杠子，有这种人吗？哈哈。"从他对焦来年说话时的语气手势神情看，他对焦来年的信任和亲近，绝对非比寻常。"我让焦秘书收集了一点儿脑外伤治疗养护方面的资料，都说脑外伤术后的养护特别重要，如果养护不好，愈后一般都不乐观。马大哈主任，带回去认真学一学，千万别掉以轻心哦！"

马扬从焦来年手里接过那一厚摞剪报资料，还有几本这方面的专业医疗书籍，说道："我这不是脑外伤，只是头部略微受了一点儿外伤……"

贡开宸愣了一下，瞪他一眼，干笑着说道："嘿嘿，天下有这号人吗？啊？头和脑有什么区别？啊？有什么区别？"

马扬觉得，在科学分类上，头部和脑应该还是有区别的。但他没分辩，也知道这时候是绝对不能和贡大人抬杠的，便忙低下头去翻了翻那本剪报资料，夸奖道："搞得很专业嘛。"贡开宸又很得意地介绍道："焦秘书还写得一手好字。以后，大山子有什么牌匾要写，可以请他去露两手，不过，要付钱的。一个字五千，怎么样？老焦，这价码还说得过去吗？"焦秘书谦和地笑道："嘿，我这一手臭字，怎么能上牌匾……"贡开宸笑道："你的字比我的好多了。你没瞧见，还有不少人来求我的字哩。"焦来年只是笑笑，没再说什么。他知道两位领导要谈正事了，自己不该再待在这儿了，便赶紧去替两位领导的茶杯里续满水。

待老焦走后，马扬又试探着问："郭立明，是怎么回事？"贡开宸扬了扬眉毛，说："什么'怎么回事'？学习嘛，充电嘛，有什么？"马扬壮起胆，又问："没别的事吧？"贡开宸没直接回答，只是沉默了一会儿，然后说道："别打岔了，说我们的事吧。知道今天我为什么要找你吗？"马扬忙说："我知道您是让我来做检讨的，我已经做了准备了。"

贡开宸沉下脸："嗯，还算清醒。说吧，那天你为什么要跟我说假话？"见马扬犹豫了一下，贡开宸立即正告道："告诉你，今天你要是再跟我说假话，我肯定让组织部派人重新考查你。"

马扬忙说："我当然愿意说真话。"

贡开宸一扬眉毛，问："什么意思？当然愿意？那么，那天是有人不让你说真话？啊？到底是什么妨碍你那天对我说真话？有人威胁你，还是你自己有某种心理障碍，在我面前说不出真话来？"

马扬迟疑着不知如何开口。

"说啊！"

马扬挪开自己身前的那只茶杯，为自己争取了一点点过渡时间，以便让自己显得稍稍从容一些，然后说道："我的被打，有足够的证据说明，是有人策划的，是一个重大阴谋的一个组成部分。直觉告诉我，打我的人，很可能就是杀害言可言的那些人。而这些人绝对不是一般的刑事犯罪分子。他们先杀害掌握大山子重大内情的言可言，然后居然又敢来威胁手握开发区党政大权的我，无非都是为了一个目的：掩盖前些年他们在大山子浑水摸鱼时所做下的种种丑事。一般人是杀鸡吓唬猴子。这伙人的手段是杀猴子吓唬鸡，以震慑那些可能会站出来揭发他们罪行的知情人的嘴。"

贡开宸单刀直入："你怀疑宋海峰？"

马扬一震，忙说："我没这么说……"

贡开宸站了起来："你也不信任我？"

马扬闭口了，这时候他有些拙于应对。

贡开宸逼问："说呀！"

马扬突然站了起来，十分激动地说："我不是信不过您……"

"那么是什么！"

"您坚持要把宋海峰派到大山子……"

"我已经说过多次，增派一个省委常委去兼任大山子市的一把手，完全是出于加强你那边工作的考虑，也是体制改革的必需。"

"但是，宋海峰到大山子市以后，根据他的指示，市公安和检察系统完全改变了原先的工作重点和侦查方向：市公安局把工作的重点放在了社会治安上，基本上中止了对言可言被杀一案的侦破；市检察院把工作重点放在了对新成立的开发区工作人员的职务犯罪上，基本上中止了对前两年群众举报的有关前大山子总公司那些重大经济案的侦破——而那些经济大案，涉及六七个亿的国有资产流失！"

"宋海峰跟我报告过他的想法。他说他这么做，是为了先给你开发区创造一个良好的社会秩序和工作环境，护送你们走上一个良性循环的道路以后，回过头来再追究过去这些旧案、大案。"

"言可言被杀能说是旧案？不把目前仍然潜藏着的那些重大经济犯罪分子和黑恶势力揪出来，开发区的工作能真正地安全地走上良性循环的道路？"

"坐下来，心平气和地好好说，没人跟你吵架！"

马扬忍了忍，坐了下来。这时，焦来年敲敲门，匆匆走进来，向贡开宸报告："公安厅唐厅长来了。"

马扬看了看贡开宸试探道："那，我就先回去了……"

贡开宸对他做了个手势，让他坐下别动，然后对焦来年说："请唐厅长在小会议室等一会儿，我马上过去。省政法委的陈书记来了没有？"

焦来年答道："来了，都来了。"

贡开宸立即又改变了决定，站起来对马扬说道："那这样，你在这儿等我一会儿，翻翻老焦为你找的那些资料，啊？我们之间的账还没算完哩。"

贡开宸到小会议室，向唐厅长宣布："省委决定，大山子言可言一案的专案组，由你们省厅接管，由你亲自挂帅，直接向省委向我负责。省外，除公安部的相关同志，省内，除政法委陈书记，剩下的任何人都不得过问这个案子。给你一个月时间，限期破案，行不行，老唐？"

省公安厅唐厅长为难地笑了笑："时间短了点儿……"

政法委陈书记拍拍唐厅长的后背："加把劲儿吧，一个月可以了。"

贡开宸一点儿不让步："就一个月，不能再拖了。"

唐厅长立即答道："行，我们努力吧。"

"别'努力吧——'"贡开宸故意拖长了那个"吧"字说道，"一个月以后，我要结果，明白吗？"

"是。"

一回办公室，贡开宸继续追问马扬："继续说。你认为，省里有人故意在捂大山子的盖子？"

马扬忙说："我没这个意思。"

"那你神神道道的，什么意思？"

马扬没答话。

"怎么又不说话了？又在琢磨啥，想啥鬼点子呢？"

"贡书记，我哪敢跟您使鬼点子啊……"

"你？哼，什么不敢哪？最近大山子开发区工作进展不明显，你自己有这种感觉吗？"

马扬一愣，这话怎么说？

"你们那个坑口电厂到底怎么样了？这些日子怎么没下文了？那个杜光华和赵长林的'永在岗服务公司'下一步到底准备怎么搞？开发区第二笔、第三笔资金的引入有眉目了吗？开发区内现有的这些经营项目必须做哪些调整？它们的市场前景怎么样？未来的入关对大山子到底会产生什么样的影响？有人对入关很乐观，我觉得，还是有许多事情值得我们忧虑的。有人说，入关后，中国有可能成为世界的制造业基地。在这个世界性的'制造业基地'里，你大山子到底能占一个什么样的份额？怎么去争取这个你应得的份额？你现在到底有多少时间多少精力是用在思考和解决这些问题上的？"

静场。

"马扬，跟你说一句真心话，我期待你的，远不只是搞好一个大山子。我是想通过你，通过大山子，找到一条把整个 K 省搞活搞强的路。也就是说，我要在你身上做一个实验，寻找一个历史性的答案。K 省曾经辉煌过，这些年，它又一步步衰落了。再往远处说，中国在汉唐曾称雄世界，但曾几何时，千百年过去了，我们却被世界其他强国远远地甩在了后头，受尽了凌辱。所以，这一百多年，有血性的中国人才一个劲儿地在叫喊，要振兴，要复兴我们这个中华民族……这个问题一直使我们的心在流血，原因到底何在？我们到底疏忽了一个什么样的关键问题，这个历史性的答案到底在哪儿……马扬啊，寻找这个答案，才应该是你真正的用心所在。不要因为我派了个宋海峰去当市委书记，你就老在那儿耿耿于怀。我老了，许多地方跟不上趟了，最后的答案，看来还是要靠你们去书写去雕刻在历史这根擎天大柱子上。

至于，有那么几只苍蝇、臭虫、老鼠、黄鼠狼在折腾，打死它们嘛！很简单嘛！"贡开宸一气说下来，胸口居然都有一点儿发闷发热，花白的鬓发间，也微微渗出一颗颗汗珠，右手的手指尖又一次酥酥地感到了一点儿发麻。这种发麻的感觉近来常常让他为自己感到一点儿担心……

这一晚，马扬又失眠了。他深夜回到家后，怔怔地在卧室里呆坐了好大一会儿。黄群在卫生间里替他准备好了换洗衣服，打着了热水器龙头，催他洗澡，嚷了好几嗓子："马扬……马扬，洗澡了！"他都没听到。连小扬都听不下去了，冲进来吼道："爸，你是不是要让全世界的人都知道马主任要洗澡了？"待黄群着急慌忙地走过来再催时，却看到马扬正面对着一台录音机在发呆。

"洗澡了，没听见？"

马扬不动。

"走啊……水热了。"黄群一边说，一边还想搬走录音机。

马扬这才有反应了："别动。"

"哎呀，洗完澡回来再听。不就是那段著名的'马扬语录'吗！"说着便去拿那盒磁带。马扬一把夺了过来，把磁带放进机器，索性放了起来。房间里立即响起了马扬的说话声音："多年来，我一直以自己是K省人而骄傲，因为K省作为中国的工业大省，拥有中国规模最大、数量最多的特大型国有工矿企业。可以这么说，中国早期的社会主义工业化是踩在我们K省人的肩膀头上起步的。而这份家当，正是我们K省人的父亲和爷爷亲手创下的。作为K省父亲们的儿子，K省爷爷们的孙子，怎么能让这份家当败在我们这一代人手里呢……"

马扬站了起来，拿起自己的大衣，向外走去。

黄群一愣："你……你去哪儿？"

马扬说："我去找贡书记！"

黄群说："你疯了？你刚从他那边回来，什么事，又去？再说，你也不瞧瞧，现在都几点了！你不休息，还不让省委领导休息？你是不是也太过分了？"但马扬还是大步跑下楼梯去了，径直跑到院子里，大概也觉得自己这样深更半夜地反复找省委领导未免显得自己太不稳重，太沉不住气，这才突然站住了。这时，黄群跑了过来，急切地问："又出什么事了？啊？到底出什么事了？""没事……""你又瞒我？""真没事。"黄群说："我那位老同学昨天又打电话来问我们的处境。她劝我们还是应该向南走一走。她说同样花一份力气耕耘，在他那儿可能会有几倍的收获。她说，如果我们不想去深圳，她可以帮我们联系上海、广州、珠海。她说她爱人两年前在中央党校学习时的同班同学，现在在那儿都是某一方面说话算话的人了，帮这点儿忙，一点儿问题都没有……"

马扬淡淡一笑："洗澡去吧。"

"马扬……"

"快上楼去，你要着凉了。"

"马扬，我没有别的更高的要求……只求你给我、给小扬一份安稳的生活……"

马扬搂住黄群："走吧走吧，该洗澡了……"

也许是由于深秋深夜寒意的刺激，也许是因为心中那份始终抹不去的忧虑所致，黄群一阵阵地战栗起来，不由自主地向马扬怀里偎去。马扬感慨地把她全部搂进自己怀里，用自己的脸颊轻轻地揉蹭着她柔滑的头发。

眼下，马扬的确十分困难。他觉得，当前最难的还不在于安置下岗工人。中国的工人好啊，多少万多少万地下岗，抹抹眼泪，长叹一口气，大部分人也就乖乖地自己找饭辙去了，真的没怎么给当官的找麻烦，给这档期里的改制工作横加什么不可逾越的障碍。最大的困难也不在寻找新的经济增长点，更不在于建立现代管理制度上。这些事只要管事的人观念真变了，真正做到一心扑在企业上，无私，有勇，又能学会借他山之石来攻自家门前的这块玉，又能不怕失败（他觉得自己基本齐备了这种种方面的长处），只要假以时日，牢牢依托中国这块无比广阔的市场，伺机参与国际竞争，是一定能找到企业自身腾飞的基点的。而最大的难处恰恰是内部的掣肘：你想干，他不想干；你想这样干，他却要那样干；你用大局的事业标准衡量成与败，他却在用一己的个人得失权衡进与退。为此，指鹿为马者有之，颠倒黑白者有之，不敢正大光明地较量，便扯虎皮做大旗，把川剧舞台上变脸的绝招用在了当官、为人、处世等方方面面，设下种种"绊马索"和"暗道机关"，使你不能正面站着做人做事，甚至侧身站着还不行，有时还得弯腰屈膝半蹲下身子，勉强蹒跚前行。算一算吧，有多少能量是消耗在内部的掣肘上了呢？百分之十？百分之二十、百分之三十、百分之四十？或许更多？谁能给我一道"免掣金牌"，我宁愿用自己这颗脑袋抵押在为人做事的"军令状"上！是的……是的……

贡书记问，那天为什么要对他说假话？能说真话吗？——宋海峰正站在边上。贡书记问，是不是怀疑宋海峰？怎么回答？说是，证据呢？说不是？一种感觉，一种直觉，加上一些"迹象"，还有一些匿名的举报信，和同样不肯留下姓名的举报电话，已不止一次地牵扯上了这位副书记。马扬也怀疑过郭立明，就是从那次由他来通知，宋海峰约在白云宾馆谈话引起的。宋海峰为什么要让郭立明来通知呢？这在高层政治生活中虽然也只能算是一件小事，但无论如何也要算是一件不太正常的小事。由此，马扬隐隐觉得他俩关系不一般。而这是一位省委副书记和省委书记的秘书的关系。在高层政治生活中，他俩之间的关系必须十分正常才行，否则就难以保证党的机体始终得以健康地发展运作。

要不要把对宋海峰的一些"感觉"都向贡书记报告？贡书记会认为纯粹是出于个人恩怨得失而排斥一个潜在的政治对手吗？

应该完全信任贡书记这个领导吗？

从数次谈话来看，贡书记对他过分关注大山子"黑窟窿"问题，已经表示了不满，对他一度想兼任大山子四个一把手的企图，也一直在"鞭打"着。这时，再向他申述宋海峰的那些并没十分把握的"问题"，是不是就太"不聪明"了？甚至可以说太愚蠢了？

踌躇啊……犹豫啊……

就算是发一块免死金牌，这节骨眼儿上，他能痛痛快快地一手高举金牌一手高张龙头铡，铡除天下一切不公不义之人吗？

踌躇啊……犹豫啊……

就在这时候，马小扬拿着一部无绳电话，大踏步地跑下楼来，气喘吁吁地嚷着："电话……贡爷爷的电话！"

黄群反应快，先从马扬的怀抱里钻出，赶紧整理了一下自己略有些凌乱的头发，装作无事人似的，转过身去微笑着面对冲到身旁来的女儿。马扬没管那么多，他听到了"贡爷爷"这三个字，急问："谁的电话？"

小扬高举着手中的无绳电话，大声答道："您的顶头上司，K省一把手，贡开宸同志。"

第五十一章

马扬赶紧从女儿手里拿过无绳电话机，一边匆匆上楼，匆匆关上房门，一边说道："贡书记，您还没休息了？""我哪敢休息啊？"贡开宸拿着电话，在办公室里慢慢踱着小方步说道，"我一直在琢磨，今天晚上你肯定会忍不住的，肯定会杀回来跟我论说一番的，我一直在等着你。怎么的？是我判断有误，还是你马扬有长进了，沉得住气了？"马扬故意哈哈一笑道："您瞧，您判断失误了吧？告诉您哪，我早睡了。回来就舒舒服服洗了个热水澡，睡觉前还喝了杯热牛奶，养胃安神又补钙。该干嘛干嘛，我才不着急上火哩。"贡开宸嘿嘿一笑道："你把电话挂到免提上……"马扬忙问："干什么？"贡开宸催促道："让你挂免提就挂免提，多问啥！"马扬犹豫着只得把电话切换到座机的免提功能上。

立即，从话机的小扬声器里传出贡开宸的呼叫声："小扬，小扬，你在你爸身边吗？"马小扬犹豫了一下，看看马扬，好像在请示似的。马扬冲她点了点头，小扬这才走到电话机跟前，应道："贡爷爷，我和我妈都在哩。"贡开宸问："刚才你是在哪儿把你爸叫来接电话的？跟我说实话。小孩子家，可不许对大人说谎。"马扬忙对她做了个手势，好像是要她别照实乱说。黄群却又急忙对她做了个手势，让她别听她爸的，照实告诉"贡爷爷"真情。小扬迟疑了一下，选择了后者："贡爷爷，我刚才是在院子里把我爸找来的。""他跟我说他早睡了，一会儿又跑到院子里去干啥？梦游呢？""他抱着我妈哩……"小扬挺严肃地说道。黄群立即冲着她做了个别再往下胡说的手势。小扬躲过母亲劝阻兼威胁的手势，继续说道："妈躲在爸的怀里哭鼻子哩……"黄群赶紧叫了声："小扬，不许胡说！"小扬赶紧声明："贡爷爷，我没胡说。我看得特别清楚，我妈躲在我爸怀里，在抹眼泪……"黄群忙凑到电话机跟前，作更正："贡书记，您别听小孩儿家乱说。"贡开宸却说："你们别插嘴。我听年轻人的。小扬，你还在吗？"小扬忙答应："我在。"贡开宸问："你妈刚才真的哭了吗？"小扬用力地点点头说道："是的。我爸刚才冲到院子里，好像是要到哪儿去。我妈追下去了。他俩说了一会儿话，后来我妈就偎到我爸怀里哭了……""这些日子，你妈经常哭鼻子吗？""不能说经常，但……有时也哭两回……"

沉默。

"黄群……黄群……"过了一会儿，贡开宸点名叫黄群过来说话。黄群忙应道："哎，贡书记，我在哩……"贡开宸问："小扬说的是实话吗？"黄群吞吞吐吐地："谁哭来着……怎么可能……"贡开宸轻轻地叹了口气："黄群，大山子这副千斤重担压在马扬肩上，他不容易，希望你、希望小扬、希望你们全家能支持他工作，啊？以后有什么牢骚，到我这儿来发，冲我嚷嚷，不要再给他增加精神负担……"

黄群的眼圈一下潮红湿润了。她一边擦着忍不住淌下的眼泪，一边连连说道："贡书记，我没发牢骚……我们全家一定支持他工作，您放心……"

贡开宸感慨地说："谢谢你啊，黄群，谢谢……"

黄群哽咽着："贡书记，您……您别这么说……千万别这么说……"

马扬的眼眶也湿润了，大颗大颗的眼泪无声地流淌下来。

马小扬怔怔地站着。虽然她并不十分明白，也并不十分理解父亲母亲此时为什么会如此激动，但看到他俩居然流泪了，她的心也一阵阵酸涩起来，情不自禁地去搂住母亲，眼泪也夺眶而出。

贡开宸又沉默了一会儿，突然说了声："不说了，不说了。早点儿休息吧。"紧接着，"哒"一声，便把电话挂断了。虽然挂断了电话，贡开宸的手却久久没离开电话机。他低垂着头，怔怔地坐着，一脸的深沉，一脸的无奈。焦来年悄悄走了进来，见状，又悄悄转身向外走了。但他还是惊醒了贡开宸，贡开宸愣神般地抬起头看着他，问："有……有事吗？"焦来年犹豫了一下，说："您该休息了。"贡开宸感慨地说了声："是的……是的……该休息了……"但他接着又问，"后天的日程怎么安排？"焦来年打开随身携带的一个黑色塑胶封面卷宗，看了一眼日程安排，报告道："后天的会议比较多。这是按您的要求，把会议相对集中安排，以便让您腾出整块的时间去做一些别的事情。后天是这样安排的，上午九点整，凯旋路人民剧场，全省精神文明表彰大会，您有一个讲话；十点，和邱省长一起在省委常委小会议室听取省经贸委关于国际中小企业协会在我省举办的中国日活动的筹备情况汇报；下午三点，扬子江路政协礼堂，K省籍的欧美侨胞联谊会召开年会，您有一个讲话；晚上在金朗大酒家，会见K省籍留日学子回省参观访问代表团全体成员。会见结束后，应访问团部分成员的要求，在省白云宾馆还要举行一个小型座谈，座谈的主要议题为如何为当前的经济结构调整，加速培养造就K省的新型人才，同时还邀请了省内几所高校的领导同志参加这个座谈……"说到这里，焦来年发现，贡书记其实并没有在听他的汇报。他的视线笔直地投向窗外夜空某个遥不可及的地方，目光里流露了无限的茫然和木然。当他发现焦来年突然中止了汇报时，他忙收回了视线，立即转向呆站着的焦来年，问："完了？就这些？"这时，他的目光又重现了他平时惯有的那种从容、矜持和高深莫测的含蓄，只是那略有些虚肿的眼泡和略显苍白的脸色，无法掩饰地在告诉人们，此刻，他真的很累了……

很累很累了……

而在大山子市委办公楼里，当秘书来报告"市政法委的蔡书记来了"的时候，正在圈阅文件的宋海峰连头都没抬一下，只应了声："嗯，请他进来。"他圈阅的是一份申请报告。

业主申请在大山子市中心开设一家叫"熊猫"的西餐馆。按说，这样的申请报告，工商会同城建、国土、餐饮协会等部门就可以批复了，无论如何也不必交他过目的。但大山子当前情况特殊，它小，又处在重建阶段，于是市委市政府做了个决定，凡是要建在重点地段，比如市中心的项目，一律得经统一规划，并由市委市政府主要领导最后签批。

蔡书记走进办公室，宋海峰略略地示意了一下："坐。"但仍埋头在那份申请报告上。

等签完字，他才抬起头，微微一笑道："来了？自己搞茶喝。"而后调整了一下伏案已久的身姿，刚要跟老蔡开谈，电话却响了起来。他微微皱起眉头，探过身去，拿起电话，只问了一声："谁啊？"立即，对打来电话的人说道："哦，你等一下，我换一个电话。"便跟老蔡道了声歉，走进另一间办公室去了。

电话是郭立明打来的。"你在哪儿？"宋海峰问。"我在省党校……"郭立明低声答道。

宋海峰很不高兴地说道："我告诉过你，不要在那儿给我打电话，也不要把电话打到这儿来。"郭立明忙说："这会儿宿舍里没有人……"宋海峰断然打断他的话："行了，我一会儿就回省里去了。晚上，你往那儿打。"郭立明忙说："宋书记，您总得见我一见……"宋海峰说了句："晚上再说。"便挂断了电话。

回到办公室，他对老蔡说："你让检察院的同志把前一阶段他们立案侦查的那几个经济大案情况赶紧详细写一个书面报告……"老蔡说："那几个大案查无实据，不是已经决定结案了吗？"宋海峰说："结案，你也可以把整个情况写一写嘛。有人告我们状了，说我们对群众举报的那几个经济大案按兵不动。"老蔡说："我们都查了，问题是查不到任何证据。检察院的同志把言可言留下来的全部账册都核对了一个遍，没有发现举报材料中说的那些问题。现在没有任何证据可以证实，言可言被杀背后一定隐藏着一个或几个重大的经济案，凶手一定是杀人灭口。"宋海峰往椅背上一靠，说道："好了，好了，别说那么多了。情况有变化。我现在正式通知你，从今天开始，言可言被杀案，全部移交省公安厅侦办。"老蔡一怔："移交给他……他们来侦办？"宋海峰说："告诉市局的同志，要全力配合省厅的工作。原则是，不招呼不动，招呼了要全心全意地跟着动。"老蔡似乎还没从那愣怔中苏醒过来："这……这是什么时候的事情？是省政法委的决定？为什么不让我们做了？"宋海峰淡淡地说道："是省委的决定。一个小时前，贡书记亲自打电话通知我的。至于为什么，你就别问了，我也不知道。"

第五十二章

那天杜光华对赵长林和夏慧平说："走，今晚跟我遛遛场子去。"到傍黑时分，便驾驶着他那辆高档轿车，把他俩带到那个高尔夫球俱乐部。一等进了那个用罗马柱装饰起来的大门，赵长林就不断透过车窗向外张望。只见不断有人驾驶着高档轿车，带着身穿高档时装的年轻倩女和男模似的英俊小子，来到这里。

车在一个欧式酒吧的门外停了下来。坐在后座里的赵长林不肯下车，他问："这，玩一晚上，得花多少钱啊？"杜光华笑道："花多少钱，您以后也得把这些地方遛熟了啊。商业界的一些巨头们可不会老在会议室里跟你谈生意。"

欧式酒吧的门厅里立着一个一人多高的大牌子，牌子上用彩笔写着一行大字"欢迎Welcome"，下面又注明了一句"请凭会员卡入场"。在身穿欧式船员制服的年轻男领班的引领下，一些商界巨子，带着他们的女友，互相打着招呼，寒暄着，开着玩笑，正往里走着。张大康似乎又是今晚这个聚会的组织者。一个民营企业的老板问他："大康，你说宋副书记今晚能来，咋还不见呢？"张大康笑道："你着啥急嘛。人家是省委领导，能跟你我似的，说上哪儿就上哪儿？能随便乱窜的，是你我这样的小老鼠哦！"

这时，杜光华带着赵长林、夏慧平走了进来。张大康忙迎了上去招呼道："光华兄，稀客稀客。"然后转身对着众人，拍了两下手："请各位静一静，我要给各位介绍两位新朋友……"

几分钟后，宋海峰来了，没带秘书，也没马上下车，让司机把车停在了欧式酒吧的门外，并让司机把张大康叫了来。"宋副书记，好赏脸，守信用！大伙儿都等急了，知道您到了，一定特别高兴。"张大康照例亮开他那大嗓门儿，嚷嚷。"去去去，别跟我虚头巴脑的，兴什么奋。"宋海峰笑道，然后拉着张大康稍稍往远处走了两步，低声说道，"先别瞎嚷嚷。我暂时还不能进会场去跟大伙儿见面……""啥会场呀，今天是周末，让您来跟大伙儿一起好好放松放松，也体验体验我们的生活。""我得先去办件事。大约半个小时就能回来，最多不会超过一个小时。但我得用一下你的车……"

机敏懂事的张大康再不说什么，立即通知人把自己的那辆宝马车开了过来，再由他本人往前开到一个幽暗的门洞前。已经在那儿等着的宋海峰便从门洞里匆匆蹿上车。宋海峰刚在驾驶位上坐好，已下了车的张大康细心地替他把安全带扣上。宋海峰便二话不说，熟练地启动了车，飞快地向大门外驶去。

今晚，宋海峰要见郭立明。这时，郭立明按宋海峰规定的，正在市郊一家很普通的茶馆里等最后的通知。他单身一人坐在一个僻静的角落里，若无其事地在慢慢地品着茶。几分钟后，接到了宋海峰的电话，他匆匆付了茶资，在路边招手打了个出租，扬长而去。车急行到甸桥一个油库附近，郭立明叫停，把出租车打发走了。看着出租车确实掉头消失在浓重夜幕的深处，他才继续向前走，一边走，一边暗暗地数着步数。大约数了一百五十下，前边黑暗处，果然有车灯闪了几下。他大步冲着那亮灯处跑去。宋海峰开着车门，正等着他哩。等郭立明钻进车，车就启动了。往前又开了几公里，大约是到了一个叫"老靶场"的地方，宋海峰才让车完全熄了火，停瓷实了。他也不开车内小灯，就着黑，一张嘴就对郭立明说："只有三十分钟时间。"郭立明发了一会儿呆，才发问："我想知道……为什么突然之间会把我送去学习……""所有科处以上干部都要接受一次正规的理论教育，这是省委的决定，对任何干部都适用。"郭立明苦笑了一下说道："宋副书记，您跟我，还有必要打这种官腔吗？多年来，在我们 K 省，在一把手身边工作的人进党校学习，不外乎两种情况，一种是为提拔做准备，另一种就是因为这家伙不适合继续留在领导身边工作，为调离或另做处理而作铺垫。您看，我到底属于哪种情况？""不要太敏感……"郭立明追问："我做错什么事了吗？"

宋海峰没回答，但依然关注着车外的动静。郭立明却完全沉浸在眼前这场对话中，完全顾及不到外界可能会发生什么，眼中的那点儿哀恳、无奈、委屈以至绝望，都融合成了一种无法推拒的急切、焦虑，在一并咄咄闪射："如果一定要说我做错过什么事，那就是我为您跑过两次腿，打着贡书记的名义，去为您做说客……"宋海峰立马打断郭立明的话："我告诉你不要太敏感。这算什么错？""我真的很后悔。作为省委主要领导身边的工作人员，我的错误是不可原谅的……""小郭！怎么了？学习一下，又怎么了吗？至于搞得那么紧张吗？"宋海峰提高了声音，语调里明显加进了斥责的成分。要按过去的情况，宋副书记生气了，郭秘书一定不敢再说什么了。但今天，郭立明显然顾不得那许多了，他突然瞪大了眼睛，定定地看着宋海峰，问："宋副书记，您没再做别的事吧？您不会把我卷到一种说不清道不明的旋涡里去吧？"

宋海峰厉声呵斥道："郭立明！"

郭立明清醒了一些，在哆嗦了一下后，忙低下头说道："对不起，对不起，我真的有一点儿控制不住自己了……宋副书记，关键时刻，您真得帮我说说话，真的……"

第五十三章

公安厅负责"言案"的同志第三次跟老言老伴正面接触，跟前两回一样，没有取得任何成果。

"您仔细回忆一下，当时，有谁跟老言特别过不去？"他们耐心地问。老伴哀切地摇了摇头。在她身后，站着女儿言小可。小可二十七八岁，在大山子中学当老师。"老人家，我们是省公安厅的，直接受省委贡书记的委派来办这个案子。我们希望得到您老的支持……"老伴默默地点了点头。"您不要有顾虑。"老伴默默地又点了点头。"听说，老言被害，跟一份材料有关。您见过那份材料吗？"老伴默默地摇了摇头。"您还有什么要对我们说吗？"老伴又默默地摇了摇头，而后慢慢地抬起眼皮，向那个挂

282

有言可言遗像的镜框投去哀痛的一瞥。镜框里，言可言高高在上，不苟言笑，嘴唇边似乎略略浮现出一丝让人难以觉察的，既表示赞许又表示嘲讽的微笑。这赞许肯定是给老伴的，赞许她这种巧妙的不合作态度；那嘲讽，难道是给公安厅同志的？他在嘲讽他们枉费心机？

又磨磨蹭蹭地谈了几十分钟，专案组的同志只得告辞。言小可代母亲把专案组的同志送出门。

"言小可同志，找个时间，能跟你谈一谈吗？"专案组里一位中年女同志温和地询问。

言小可为难地说道："我根本不了解情况。平时我都在学校住，爸出事了我才回来陪我妈的。我爸的事，我一点儿都不了解……"专案组的领导语重心长地说："你是个人民教师……"言小可脸一红忙说："这跟是不是教师没关系。""言老师，你再考虑考虑。这是我们的直线电话号码。我们等着你的电话。"那位中年女同志把事先准备好的一张写有电话号码的纸条递到小可手上。

回到屋里，言小可就去问妈："您为什么不跟人家专案组说真话？您要再不说，我可要说了！"老伴苦笑着，长叹一口气："你说？你说啥！"言小可说道："我是说不出啥，那你说呀！你清楚，你说呀！爸爸让人害了……您总不能谁都不信了吧！"

老伴猛地一回头，定定看住女儿，眼眶里顿时涌满了泪水，嘴唇急速地哆嗦起来，似乎有许多的话要说，但一时间却又不知从何说起才好。过了好大一会儿，她用粗糙又粗大的手抹去已然涌出眼角的泪珠，撇撇嘴角，冷笑道："信谁？你说你让我信谁？站在那儿的一个个，到底谁是鬼，谁是人？谁？你说说，到底谁是谁……"

吃罢晚饭，陪妈看了会儿电视，便听到妈在一旁已经开始打呼了——从爸走后，她常这样，只要天黑就不愿去外头遛弯。她说她怕。怕啥？她又说不清，就是怕。那么就在屋里待着吧，看会儿电视吧。可一打开电视，只需十几分钟，脑袋往后一递一递的，最后一歪，就开始打呼……但是，只要你一关电视，她准醒，而且会突然地惊醒，仿佛遭劫了似的，惶惶地看着你。赶紧，再把电视打开，十几分钟后，她又开始那一番固定的程序——这样，开了睡，关了醒，反复折腾上几回，自己也觉得无趣，才嘀嘀咕咕道："什么破节目……尽在那儿杀鸡杀狗扭屁股……"（她管那些扯着嗓子唱流行歌的人叫"杀鸡杀狗"）并挪动着这一段时日来骤然变得不那么灵便的双腿，慢慢回自己房里去了。言小可伺候着母亲睡下，替她掖好被子，在床边又坐了一会儿，见母亲确实合上了眼，安静了下来，这才关了灯，放轻了脚步，上外头去办自己那一摊事了。

改完最后一本作业，已是十点多钟。小可怔怔地坐了一会儿，抬起头看了看被高高挂起的父亲遗像，心里一阵酸楚，默默擦去眼角的泪水，整理好那些作业本和备课笔记，悄悄地又上卧室里看了看。

其实这段时间，老言的老伴一直没睡，黑暗中，睁大了两只眼睛，总是很不甘心地在乱想着什么，却又想不出个正经路数，闪现出来的，更多的是无数往事片断，那些跟老言相关的片断，相互掺杂着汹汹涌来，全像一片洪水漫堤，浩浩荡荡地裹挟着猪马牛羊、锅碗瓢盆、床板房梁，把天、地、人融成一片……忽然听到女儿悄悄推门，她忙闭上眼。小可见母亲已经"睡"了，在床边又稍稍站了会儿，又轻轻替她整理了一下被子，又回到堂屋里。这时，四下里一片寂静。她掏出专案组留给她的那张便条，看看便条上写下的那个电话号码，当墙上的挂钟"当当当……"地敲出十二下单调的响声，告诉她已到了子夜时分时，她终于下了最后的决心，再次看了看那个镜框，鼓足勇气，端来一张方凳站了上去——原来她是知道"机关"的奥妙在何处的。很多次，她发现母亲总是定定地盯着镜框，一开始以为她是在看爸爸。很多次妈妈的确也是在看爸爸，但也有许多次，她发现她打量的只是镜框背后。背后藏着什么东西吗？她很不安，必须搞清楚——很快，从镜框后边取出了那包材料。取材料时，由于紧张，差一点儿把整个镜框都搞掉下来，发出的那一声刺耳的响声，使她站在方凳上，屏住呼吸，好半天都没敢再动弹。

取下那包东西，她忙关掉大灯，打开身前那盏小台灯，刚坐定了，要打开那包东西来细细查看，身后却传来"吱呀"一声推门的声音。她一惊，本能地伸手去捂住那一包东西，但已经来不及了，再回头去看，确有个人出现在自己身后，却是母亲。她老人家站在房门口，忐忑地惶恐地看着她。

她忙站起，下意识地把那包东西一下子藏到了身后。

"把它给我！"

"妈……"

"给我！"

"妈……也许能从爸留下来的这些材料里找到杀害他的凶手的线索！"

"我们斗不过他们……"

"妈，您要相信这个世界上好人还是占多数！"

"我们斗不过他们！斗不过他们……斗不过的……斗……斗不过的……"母亲说着，便扑倒在门框上嘤嘤地哭泣起来。

第五十四章

哦，月光是那么的昏暗，孤独地耸立在地平线上的那棵老树却又是那么的遥远。它们俯瞰着袒露在旷野里的那些露天大坑，同时也俯瞰着杂树林里的鸟窝。鸟窝里有一只大鸟警觉地守护着身下的一窝小鸟。它们一起等待着最早的那一层毛茸茸的寒霜，把秋天送走……

到凌晨时，小可终于把这一包材料都读完了。东方泛出的最初那一片晨光已经开始把周围一些老屋的人字形的屋脊和高低不等的楼群、树丛从青黑色的天幕背景中勾勒出来。露天大坑旁，几只野狗怔怔地注视着东方那越来越明显的地平线。她是躲在小储藏室里，点着蜡烛，读完这些材料的。母亲一直守候在储藏室的门口，靠门框席地而坐，头深深地垂到胸前，一直在轻轻地打着鼾，过一会儿惊醒一下，擦擦不自觉间从嘴角流出的口水，找来件厚呢子大衣替女儿披上，或者替女儿热上一杯牛奶，然后继续在门框旁打盹儿。读完最后一页，母亲仍在睡着，蜡烛所剩无几，烛光最后剧烈地摇曳了一下，灭了。

小储藏室重新陷入一种黏稠的黑暗中。小可好像被一种巨大的意外所震惊，用双手紧紧捂住自己的脸，一动不动，一声不响。突然，她放下双手，并重重地拍击了一下桌面，并猛地一下站起。母亲被惊醒，怔怔地盯住女儿。女儿完全处于不知所措的激愤之中，她在小小的储藏室中来回走动：往前两步，急转身，往后再走两步，再急转身……此刻的言小可似乎已经完全控制不住自己的情绪。她既忘了自己的身份，也忘了，身旁还有什么人，她只想发泄胸中积攒的郁闷，她想大声叫喊："畜生……浑蛋……这帮畜生、浑蛋……他妈的……畜生，浑蛋……"

妈妈有点儿害怕了。言小可终于大叫了一声："畜生！他们居然这么糟践大伙儿的血汗钱！"拿起材料就向门外冲去。来不及站起来的妈妈——因为在门旁席地而坐了这么长时间，腿脚完全麻木了的缘故，她只能就势一下扑过去抱住女儿的双腿。

言小可流着眼泪，叫道："我去告他们！"

妈妈倒在地上，紧紧地抱住女儿的腿，哀求道："你上哪儿去告？你能去告谁？"

"我上公安，我上法院、检察院，我上开发区党委，我上市委市政府，省委省政府……我上北京！"

"他们认识你是谁啊？"

"我有爸留下的这材料！"

"有材料就说得清楚了？女儿啊，这材料在你爸手里捂了这么些年，你不想想，为什么……"

"不，我不信，不信中国就没有一处地方是能让我们老百姓说理的！"言小可一边叫喊着，一边却颓然地跌靠在门框上，大颗大颗的眼泪止不住地涌了出来。

那天，同学们都觉得，平日里如此温顺可爱却又健康清新的言老师莫名其妙地病了。她脸色发黄，眼圈还有点儿发黑。

"嘿，她怎么了，会不会是'老朋友'来了？Menses。"夏菲菲轻轻地捅了一下坐在她前排位置上的马小扬，低声问道。

"你管那么多！"马小扬正收拾自己的参考书。高中学生必备的各科参考书，已经在课桌上堆垒成一座让人望而生畏的"高墙"了。

"嘘，她过来了……"一会儿，夏菲菲又低声提醒道。马小扬忙抬头去看，果不其然，言小可夹着教具正向她俩走来。"马小扬，一会儿，请到我办公室来一下。"言老师冷冷地说道。

言老师提出，要马小扬带她去见她的爸爸。但马小扬断然拒绝了。

"你拒绝了？我的天，你太残酷了，简直是无比残酷、无比愚蠢。你没见她今天一脸的病容吗？一定发生了什么特别重大的事，走投无路了，才向你提出这个请求的。你居然拒绝了！太残酷了！无比残酷！"夏菲菲惊呼。比较起来，马小扬的性格更理性化一些。此时，她无奈地跟菲菲解释："可我跟我爸发过血誓，绝对不再带其他任何人到他跟前办什么事。他不允许！""可……那，你也太残酷了。言老师平时对我们多好……""那你能让我怎么办？我不能再违背我自己的诺言。你不知道，我老爸办事特认真……""得了吧，现在当官的，没几个是认真的。""你们根本不了解……""Stop，Stop，别争论了。跟你争论这问题，完全无意义。反正你今天完全是无比残酷。哎，她没跟你说，她到底是为了什么事要见你老爸？""那她怎么可能跟我说？看那模样，那事还挺严重。你瞧，昨天她还好好的，这一晚上，全蔫儿了，跟个让霜打了的茄子似的，简直都没个人样了……""唉，成年人的世界啊，完全复杂，无比复杂，The situation is complicated。"

在回家的路上，马小扬推着夏菲菲的轮椅，夏菲菲怀里抱着两人的书包。

夏菲菲告诉马小扬，她跟她妈很快要离开大山子了。"先回省城，然后可能去英国……找了个有钱的继父。有钱真好。你怎么不说话？继父原是我妈的一个远房表弟。他说他掏钱，让我在省城美术馆办一个个展。据说这是我省有史以来举办的第一个中学生个人画展。到时候你会来看我的画展吗？"

马小扬撇撇嘴："也许吧……"

夏菲菲回头看她："什么叫也许？是也许去，还是也许不去？你别太残酷哦！"

马小扬默默一笑："也许吧……"

夏菲菲不说话了。两个人又默默地走了一段。

"我也有件事要告诉你。"过了一会儿，马小扬说道，"你听了，别又觉得太残酷。昨天，教务处的谢老师找我。你猜，她跟我谈什么来着？入党问题。"

夏菲菲果然叫了起来："什么？动员你入党？真的别太残酷哦！"

马小扬轻轻推了菲菲一把："你嚷啥呢？谢老师说，市教委有这样的意图，今年要在高中生里发展一批共产党员。她说，这是大山子市有史以来在中学生里发展的第一批共产党员。她让我跟你说一下，让我俩一起再联络几个人，先组织一个党章学习小组……"

夏菲菲笑道："他们行动晚了，我这就要'投奔'资本主义去了。让他们去找你吧。在咱们学校的学生中间发展第一批中共党员，找你，理所当然啊！"

马小扬脸微微一红："说什么屁话！"

夏菲菲回转身来，朝小扬脸上轻轻一戳，笑道："装什么傻呀。你爸是共产党的高官，你当然的，就该是……"

马小扬没等菲菲说完，特别不高兴地呵斥道："住嘴！"

夏菲菲满不在乎地说道："怎么了，怎么了……家传渊源嘛，挺正常的……"

马小扬却狠狠地瞪了菲菲一眼，从菲菲怀里夺过自己的书包，扔开轮椅，独自向前快步走了。夏菲菲忙叫道："嗨，你不管我了？你这个残忍的孩子！Remnant of the child girl！"

马小扬上学校大门口的存车棚里取了自己那辆"捷特曼"女车，一路绷着脸骑回家。刚拐进自家那被一圈大树围起的院子，猛然看见有两个女客人先自己走上了自家的楼梯，一瞥之间，她觉得这二人像是学校的老师，其中一位还就是正在开导她入党的谢老师。她忙跳下车，一闪身，藏到一棵大树的后头，等两位老师进了妈妈的房间，才赶快推起车，一下蹿进院，提着一口气，蹑手蹑脚溜进自己房间，再把门轻轻关上，放下书包，爬上床，拿起一本卡通画报看着。看着看着，她还真有点儿困了，又想听歌，找了半天，也没找着那个Walkman，这才想起，昨晚做功课时听歌，让妈没收后，放在她自己房间里了。于是沮丧半天，又不甘心马上去做功课，她正无聊得无计可施，恨不得去头撞南墙之时，门外却有脚步声传来，而且就停在她房门口了。她的心一阵扑腾，立即掀开被子，拱了进去。这时门开了。是妈妈，而且就她一人。

"回来了？你学校的老师来了……"黄群大声问。马小扬忙冲过去，先把房门关上，然后做着各种各样恳求的手势，让妈妈小点儿声说话："嘘……嘘……"黄群白她一眼："干吗呢？她们就是来找你的嘛。那个谢老师说，她是你们学校党总支书记，是吗？"马小扬见妈妈依然什么都不顾地用她那尖亮嗓门儿嚷嚷，都快急出心脏病来了："轻点儿，轻点儿，求你了……""别跟我这儿装神弄鬼的！你瞧你，鞋都不脱就上床，越来越没样子了！老师来家访，想了解一下家庭和你本人对入党问题有什么看法。"马小扬忙问："你没跟她们说我回来了吧？""我只说我过来看看。谁知道你到底回没回家？"马小扬立即松了一口气："太好了。那赶紧去，告诉她们我没回。""你摆啥谱？学校党总支书记亲自找上门来，你不见一见？"马小扬开始撒娇："求您了……我在这儿多背五十个英语单词，多做二十道数学题，还不行吗？求您了……"

在如此重大的原则问题前，"哀求苦恼""百般无赖""软磨硬泡"……对黄群都是不会起作用的。对待女儿入党的问题，可以说比当年她自己入党还重视，重视一百倍。于是，在所有的"伎俩"都被全面"戳穿"、一一"识破"、重重"粉碎"以后，小扬只得乖乖地跟着妈妈去隔壁房间面见谢书记。

这晚上，马扬一回到家，就觉出家里又出什么事了。要没事，黄群这时候早就睡了，不睡的话，也一定早洗漱停当，在床上翻看她喜欢看的家庭类妇女类杂志，房间里也一定只会亮着一盏半明半暗雕花钢座重彩玻璃碎花拼贴罩子的台灯，让整个房间弥漫着一股特别温馨恬静的气氛，并且在卫生间门口的椅子上放好了他洗澡时要换用的内衣内裤，而在卧室的沙发上还会放上一套根据不同季节替换成不同质地的睡衣睡裤——洗完热水澡，他一般还要在沙发上稍稍地坐一会儿，爽一爽还在出着汗的身子，并就着热牛奶，把睡前要服用的药片药丸一一吞下；一般情况下，他还会给几个关键岗位的关键人员分别打上一两个电话，比如最近他派出两个小组去北京、上海和山西、贵州等地咨询、考察建设能源基地的相关问题，每天都要和这两个小组的负责人通话，了解进度，掌握情况。黄群也会把她在家接到的跟他有关的电话记录逐一拿给他过目。一切平安的话，他才回到书架前，随便抽出一本轻松的书（绝对是"随便"，不加选择，抓到哪本就是哪本）读上两页，如果还清醒着，就挣扎着去关灯，如果已经不清醒了，那只能一撒手，爱怎么着怎么着了，哪还顾得"竹槛灯窗，识秋娘庭院"哦……但今天，了不得，他一进门，房间里灯火通明，完全跟决战前夕的总指挥部一般，黄群不仅盛装在身，且愁容满面！哪里还有什么内衣内裤、睡衣睡裤，连平时里雷打不动的那杯热牛奶这会儿还在冰箱里凉着哩！事实一再证明，当了母亲的女人，永远是孩子第一，丈夫第二。这大概是天底下所有的男人都正在而且永远会面对的不可解的难题。

"你是不是也该找个时间跟你那宝贝闺女好好谈一谈了？"黄群痛苦万状地说道。"怎么了？"马扬一怔，随即又忍不住"扑哧"一声笑了。因为黄群的神情实在是太严肃、太严峻，又太严重了。黄群站了起来："笑！今天，她们学校的党总支书记来家访，说学校已经把她列入组织发展的重点培养对象，她都不理人家那个茬儿。你说你这个副省级的开发区党委书记怎么当的？"马扬笑了笑，一边解领带、脱皮鞋，一边问："哦？真有此事？臭丫头，反了她了！"黄群取了双皮拖鞋"啪"的一声扔在马扬跟前，依然气不打一处来地嗔责道："就没见过像你这么宠女儿的！"马扬无奈了，摊开双手，笑了笑道："喂喂喂，我的黄造反派同志，你今天到底是要跟女儿做斗争呢，还是要跟她老爸做斗争？"

黄群一咬牙，啐道："哼，全不是好东西！"说完，自己也觉得可笑，"噗"一声，乐了。

不大一会儿，马扬换上拖鞋，喝口热茶，稍稍歇过一口气来，又从黄群那儿进一步了解了一些情况，便去找小扬。

马小扬居然还没睡，似乎料到晚上还会有一场舌战要进行，此刻正在床上盘腿坐着，一副"兵来将挡，水来土掩""我自岿然不动"的劲头。

其实小女孩儿这时只是在思考下午老师走了后，跟妈妈争论过的那个问题。当时她问黄群："妈，您说，人一生有命运这东西吗？"黄群答道："有啊。但唯物主义者有唯物主义者的命运观，唯心主义者有唯心主义者的命运观……"马小扬就不爱听妈妈一张嘴就"唯物主义""唯心主义"："哎哟，您又来了。能跟我说一点儿新东西吗？"黄群一听火了："什么新东西旧东西？说后现代，新鲜？中国离现代化还有十万八千里哩，谈什么后现代？纯粹一帮人吃饱了撑的，在蒙你们这帮小年轻哩。给我好好想想自己的入党问题吧！"

马小扬一听，立即拿起书包就向自己卧室走去。黄群忙呵斥："你什么态度？给我站住！"

但当时马小扬怎么也站不住，还是由着自己的性子，回自己的房间去了。

听到走廊里响起爸爸妈妈的脚步声，小扬立即拉灭了灯，钻进被窝。她突然觉得，要跟爸爸争论这个入党问题，难度就太大了，还是回避的好。于是由着那两位在外头敲门，她只是不理睬。心急的黄群想直接推门进屋，却被马扬拦住了。女儿毕竟长大了嘛，跟她来硬的肯定不行，耳光只能打在脸上伤在心上，解决不了任何问题。

马扬隔着门板说道："困了，就睡吧。小扬，我和妈妈就是来告诉你一声，我明天要出一趟差，去德国谈那个坑口电厂的事，还得去一趟冰岛去考察那儿的地热发电厂，大概得一个来月才能回来。想让我带点儿什么外国玩意儿？"

爸要出差？小扬心里"咯噔"了一下。但她怕这又是个"烟幕弹"，后头说不准还有只"大灰狼"等着哩，于是赶紧命令自己闭上眼睛，继续保持"高贵"而"矜持"的沉默。马扬也只有剩下叹气的份儿了，向黄群挥了挥手，无奈地命令，"撤"。

一早，车来接马扬。打点整齐的他，在黄群陪同下，再次走到小扬房门前，再次轻轻地敲门。房间里依然不作反应。黄群有些恼火了，用力敲了两下门，呵斥道："小扬，你是真的还是假的？爸要走了！"房间里还是没反应。黄群又用力敲了一下门。

马扬心里也有些不好受，不明白小扬是怎么一个心理状态，但他相信，女儿已经十七周岁了，不会平白无故地表现出这样一种逆反心态，便忙示意黄群，让她别发火，而后又对着门板说了声："爸走了。到德国再给你写信。有什么事，等我回来再说。听妈妈的话。啊？"房间里还是没有反应。

等汽车缓缓启动，马扬一面跟黄群招手，一面又侧过脸去向楼上女儿的窗户瞟了一眼。

窗户里仍没半点儿动静。马扬真的有点儿失望了，甚至多少有一点儿生气，无奈地叹了口气。汽车在煤渣路上多少有些颠簸地驶去。一时间，车速还提不起来，只能那么慢慢地颠着。路旁的小林子里不时有一些叫不上名字的鸟被惊出。大约开出几十米吧，马扬突然看到路边一间破旧的小屋子旁站着一个女孩儿。他一愣，因为他觉得这女孩儿很像小扬。

他忙叫停车。那女孩儿看到汽车停下了，便颇为激动地向汽车跑来。马扬再定睛一看，果然是小扬。马扬忙下车，迎过去，笑道："傻丫头，站这儿干什么？"见小扬还是赶出来送他了，而且采取了她自己的方式，马扬一扫心头的阴云，极高兴地拨拉了下小扬的头，又说道："赶紧回家去。瞧你，穿那么单薄，小心着凉！"小扬不无尴尬地低下头去笑了笑，但浑身一直在微微地战栗着。马扬忙问："怎么了？冷？"小扬低低地说了声"没什么"便把一小包东西塞给马扬，扭头就往家里跑去了。

马扬打开那样东西看，居然是一套崭新的刮胡子工具。

车到机关楼前，马扬看到在楼门前空场上停着一辆崭新的奥迪A6。"省里来人了？"进了办公室，马扬问丁秘书。丁秘书说："没有。""那辆奥迪A6是怎么一回事？"马扬又问。丁秘书说："不太清楚。一早，就杜老板来了，可能是他的吧。"马扬笑笑道："又买一辆新车，这家伙！其他同志都到齐了？"马扬说的其他同志，是指今天跟他一起出国考察的人。丁秘书答道："差不太多了，都在那边大会议室等着哩。哦，刚才，焦秘书打电话来找您。"这时，值班室的同志送来昨晚来电记录。马扬一边翻看记录，一边问："焦秘书？什么事？""没说。他说他一会儿还会打电话来。""他知道我今天要出国吗？""知道。他说贡书记让他务必赶在您去机场前找到您。"

听说是贡书记在找他，马扬忙抬起头，吩咐道："那你赶紧主动打电话找他，就说，我已经到机关了。接通电话，就来叫我。"说着去大会议室看望那些已经先他到达的考察团成员。

考察团成员中，有赵长林，也有杜光华。马扬刚走进会议室，杜光华就把他拉出会议室。"看到机关楼前那辆奥迪A6了吗？"杜光华笑着问道。马扬笑道："看到了。你小子牛啊……"杜光华哈哈一笑道："牛啥牛，给你的。"马扬故意做出一副警觉的样子，说道："想干吗呢你？"杜光华笑道："别紧张，就怕你没事找事，又去骑自行车玩，让人用板砖再拍了你。"马扬不以为然地"嗨"了一声。杜光华忙说："你可别'嗨'！我可是在你大山子投了不少钱的，我得为自己这一笔笔高额投资着想，不能再让别人在你脑袋上随便戳窟窿玩。"马扬哈哈大笑一声道："这话说得实在，有点儿意思，有点儿意思。"杜光华有点儿得意地说道："所以，给你一辆车，就是在给我的投资上保险，绝对没别的用意。"马扬故意叹口气道："可惜啊，主意是好主意，就是我用不成啊。开发区纪委有规定，收到一百元以上的礼品，都得上交。"杜光华满不在乎地说道："操，别跟我说那个！那纪委书记还不是你任命的，在你领导下工作？他管天管地，还能管得了你？"马扬哈哈大笑："光华老弟，你真可爱。你以为我这儿是青洪帮呢？"杜光华忙说："马老哥，那这么着，我给你们那个纪委捐一笔钱，让他们给您买辆车？您可真不能再心血来潮就去骑什么自行车，跟我们大伙儿开这种低级玩笑！你说，一辆车说死了才多少钱？你这颗脑袋又值多少钱？"马扬笑笑，说道："谢谢啦，老弟，谢谢啦……车的问题就别扯了，开发区会解决这个问题的。还是说说你那几个投资项目最近的进展情况吧……"

这时，丁秘书走来，告诉马扬，焦秘书那边接通了。马扬赶紧去接电话，临走前，笑着跟杜光华说道："杜老板，放心吧。谁要再想在我马扬脑袋上凿窟窿玩，没那么容易了。"说到这里，他故意做出一副很神秘的样子，还放低了声音，凑到杜光华的耳朵跟前，说道："省公安厅奉省委一把手之命，派专人保护我这颗脑袋。再说，省委也做了个决定，根据大山子当前的治安情况，不许我再骑自行车。别人的话我可以不听，省委的话，我可不能不听。你说呢？"

马扬一走出大会议室，丁秘书就匆匆告诉他："我刚才问了一下焦秘书，那意思好像是说，贡书记让您暂时别去机场了……""什么叫暂时别去机场？暂时别去，我还去不去德国了？我还是这个考察团的团长哩！"马扬一惊，忙赶到办公室，拿起电话。焦秘书果然说："别考虑考察团的问题了，省里临时决定另外选个领导当团长。贡书记说，十万火急，让您马上赶到省里来，好像中组部来了个考察组，要找您谈话……"

"中组部的同志上午十一点的那班飞机到，已经安排了你跟他们下午见面。"待马扬风风火火赶到省委大楼，走进贡开宸办公室，贡开宸单刀直入对他这么宣布。马扬显然一直还没别过这个劲儿来，忙申诉道："这次去德国、冰岛谈判、考察非同小可，牵涉最后能不能和德方最后签协议扫清最后一些障碍，也牵涉下一步开发大山子地区地热能源的问题，牵涉今后能不能实现您的那个设想：把大山子改造成我国一个新兴能源基地的问题，牵涉能不能在未来二十年内，在大山子建起一个我们 K 省新的支柱产业，一个重要的经济增长点。"

贡开宸摊开双手道："中组部要找你，那怎么办？拒绝他们的考察？"

马扬着急地说道："什么事非凑这会儿来考察嘛？推个十天半月，我就从外边回来了嘛……"

贡开宸笑嗔道："你瞧瞧你这个马扬，让人家中组部推迟考察。你是谁？你就不能改变你的安排，去适应中组部的要求？非得你去德国才成？没你马扬，天就得塌了？地球就不转了？树就不绿了？馒头也蒸不熟了？"

"可是……"

"没什么可是的，中央可能要调你去外省担任省委副书记。"贡开宸突然这么说道。

马扬一下愣住了，心剧烈地跳动起来。贡开宸这才放缓了口气和语速解释道："这件事，实际上已经酝酿了一段时间了。他们曾经征求过我的意见。我是想把你留在 K 省，但他们的意思还是要你换一个地方……"马扬仍愣怔着："让我当省委副书记……不行吧……"贡开宸笑道："行了，别跟我假惺惺的了。"马扬忙辩解："贡书记……"贡开宸立即举起一只大手，制止马扬继续往下说，提议道："还是来说一说，你打算怎么跟中组部的同志谈这个问题？""我？我能怎么说？我现在一心一意还想着怎么带团出国考察，把老外的美元搞到手，实现您那个把大山子搞成中国最大的能源材料基地的设想哩。"贡开宸冷冷地："现实一点儿，说现在这档子事。"马扬惶惶地说："现在……现在……您让我怎么说……"

贡开宸略带一些嘲谑意味地说道："马扬同志，还不至于如此吧，一听说要去当省委副书记，激动得连话都不会说了？连凑合两句假话来填补一下，都不会？不至于吧？"听贡开宸居然这么挖苦自己，马扬真有点儿急了，忙说："贡书记，您……您应该是最了解我的……我现在真的……""好了好了，别跟我真的假的了……谁知道到底是真的还是假的。"贡开宸继续刺激他。这倒让马扬一下感觉到，贡书记是不是还有什么更重要的事要他去做，所以，故意在使着这种激将法哩？他稍稍让自己平静下来，以便理智地搞清事情的"全部真相"。

这时，焦秘书搬了一台录音机来。

贡开宸问："那盒录音带呢？"焦秘书从口袋里取出一盒录音带。贡开宸再问："都倒到地方了吧？"焦秘书点点头："倒到地方了。"贡开宸说："行了，搁那儿吧。"焦秘书不无担心地问："一会儿……还要我来操作吗？"贡开宸笑道："我有那么笨吗？就算有那么笨，你也别一个劲儿地在这个家伙面前出我洋相。这家伙本来就不怎么瞧得起我们这些老头儿……"马扬也笑了，对焦秘书说："你忙你的去吧。一会儿，贡书记实在摆弄不了这录音机，还有我哩。"焦来年说了句"这可以"便笑了笑走了。

马扬拿起那盒录音带看了看，问："学英语呢？"贡开宸沉闷地说道："学马扬语录哩。"马扬忙说："领导又取笑我？"贡开宸说："你自己听啊。"马扬犹豫了一下真把录音带放进机器，放了起来。果然，机器里放出的声音是自己的，而且就是当初自己说的那段话："多年来，我一直以自己是 K 省人而骄傲，因为 K 省作为中国的工业大省，拥有中国规模最大、数量最多的特大型国有工矿企业。可以这么说，中国早期的社会主义工业化是踩在我们 K 省人的肩膀头上起步的。而这份家当，正是我们 K 省人的父亲和爷爷亲手创下的。作为 K 省父亲们的儿子，K 省爷爷们的孙子，怎么能让这份家当败在我们这一代人手里呢……"

马扬忙按了下"STOP"键，中断自己的"演说"，呆坐了一会儿。这迹象进一步证实了他刚才的猜想：贡书记真的有什么更重大的事要跟他商谈，要他去办，所以才紧急中止了他率团出国考察的行程。什么事，居然让老到干练、精明深沉而又大权在握的贡开宸在他面前要摆出一副如此郑重的架势呢？他不禁有些忐忑了。他深深地吸了口气，让自己镇静下来，等着贡开宸开口，揭开这个谜底。但这时，贡开宸反倒不说话了。片刻间，办公室里就显得异常安静。又过了一会儿，贡开宸慢慢吞吞地问："还想听一遍吗？"马扬赶紧去拔掉电源插头说："贡书记，有什么事要我做，您直说。"

贡开宸低下头沉思了一会儿，脸上突然呈现出一种即便是马扬也很少见过的神情——那是一种异常中肯、异常为难、异常急切，又异常超脱的神情。他挺直了上身，双肘搁在靠背椅的两只扶手上，十个手指则在自己的腹前交叉握起，两眼直瞪瞪地看着马扬，从他眼神的深处甚至还能感受到一种少有的期待……甚至还可能是（对这一点，马扬不敢确定）一种不安……（他为什么要不安呢？我不管怎样，毕竟还是他的下级啊！）贡开宸就这样定定地看了他几秒钟，终于开口说话了："作为 K 省父亲们的儿子，K 省爷爷们的孙子，怎么能让这份家当败在我们这一代人手里呢……马扬，你这句话说得很好啊。能这么真心实意地、掏心掏肺地自责、自问，主动地把自己逼到那么一条绝路上去的人，的确越来越少了……"

一瞬间，马扬突然明白，贡书记要跟他说的是怎么一回事了。他也微微挺直了上身，并略略地向贡开宸坐的方向倾斜了过去，直直地问："您……您……是想让我跟中组部的领导请求，让他们允许我继续留在 K 省干下去？"

贡开宸的眼眶突然有一点点湿润了："我……我不会强求你……"

马扬的心也一酸，忙说："贡书记，您高看我了。"

贡开宸轻轻地叹了口气说道："我觉得我是老了，这两年，对于那些跟自己处熟了的同志，不管是年轻的，还是上了年纪的，总是依依不舍……"

马扬忙说："您别说了，我去跟中组部的领导请求，让他们允许我留在您身边……"

贡开宸轻轻地摇了摇头说："不是留在我身边。贡开宸总是要死的，总是要从省委书记这个岗位上退下来的……我只想为 K 省多挽留几个人才。

假如能让你们这些算起来还应该说是比较年轻的同志留在 K 省，让我提前退休都行……"

马扬心里一热："贡书记，您千万别这么说……"

贡开宸的眼眶里越发晶晶地闪烁起湿润的光泽，然后他长叹一声道："万事难以求全啊……"

马扬不说话了。贡开宸也不说话了。只有风在窗外轻轻地掠过，产生一种比安静还要安静的"噪声"。过了一会儿，贡开宸控制住了自己的情绪，说道："就是把那个坑口电厂建起来了，把你说的那些个地热电厂也建起来了，搞成了一个能源基地，也不能说问题就彻底解决了，还有几步重要的棋要走……"

马扬怔怔地等着贡开宸继续往下说。

"我最近有些考虑。"

马扬迫不及待地问："您怎么考虑的？"

"我这些想法还没有跟常委们商量……"

马扬忙说："您就把我当您的大秘书、大参谋，先说点儿我听听。"

贡开宸迟疑了一下，从身后的一个保险柜里，取出一份卷宗，交给马扬。马扬接过来，翻看了一下："嘿，还全是手写的。"贡开宸说："我还没敢交他们去整理打印。"

马扬忙说："我拿去看看。"贡开宸却压住那份卷宗，说道："现在不行。等中央对你工作去向有了明确意向以后再说。"马扬微笑道："好你个贡书记，假如我真走了，您就不让我看您这份东西了？"贡开宸淡淡一笑，不再说话。两个人又沉默了一会儿。马扬站了起来，郑重地说道："我一定去争取留下来，您放心。"贡开宸只是怔怔地打量了一眼马扬，仿佛在权衡他这句话的真实程度似的，而后轻轻地握了握马扬放在办公桌上的那只手，轻轻地说了句："去争取留下来，啊？一言为定？"马扬忙答："一定！一定！"

第五十五章

那天接下来的时间里，贡开宸和宋海峰一起，听取省作家协会党组的工作汇报。说实话，一年里，贡开宸并不能抽太多的时间来听取作协的工作汇报，但只要抽出时间，决定去过问作协的工作，他总还是很专注的，并饶有兴趣。但今天，他却有些心神不宁，不时用眼角的余光去看墙上的电子钟——他的心悬在白云宾馆那儿哩，中组部来的同志把马扬召到那儿去谈话了。于是，宋海峰悄悄给正在汇报的党组书记递了一张便条，便条上写道："说简短些，贡书记还有事。"

今天，作协党组书记主要谈的是筹建省作家度假村暨文学创作中心大楼的问题。"我们通过四方筹款，搞到了一些钱，但还有一点儿缺口……"贡开宸笑着打断那位书记同志的话："先别叫苦嘛。直截了当地说，建大楼，到底还有多大缺口？"作协党组书记看了看自己身旁另一位作协领导。那位领导忙说："怎么着也得一千八百来万。""建你那一幢楼一共得花多少？我看一千七八百万，也就差不多了吧？现在开口要一千八百万，那你们自筹了多少？自筹了八万？八十万？到我这儿来一张嘴就要一千八百万？这叫'一点儿缺口'？这叫狮子大开口。"这时，焦秘书走了进来，悄悄地对贡开宸说了句什么。贡开宸马上对宋海峰说了句："你主持一下，我去一下就来。"然后又转过身来对作协党组书记说，"再好好把账算一下。我口袋里可是一千八百块都给不了你，钱都得邱省长给你掏。你一千八百万，他一千八百万，别把老头儿逼疯了。老头儿可是个好老头儿啊。"说罢，便匆匆离去。但走到会议室门口，他又回过头来补充了两句："有个问题，你们先好好考虑一下，一会儿等我回来再切磋。这个什么作家度假村暨创作中心大楼，对我省的文学创作实际上到底能起多大的作用？别搞到后来，又是你们这些作协领导人搞的形象工程而已。古今中外，有几部传世作品是作家们住在这种官办的大楼里写出来的？没有吧？前苏联有没有？查一查。党关心文学创作，是不是就一定要搞度假村盖创作大楼之类的东西？跟改革精神符合不符合？大家还可以再议一议，考虑考虑。啊？"

待贡开宸一走，宋海峰便微笑着宣布："各位，请稍稍休息一会儿，喝口水……"

作协党组书记笑道："贡书记不是让您主持吗？您就把这点儿钱定了吧，才一千来万嘛……"宋海峰笑笑道："嘿，瞧你说的，才一千来万？贡书记最后说的那段话，信息量很大哩。还是等一下吧，等一下，都喝口水……"

贡开宸回到自己办公室，一推门，已经在那儿等着他的马扬立即站了起来。贡开宸迫不及待地问："谈完了？今天谈的时间真够长的了，两个多小时哪。"马扬忙说明："这回不是宣布决定，是考察性谈话，所以就多用了点儿时间。""你把自己的想法都跟他们说了吗？"贡开宸问。"说了。但他们没表态，没说行，也没说不行。"马扬答道，"不过，他们最后还是缀了一句，说，会把我的这些想法和要求带回去，完完整整地向部长汇报，但还是希望我充分做好走的准备。要不，我直接给部长，或者给中央书记处写封信，再申诉一下留在 K 省的理由？"贡开宸立即摇了摇头说道："等一等，还是等一等……看看考察组回北京以后，有什么更新的动态出现。到那时候再说，别太急了。"马扬又试探道："那……您写的那份东西……真的要等到中央有了最后决定才让我看？"贡开宸马上笑道："跟你开玩笑的，怎么能真的那么干？你就是调离了 K 省，还在中国嘛，也还是在执行中央的决策，为中国的老百姓努力奋斗嘛，我们的目标还是一致的嘛。你先拿去看，然后找个时间，尽快找个时间，谈谈你的意见，我俩好好聊一聊。"说着，把那份材料交给马扬，然后起身去会议室继续主持作协的工作汇报会了。

就在中组部考察组在白云宾馆著名的一号小楼跟马扬谈话的同时，在七号小楼里，却酝酿着另一场谈话——贡志和把修小眉约到这儿来，准备跟她做一次摊牌性的谈话。已经过了约定的时间，却还不见修小眉如约到来。贡志和有些着急了，打了好几次电话，电话里都告诉他："对不起，您呼叫的用户没有开机。"不一会儿，安放在墙角的那个木壳雕花立地大摆钟，终于"当当"地敲响了四点。贡志和实在等不下去了，很生气地拿起房卡和手包，决定走了。他刚走下楼梯，却看到从小楼的旋转大门外匆匆走进一个女子，穿着一件浅色的重磅绸中长风衣，还包着一块挺素雅的丝质头巾。虽然戴着副墨镜，但他还是一眼就认出了该女子就是修小眉，便在楼梯上等着了。

"你真够沉着的，迟到多长时间？"贡志和撩起袖管，让她看手表。修小眉在离他两级楼梯的地方站下，低声地催促道："快说，约我到这儿，干什么？""别急嘛，进房间喝口水……"贡志和一边说，一边转身向那个包下的房间走去。修小眉不安地四下里打量，进了房间，惴惴地责问："你知道这白云宾馆是什么地方吗？这儿是省委省政府举行重要会议、接待重要客人的地方，来来往往的人，不少都认识我们这一家人。约我在这儿来说话，你不是自找麻烦吗？""但我觉得这儿还是比街上那些咖啡厅酒吧要更适合我们之间谈话。"修小眉立即打断他的话："好了，快说吧，五点整，我还有一个饭局。"贡志和揶揄道："五点就吃晚饭，是不是太早点儿？"修小眉冷笑道："医院请了两位美国牙科专家，今天晚上他们乘九点的飞机飞北京。我们五点设宴为他们饯行，你还觉得太早了？"贡志和淡淡地笑道："你们医院的确请了两位美国专家，但是，他们昨天就已经飞北京了。怎么，他俩昨晚又回来了？你们今天还得再请他们撮一顿？"

谎话被当场揭穿，修小眉好不难堪，脸立即红了："你……什么意思？"贡志和倒没有得理不饶人，只是说道："不过，有一点你没说错，今晚你是有个约会，但不是跟美国人。"修小眉怕他再说出什么让她更难堪的话，便赶紧说："如果你没什么正经事要说，那么，对不起，我不奉陪了。"说着，她拿起刚脱下的风衣和一直还抓在手里的手包就要走。贡志和忙劝阻："别急嘛。张大康约你七点在那个幽静的高尔夫俱乐部小别墅里见面，您这会儿就去，是不是也太早了点儿？"修小眉脸大红，竖起今晚描画得特别精细的柳叶眉，啐啧道："你……你还在监视我？"贡志和立即说道："嫂子，请不要用'监视'这样的词。过去我只是比较关注你的活动，自从爸爸告诫过我以后，我就停止了这种关注。历史所的同志可以做证，我现在每天都会去我那个小院，做我的论文。但是，我刚得到一个情况，说你这个星期和那个张大康已经见过三次面了……"修小眉冷笑了一声："哼，诬陷也不要证据。"贡志和反问："如果我有证据呢？"说着，从手包里拿出几张照片，往修小眉面前一放。修小眉一怔，拿眼角稍稍地去扫了一下，脸一下便热辣辣地烧灼起来。照片好像拍的都是她和张大康在一起时的场面。她愣怔住了，迅速反应过来，忙伸手去拿照片。贡志和的动作比她更快，一把把照片压住。

贡志和说："别急，要欣赏的话，我们一张一张地欣赏。这几张照片的构图、影调虽然不能说很讲究，但两个主要角色的神情举止还是拍得很清楚的哦！"修小眉叫了起来，眼眶里一下涌满了泪水："贡志和，你到底想干什么？"贡志和诚恳地应道："我不想干什么……"修小眉跺着脚说道："可你……"贡志和突然十分激动地大声叫了起来："我不想干什么！我不想！"

修小眉一下被吓呆了。

沉静了一会儿。贡志和喘起了粗气。过了一会儿，他大步走到修小眉面前："坐下，你给我坐下。"修小眉见他铁青着脸，不知他会做出什么出格的事，便知趣地照他吩咐的那样，坐了下来。这时，有人敲门。贡志和忙把照片放回手包。两个修理工进来说："这儿卫生间的灯管坏了，我们是来换灯管的。"房间里的气氛得以稍稍缓转。十分钟后，修理工走了。贡志和从手包里拿出一张机票和一沓美元："你暂且去香港住些日子。那儿，有我很可靠的朋友，他们会得体地来接待您的。医院那边，我也会去安排的。"

修小眉一怔："让我去香港？为什么……"

贡志和说："我想你应该知道我为什么要让你走。我想，很聪明的你不会再逼我在这儿给你从头说一遍我要让你离开这儿的理由。大嫂，你曾经是我们全家人的骄傲！是我们全家人的骄傲啊！"说着，眼泪从志和的眼眶里涌了出来。修小眉也有点儿激动了："我是和张大康单独见了几次面，那又怎么样？这样的事情，你就是拿到爸爸跟前去，我也……"贡志和没等她把话说完，就截住了她的话头："就因为你单独跟张大康见了几次面，我会这样发了疯似的请你走？大哥牺牲了，我就不许自己的大嫂跟别的男子来往了？你真把我贡志和当成什么了？老古董？老保守？贡志和再怎么样，也是改革开放后接受高等教育的人。告诉你，大哥牺牲了，你不仅可以跟别的男子来往，你还可以跟别的男子睡觉！"

修小眉大叫起来："贡志和！"

贡志和平静地说道："嫂子，您有充分的自由去选择您的生活圈子，您也有充分的权利去决定您的生存方式。但是！（他用加重的语调，蹦出这两个字眼儿。）但是……在我们这个特殊的家庭里，我们每个人的一举一动，必须要考虑到怎么去维护这个特殊家庭在群众中的影响，因为这关系到七千万人的利益。在这一方面，大哥是我们的榜样。您也应该成为我们的榜样。"

修小眉痛苦地说："我到底做了什么对不起你们贡家，又对不起那七千万人的事了？"

贡志和继续很平静地说道："今天，我只能说到这一步……我真的不想伤害您，真的……"但眼泪再一次忍不住地从贡志和的眼眶里涌了出来，他十分痛苦地低下了头，由于要竭力控制住自己一时间狂烈起来的情绪，以免做出什么后果不堪设想的事情，他浑身甚至都战栗了。

整个谈话只持续了三十多分钟。修小眉最后还是拿着机票走了，钱，她没要。她不想和贡志和僵持下去，而且直觉告诉她，事情的发展绝不似她早先想得那么简单。贡志和居然要她去香港"躲避"一下！难道真的有那么严重吗？白色旧普桑急速地驶进一条僻静的小马路。这里行人稀少，树木高大，马路两旁都是独门独户的高档住宅小楼，好像都是解放前留下来的洋房，小楼的门大都斑驳老旧了，秋末冬初，粗大的梧桐木显得沧桑，又不乏它原有的高雅多姿。她把车戛然停在了一座小教堂的门前，给张大康打了个电话，告诉了他关于照片的事，并说："我现在不能上你那儿去。最近这一段时间，我每次跟你接触，几乎都让他跟踪拍了照……""不可能。每一回见你，我都相当小心，无论是在见你之前、见你之后，还是在见的过程中，我都会观察周围，但没发现过熟人……"张大康在行驶的高档轿车里戴着耳麦，跟修小眉通着话。"但他的确都拍了照。""你见那些照片了？""我最终没拿到手，但我当场见到了。""他拍到的是咱俩哪几次见面，你看清了没有？""没法看得很清楚。但有一回好像是在五福斋饭庄，还有一回好像是在国际俱乐部，还有一回好像在哈德门宾馆的大厅里……""五福斋……国际俱乐部……还有一回在哈德门？""好像是哈德门……还有一张我看得挺清楚，是在北华影业公司成立的那天晚上，在李总家举行的Party上。你记得吗？那天你非要我穿上那件你从英国给我买回来的橘黄色风衣，还非要我穿上那双银白色的坡跟镂空皮鞋……那天省委宋副书记也去了，他一到，大家都跟着起哄，拼命跟他敬酒……"

张大康慢慢地回忆着："北华影业公司……李总家的Party……宋副书记……我知道这照片是谁偷拍的了！他妈的！"

他很快把修小眉召到城区里一个很普通的居民住宅小区里，因为这儿没人注目。修小眉换了倒车挡，急打两把方向盘，准确地把车倒进停车位，戴上墨镜，并改换了装束，下车四下张望后，便向不远处张大康的那辆高档车急速走去。

"没有人跟踪吧？"上车后她就不安地问。"别神经过敏。""去哪儿？""老地方。"所谓"老地方"，即指那个高尔夫俱乐部。修小眉忙说："不行，那也会让人跟踪拍照的。"

张大康却说："你再仔细想想，你看到的照片里，是不是有一个地方，没让人拍过？""哪儿？"张大康说："我听你数了一遍，觉得，所有照片的场景，就是没有高尔夫俱乐部。是不？"修小眉一想，还真是的："那你说还是那儿比较保险？""好了，别瞎耽误工夫了，到那儿再细说吧。"

还是那个高尔夫俱乐部，还是那幢小别墅，还是把窗帘都拉得严严的。所不同的，上一回来，修小眉一见张大康把窗帘拉得如此严实，十分地忐忑。但今天，她却希望他把它们拉严实，拉得越严实，她觉得越安全。

一坐下来，张大康就分析道："偷拍者，首先要排除贡志和本人。他的目标太大，他也不会亲自去干这种蠢事。第二，偷拍者，一定是你我的熟人，这样才一直没引起我们的警觉。第三，从你说的情况来看，这个熟人还应该是没上这儿来过的。也就是说这家伙不知道我们俩有这么个秘密见面的地点。你想想，在我们的熟人中间，谁还不知道我们有这么个见面的地点呢？"

修小眉一面想着，一面说道："那……那太多了……你觉得可能是谁干的？"张大康断然说道："我仔细排查了一下，有这种可能的只有一个人，那就是你的小叔子贡志雄。""志雄？他在暗中对我们跟踪、拍照？不可能！完全不可能！"修小眉矢口否定。"一开始，我也不愿意把他列入嫌疑者中。但是，算来算去，只有他一个人曾经跟我们一起去过五福斋、国际俱乐部，又去了哈德门娱乐中心，参加过北华影业公司李总家举行的那个Party……""跟我们一起去参加这些活动的，何止志雄一人。""是的，每次都有一些我手下的人跟我们一起去参加这些活动，但是这四次都参加了的，只有一个人，就是贡志雄。而且，你再想一想，贡志雄的确不知道我们还有这么个见面地点。你再仔细想想，是不是这样？""你不了解贡家这两兄弟的关系，他俩是死对头，志雄绝对不可能替贡志和干这种事。""如果面临贡家利益受到威胁的时候，他俩也不可能联合起来，一致对外？"

"谁威胁他们贡家利益了？"

"你，和我。"

"我们怎么威胁他贡家的利益了？"

"你是他们贡家的大儿媳，你我在私下这样亲密往来，在他们看来，怎么不是在伤害贡家的感情，不是在威胁贡家的利益？"

"那糟了！今天上这儿来以前，我还跟志雄讲了，我要上这儿来……"

张大康一跺脚，说道："你呀！快走！"

修小眉慌慌地要走，却又站定了下来，说道："还有件事。贡志和要我马上去香港，怎么办？"张大康忙说："一会儿再说。"于是两人拿起各自的手包，张大康拉着修小眉的手，向门外跑去。但已经晚了。门突然被推开，贡志雄出现在门口。他拿着闪光照相机，不断地拍着。张、修二人手拉着手，大惊失色。修小眉忙本能地举起另一只手去挡住自己的脸，并潜意识地半转过身去躲避。张大康却气势汹汹地大张着嘴向贡志雄扑去，情急中却又忘了松开修小眉的手。

这"一对男女手拉着手，慌忙躲避"的镜头，就这样全被贡志雄拍了下来。按下快门后，贡志雄铁青着脸，抄起一盏台灯向张大康砸去。张大康躲闪得快，台灯砸在了身后墙上。贡志雄又抄起一把椅子向他砸去。椅子也被他躲过。张大康叫道："贡志雄，有话好好说，我已经让了你两招了。"

贡志雄只知责骂："狗东西……"张大康又叫："贡志雄，我是当过侦察兵的……""狗东西……"又一把椅子从贡志雄的手中飞出。敏捷的张大康躲过贡志雄的这一击，顺手揪住贡志雄胳膊，就势一个扫堂腿，贡志雄便被他踢翻在地，半边脸撞在了沙发角上，顿时鲜血就从嘴里流淌了出来。修小眉惊骇地一边叫着，一边扑过去护住贡志雄："别打了，都别打了……"

张大康扯了扯被贡志雄揪歪了的领带，上一边儿坐着去了。贡志雄却又扑过去叫道："张大康，我告诉你，可恨我今天没带刀！"修小眉惊恐地忙去拦阻："志雄，你疯了？"张大康宽容地挥挥手笑道："好了好了，别让你嫂子着那份急了。"贡志雄说："如果你不想打了，那我就走了。后会有期！"

贡志雄真要走，修小眉又不愿意了。她觉得有许多的误会必须跟他解释清楚。她害怕志雄把这些误会再带回到枫林路十一号，造成更大的误会，掀起更大的风波，以致传到贡开宸的耳朵里，酿成不可收拾的后果。对贡家，她的感情很复杂，但不管怎么样，她不愿伤害贡开宸，她敬重这位长者。拉住贡志雄后，她忙说："志雄，你听我说……"

张大康一边整理着破碎的灯罩，一边说："现在就别说了，让他走吧。"

修小眉怨懑地扫了张大康一眼："你能少说两句吗？"而后她又对贡志雄说道："你能静下心来听嫂子说几句吗？"

贡志雄愤愤地说："有话，回家说，当着大哥的遗像去说。"

修小眉说："可以。我可以当着你大哥的遗像说，我也可以当着你们贡家任何一个人的面去说……甚至当着爸爸的面去说……"

贡志雄冷冷一笑："别再提爸爸了，修小眉女士……"

张大康插上来说："志雄，你一直是一个很现代很开放的青年，这会儿怎么变得跟九斤老太似的……"

修小眉哭着对张大康叫了起来："你少说两句行不行？没人把你当哑巴卖了！这是我和贡家之间的事，跟你无关……你走！你走啊！"

张大康很潇洒地走了，先去总台商谈房间内物品损坏的赔偿事宜。他一走，贡志雄也就松懈了下来，在小沙发上闷坐了一会儿，才对修小眉说："嫂子，张大康是有老婆的。"

修小眉说："我知道。"

"这家伙精力充沛，兴趣广泛，思想超前，又慷慨大方……但他有一个非常不好的毛病，就是喜欢在各种各样的女人堆里打转。你清楚吗？"

修小眉说："清楚。"

贡志雄一愣："既然如此，那我就无话可说了。"过了一会儿，又突然问道，"你跟他上床了？"修小眉说："不管你信不信吧，我，一直到这会儿为止，没有做过一件对不起你大哥的事。"

贡志雄又不说话了，怔怔地打量着修小眉，似乎要从她的脸上找到一点儿什么明证来验证她刚才那一番话。又过了好大一会儿，他问："张大康让您替他办过什么事？"修小眉断然否认："没有。我还能替他办什么事？"贡志雄再问："真没有？"修小眉反问："你说我能替他办个什么事嘛？"贡志雄说："他公司里的人跟我说过，他带你到大山子去过，还去过不止一次……"修小眉忙说："他要并购大山子一家什么厂子，说让我去听听，开阔开阔视野。我去听了一个来小时，听他们讨价还价，实在没意思，听得我脑袋发涨，就上外头溜达去了。那时候，你大哥还没牺牲……"贡志雄犹豫了一下，说道："听说，他后来给了你十五万元？"修小眉脸一红，忙问："你怎么知道的？"贡志雄说："也是最近二哥跟我说的。"修小眉更大惑不解了，问："他怎么知道的？"贡志雄说："可能是大哥跟他说的吧。大哥曾经在您的皮包里发现过这张存折。"修小眉心里一紧："可他从来没跟我提起过这档事。他应该问问我啊。这事是完全可以说得清的……"贡志雄轻轻地叹道："大哥就是这样的人。不管什么事，都堵在自己心里。控制，控制，控制，一辈子他只知道控制自己，压抑自己……"修小眉忙声明："我没要那十五万元，真的没要。"贡志雄说："二哥估计你陷入了张大康什么圈套中了，所以他劝你赶快离开他一段时间。等问题搞清楚了，再回来。"

修小眉一怔："有人在查张大康？"贡志雄吞吞吐吐地："不知道……"修小眉急切地："志雄，你应该了解大康这个人，他也许有一千个毛病一万个毛病，但他对人是实诚的，也是一个能干事的人。如果他真做错了什么，我们能帮他一把的话，应该帮帮他……"

贡志雄走到窗前，向下看了看："你看他还在下边等你。你让他走开！"

修小眉立即拿起茶几上的镀金外壳豪华造型的电话机，拨通了张大康的手机说道："你走，求求你了……走！"

看到张大康果然启动了车，掉头向俱乐部大门外驶去，贡志雄揶揄道："他还真听您的话。"

修小眉脸微微一红："别说这种没意思的话了。你说，志和让我去香港是怕我卷进张大康的什么圈套？"

贡志雄说："最后去不去香港，您自己决定。但有一点，您考虑好了，他给您的那些钱，您一定得赶紧处理了。"

修小眉几乎有点儿喘不过气来了，她涨红了脸叫道："我没要他的钱，你们为什么不相信我呢？"这时，茶几上的电话铃突然响了起来。修小眉气冲冲地俯下身去拿起电话："谁？"

"是我。说话方便吗？"是张大康的声音。修小眉愣了一下，她不想让志雄看出这时候张大康还打电话来"操纵"她的行动，便忙捂住电话的送话器，迟疑了一会儿，不知道怎么跟张大康说，然后吞吞吐吐地应了句："不，不行……以后吧……"而贡志雄早在一旁看出这里的名堂来了，不由分说，一把从修小眉手里夺过电话，冲着送话器嚷嚷道："大康兄，都是场面上走动的人，您怎么不按规则出牌？这工夫，修小眉女士跟他丈夫的兄弟在说一点儿家事。您能不能控制住自己，给修小眉女士一点儿处理她家事的时间？"

第五十六章

焦来年打电话，通知宋海峰，贡书记马上要见他，但又没说明贡书记为什么这么急地要见他。放下电话，宋海峰本来就并不平静的心，顿时呈现千顷波涛万叠浪。虽然根据他掌握的情况，还没任何迹象表明，贡开宸会对他采取什么措施，但近来，只要一听说贡书记有请，他还是会情不自禁地产生一阵心颤。尤其在郭立明莫名其妙地被送到省党校去"深造"，忽然地，又调来个地委副书记级的焦秘书在"大内走动"，他的直觉告诉他，贡开宸是在为"收网捕鱼"一步步做着某种准备。但，这跟他有什么关系呢？爱收不收！"宋海峰，你怎么了？怎么跟个完全磕碰不得的嫩黄瓜条似的？有事没事，一个劲儿地吓唬自己干什么？"他自嘲道。

稍稍地坐了一会儿，强迫自己去考虑贡开宸可能在工作上会向他提出什么质疑，并为此做了点儿准备，拟定几个解决方案，便一身轻松地去轻轻敲开了贡开宸办公室的门。

时近傍晚，略感疲乏的贡开宸仍深深地陷在长沙发的一角，沉思着什么。听到敲门声，他一动也不动，只是干咳了两下，然后闷闷地答了一声："进来。"

说是别自己吓唬自己，但进了贡开宸办公室，宋海峰还是本能地四下里很快打量了一圈。他马上告诉自己，一切正常，包括贡书记的神情。于是他微笑着问："贡书记，您叫我？"

为示礼貌，贡开宸略略扶起自己的身子，做了个招呼状，然后又靠了下去，并指指放在另一边的一把单人沙发，说了声"坐"，并说道："下个星期，中央思想工作领导小组要在北京召开一个有八省区省委主要领导参加的思想工作座谈会。我这儿还有点儿事，脱不开身，我想请你去参加这个会……"

宋海峰按往常的惯例，一边自己动手给自己沏茶，顺便也给贡开宸跟前的茶杯里续上水，一边说："这个会我知道。但中央的要求是要各省的一把手参加。"

贡开宸说："我跟书记处和中央思想工作领导小组报告了，他们已经同意由你代表我去出席这次座谈会。"

宋海峰说："这好吗？"

贡开宸挥了挥手笑道："不要推了，这件事就这么定了。宣传部的姚部长跟你一起去参加这个会。这一段时间，你多兼顾一点儿省委这边的工作，多了解一些面上的情况。大山子那边嘛，这段时间让两个副手多管管。"

宋海峰趁机问："外头都在传，说马扬的工作可能会有个调动？说是要调到外省去工作？"

贡开宸却不置可否地反问道："是吗？"

对贡开宸的这个反问，宋海峰一下子感到很不舒服——明显不把他当自己人嘛。但许多时候，贡开宸就是这么个人，时而看起来很通情达理，时而又会让人觉得他一点儿都不通人情。当然，有一个情况必须特别地加以说明：他那张稍许有点儿嫌窄长的国字脸上，分布着过多过密的皱纹和沟坎。这些大密纹似的沟坎加深了脸部皮肤的滞重程度，即使他内心正在掀起某种情感的波澜，脸部的表情肌也无力带动这么些沟沟坎坎一起来做出相应的表达。所以，外人常以为他此刻无动于衷，其实不然，唐人的一句诗说得比较准确："此时无声胜有声"……

宋海峰忙驱赶了那一点儿瞬间的不快，换用一种很诚恳的口吻说道："调走马扬，有点儿可惜。开发区的工作刚走上正轨，而且利好的势头看涨。假如中央真的有这种调动使用和进一步培养的意图，省委是否应该努力争取一下，让马扬留在我们 K 省进一步培养使用？K 省这个庙也够大的了，七千万人哩，也是个工农业大省！"

贡开宸轻轻地叹了口气道："中央，总有中央的考虑……还是要以中央的考虑为重。中央还要求我们在那个思想工作座谈会上做一个发言。有关通知，在焦秘书那儿，你拿去认真研究一下，然后让省委宣传部会同政策研究室的同志，一起拟一个发言提纲，尽快交常委会讨论。怎么样，好好准备准备，赴京赶考吧。"

第五十七章

车子缓缓开进自家院子，一只脚已跨出车，落到了泥地上，马扬却没有马上挪动另一只脚。他默默地在车上又坐了一会儿。一路上司机一直在跟他聊着。这是很少发生的事，因为忙，即便是路途中，往往也得办公，司机当然不能打扰；即便不办公，闭目养神，司机也不能打扰。这是工作纪律所定。有些"首长"把司机当心腹，什么事都跟司机商量，别人不知道的工作机密，他的司机"三年早知道"，甚至让司机参与一些重大事项的决策，这样的事，在较高级别、较高层次的政治生活中，是绝对不可能发生的。但今天，马扬的司机却跟他聊了一路。司机得到消息，马主任要调走了。司机同志表示惋惜。司机说了一句很朴实，又很动情的话。他说："中国老百姓可怜，活一辈子，在家就盼个好老婆、好男人，在外盼个好朋友，在单位呢，也就盼一份好差使，盼着能摊个好领导……反正您要走了，我也不怕别人说我当面拍您马屁——您哪，算个好领导。可您又要走了，真是好领导待不够，孬领导赶不走。马主任，您说咱老百姓咋办呢？""今天有个领导这么教育我，这个世界没有马扬，照样蓝天白云，鸟语花香。回家吧，别杞人忧天了。把好你的方向盘，小心开好你的车，你的老婆和孩子在等着你安全归家哩。"马扬拍拍他的肩膀头，下车去了。车慢慢地掉转头去，还轻轻地致敬似的鸣了两声喇叭。马扬目送着它驶进越来越浓重的暮色，直至完全消失，又默站了一会儿，这才向自家走去。

家里没人。奇怪。马扬给黄群打了电话，告诉她，他不出国了，今天要回家的。黄群在电话里还想知道他为什么突然又不走了。他说回家再说，于是她说了在家等。这都什么时间了，怎么连小扬也不在家呢？他四下里忙打量，嘀咕："这两人……"刚要掏钥匙开门，只见黄群从院子外边急匆匆跑了回来。

黄群喘着问："你的车呢？"

马扬说："走了。"

黄群一跺脚："哎呀！"

马扬忙问："怎么了？"

黄群说："怎么了？还不是你那个宝贝闺女！"

马扬忙问："小扬又怎么了？"

黄群说："今天她学校负责党务工作的老师又来家访。当时她不在，我就替她报了个名，让她参加学校举办的那个党章学习小组。你说这是不是一件好事？别的同学想还想不着哩。好嘛，她一回来，还没等我说完，就扯着嗓子跟我大发雷霆，说什么包办，什么专横，什么不懂得尊重人，然后一跺脚就跑了……"

马扬忙叹口气说："你也是的，人家已经是高中生了，这样的事，得让她自己做主了。就是要替她报名，事先也得跟她商量一下。"

黄群急了："我不愿跟她商量？为这件事，我都跟她吵过不知多少回了。你也不管管家里的事，一点儿都不了解你那个宝贝闺女的思想情况。你知道吗？她压根儿就不想参加那个党章学习小组。"

马扬摇摇头："不可能……"

黄群冷笑道："我的马领导，马官僚，别站在这儿可能不可能的了，快想办法去把你那个宝贝闺女找回来吧。天快黑了，这儿既然有人要你的命，也可能要你这个宝贝闺女的命！快去找找吧！"

马扬和黄群一边说着一边出动，刚要出门，却听到门外走廊里响起一阵他们熟悉的脚步声。上楼来的果然是小扬。黄群喜出望外，不计前嫌地迎上去，却热锅铲碰了个冷贴饼，女儿板着脸，径直回自己卧室去了，闹了个极无趣。她不由得怒从肝儿上起，不顾马扬的劝阻，愤愤地叫了声"马小扬"便冲进房去。但没待她进一步发作，马扬还是抢在她头里，先开口说话了，同时还对黄群做了个强硬的手势，让她千万别再做出"恶化形势"的举止。"能谈一谈吗？"马扬对小扬说道。语调平和，但却立即造成一种不容抗拒的态势。这也就是小扬平时常跟她妈说的："妈，您学学老爸，他就是有一种不严而自威的气度……""你老爸好，你老爸什么都好，你跟你爸叫妈去！"黄群酸酸地说道。

马小扬知道自己理亏，但又不愿承认自己理亏。既然老爸主动发出"和谈"的信号，自己当然应该有所反应。于是她站了起来，说了句："谈什么呀，真的没什么可谈的……"

"你瞧你那个样子，还没什么可谈的？"黄群仍在生气。"我怎么了？"小扬不服气。"怎么了？我看你是进入青春更年期了，怪诞！""爸，你听呀！你听妈说的！"小扬叫了起来，并且脸倏地红了。其实她并不真懂什么叫更年期，只不过偶尔听一些"老女人"悻悻地常把它挂在嘴边叨叨，就觉得肯定跟例假似的，是上帝专为惩罚女人而制造的一桩麻烦事，肯定不会是好事。"你也是的。女儿更年期，你高兴？"马扬笑着嗔责黄群，挥挥手，让她赶紧撤出，自己也跟着往外走，走到门口，回过头来又强调了一句："吃了晚饭，咱们再谈。啊？"

餐桌上，三个人闷头吃饭。黄群好几次想开口说话，都让马扬暗中制止了。吃完饭，马小扬挺自觉地去洗碗，洗完碗，擦干手，却没有急于回自己房间的意思，低着头，只是在水池边站着，而且默默地站了好大一会儿，然后才抬起头来说："对不起……这一段时间，我心里挺乱的……请你们允许我自己静下心来，好好想一想，再跟你们谈。行吗？"黄群忙问："你心里乱什么？有男同学骚扰你？"

　　马小扬忙叫："妈！"

　　马扬赶紧对黄群使了个眼色，让她不要再说话了。又静默了一会儿，小扬说道："爸，有时候我想，人这一生，能做一个普普通通的好人，只要是一个真正的好人，也许就足够了……您不觉得，这个世界，缺的是真正的好人，不是别的什么……"

　　黄群说："这跟你入党有什么关系？"

　　小扬说："也许没什么关系……也许有很重要的关系……"

　　马扬一听，觉得女儿还是认真考虑了入党这件事的，有一套自己的认识，不是随便一谈就谈得下来的。于是他沉吟了一下，应道："那就先去做功课吧。做完功课，咱们找个时间再聊。好吗？"小扬感激地看了爸爸一眼，点点头走了。走到门口，却回过头来，发表了一个"声明"："爸，妈，有句话，我要先跟你们说清楚。说心里话，我不是不想加入你们那个党……"马扬一耸眉毛，立即做出反应："什么叫'你们那个党'？"小扬忙说："那我叫它什么？'我那个党'？我现在还不是它的成员，怎么能说'我那个党'？"黄群反驳道："它怎么不是你的？它是属于全国人民的，你是不是全国人民的一分子？"马小扬本没打算在今晚"决战"，便非常策略地闭上了嘴，并乖乖地低下了头，不作声了。不一会儿，房间里就只剩下了马扬和黄群。马扬似乎陷入了沉思。说真的，这么些年，他还是第一次为女儿的问题陷入沉思。在默默地呆站了一会儿后，他下意识地走到窗前，似乎是想躲开背后的那点儿光亮和嘈杂，去借助窗外那一片模糊和单一，来澄清隐隐约约遮蔽在女儿身上的那层似薄又厚、似轻又重、似单一又复杂、似不足挂齿却又"事关大局"的雾障……首先要确定的是，这真是一层雾障吗？不要人云亦云……想一想……彻底地再想一想……

第五十八章

子夜以后，气象台报告，山南地区遭遇特大暴雨袭击。贡开宸圈阅完省防洪抗旱总指挥部的汛情简报，已是深夜一点多了。省委大楼里出奇地宁静。他深深地陷坐在黑色高背软皮靠椅里，已经好几个小时了。他想找焦来年嘱咐什么，但手刚接触到电铃上，便想起一个多小时前，自己已经把他打发回家了，便自嘲般地笑了笑，撤回了按电铃的那只手。拿起一张公文信笺，他给焦来年留了两句话，便收拾起皮包，扣上金属扣，从衣架上取下大衣，关掉室内的灯，决定去指挥部看看。但他刚一推门，却吓了一跳，看到黑乎乎的外屋里，有个人在惨白的台灯光下弯腰坐着，一股漆黑的氤氲从他宽厚的背脊上倏然扩散。

"谁？"他忙问。

"是我，贡书记。"那人答道，并站起，却是焦来年！

"哎，你怎么还没走啊？"贡开宸嘴里虽这么问着，心里却挺高兴。

焦来年笑道："哪敢回哦？"

贡开宸说："山南的洪情已经搞清楚了嘛……"

焦来年笑笑说："我估摸着，今天，您还会有些特别重要的事连夜要我去办的，所以就一直在这儿熬着。您没瞧见？都快熬煳了。"

贡开宸听焦来年这么说，兴趣上来了，忙放下手里的包，搬来一把椅子，索性在焦来年跟前坐下来，问："焦来年，你有这么神？说说，快说说，我还有什么重大的事要你去办？"

焦来年低下头，不好意思地笑了笑，然后，仍在他那平静的微笑掩护下，用他那不紧不慢的语调说道："中央要调走马扬，这事非同寻常，我想您不会轻易罢休的。您一定会用适当的方式和方法，去向有关的中央领导申诉、请求。在这个问题上，您一定会努力挣扎到最后一分钟。只是，您不愿意，也不会把这种努力和挣扎公开化罢了……"

"嗯，挣扎，说得好，我确实是在挣扎……说下去。"

"另外，您突然决定让宋副书记去参加本该由您自己去参加的会议，这也说明，您想给自己腾出更多的时间和精力，着手去解决这个问题。"

"嘿，我就不兴去解决别的问题？非得解决这一个问题？"

焦秘书一时无语。

"说，没说完哩。继续说，还有什么名堂？说，继续说。"

焦秘书犹豫了一下："没……没什么了……"

贡开宸却强硬地下令了："说！"

焦秘书脸上那点儿常规的微笑突然一点儿一点儿在消失。他十分担心地说道："再往下说，就纯粹是我的胡言乱语了。"

"说。"

"那……那我就说了？我觉得您把宋副书记支出去参加会议，这是一着高棋，是一石两鸟，或一石多鸟之举。这一段时间，您一直在中纪委的指导下，让省纪委和政法委的同志秘密地但又确确实实是紧锣密鼓地清查大山子前些年积累的问题。而社会上也一直有这样的谣传，说大山子前些年的问题，并不是跟宋副书记没有一点儿关系。前一段时间，我们内部有些同志，对您把宋副书记放到大山子去担任市长和市委书记，颇有一些疑虑，包括马扬在内，都有些想不通。不管宋副书记跟大山子前些年的问题有没有牵连，您把他放到大山子去，总有碍于清查工作的深入开展。内部甚至有人说，您这是故意在捂盖子，在保护宋副书记，因为宋副书记也是您多年来非常赏识并且下了大力气培养的年轻干部。对于社会上这种捂盖子一说，我是不相信的，我毕竟对您还是比较了解的。但是，我还是挺为您担心。大山子前些年投入二三十个亿而没有见到成效，损失巨大，您心情十分沉重，甚至一度萌生向中央请辞、主动承担责任的想法。中央虽然没有同意您请辞，但这几十个亿的损失终究是个问题，不搞清它，既无法向中央交代，也无法向K省老百姓交代，而由此留下种种隐患，可以说贻害无穷。对此，依您的性格、信念和历来的做法，我都认为，您是不会跟这帮祸害大山子的家伙善罢甘休的。但到底怎么解决这帮子人，我非常忐忑。一直到最近，我才忽然有些明白了，您使的可能是欲擒故纵、先抑后扬的手段。现在，您突然把宋某人支开，今晚，您又在办公室里深思熟虑好几个小时，依我过去对您的了解，这表明，您要出台一些大举措了。这盘难下的棋，大概是到了收官阶段。决战将临，我这个大秘书、老助手，怎么可以早早地就丢下您，自己一个人溜之大吉，回家喝我的热稀饭、吃我的油烙饼去了呢？"说着，说着，焦秘书居然眼眶都有些湿润了。贡开宸听到此处，心里也未免一动，感慨万端地拍了拍焦来年。但是，也只仅此而已，他对焦来年所说的一切都未置可否。作为即将到来的这场大战的总指挥之一，虽然这个秘书是自己极信任的人，他又怎能对自己的秘书所做的分析置个可否？沉默了一会儿，他微微一笑，又问："你觉得，我现在最想要做哪些事？"

焦来年低下头略加思考，说："我试着猜一猜吧。一、您需要一位特别信得过的同志，为您起草一份给中央书记处的亲笔信，详述留下马扬的理由。这件事，当然不能张扬出去，否则对解决大山子和宋海峰问题都很不利。甚至还需要找一位特别可靠的同志，专程跑一趟北京，把这封信直接送到某一位中央领导手中去。二、当务之急，也就是说，今天晚上，您会去找找您的老领导、前任省委书记潘祥民同志，跟他再把您的想法切磋一下，以求最后的完善。三、您也许还会找找您那位大儿媳修小眉女士……"贡开宸马上说："前两项猜得……嗯，还有点儿眉目。这最后一项，太离谱了。我找她干什么？"焦来年却说："修女士今天晚饭后，已经打过三四次电话来找您，我都给您挡驾了。但她说，今晚您一定得见她一下，因为她有可能很快要去一趟香港。"

贡开宸一震："去香港？"

焦来年说："是的。她说走以前，她一定要见您一下。"

贡开宸喃喃自语道："去香港？奇出怪样！"他说着低下头沉思，过了一会儿，自言自语道："一定又是贡志和！"然后他抬起头来，吩咐焦来年："起草那封信的事，你办。今天晚上，你就别回家了。天亮前，把信稿起草好，放在我办公桌上，明天一早我来看……另外，你给潘书记打个电话，告诉他，今天晚睡一会儿，一会儿，我就上他家去看他。"

焦来年劝道："改明天吧。现在已经快两点了，老人家七十多了，可受不了您这种电闪雷鸣般的冲击……"

贡开宸笑笑："那就明天吧，上午……""下午吧。下午三点半，午睡以后。您自己也需要睡一会儿。"这一回，贡开宸不让步了："上午！修改完你那封信稿后，就去。请他老人家在家等着我。"

有过一番秘书经历的焦来年自然知道这个分寸：什么事情在什么情况下可以干预首长一下，而什么事情在什么情况下又必须对首长绝对服从。这时候，他就服从了，说了声："是。"然后贡开宸又让他马上找到贡志和，让"这小子"这会儿就回家去"等着我"。

焦来年犹豫了一下，提醒道："那位修小眉女士呢？"贡开宸说："替我回个话，告诉她，没有我的批准哪儿也不许去，老老实实在家待着，等我的电话。我会找她的。"焦来年又答了声："是。"突然又想起什么，忙问："贡书记，是让贡志和在他自己家等着，还是上枫林路十一号等着？"贡开宸应道："当然在枫林路十一号。另外，再通知省纪检委的周书记、政法委的陈书记、公安厅的唐厅长，明天下午三点半到这儿来开个小会。"

焦来年又答了声："是。"

已经转身去开门的贡开宸，这时忽然回过头来了，扶着门框，定定地看着焦来年，突然感慨万千地说了这么一段话："来年啊，我真是喜欢听你说这一声'是'。每一回听你说这个'是'，我心里都觉得特别踏实。难得的一种踏实……难得……"最后这半句，似乎又是在自言自语，一边说着，一边还自嘲般地对着深色的雕花门扇苦笑了一下，轻轻地叹了口气，摇了摇头，然后就走了。

一回到枫林路十一号，贡志和果然已经在等着了。

"是你让你嫂子去香港的？"

"她上您那儿告状去了？"

"我已经跟你谈过多少回了？问你话哩，历史学家！哑巴了？谁给你这个权力？谁允许你超越公检法机构对一个公民私下里进行侦查？居然还威逼这个公民私自离境。你无法无天了！"

"不是私自离境，我替她办妥了一切必要的手续……"

316

"你办妥了一切必要的手续！你有什么权力要求她这么做，或那么做？"

"爸，请您相信我……我现在能对您说的只有一句话：我这么做没有任何私心，我不是在为我自己。"

贡开宸嘿嘿干笑了一声："你想保护我们这个家，对不？你想维护你大哥的名誉，对不？你还想保护我不受连累，对不？高尚。"

"我还想搞清楚，嫂子到底是一个什么样的人。这也是大哥生前最关心的。"

"你搞清楚了吗？"

"基本上吧……"

"基本上！你大哥让你去调查他老婆了？"

"他当然不会这么明说。"

"不是不会这么明说，他压根儿就不会有这种愚蠢的想法。"

"爸，嫂子可能陷入了一个不法商人的圈套……"

"你能证明他是不法商人？你拿到确实的证据了？"

"拿证据不是我的事。"

"可是你这么一干，就妨碍了别人去拿证据，就有可能使得那些有责任查清这些事情，并且正千方百计地在获取证据的人，拿不到这些证据。"

贡志和一怔："有人在查这些事？"

贡开宸一下站了起来："你以为呢？"

贡志和忙问："他们也在查嫂子？"

贡开宸又说了一句："你以为呢？"

贡志和的心脏在加速跳起来："您知道这情况？"

贡开宸冷笑："你以为呢？"

贡志和连连咽了两口唾沫，不作声了。过了好大一会儿，贡志和试探着问："爸……您……您跟嫂子谈过吗？"贡开宸黑着脸，只是不作声。"您最好能跟她谈一谈。她挺听您的。能挽救的话，还是应该挽救……如果她真的陷进了那个圈套，我想也是被人利用的。她其实是挺单纯的一个人……"贡开宸依然不作声。贡志和有点儿情急了："爸……想办法救救嫂子……就算是看在大哥的面上，您也给想想办法吧……"贡开宸的眼圈这时突然隐隐地有一点儿红润起来，他强压住内心的不平静，低下头默默地站了一会儿，一句话也没说，便转身上楼去了。

客厅里只剩下贡志和一个人，他颓然跌坐在大沙发里。

这时，狂风催着暴雨，又夹带着一阵阵炸雷，从西南方向，推进到省城上空。雷暴轰击中的天空像是要崩塌了一般。贡家小花园里那几棵硕大的玉兰和香樟不住地在闪电中亮相，并被那白茫茫的雨幕摧残。贡志和呆坐了一会儿，看看楼上，楼上没有动静。又等了一会儿，楼上还是没有动静。于是，他只得拿起自己的手包和车钥匙，关上客厅里的灯，向外走去。刚走到门厅里，就听到有人进了大门，一路向这边跑来。他站下，待那几人走近了一看，竟是志英和志雄。贡志英一边擦拭头发上的雨水，一边喘着问贡志和："你怎么要走？爸通知我们，说要跟我们全体谈一次话。"

未等志和回话，却从院门口再一次传来急促的门铃声。警卫再去开门一看，是焦秘书。

焦来年跑进客厅，没有了平日的从容和谨慎，只是急问："贡书记在吗？"贡开宸匆匆下楼来问："怎么了？"一边说，一边把焦来年让进客厅，并立即把客厅门关上了。贡志和、贡志英和贡志雄呆呆地站在幽暗的门厅里，一动也不敢动。这时，从客厅里传出焦来年急促的说话声："暴雨袭击了山南地区，小疤河水库突然垮坝，林中县五个乡被淹。潮河水势因此猛涨，正在威胁 103 号变电站……"贡开宸问："快入冬了，怎么会有那么大的雨？水利厅和省防总得到报告了没有？"焦来年急急地说道："电话就是防总打来的。水利厅长和主管水利的副省长已经赶往小疤河去了。邱省长刚才也来了个电话，说他也马上去小疤河……"贡开宸忙说："告诉邱省长，让他在家坐镇。他比我更熟悉山南一带水文地理情况，他坐镇指挥抗洪全局，比我更有把握。我这就去小疤河。"

焦来年担心地说："贡书记……"

贡开宸急催："快给邱省长打电话。"

焦来年仍在犹豫："贡书记……"

只听贡开宸大吼了一声："快去！"客厅里再没声音传出。静默了一会儿工夫，焦秘书便低着头，急急跑出客厅，匆匆向志和等人点了点头，都顾不上说话，便冲进大雨里去了。几分钟后，车来接贡开宸，临离开枫林路十一号时，已经穿上了高统雨靴和军绿色的胶皮雨衣的贡开宸对三个还在等着他谈话的孩子，只说了一句话："听着，别搅和那些不该你们搅和的事，瞎猫逮不住死耗子。中国有人在管着，K省也有人在管着。管好你们自己，这是最重要的。别让我再为你们操心了！"然后，他在焦来年的陪同下，快要走出小楼时，客厅里的电话铃突然又响了起来。贡志和和焦来年不约而同地要去接这个电话。焦来年马上站住了，对贡志和做了个"你请"的手势。但贡志和想到这儿毕竟是爸爸的家，既然爸爸的秘书在场，当然应该由他的秘书去接电话，便默默一笑，也对焦来年做了个"你请"的手势。因为时间紧迫，焦来年就没再跟贡志和客气，照直进客厅去接电话了。

不一会儿，焦来年走出客厅，向贡开宸报告道："公安厅唐厅长找您，说半个小时前有个不明身份的歹徒蹿到小眉家，想暗害她。"

贡志英大惊，忙问："她没事吧？"

焦来年说："据唐厅长说，我们的同志抢在歹徒之前，先开枪击毙了这个歹徒。"

这一下，贡志英听不懂了，疑惑地问："嫂子家怎么会有带着枪的'我们的同志'？是事先埋伏的，还是得到嫂子报警以后再赶到的？"

贡志雄忙分析道："等嫂子发现有人要害她再报警，歹徒早跑了，不可能抢在他们开枪前，先击毙他们的人……"

贡志和迟疑地说道："那么说……有人一直在暗中保护和监视嫂子？"

贡开宸冷冷地反问："你说呢？"

贡志和心里一动："有关部门……有关部门也一直在关注这档子事？"

贡开宸再反问："你说呢？"

贡志和愣住了，不作声了，似乎明白了什么。

贡开宸吩咐志和等人："一会儿，去看看小眉。除了安慰一下，别的，暂时先不说。不要再耍你们那点儿小聪明。本来今天应该让你们一起去看看小疤河水库的。当年你们的父母，就是在这个水库旁的一个矿山里出的事故……改天吧……"说罢，转身走了。

雨声。脚步声。关门声。汽车发动声。然后，天底下一切的一切，瞬间又被越发密集暴烈的雷暴声震撼、战栗……

第五十九章

房间里全是人。有人不停地走动，从这儿走到那儿再从那儿又走到这儿，寻找着，琢磨着，蹲下，又站起，站起，又蹲下。另一部分刑警忙着对被击毙的歹徒进行拍照勘验。

修小眉则呆呆地坐在另一个房间里，机械地回答着刑侦支队领导的问话。等贡志英等人赶到，问话基本结束了。

"嫂子，你没事吧？"贡志英不顾刑警的拦阻，扑过去拉住修小眉的手，急切地问。

修小眉似乎还处在那种无法自拔的惊骇之中，浑身一阵阵颤抖着。她不知道怎么回答贡志英的关切。她不知道自己到底是有事，还是没事。脑子里依然还闪起歹徒破窗而入那一刻时的震惊和骇异。那一刻，脑子完全空白，全身的血仿佛刹那间都被抽空了，人完全僵硬、完全冰冷、完全呆住。"怎么回事……怎么回事……怎么回事呀……"她想叫来着，可完全叫不出声。她想搞清这到底是怎么回事，可……可，紧跟着就响起了一声枪声……还有血……真的血……从那个被刑警们称作"歹徒"的男子头部溅起——那是一股带着热气的血，她仿佛看到了那雾似的热气。然后又是一声枪响，几乎震破了她的耳鼓膜。她不知道这第二枪又是谁打的，但她看到"歹徒"的头发直立了一下，血立即糊住了他的一只右眼，并顺着右耳根右脸颊往嘴角淌去。他立即仰天倒去，带倒了她最心爱的一盆君子兰，又砸在那盆一人多高的凤尾竹上。她突然感到喘不上气，心针扎似的绞痛，胸极度憋闷，但她不敢挪动自己，她只是直直地盯着那个歹徒。他只跟她说过一句话，问她："你就是修小眉？够漂亮的！"说着就冲她拔出了手枪。她不明白这是什么意思，但她清清楚楚地看到枪口的清冷峻刻和歹徒板着那张并不难看

320

的脸朝她一步步走来。歹徒年龄并不大，牙却不太整齐……现在他躺那儿了，嘴微张着，同时还在微微地抽搐。胸口上也撕开了个血洞，从那儿咕噜咕噜地往外冒着带血丝的气泡，同时发出些微的"嘶嘶"声。她开始头晕、口干、发冷，腰也直不起来了。但她仍无法让自己把视线从那个歹徒身上转移开。很多年后，她仍记得歹徒穿的是一身灰色的西服，裤腿上有一块血斑……

"嫂子……嫂子……"贡志雄在轻轻呼唤。好大一会儿，修小眉仍没反应。过了一会儿，她突然站起，怔怔地问刚才讯问过她的那位支队长："我能走了吗？我今天不想再住这儿了……我得离开……离开……"贡志英忙说："我们就是来接你的。"修小眉在房间里转了一圈，似乎是在找什么东西，但又想不起来自己要找什么。贡志雄忙去找到她的手包，递给她。但是，一个刑警走过来很礼貌地说道："在没有勘验现场前，这儿的任何一件东西都不能带走。"修小眉愣怔了一下，问："这是我的东西，也不能带走？""对不起，暂时不能。""那好……那好……谢谢……谢谢……"说着，丢下手包，就转过身去向门口走去。

刚走了两步，似乎又想起什么，一下呆呆地站住了，站了几秒钟，缓缓转过身，睁大了眼，迷茫地踟蹰地看看贡志英，又看看贡志和，问："枫……枫林路十一号……枫林路十一号还会接纳我吗？爸爸还会认我这个儿媳吗？你……你们还会要……要……要我吗？"

贡志英心里一酸，眼泪便止不住地流了下来，冲过去紧紧抱住了修小眉。贡志和和贡志雄也难过地低下了头。

这时，张大康也获知修小眉家出事了，急忙赶来。看到楼前围着那么些人和警车，他没敢下车，只是驾驶着他那辆高档轿车慢慢地围着修小眉家所在的小区转了多半圈儿，远远地透过车窗和小区的林木空隙，观察了一会儿此间的动静，又悄悄地驶走了。

第六十章

接到省防洪指挥部的紧急警报后，开发区机关立即总动员，满载着草袋或人员的卡车一辆接一辆向要害地段驰去。有人在吹着哨子，集合队伍。有人拿着手提式电喇叭在向自己的队伍宣布注意事项。百年不遇的深秋洪灾，此时充分显示了它一个世纪才展示一回的蛮不讲理的残暴嘴脸，浩浩荡荡地在上百公里的地段上，推平人类蚁窝蜂巢般积存下的那点儿希望和财富，发誓夺回从上古时期起就归它独霸的地盘。几米高的水头，把整棵整棵的大树连根掘起，而后吞没……

拒绝洪水，对大山子还有一种特殊的意义。

"让洪水淹了103变电站，整个大山子就会瘫痪。大水进入巷道，也将威胁正在井下作业的几万工人。还有一点，也是致命的：这个消息通过互联网传到国外，就会严重影响正在德国进行中的那个坑口电厂谈判，影响德国投资方对大山子的信心。所以，今天晚上的战斗，对我们每一个大山子人来说可以说是一场生死决战。贡书记刚才打电话来了，要我们不惜一切代价，确保103变电站，把洪水挡在大山子城门以外。刚才党委的几个同志紧急碰了一下头，决定：领导带头，死守大堤。从我开始，全体党委委员，全体机关部门领导，一个不落，全部上堤，每人负责一段。凡是上堤的领导干部，都要立下'生死状'，要对今晚的决战负责……"马扬在召开的科以上干部紧急动员会上这样说道。打印室很快就把印好的一百多份"生死状"送来了。打印前，有领导建议，不一定真的标上"生死状"三字。可以照过去的老例，写上"决心书""请战书""保证书"就可以了。"为什么？"马扬问。"您还真的让大家把生死押在今晚的行动上？"那个领导大概并没把马扬刚才做动员时说的一番话当真。年年抗洪，年年讲干部身先士卒，谁见过真的把生死跟这两件事连在一块儿的？在分发"生死状"的时候，有一位四十来岁的大高个儿中层干部就干坐着，不往上签自己的名。"我再说明一下，党员领导干部必须签这份'生死状'。非党员领导干部，以自愿为原则。"马扬第一个在"生死状"上签了名后，又大声对在场的干部们宣布。很快，签了名的，便把"生死状"都交了上来。负责点收的杨部长，数了数，缺一份。大伙儿的视线不约而同地集中在那个四十来岁的大高个儿身上。他畏缩在一个角落里，只是闷头抽烟，既不作声，也没任何举动。他身前茶几上放着的那张"生死状"，还整个儿是一张白板儿。在场有不少人是亲身经历过当初马扬处理言可言那事的，知道马扬轻易不说过头话，说了，就不会是闹着玩的，纷纷预感今晚又得出事，有好戏看，便一个个早早地闭上嘴，往一边等着去了。大高个儿当然觉察到大伙儿这异样的目光和异样的情绪，勉强笑了笑后，竟然大声张罗起来："走啊，该上大堤了……"

马扬走过去，瞧瞧他跟前那张白板儿"生死状"，微笑着问："没笔？"大高个儿干笑两声："嗨，咱们上大堤好好干就是了，搞那形式主义干吗？"马扬笑笑："别'咱们'啊，就你自己没签名了。""嗨，马主任，这一伙人都不是学水利的，也没搞过水利。在这'生死状'上签了名，万一真出了什么纰漏，那是要兑现责任的……"大高个儿显得特别为难，又显得挺有理由。马扬继续劝告："当然要兑现责任。不兑现，闹着玩呢？快签吧。"大高个儿还在耍牛皮糖："嘿，我上大堤认真干就是了……"马扬有点儿忍耐不住了，外边的雨越下越大，他的口气变得有点儿暴躁了："别'嘿'了，快签！"大高个儿呢喃着，又"嗨"了一声道："嗨，别开玩笑……马主任，咱们……谁跟谁呀……"一边说，一边抄起放在自己身边的雨衣和铁锹，居然置那份白板儿"生死状"于不顾，"噔噔"地向外走了，真把大伙儿闹个不敢相信，立即又把视线转向了马扬——看你怎么处理这第二个"言可言"。

一时间，马扬也不禁愣住了。

这时候，黄群和马小扬拿着湿淋淋的雨衣，提着一个用塑料纸包裹着的小巧的保温暖瓶和两个保温饭盒，来给马扬送饭送药。刚走近马扬跟同志们开会的那个小会议室，跟那位大高个儿擦肩而过。而这时，在机关旧楼门前的大空场上，"哗哗"的急雨之下，已经集结好的抢险队伍黑压压一片，屏息静气，等待出发。雨水从一把把高耸在人们头顶上的铁锹上往下流淌，惨白的路灯光在明亮的锹刃上发出隐隐的寒光。

也许大高个儿隐隐意识到自己今晚不会有太好的下场，出得门来，便一脸的凄苦，又带着几分"爱怎么着就怎么着吧，老子就这样了"论堆卖块儿的横蛮气。小扬一眼看去，心里挺害怕，不禁往母亲身边偎了偎。而这时，在会议室里，所有的人都沉默着，他们继续怀着不同的心情，或正面或侧面地等待着马扬的一个决定，空气也顿时凝固了起来。

大空场上，载人的卡车纷纷在发动，嗡嗡作响的车头在微微颤抖。大高个儿佝偻着身子，慢慢走到楼梯口，马扬冲了过来。马扬这突然一冲，倒让在场所有的人都一愣，然后也跟着向外跑去。但马扬并没有直接冲到大高个儿跟前，出了会议室门，向丁秘书使了个眼色。丁秘书便带着两个机关保安，快速抢到楼梯口，伸手截住大高个儿。大高个儿一看，一个小秘书带两个小保安居然在他跟前耍横，便想发作，但稍一扭头，眼角的余光已把在那头站着的马扬扫着了，立马知道丁秘书等追出，是有来头的，便收敛了颐指之气，只是对丁秘书等三人哼了哼，用力推开他们的手，向楼下走去。这时，马扬已经赶了过来。"站住！你给我站住！"马扬呵斥了一声。大高个儿浑身一颤，立马站住了。就像小扬说的那样，马扬常有那种不严而自威的气势，况且此刻更显严厉了哩！

马扬大步横站在大高个儿面前。

大高个儿哀求道："我保证在大堤上带头好好干，还不行吗？"

马扬把那份"生死状"递给他："签名，这是组织决定。"

大高个儿急切地说道："签了名，你就不允许我们有半点儿闪失了。"

马扬仍语重心长地说："今天晚上就是不能允许我们有半点儿闪失！你是老党员……"

一提"党员"二字，大高个儿似乎为自己的行为找到了理论根据："党在什么文件上规定了要领导干部在工作中立生死文书？"

马扬说："是的，没有。"

大高个儿得意了："那不齐了？"

马扬不再跟他争论了，回头去看了看站在他身边的几位党委委员。几位党委委员都说："您做决定吧。"马扬便示意小丁做记录，然后口述道："立即打印处分决定。"大高个儿一下急白了脸，叫道："马扬，你别一手遮天……"马扬再不理睬这个大高个儿，继续口述道："鉴于刘三家同志在党和人民的利益受到巨大威胁的非常时刻拒不执行组织有关决定，完全丧失了一个党的领导干部应有的基本品质……在这么一个特定情况下，应视为临阵脱逃。现做如下决定……开除刘三家同志的党籍。该决定立即生效……"大高个儿绝望地冲到马扬面前，声嘶力竭地又叫了一声："马扬，你没权力开除我党籍！"这叫声不仅凄厉、绝望，而且还充满了挑衅，甚至包含了"三十年河东，三十年河西，咱们走着瞧"的威胁。

场面上顿时寂静下来。

马扬默默地低下头，让自己镇静了一下，然后抬起头十分沉重、十分沉痛地对大高个儿说道："刘三家同志，你应该为自己感到庆幸，庆幸现在不是战争时期。假如现在是在敌我交火的战场上，那么，我现在不仅要开除你的党籍，而且还要枪毙了你，拿你这颗脑袋来祭千百万不惜自己的生命捍卫国家民族利益的忠诚战士！你同意我这个看法吗？"

个子挺大的刘三家同志不说话了。

到黎明时分，雨渐渐沥沥地小了下来，而后就十分不情愿地停了。一面被雨浇透了的红旗，疲乏地依偎在用晾衣服竹竿做成的旗杆顶端，偶尔被晨风撩起，做一点儿象征性的飘拂。大堤上到处是奋战了一夜，同样处于极度疲乏之中，不得不席地休息的人们。而跟他们同样沾一身泥浆的黄群和马小扬却在人堆里急急地行走，寻找丈夫和父亲。"你们看到马主任了吗？"她俩到处打听。"水势开始回落，他这会儿应该回指挥部了。"一个干部模样的人跟她们分析道。黄群说："指挥部的同志说，因为水势在回落的过程中对大堤的冲刷力依然很大，溃堤的危险不是减少反而增加了，所以他又上这边来了。"那个干部模样的人就说："那你们再找找吧。"这时，一个群众跑过来说道："找马主任是不？他带着几个人刚冲那边去了。"黄群忙说声："谢谢！谢谢！"带着小扬往那人指的方向寻去。

那是大堤下的一片小树林。有人，但没有马扬，倒是有几个黄群认识的机关干部在一堆篝火旁烤衣服，并把熏肠烤香了、烤脆了，再烤出一层啦啦响的油珠子，往面包里夹。黄群一见他们，心里顿时踏实许多。因为，指挥部的同志告诉她，马扬就是跟这几位同志一起出来的。她忙问："老马呢？他没跟你们在一起？"一个机关干部指指不远处的一个木楞堆说："他上那边去了。"黄群问："他上那儿干吗？"另一个机关干部笑道："也许有点儿私事吧。他还不让我们跟着哩。"黄群也笑道："好你们几位，不仔细跟着领导，却只顾自己躲在这儿吃好的，当心马主任打你们屁股！"机关干部们忙笑道："谁知道他自己在那儿躲着偷吃啥好的哩。快去吧，说不定马主任还给你们留着一份哩。"雨停了，人们的心情果然也不一样了。黄群在众人爽朗的笑声里急急向木楞堆走去。她当然不相信马扬是躲着干啥私事，第一个出现在她脑海里的念头就是，他会不会旧伤又发了？想到这里，她不禁加快了步子。马小扬也忙跟了过去。

黄群其次想到的是，马扬可能在那儿"方便"，所以等快走到那个木楞堆跟前了，便对小扬说："你先别过去……"马小扬知趣地赶紧站住。待黄群走到木楞堆近旁，四下粗粗地打量了一下，却没发现什么。她便轻轻地叫了两声："马扬……马扬……"听母亲在那边叫唤，马小扬在这边有点儿不安起来，便慢慢向木楞堆那边移动。

很快，黄群听到从一个木楞堆后头隐隐传出痛苦的呻吟声。她一怔，忙循声跑去。果不其然，马扬就在那个木楞堆后头，正用力抱住自己的脑袋，把大半个身子紧紧依靠在粗直的木头上，咬住牙关后，直接从牙缝里迸出一声声呻吟。

黄群忙扑过去，抱住马扬："马扬，你怎么了……怎么了……""哎哟……黄群……黄群……哦，你真是个好老婆……你来得太是时候了……抱着我……用力……抱着我……再用点儿力，抱……抱着我……哎哟……"黄群慌慌地问："马扬……马扬……你怎么了……"马扬脸色发灰、眼圈发黑，继续抵靠住木楞堆，辗转地痛吟着："抱紧点儿……哦……别松手……哦，我的脑袋……我这该死的脑袋……"

在不远处站着的马小扬，完全被这场面镇住了。她站着，不知所措地站着，脸色同样灰白，神情惶惶，两行眼泪完全不受控制地簌簌直往下流淌，然后大叫了声："爸……爸……"扑过去抱住父母双亲，大声哭了起来。

第六十一章

管委会党委立即做出决定，并报省委批准，强制马扬同志卧床休息两周，并通知黄群所在医院领导，让他们特派黄群同志为特别看护，带薪在马扬同志身边守护两周。为了安静，黄群采取了必要措施，在窗子上挂上厚重的窗帘，尽可能地隔绝光和声，所以搞得即便是白天，房间里也昏暗如北极圈白夜里的黄昏，漫长空阔。本来就一直没怎么睡着的马扬——已经在床上躺了三四天了，你让他还怎么睡？——这时仍睁着眼，瞠目地看着黑乎乎的房顶，在想着什么。远处不时传来火车或重载卡车的轰鸣声。马扬实在躺不下去了，轻轻地坐起，头一阵眩晕和疼痛。他忍了忍，下床，穿上外衣，蹑手蹑脚地推开门，向外张望了一下。门外，阳光灿烂啊。哦，如此大好时光，恍如隔世！正巧寂静无人，他便悄悄走去。刚走到楼梯口，身后便有人故意干咳一声，冷峻似狱卒，又似狄更斯笔下那个独身一辈子，性格阴冷古怪的"老姨妈"——肯定是黄群了。他只得收住脚步。

"你以为医院让我带薪在家，是陪你玩猫捉老鼠的？"黄群走过来恨不得揪他耳朵。

马扬掩饰般地笑道："我下去走走……"

黄群笑道："走走？可以啊。"说着，她过来把马扬的裤腰带抽走了。"走吧。"她还说得挺大度。马扬哭笑不得地捂住没了腰带就要往下掉的裤子，说："黄群……黄群……你这样是不是有点儿太过分了……我毕竟不是正在服刑的劳改犯……"黄群哼了一声："劳改犯？劳改犯比你听话！"马扬只得说出真情："咱们好好商量。贡书记这两天正在一个很小范围里，召集一个内部研讨会，专门讨论国有经济下一步的改革问题，涉及一系列敏感话题，其中很重要的一个内容是肯定要谈到大山子下一步怎么干……"

黄群说："贡书记那个会，开发区有领导去参加了。怎么，还非得你去参加才行？马扬同志，你别搞错了，让你休息，也是省委的决定。"

马扬说："会开得十分激烈，各种意见分歧相当大。"

黄群一怔："你怎么知道的？"

马扬忙掩饰："我猜可能会是这样……"

黄群一瞪眼："你猜？"她哼了一声，便上前"搜身"——搜出手机。她冷笑："居然还有热线联系。真是兵不厌诈。"

马扬忙上前夺手机，哀求："黄群……黄群……这可不行……"

黄群说："我再说一遍，是省委和管委会党委决定让你全休半个月。依大夫的要求，你得卧床静养。党的决定，你不服从，科学的结论你不服从，你跟我搞啥名堂？"

马扬说："黄群……黄群……你听我说……"

黄群往那头一指："回房间躺着再说。"

"这次在白云宾馆召开的理论研讨会，意义非同小可……贡书记自始至终在那儿坐镇……"

"有贡书记在那儿坐镇主持，你还操啥心？"

"我说你不了解情况嘛。从昨天开始，问题的讨论已经到了白热化的地步，在有些问题上，一些同志直接把矛头对准了贡书记。"

"怎么会把矛头对准贡书记？"

"前一段时间，贡书记针对我们K省多年来在国有经济问题上所积累的正反两方面的经验教训，提出了一整套有关K省下一步经济改革的想法，并初步形成了一个文字稿。当然，还是一个未定稿。他曾经让我看过他这个稿子。我对他那些想法表示了坚决的支持……"

"你鼓动他拿出来让大家讨论？"

"是的……"

"所以，你想到会上去帮他一把？"

"朝无幸位，民无幸生……"

"你说你这时应该去掺和这档子事吗？"

"你这么说不应该吧？"

"你快要离开K省了，还哭着喊着往这儿的是非圈里跳，让自己陷那么深，你说你这么干，聪明吗？必要吗？你总说你政治上多么多么老练，我看你幼稚得很！"

"谁跟你说我快要离开K省了？"

"没人跟我说。"

"没人跟你说，你瞎嚷嚷个啥？"

"你不跟我说，可我们单位里有人跟我说呀。他们说中央要调你去外省当省委副书记。假如真有这样的调动，而且是要进入外省的领导班子，你说你有必要再卷进白云宾馆的这一场争论中去吗？"

"我就是调到火星上去工作，我也永远是个K省人！"马扬激动了。大概叫这一声过于用力了，头部又隐隐地灼烧般疼痛起来。

黄群忙扶住他："你瞧瞧，你激动啥嘛？去躺着。我跟你说说小扬的事。小扬最近有变化，昨天她们学校的谢老师打电话来，还夸了她……"

"黄群……白云宾馆的会，非同小可。我只去听会，我不发言，我只是去听一听。你应该是了解我的，你这样硬性地把我关在这儿，对我养伤并没有好处……你要不相信我的话，你可以跟我一起去。你坐在我身边，你管着我。你让我发言，我就发言；你不让我发言，我就充哑巴，我保证。"

"你能让我跟你去？"

"只要你坐得住。"

"那好。那我就告诉你，昨晚，贡书记亲自打电话来问你的情况。电话里他还说，实在不行，就让我放你去听听会……他也说，可以让我陪着你去，在会上管着你……""他昨晚就来过这样的电话了？你为什么不早说？"

"我觉得你根本不可能让我陪你到会上去……"

"哎呀，你这个人！快通知司机……"

"你得答应我，到会上，千万别发言……"

"快叫司机！"

车子很快把马扬和黄群送到了白云宾馆。他们进会议室前，贡开宸还特意跟与会者打了个招呼："有件事，我先说明一下，待一会儿，有个同志要来听会。因为他是个病人，所以破例批准由他夫人陪同。"但马扬和黄群推门进会议室时，小小的会场里还是产生了一点儿善意的骚动。黄群红着脸，赶紧在马扬身边坐定。焦来年悄悄走到马扬身边，弯下腰，低声跟他说："贡书记问你，能坚持坐着吗？要坚持不了，就躺下，没关系……""不不不不……"马扬忙摆了摆手。

这时，一个六十多岁学者模样的老同志正说得慷慨激昂："如果认为，要搞好国有经济，关键就在于实施资本化改造，大力推行资本运营……那么我要反问一句，五十年来我们信奉的政治经济学基本原则是否也要进行一番彻底的改造？同样我们要追问的是，经过这样的改造，这样的经济到最后还能不能称之为国有经济？它维护的到底是什么人的利益？"

一个与会者插话："听说，马扬同志会前就看过贡书记的这个未定稿，能不能请他结合这段时间以来大山子的工作实践，谈谈他对这份未定稿的看法？"

马扬忙说："我是来听会的，听听各位领导和老师们的高见……"

贡开宸笑了笑说道："你们就别盯着马扬了。他还不能多说话，不能太激动。一百年装不了一回病号，这回就让他好好地装一装吧。"

会场上顿时升腾起一阵低低的有节制的笑声，相对地缓解了原有的紧张气氛。

有一个与会的同志提议："那就先请马扬同志对贡书记的那个未定稿简单表个态吧。"

贡开宸说："表什么态？前天下午，我在开场白里，就讲得很清楚了，这个会，不是请大家来简简单单表个态的。如果只是表态，开个常委会就足够了嘛。这个会，就是需要深入，需要敞开，需要充分，需要推心置腹，需要对我们 K 省、对中国的未来高度负责的精神和赤诚的态度。在这个前提下，什么话都可以说。我们不搞录音，没有发言记录，将来也不搞会议纪要。清茶一杯，请各位对我那个未定稿进行充分的讨论，贡献你们的真知灼见。"

那个六十多岁的同志微微一笑道："只可惜听不到马扬同志的高见。那我就继续往下说了。我和开宸同志曾经在中央党校一起学习过，是同一期的学员。开宸同志在这个未定稿里提出的这些基本观点，应该说在中央党校那会儿就初步形成了。我记得，这些观点当时在我们班上就引起过争论。现在，开宸同志只是把它们搞得更简明了，更理论化了，但由此在我心里产生的疑虑也就更大了……"

已经完全进入状态的马扬不安地扭动了一下身子。黄群知道他有点儿坐不住，想"参战"了，忙伸过去一只手暗中紧抓住他，示意他少安毋躁。马扬看看黄群，黄群狠狠地瞪了他一眼，马扬果然稍稍平静了一点儿。

那个六十多岁的老同志说："资本化改造和资本化运作，这样的提法……"

一位四十多岁的同志更正道："是资本化运营。"

潘祥民不满地瞪了那个四十多岁的同志一眼，说道："不要跟老同志咬文嚼字，运营和运作有区别吗？"

那个四十多岁的同志不作声了。

那位老同志继续说道："提资本化改造和资本化运营，会不会造成一种理论上的混乱，进而引发思想混乱……"

马扬从随身带来的一个本子上，撕下一页纸，在纸上写了几个字，交给坐在他前边的一个同志，示意他递到贡书记那边去。那个同志看了纸条后，笑了笑，却交给了黄群。只见纸条上写着："请允许我发言。"黄群立即把纸条收了起来。马扬非常不高兴地看了看黄群，黄群却不去理睬他。

马扬无奈地转过头去。可过了一小会儿，他又掏出那个本子，又撕下一页纸，又写了个条子。这回他学聪明了，折起身，把纸条交给了那个四十多岁的同志。那个同志果然把纸条交给了贡书记。

贡开宸看了看纸条，把它折起来，夹进笔记本里，没表示任何态度。

这时，另外一个六十多岁的老同志发言了："我来谈谈这个资本化改造和运营的问题。我想先回顾一下多年以来我们对'市场经济'这个提法的认识过程，大概不会是多余的。当初我们对市场经济的提法，也是视为洪水猛兽，也是吵得不可开交。社会主义怎么可以搞市场经济呢？几年过去了，事实证明，社会主义是完全可以搞市场经济的。如果市场经济是我们不能回避的，是必须面对的，那么由此而来就必然要产生这个资本化改造和资本化运营的问题。又要马儿好，又不让马儿吃上草，怎么可能让我们的国有企业在市场经济这条崎岖不平的大道上跟其他经济模式的企业竞争，怎么可能不断地巩固壮大？"

原先那个六十多岁的老同志立即反驳："您谈到了巩固壮大，很好，非常好。我要问一下，我们巩固壮大国有企业的最终目的到底是什么？难道只是追求资本增量！"

马扬又激动了，再次掏出本子来，要写纸条。

黄群一把按住了他。

马扬推开她的手，在本子上写道："你这样，还不如让我回家去！"

黄群拿过本子，写道："回家？好啊，走吧！"

马扬咬着牙写道："黄群，我总算认识了你！"

黄群又写道："你才认识我？晚了！"

马扬哭笑不得地只得又转过头去。

黄群索性收起他的本子，再也不理会他了。

第六十二章

第二天下午，头疼加剧，马扬提前离开会场，去了一趟医院，晚上回到家，却发现家里的电话突然失灵了，打了好几回，都打不出去。端起电话机，里里外外地琢磨半天，他也没琢磨出个所以然来，又在床上躺了一会儿，越躺越恼火，便大声叫："黄群！黄群！"

黄群正在厨房里做晚饭。马扬叫了好几声，才勉强叫应了。黄群不慌不忙地问："又怎么啦？"

马扬冲进厨房："你把电话也给我掐了？你真的要憋死我？"

黄群假惺惺地反问："谁掐电话了？"

马扬大声疾呼道："黄群，我警告你，如果你继续这样'虐待'我，我……我马上就离开这个家。"

黄群却笑道："哟，真没瞧出来，马主任还长能耐了。哪儿又安了个家啊？说来我听听，贵小妾，年方几许？容貌如何？爱吃辣，还是爱吃酸啊？"

马扬气不打一处来："我不跟你嬉皮笑脸！"

这时，马小扬走了进来。马扬以为找到了同盟军，忙问："小扬，你见我那手机了吗？"

马小扬却也是一副假不假真不真的模样，故意反问："手机？您的手机？"

马扬的忍耐到了最后程度，大声说道："你妈把它藏起来了，真烦人。你见了吗？"

马小扬犹豫了一下："那我怎么瞧得见啊？您没听说过？一个共产党藏的东西，十个国民党都找不到。况且我还是个无党派人士，连个国民党都不是哩。"说着，从菜碗里随手抓起一块刚炒好的鸡块扔进嘴里，故意扭着胯，一歪一斜地向外走去。转身的那一瞬间，却对马扬暗暗使了个眼色。马扬忙跟了出去，跟到小扬卧室。小扬忙关上门，对他做了个噤声的手势，然后轻轻打开衣柜，从一大堆旧衣服底下掏出一个小布包，交给马扬。马扬迟疑地看看小扬，又看看这个小布包。小扬打开小布包，里面包着的就是马扬的那个手机。马扬大喜过望，忙拿过手机，连连低声地说道："好同志！真是好同志！一定要重奖！不重奖不足以表示全党全民的团结……"

马小扬忙做了个手势："嘘……"

马扬却不管那么多了，迫不及待地拿起手机就要给焦来年拨号。但怎么拨弄，手机上也没信号，电源也开启不了。他这才忽然想起了什么，掂了掂手机的分量，忙去揭开手机后盖。

马小扬忙问："怎么了？"

马扬万分沮丧地说道："小扬同志啊，刚才你说的，的确是真理啊。十个国民党加起来也斗不过一个共产党啊。你妈妈提前把手机电池取走了……"

这时，黄群得意扬扬地一边举着那块手机电池推门走进来，一边揶揄道："好啊，父女俩联合起来跟我作对，是吗？"

马小扬忙嬉皮笑脸地缠上去，说道："妈，您就可怜可怜爸吧……我能理解爸的心情……"

马扬忙做保证："我只打一个电话，问一下情况。研讨会今天下午结束，我问一下，会议最后的情况，产生什么结果没有……只打一个电话，十分钟……五分钟……三分钟……黄群同志，你不能太过分了，我们怎么说也是人民内部矛盾啊……有着共同的奋斗目标……"

这时，从院子里传来汽车声。马扬忙说："去看看。"黄群忙去看了，慌忙回来报告："贡书记来了。"

贡开宸坐定后，不解地问："我往你们这儿打了无数次电话，怎么不接电话？"

黄群不无尴尬地解释："是……是电话坏了。"

马扬故意撇了撇嘴，笑道："唉，电话是让阶级敌人破坏的。斗争形势很复杂啊！"

黄群红起脸，捂着嘴大笑："你才是阶级敌人哩。"

马扬收住笑声，吩咐道："好了好了，你们都到隔壁房间去吧，贡书记要说事了。"

贡开宸笑道："说什么事？我就是来看看你的。"

马扬忙说："那我有事要跟您说。说一小会儿，只说一小会儿。"

贡开宸笑了："这家伙。"

黄群忙说："贡书记开了几天会，也累了，不许多说。我给你掐着表，只许说十分钟。"

马扬说："二十分钟。"

黄群说："十分钟。"

马扬说："十五分钟。"

黄群坚定不移地说："十分钟。"

马扬无奈地长叹一口气："好吧好吧，十分钟。'无产阶级专政万岁，万岁，万万岁。'"

贡开宸则笑道："好，好，妇女同志专政万岁！"

黄群带着小扬一走进隔壁房间，就把一个闹钟放到明显处。马小扬笑着问："妈，您还真给爸掐着时间？"黄群正儿八经地说道："要不给掐着点儿时间，这老少两辈今晚能谈一夜。"

这边，贡开宸抿了口浓茶，笑道："快说吧，咱们可只有十分钟时间。"

马扬一边给贡开宸的茶杯里续上开水,一边笑道:"甭理她。"贡开宸笑道:"哎,女主人的命令,怎么能不理?"马扬定了定神,问:"讨论会结束了?"

"结束了……"

马扬说:"您为什么不让我在会上发个言?有些意见无论在理论层面上,还是在实践的层面上都有很大的漏洞……完全站不住脚嘛。"

"进行这次研讨,我就是想听听不同意见,听听反对意见,对我们省思想理论界的状况彻底地摸一下底。要让你一说,哗哗哗哗,一泻千里,雄风万丈,别人肯定就都不说了,我还听什么情况,摸什么底!"

"可有些人的意见,必须要驳倒。不然,听之任之,让这些意见再扩散到社会上,会产生一定的负面作用。这些意见还是有相当的社会基础的,它们本身又具有一定的煽动性和蛊惑力。"

贡开宸笑笑:"不要那么说嘛。让人说话,天塌不下来,老是堵人家的嘴,那倒是很危险的。大山子下一步怎么办,你考虑过没有?这些天,你不会真把时间全都用来闷头睡大觉了?"

马扬忙说:"你提出的'资本改造''资本运营'这八个字,对我启发很大。我给国务院政策研究中心写的那六七万字报告里,恰恰没有提到这一点。现在看来,国企改革进行到一定的程度,的确得盯住资本改造和资本运营这个关键。现在的问题是,怎么加强它的可操作性。在咱们K省,在大山子怎么具体落实这个思路。"

贡开宸忙问:"你觉得呢?"

马扬说:"具体对于大山子来说,我认为就是要解决一个问题,怎么把它变成一个真正的企业,让它完全融入国内国际的大市场里去扑腾,从指导思想,到具体管理体制,应该拿出一整套的办法……"

"谁的指导思想?谁的体制?谁的办法?"

"当然是我们这些具体在大山子办企业的人的思想、体制和办法。"

"问题的症结难道真的是在企业方面?"

马扬一怔。

"我们总在说,企业好坏关键是能不能挑选到一个好的企业带头人,海尔公司发达,关键是因为有一个张瑞敏。这话听起来,很有道理,也挺让人心安理得的。但是，我们是不是应该进一步去问一问，我们那么多的国有企业，为什么老是挑选不到像张瑞敏那样的好管家？难道真的是中国人不如外国人，天生就没那么多'张瑞敏'？任何一个中国人恐怕都不会承认这个答案是正确的。那么，我们是不是还应该再进一步地去问一问，到底怎么样才能产生一个好企业家、好接班人？问题的根子到底在哪里呢？我们怎么在这一方面真正解决一点儿问题？"

贡开宸果然说话算话，一看十分钟限期已到，便起身告辞，马扬怎么挽留也没挽留住。"一来，你也应该早点儿休息。二来，这问题得好好想想，再来深入探讨，或许能事半功倍。休息吧，啊，别想了……"贡开宸走了。

但这一夜，马扬却翻来覆去地睡不着，只是睁着眼睛，怔怔地想贡开宸跟他说的那一番话。到十一点多钟，他毅然决然地坐了起来。黄群也一下坐起。马扬赶紧说："你睡吧。我忽然想起一点儿东西，必须马上把它记录下来……"黄群想劝阻。马扬挥挥手，坚决地说道："别说了，别说了。你睡吧……"马扬穿上衣服，又披上件大衣，走到桌子前，打开电脑。过了一会儿，黄群给他送了一杯热牛奶过来，又拿来一条毛毯，盖在他腿上，又从食品柜里取出一小包饼干，装在一个小碟子里，放到电脑桌的边上。他感激地搂了一下黄群，仍目不转睛地看着电脑屏幕，双手快速地敲打着键盘，一边催促黄群："睡吧睡吧……"

但这一夜，黄群同样也没怎么睡。她靠在大床上，怔怔地看着马扬厚重的背影，听着时而流畅，时而迟滞的键盘敲击声，心底里忽然涌出一股说不清的感动和庆幸。不知道又过了多长时间，她终于在迷迷糊糊的感动和庆幸中，睡着了……

等她再睁开眼，发现自己身上盖着被子，电脑前却不见了马扬。小扬在厨房里把早饭做好了，过来叫道："老爸老妈，这俩懒鬼，吃早饭啦！"黄群揉揉眼，忙问："你爸呢？"小扬说："怎么问我？"黄群忽然间大彻大悟似的叫了声："糟了！又让他溜了！"忙向外冲去，四下里再找，早已不见马扬踪影。

马扬用一个晚上的时间，分别给省委和中央写了一份报告，恳切申诉了留在 K 省工作的理由，并一早就派人把这两份报告送到省里。一上班，贡开宸听取省纪委、政法委和公安厅、检察院几位领导的工作汇报，到上午十点来钟，才拿到马扬的报告。他很快看完，立即吩咐焦来年："把他给中组部的那封信，赶快送北京。把给省委的那份，复印一下，分送常委们批阅。"一边说，一边在那封信上批了一笔。焦来年问："要不要在他给中组部的那封信上再附上省委或您个人的意见？"贡开宸沉思了一下说道："我们的意见单独报，不跟他的掺和在一起，而且，稍稍晚两天，再看一下中组部的态度。"

焦来年忙应道："好的。"

贡开宸又说："一会儿，我到潘书记那儿去。你就不用跟着去了。赶紧去把这信的事办了。另外，刚才，省纪委、政法委和公安厅、检察院几个领导来谈的那些情况，你告诉纪委周书记一下，由他们省纪委出面，搞一个纪要，尽快报中纪委和其他相关的部委。"

焦来年问："这纪要要不要分送省委常委？"

贡开宸沉吟了好大一会儿，突然抬起头来问："你看呢？"

焦来年说："按说，是应该送。但从刚才所谈的情况来看，有相当一部分情况涉及宋副书记，他也是常委。案子办到目前这程度，还不能说办得很扎实，有些问题还需要进一步查实，还挺麻烦。所以，我觉得，还是应该按照您刚在会上做总结时说的那精神办，目前要严格控制在一个非常小的范围里，注意绝对保密，尽快核实关键人的关键情节，同时把各主要涉案人的定位、定性搞准了，把案子真正办扎实，真正能经得住历史的检验。这是第一位的，按怎么有利于搞清事实就怎么办这个总原则，我认为，暂时不送常委为好。"

贡开宸点点头："可以。不过，一定得跟邱省长通个气儿。"

焦来年忙说："那当然，那当然。还有个情况，公安厅送来的特别情况报告说，郭秘书最近频频跟宋副书记见面……"

贡开宸脸上立即阴沉下来，但半晌没作声，过了好大一会儿，才淡淡地说道："知道了。"

焦来年说："郭秘书前两天还打过好几个电话来，要见您，说是有情况要当面跟您谈。"贡开宸又问："你说呢？是见，还是不见？"

焦来年为难地笑了笑，却没回答。

贡开宸也笑了笑道："不肯表态了，是吧？"然后他略略沉吟了一下，说道："暂时不见也罢。再憋他两天！"

第六十三章

完全出乎贡开宸的意料，第二天郭立明居然就找上门来，而且会以那样一种方式，一种难以想象的方式，"闯"了过来。

第二天下午，贡开宸主持省委中心学习组学习。结合学习，中心组主要议论了农民的减负增收问题，特请省财经学院一位研究农村经济多年的教授讲了让农民减负增收，在扩大内需、促进我国国民经济发展方面所具有的战略意义。五点三十分，学习准时结束，请宣传部副部长和教委的一位副主任送走教授，贡开宸便在焦来年的陪同下，回到自己的办公室。这时是五点五十分，下班的人流高峰刚过，电梯间门前刚刚冷落下来，大楼里特别安静。走到电梯门前，焦来年抢先一步，按了一下下行按钮。这时，电梯还在十八层，电梯间门前，只有贡开宸和焦来年两个人。焦来年用心注视那一排标志电梯运行情况的指示信号，以便等电梯停到这一层时，把贡书记护送进电梯。可不知道为什么，他总觉得在一侧的楼梯拐角处，有个人影在晃动，回头去巡视，那拐角处又不见任何人影。于是，一种莫名的不安使他焦急起来，频频地去按下行按钮，催促电梯快一点儿到，并且又本能地掏出手机，暗自拿在手中，预作报警准备。不一会儿，电梯终于到了。进口的高档电梯无声地敞开了它那用不锈钢制作的金属门。焦来年忙上前习惯性地用手挡住伸缩的门框，让贡开宸安然跨进电梯。就在这瞬间，有人突然从他们身后蹿到电梯间门前，一把推开焦来年，并把贡开宸推进了电梯，然后，在电梯门关上的同时，那个不速之客也跟着进了电梯。

电梯迅速下行。

被这一冲一推惊住的贡开宸回头一看，那人居然就是郭立明。而被推出电梯的焦来年，跟跄着稳住自己的身子，忙镇定下心绪，一边盯着电梯运行的指示信号，一边赶紧给机关保卫处打电话。

"贡书记，您别紧张……我绝对不会伤害您。我没别的意思……我就是想见您……我要跟您谈一谈……无论如何，请您安排个时间……"郭立明在电梯里愧疚得都想下跪了。"你怎么可以这么干？啊？怎么可以？"贡开宸铁青着脸斥责。"我不这么干，根本见不上您……这段时间，我见不上您……他们不安排我见您……可我要见您……我有话要跟您说……我没有办法……"郭立明满脸涨得通红，眼睛里涌满了惶惶的泪水，嘴角一阵阵抽搐，整个身子都在颤抖，完全直不起腰，就好像一个虚弱到了极点的人，只欠一阵风过，就会颓然倒地。

贡开宸继续斥责："你明白你这么做的后果吗？你怎么那么糊涂？"

郭立明深深地低着头，本能地扭动着交握在自己身前的那双手，喃喃道："贡书记，我是糊涂……我是糊涂……"

贡开宸轻轻地叹了口气。过了一小会儿，郭立明突然发现贡书记把手向电梯门边的那一排操作键伸去。他暗自吃了一惊："他想让电梯急停下来？把我交给警卫？"非常熟悉大楼保卫情况的郭立明知道，整幢大楼有一个武警排负责二十四小时的警卫。他的心往下一沉。第一个涌到他脑海里的字眼是"完了"，整个身子筛糠似的急剧颤抖起来。他想叫一声："贡书记，您应该是了解我的，我绝对没有要伤害您的意思……求您了……"嘴刚张开，却没叫出来——因为，这一瞬间，他看到贡书记的手按的是"直驶"键，而并非是致命的"急停"键。他又纳闷儿了——贡书记为什么不让电梯停下？他难道想在电梯里跟我多谈一会儿？不可能。因为再怎么直驶，这段时间总是极其短暂的。那他为什么要"直驶"？

贡开宸这一刻没想那么多。他只是不想只凭这一件事，就把这个郭立明彻底毁了。这个郭立明有私心，做了一些与他这个秘书身份很不相称的事，但根据到目前为止所掌握的情况看，问题的主要方面不在他身上，他陷得还不算太深。但今天这莽撞的一闯，焦来年肯定要报警，却有可能把他彻底给毁了……

"年轻人啊……"贡开宸紧紧地按住"直驶"键，看着惊惶不安、脸色已完全苍白了的郭立明，暗自悲叹。

贡开宸的估计是准确的。得到焦来年的报警，保卫处立即通知了警卫人员紧急出动，在各层电梯口守候，只待电梯一停，就立即把劫持省委书记的犯罪分子逮捕归案。还有一些赶在这时候下班的机关干部看到走廊里霎时间警卫云集，不知发生了什么事，也都围在各层的电梯口，心情万分紧张地等着看结果。一时间，整幢大楼都跟触电了似的，抽紧神经，绷紧每块肌肉，等待着最后的一击。

但是，电梯居然没停……

焦来年急得满头大汗，一边一跳三级地往楼下跑去，一边对着手机大声在叫喊："电梯已经下去了……贡书记在电梯里……快通知底层大厅里的门卫做好应急准备……"于是六七个身穿防弹背心的持枪警卫编组冲到底层大厅，以战斗小组队形分布，守候在电梯门前。

但是，电梯居然也没在底层大厅停下，直接往地下层驶去了。焦来年和保卫处的负责人向警卫和保卫处的其他同志叫了声"快去地下层"，便带头往地下层冲去。等焦来年等人赶到，电梯早到了，电梯口却只站着一个人——贡开宸。

焦来年忙叫了声："贡书记……"想上前去问个究竟，却见贡开宸立即对他做了个噤声的手势，然后对保卫处的同志和随即纷纷赶到的警卫战士说："回去吧，没事了。"所有的人都一愣。

焦来年自然知道贡书记自有他的意图，便忙对那些还在呼呼直喘的同志做了个"撤"的手势。而这时，贡开宸已经向地下层的出口处走去了。走到出口处，傍晚淡金色的余晖正好洒落他俩一身，远远看去，仿佛古罗马上将戴着黄金盔甲凯旋。

贡开宸眯起眼站下，让自己稍稍适应一下室外那种天光的绚丽，而后问紧跟在自己身后的焦来年："你刚才看清那个人是谁了吗？"焦来年忙说："好像是郭……"贡开宸又问："你跟别人说过吗？"焦来年说："还没来得及哩。"贡开宸马上挥了挥手说道："那就不要跟任何人再提这档子事了，特别不要提郭立明。"焦来年忙应："是。"贡开宸突然站住，回过头来郑重地吩咐："下午六点，你亲自开一辆车到西北路友谊电影院门前把郭立明接上，把他拉到白云宾馆一号楼来见我。他会准时在电影院门口等你的。绝对不要让任何人看到，也不要让任何人知道他到白云宾馆来见我了。"焦来年又应了声："是。"

这时，贡开宸的那辆大奥迪缓缓开了过来。贡开宸上车后，又探出头来对焦来年叫了一声："赶快给潘书记打个电话，就说我已经出发了。别让他等得着急。"

第六十四章

大奥迪缓缓驶近潘家。潘祥民一边急急地向大门口走去，一边吩咐保姆："赶紧把这两碟水果撤了。我不是跟你们说过吗，贡书记不吃水果，有一杯好茶就行。"保姆为难地解释道："这是阿姨吩咐的。她说，贡书记不吃，也得搁着，这叫接待规格，要不，让人笑话咱们不懂规矩。这花儿……"潘祥民那位年轻的老伴徐世云端着一杯刚沏好的茶走了过来，接上话茬指挥道："花搁那边，那边——"然后转过身来对潘祥民说："赶紧去接客人。这些零七八碎的事，您就别操心了。"

"说是机关大楼里闯进了不速之客？保卫处那帮人怎么搞的嘛！"贡开宸一下车，潘祥民就关切地问。贡开宸笑了笑道："进屋细说，进屋细说。"

到客厅里坐定，贡开宸大致把事情的经过说了一遍。潘祥民沉吟道："哦……情况还那么复杂。那……我觉得你还是应该尽快先跟这位郭大秘书谈一谈。他也许是真有点儿什么事要跟你报告。"

"我已经约了今晚六点跟他见面。"

"这情况可不能让任何人知道。"

"那是。但，对您，不保密。"

"那你可就大意了。宋海峰最早可是我提起来的。当年是我提议把他报到团中央去当那全国十佳青年候选人的。后来虽然没选上十佳，但又是我把他放到下边去当了县委书记。从那时起这小子才一步步开始走顺风船的。

他可是一直把我当恩师看待的，一直也是我这儿的常客。假如这小子真犯了什么大事，你不担心这里头还可能会有我一份儿什么猫腻儿？"潘祥民笑道。

贡开宸端起茶来，慢慢地啜了一口，然后放下茶杯，往沙发靠背上一靠，笑着叹道："假如真是那样……"

潘祥民忙笑着问："怎样？"

贡开宸却挥挥手道："不扯闲话了……不扯了……"

潘祥民还偏要听个下文，追问："假如真是那样，你到底准备怎样？"

贡开宸又去端茶杯了："不说这种玩笑话了。"

潘祥民："玩笑话？"说着，从一旁的茶几底下拿出一摞新华社内部通讯稿，往贡开宸面前一放。贡开宸翻开那摞内部通讯稿，只见里边不少段落都被大红笔画上了一道道杠杠。

潘祥民指着那摞材料："这些新华社的内部通讯稿，你肯定是都看过了。触目惊心啊。整套班子几乎全都烂掉了，让人连锅端啊。从市长、秘书长、法院院长到检察院检察长，还有一大批局长……一大串儿，个个都是几百上千万地贪，还有几千万的。几千万啊！一个下岗工人一个月的生活津贴还不到二百元；花上三四百元就可以让一个失学儿童回到教室里去读书；几千元就能让一个贫困大学生坚持学一年；一两万元就可以做一台手术挽救一个重症病人的生命！开宸啊，这些人却几千万几千万地贪啊，几千万几千万地上澳门去赌啊。触目惊心啊！这还是共产党吗？"

贡开宸默默地叹了口气。

潘祥民苦笑道："扯远了，的确扯远了。你看我这退休老头儿就是爱嚷嚷。扯远了……"话正说到动情处，潘祥民身前茶几上的电话铃响了起来。潘祥民一听，是小徐打来的。"什么事，楼上楼下的还打电话？"潘祥民不耐烦地问。"我说，你听着就是了，别出声。你在那儿教训谁呢？人家是现任一把手……"刚才徐世云指导保姆在小餐厅里按正规宴席的要求摆放餐具，恰好听到从客厅里传出老潘那一番慷慨激昂的片言只语。她怎么听都觉得不是味儿——人家是现任一把手，老潘啊老潘，轮得着你来教训现任一把手？你是真找不着北了，还是怎么的？于是她就赶紧上楼打了这个"户内电话"。

这位年轻的潘夫人，半年前，才由朋友介绍进入正待续弦的潘祥民的生活。她出身高知，父母都是大学教授，自己是出版社的编辑，一直独身。最后花落潘家，实属偶然。半年的"见习"，虽然让她渐渐熟悉了像"老潘"一类人的生活，但毕竟还是浅近，所知所感还是表层的那点儿东西。不过话也得说回来，即便不时有枕头风在熏陶，要求她在仅仅半年的时间里，就事事时时搭准"老潘""老贡"那样人的脉，理清他们之间的各种关系，实在是有点儿难为她。有的人也许在这圈子里生活一辈子，也不一定搭得准这个脉——假如他（她）对政治不那么感兴趣，又缺乏这方面的悟性的话。

"谁教训人？你别瞎掺和！"潘祥民回了这一句后，便撂下电话，对贡开宸笑道："不说了……不说了……有人不让说了……"贡开宸忙笑道："'内阁总理大臣'干预了？"潘祥民哈哈一笑道："说你的正事，说你的正事。""在白云宾馆的研讨会上，你怎么没吭声？"贡开宸问。"我说了……""你什么说了？光在一旁敲边鼓哩，正经没怎么好好说。"

"我是不想当着那么多同志的面跟你争论，给你这个现任的书记留点儿面子啊！"潘祥民沉吟了一会儿说道，"开宸，你再认真考虑一下，你把下一步国有经济的改造归结为资本改造和资本运营，合适吗？资本这玩意儿，历来是有特定含义的，从老祖宗马克思笔下，它就被界定为一种剥削劳动阶级、制造剩余价值的东西。搞了几十年的社会主义，我们现在反而把我们所有的经济活动，都归结到这个什么'资本运营'上了，你觉得……"贡开宸淡淡地一笑："没人说把我们所有的经济活动，都归结到这个资本运营上嘛。但这个'资本运营'从某种意义上说，的确是在市场体制下发展壮大企业的重要环节。看来你还是有顾虑……"潘祥民又有些激动起来："不是我有顾虑，应该是我们。我们都应该、都必须慎重考虑这样一种政治后果。"

又扯到"政治后果"。贡开宸觉得这问题暂时不宜再讨论下去了，便只是笑了笑，没接潘祥民的话茬儿。见贡开宸一时间突然不说话了，潘祥民也放缓了口气，问："是不是我的观念太陈旧？"贡开宸忙说："不不不，您继续往下说。"潘祥民往贡开宸跟前挪了一下身子，让自己靠他更近一些，十分诚恳地说道："其实我也非常矛盾、非常惭愧，我在 K 省折腾了这么多年，可以说各种办法都用了，还是没有能够真正解决国有经济大面积亏损的问题。把这样一个谁也推不动的大象屁股留给了你，我还有什么脸说你呢……

有时我也想，管它呢，管它什么主义，就这么试一把……也许……还真能
把这个大象屁股给推动了？"贡开宸忙笑道："'主义'的问题，还是要
管的，这是一个根本问题嘛，必须要管。但是，在一些很具体的问题上，
我们其实可以放松一点儿，不用想得那么可怕。'市场'的问题、'资本
运营'的问题，长期以来，的确是属于资本主义经济学范畴里的东西，是
资本家们用来发展他们经济的利器。但是，假如我们能用它来发展我们的
社会主义经济，搞活我们的国有企业，我们为什么不借它来用一下呢？这
两年，我们对'市场'这个问题不再感到那么可怕了，那么，对'资本运营'
也应该持同样的态度。什么叫'资本运营'？无非就是把资产、资金、资源，
再加上劳动力这些个经济要素，让它们在市场机制中充分运动起来，去争
取最大限度的资本增值，让企业盈利，让国家富强，让勤恳的劳动者过上
好日子。这有什么可怕的？如果是好东西，管用的东西，咱们干嘛那么傻，
光让资本家用呢？我们用它来为工人农民创造更多的财富，有什么不好的？
再说，这也是个规律性的东西，换一句话说，也就是只要我们搞市场经济，
带上个限制词吧，搞社会主义市场经济，就得学会资本运作。资本问题，
是市场的核心问题……"

这时，电话铃又响了起来。贡开宸停下，不说了，等潘祥民去接电话。
潘祥民有点儿烦，挥挥手说道："不理它，你继续说。"贡开宸只得继续说
道："所以，我考虑，就得搞一个制约机制……"但电话铃再度响起。贡
开宸也有点儿烦了："你就接一下吧，不然，它老闹！"潘祥民拿起电话，
一听，不是"内阁总理大臣"打来的，"是亚雄公司的几个老总。一早就
来过好几个电话了，非要我动用一些老关系，替他们到银行去搞点儿贷款。"
贡开宸忙问："亚雄？是省直机关几个退休老同志搞的那个公司？"潘祥
民点点头："对，他们公司成立的那天，你不也去表示祝贺了嘛。"贡开
宸说："前几天在一家城市早报上好像还看到他们一个新闻，说是开始涉
足房地产了，搞得挺红火……"潘祥民哼了哼道："瞎吹，实际潜亏一千来
万。要不，干吗非得拉我去给他们搞贷款？"贡开宸苦笑道："这些报纸
发这种新闻也不负责任啊。"潘祥民摇摇头道："现在，有个别媒体的记者，
你真没法说他们，只要有吃有喝有红包，什么都敢替你往外造。真真假假，

市场的诚信全让这帮人手里的那支笔弄乱了。可你怎么管？从这个角度想，新闻立法，还真应该提到议事日程上了……"贡开宸笑道："新闻立法可不那么简单，不那么简单哦……"刚说到这里，电话铃又响了。仍然是亚雄公司的几位老总。潘祥民拿起电话，语调就有点儿不客气了："我跟你们说了，我这会儿有一点儿事情……"

贡开宸忙低声地对潘祥民："让他们来吧，我走了……"

潘祥民忙对他做了个手势，让他别急着走，然后对着电话说道："行，那你们过来吧。"

放下电话后，潘祥民对贡开宸说："让你看一场好戏。你让纪委来个同志当监理。"贡开宸笑道："干吗？"潘祥民不作正面回答，只是说："你让他们来个人就是了。"

省纪委接到贡开宸的电话，自然不敢怠慢，居然派了个副书记直奔潘家。"我说你们随便来个人就行了，干吗非得大将升帐？"潘祥民笑道。又过了一会儿，外边传来门铃声，显然是亚雄公司的人到了。潘祥民忙做了个手势，请贡开宸和纪委的那位副书记进了紧挨客厅的小餐厅，关上门。不一会儿，上大门口接客人的徐世云便陪着一个七十多岁、西装革履的老人进了客厅。

潘祥民做了个手势，请对方落座，然后问："刘总，怎么就你自己来了？不是说好，跟孙总一块儿来的吗？"那位被称作刘总的老同志先把手里提着的一包东西往茶几脚跟前轻轻一放，然后恭恭敬敬地直起已然坐下的身子，回答道："孙总是要来的，都走到半道了，又让公司里的人截回去了。"这时，徐世云来送茶。刘总谢过后，见徐世云在一旁坐着不走了，便端起景德镇万寿无疆釉下彩茶杯，尖撮起嘴唇，轻轻吹去漂浮在茶汤上层那些尚未泡开的茶叶，小小地啜了两口，过了一会儿，见徐世云仍没有回避的意思，便大大咧咧地对徐世云笑道："小徐，一会儿，我跟潘书记单独说点儿事，你别见怪。"这位刘总退休前是个副厅局级干部。当年，潘祥民提到副厅局级时，他早就是个副厅局级了，曾跟潘祥民在一个部门共事多年，所以敢在潘家直呼"小徐"。只不过后来潘祥民进步快，后劲儿足，直至省委一把手的巅峰。用刘总常常苦笑着在众人面前说的那句老话来说，就是"机遇啊，机遇总是欺负老实巴交的人"，而他这个"老实巴交的人"就一直在副厅局级这道坎儿上窝着，直至退休。

"小徐"一走，刘总忙关上客厅门，凑到潘祥民跟前，压低了声音说道："潘书记，我知道您忙，多余的话，我就不再说了。该说的，上一回我和孙总一块儿来的时候都已经说了。今天孙总让我来，就是表示一点儿意思……"一边说，一边把茶几脚边那一小包东西往茶几上一放。"农业银行那头，就有劳潘书记多费心了。贷不出三千万，有一千五百万也行。亚雄公司等着这点儿钱救命哩。"

潘祥民指着那一小包东西，问："你这是……"

刘总马上起身，一边向外走去，一边说道："嗨嗨嗨，您这回跟小徐办喜事，都没跟我们打招呼，太见外了嘛。老领导，又是老战友，这么大一档事，也得允许我们跟您一块高兴高兴，老话说，随喜嘛。一点儿心意，一点儿心意。好了好了，您留步，留步，请回，请回。"说着，便晃动着高大而健硕的身躯，头也不回地逃也似的走了出去。

潘祥民站下了。这时，徐世云走进客厅，拿起那包东西："什么呀？怪沉的！"潘祥民忙叫："别动！"徐世云不高兴地轻轻放下那东西，说道："炸药包啊？您吓唬谁呢！""一会儿你就知道了。"潘祥民说着，便转身去敲敲小餐厅的门。见贡开宸和省纪委的那位副书记从小餐厅里走出，徐世云笑道："您二位没走啊？这是唱的哪一出戏？"贡开宸却笑道："谁也别沾手啊，请纪委的同志揭宝。世云同志，家里有剪子吗？快借来一用啊。"潘祥民却叫暂停，让徐世云把娘家陪嫁时带来的那个高级"录像机"拿来，录下当场"揭宝"的场面。徐世云笑嗔道："那是'摄像机'，说八百遍也记不住。"潘祥民忙点头，重复道："好好好，摄像机。快去拿来。"

锋利的刀刃小心翼翼地挑开包扎带。包里还有包——一个丝光缎锦匣，流光溢彩，富贵祥氲；另一个稍显简陋沉稳，是个做成书籍造型的褐色木盒，虽"简陋"，倒也别致有趣。

打开第一个匣子，徐世云便"哇"的一声叫了起来。匣子里并排放着两只纯金喜鹊，一只嘴里衔着一枝腊梅，另一只衔的是一枝桃花。两只小鸟外头都有一个椭圆形的玻璃罩子罩着，还都带一个雕刻精美的底座。打开第二个木盒，徐世云居然愣住了。到这时，她才骤然意识到，这里确有一种非炸药包的炸药包成分——木盒里整整齐齐地放着三十捆人民币,每一捆用红丝带捆着一百张百元大钞。

三十万,再加上那两只金喜鹊。四十万?五十万?

"拿三四十万来换一千五百万的银行贷款,很划得来嘛。贡开宸同志,怎么样,咱俩怎么分?五五开?六四开?行不行啊?您是省委书记,多拿点儿……"贡开宸忙对正在拍摄的徐世云做了个手势,让她别把这种开玩笑的话也摄录了进去。潘祥民还在长叹:"拿三四十万来换国家的一千五百万。这也是一种资本运营吧?啊?尊敬的贡书记……"贡开宸有点儿不太高兴地瞥了老潘一眼,闷闷地说道:"别张冠李戴,弄懂了再说!"

这时,两位纪委的工作人员却把那位刘总又重新"请"进了潘家客厅。原来,接到贡书记的电话后,纪委的周书记隐隐觉出今天这出"戏"里可能有名堂,跟副书记一合计,便派了两位工作人员在门外等着。等这边事情一明朗,副书记用手机跟那两位工作人员一联系,那个刘总刚上了他自己的汽车,他俩便客客气气地走过来,不等刘总发动着车,其中的一位已然把手伸进车窗,拔下了他的车钥匙,另一位拉开车门,向他亮出省纪委的工作证,请他下车。

一进客厅,刘总看到自己和孙总的那"一点儿心意"全被剖白在了茶几上,而现场站着的居然还有贡书记和省纪委的副书记,他的心便自行轰然塌空,双腿打起了战,嘴里又黏又苦,冷汗止不住地濡湿了他保养得相当滋润的脸颊。不等他惶恐地抬起沉重的眼皮,"这……这……这……"地开口做出何种解释,贡开宸用力拍了一下桌子,桌子上一个茶杯跳了起来,茶汁溅了一地。刘总顿时满脸青白,两腿一软,便当众跪了下来。纪委的工作人员收拾收拾这些证物,带走了这位刘总,纪委副书记也一起告辞。而后,贡开宸接到了焦来年打来的电话。潘祥民趁贡开宸接电话的当口,去了趟卫生间,而后他又匆匆去厨房里看了看。徐世云和保姆正在研究晚饭的菜谱,见潘祥民走了进来,徐世云忙问:"谈完了?贡书记留下吃晚饭吗?我们研究确定了一个菜谱,准备做几道他家乡特色菜,您过一下目……"潘祥民不耐烦地摆了摆手:"他可能马上就要走。前天我让你放到冰箱冷冻库里收藏着的那两斤特级龙井茶呢?快拿来。"徐世云说:"都快到吃饭时候了,还走？你留他一下嘛，难得的……"潘祥民很不耐烦地说："快快快……把茶叶拿来。"

焦来年在电话里告诉贡开宸，刚接到公安厅的报告，已查明被击毙在修小眉家的那个歹徒的身份了。"案子可能会有重大突破。"潘祥民忙说："好啊。"贡开宸说："这很可能还会带动突破前一个时期杀害原大山子冶金总公司财务部主管言可言和后来暗害马扬的那两起连环案……公安厅和公安部破案指导小组的几个同志马上会到我那儿去。"潘祥民说："那我就不留你了。"

贡开宸沉吟了一下，郑重说道："祥民同志，目前，我们还没完全建立起一个规范的市场体制和法制环境，党政领导说一句话，仍然能决定一个企业的生死，决定一大笔钱的去向和归属，像刚才发生的事，在某种意义上来说，的确是很难避免的……有些人在这种情况下，往往不在企业管理上下功夫，而是去钻权力的空子——因为有空子钻嘛。我们公务员总体收入水平还比较低，他们手里的权力又过大。在这种情况下，有人拿钱来交换他们手中的权力，这五十万元放在谁面前，都会是一个很大的诱惑。对于月收入只有八九百、一千多的小科长、小处长，你说让他们一点儿都不动心？就是放在你我面前，我们真的连眼皮都不会眨一眨？我们现在的做法是，谁掉进坑里去了，就揪谁。我们能不能换一种做法，想办法先把这些坑填平了，别让我们的干部掉进去呀？当然全填了，暂时还做不到，但有些坑能不能先填起来呢？"

潘祥民谨慎地问道："哪些坑可以先填？你说。"

贡开宸却没直接回答潘祥民的问题，把话题一下又转回到大山子身上："大山子的问题也是这样。现在初步可以下这样一个结论，前任冶金总公司的领导班子里，有人卷进了一个黑窟窿。也就是说，三年前，这一帮人打着转制改革的旗号，勾结社会上一些黑势力，利用我们体制中的某些漏洞，大肆侵吞国有资产，化公为私……"

潘祥民问："一共涉及金额大致有多少？"

贡开宸答："七个多亿。"

潘祥民咬牙切齿地说："杀！一定得杀！"

贡开宸轻轻地叹了口气："现在需要进一步查实，要拿到过硬的证据。"

潘祥民犹豫了一下，又问："能肯定宋海峰也卷进去了？"

贡开宸说："现在能知道的是，宋海峰从中起了一个牵线搭桥的作用。由于他的介绍，大山子冶金总公司把他们属下的一些企业以很低廉的价格卖给了社会上的一些公司，他们自己从中捞取大量的好处费……"

潘祥民问："宋海峰得了多少好处？"

"这个还没有最后落实。"

"中纪委的意见是什么？"

"立即把大山子前冶金总公司的几个主要领导搞到外省去'双规'起来……"

"那你还犹豫什么？"

"我是担心……动了这几个中不溜的，会打草惊蛇……"

"你是说……贸然这么做，不利于最后搞清宋海峰的问题？那为什么不先下决心，把宋海峰'双规'起来？"

"如果能认定他已经搞脏了手，这个决心好下，可是，现在……"

"还下不了决心？"

"还有一个问题，中央要调走马扬，如果我们又动了宋海峰，大山子就没人了。大山子的局势刚有一些好转，这样很可能会马上掉下去。这是不能不考虑的。大山子的问题，我在总书记和总理跟前是拍了胸脯的。实在不行，我考虑，把焦来年放到大山子去……""哪个焦来年？"

"我现在身边那个焦秘书。他已经在下边干了两年，有相当的基层工作经验。""我看他行，挺稳重，是个明白人。当然，比不上马扬有灵气，也不如马扬那么有开拓性……"

"所以，最好还是得留住马扬。"

潘祥民狡黠地眯了一眯眼睛："你……是不是有活儿要派我去干？"

贡开宸淡淡一笑道："潘书记英明……"

潘祥民忙说："行了行了，我的书记大人，有活儿派给我，是我的荣幸。快说吧，让我干啥？"

贡开宸说："马扬已经给中央写了一封信，请求留下。我也让人起草了这样一封信，但暂时还没送出去。没送上去的原因是，我想请一位德高望重、能跟中央领导说得上话的同志，先去探探情况。总书记、总理没到中央去工作前，您跟他们就是老熟人了……"

潘祥民仰身大笑："哈哈哈……你这个贡开宸，派我去走后门啊？"

贡开宸慢慢收敛起脸上的笑容，不无沉重地说道："您就带上一点儿咱们老区出的柿子、红枣什么的，代表 K 省七千万人民和全体退休老同志去北京看望一下总书记和总理同志，有可能的话，顺便跟他们说说马扬的事……这怎么是走后门呢？要是觉得在这件事情上，他们的态度还是可以商量的，我再把我那封信赶快递上去。"

潘祥民又笑道："哈哈，开宸啊，你真是个老滑头，完全是个老滑头！让我去摸底？"

贡开宸忙问："那，这档子事就算说定了。您看您什么时候能动身？"

潘祥民爽快地说道："你定吧。"

贡开宸犹豫了一下，试探着问："那……就明天上午走？我马上让人给您订机票。"

潘祥民笑笑："你真是不客气，明天就赶我走。"

贡开宸忙说："请您那位'内阁总理大臣'同机前往，一路上让她好好照顾您。"

潘祥民摇摇头说："飞机我是坐不成了。我这位'内阁总理大臣'一直反对我坐飞机。"

贡开宸忙说："那您说怎么去吧，开车去，还是坐火车去？要不要再去征求一下那位'内阁总理大臣'的意见？"

潘祥民说："那就坐火车吧。她顺便也回趟北京，看看她爹妈。"

贡开宸说："您早该把人家的爹妈请到这儿来，当几天'老太爷'的。"

潘祥民说："我请啦，人家不来。人家清高。人家是什么身份？大教授。一位是清华的大教授，一位是外国语学院的大教授，请不来啊！"

徐世云走了进来："谁清高？还不是你没那份诚意，又老摆书记架子，吓着两位老人了呗。"

贡开宸笑道："下一回我去请，我去替你们把二老请来。顺便，还可以请两位老人到我们的大学里讲讲课……"

徐世云笑道："贡书记是别有用心啊！醉翁之意完全不在酒哦！"

贡开宸笑道："不不不不，公私兼顾嘛，公私兼顾。"

徐世云又笑道："不过，还是贡书记了解老人的心。您只要说请他俩讲课，他们准来。"

贡开宸笑道："那好，那我索性派省教委主任去请。"

三个人说说笑笑，贡开宸告辞，一上车，立即吩咐司机："快开，回机关。"

送走贡开宸，潘祥民觉得有点儿累，想上楼去休息一会儿。从客厅门前走过时，听到客厅里有移动东西的声音，他漫不经心地向客厅里瞟了一眼，看到徐世云正带着保姆在收拾客厅。从客厅门前走过去以后，想想，总觉得有些不对头，便站下了，再想想，还是有些不对头，可又说不清楚什么地方不对头，他转身又回到客厅里，四下再那么一瞄，他终于看出变化来了——在原先摆放那尊白色毛主席瓷塑像的地方，现在供上了一尊同样是白色，但白里有一点儿透青的观世音菩萨瓷像。他顿觉不快，但还是慢慢踱将过去，故意探问："怎么，改佛堂了？"徐世云不知是"圈套"，还得意地应道："啊，我刚从云居寺请来的，还特意请那儿的老方丈给开了光。"潘祥民问："这么大的变动，为什么事先也不跟我商量一下？"

徐世云说："这算什么大变动？现在家里供观音的人多了去了！"潘祥民问："原先那个主席像呢？"徐世云说："在这儿哩。"说着她把刚换下的毛主席的塑像递给潘祥民。潘祥民没接，却用很强硬的口气说道："放回原处！"徐世云一怔，不敢执拗，只得照做，怏怏地抱着那尊观世音塑像要回楼上去，潘祥民却指指身边的沙发，让她坐下。他缓和了口气，语重心长地说道："世云，有一句话，我跟你说过很多遍，今天我还要再说一遍——在这儿跟我一起生活，也难也不难。说不难，你别把什么前任省委书记当回事就成。说难，你什么时候都不能忘了这家伙曾经是个省委书记。虽然已经退下来了，他的一举一动仍然不是属于他个人的。而什么时候你可以不把他当前任省委书记，什么时候你又得把他当一个前任省委书记看，这里是有名堂的、有分寸的，这是一种学问，更是一种政治……"

徐世云心里那点儿怨气慢慢在消退，脸上的神情变得严肃和歉疚起来。

"不管当前社会上有多少人热衷于在自己家里供奉这位大菩萨，我潘祥民家的客厅里还是要供奉主席像。不是说信仰自由吗？夫人同志，能给我一点儿这样的自由吗？"潘祥民问道。

第六十五章

红灯。

焦来年忙踩了下刹车，同时又看了看手表——快六点了。在他驾驶的这辆半新不旧的红旗轿车前边，还挡着一长溜同样因红灯而踩了刹车，又不得不耐心地在这长龙似的队伍里等着通行的车。而这时，在友谊电影院门口，赶着来看美国大片的人群来来往往煞是热闹。郭立明一直十分小心地躲在大厅一个角落里往外窥视，一直到约定的六点，还不见焦来年来接他，他便有些捺不住了，最后一次向四下里张望了一下，确认自己并没有等错位置，也没错认过一个从自己面前走过的人，确认焦来年误点了，一直忐忑不安的心，又再次慌乱起来。"贡书记临时改变了主意？不想跟我谈，不想听我申诉了？有关部门已经做出处理我的相关决定了？他们认为没那个必要再跟我谈了？也可能……可能焦秘书早已来了……这时候他正在附近什么地方监视着我，等观众们一进场，他就会带人冲过来拘捕我……哦，不可能，拘捕不可能选择这样一个大庭广众的地方……像我这样的省委机关干部，他们即便是要抓捕我，也一定会是密捕，不会在大庭广众之中，众目睽睽之下，采取行动的……"他一边慌慌地想着，一边向大厅外走去，一边继续四下张望，总觉得在离他不太远的地方，有人在窥视他。他心里一阵发虚，急走了几步，向一根浑身都贴满小广告的电线杆后头躲去。但一侧头，又发现在另一个地方，也有人在偷偷地窥视跟踪他。那两个人好像是一伙的，相互间还用目光在做着某种只有他们自己才明白的暗示。他顿时慌张起来，大颗大颗的汗珠成片地从额头渗出，赶紧拨转过身子，又挤回大厅里那熙熙攘攘的人群。走了几步，偷偷回头再看，似乎又不见那两个人了，他不相信自己的眼睛，但又不敢狠下决心细找，只能站定。稍稍静了静神，他告诉自己"别慌"，再看看手表，还只有六点零五分。"这时候正是下班高峰，焦秘书很可能被堵在路上了。再耐心等一会儿。真有人要捕我，躲是躲不掉的。等着。贡书记是个严厉的领导，但绝对不是个失信的人。他说了要派人来接我，就一定会派人来的。他不想跟我谈，那天他就不会让我从电梯里跑掉。他还是想挽救我的……是的，沉住气，他一定会派焦秘书来接我的……"郭立明渐渐又恢复了正常的思考能力，心跳的频率也一点点放慢了。

焦来年在十字路口好不容易等到绿灯，赶紧起步，但没能走多大一截路，在下一个路口又被红灯挡住。这样艰难地挨过了三个路口，焦来年看看手表，已经是六点十五分了。

于是，他一狠心，从后座上拿起一个警灯往车厢顶上一贴，打开警报器，让它刺耳地鸣叫起来，一边把车驶出等待的长龙队里，照直向仍昂首炫耀着红灯的路口驶去。不少车主用异样的目光，从车窗里探出头来，心情复杂地目送他远去。

走到电影院小卖部柜台前，郭立明才想起自己还没吃晚饭。下午三点多钟的时候，他就开始不断地看表了。党校五点半开晚饭，他实际上四点半就离开了党校。从地处近郊的省委党校到身在闹市口的友谊电影院，路的确不近，但不管用什么方式走，四十分钟足够了。实际上他是打了个出租来的，二十分钟就到了。他一直在周边有人没人的地方转悠，既不敢在有人的地方多待，也不敢在没人的地方多待，待在什么样的地方他都心不安、心不定。他希望一秒钟之内六点就到来，他希望一秒钟之内就见到贡书记。他觉得，现在只有贡书记能救他，假如贡书记再不信任他，不肯向他伸出救援之手，他这一辈子就算是彻底完了……真的要完了吗？买了一个妻子最爱吃的生菜牛肉汉堡，又买了一包妻子最爱吃的油炸土豆片，捧着这两样东西，他忽然颤颤地哽咽起来，下意识地想："为什么要买妻子最爱吃的东西？是感到自己再也不可能见到她了？比自己小六岁的她很快就要临产了……儿子将要在没有父亲的情况下出生……临产的那一刻她会怎样地埋怨我啊……我答应过她，这一生都不亏待她。当年她的父母说什么也不同意她跟我好，显然瞧不上我这个农村的孩子。但我答应过她，我一定会让她也让她的父母为拥有我这样的丈夫和女婿而自豪……我让他们失望了……我断送了自己的前程……"郭立明站在那里又开始发慌，又觉得有人在监视他，直瞪瞪地盯着他。于是，他赶紧向一旁挂着的大幅电影海报前走去，装着在看海报，又向四下里窥视，发现更多的人在注意他的行动。这一吓不打紧，直让他出了一身冷汗，只得赶紧向厕所间走去。

郭立明一路小跑，冲进男厕所。他口袋里的手机响了，是焦来年打来的。焦来年问："你在哪儿呢？已经过六点了，怎么没在约定的地方等着？"焦秘书有点儿生气了。

红旗车一直开到白云宾馆一号小楼门前才停下。郭立明忙着要下车，焦来年却做了个手势，让他稍等一会儿。焦来年下车，四下里扫视了一下，确认楼前楼后的林荫道上没有人，才赶快打开后座的车门，让郭立明下车。

一走进一号小楼，郭立明以往熟悉的那种生活感觉越来越浓厚。是啊，曾几何时，这里是他经常往来的地方啊。往里走，他知道自己正在走近贡书记。而在几天前，他几乎认为自己这一生再也不可能见到贡书记了。只有郭立明那样的人，才会真正懂得，一个人，如果出了一个既定的圈子，再想接触到省委书记那样的人，会有多么困难。但这时候，他却又重新在走近书记，书记在等着他。自信又开始恢复，清醒也在增加。

"焦副书记……"郭立明怯怯地叫了声。他想打听一下，贡书记今天找他谈什么，以便自己有个准备。焦来年闷闷地应道："嗯，你叫我什么？""焦秘书。"郭立明忙改口道，"贡书记可能会跟我谈什么……您能跟我提个醒吗？"焦来年没作声。郭立明又叫了声："焦副书记……"焦来年笑了笑纠正道："焦秘书。""焦秘书……""小郭，你也是在领导身边工作过的人，怎么连这点儿规矩都忘了？领导找你谈话，我当秘书的，能告诉你什么？应该告诉你什么？嗯？"郭立明红起脸忙点头："是的是的……"

两个人都不说话了。一路走到一个大起居室门口，门外的楼梯间里放着两把单人沙发，还放着一个小圆桌。焦来年对郭立明低声说了句："请你在这儿稍稍坐一会儿。"郭立明忙点点头："好的，好的。"焦来年上前轻轻地敲了两下起居室的门，进去通报完毕，这才对郭立明说："请进，贡书记在等你。"

郭立明不无紧张地犹豫了一下，走到起居室门前时还告诉自己得镇定一些，但等跨进焦来年为他轻轻推开的门时，脑子却一下全空白了，再等走进起居室，看到贡开宸背对着门坐在一张大的皮转椅里，便不由自主地双膝一软，扑倒在皮转椅跟前，完全不知所措地哭诉着："贡书记……我错了……错了……我辜负了您的培养教育……我真错了……您得救救我……您一定得救救我……"

第六十六章

傍晚时分，马扬按杜光华新给的地址，在市中心临街的一幢商住两用楼里找到了杜光华和夏慧平夫妇的新居。他们的新居是一套五室两厅三卫的复式结构房，还带一个六十多平方米独用的露台。在第二期的装修工程计划中，夏慧平准备把这个露台改装成一个带玻璃顶盖的阳光室，不仅要在这阳光室里种上众多的热带花木，还要像夏威夷海滩宾馆的阳光室里常有的那样，安上一个双人的或三人的吊椅，或者称它为秋千椅也可，一定得是用进口藤皮做的，漆成白色的那种。在把夏菲菲送去伦敦后，杜光华带着"表姐"夫人"顺路"又去了趟夏威夷。"哎呀，就是得跟国际接轨哦……人家的自来水都比我们的凉白开卫生上口！那风简直干净得跟玻璃一样。马路上一点儿土都找不见，直想趴下去用舌头舔那路面哩。哎呀呀……"夏慧平一路叫着"真他妈的就是得跟国际接轨"，到香港却挑三拣四只给自己买了一双鞋、一件风衣，替杜光华买了一个出差用的高档旅行箱，迫不及待地进了罗湖口岸，看到第一家兰州拉面馆就狠狠吃了两大碗，一边打着饱嗝儿，一边还跟光华"表弟"一起踅摸着晚上上哪儿去吃正宗山西刀削面哩。

杜光华刚参加了去德国冰岛的考察团回来。马扬笑着问他："这回开了洋荤了。德国怎么样？"杜光华直说："好，好，真开眼界了。跟英国和夏威夷比，又是一个风格。人怎么就能把环境搞得那么干净呢？那个树，那个草地，真是哪儿哪儿都跟公园似的。我操！那就是资本主义？"马扬笑道："这跟什么主义没关系，这叫文明。"杜光华忙点头："文明，绝对文明，我操！"马扬哈哈大笑，本想说一句"别操呀"，可转念一想，点破了反而会让人不好意思，话到嘴边，又咽了回去。杜光华却问："你笑啥呢？"马扬擦擦笑出来的眼泪，忙说："没什么……没什么……"

杜光华说："我们还给你带回来一点儿小玩意儿……"

马扬忙摆手："光华，你可别跟我玩这个。"

杜光华瞪起眼："玩啥？瞧你那小家子气！"说着拿出一个木雕的人头像。"这才百十马克，不会让您犯纪律吧？多有品位，又不贵。我一瞅见它，就知道你一准儿喜欢。"

在一旁煮咖啡的夏慧平忍不住了："又瞎说了。这是咱俩在夏威夷买的，是我一眼瞧上的。你那审美情趣，能喜欢这？"

马扬拿过那木雕："东西是不错……不过……"

杜光华："有毛病？我可不懂这玩意儿。"

马扬翻倒雕像，指着贴在雕像底部的一个小签，对杜光华笑道："瞧见没有？MADE IN CHINA，中国制造。咱们中国人做的，出口到美国，你老弟又把它买回来了。好啊好啊！"

夏慧平忙撂下手中的咖啡杯凑近来："瞧，老冒了吧？让美国佬涮咱一把。"

杜光华怏怏地说："我一瞅，这么好的东西，肯定是美国人做的。"

夏慧平啐一口，笑道："洋奴吧？该！"

马扬笑道："行行行。是中国做的，它也留了洋，镀了金了。现如今只要一镀金，就值钱了。总之，我代表我夫人、女儿，谢谢，谢谢。慧平，你别再忙了，我一会儿得走……还有个会在等着我哩。"

夏慧平斜他一眼："有会，你也不能不吃晚饭啊！"

马扬忙说："今天真不在这儿吃。"

夏慧平有点儿不高兴了："您老这么见外，不把我们当自己人……"

马扬笑道："下回，怎么样？下回一定在你们这儿吃。你们不是在楼下又开了个饭馆吗？正式开张那一天，我一定来捧场。这会儿，你们就别忙了，我还要抽这点儿时间跟你们说点儿正经事……"

夏慧平一愣："也跟我？"

马扬大笑道："当然也跟你啊。你俩现在可是拴在一根绳上的蚂蚱，抓住了你，也就跑不了他。听我说，大山子下一步正在筹划组建一个能源集团……"

杜光华问："还想让我往里投钱？"

马扬说："这回主要还不是看上你的钱了……"

杜光华有点儿不信："真的？"

马扬说："我们粗估了一下，这个集团真搞起来，得一千多个亿，光启动资金就得二百来个亿。你说吧，你手头还能往外扔多少？"

杜光华张了张嘴，让马扬给问住了。

马扬笑道："所以，我想让你们参与这档子事，主要还不是为了要掏你们口袋里的钱，是想让你们一起来做这件事。"

杜光华眼睛一亮，但立即又控制住了自己："让我们和您一起来做这件事？您……您是想搞一个股份制的大集团，让我们参股？"

马扬微微一笑道："阁下以为如何？"

夏慧平撂下手里的活儿，忙问："我们参股，那……我们在这个集团里有发言权吗？"

对生意经有一种特殊直觉能力的杜光华马上意识到，马扬说的这件事，对于他本人可能会具有一种翻天覆地的意义，心一阵乱跳，脸颊上止不住地泛起一阵红晕，甚至气也喘得短粗急促起来，忙说："这件事可太重要了……太重要了……这可是真正在跟国际接轨哩。走，走，找个地方去谈。"马扬说："这儿不是挺好的吗？"杜光华把头晃得跟个拨浪鼓似的："不行不行。这儿？怎么谈？"夏慧平白他一眼："谁惯你这毛病？说点儿正事，就得上宾馆、酒吧、茶楼。在家怎么了，不比宾馆酒吧清静舒服？"杜光华一边穿衣服，一边对马扬做着手势："走走走，空军疗养院东边新开了一家茶楼不错。"马扬笑道："别挪地儿了，我今天没时间陪你到处转悠，就在这儿说几句。下一回咱们再找个可心的地方，深入谈。"杜光华喘定了问："您的意思

357

是要建立董事会，完全按现代大公司的做派来管理？"马扬说："别急别急，这正是我要跟你们进一步商量的。当然，光你们二位，这力量还不够，你们能替我再邀几位有实力的民营企业家来商量这档子事吗？"夏慧平忙说："那有啥难的？张大康不就是现成的一个顶级大户？找他呀。他多有范儿！再说，他朋友特多，一个个还特有实力。"这夏慧平果然不凡，才跟杜光华一起生活了几个月时间，已俨然一个商界中人的模样了。马扬看着眼前这个穿着一身名牌，起劲儿地为他出主意，跟他一起筹划着大山子未来的夏慧平，和当初穿一身过时的旧衣服，灰头土脸地哭哭啼啼求他替她找个男人糊口度日的夏慧平相比较，这中间相距才几个月时间啊。这一方面，固然显出她本身可塑性和聪慧程度；另一方面也真得感叹环境改造人、塑造人的力度之大，真是难以估量。

马扬暗自这么感叹着，并保持了沉默，没接夏慧平的话茬儿。对赫赫有名的张大康居然不表示兴趣，这让夏慧平和杜光华都感到有些意外。杜光华问："张先生那样的民营企业家您还看不上？"马扬忙笑着岔开话题："先不说具体人了，咱们先就这个想法的可行性做些探讨。"杜光华默默地想了想，问："您真的能为我们这些人打开这个缺口？让我们这样的人参与整个大山子的改造？"马扬问："为什么不可以让你们来参与对大山子的改造？"杜光华怔怔地看着马扬，一下子被问住了。因为……因为……这个问题的答案太简单，简单得可以说人人皆知，但在中国，它又显得太复杂，复杂得几亿人用了五十年时间都还没真搞明白它。马扬说："我想对中国的民营企业家应该有一个准确的定位——他们应该是那种心里真有咱这个国家和民族全景的大企业家，不会是那种只为挣几个小钱、臭钱，就忙着吃喝嫖赌的人。"杜光华故意回过头去问夏慧平："你吃喝嫖赌了吗？"夏慧平打了他一下："你才吃喝嫖赌哩。贫！好好听马主任说。"

这时，从楼下传来一阵吵吵声。夏慧平忙去关窗，顺便探头向窗外看了一眼，却看到楼下人行道上，里三层外三层地簇拥着许多人。那儿有一家由杜光华参股的新开张的中外合资的"熊猫"饭店。只见在这家饭店的玻璃大门前的人行道上停着一辆有KTO标志的起重车。起重车正把一棵从苗圃搬移过来的大树从另外一辆大卡车上吊起，把它放到饭店门前的人行道上。为了保证移植的成活，大树的根部都带着一团巨大的泥团，还用很粗的草绳结结实实地包裹着这个差不多有一张圆桌面那么大的泥团。饭店的员工跟起重车的司机交涉，请他们把要栽植的大树往北挪个二十来米，因为像目前这样一堵，几天内饭店都没法营业了。而且听说街道办事处在这条街上还要栽许多的树，如果都把树往饭店门前堆放的话，这一个月内，饭店就别想好好做生意了。"师傅，师傅，帮帮忙，行吗？""您这么一堵，我们还做不做生意了？"几个员工一起上前说话。"嗨，你们在你们的店里卖饭，我们在我们的人行道上栽树。你发你的大财，我干我的苦力。怎么了？这人行道也是你们'熊猫'公司的？你们租房的时候，把这人行道也租了？拿房契来我瞧瞧。"一个带队来栽树的街道干部站在起重车的踏板上，一下又一下，有力地挥动着手，大声反驳。一个女员工挤上前去问："你们怎么不讲理？"起重车司机从驾驶室里探出头来，撇撇嘴坏笑道："嘿，讲理？姐儿们儿，这'理'字，你知道怎么写吗？有理找头儿说去，甭在这儿比谁尿得高了。跟这儿尿那么高，管用吗？"把那女员工噎得张口结舌、面红耳赤，半天才啐了声："流氓！不跟你说了。"扭头回店里去了。

夏慧平一看这情景，气就不打一处来。马扬走过去，向下探望了一下问："怎么回事？"夏慧平说："真烦人哪。前两天，为饭店开张做准备，我们在店里摆了两桌，请工商、卫生、税务、派出所方方面面的人来吃了一顿，也算是通通关系吧。千不该万不该，那天我们把这儿居委会的干部给落下了。瞧，他们这一下就来劲儿了……"杜光华埋怨道："你也是的，我让你再摆两桌，补请他们一回，这事不早就了了吗？"夏慧平咬一下牙说道："凭什么？我不是在乎这两桌酒水。再摆十桌我也不在乎，但就是咽不下这口气。想跟我来横的？我夏慧平还真不吃他那一套！"杜光华说："你以为你还在台上唱戏呢？真真假假地比画两下，就完事了？千万别小看这居委会，他能在你店门口磨蹭一年半载。这回栽树，下一回埋管子，再下一回又干什么，咱们赔得起吗？"夏慧平一转身，没好气儿地问："马主任，您不管管？"杜光华忙替马扬打圆场："你懂什么？铁路警察还各管一段呢，这事归市里管，得找市长，跟开发区挨不上边。""对，这事不归我管啊……"马扬故意做一副无奈状，还长叹了一口气，然后又说道，"不过，既然跟您二位有关，我今天还就想表现一下，下决心超范围地管它一管。"他一边说一边起身往楼下走去，回过头来，笑着对那二位说："看着表，十分钟后，我保证让他们撤个一溜光净。"杜光华忙追上去说道："咱们还是说咱们的大事吧。这点儿屁事，明天我上市里找该管的人来管。"马扬笑着问："你老弟言下之意是，我就不该管这一号屁事？"杜光华忙说："该管该管，当然该管。但，咱们不是正说着那参股的事吗？"

马扬笑道："参股的事是大事，但这样的事也并非小事。如果投资商整天提心吊胆，不仅要看着市长、市委书记的脸色过日子，还要看着居委会主任的脸色过日子，一不留神就给你个玻璃小鞋真丝紧身衣穿，谁还敢上你这儿来投钱？他有病？疯了？参股的事，你好好考虑一下，今天先不谈。我希望你把这件事的正面、反面都想想。我可把丑话说在头里，记住这四个字：风险自担。我可不给你打保票。市场经济，谁也别给谁嘴里填奶嘴。特别到那时候，真有啥闪失，别找新闻媒体哭鼻子，说我马扬当初怎么蒙了你！"然后，他哈哈笑了两声，照直下楼去了。

上了车，马扬看看依然拥挤在人行道上的那堆人，那棵大树，那些黄土，问司机："记住那辆起重车的车牌号了？"司机忙说："记着哩。"把一张写有车牌号的小纸条交给马扬。

马扬拿过纸条，说了声："咱们走。"司机问："回管委会机关？""不，咱们去那个居委会，拜访那位大主任去。"马扬掏出手机，立即给大山子市政府的秘书长打了个电话。

马扬走后，很少喜形于色的杜光华居然抑制不住地手舞足蹈起来，拍着桌子，冲着夏慧平叫道："表姐啊我的好表姐……千载难逢的机会啊，我的好表姐……"夏慧平立马站起，指着杜光华的鼻子训斥："你叫我什么？"杜光华忙改嘴："哦，老婆……我的好老婆，这是一片很大的天地啊……打开了一片很大的天地啊……"夏慧平提醒道："别忘了，姓马的临走时丢给咱们四个字：风险自担。"杜光华嘿嘿一笑道："这又怎么了？我杜光华这十来年扑腾来扑腾去，一直是风险自担来着。风险自担，对于我杜某人，天经地义。我啥都怕，就是不怕风险自担；我啥也不怕，就怕没我杜光华舒展腿脚的天地。他说能让我们参与整个大山子的改造，你想一想，这是一片什么样的天地……"说着说着，他又连连地拍着桌子，就像当年偶尔有个机会，得以独自偷偷溜进这位"表姐"的闺房，惊喜地流连在那熟悉又醉人的芬芳之中，打开所有的柜门、抽屉和被褥，痴心地浏览着她的全部……

夏慧平又提醒道："别高兴太早。这么大一档子事，他马扬自个儿能做得了主吗？他不就是一个小小开发区主任吗？"

杜光华一愣："这事，他一个人当然做不了主，但是，他马扬也不是那种傻大胆儿，没有一点儿准头的事，他也不会拿来胡说……"

这一段时间，杜光华对他这位表姐可以说是越来越佩服。别看她从来没做过生意，也没怎么正经接触过这方面的人和事，多年来一直生活在一个虚拟的而且是无比老旧的情景场中（杜光华特别不爱看老戏，也始终弄不懂，为什么还要花那么多的钱来养这种老戏。它们代表中国文化的真谛？代表着一种需要延续下去的民族精神？不是吧？），但她好像天生就有一种做生意的能耐，天生就有这方面的直觉，许多经济方面的事，一说她就懂，还特别能举一反三，由此及彼，由表及里，"敷衍成篇"。几个回合下来，她正经还像那么回事了。对此，杜光华不止一次暗中窃喜，大喜，觉得是冥冥中有人为他成全此等大好事——一个自己真正需要的女人啊。从此后，他总是能很认真地跟她探讨生意上的事，也越来越愿意倾听她的各种见解，果然也是不乏新意。

这时，夏慧平又说："可这档子事实在太重大了，都捅到根儿上去了。我怕，连贡开宸都做不了这主。我们是谁？我们是非主流经济形式的代表人物。历来的政策是只能让我们在一边侧幕条里敲敲边鼓的，怎么可能让我们直接站到水银灯下、舞台当间，参与整个大山子的改造？你问问马扬，这到底是谁的主意。假如就是他自己的想法，我看就算了吧……"杜光华似乎有些泄气了："是啊……是啊……中国的事情，没那么简单……"

这时，一个店员快步跑上楼来，气喘吁吁地报告道："夏总，居委会那帮子人撤了……太奇怪了，蔫儿不唧地就撤了……"

夏慧平杜光华一愣，忙跑到窗前，向下看去。人行道上，起重车果然把大树重新装到卡车车厢里，正要往外走哩。几个店员正忙着清扫已经腾空的人行道。另外几个店员也忙着在整理那几个准备开业那天用的大型立式花篮。杜光华忙看手表："十分钟，果然不到十分钟时间就把这帮人弄走了……这个马扬可以，这个家伙真可以！俗话说，三岁看到老，一滴水里能容一个太阳。看来，这个马扬说话还是管用的，真的得正经对待他说的每一句话……"

第六十七章

　　早就过了开晚饭的时间，贡开宸和郭立明之间的谈话却还在进行中。白云宾馆一号小楼起居室外边的楼梯间里，灯光幽暗。焦来年一动不动地默坐在那个小圆桌前。桌上，荷叶状象牙色瓷烟缸里已塞满烟头。坐在这儿，能隐隐地听到里边说话的声音，但完全听不清到底在说些什么。不一会儿，两个女服务员送擦手毛巾和水果，还有一杯专为贡开宸新沏的茶。焦来年上前接过器物，请她们二位在门外等着，自己端着这几样东西，小心翼翼地敲敲门，送进起居室。他一直戴着一副黑色的软皮手套，即便在抽烟时，也不脱下来，只是在往起居室里送东西时，才摘下它们。送完东西，打发走了女服务员，他在小圆桌前坐下前，又认认真真地把手套戴了起来。当然，在端端正正地重新以一个军人姿态坐下来以前，他还做了一件事，那就是清理烟缸。又过了一会儿，他身上的手机响了。为了不打扰起居室里的谈话，他向远处稍稍走了两步，才接听手机，然后，他拿着手机，很快向起居室走去。

　　一见焦来年神色匆匆，拿着手机走进，郭立明当然懂得焦秘书有急事、大事要向贡书记汇报。不是急事、大事，当秘书的绝不会来打断这样的谈话的。这个规矩，他懂。于是，他马上主动站起，问："我上外头等一会儿？"得到默许后，他乖巧地走了。

　　焦来年马上关上门，然后，一边把手机交给贡开宸，一边报告道："邱省长的电话。他说我国驻德国大使馆商务参赞刚打了个电话到省经贸委，说德国方面对那个坑口电厂的投资好像又有所动摇了。"

"哦？"贡开宸眉毛一耸，忙接过手机。

焦来年把手机交给贡开宸后，去揭开贡开宸的茶杯盖，看了看，见茶杯里的水还不少，水果一个也没动，只是用了擦手毛巾，便轻轻地盖上茶杯盖，捡起用过的小毛巾，走了出去。郭立明回避到门外，一直端端正正、目不斜视地坐在小沙发上，此刻见焦来年走来，忙站起来。焦来年和气地指指小沙发，说："你坐，你坐。"郭立明犹豫着，仍站着。焦来年低声说："坐嘛，坐。"郭立明这才坐下。而后，两个人都不说话。郭立明只是惭愧地低着头。焦来年则脸部毫无表情地下意识地摩挲着他那双戴着软皮手套的手。

又过了一会儿，贡开宸从起居室里走了出来。两个人忙站起来。贡开宸拿眼睛瞟了焦来年一眼，焦来年忙会意地跟着贡开宸走进起居室，并立即关上门。外面的楼梯间里只剩郭立明一个人了。他依然站着，神色有点儿凄惶，也许这时他更感到了自己处境的悲哀，很轻很轻地叹了口气，慢慢地闭上了眼……

贡开宸把手机交还给焦来年，神情显得特别沉重："德国方面又变卦了，不准备把这三个多亿美元投在大山子了。"

焦来年问："为什么？"

贡开宸沉吟了一下："还不清楚……你马上把郭立明送回去。"

焦来年问："已经谈完了？"

贡开宸摇摇头："先谈到这儿吧。告诉他，尽快把今天跟我谈的情况写个文字的东西，直接交给你。你给省党校的领导打个电话，替他请两天假，就说省里要让他帮着修改一个材料，要得挺急，别的就不要多说了……"

这时，焦来年手上的手机又响了起来。焦来年看了一下来电号码，说："是马扬打来的。"贡开宸说："接一下。他可能也得到德国方面的坏消息了。"焦来年忙接听手机，果不其然，马扬也得知了此事，在找贡开宸。贡开宸接过手机，告诉马扬："我已经知道这情况了。你马上过来，一起研究一下这个情况。"焦来年在一旁悄悄提醒道："您还没吃晚饭哩。让他明天上午过来吧？"贡开宸皱起眉头，瞪了他一眼。焦来年忙不作声了。

但焦来年的这句话，还是让马扬听到了，他立即说："焦秘书说得对，我还是明天上午再过您那儿去吧。"

贡开宸立即打断他的话："磨蹭啥？马上过来！"放下手机后，怔怔地站了一会儿，又拿起手机，拨通马扬电话说道："马扬，刚才忘了一件事。你来的时候，把你们那个工程院院士带着。让他带几套换洗衣服，把护照也带着。他应该有护照吧？跟他说，我请他出一趟差，急差。"

听焦来年告诉他，贡书记有急事要处理，今天的谈话就到此为止，郭立明多少有些失落、凄凉。他隐约地觉到，今天这一回面见贡书记，说不定就是他这一辈子的最后一回。他忽然觉得自己还有许多话没跟贡书记说，许多情况没澄清，许多误会没消除，许多保证没表达，还有那么多对往日的留恋眷念无法一笔勾销……他控制住在自己心中一时间黏黏地漫散开的惆怅，经稍许的犹豫之后，壮起胆子试探着问："我能跟贡书记最后再说一句话吗？"

焦来年没作声。

郭立明恳切地看着焦来年。

焦来年仍不表示任何态度。于是，郭立明明白，事情到此为止了，只得说道："那就走吧，谢谢。"

下了楼，走到那辆红旗车前，郭立明发现焦秘书不只是要送他到楼下，还要开车送他回党校，便惶惶地说："我自己坐公交车回……"焦来年默默地笑了笑，伸手去打开副驾驶座旁的车门，用眼神示意他上车。

其实贡开宸并没有要求焦来年亲自送郭立明回党校。但看着这位年轻的"同行"今天的境遇，焦来年极为感触。能被允许在政治生活的高层走动，的确享有普通境地所不可能享有的种种难以用数字来标志的待遇和心理的自如，它也的确广为众人艳羡，甚至猜忌。但高处不胜寒的"凛冽"和"如临深渊，如履薄冰"的重负，一般人又何尝能体会其中一二呢？在这样的人生操作状态下，将始终面对历史的复审和由社会各种矛盾构筑起的全部网络的过滤，稍一不慎，又何止是"一失足成千古恨"哪！焦来年最近大致了解了一点儿郭立明问题的真相，他觉得事情还没有严重到不可收拾的地步。

假如郭立明是别的部门别的岗位上的工作人员，他也会因此受到一定的处分，但惩戒绝不会如此严重，更不会因此而失去这份工作。但是，在这样一个核心层里，他的行为的确犯了大忌，是绝对不能允许的。他为他感到惋惜，希望他最终能振作，但他又不能直截了当地跟他谈，因为他没有得到这样的授权。处在他这种敏感工作岗位上，没有得到授权，是绝对不能"自作主张"的。因为，你是在领导身边工作的人，你的职责，只是为领导服务……

红旗车平稳地驶到党校对门的马路边停了下来。郭立明不知道此时该不该主动去跟这位焦秘书握一下手，他犹豫着、迟疑着，最后只说了声："谢谢。"

焦来年说了声："走好。"

郭立明低下头又重复了声："谢谢。"

焦来年不说话了，只是含意不清地点了点头。郭立明又迟疑了一下，下车了。这时，焦来年突然伸出他那只戴着黑皮手套的手，一直伸到郭立明面前，停住。一刹那间，郭立明愣住了。他不明白这位大哥模样的焦秘书此刻为什么要向他伸过手来，他不知道自己到底是应该去握这只手呢，还是应该回避这似乎是善意的表示。他抬起头去看他，他在焦来年那张沧桑的、瘦削的、黝黑的脸上，看到一种特别复杂的神情，很难说是同情、是怜悯，还是惋惜，或是一种责备或鼓励，但那副老练的目光里却明确无误地闪现出一种至诚的善意和由衷的鼓励。

郭立明的心被震动了，同时也烈烈地酸涩起来，他忙伸出双手，仿佛抱住一个终于落到自己面前的救生圈似的，用力地握住了那只黑皮手套，然后，又赶紧松开，快快地下了车，向校门口走去。他越走越快，因为这时候，眼泪已经止不住地从眼角涌出，大颗大颗地、滚烫地、悔恨不已地淌出。焦来年这时则感慨万千地注视着郭立明的背影，一直目送他走进党校大门，而后默默地靠坐在驾驶椅背上，让自己喘过一口气来，这才去发动车子，回省委大楼去了。

第六十八章

吃罢晚饭，马扬闭上眼，躺在大沙发上，叉开大拇指和中指，按住两边都在跳疼着的太阳穴，慢慢揉着，一边把综合办的两个领导找来，谈几份合同的事；一边又等着丁秘书把那位田院士找来，一起去面见贡书记。所谓"综合办"，是在前一阵的机构改革中，把几个行政办事部门全合并到一个办公室名下，这样不仅可以减少办事的层次和环节，也便于管委会的主要领导能实际操控它们。马扬非常相信管理学上这样一个理论：一个主事者，不管有多大的能耐，他直接能管住并对其进行有效操控的人数，不会超过六个至九个。部门越多，越容易失控。某些特大型国有企业始终没搞好的原因之一，就在于它机构设得太多，俨然一个小政府，结果，企业的经营者必须花太多的时间去协调部门与部门之间的关系，最终却失去了对整个局势的控制。这样的错误犯在政府官员身上，最多也就是为这个世界增加了一个平庸的官僚。假如犯在企业家身上，则肯定是毁灭性的——企业就会因失去及时性的应对活力而被挤出市场。

马扬刚才还给黄群打了个电话，告诉她，今晚还要赶到省里去办事，说不好什么时候才能回家。黄群很担心，问："有人跟你一块儿去吗？"马扬说："这，你就别操心了。"黄群警告他："别操心？我可告诉你，大夫说了，你颅内要再出一次血，就很难再抢救得过来了。"马扬笑道："你咒我？妨我？"黄群却说："我怕，你是自己在害自己哩！"

不一会儿，丁秘书匆匆赶来，向马扬报告，已经通知到田院士本人了。老人家收拾一下东西，大约半个小时以后就能出发。马扬让丁秘书把必备的药找齐了带上。"今天怎么那么好，知道心疼自己了？是不是黄阿姨又打过电话来了？"小丁一边把药收齐，一边跟马扬开着玩笑道。马扬不置可否地笑了笑，而后问："熊猫饭店那档子事，跟市里打声招呼没有？找到宋副书记没有？"小丁说："我找他了。真奇了怪了，怎么找也找不见。"马扬说："怎么会找不见？他秘书应该知道他在哪儿。"小丁说："是啊。奇怪就奇怪在，连他秘书也不知道他上哪儿去了。""不可能啊……"马扬嘴里这么说，心里可着实"咯噔"了一下，一种要出大事的预感生生地从心头升起。"宾馆、办公室都找了……"小丁继续描述过程。马扬追问："他手机呢？"小丁说："打了无数遍。他手机居然一直关着，从来没这么过啊。"马扬明知故问："他家呢？"小丁说："那还能不找？他夫人反映，从昨天晚上起，就跟他失去联系了。"马扬认真起来："从昨晚起？"他想了想，拿起桌上的电话找贡书记，但连着拨到办公室和家里，都说他不在，最后拨到焦来年的手机上，总算找到了。贡开宸在他的大奥迪里，正在回省委大楼的路上。

"你出发了没有？到哪儿了？"贡开宸问。马扬忙答："我马上去接田院士。接了他，就去您那儿。"贡开宸笑道："你真够磨蹭的。"马扬决定试探一下贡书记，以便探出宋海峰的真正去向，在稍一迟疑后，他说道："开发区一家新开的合资饭店遇到了一点儿困难，想找市里一些部门解决问题，找了一大圈，也没找见宋副书记……"贡开宸立即说："别找了，赶紧来吧。"马扬继续试探道："不解决问题，那家合资饭店就没法正常营业，可能还会影响别的投资者对大山子投资环境的看法……得请宋副书记出面表个态……"贡开宸不耐烦地："让你别找就别找了，赶紧带着田院士过来。"马扬赶紧答了一声："好吧。"放下电话，呆坐了一会儿。"肯定出事了！"他在心中暗想，"贡书记对宋副书记的'失踪'，居然不表示一点儿惊奇和意外……"

大奥迪开到省委大楼，贡开宸一下车就问焦来年："通知经贸委的领导没有？"他要召集这些同志，一来研究如何应对德国方面突然发生的变卦。焦来年说："通知了。还通知了几家商业银行的一把手。另外，您看还需要不需要跟花旗、汇丰银行驻北京办事处联络一下？"贡开宸愣怔了一下后，忙连声赞扬："好主意，好主意。如果花旗或汇丰能出面替大山子开发区做金融担保，应该能在更大程度上消除德方在这方面的担心。怎么才能尽快跟他们联络上呢？这件事得赶快啊。"焦来年说："汇丰驻北京办事处里，有我们一个K省子弟，当年考到北大，后来又去剑桥读MBA，毕业后应聘去了汇丰，先是在香港总部，去年才被派到北京办事处当了副主任。此人前不久还回省里来过。他在国外待了这么久，对家乡的事还是很热心。"

贡开宸忙说："找他！赶快找他，热心不热心都赶快找到他！"

德国方面慎重研究了大山子的情况，对大山子能不能使用好这笔投资，提出了一百六十多个问题。从这一百多个问题来看，德国方面担心的不仅仅是大山子的投资环境和实际操作能力，他们还对中国整个经营体制，包括金融体制等一系列的问题存有疑虑。贡开宸觉得，仅仅大山子，是回答不了德方的这些问题的。

"很对不起，这么晚了，还把你们紧急召集来。情况你们都已经知道了。这个会，本来应该是由邱省长来主持的。但省里决定马上再派个小组去做德方的工作，这个小组由邱省长亲自挂帅出征，他现在正带着另一帮人在搞一个预案。这个会只能由我来召集。议题就是一个，怎么针对德方新提出的这一百六十多个问题，做出我们确切的解释和回答。同时，在不伤害我方基本权益的大前提下，怎么调整我们原先制定的一些方针，去适应德方新提出的一些要求。"

工商银行一位刚提起来的年轻行长建议道："在金融担保方面，除了我们国内几家商业银行以外，要是能有一两家国外知名大银行参与担保，哪怕能请香港地区的哪家银行出一下面，这件事是不是也会容易做一些？"

贡开宸点点头道："这件事已经在操作了。"

经贸委的孔主任说道："贡书记，在谈判策略上，能不能做这样一种变换，假如德方对大山子实在不感冒，我们能不能另外准备两个候选地点，供他们选择……总的指导思想，是要把这三个多亿的美元争取到K省。至于放到省里哪个地区，反正手背手心都是自己的肉……"

贡开宸沉吟了一下，回头去问其他一些同志："你们的意见？"

会议室里沉默着，没有人表示态度。贡开宸立即说道："这是件大事。本来可以展开来研究一下，但时间不允许，所以，我先定一个调子。孔主任，我明白你的指导思想，不管是黑猫白猫，逮着老鼠就是好猫，只要那三个多亿的美元还落在我们 K 省，不管落在什么地方，都是胜利。这个指导思想当然是对的。但是，同志们啊，这一回，我们就是要千方百计地让白猫去逮住这只老鼠。这是我的一个心情，我想也是所有在座同志的一个心情，恐怕也是 K 省大多数人的一种心情。大山子几十万工程技术人员、广大工人干部，几十年来几代人为共和国的工业建设，付出的不仅仅是他们的青春岁月……现在他们遇到了一些困难，我们这些人，作为国家的代表，执政党的代表，我们有这个责任，为他们的再创业、再度复兴创造一定的条件。这里有一个情感因素，还有一点，更重要的是政治因素。许多外国人不相信在中国，像大山子这样的社会主义老工业基地还能再度复兴，国内有些人也不相信，甚至包括我们一些拥有共产党员称号的人也不信。我现在要问一问，我们在座的这些人到底是信，还是不信？嗯？信不信……"

一时间，没人来回答这个问题。而在省委大院中央，早已降下了国旗的那根金属旗杆，隐隐闪发着银灰色光泽，在强风的鼓吹下，旗绳激烈地拍击杆身，发出一阵阵无节奏的"啪啪"声。"而我们必须向全世界表明，在中国，像大山子这样的社会主义老工业基地是完全可以和国际接轨，运用现代管理方法，参与国际竞争，重新焕发活力，实现再度辉煌的，中国共产党人是有这个能耐做到这一点的。最后，还有一个释放能源的问题。几十年来，大山子几十万工人、干部、工程技术人员内心蓄积了一股强大的能源，这是一颗蓄势已久的核弹头。我们就是要按社会主义市场经济的法则，给他们安上一个引信、一个起爆器，让他们在新形势下重新起爆……所以，不管遇到什么样的困难，省委搞好大山子的决心绝不动摇。手心手背都是肉，黑猫白猫也都可以去抓老鼠，这没错。但今天我们这个会议只讨论一个问题：怎么练好手心这块肉的问题，怎么帮助大山子这只白猫争到这个项目，绝对没有'另外'一说。"贡开宸讲到这里，马扬带着田院士，悄悄推门走进来。他们十几分钟前就已经到了。但马扬一直没敢打扰正在讲话的贡开宸，安排田院士在一旁小休息厅的沙发上坐下后，他自己一直在会议室门外等着。等到积雨层在遥远的地平线上隐隐闪出雷电的青光，并不时往外传送阵阵滚动的雷声，等到贡开宸把会议的主旨全讲清，他才去推门，进会议室找个地方坐下，立即写了个纸条，递给贡开宸。纸条上写着"请派我去德国"，然后连打三个惊叹号。

贡开宸看罢，没做任何表示，甚至脸上都没显示任何表情，折起纸条，往笔记本里一夹，抬起头，开始点着名让与会者一个接一个地发言，最后说："刚才大家出了许多点子，想了不少高招，挺好。还有没有？如果没有了，老孔啊，由你们经贸委负责，把刚才大家谈的搞一个纪要，要快。赶紧去向邱省长汇报，邱省长审核通过，由他负责协调实施；同时也给国家经贸委和外贸部做个紧急报告。要不要再给国家金融工委报告一下？"孔主任说："最好还是报告一下。"

贡开宸点点头，说："好，那就同时也给金融工委报告一下。但各方面的准备工作不能等，一定要做到这种程度：只要上边的批示一下来，我们的工作小组就能立即启程去德国……"有人担心："一般情况下，这样的报告没有十天半月是批不下来的。"贡开宸却不担心这一点，他挥了挥手，仿佛是在拂去沉积在空气中一团看不见的浓雾似的，淡淡一笑道："争取吧。找找直接通天的路，让他们赶快批。"

会议散了，与会者陆陆续续走出会议室。贡开宸告诉焦来年："你马上去给潘书记打个电话，让他在北京帮着到有关部委走动走动……"焦来年提醒道："他不是原定坐今晚的火车回来的吗？"贡开宸看看手表："你赶紧打，还来得及。请他老人家把火车票退了，利用他的影响和关系，再去做做工作……"焦来年想了想，说："还是请哪个副省长专程跑一趟吧。这两天，老书记在北京累得够呛……"贡开宸说："还是请他再坚持两天吧。没人比他对大山子更有感情。告诉省驻京办的同志，一定要照顾好潘书记在京期间的生活。多给他熬点儿小米粥、肉皮冻什么的，他就好这一口。"焦来年点点头，说了声"好的"就去执行了。然后，贡开宸对一直不远不近地跟在他身后的马扬做了个手势，让马扬跟他一起到他的办公室去。

一进办公室，贡开宸就问马扬："要不要躺一会儿，让脑袋休息休息？"马扬明知故问："您让谁的脑袋休息？我的？干什么？"贡开宸从抽屉里取出一份医院复诊诊断结论的复印件："前几天黄群来找我，给了我这么个东西。大夫是这么写的：建议每天工作不得超过四小时，期限三个月。

有没有这样一个结论？"马扬微微一笑道："是吗？有这样的诊断结论？这个黄群！她怎么没告诉我啊？"贡开宸把复印件往马扬面前一推："你也跟我搞报喜不报忧？"马扬笑道："伟大领袖毛主席教导我们，医生的话只能听一半……"贡开宸说："那还有一半呢？该不该听？"马扬说："德国方面到底怎么对付？"贡开宸说："别跟我转移话题……昨天，中组部的领导还特地打电话来询问你脑袋上这个伤的情况，大家都很关心这件事。我希望你这一两天里，去医院认真复查一下。你要做不到这一点，我立即下令停止你一切工作！你信不信我会这么干？"马扬忙说："我信，绝对信。"

贡开宸稍稍停顿了一下，然后换了一种低调子语气说道："好。还有件事，你应该知道了——宋海峰已经被'双规'了。"

马扬极度震惊，瞪大了眼，慢慢地站了起来，过了好大一会儿，才问："什么问题？"

贡开宸竖起一根手指，晃了一晃，意思是让马扬不要追问。这时，他也不想对这件事多说什么。

又闷坐了一会儿，贡开宸终于完全控制住了自己，并让自己的内心稍稍平静了一点儿，对马扬指了指沙发，意思是让他坐下。马扬慢慢地坐了下来，很显然，他还没从刚才的震惊中完全摆脱出来。"还有一件事，同样严重，今天下午，潘书记从北京打电话给我——这里，我先向你说明一点儿背景情况，我请潘书记到北京去，是想请他当面跟中央领导做做工作，把你留在K省——可惜，这个努力，失败了……"贡开宸缓缓地说道。

"还是要我走？"马扬问。

贡开宸深深地叹了口气："根据工作需要和干部交流的原则，经过通盘考虑，慎重研究，还是坚持原先的决定……把你调到外省去任省委副书记。"

马扬忙说："宋海峰被'双规'以后，省里正缺一个干部……"

贡开宸说："中央已经考虑了，马上会从外省调一个来。"

马扬说："能那么快吗？"

贡开宸说："中央已经跟那个同志谈过话了，要求他明后天就来报到。"

马扬说："大山子怎么办？"

贡开宸说："这就是我现在要跟你谈的。"

马扬说："想让我提一个接班人选？"

贡开宸说："这是我要跟你谈的有关大山子各主要问题中的一个问题……"

马扬说："这样的人选有啊，就在您跟前坐着哩，没人再比这个同志更合适的了。"

贡开宸说："别说废话。"

马扬：："贡书记……"

贡开宸说："别说废话！"

马扬说："大山子搞到这个份儿上，可以说正处在成也萧何，败也萧何的关键时刻，也可以说千钧一发之际。虽然说，地球离谁都照转，大山子离了谁也一样日月争辉，但这个时候换将，总是兵家大忌吧……"

贡开宸斩钉截铁地说道："执行中央决定！"

马扬却说："当初我说过，不安顿好大山子这三十万工人和干部，我绝不离开大山子……"

贡开宸说："不想执行中央的决定？反了你了？"

马扬站起："请允许我直接找中央领导去谈一谈。"

贡开宸拍了下桌子："马扬！"

马扬不说话了。贡开宸缓和下口气："坐下！"

马扬不动。

贡开宸再次斩钉截铁地命令："坐下！"

马扬勉强坐了下来。

贡开宸说："我考虑让那个焦来年去大山子接你那一摊儿，暂时任大山子市市委书记兼市长，过渡一下。你觉得怎么样？"

马扬闷坐不语。

贡开宸说："好吧，你不表态，我就当作是默认。还有一个问题就是，我让你考虑许多天了，大山子下一步到底怎么搞？你有比较成熟的想法了吗？"

马扬说："您不让我留在大山子，咱们还说这个干啥？"

贡开宸又拍了一下桌子，说道："这就是你的党性，你的觉悟？"

马扬又不作声了。又过了一会儿，贡开宸说道："我原以为，你能说一点儿什么我想不到的东西，还可以拿它们去跟中央再争取一下……"马扬的眼睛一亮："我这档子事，还能争取？"贡开宸揶揄道："但对于一个党性如此不纯，觉悟又很低的同志，有必要去为他再争取什么吗？"马扬马上从皮包里取出一份打印和装帧都很精美的材料，往贡开宸面前一放。贡开宸用眼角的余光轻蔑地瞟了那份材料一眼，挖苦道："怎么，又搞了一份'条陈'，要到中央去告我？这回，攒了多少万字呢？"

"这是我对你所提问题的一点儿思考。"

贡开宸打量了一下马扬，然后拿起那份材料翻了一下："简要地谈一谈。"

马扬忙坐正了身子，扳着手指说道："第一，当然还是要争取把德国那笔投资搞到手……"贡开宸反问："这是改造大山子的核心问题吗？"马扬说："不。退一万步说，这一回德国的这一笔投资争取不到，我们还会争取到别的投资，不过是早晚的问题，最终将跟谁打交道的问题。大山子过去曾经有过大笔投资，现在和将来必然还会争取到大笔投资。从根本上说，这是由中国这个超级大市场和它无穷的发展潜力，再加上多年来中国政府推行的一系列卓越的政策所决定的……"

贡开宸说："开门见山地说，别啰唆。"

"您提到资本改造和资本运营，是一个要害。过去并非没有人提出过这一点，但往往在实际工作中贯彻不下去。也就是说我们的国企总不能切断所有的来自行政方面的干扰，真正作为独立的法人在市场中，完全按资本运营和市场需求的要求去运作。总有一只无形的手，或明或暗地迫使它离开这个资本运营和市场需求的规律去做一些违背经济规律的事，而企业对这只来自行政方面的无形的手没有丝毫制约的力量。"

"怎么才能真正切断或制约这只无形的手，让我们的国有经济真正按市场和资本运营的方式去运作起来？"

"我觉得就是要实现投资多元化。"

"让民营经济，甚至外资进入国企？"

"在保证国家控股的前提下，让民营经济或外资进入那些至今为止仍然在亏损、几乎濒临破产边缘的大型或特大型国企。由于投资多元，在企业的决策层中就会有制约力量进入。"

"你不怕人说你卖国，说你背叛社会主义原则？"

"最爱国、最爱社会主义的人，是能真正救活国有经济的人，不是革命口号叫得最响的人。"

"具体做法？"

马扬指着那摞材料："这后面一部分讲的就是具体做法。大山子开发区仍然只是一个行政组织。我的意思是，或者撤销大山子市，或者就撤销大山子开发区，只保留其中的一个，另外组建一个完全企业性的、拥有独立法人资格的大山子集团公司，吸收多种投资，由国家控股，杀向市场。我预计，这种做法比单一的项目更能吸引国外投资。"

"马扬是这个集团公司的第一任总裁？"

"我想，由我来任董事长兼总裁，也许更合适一些。"

贡开宸默默地含义不明地笑了笑，显然，马扬的这个想法深深地打动了他。他怔怔地看着马扬，甚至能听到他粗重的呼吸声。马扬也紧张地看着贡开宸，等着他的表态。

贡开宸忽然问："你想给自己提多少年薪？"

马扬反问："我跟你提年薪的问题了吗？"

贡开宸说："提年薪的问题也是应该的。"

再一次静场。过了一会儿，贡开宸说："你想过没有，到外省去当省委副书记，这比当大山子集团公司的老总、独立法人，要稳当一百倍一千倍。这样一个集团公司老总按新规定是没有行政级别的，那样，你已经得到的副省级要取消，今后的前程完全要看你的集团公司干得如何——风险自担啊……"

马扬说："您不是要在我身上做一个实验吗？"

贡开宸说："回去再冷静考虑考虑……真的丢掉你奋斗二十年得来的副省级，是不是还应该跟人家黄群同志商量商量？"他以极少见的幽默，淡淡一笑道："婚内，一切有形无形资产，均属夫妻双方所有，懂吗？"

马扬似乎是有备而来，当即从皮包里取出那盘录音带，要往录音机里搁。

贡开宸赶紧制止了他，说道："别再做我的思想工作了。回去，你冷静地，完全全静下心来再考虑考虑。我呢，再以省委的名义和我个人的名义，马上向中央打个报告，详细汇报一下你的这些打算和想法。看中央最后的态度吧。"

第六十九章

这一夜，大概是因为终于把憋了多日的想法在贡开宸面前倾诉一尽的缘故，出乎马扬自己的意料，他竟然睡得非常好。俗话说"谋事在人，成事在天"，既然该他做的他已经全都做了，成不成，让谁去成，那就让"天"去考虑吧。但这一夜，对于贡开宸，却依然是烦恼的一夜。到十一点多钟，他刚躺下不久，就又被叫起，裹上厚厚的棉睡袍，匆匆走进客厅，省纪委的两位主要领导已经在那儿等着了。他在大沙发上坐下，纪委的周书记便把一份文字性的东西交放在贡开宸面前。"这是刚接到的中纪委领导的电话记录。"周书记解释道。

贡开宸戴上老花镜，非常认真地看了一遍，又从头至尾看了第二遍，这才接过纪委一个同志递过来的笔，在阅文记录上签了字。把电话记录交还给周书记后，他沉吟了一下："能不能请中纪委晚两天对外宣布'双规'宋海峰的决定？一来是因为接任省委副书记一职的同志明天下午才能来报到，而中组部的领导后天上午才能来宣布这个新的任职决定。我的意思是，先宣布任命决定，再宣布处理决定，这样衔接，更稳妥一些……二来，这个案子里有几个重要的涉案人还没归案，为了避免打草惊蛇，能不能让这几个人先归了案，再宣布'双规'宋海峰？省相关部门已经在紧锣密鼓地部署抓捕这几个重要涉案人的行动，让他们归案也就是这一两天的事情。"

周书记忙点头："好的，我马上向中纪委汇报。"贡开宸立即又声明："当然，一定要讲清楚，省里最后总还是服从中纪委的部署。中纪委怎么决定，省里就怎么办，我们一定努力配合中纪委，办好这件事。"老周他们走后，贡开宸完全没有了睡意，他深陷在沙发里，坐了一会儿，正想着要上哪儿找两片"眠尔宁"之类的药镇静下自己，帮助自己找回睡觉的念头，一个穿着便衣的警卫员轻轻地走来，报告说："贡书记，大山子的马主任要见您。"贡开宸问："马扬？他打电话来了？""不是，他人已经到这儿了。"警卫员说。"是吗？这家伙！"贡开宸抬起头看看那位很年轻的警卫，似乎还有点儿不相信。警卫却还在等他的答复。这时，贡开宸才相信，"这家伙"真的已经到枫林路十一号了，他立即做了个手势。

警卫员拉开客厅门，门外果然站着马扬。

贡开宸苦笑："你是存心要折我的寿啊……请进啊。"

马扬不好意思地笑道："我车里还有两位女客。"

贡开宸哈哈一笑道："女客？搞什么名堂？"

马扬说："黄群不放心，死活要跟着，又把女儿吵醒了，全家就一起出动了。"

贡开宸笑道："嗨，我以为什么女客哩。快让她们进来！"

不一会儿，黄群和马小扬走了过来。"贡书记。"黄群忙叫了声，又赶紧示意小扬："快叫贡爷爷。"接着她解释道："真不好意思，这么晚了还来打扰。我说了我和小扬就不进门了，其实我们在车里待着挺暖和的……"贡开宸笑着对警卫员说："请马主任的爱人和女儿到楼上小客厅里去歇着。这会儿还有电视节目吗？找个什么能看的频道，解解闷儿吧。"

马扬是在睡梦中被黄群拽起来的。当时他觉得自己刚好走进一片阴冷的大山。无数只猴子在周边叫，就是瞧不见一只猴影。他觉得自己走得挺累的了，不知道为什么，黄群和小扬就是没跟上来。后来，他就发现了一条石板路，破碎的青石板弯弯曲曲地从一个同样残破的城门洞里通过。厚厚的青苔和枯死的藤萝，让他觉得自己好像踏进一座原始森林的边界。但，一走出这残破的城门洞，面前却展现出一片挺大的开阔地，毛茸茸的草地虽说已经有些发黄，但还是给人一种极强的亲和力。他真想就此躺下，完全让自己陷入这草丛的柔和之中，彻底地放松一下自己。但是草地的边缘，却向他展示出一座小镇，完全陌生的小镇，所有的窗户里都黑着灯，所有的石桥下都不流水。但所有的烟囱却又都在冒着烟，所有的十字路口又都响着整齐的脚步声。那是阅兵的脚步声，准确地说，是阅兵前一刻的脚步声，是原地踏步的声音。它使马扬想起了军训时的激奋和枯燥。他有时很喜欢那种单调和枯燥。单调和枯燥，使人认准一个目标前进，他需要这种专一。于是，他跟着那"一二一"的踏步声，倒腾起自己的双脚，开始向前走去，很悲壮的一种感觉油然而起，因为他听到了水的声音，包括大海的波涛声。但刚走了几步，黄群就带着小扬冲了过来。母女俩都穿着轻柔的白色长纱裙，像仙女似的，还光着双脚，头上戴着七彩花环，飘飘然地拉着他向天空上飞去，并叫道："马扬……马扬……你起来……起来……"他挣扎了一下，睁开眼，发现黄群正坐在床边上，用力地推着他……

今晚临睡前，黄群准备把马扬换下来要洗的衣服放进洗衣机里，用洗涤灵泡上，以便明天一早，一边做早饭，一边开动洗衣机，顺手就把它们洗出晾起，等到晚上下班后就全干了。每天都如此。虽然马扬早就跟她说过，不习惯用保姆，也可以把这些家务活交给钟点工去做。但她还是不习惯，总是说："等你的官再做大点儿再说吧。"马扬说："用钟点工，跟我官做多大有何关系？"黄群说："到那时，我的自我感觉就会发生变化嘛。""许多很普通的市民都在使用钟点工。这只是一种劳动分工，现代社会很正常的分工。""我会习惯的，等着吧。"

这一晚，黄群在马扬的裤子口袋里，发现了一封写给中央组织部领导的信稿。很原始的信稿，改了好几遍，已然作废，马扬原想揉皱了扔纸篓里去的，不知道让什么事半中间打了个岔，顺手往裤子口袋里一放，随即就把它忘了。

读了这信稿，黄群才得知，这个马扬居然要放弃省委副书记的职务，留在大山子搞什么完全自负盈亏的工业集团公司。一冲动，她拿起这份信稿，就跨进卧室的门，本想立即跟他问个究竟，但没想，这时马扬已经睡着了。一百年才有这么一回，他能比她早睡一会儿。看着他略有些发黑的眼圈，早已不丰腴的脸颊，正在稀疏的头发，蜷曲着的身子，那种恨不得连脑袋也一起窝进被子去的"很难看"的睡相……由于进入梦乡，平日在部下面前那种"容光焕发""精气神十足"的状态全然被疲惫和困乏所替代，这时的他，看起来，脸相要比实际年龄老许多。放松以后的脸部皮肤，也把平日里有所掩饰的皱纹堆叠得越发明显……他深深地呼吸着，不时还会发出些微的抽泣般的倒气声。从他身上散发出的那种强烈的温热的为她所尤其熟悉的男人的气息，似乎笼罩了黄群周边所有的空间。她是能触摸得到它们的，甚至也时时能融进那里头去的……她忍不住地深深吸了一口，仿佛一个母亲闻到久别了的儿女的气息似的，心里涌起了一股感动的心潮……

他到底是一个怎样的人？

她常常这样问自己。熟悉？陌生？又熟悉，又陌生？一会儿熟悉，一会儿陌生？今天熟悉，明儿个又觉得陌生了？他总有那么多的想法，总有钻研不完的问题，总向她显示出一种她不能把握的精神面貌。她有时为此感到害怕，但更多的，却总是为这一点儿激动。妈妈（马扬的老丈母娘）生前告诫过黄群："对马扬这样的老公，你要经常踩踩'刹车'。"

当时，她并没有把这种经验之谈放在心上，但后来想想，是很有道理的，自己实际上也是这么做的。但今天，拿着这样一封信稿，她却无法让自己简单地向他踩上一脚"刹车"了事。人们在自己付出的生存代价中熔铸自己的生命价值，有人力求用很低的生存代价换取很高的生命价值；有人用很高的生存代价换取很高的生命价值；还有人付出了很高的生存代价后，并不问自己的生命到底值多少钱——他们拥有一个更大更高的生存目标，只是向着那个目标走去……她常常暗自为马扬——她亲爱的男人而骄傲。他有一千个理由，一千种可能，一万个"不得不"，让自己终于走向"世俗化"。但她知道，他心底里始终是反世俗的。放弃省委副书记的职务留守大山子，创建一个起码在 K 省来说尚未有过的公司模式，如果仅仅说他是为了追求时髦，那代价太大了。

为追求时髦而愿意付代价的人也是有的，但他们是有严格界限的，那界限就是必须以自己最后的盈利为最后底线。她相信，她的马扬，追求的只是一种思想。为思想而活着——"你明白，这有多么愉快吗？"有一回，他轻轻地吻着她的手指，轻轻地这么跟她说道。

她要叫醒他，她要责问他：这么大一件事，为什么一点儿信儿都不跟我透露？难道说，你真的把我当家庭妇女来对待了？难道说，你真的不明白，我向你踩的那无数次"刹车"，只是有朝一日能让你有更充沛的精力向更高峰冲击？我从来没想过有朝一日要跟你跨过金水桥，但我总时刻准备着，陪伴你一起艰难地去渡过那断魂沟……

"哎，说话呀。深更半夜，带着老婆、闺女，上我这儿打坐来了？"贡开宸见马扬坐下后许久不说话，便开始催促。

马扬被黄群叫醒后，满肚子窝火，低垂着头，闷闷地坐了会儿，正要"问罪"于黄群："犯什么病呢，不让人睡觉？"睡眼惺忪中却看到她手中拿着那封信稿，他的睡意一下全消失了。他以为黄群会跟以往那样，拿许多眼前的实际利益跟他叨叨个没完，没想到，她一声不响只是怔怔地看着他，而后却一下倒在他怀里，呜呜地抽泣起来……

"那件事，我已经征求了黄群的意见。她完全支持我的选择……"
"哪件事？"
"争取留在大山子组建企业集团……"
"完全？她完全支持你不去外省当省委副书记？我怎么觉得，刚才她进屋来的时候，眼圈还有点儿发红呢？"
"她是哭了……"
"那你还说她完全支持你？"
"但她就是这么说的。"
"一边哭，一边说完全支持你？"
"是的，我以党性和人格担保。平时，跟她商量这种事，她一般都要发一点儿牢骚，今晚怪了，一句牢骚都没有。先是不说话，闷坐着，后来就开始流泪，然后就说支持我的决定……"
"再没说别的了？"
"没有。后来……就一直坐在那儿默默地哭鼻子……"
贡开宸淡淡地笑了笑，又轻轻地叹口气，沉默了一会儿，突然站起来说："走，去看看她母女俩。"
"贡书记，您不用说了。真的不用说了，不用再为我操这份心了。马扬他能放弃当省委副书记的机会，为大山子去干这么一档子事，我要再拖他后腿，再给他出什么难题，我就真的不是个人了，也白做了他这么多年的妻子。"黄群一边说，一边接过女儿递给她的手绢，擦了擦眼泪，苦笑着继续说道，"再怎么说，我也是大山子的一分子……"她说着，眼泪又大颗大颗地掉了下来。

贡开宸眼圈微微地红了："谢谢……谢谢……"这时，贡家大门外开来三辆车，三辆车中有两辆是高级警车，一辆挂着公安车牌，另一辆车身上标着"检察"二字。几分钟后，贡宅的警卫走到二楼起居室，弯下腰，低声地对贡开宸说道："省政法委的陈书记、公安厅的唐厅长和省检察院的申检察长来了。"

贡开宸笑道："今天晚上是怎么了？都约好了，存心不让我睡觉，还是怎么的？"

马扬一家人忙站起来告辞，贡开宸默默地送马扬一家。快走到客厅门口，马扬忙回转身对贡开宸说："贡书记，您留步。"黄群也忙说："您请留步。"贡开宸却做了个手势，继续陪着他们一家子一直走到大门外。一直等马扬的车快开到拐角处了，黄群和小扬回过头来看，只见贡开宸还站在大门口目送着他们。

车走不多远，突然停了。陪女儿一起坐在后座上的黄群都有点儿打瞌睡了，这一停，猛然醒了，忙问："怎么了？车出故障了？"

马扬默默地呆坐了会儿，突然叹了口气说道："黄群，谢谢你……"

黄群真让他骤然间说愣了："什么呀？"

马扬眼眶湿润起来，低声说道："真的非常……非常感谢……非常……"

黄群眼圈一下子也红了，忙咬住嘴唇，默默地伸过一只手，轻轻地放在马扬的肩头上。马扬感慨地握住黄群的手。坐在一旁的马小扬故意地叫了起来："哎呀，快走吧。多晚了，都困死我了，别跟这儿犯酸了。"黄群"噗"一声笑了，抽出手来，打了一下马小扬："死丫头……"

第七十章

　　政法委陈书记带着唐厅长等人是来向贡开宸汇报案情进展情况的。唐厅长说："企图谋害修小眉女士的那个歹徒的身份已经搞清，可以认定是一个黑社会性质的犯罪团伙干的。现已查明，这个犯罪团伙和原大山子冶金总公司领导班子里的某些人，特别是跟大山子矿务局的两位主要领导有密切关系。言可言就是被这个前任局长买通了这个犯罪集团的人杀害的。他当时估计言可言手里藏着一些原始凭据的复印件，对他威胁极大，几次私下里对言可言威逼利诱，都没得逞，最后就下了那个毒手……"

　　贡开宸问："那些东西呢？"

　　唐厅长汇报道："老言被害后，这些证据一直由他的老伴藏着。我们做了很多次工作，老人家都没肯交出来。她还是心有余悸……一直到昨天，我们才把这些东西拿到手。这回，申检帮了我们一个大忙。"

　　申检察长是个女同志，嗓门儿还挺粗，挺豪爽，一张嘴就要唐厅长请客："说一声帮忙就行了？你得请我们的人吃饭啊。"

　　唐厅长笑道："吃，吃，一定请你们的人好好地撮一顿。"

　　陈书记也笑道："哦，这件事，申检还掺和了一把？这情况我还不知道。"

　　唐厅长说："在跟言可言的老伴接触时，他老伴一口咬定没见过这样的东西，就是有，也可能让老言烧了。她说在老言被害前两天，她发现老言在厨房里烧过什么东西。有一阵子，我们还真让她蒙着了，真信了她的话。后来我们反复分析，觉得作为几十年的老会计、老财务干部，言可言为人正直、经验丰富、头脑清楚，不可能把这么一个重要东西不明不白地就毁了。因为只有保存好这些材料，才能说明他自己在这些肮脏的交易中是清白的。想来想去，觉得对老太太不能强攻，只能智取。当时，跟申检开了一次案情分析的联席会。申检提出，能不能从内部攻入……"

贡开宸饶有兴趣地问："此话怎讲？"

申检察长说："从老太太的亲戚朋友里找一找，看看有没有能为我们做工作的人，直接深入进去，搞一点儿攻心战。"

贡开宸笑道："还是女同志厉害。"

唐厅长说："申检的建议使我们很受启发，开始全面排查。在排查中，发现老太太有个远房外甥女是检察系统的一个工作人员……"

申检察长说："秋山县检察院秘书科的打字员。小丫头能干得很！我们给她布置任务，让她去伺候这个远房姨妈。小丫头把老太太哄得可顺心了，没多长时间，就把情况全搞清了。"

贡开宸忙问："材料是那个小同志从老太太家里偷出来的？"

唐厅长笑道："那哪能啊！小丫头完全说服了老太太，主动交出了材料。老太太现在还真喜欢上了这个远房外甥女，都不舍得放她走了。"

申检察长说："我们也准备把她调到大山子检察院进一步培养使用，有机会再送她学习学习，将来说不定还出一个能干的女检察官哩。"

唐厅长拿出一份打印的材料，递给贡开宸："我们把得到的新情况扼要地整理了一下。"

贡开宸拿起材料，翻开第一页。只见那一页上用二号黑体字醒目地印着这样一个标题："一、有关宋海峰的涉案情况"。贡开宸让他们把材料撂下，他连夜看。而后陈书记等人就走了。贡开宸慢慢在大沙发上斜着躺下，拿起那份材料刚看了两三页，警卫员又悄悄走了进来："唐厅长又拐回来，说是有一点儿事情，想单独跟您汇个报。"贡开宸立即从沙发上坐直身子，并做个手势，让警卫把唐厅长请进来。

唐厅长一进客厅就抱歉似的笑了笑，说道："还得骚扰书记一回，但这情况我考虑还得是单独跟您汇报。这么晚了，我就长话短说吧……"贡开宸拿起那份材料问："怎么，有情况没写进这份东西里？"

唐厅长再次歉然地笑了笑："还有一份材料……怎么说呢？涉及您的一位亲属，考虑到这情况不宜扩散，我们就没往这个情况报告里写……"说到这里，唐厅长谨慎地瞟了贡开宸一眼，见贡开宸仍声色不动地等着他往下说，便稍稍往书记跟前挪动了一下身子，继续说道："就是关于您的儿媳……

修……修小眉……"唐厅长从鼓鼓囊囊的公文包里抽取出一个薄薄的卷宗，恭恭敬敬地放到贡开宸的面前："这是有关她的一些情况，我们单独整理了一下。"

贡开宸突然平静地一笑，说道："干吗要给我看？"

唐厅长忙说："您……您还是看一看……"

贡开宸收起了笑容："我不看。"

唐厅长再往书记跟前靠了靠，低声说道："问题不算严重……只是有点儿牵连……"

贡开宸再次十分肯定地说道："我不看！"沉默了一会儿，贡开宸问："还有什么事吗？"唐厅长见书记的神情缓和许多，忙又劝道："您最好看一看……"却不料，贡开宸一下十分严肃地站了起来，脸也板了起来。这让唐厅长有点儿发慌，心里一愣，迟疑了一下后，赶紧也站了起来。贡开宸随即指着那份卷宗，用几乎不容反驳的口气断然说道："拿走。"唐厅长再不敢犹豫，赶紧收起卷宗走了。

这时候，马扬驾着车，载着全家人正飞快地往大山子驶去。马扬的手机突然响了起来。瞌睡中的马小扬被惊醒，一下叫了起来："电话……有电话……"马扬笑道："睡你的。"

刚要去取手机，黄群探过身子，去马扬的手包里取出手机，一边说："我来接吧。你把住你的方向盘。"但她很快又把手机递给马扬，略有些意外地说："张大康找你。"

"谁？"马扬一愣。

"张大康。"黄群压低了声音说道。

"这时候找我？"马扬忙把车速减下，接罢电话，驶到一个岔道口，索性停下了。

黄群忙问："怎么了？"马扬说："他要见我。"黄群一愣："在这儿？"马扬点了点头。

黄群有点儿紧张："他干吗要在这儿见你？"马扬说："他说他去大山子找我来着，没找着，现在正往回返哩。"黄群忙说："有什么事，明天白天说不行？"马扬说："事情可能比较急吧。一会儿他来了，我上他车上说事……"黄群忙说："让他上咱车来说。"马扬说："那怎么可以？有些事，人家不可能当着你们的面说。"马小扬说："那您也不上别人的车。我和妈都下车，让那个叔叔到咱车上来跟您谈。"马扬笑了："你当个保卫处长倒蛮合适。"这时，张大康的车已经迎面驶到。张大康下车来迎马扬，两个人握了手，还寒暄了两句。

张大康走过来拍拍车窗玻璃，又跟黄群打了声招呼，两个人便一起上了张大康的车。这时，旷野里陡然起了狂风，飞沙走石扑来，击打车身，稀里哗啦地响。黄群和小扬一直目不转睛地盯着对面那辆车，唯恐车里有什么动静逃脱了她们的"监视"。

过了一会儿，又过了一会儿，对面车里依然没有一点儿动静发出。马小扬甚至都有些沉不住气了。她回头去看看妈妈，屏住气提议："咱们过去瞧瞧吧？"毕竟是妈妈，黄群迟疑了一下后，断然说道："别忙。"

一会儿，风更大了。弥漫在原野上的风沙把相距不过十来米的两辆车扑朔得似隐似现。阵阵沙尘越过车身，升腾到天空，在车灯光的漫射之中，它们仿佛一个个不断在变幻着身体形状的妖魔，时而瘦高，时而矮胖，时而衣裾飞舞，时而伏地盘旋……而久久地，对面车里却依然没有任何动静传出。这时，黄群也沉不住气了，对马小扬说："走，过去瞧瞧。"

她俩刚打开车门，就见马扬从那车里走出。黄群迫不及待地迎上去："他跟你说啥呢？"马扬挥挥手，让她回自己车上再说。一上车，马扬告诉黄群："杜光华跟这位大康先生透露了我们要搞大山子工业集团公司的事，他也想参与这件事……"黄群忙说："那好啊。这家伙有实力，也有能力，在省内外影响也不小。问题在于，有他参加这个集团董事会，总体力量是强了，但你们这些人能把握得住他吗？都说他是只老虎……你说呢？"

马扬没答话。他不是不想跟黄群讨论这个问题。此刻，他只是觉得，张大康的问题，太复杂，而要说清这一切，的确涉及某种机密。再说，风也越来越大了，总不能老把车停在这旷野狂风中，优哉游哉地讨论什么张大康问题。于是，他不置可否地说道："走吧，走吧，回头再说。"说着，启动了车。

第七十一章

张大康回到他住的高档小区，已是第二天的凌晨了。省城里的人都说，假如有朝一日有一颗小型原子弹误投在这个小区上空，一秒钟后，省城银行里的存款一半以上都会变成无主存款。换句话说，在省城，人们"普遍"认为，K省省城几大银行里的钱，一半以上是住在这个小区里的人存入的。当然，这只是民间传说，并没有得到任何官方的确认。但只要你一走进这小区，看到怪木异卉，看到奇石曲池，看到每一幢小别墅都独具风格，猛一抬头看到某一位小保姆牵着两条高过她肩头的非洲猛犬四处散步，再一低头又看到每一幢别墅的车库里驶出的都是奔驰、凯迪拉克和最新款的林肯、宝马，同时又看到在每一条林间道的交叉路口都站着身穿深灰色制服大衣的保安，而且一般都是双岗，看到国家早就明令禁止，但在这儿几乎家家都安装在小花园一角，能收看世界六十多个电视频道的"小锅"……你一定会相信，这儿住户的银行存款总额，即便没占到省城几大银行存款总数的百分之五十，大概也达到了百分之四十九点九九九。

张大康那幢小别墅的编号是"A座2E号"，简称"A2E"，是一幢带有北欧风情、棕红色小尖顶的假三层花园别墅。光花园的面积就有一百四五十平方米。你说他阔气，他撇撇嘴告诉你，他有一个在南非商界发展的华裔朋友，在开普敦郊区的住宅，光住房面积就有四千多平方米："别说那花园了，真跟个迷宫似的。而这样的住宅，他有两处。你说怎么跟人家比？"当车快要接近"A2E"的时候，张大康的手机"哔哔"地响了两下，有人往他的手机上发了个短信息。"有急事。我在你二号。"张大康几乎没减速，立即掉转车头，向小区外驶去。

短信息是修小眉发来的。所谓的"你二号"，是指张大康的"二号住宅"。他还有一个"三号住宅"，是专供朋友们使用的，他自己从来不去。

这些在政界、警界或经济界，或学术界教育界的朋友都带谁去使用了那个"三号住宅"，怎么"使用"的，他也从不过问。给钥匙，交钥匙，拍拍肩膀招招手，坦然地笑一笑，轻轻松松走人。每天上午十点都会有钟点工来收拾小楼里的"残局"，两个小时后，保证还你一个"清净可人"。门厅大理石台子上，每三天换一次鲜花。张大康有一回透露，光每月供这一处的鲜花，就得花费两三千元。当然，这点儿开销对于他，简直不值一提，小菜一碟。

二号住宅是一幢连体别墅，档次自然比"一号"要低一些，又要比"三号"高一些。

他都没顾得上把车开进车库，一下车，甩上车门，就急着向低矮的栅栏门跑去。即便这样，在推开栅栏门的同时，他也没忘了四下里张望一下，看看有没有什么人在暗中监视。而在那拱形的门檐下已经有个穿着黑羊绒大衣的女人在等着他了。她自然就是修小眉。

张大康一边掏钥匙开门，一边殷勤地问："等多长时间了？你看看，冻着了吧？让你拿上我这儿的钥匙，偏不拿……"修小眉一句不答，只待走进门厅，都顾不上脱去大衣，就直逼张大康身前，责问："张大康，请你一定如实回答我，我让你还给那些人的十五万块钱，你到底出手了没有？"张大康显然还想回避这档子事，便揣着明白装糊涂地问："怎么了？"修小眉却不依不饶地追逼："回答我！"

修小眉如此亢奋、反常，使张大康也不能不心存疑虑了，便问："到底怎么了？"

修小眉完全急红了脸："你没有还给他们，是不是？"虽然院子里同样空阔无人，但张大康还是拿起遥控器，一边合上主采光面上那副土耳其芒麻布窗帘，一边劝道："小眉，冷静一点儿……"这时，修小眉几乎失控，脸色已由红转白，眼眶里几乎充满了泪水，叫道："你没还，是吧？你为什么不还？你到底想要把我怎么样？毁了我，对你有什么好处？我怎么得罪你了？你有什么权力这样对待我……"张大康大喝了一声："修小眉！"修小眉渐渐地平静了一些，但眼泪却完全不受控制地流淌了下来。

"能不能告诉我到底发生了什么，再来冲我发火？"张大康问。修小眉浑身战栗着，抽泣不止。

"喝点儿什么？法国矿泉水，还是加柠檬的红茶？不过，这儿只有袋泡的红茶……"

修小眉依然不语。

"还是喝矿泉水吧。有人找你麻烦了？谁？"

修小眉喃喃地哭诉道："你为什么要毁了我呢……"

"说呀，有人找你谈话了？"

修小眉点点头。

"他们说什么？"

"了解我和大山子矿务局前任几位领导有过什么来往……要我详细说明每一次的时间、地点和内容……"

"你怎么说？"

"我能说什么？"

"你什么都没说？"

"我能说什么？每一次我只是陪着你在一旁坐坐。连你们和大山子前任领导到底谈些什么，我都没听清楚……"

"你对他们说到我了？"

"我还没那么傻！"

"谈话中，他们问到我了没有？"

修小眉犹豫了一下："问了……"

"怎么问的？"

"问一起去大山子的人中间有没有你，还问是不是我替你介绍认识了大山子矿务局和冶金总公司的那几位前任领导的，还问你在事前事后给过我什么好处没有……"

"你怎么回答的？"

修小眉哭了起来："我说我不知道、不知道、不知道……"

"别急，别急，不会有事的。"

"什么不会有事的？没事，他们吃饱了撑的，来瞎问什么？"

"刚才……就一个来小时前，我刚跟 K 省当前一个非常走红的人物见了面，很亲切地谈了话。我向他试探了一下，问他我可不可以参与他正在筹组的一个大型集团公司。他表现得很高兴。"

"马扬？"

"这个人政治上非常敏感，也深得你老公公信任。如果内部有什么对我不利的风声，他一定会从你老公公那儿得到某种警示。但是从刚才他对我的态度看，跟从前基本没什么变化……"

"你完全小看了我那位老公公，也小看了你这位老校友。他们在政治上比你想象的要老到得多，也要坚定得多……"

"你不知道我跟这位马扬过去的关系……"

"大康，跟我说实话，那十五万你到底还了没有？"

这回轮到张大康不作声了。

修小眉又开始着急了："如果你还没还，看在你曾经喜欢过我的分儿上，请你立即去还了。为了我，也为了你自己……没有钱的牵连，一切都好说；一旦纠缠进这位孔方兄……一切都说不清了啊。大康，你是聪明人，也是蹚过大江大海的人，这些话还用得着我来跟你说吗？"

张大康还是不作声。

修小眉缓和下口气："有什么为难之处吗？十五万，你花了？"

张大康轻轻叹了口气，走到里边一个房间里，抱出一个小巧的不锈钢保险箱，打开箱子，取出一张存折，放在修小眉面前。

修小眉拿起存折一看，大惊失色："为什么？张大康，你为什么……"

张大康不动声色地从箱子里又取出三张存折，把它们一一放到修小眉面前。

修小眉拿起这几张存折，完全愣住了："这五十万……又是怎么回事？怎么都写着我的名字？"

张大康苦笑："每次，你带我们去大山子，谈成一笔生意，有关方面都会按圈子里的规矩，给你提留一笔佣金……"

修小眉惊叫道："我带你们去谈生意？我不知道什么生意！你只是说你们不认识大山子那些领导，我说他们都是我公公过去的老部下，其中一位还是我爱人中学时的同班同学，我可以介绍你们认识。我不想，也没有参与什么生意……我更不想拿什么佣金……"

张大康点点头："我知道你不想拿这些钱，所以，这几张存折，我也一直没交到你手里……"

修小眉脸色全苍白了："六十五万啊，张大康！"

"交易媒介拿取一定比例的佣金，是合法合理的事，全世界都这样……"

"可你们跟大山子那几个人到底做了什么交易？大山子这两年大量国有资产流失，跟你们的交易有什么关系？你还要我去当你什么大山子分公司的经理，是不是也是拿我的身份去做掩护？张大康，你杀人不用刀啊！"修小眉拿起那几张存折就向外走去。

张大康忙一步冲到门前，堵住修小眉的去路。

修小眉哭叫起来："张大康，杀言可言的是不是你？炸贡志和办公室的是不是也是你？想除我灭口的是不是也是你？你还想干什么？"张大康苦笑了笑，低下头默默地站了会儿，然后突然打开门，对修小眉说："你走吧……走吧……去告诉他们，我是杀人凶手，再拿着这六十五万元的存折，对他们说，你来自首了。请他们可怜可怜你，如果原先要判死刑的话，请他们改判你一个死缓。再看在你老公公的份儿上，看在你为国捐躯的丈夫的份儿上，能从轻发落，判你一个二十年或十八年有期……你还算年轻，十八或二十年之后，当你老态龙钟地走出监狱大门时，还可苟延残喘地活上几年时间。走吧……"修小眉呆住了，脸色一下变得青白。"我杀人？你看看我这只手，像一只杀人的手吗？我倒是想杀人。如果我真有那么凶狠、干脆，许多事情都不会让那帮子完全没有文化、没有头脑的人搞得这么糟糕。"修小眉战栗了一下，迟迟疑疑地问："你知道是谁杀人的？"张大康沉默了一会儿，叹道："也只是猜测而已……"修小眉又迟疑了一会儿，问："你跟这些人到底是一种什么关系？"张大康苦笑："什么关系？一种没有回头路可走的关系……"修小眉一惊："没有回头路可走？什么意思？啊？什么意思？这样的路你也要走？你还要拉着我一起走？这就是你说的你喜欢我？这就是你的爱？"张大康一直等到修小眉一口气把全部的悔恨怨愤都发泄完，才说道："小眉，你能冷静地听我说一说吗？"见小眉不再作声，便去关上门，搬来一把软皮垫靠背椅，放在修小眉身前，然后说道："你可以站着听，也可以坐着听。不想听了，你随时可以走出这个大门。只要你觉得有必要，你也可以随时动用你的手机报警。当然，如果可能的话，请你听我把话说完。过去你只了解我的一半，那个在自己喜欢的女人面前极其张扬自己个性的张大康，那个自认为是中国第一代商人中最优秀、最完美、最杰出代表的张大康。今天我要让你看到这个人的另一半，一个在种种诱惑、罪恶、机谋和权术面前极其痛苦地自我挣扎、自我否定的张大康……"

"谁还能诱惑你张大康？"修小眉疑惑地问。她真的不愿意再听他为自己辩解，这样的辩解，她已经听得太多了。但是，她又希望能听到他做出最有力的辩解，从而不仅从当前这几近无望的困境中彻底解脱了他自己，也能完全解脱出她。就像绝大多数癌症患者一样，最大的希望是在众多"无情无义"的大夫中能听到有一位大夫温情地而又绝对权威地说出这样一句话："不，你得的不是癌症。他们都误诊了……"

"谁能诱惑我？谁？谁？想知道是谁吗？"张大康突然激动地挥舞起双手，在修小眉面前咆哮起来，然后又好像被噎住了似的，瞪大了眼，只是看着正怔怔地等着他往下说出答案来的修小眉，干干地咽了两口唾沫……这一突然煞住话头的瞬间，他的脸一下涨红了，眼睛里闪出茫然的光泽，仿佛告诉对方，他正困难地在从记忆的汪洋大海里努力搜寻那可供登陆的小岛……那种无望的茫然，是修小眉从来都没有在他的眼睛里发现过的。这一瞬间，修小眉完全屏住了呼吸。她想听，又怕听到什么她特别熟悉而又不愿听到的名字……

张大康再次干干地咽了一口唾沫，眼睛中突然闪出一种非常明晰的、甚至可以说很清澈的光泽。这种光泽只可能出现在那种完全操控着自我人生进程的强者眼睛中……随后，一种无奈却像从溃烂的肿块里不断渗出的脓血，向四周扩散蔓延……

"是我自己……是我自己诱惑了我自己……是的，是我自己……我自己……"

第七十二章

吃罢早饭，贡开宸从警卫员手里接过公文皮包和大衣，正匆匆向外走去，一推门，过道里却站着贡志和。贡开宸一边看手表，一边问："什么事？"贡志和说："想跟您约个时间，随便聊一聊。"贡开宸一听就不太高兴，"随便聊聊？"这小子想什么呢？便一口否决了："这两天没有时间。"贡志和说："过两天再聊就没意义了。"

贡开宸知道，志和受志成影响比较大，总体上说，还算是一个有头脑的年轻人，一般不胡搅蛮缠，但他就气他这一年多也学得心浮气躁，不好好搞自己的研究，净做一些没根没底的事。见他如此坚持要聊一聊，贡开宸只得说："那你找焦秘书，让他安排一下。"贡志和立即说："能不通过任何人，直接跟您要一点儿时间谈谈吗？"贡开宸又不高兴了："让你去找焦秘书，没有别的意思。我也不知道我什么时候有空。你在这个家里生活了这么长时间，这一点儿常识都不知道？"贡志和说："我可以去找焦秘书，但我不想去找。"贡开宸火了："你这不是在抬杠吗？"贡志和说："我想跟您谈谈嫂子的问题。我不想让任何人知道，你我之间进行了这样的谈话。"贡开宸一怔："你想跟我谈谁的问题？你嫂子的问题？"贡志和又说："另外，我也要跟您谈谈我自己的一点儿情况。"贡开宸问："什么情况？"贡志和宣布道："我决定要回研究所去好好做我的研究去了。"贡开宸"嗯"了一声，脸色顿时好看许多："好嘛，脚踏实地地做一点儿学问，很好。现在中国缺的就是真正有本事、有学问、有长远眼光的人。急功近利的人太多了，浮皮潦草的人太多了……"贡志和怕他说个没完，忙插话："同时，我还想跟您说说嫂子的事。"

"你嫂子的事，有人在管。"

"所以我要跟您说一说。"

贡开宸瞪起眼："有人管，你还要说？"

贡志和固执地说："嫂子她不是坏人。"

"她是不是坏人谁说了算？"

"您说了算。"

贡开宸一耸眉毛："浑蛋逻辑！是组织上说了算，法律说了算。"

"爸……这一年多，我恨过她，也花了很大的代价偷偷地调查过她。我恨她，调查她，既是为大哥，也是为我们这个家，坦白地说，归根到底还是为了您。大哥在跟我的那次长谈中说到，他这一生，最大的遗憾就是自己在各个方面都没能赶上您，更谈不上为您分担一些什么。他为有您这样的父亲而自豪，又为自己感到羞愧。他说，我们兄弟姐妹都应该以您为榜样，认真考虑一下，到底应该怎么去生活，最起码也应该做到不给您添乱。他甚至为自己没能为您及早生一个孙子孙女而责备自己。他和嫂子一直没要孩子，起初是因为工作担子太重，不敢让嫂子怀孩子，后来……他身体又不行了……大哥真的是我们这个世界上少见的好人。我不愿意他在牺牲后，再受到什么人格侮辱，所以……我一直想搞清嫂子到底是一个什么样的人。但现在，我感到，这些年，我同样没能真正地了解嫂子的情感世界。我和许多人一样，总是把自己身边的人当成一个希望的符号、理想的幻影，而不理解他们作为一个活人，本应该是什么样的……一定会是什么样的……"说到这里，贡志和突然不说了。

稍稍地等了一会儿，贡开宸轻轻地叹口气问："说完了？"贡志和抬起头又说："爸，懂事以后，我从来没有求过您。虽然我不是您亲生的儿子，您能不能让我使用一次儿子的特权，向做父亲的您做一次恳求，恳求您运用一下您的影响，在必要的时候，让有关部门给嫂子一次机会……前一段时间里，她可能纵容了自己的感情，被一个叫张大康的人利用，做错了一些事，但我相信这肯定不是她的本意。她无意去伤害集体，更无意去伤害这个国家和整个事业……我想，在了解了全部情况以后，即便是大哥也会原谅她的……"说到这里，他的眼眶湿润了，又一次收住了话头。

又等了一会儿，贡开宸再问："说完了？"贡志和黯然低下头，三十大几的人，正经还是省社科院的大知识分子，眼泪居然像熟透了的山果子似的一串接一串地往下掉。贡开宸再一次看了看手表，本想说一句什么安抚的话，但迟疑了一下后，觉得不说也罢，便感慨万端地轻轻拍了拍贡志和，拿起皮包，走了。虽然父亲什么也没说，但志和心里还是感到了极大的安慰，一来，父亲毕竟耐心地听他说完了这一番话，再者，父亲没怎么批评他。这么多年，贡志和当然知道，只要父亲不批评不反驳你，就算是一种对你的默认、赞许，就算是无声的肯定，自己应该知足了……

贡开宸在处理子女问题上相信两条：一、以身作则。月落江阔万里浪，浩浩荡荡，这是最厉害、最有效的教育。二、就是要严管。什么叫孩子？就是一个不懂事的人嘛。懂事了，他就不是小孩儿，就是大人了嘛。不懂事，不管行吗？贡开宸最看不惯那些娇纵子女的家长。他认为这些家长完完全全在误国殃民，只是在满足自己的一种溺爱心理，很自私嘛。他那么喜欢又看重的大儿子贡志成，十五岁前就经常挨打。志和、志英、志雄由于身世的特殊，虽然从没挨过贡开宸的打，但也少有好脸色相待。实实在在地说，这一二十年，也的的确确难为了这几个子女。

八点二十五分，贡开宸准时走进自己的办公室，多年来一贯如此。即便有特殊情况，到不了，在这个点儿上，他也会打个电话给自己的秘书，做些必要的交代和询问。他特别信奉一点，一个人的种种素质中，最厉害的东西就是四个字：持之以恒。他很后悔，在挑选郭立明时，没发现这个过于聪明的年轻人缺少的就是这个持之以恒的品质。总想走捷径，总想一蹴而就，关键时刻又把握不住自己，最终只能是"蹴"到人家给你准备好的泥坑里去了。小聪明啊，聪明反被聪明误。他欣赏马扬。这家伙同样很聪明，但又能咬定青山不放松，这就是一种大聪明，干大事的气质。当然大聪明也有大聪明的危险之处。一旦"咬定"的那个"青山"出了问题，再加上自身的那种执着倔强的个性，很可能就会出大事……历史上，大聪明反被大聪明误的教训也并不少见啊……时时事事都保持头脑清醒，时时事事都能做到游刃有余，谈何容易啊！

焦来年把当天的日程安排拿来请贡开宸一一过目，又告诉他一早就有不少电话打到办公室来找他，其中有几个比较重要："一个是乡镇企业办打来的。说他们搞了一个今后五年我省乡镇企业的发展规划，看看什么时候能递交省委常委讨论一下……"

"规划请邱省长过目了吗？"贡开宸脱下大衣，交给焦来年去挂上，并问道。

"乡镇办的董主任说，这件事，原先是您跟他提的……"

"我提的，也得请邱省长过目。请省政府先组织人充分论证一下，然后再提交省委常委讨论。"

焦来年忙答应："好的。还有一个电话是省委政策研究室打来的，说他们搞了一个课题研究报告，谈我省如何迎接 WTO 的挑战……"

贡开宸眼睛一亮："这个好啊。报告打印了吗？"

焦来年说："打印了，一万三千字……"

贡开宸笑道："一万三千字？他们想要我的命？现在动辄上万言。诸葛亮的《前（后）出师表》一共才多少字？总理的政府工作报告才多少字？"

焦来年笑道："他们说，这还只是第一部分……"

贡开宸摇摇头笑道："好嘛，存心跟我们这些人过不去啊？"

"那我让他们认真压缩一下，搞一个梗概给您？"

贡开宸忙又摇摇头说："不用了。一万三千字要真能把 WTO 这么个大问题说清楚，说透彻，说出一点儿跟我们 K 省相关的真道道，也行。先别让他们压缩，我尽快抽时间看看。这两份东西，让办公厅同时送全体常委。另外，从省内外选十四五个这方面的专家，也请他们看看这两份材料，到时候除了请常委们讨论，也分别听听专家们的看法。"

焦来年又说："另外，省纪委周书记派人来送了一盒录像带，是纪委工作组的同志跟宋海峰谈话的现场情况，说是您要的。"

贡开宸忙点点头："是我要的，我马上看。"

焦来年又说："唐厅长也派人送了一份材料来，是要请您亲启的。"他拿来一把裁纸刀，要替贡开宸把它拆开了。

贡开宸打量了一眼那个密封函件，忙说："别动它。你给我要唐厅长。"焦来年立即要通唐厅长后，贡开宸在电话里说道："老唐，你那个邮包里是什么玩意儿？我告诉你，修小眉的材料我不看。别说了，一会儿，你派人来取回去。"随即挂断电话，并吩咐焦来年："一会儿把这个邮包退给老唐。"

焦来年犹豫了一下，分析道："唐厅长这么执着地想请您看，一定是有什么原因……"贡开宸却说："什么原因，我也不看。"焦来年还想说些什么，贡开宸立即板起了脸："我让你退就赶紧退，哪那么多废话？告诉你，背着我也不许你插手这件事。听清楚了没有？"

焦来年忙点头答应。这时，外间屋里响起了电话铃声。不一会儿，去接罢电话的焦来年匆匆跑来，神色有一点儿慌张地报告道："纪委工作组的同志报告，宋……宋海峰绝食了……"

第七十三章

本来按中纪委专案组同志的意思，他们是想要把宋海峰转移到 K 省以外的地方去实行"双规"的。所谓"双规"，就是在规定的地点、规定的时间内，让被审查的人说清楚自己的问题。后来不知道又因为什么样的原因，没转走，在省城西北部一个大山的深处，找到一幢年代比较久远的小楼，把宋海峰送到那儿"住"下了。据说这小楼还有段非比寻常的"身世"——当年是国民党某战区司令部长官公署下属的一个留守兵团指挥所，偏僻的大山里热闹过一阵。兵荒马乱的岁月过去以后，这里曾一度划归共和国某部委下属的一个研究院使用。后来，"大三线""小三线"的问题被提到战略的高度来筹办，大批人马开进，这儿曾相当地热闹繁荣过一阵。小镇小街上的鸡蛋和猪肉因此卖得比省里还贵。一待大小"三线"问题过了景儿，机构、器物和人员相继撤出，这儿再度冷落。小楼黑灯瞎火空关着，"但闻鸡犬声，不见人踪影"的日子比"不闻鸡犬声，但见人踪影"的日子要多得多。小楼跟前有个不小的院子，院子有一扇锈迹斑斑的铁门，铁门里有十来棵瘦长的冷杉树，高可俯瞰小楼楼顶。这里的寂静能让你发怵。在院子里稍稍地呆站一会儿，你总会突然觉得那几棵瘦高的冷杉树在微微地点着头，像是有话要跟你说似的，特别是在傍晚时分，在那圆圆的并不明亮的太阳快要落到大山背后去的那一刻，你会觉得它们尤其无奈、凄婉和动人。自从这儿被选作宋海峰的"双规"场所后，院子里就经常停着一辆警车，两辆桑塔纳2000，但仍然经常地见不到什么人影。倒是早年就安居在某棵冷杉树背后的那个老式双杠上，经常出现晾晒的内衣内裤、外衣外裤、袜子毛巾什么的，纷纷在微风中微微飘荡，而常常晾晒在老式双杠下的，则是一双双男鞋或女鞋……

应该说，专案组为宋海峰安排的饭菜还是相当不错的，甚至可以说是出乎人意料的精致，连餐具也都是上好的青花瓷制品。因为住得偏远，为了保障宋海峰的生活和健康，专案组里为此还专门配备了厨师和保健大夫。晚饭后，专案组的同志常常陪着宋海峰在院子里散步。宋海峰抽的仍然是昂贵的中华烟，喝的仍然是最好的乌龙茶。他们经常很友好地在那个石桌上布下一局局扑朔迷离的象棋残局。宋海峰不打扑克，下象棋也只喜欢下残局。他觉得，开局和中局缺少刺激和悬念，就像那些平庸者平日里过的日子一样，只是一些很雷同的过程。他认为，只有残局，每一步都面临命运的结局——或被对方杀死，或者就杀死对方，充满着命运无穷大的变数，这才够劲儿。

那天给他送饭，敲了半天门，他都不开。他的门规定是不上锁的，专案组一进驻，他那个卧室门上原装的老式斯匹林锁就被拆除了。但每回专案组的人进房间去找他，都会很有礼貌地要敲敲门，依然像以往似的，听到他在门里说声"请进"，他们才推门去跟他谈话、说事。在组织没做出最后的处理结论以前，在理论上，他仍然是省委副书记嘛。

但那天，宋海峰没搭理那两下敲门声。他闭目躺在床上，双手放在腹部，枕头旁还放着一本中华书局版的《钱注杜诗》。床头柜上的青花茶杯里，一杯刚沏上的乌龙茶，正袅袅地冒着热气。门外继续在敲门，他却完全像是没听到一般，继续不加理睬。他并非睡着了，此时正一阵阵咬合着自己的牙关，借此竭力地控制自己的情绪，也控制住从自己心底发出的那一阵阵战栗，并且控制住自己，不让自己从床上跳起。

"他绝食多长时间了？"贡开宸在电话里问。

"有两天多了……"省纪委的同志报告道。

"怎么现在才报告？"贡开宸又问。

"一开始他只是说吃不下，没食欲。我们想，这也挺正常，就请大夫给他开了点儿镇静药、开胃药，还特地搞了一些南方的水果给他。今天一早打扫房间的同志才发现，他把那些药和水果全扔了。刚才送中午饭去，他连房门都不让进了……"

"跟他谈过没有？"

"中纪委的同志正在跟他做工作……"

"好的。有什么情况，随时通报。"

第二天上午，消息传来，宋海峰仍然在绝食。贡开宸告诉焦来年："要车，马上。"焦来年习惯性地答应道："好的。"贡开宸又吩咐："一会儿，你跟着一块儿去。"焦来年仍习惯性地问："要带什么材料？"贡开宸说："不用。通知办公厅，原定今天下午的那些日程安排，全推到明天。"焦来年点点头说道："好的。"然后还特地问了句："宋海峰绝食的事，怎么处理？"贡开宸说："怎么处理？我们这就去看他。"

焦来年这才有点儿吃惊。他原以为书记要车是去金都大酒店看望上海计委派来的代表团。这个代表团是根据K省省政府和上海市政府不久前达成的一个合作意向，就两地共同开发K省火力发电资源问题，做进一步的洽谈。该代表团在辽宁活动了三四天，原定今晚离开沈阳，明天到K省，却整整提前了一天。K省方面，对这件事非常重视。他们考虑到万一德国方面的投资真有变卦，从国内寻找投资，便是解决问题的另一个重要途径。上海方面，当然是此方案中合作对象的首选。上海的同志一到，省长邱宏元马上改变了原定的日程安排，去见了上海的同志。下午和晚上，继续由邱省长跟上海的同志谈，明天上午由省计委的同志陪同上海的同志去大山子做实地考察，还要去805矿务局和山南地区。贡书记跟上海同志的见面，原来安排在明天下午三点以后，然后还要和他们共进工作晚餐。焦来年以为书记和省长商量下来，想提前去看望上海来的同志，没料想是去看宋海峰……

这时候，在这种情况下，去看宋海峰，合适吗？

大约等了二十来分钟，贡开宸圈阅了两份文件，见焦来年还没回来复命，他便向秘书室走去。焦来年不在秘书室里。贡开宸又等了一会儿，有点儿着急了，下意识地敲敲桌子。

焦来年还是没出现。

焦来年是故意躲到别的办公室去打电话了。他琢磨半天，只有给潘祥民打电话。

他希望由潘祥民出面来劝贡书记，在这个情况下不要去沾宋海峰这块已然掉在灰堆上的"臭豆腐"。他已经被"双规"了，有中纪委的同志管着，他吃不吃饭，开不开口，交代不交代问题，就甭管了，管多了，真还说不清哩。潘书记答应马上给贡书记打电话。焦来年这才匆匆回到贡开宸这儿。贡开宸已经等得有点儿不耐烦了，便问："干啥呢？这么长时间！"焦来年当然不能告诉贡书记自己去干什么了，只说是在办公厅耽搁住了。"咱们走吧……"他先进里间，替贡开宸把桌上的东西和皮包收拾了，然后又花时间收拾了自己那间秘书室桌面上的东西——其实他没收拾自己的办公室，他在耗时间哩，在等潘书记来电话。贡开宸见他去了半天（其实只有几分钟）还没完事，又不耐烦了，便挽着大衣，提着皮包，进秘书室催促："还没完？你真够磨蹭的！"焦来年忙冲着自己办公桌一通忙活，并说："马上……马上……"看来是不能再拖延了，焦来年只得快快地收拾了该收拾的东西，把抽屉一一锁上，又一一试着拉一下，证实了它们都已被锁死，这才收起他那一大串钥匙，仍不忘去戴上他那副软皮黑手套。贡开宸笑道："什么毛病？一双手有那么娇贵？"焦来年不好意思地笑笑："我也纳闷儿，多少年了，只要手一着凉，我就准感冒。从小就这样，怪事。夏天睡觉，我妈都拿毛巾被替我把手捂着。我估计我们这焦家五百年前跟千手佛有缘，遗传了一双特别不寻常的手。"贡开宸笑道："它要凭空一抓就能抓出个翡翠玛瑙什么的，还能说得上个不寻常，就现在，这么累赘人，我看呀，砍了算了！"焦来年忙笑道："别啊！"

两个人说着笑着往外走，焦来年心里却着急，还惦着潘书记那边哩，临带上门时他又看了一下电话机，但它还是没响，只得一狠心，"砰"的一声把门关上了，跟着贡开宸向电梯口走去。没想到，偏偏这时候电话铃响了。他忙叫了一声："电话！"贡开宸却说："别管了！"很少不听招呼的焦来年这会儿却固执了一回，说声："我去接一下吧……"居然不等贡开宸答应，就自作主张回转身，重新打开办公室门，冲进去接电话。果然是潘书记打来的。他挺紧张地跑出来告诉贡开宸："潘书记找您。"

贡开宸进办公室接电话时，焦来年故意躲开了——怕贡书记从潘书记那儿得知是他去告的"状"，回头就批评他。但这回挨批，肯定是跑不了的了。贡开宸接完电话出来，果然狠狠瞪了焦来年一眼，一语不发，向电梯口走去。焦来年呆愣了一下，忙跟上。进了电梯，电梯里只有他们两人。

"多嘴！谁让你向他报告的？搬出阎王来吓唬小鬼，你馊点子倒不少。"贡开宸又瞪他一眼。"潘书记是不是也觉得您这时候最好还是别去接触宋海峰……"焦来年小心翼翼地问。等出了大楼，下了台阶，匆匆向大奥迪走去的时候，焦来年还不甘心地凑近贡开宸低声劝道："您这时候去看宋副书记，会引起很多不必要的误会……""你要怕，你就别去！"嗨，你瞧这位贡书记，临了，居然还来这么一句。焦来年自然不再作声，赶紧上前替他拉开车门，伺候他上了后排座位坐下，自己赶紧去副驾驶的位置上坐着了。

一路无话。焦来年却不时通过后视镜，悄悄地打量贡开宸。贡开宸却只是凝视车窗外的景色，脸色木然不觉似的沉滞。

开进大山，山道盘旋。大奥迪缓缓驶到那个老漆斑驳的院门前停下。司机按了两下喇叭，院门里没有任何动静。司机准备按第三下喇叭，贡开宸制止了他。贡开宸问焦来年："你没通知专案组，我要来看宋海峰？"

焦来年脸红了红，是一种羞愧、歉疚。是的，他没通知。从随侍贡开宸左右，他破天荒第一次自作主张不去为书记的活动做该做的准备。而且他还盘算了一路——虽然心里一直在打着鼓——怎么在最后的关头去劝阻贡书记。焦来年清楚，宋海峰被"双规"后，社会上沸沸扬扬，出现不少不利于贡开宸的舆论。宋海峰一度是贡开宸的红人啊，宋海峰是贡开宸一手提拔的啊，宋海峰出问题，贡开宸能没问题吗，至少他应该负领导责任啊。社会的关注和批评并非全无道理。但实际情况自然要比人们所议论的复杂得多。这也难怪，信息不对称嘛。但在这种情况下，无论怎样，贡开宸本人应该谨慎才是，至少不该再去过问了。

贡开宸这时要下车。焦来年忙回身去按住车门把，万分恳切地说道："贡书记，如果您连小眉的事都觉得不该过问，那么，就更不该来过问宋海峰……

您这时候来接触他，了解您的人，会说您是为了党的事业，千方百计地挽救一个年轻的高级干部。可不了解的人会怎么想……况且，这儿有中纪委的同志在坐镇，您不来做工作，也是完全可以说得过去的……"

贡开宸却用力拨开焦来年的手，自己打开车门，向车下走去。焦来年极伤心地愣住了。

一直等到贡开宸快走到那个老漆斑驳的大铁门前了，焦来年才追了上来。没想贡开宸也在铁门前站住了，他回头来问焦来年："你也没向中纪委领导报告，说我要上这儿来做一下宋海峰的工作？"

"没有……"

"现在打电话报告。"

"贡书记……"

"报告！"

焦来年犹豫了一下，刚拿出手机，这时大铁门"咣咣"地启开了，出来两位专案组的同志。他们一定是听到门外有汽车声，然后又从楼上的窗户里看到这么一辆为国内高级党政干部使用的高档奥迪车，猜测是相当级别的重要人物来此"探营"，经过一番商量，决定下来看看虚实。他们当然都认识贡开宸，一时间，都很感意外。"贡书记？请……请进，快请进。"贡开宸却没应邀。拥有几十年政治工作经验的他，当然非常明白，这种特定时刻，做事的分寸一旦把握不好，后果的确难以设想。他做了个手势，让他们等一下。

这时，焦来年只得赶紧走到一边去，拨通中纪委的电话。很快有了答复："他们同意了……"贡开宸没等焦来年再说第二句话，便大步走进了大铁门。

几分钟后，专案组的同志急促地敲着宋海峰的房门，告诉他："贡书记来看你了。"宋海峰压根儿不相信这时候贡开宸还会来看他。他依然一脸病容地躺在床上，任凭专案组的同志怎么敲门，也不动声色。他认为是这些同志想方设法在"蒙"他进食而已。但很快他便听到贡开宸的叫门声："宋海峰，开门！"并夹带一声很用力的砸门声。宋海峰一下从床上跳了起来，心猛烈地跳动！他不相信贡开宸会来看他。任何人在这时候都会远远地躲他，他来干什么？真是他吗？但贡开宸的声音，还有那一下有力的砸门声，应该就是他……要知道，换一个人，谁都不会这么砸门的……

这时，门外又响起了贡开宸的叫声："宋海峰！"

是他！

宋海峰一下站了起来，呆了一会儿，慌慌地收拾了一下衣服和头发，又略略地整理了一下床铺和桌子，走去开门。

他脸色明显苍白，神情明显僵硬，无限的委屈和极度的忐忑，在绝望和挣扎中来回探寻生路，但从表面看，应该说还是平静的，嘴边也总在掠过一丝丝淡淡的苦笑，好长时间不说话……

"没什么话要跟我说？"贡开宸问。

这时，在楼上的一个房间里，专案组的几位同志正通过一个监视器在密切注视着他俩的谈话。他们在监视器里听到宋海峰是这么回答贡开宸的："我还有什么可说的？还有什么必要说？当时要处置大山子冶金总公司属下的一些中小企业，张大康通过一些人来找我……"

贡开宸问："通过谁？"

"通过一些人。"

贡开宸问："通过修小眉？"

"这您就别问了。他通过一些人来找我，希望我能为他在大山子总公司之间搭个桥，他想收购一部分中小企业……我觉得这个做法，都是符合当时从中央到地方各级党委用红头文件批准的政策的。"

贡开宸问："中央政策的基本精神是什么？要在这种收购和参股中，使国有资产保值、增量。但是当时，大山子却流失了六七个亿的国有资产。"

"我只是介绍他们认识。他们具体怎么操作，我没有参与。我从来没有对大山子总公司的任何一个领导说过，要他们廉价出售企业给那些大款。"

贡开宸问："你收了张大康多少礼？"

"我不认为这是收礼，更不认为这是受贿。这只是朋友之间往来。他到我家，我也请他吃饭，我也送他名人字画……"

贡开宸拍案而起："只是朋友之间的往来？你是执政党的省委副书记！你当然可以有朋友，你也可以请朋友吃饭，你更可以送朋友礼物，但你不能搞这种物质交换……"

"我没有搞交换。"

"当时你知道张大康在压价收购，你没有去做工作。为什么？"

"这是谁说的？完全是诬蔑！请他们拿出旁证。"

"当然有旁证。"

"可以啊，请旁证说话。"

"大山子冶金总公司领导去找你的时候，不是一个人去的。"

"我记不清了。我根本就没把这当一回事。"

"当时在场的还有大山子矿务局财务总管言可言！"

宋海峰一愣，不说话了。

"你儿子十六岁就去美国留学……"

"这件事跟张大康完全没有关系。"

"跟谁有关系？谁资助的？"

宋海峰一时语塞。

"你夫人承包了省里三个地级市的街头广告灯箱和街头广告的制作，又插手了一条高等级公路的发包。而这条高等级公路的发包最后给国家造成了一个多亿的损失……"

"这些事我完全没过问，事先也不知道……"

"海峰，跟你说起这些事情，我心情很沉重、很惭愧。你难道就真的一点儿都不沉重、不惭愧？你拉着郭立明到处去活动，为什么？你利用郭立明的身份去沟通方方面面的关系，难道也是别人对你的诬蔑？"

宋海峰慢慢地低下头去。

"组织上就不该查一查你的这些非组织活动？当了省委领导就不该接受组织的监督和检查？"

宋海峰的头垂得更低了。

"要学会从头开始自己的生活，从头来，懂吗？如果你还有一点点责任心，就配合组织搞清自己的问题，认真忏悔自己给国家给党给人民所造成的损失，接受组织给予的任何处分，抬起头来，从头开始，重新做人。绝食吓唬不了任何人，绝食也解决不了你后半生的前程问题。海峰啊，不要一错再错了！重新选择生活，对你来说也许是痛苦的，但这也是你唯一的出路！"说着，用力拍了一下桌子，站了起来。

宋海峰浑身颤抖起来。

"还有一点，也并非是不重要的——你还应该帮助组织上搞清楚其他人的问题。不管涉及谁，你都应该说清楚。隐瞒，是不可能久远的！"说完这句话，贡开宸便不再管宋海峰如何反应，只顾自己大步走出了房门。推开房门的时候，差一点儿碰着了一直在房门外守候着的焦来年。门外还有两位专案组的同志，他们是来给宋海峰送饭的。贡开宸从他俩身旁走过时，颔首向他们示意了一下，意思是让他们把饭菜送过去。那两个工作人员当时还犹豫了一下：难道贡书记这么训斥一通，宋海峰就肯张嘴吃饭了？事情会有这么简单吗？他俩迟疑了好大会儿，才端起盘子走到房门前，试着推开房门把饭菜放到桌子上。开始宋海峰没动弹，但不一会儿，却对他俩轻轻地挥了挥手，做了个请他们出去的手势，居然没像前几回似的，生硬地让他们连盘子都拿走。他们看到事情有转机，便赶紧走了。听到门扇轻轻碰上，宋海峰微微一震，抬起头，看了一眼那已然关上了的门，再回过视线来看看这一盘精致的饭菜，迟疑着，犹豫着，终于去拿起了筷子。但当他的手一接触到筷子时，一阵哽咽涌出，他紧攥着筷子，用力戳住桌面，头一低，眼泪就止不住地涌了出来。

正如专案组那两位同志担心的，贡开宸对宋海峰并没有说出什么特别撼人心魄的话，能震慑住老练、精明的宋海峰吗？但他们却不知，贡开宸的到场，本身就是一桩撼人心魄的事。宋海峰是懂得此举的内在含意和它的全部分量的。贡开宸即便什么都不说，只要往宋海峰跟前一坐，他宋海峰就应该明白，何去何从，已非同一般了。

宋海峰还是懂事的。

这时，从窗外传来大奥迪启动的马达声。满脸已布满泪水的宋海峰忙抬起头，好像是在追寻那对于他来说曾经是那么熟悉的曾拥有过的一切。但汽车声终于慢慢远去。院子里的大铁门很响地关上了。他的脸部肌肉抽搐了一下，不哭了，但也愣在了那里。

大奥迪缓缓驶出山口的时候，潘祥民打电话来询问情况。焦来年低声告诉贡开宸："潘书记请您说话。"贡开宸一动不动地坐着。焦来年怯怯地叫了声："贡书记……"贡开宸仍一动不动地坐着。焦来年看到贡开宸紧抿着嘴，铁板着脸，大睁着眼睛，怔怔地看着窗外，神情无比地复杂。一直到车子开进城圈，贡开宸始终没动弹一下，始终没有再跟焦来年说过一句话。

第七十四章

从北京飞来的2505航班晚点两小时呼啸着抵达K省机场。乘坐这一航班回K省的潘祥民和徐世云，没有走一般的旅客通道出站。这有点儿反常。潘祥民退休后，立即给自己严格规定：绝对不再享用过去在位时因工作需要而必须享用的一些特权，再乘坐飞机，就坚决改走普通通道。但今天他真的要抢时间，必须重新使用那条特殊的贵宾通道。因此，离京前，他就打回一个电话来，让秘书安排妥当，把车直接开到特殊通道的出口处等着。没想到今天飞机偏偏还晚点了，于是，一上车，他就告诉司机："去机关。"一路上，徐世云一直显得不太高兴，一方面是因为老潘竟然如此执拗，不听好言相劝，非要飞回来；再一方面，自上了飞机，"老人家"心事重重，总也不跟她说话，竟然把她就这么干晾在了一边，让她感到特别不舒畅。"您不先回家歇会儿？"她赌着一口气问道。潘祥民今天好像对她情绪方面的这点儿变化毫无觉察似的，只是再次吩咐司机："去机关。"徐世云就没再坚持。她毕竟还是个有头脑的职业妇女："老人家"毕竟有公事在身嘛。当初，她经过一个多月的激烈思想斗争，终于决定嫁到K省来做"潘夫人"，她那大学教授的父亲母亲曾找她认真地谈过一次。二老自然是极其开通的人，虽然从情感深处说，他们并不赞成女儿嫁给一个从年龄上说几乎要大女儿一倍的人，更不愿意让人在背后说自己的女儿是贪图什么才去续弦的，但他们还是尊重女儿自己的决定。他们只是要求女儿在做决定时，千万排除那些世俗的虚荣的成分，在免不了会盘算将得到什么的同时，要更多地掂量掂量还必将失去一些什么；在为将享受到的那些权力暗喜的时候，还一定要认真想一想，自己还将背上哪些不能不尽的义务、职责、重担，还将受到哪些必然会受到的约束……妈妈甚至还特地取出《红楼梦》，翻到第十七、第十八回"大观园试才题对额　荣国府归省庆元宵"的后半部分，悄悄放到女儿的床头，并将这一回最后一段故事，从"贾妃听了，不由得满眼滚下泪来"一直到"贾母等已哭得哽噎难言……这里请人好容易将贾母王夫人安慰解劝搀扶出园去了"，重重画上红线，原意是要提醒女儿，进入"深宅大院"，也是会有"悲悲切切"的日子的。女儿读了，反倒哑然失笑："妈，哪儿是哪儿啊！这都是八百年前的事了，您在说谁呢？我看您是做学问做糊涂了吧？"失笑归失笑，但这二老的一番谈话还是让徐世云对做"潘夫人"更增添了一层理性的清醒，也加强了应有的思想准备。

潘祥民今天的确心事重重。赶到省委大楼，他先打发车子把小徐送回家，然后通知焦来年，说他立即要见贡书记。贡开宸这时正在203常委小会议室里，召集常委们跟新到任的那位省委副书记见面。得到焦来年的报告，他跟那位新来的副书记打了声招呼，便随焦来年一起回到办公室。

"新来的副书记已经到任了？"潘祥民问。

"正在给他介绍情况哩。"贡开宸递了支烟给潘祥民。

"很抱歉啊，你让我在北京办的几档子事，都没落实好。"

"已经非常难为您了，非常难为您了。"

"听说你还是去看宋海峰了？"

"那怎么办？"

"这小子的情绪没那么对立了吧？"

"绝食是不绝了。但看来要他真正适应当前这个角色，还得有个过程。"

"自找呗！"

"还有什么急事吗？那儿的小会还在开着哩。等谈完情况，咱们再找个时间好好聊聊北京的情况？"

"别急，再耽搁你几分钟。听说你给中央写了个检讨？"

"你情报搞得挺快啊！谁告诉您的？一定是北京方面的什么人吧？"

"甭管谁告诉我的吧，有没有这档子事？"

贡开宸点了点头："省委常委里出这么大的纰漏，我当然得检讨。"

潘祥民忙问："没提出辞职吧？"这是他急着要见贡开宸，并急于搞清情况的主要原因。贡开宸一愣，试探着问："怎么，北京方面有人希望我主动请辞？"

潘祥民笑了："瞧你紧张的！我担心你头脑一热，又要请辞。没有就好，没有就好。"

贡开宸却没表现出任何轻松的神情，突然沉默下来。潘祥民不觉又有点儿紧张了："怎么，你提出这请求了？"贡开宸缓缓地摇了摇头。潘祥民忙又松一口气："对，还是得沉住气。好了，这我就放心了。你开你的会去，我回去也得做检讨了。我那位夫人为我赶时间一定要坐飞机回来，跟我没完没了叮叨了一路，差一点儿要把我从九千米高空扔下来才解她的气，真烦死了……哎，还有件事也非同小可，北京可是不少老同志老熟人都问起你续弦的事，他们都挺关心这件事……"贡开宸漫不经心地挥了挥手："这节骨眼儿上，谁还有那个心思……"潘祥民却说："考虑考虑吧。你要不愿在北京找，我替你在省里踅摸一个。不过，最好还是别在省里找……"贡开宸实在不愿再继续这个话题，便赶紧说了句："谢谢啦，这事，您就别操心了。"潘祥民笑着走了，走到办公室门口，突然又停了下来："开宸，我再说一遍，辞职这样的事，可不是一而再再而三随便提着玩的！别冒傻气儿！"

在请辞的问题上，贡开宸没跟潘祥民说实话。这些日子，他的确又在考虑请辞。尤其这两天的晚上，回到枫林路十一号，已换上厚厚棉睡衣的他，每每躺在那张已经有点儿陈旧了的黑藤木躺椅里，怔怔地看着正前方墙上挂着的那幅行书体七尺中堂沉思。那幅七尺中堂"敬录"着王安石的一句话，全幅一共只有六个字："仰畏天俯畏人。"这些年，他特别感慨这六个字思义的周全，感慨它内在蕴涵的那一股"政治力量"的强大。谁说作为封疆大吏的省委书记，手中掌握着千百万普通民众生杀予夺大权，是可以无所畏惧，但岂能为所欲为？"仰畏天俯畏人"啊！好一个"仰畏天俯畏人"！这正是多年来贡开宸内心境界极真实的写照。战战兢兢，真是战战兢兢。K省这片几十万平方公里的国土上，生活着七千万平民百姓。作为K省的一把手，他对他们在政治上负有总责——有时候半夜里他是很怕听到突然响起的电话铃声的。横刀跃马、气贯长虹固然是一个好领导者所必备的品质和气概，但我们的"贡同志"积他一生的体验，实实在在地说，"仰畏天俯畏人"更重要啊！在大山子出现的那个"黑窟窿"，不仅吞没了几个亿的国有资产，还吞没了他身边亲自培养的一个……不，应该说一批"优秀"干部……这种"吞没"肯定是有一个相对漫长的过程的。在这个漫长的发生、发展的过程里，我干什么去了？我手中拥有足够大的权力，我怎么没能制止这个过程的发生、发展，以至……最终的泛滥？我的政治敏锐性、政治把握力和觉察力到哪儿去了？我真的……真的老了吗？当然，这里有体制本身的漏洞，有我在明处他们在暗处，防不胜防的难度……但毕竟不是每一个省都发生了省委副书记被"黑窟窿"吞噬的事件啊。这真是令人十分尴尬，十分难堪啊……

教训在哪里？

我们的用人制度有需要进一步改进的地方吗？党内，尤其是常委会的生活会需要进一步加强吗？少数人少数机构的监督，包括干部之间的相互制约、相互帮助当然是十分必要的，但是，怎么有效地减少党政干部手中过大过滥的审批权，让他们不能干预不该由他们来干预的那些事情，集中精力做好必须由他们来规范统筹的事情，并且在这个规范统筹的过程中，怎么让他们能有效地得到人民群众和新闻媒体的监督制约？

提出让党的高级干部也要有效地得到"人民群众和新闻媒体的监督制约"，合适吗？在政治上，它会造成某种令人堪为担忧的不良后果吗？

还有一点也许并非不重要，那就是党的高级干部之间的思想沟通、思想换防……

思想"软件"的及时升级，仅仅靠一生一次或几次的党校培训，就够用了吗？况且有些同志一生中可能还得不到这种无比珍贵的一两次的"换防"和"软件升级"的机会……

《人民日报》是按规定订阅了，但订而不阅的现象存在吗？党的文件是下发了，但在用它积极地规范他人的行为的同时，我们这些高级干部们是否也同样地用那种积极的姿态，在用它认真规范自己的行为？我们在干部中始终强调在政治上要保持高度统一，我们也十分注意更新他们各方面的知识，但我们是否同时关注到，在长期纷繁复杂，有时甚至是相当尖锐沉重的政治生活进程里，在缺乏必要的及时的监督制约的情况下，在个别高级干部身上潜伏着某种人格危机和人格变异的可能呢？我们是否注意到干部，特别是高级干部人格的进一步完善和心理的持续健康的重要性？我们能否承认这一点，一旦人格发生了变异，一切都会跟着变——虽然他们原先都是比较优秀的，起码在我们选拔他们的时候，他们曾经是优秀的，或者说在某些方面，当时的确是优秀的，甚至可以说是很优秀的……

面对历史的种种追问，我们还应该说些什么？更重要的是，我们还应该立即行动起来，做一些什么，使同样的事情不再发生，最起码在自己负总责的领导班子里，不再出现"被吞噬"的事……

发生了这样的事，说明我作为K省一把手，是不称职的，是辜负了中央的期望的。作为一个负责任的一把手，怎么很明确地让中央知道，自己此时此刻内心的沉重，让中央知道，此时此刻自己对自己的评价？想到这里，他毅然拿起早就放在躺椅旁边那个矮腿茶几上的一摞公文纸和那支铅笔，用他一贯使用的那种粗放的字体，在纸上写下了这样一个标题："我的辞职报告"。

这时，电话铃声突然刺耳地响了起来。沉思中的贡开宸被这突如其来的电话铃声吓了一跳，迟疑了一下，本能地把已写上标题的那页公文纸，反扣在茶几上，然后去接电话。"哪位？"他问。对方居然没有回答。"哪位？"他又问，对方还是不回答，但却传来一阵细微声响和同样细微的喘息声。"怎么回事？说话！"他火了。

"啪"的一声，对方居然挂断了电话。

电话是修小眉打的。她在她自己的家里。她显得紧张、不安、惶恐。虽然拨通了枫林路十一号的电话，但忽然间，她却不知道自己究竟要对公公说些什么了，虽然脑子里并不空白。自从宋海峰专案组和省公安厅专案组分别找她谈过话，了解情况以后，她已经有三天没去上班了，三天没有好好地睡上一觉了。单位里也不来催她，甚至都没人来问她为什么不上班。当前的情况应该是：全省城的人都知道贡书记的儿媳出事了。但我做错什么了？她想找人说说心里的委屈。但，这时候谁会相信，从她嘴里蹦出来的还可能是真话呢？头很痛，心跳的频率也很快，而且也不齐……她没有想到找自己的父母去说一说。她知道，本本分分的自行车厂的退休老技工和厂托儿所的退休阿姨，从没听说过那样一种层次的人生纠葛，一旦听说自己女儿陷入这样的困境，一定会被吓坏了的……她觉得，以公公的睿智、人生阅历和政治判断力，一定能理解她目前的遭遇，一定能为她指出一条正确的解脱之路。她并不是要借助公公的权力开脱自己。她只是想知道，在当前这个状况下，对于她来说，最应该做的一件事到底是什么。她知道，公公能为她指出这一点。但是，当电话里猛然传来公公"严厉"的声音后，她却战栗了，慌乱了。她知道公公历来都这样，拿起电话，第一声问话的语气，总是显得很严厉、很简捷、很干脆。这很正常。从前，她还在别人面前为公公做过辩解：他需要快刀斩乱麻，因为他很清楚，千军万马等着他去调度，千难万险等着他去决策。但这时的这个"严厉"，却让她自愧、心虚、出冷汗，所有的话都堵在了嘴边，居然一句都说不上来了……

就在她责备自己如此优柔寡断，把事情搅得越发复杂难办时，一个她此时绝对不希望接到的电话却偏偏打了进来。她先是被这刺耳的铃声惊吓，第一时间做出的内心反应，她以为是公公打过来，责询她刚才的不礼貌。接不接？她迟疑着。迟疑了好长时间，电话却一直在顽强地响着。最后，她索索地拿起电话。她听到的是张大康的声音："小眉，我是大康……"

修小眉一惊，忙扔下电话。"小眉，小眉……"张大康急速地呼叫了两声。修小眉慌慌地拿起大衣和手包，向外走去。她怕他因此会找上门来。直觉告诉她，他会找上门来的。但这时，她不想见他。她想赶快离开这个地方，赶快！走到门口，她发觉电话只是撂在了茶几上，并没有挂上，于是，她又回转身去挂电话。拿起电话，却听到，张大康还在电话里苦口婆心地劝说着："小眉，我知道你不愿见我。更多的话，我就不说了，也不方便说，你我的电话可能都已经被人监听了。你能让我当面再跟你说句话吗？我马上到你那儿去，咱们当面谈。你一定等着我，别走开……一定别走开……请你相信我……我只是希望你能过上另一种生活，那种不再压抑自己，能敞开地释放你内心全部能量的生活……我可以告诉你，那六十五万，根本不是什么人给的佣金，而是我的钱，是我给你的。我想让你过得宽裕一点儿……我一直想替你换一辆新车，但你一直也不愿让我为你花钱，我只能用这个办法，找了这么一个名堂……请你相信我，我没有别的目的，可以非常坦荡地跟你说，我就是想得到你。不知道你自己是否清楚，当某一时刻，你充分表现出是你自己，你不再压抑你自己的时候，你知道你有多么动人吗？小眉……小眉……你怎么不说话？小眉……小眉……你在听着吗？"

第七十五章

　　修小眉撂下电话，慌慌冲出家门。她不敢再听下去。她怕自己会继续生发出那种总会让自己心动的"软弱"，她更怕自己一直在严防的"情感溃堤事件"骤然会发生在这时刻。她听张大康说过无数次，担任过大学团委书记的他，鼓动过无数学子去为某种虚幻的极抽象的理想铺展人生。但他终于明白，人是一种极自我的动物，让自己感到满足就是最大的人性职责，就是人类应该追求的唯一终极目标。"体会其中的幸福和快乐吧，或者干脆就说成'快感'，让自己感到满足吧。"他说得如此直率、激烈。直率得让她感到害怕，那种激烈又让她感到心跳不已，兴奋不已，就像一只熟悉而又陌生的手肆无忌惮地游走在她富于弹性的肉体上，让她心惊胆战，又期待着最后"崩溃"的发生……她总是拿他和志成相比。理智让她愧疚，但那种无法平息的骚动，又让她心灵判别的天平时时向张大康那边倾斜。她知道张大康在她心里触发的是贡志成一直不愿意，或者说不屑于去触发的那点儿东西。但它们真的不应该被触动？如果要触动、开发，又应该怎么健康正确地触动它们开发它们？哦，"圣洁"的枫林路十一号，您真是那么的十全十美吗……修小眉走到自己那辆白色普桑车跟前，掏出车钥匙打开车门，上了车，已经发动着车了，突然又把发动机关上了。她慌慌地想了想，拔出车钥匙，下了车，关好车门，便向楼后的街心花园里快快地走去。穿过街心花园，走到另一边的马路旁，她招手叫出租车。但过了一辆，不停，又过了一辆还是不停。这时，开始下雨了，而且，越下越大。最后来了一辆公交车。已经久久没坐过公交车的她，甚至都没问一下这究竟是几路车，是到什么地方去的，就慌慌地上了车。

硕大的一辆公交车里，只有两三个乘客。车里自然很暗。马路两旁店面上的各种灯光透过肮脏的车窗，透过闪烁晶莹的雨幕，折射进车里，变成恍惚的光幕，片片断断地从乘客们的脸上掠过。头发和大衣都淋湿了的修小眉畏缩在车后一个角落里。雨越下越大，豆大的雨点噼里啪啦地击打在车窗和车棚顶上。畏缩着的修小眉猛地打了一个寒战。这时，车正好停了下来，她便慌慌地下了车。其实，这时车已经进了总站。大约是末班车吧，其他的车都已回来，偌大个车场里黑压压地排满了这种大型的公交车。周围居民楼楼群的窗户，绝大多数也都黑了，只有车场值班室里还有一点点灯光。一时间，修小眉不知上哪儿去才好。她在庞大的车场里转了一圈儿，又回到刚才下车的地方。她不敢往外走，因为大多数公交车的总站，都设在比较偏远的地方，这儿已然远离城市中心。街道的狭窄，房屋的陈旧，气息的陌生，夜晚的深重，都使她无所适从。此时，她身上已经完全湿透。她走到公交车总站边上一间破旧的小平房的房檐下，贴着那冰凉的青砖外墙面，心底突然涌出一股难以压抑的哽咽。她闭上眼睛，紧紧地咬住自己的嘴唇，但仍无法控制住自己，终于抽泣起来，雨水混着泪水顺着她俊秀的脸庞流下。手包从她无力的手中脱落在地，而她却似乎都没有察觉到……

风声、雨声、抽泣声，混成一团……这时，雨珠里甚至夹杂起一些雪片。某些店面为营业而开着的灯由于营业的结束纷纷关闭。修小眉便完全淹没在那一大片黑暗的模模糊糊的房影车影和极幽暗的路灯光之中，唯一还表示她仍然倔强地存在着的迹象是，依然还能清晰地听到她一下下低微的抽泣……

第七十六章

大约晚上十一点钟光景，公安厅的唐厅长和检察院的申检察长各带着两个高级助手，向贡开宸报告，"大山子的问题，基本已经搞清，而且证据确凿，我们认为，可以收网了。"申检察长特别提出："到了正面接触张大康的时候了。"所谓的"正面接触"也就是收审的意思。

贡开宸沉思了一下，对申检察长说道："你们检察院还要考虑一个问题，要把张大康和恒发公司区别开来对待。我们的原则是对人不对公司。尤其像恒发这样在省内外有相当影响相当实力的民营公司，要尽最大努力，保护好它，不能让它因为张大康而垮了，还要让它继续得到健康的发展。在对张大康采取措施以后，你们是不是可以考虑，由检察院派出一个工作组进驻恒发公司，协助做好这方面的工作？"申检察长立即答应道："好的。"贡开宸又问："听说张大康这家伙平时都养着私人保镖，要拘他，会不会有阻力？"申检察长说："这方面，我们已经有安排了。"这时，警卫员走来，低声告诉贡开宸，潘书记要见他，人已经到了。贡开宸立即站起，对唐厅长等人打了声招呼："对不起，请等一下。"便向楼上走去。

"什么事，打个电话来不就得了，还特地跑一趟？"贡开宸一边握着潘祥民冰凉的手，一边说道。潘祥民说："我这档子事，必须当面跟你谈。你先去忙你的，咱俩一会儿再谈。"

贡开宸微微一笑道："有这么严重？"潘祥民只说道："你先去忙你的，别管我了。"贡开宸回到客厅里，问："刚才说到哪里了？哦，恒发公司……"这时，警卫员来续茶，贡开宸轻轻对他说了句什么。警卫员便向楼上走去，推门一看，潘祥民仰靠在起居室的那个长沙发上，已经睡过去了，鼾声微起。贡开宸估计到了这一点，所以才让警卫员上楼来照看一下。警卫员忙从隔壁客房里取来毛毯，轻轻替他盖上。

潘祥民当晚如此着急上火地来找贡开宸，是因为从北京一回到家，就有好几位老同志找上门，告诉他，马扬准备"让其他性质的资本介入大山子现有资本的总构成里来"，搞什么"多元投资"。这些老同志，大多是在历届K省五大班子里担任过主要领导职务，退下来后，放弃回老家或各大直辖市定居的待遇，而留在K省的。他们的子女大部分已出国，或已去南方发展，留在K省的比较少，但他们本人对K省却有很深的感情，很深切的体验，有很丰富的从政经验，在K省也建立了各自深厚的政治根底。他们中的大部分同志，退下来以后，都非常尊重和支持现任班子，尽管有时也会对现任班子的某些做法，或班子中个别人产生一些不同的看法，但一般情况下，他们不再出面过问。即便有所过问，也总是千方百计走组织程序，采取补台的做法。当然，难免会有个别的，在方式方法上也有些欠缺，不论场合就表态，随意指责现任的某些做法，在干部和群众中造成一些负面影响。为此，贡开宸觉得不如化被动为主动，专门拨了一幢小洋楼，装修一新后，给这些老同志做定期或不定期的聚会场所，指定潘老为他们的召集人，还配备了两位专职的工作人员为老同志服务。他们在此喝茶，见面，谈心，交换各自对现行政策方针的意见，从而建立起一条非正式的正规渠道，把他们的各种想法建议意见有序地汇集起来，通报给省委。老同志有了这么个"论坛"，有了这么一条正规的通向省委的渠道，心情比以往更舒畅。为此，贡开宸也常常能听到来自老同志的一些很好的意见和建议。近来，几位老同志一听说马扬要把一些私营业主引进大山子企业集团做"股东"，就有点儿着急，催促潘祥民去找贡开宸，反映他们的一些想法。"开宸，你们怎么会产生这么一种危险的想法？"潘祥民忧心忡忡地问。贡开宸说："加入WTO以后……"潘祥民立即打断贡开宸的话："别拿WTO跟我说事，人家WTO没要求你们把老根儿也卖了！"贡开宸笑道："潘祥民同志啊，没人在卖老根儿……"

　　潘祥民看看客厅墙上挂着的电子钟："你该休息了。明天上午你安排出一块时间……"贡开宸笑道："干吗？想审判我？"潘祥民却说："有几位老同志想跟你随便聊聊。"贡开宸依然笑道："不是随便聊聊吧？"潘祥民一撇嘴："不是随便聊聊，还能是什么？我们这些退下来的老头儿、老太太，也就是一个随便聊聊嘛。不过，这几位老同志还有个要求，也算是强烈要求吧——如果省委常委们能安排得开的话，请他们也一起来听听。"

霎时间，笑容从贡开宸脸上消失了。潘祥民的神情也变得非常的严肃和强硬。

他俩默默地、多少有些尴尬地僵持了一会儿，潘祥民说了句："就这样吧，你看着安排吧……"转过身就走了。临离开枫林路十一号时，他把一份由几位老同志起草的《情况报告》留给了贡开宸。

贡开宸是一早起来看完这份《情况报告》的，很快赶到办公室，把《情况报告》交给焦来年，吩咐道："立即复印，送全体常委。"焦来年忙报告道："潘书记来了……"贡开宸很有些意外："这么早？干吗？"焦来年说："他就担心您把这份情况报告印发全体省委常委，所以一早就赶来了。"

"没必要送全体常委吧？老同志们并不想把事情扩大化。"潘祥民一走进贡开宸的办公室，就声明。

贡开宸说："我不是要让问题扩大化，我只是感到你们提的问题有一定的典型性，很多同志都搞不清楚。包括我自己，也忐忑得很。让常委们先讨论一下，先来搞通、搞懂一些问题，我看很有必要嘛。"说着，他回头吩咐焦来年："送全体常委！"

第七十七章

凌晨，一辆老式的伏尔加车在通往马扬家的低等级路面上颠簸着慢慢地驶进那个没有院墙的院子。当时，马扬正在灯下伏案写着什么。听到车声，他本能地就要起身去探望。黄群立即从床上起来，一把拉住他，嗔责："又逞能！"说着，自己赶紧穿上衣服，上外头看个究竟。不一会儿，她便回来告诉马扬："赵长林来了。"马扬一愣："长林？这么早？人呢？"黄群赶紧收拾房间，应道："在那边大房间里哩。"

马扬也有好些日子没见到赵长林了，只知道他跟杜光华在一起合作得还不错，人的气质也有较大的变化，学会了开车，经常开着一辆二手伏尔加，把"永在岗"的网点铺到了省城，听说还要往京津地区发展，挺为他高兴。长林不跟有些人似的，有事没事都爱往领导跟前跑，显得特别"铁"和"贴"。他不。他觉得自己在做事，领导也在做事，假如没事，窜来窜去的，这不瞎耽误工夫吗？其实他有所不知，有些领导还是喜欢有人往他那儿"贴"的，没有人围着他、贴着他，肯定失落。也有一种领导，实实在在干事，但也喜欢别人贴着他，哄着他，这是爱好问题、习惯问题，久而久之落下的毛病。但，这也是一个实际问题——是啊，做一个领导，老没人理，老没几个特别知己的跟着、贴着，那怎么办事？那就玩不转了，这是官场的"真理"。所以，希望有人贴着自己，严格来说，并非一定是件不好的事。关键是要清醒，千万不要认为，只要贴自己的就是好样的，千万不能拿贴不贴自己当作区分人好坏、能力高低的唯一标准。否则，你是管一个省的，这个省迟早要乱；管一个市的，这个市迟早也得乱；假如是管一个县和乡的，那这个县这个乡倒霉的日子来得就会更快一些。

　　但不知，这个赵长林，今天一大早就堵到门上来，又是为了什么。

　　"昨晚，我让人在家里围了一夜。认识的，不认识的，都去了。都听说你快要走了，要上外省去当省委副书记去了；说你在走以前，要把大山子整个都卖给杜光华和张大康那帮人。"赵长林脸色有点儿发黄发黑，大概跟一夜没合眼有关。

　　马扬笑着反问："什么叫把大山子整个都卖给杜光华和张大康他们？"

　　赵长林以为马扬没听懂，还一本正经地给马扬解释："就是把大山子卖给他们，让他们来收拾这个烂摊子。"

　　马扬又笑道："让他们来收拾？那我干啥？"

　　"那您为什么还要卖大山子？"

　　"谁说我要卖大山子？再说了，就是我真想卖，这大山子是我卖得了的吗？"

　　"他们说，你就是要把它拆开了，零卖……"

　　"大山子是什么？散装酒？白盒烟？走私汽车？"说到这里，马扬有点儿激动起来，"我说长林，我俩认识时间也不短了吧？别人不了解我，你还不了解我？马扬是那么个坏人？先把大山子卖了，然后自己就拍拍屁股溜之大吉？"

赵长林闷闷地一笑："这两年，卖国有企业的人还少了？"

马扬摊开双手解释："那是根据需要，合理地处置一批国有中小型企业。国有经济将逐步地从某些领域里撤出，这是中央的一个战略部署。但，中央早就明确，即便是中小型企业，也绝对不是只有一个卖字就全了结的，更别说针对咱们这种大型和特大型国有企业……"

赵长林有点儿回心转意了："那……依您这么说，外边这些关于大山子的传说，都是瞎掰的？"马扬却说："当然也不能说他们全是捕风捉影……"赵长林又一惊："你们还是要把我们给卖了？"马扬说："不是卖，而是有控制地让其他一些经济元素参加进来，目的还是要改变它原先那种单一的经营管理模式，充分激发内在的活力，能够迎接越来越激烈的国际、国内的竞争，并且在这种竞争中发展壮大。至于，将来究竟会有哪一些民营企业资本介入，甚至还会不会让国际资本介入，这就得看实际情况的发展和变化，看我们自己的需要了。但不管怎么样，一个大前提是不变的，那就是中央的决心，一定要把中国的国有经济搞活、搞大、搞强的决心。在这种情况下，谁卖谁犯罪！我敢吗？我会吗？"赵长林说："照您这么说，我今天就不该一大早上您这儿来堵您的门了？"马扬说："长林，你现在大小也是个头了，自己心里也该有一杆儿秤了，不管别人在你跟前刮什么风下什么雨，你得掂量个真假虚实再行动。"

赵长林稍稍松了一口气，又问："那您还走不走了？"马扬答道："走，还是不走，都得听中央的，我自己做不了自己的主。你说呢？"赵长林不说话了。这时，有人在外头轻轻地，但却是很急促地敲门。马扬打开门一看，是黄群。黄群没等他开口，先把他拉到门外，接着又拉着他进了卧室。小扬穿着运动服，刚从外头晨练回来，气喘吁吁地对马扬说："刚才我出去跑步，看到好多好多人，打着横幅和旗子，成群结队地往这边来了……"马扬一惊："成群结队？"马小扬抬起头，眨眨眼，估摸道："我估计，得有好几百……"马扬忙又走到那边的房间里，把这情况告诉赵长林，问："这些人是你组织来的？"赵长林忙叫喊起来："我能这样吗？我跟谁过不去，也不能跟您过不去啊。"

马扬沉下心，稍稍想了想，决定让赵长林先回去，然后自己去看个究竟。赵长林问，要不要他跟着，万一要遇到个胡搅蛮缠的愣头青，他可以先出面去跟他们说道说道，做点儿排解工作。大山子的几个愣头青，他都熟，还能跟他们说得上话。"不用了，我还不信我马扬就那么没人缘。"马扬笑道。送走赵长林，他立即叫车，由小扬带路，一路急速驶去。没驶出多远，小扬指着大片草坪和新建成的街心花园后头一幢新建筑物，突然叫了起来："你们快看……"

果不其然，那儿有人正从楼顶上往下吊一幅足有一二十米长的横幅"马扬——不要走"。每个字足有两米见方。"快看呀！那边！"小扬又叫起。马扬和黄群忙顺着小扬手指的方向，向另一边看去。好家伙，几个虫子似的小黑点在一个几十米高的烟囱顶上蠕动着、忙碌着，又长长地吊下一幅来，上面惨惨地写着："马扬，别卖了我们！"还有一些人则提着糨糊桶，学着"文革"时期常见的那样，正在一排破旧的厂房红砖外墙面上，贴红绿纸大字标语："马扬，和大山子三十万工人共进退！"

马扬心里一阵酸热，脑袋也一阵发胀，忙收回视线，拍拍司机，让他转向，向郊外驶去。小扬不解地问："前边还有哩。干吗要往这边来？这边看什么呀？"

马扬一脸严肃，不做任何回答。

车驶入旷野，已经能看到那个巨大无比的露天矿坑了。车停下后，马扬拿出手机，拨通小丁："丁秘书，是我。一早，市里各街区出现了一些有关我的大字标语。请开发区和市政府的有关部门马上派人去做做工作，已经贴出来的，要让那些贴的人自己把它们取下来，还没有贴出来的，就不要再贴了。多派些人去，但不要出动公安。请告诉那些工人和市民，如果他们有什么话要对我说，这一两天里，我们找个场子，当面说。但是，现在不要上街，不要贴标语，千万保持大山子得来不易的安定团结和刚有所好转的局面……"

黄群一惊，忙插话："你要和大伙儿当面对话？假如那天要来一万人两万人，或者来个五万十万的，这局面怎么控制？万一控制不了局面，闹出个什么事件，你怎么办？都要走了，何必再捅这么个娄子呢？"小扬却马上兴奋起来："哎呀，爸真的要跟十万民众直接对话，那才叫辉煌的历史性时刻哩！"黄群啐她一口："辉煌你个头！"

马扬却向她母女俩做了手势，让她俩在他对下属布置工作时，不要再出声。小扬忙吐了吐舌头，不说话了。这时，旷野里一片寂静。露天矿坑里慢慢升腾起一片金色的晨雾。马扬忽而显出一丝倦意，头疼也加剧起来。他慢慢闭上眼睛，仰靠在驾驶椅背上，让自己赶快平静下来，让突然间涌上头部的血液，慢慢回流到全身各部分去，以减轻这会儿头部突发的那种痉挛般的灼疼。

"头又疼了？"黄群看出来了。

马扬轻轻地摇了摇头。

小扬忙说："要给您揉一揉吗？"

马扬再次轻轻地摇了摇头。黄群从皮包里拿出两片药和一瓶矿泉水，递给马扬。马扬稍稍踌躇了一下，但还是把药吃了。小扬体贴地上前为他轻轻地揉着太阳穴。马扬先轻轻地握住小扬的手，终止它们的动作，然后又把它们放了下来，再看看女儿，又看看黄群，说："我胸口有点儿闷，想下车走一走……"

黄群和小扬有点儿担心，又有点儿疑虑，但她们还是跟着一起下了车。

旷野上，枯干的草茎和被泥团裹起的沙砾，在脚下发出轻微的声响。马扬一路默默走去，黄群和小扬一路默默地跟着。快走到露天大坑边了，马扬突然站了下来。黄群轻轻地劝道："马扬，听我的话，咱们还是离开大山子，大山子不是我们久留之地……大山子的问题，也不是谁一个人一时半会儿能解决得了的……你已经尽了心也尽了力了，可以了，别再招人讨厌了，急流勇退吧……"

马扬突然又默默地走了起来。过了一会儿，走着走着的马扬突然开始摇晃起来。马小扬忙上前扶住他："爸……您怎么了……"黄群也赶紧上前去扶住，急问："怎么了？"马扬脸色苍白，双手抱着头，仍在微微地摇晃着："没事……"黄群忙吩咐小扬："快去车上拿药，还有矿泉水！"马小扬拔腿就向车上跑去。

这时，还在热被窝里搂着自己那位还不满二十岁的女朋友正做着好梦的贡志雄，被贡志和一个电话，紧急招呼了过去。平时，不到九点半，他是绝对不会起床的，等他老大不愿意地肿着眼皮赶到志和家，推门一看，却有两个公安干警在等着他。他还真有点儿意外——虽然平时结交了不少公安朋友，但大清早的，居然在二哥家蹲着这么两位，他心里还是"嘣"地炸了那么一下。但说清情况后，他安心了。这二位是省公安厅专案组的。他们是奉命来跟他协商，请他帮忙一起来"收拾"张大康的，也就是说，请他帮忙密捕张大康。

　　"哥们儿，没跟我玩什么花活儿吧？"贡志雄怀疑他们在设套，勾他的口供。

　　二位中的一位说："你二哥可以做证。我们能跟您玩啥花活儿？""嗨，您二位可有所不知，我们家就爱干那种大义灭亲的事。传统啊！"贡志雄说道。贡志和立即捅了他一拳："我们家灭过谁了？你整天红嘴白牙地胡诌！"贡志雄没再跟他俩深入讨论这不言自明的事，只是沉默了一会儿。真的要密捕张大康，他心里还真为此感到惋惜，过了一会儿，轻轻地叹道："他还真是个办企业的一把好手……难得哦……"刚说了这句话，他的手机响了。贡志雄看了一下来电号码，脸色马上就变了，忙低声对公安厅的同志说道："是张大康……"那二位忙示意贡志雄，接电话。贡志雄赶紧去接通手机，只听张大康有点儿着急着忙地问："你嫂子修小眉失踪了。你知道她的下落吗？"

　　贡志和等立即驱车前往修小眉家。离修小眉家大约还有半条街时，他们看到修小眉家门前已经停着两辆高档轿车，一看就知道是张大康和他的保镖们。公安厅的同志不想让张大康看到他们跟志雄、志和在一起，叮嘱了一声"有情况赶紧联系"，就提前下车走了。贡志和一直把车开到修小眉家的楼门前才停下。张大康的几位贴身保镖见有人匆匆向这边走来，便都用一种警觉的姿态，纷纷向张大康靠拢。"有他们什么事？让他们走开。"贡志和对张大康说。张大康向保镖们丢了个眼色，那几人便后退。

　　贡志和忙问："你什么时候发现我嫂子失踪的？"张大康说："就刚才。"贡志和问："你对她干了些什么？"张大康说："我来看她，发现她没在家，赶紧四处联络，怎么也联络不上她。接着就找你们……你说这点儿时间我能对她干什么？希望你们别再耽误工夫，赶紧动用你们在警方的关系，去找一找！"贡志和问："你上楼去看过没有？"张大康说："看了。"

　　贡志和问："你有她房门钥匙？"张大康说："志和，不要再浪费时间了……"贡志和坚持要问："我问你，你有她房门上的钥匙吗？"张大康说："没有。"贡志和再问："那你怎么进门的？"张大康说："志和，你也老大不小一个知识分子了，怎么净说些特别幼稚的话？你问问你那些警方的朋友，他们执行特别任务，需要进什么人的房间时，靠钥匙吗？"

　　贡志和冷冷地瞥了张大康一眼，转身向楼上跑去，同时给市局的一个朋友打了电话，请他们协助在内部查问，看看他们掌握什么跟修小眉失踪相关的线索。他提醒那位朋友，先别声张，就是内部问问，动静别弄大了，下一步怎么做，再听这边的消息。

　　两个小时后，果然有消息了。他们从那个公交车总站附近的派出所那儿得到了一点儿线索。一个来上早班的售票员捡到了修小眉的手包，会同总站的领导和治安主任一起检查手包，从手包里发现了修小眉的身份证、多张银行金卡，在一部掌上电脑里又发现那里记录着多位省委省政府领导家的电话号码，觉得蹊跷，他们立即把它交到派出所片警手里。"公交总站的人最后见到我嫂子是什么时候？"贡志和问。"末班车，最后一辆车进场。"片警说。"他们还记得，当时还有谁跟她在一起？"贡志和又问。"就她自己。"片警说。贡志和指着梳妆台上放着的一张修小眉的照片，问："他们能确认，昨晚见到的就是她？"片警说："错不了。我们仔细问了，当时车上人特少，你嫂子衣着打扮不同寻常，气质也高雅，一上车就特打眼，而且最后进场时，乘客就剩她一个，所以车上俩售票员都记得特清楚。""后来就没见她上哪儿去了？""后来车场上的人也都下班啦，谁管谁呀？"这时，又进来两个警衔更高一些的警官，都是志和的朋友："贡哥，咋了？嫂子出事了？"贡志和刚想对他们说清情况，只见张大康对他使了个眼色。贡志和便随张大康走到单元门外头的走道里。张大康告诉贡志和，他还有点儿事，要先走一步。贡志和冷笑道："干吗呀，警察一来，你就躲？"张大康淡淡一笑道："你愿意让你那些警察朋友知道还有一个叫张大康的人也在掺和你们贡家的事？不会吧？"他见贡志和不作声了，又说道："我要最后跟你说一句话。

这句话，不管你是信还是不信，反正我要跟你这么说。志和，我张大康就是把全世界的人都害了，也不会去害你嫂子。怎么跟你才说得清呢？她总是让我想起我中学时偷偷喜欢过的一位可怜的女老师……所以，你如果真想尽早地找到你这位嫂子，就请你不要再误导你那些警察哥儿们，别让他们紧着在我身上浪费时间。再见。我要有什么消息，会及时通报给你的。"说着，便向楼下走去了。但他走了两步，却又回过头来问："还有件小事，你能帮个忙吗？帮我约一下省里那位宋副书记……"贡志和忙回绝："对不起，这你可得找省委办公厅。"张大康忙苦笑道："行，行……"

张大康因为近来一直得不到宋海峰的任何消息，心里有一点儿发毛。今天想趁见到贡志和的机会，顺便打探一点儿真实情况，却没料碰了个软钉子。他匆匆下得楼来，又找不见公司的那两辆车了，四下里巡视，才发现车开到另一幢楼的楼门前去了。

"我看警车一辆接一辆地往这儿开，赶紧让司机把车挪这边来了……你跟姓贡的提宋海峰的事了吗？很怪，好多天都没见这位宋老兄在省报上露脸了，指不定是出事了……"张大康的一位高级助手一边为他拉开车门，一边低声说道。张大康却只是板着脸，什么话都没说。临开车前，他又最后看了一眼修小眉家那个他太熟悉的窗户，还有那块微微飘拂着的窗帘。这块淡青色的窗帘还是在他的提议下买来的。修小眉喜欢暖色调，喜欢带一点儿非洲黑人风格的强烈色块，但他还是建议她买这淡青色的。"从长远考虑，你需要这份安宁。"他对她这样说，她接受了。这时，有人从修小眉家的窗户里探出头伸出手来，好像是要关窗子了。大概房间里的那帮人也准备撤了。张大康赶紧让司机启动。当车拐过最后一个弯去的时候，他执意地又回过头来看了一眼修小眉家。不知为什么，他心里突然地涌出一股无名的酸楚和哀切，绵绵的……他觉得自己很可能再也看不到这扇窗户了，再也不会踏进这楼门了，很可能再也看不到修小眉了……这种莫名其妙的不祥感，居然像流散的焦油似的，弥漫到了他每一个关节、脏器，使他的四肢灌了铅似的滞重、麻木，心里也一阵阵发虚、发凉……

司机见他迟迟地挺直上身回头探看什么，便有意放慢车速。他却突然发起火来："路口要变灯了，你还不赶快抢过去！"

第七十八章

贡开宸坚持要把潘祥民等老同志写的那份情况报告加印送省委常委审阅，使原意不想把这件事闹大的潘祥民既感意外，又有些难堪。待焦来年走后，办公室里只剩贡开宸和潘祥民两人，贡开宸问："报告已经送中央了吗？"潘祥民说："先跟你这位省委书记通气，再考虑怎么报中央的问题。""我有一个小小的请求，请您向那几位老同志转达：在上报的时候，能不能在材料里不提马扬，只提我。今后在组建大山子集团公司的过程中，不管发生什么样的原则性错误，这个责任，由我一个人来负，不要再牵扯马扬了。老潘，K省出一个人才不容易啊。""你先别这么说，也许中央认为你们的做法是对头的哩？""即便中央不认为我们是错的，有关部门得知，在K省有那么些老同志对马扬有看法，为了缓和矛盾，他们很可能就不考虑让马扬留在K省任职了。这对我们K省还是一个损失啊。所以，无论从哪一个方面来讲，都请你们几位慎重考虑一下，可以向中央反映你们的看法，但不要把马扬再卷进这档子事情里……"

这时，外间屋的电话突然响了起来。去复印那份情况报告的焦来年办完事，赶紧地接电话。接罢电话，他很紧张地闯进来报告："马……马扬出事了……"

贡开宸和潘祥民一下都站了起来。贡开宸忙问："出……出什么事了？"说着，心间一阵针扎似的绞痛，居然就上不来气，他忙捂住胸口，自觉地揉了两下，赶紧把腰也弯了下来。焦来年赶紧上前扶住，问："怎么了？"贡开宸大大地喘了口气："没……没事……"潘祥民忙掏出自备的一小瓶救心丸，嘱咐道："放两颗在舌头底下含着……"贡开宸却推开潘祥民的手，还在强调："我心血管没病。"他试着去挺直腰，赶紧问："马扬到底出什么事了？"

马扬颅内再度出血，病情危急。马小扬跪在马扬的病床前，泪流满面，抓着马扬完全没有知觉的手，轻轻地叫唤着："爸……爸……"一个多小时后，一架标有"八一"军徽和红十字图案的直升机就缓缓降落在大山子医院主楼前的那个广场上了。

"怎么搞的？"贡开宸大步走进医院的急救室，问。黄群忙站起，呜咽着回答道："今天一早，他就说脑袋不舒服……"贡开宸问院长："马主任现在能挪动吗？军区的直升机还在等着。"在马扬的病床前，不便讨论马扬的病情，院长便把贡开宸带到院长室，征询似的看看马扬的主治大夫，让他先拿个主意。主治大夫忙答道："能送军区总院，或省医大附院当然更好……"贡开宸打断他的话："现在还在说这些模棱两可的话？赶快判断一下，到底能不能挪动他？"贡开宸一催，主治大夫便结巴起来："按……按说……按说……"贡开宸不耐烦了："这时候到底能不能挪动他？快下结论。"院长一看这情况，便赶紧接上话头说："最好还是别挪动。可以的话，请军区总院和医大附院脑血管外科方面的专家来帮着抢救……"贡开宸问："在那些大专家到来之前，你们能采取什么措施？"院长说："我们会采取一切我们能采取的措施……"

贡开宸沉吟了一下，然后十分动容地说道："方院长，马扬我就交给你了。拜托。"院长忙说："我们一定尽我们最大的努力……"贡开宸说："不是什么努力不努力的问题，是要保证给我抢救过来。"院长说："这个我们心里明白。您不说，我们也明白。您看……"说着，他撩开窗户上的窗帘。贡开宸看到，在医院主楼前的广场上，已经黑压压地挤满了闻讯前来看望马扬的普通百姓群众。总共有上千人之多。贡开宸心头一热，眼眶湿润了。

这时，有一个人心里特别不好受，她就是马小扬。这一年多，她逐渐地睁开自己心灵的"眼睛"，执拗着想完全从自己的视角来捕捉这个纷乱地涌现到自己面前的世界。她对父母为自己构筑的那条人生道路表示了极大的怀疑，也不甘心被同学和好友说成是"衙内圈"一个坐享其成的"女娇娃"。

她一度甚至都不想再理会父母，甚至想撂下一切出走，到南方去打两年工，或干脆到首都加入那数以十万计的"北漂"大军，尝试一下"混在北京"的生活，以考验自己的生存能力。所有这些想法，不能说都已烟消云散，有一些仍然在激动着这个十七岁的女孩儿，一个外表文静、内心却跟父亲一样蕴藏着一股强大心理能量的女孩儿。但这半年多，她亲眼看到，也亲身感受到——从自己的父亲身上深切地感受到，在中国还是有这样一种人：这样一群人，他（她）们不是一只只整天忙碌着为自己低头啄食的"鸡公""鸡婆"，他（她）们也不是那一类只知道哀叹命运不公而迷茫地把天空和自己的心灵全窒息成灰色的精神阳痿症患者。他们并不万能，但他们决心要把自己融进一个已然前行了千百年的历史行程之中，尽自己一切努力，决心不使这进程中断。他们决心要再一次面对时代的大变迁，说出这样一句能让千古感奋的血泪名言："各国变法无不从流血而成，今中国未闻有因变法而流血者……有之，请从××始！"她开始感受到中国确有这样的真男子、大男子，这样的真女子、大女子。这一刻她忽然觉得，父亲无言的精神注入，也许的确还有许多的不完善，但却是那么的生动和珍贵，那么的须臾不能离弃，同样需要自己去完善、再造。再造中国？再造人生？再造自我？再造一个有趣味的今日和能让多数人轻松前行的明日？她还说不清……此刻，她久久地跪在父亲的病床前，抓住父亲的手，泪流满面地诉说道："爸……您醒醒……您听见我说话了吗？您不是最喜欢我吗？爸……我再不惹您生气了……我一定去参加学校的党章学习小组……爸，原谅我过去所有的任性，原谅您这个长不大的女儿……爸……您一定得挺住……为了我，也为了妈妈，也为了那些来看您的老百姓……"

马扬一动不动地躺着，还处在昏迷之中。他听得到女儿的倾诉吗？大夫说，这时候，他是听不到的。但是，这时却分明从他紧闭着的双眼的眼角处渗出了两颗硕大的泪珠，慢慢地，一点儿一点儿地沿着他越发显得清瘦的脸颊和高突的颧骨，在往下滚动、流淌……

陆军总医院和省医学院脑外科方面的专家教授很快赶到了大山子。在研究对马扬的抢救方案前，大山子医院的院长一边走一边低声吩咐一位主治医生：

"你去看看心血管科这会儿谁在？最好是让他们的科主任马上过来给贡书记瞧一瞧……"

这时，焦来年陪着一位从直升机上走下来的军医匆匆走了过来。院长忙把焦来年拉到一旁，低声问："贡书记过去心脏有问题吗？"焦来年一惊："怎么了？"院长说："你先说，他的心脏过去怎么样？"焦来年说："他的身体壮着哩，每年都查，没问题。各项指标比我们这些四五十岁的都棒！"院长说："不能大意，六十出头的人了。我瞧着他今天有点儿不太对头。你得控制着他一点儿，千万千万……"会诊最后研究决定，就在大山子给马扬做手术，请陆军总院的副院长主刀。一直到做完手术，医院主楼前的空场上还围着不少人。

马扬做手术的时候，贡开宸在手术室门外只待了十来分钟，坐立不安地就找了个借口上外头奥迪车里坐着去了。院长找到焦来年，悄悄跟他说："请贡书记上贵宾室去歇着吧……在车里待着，算怎么回事嘛！"说着，院长就拉着焦来年一起去请书记。焦来年忙伸手阻止道："让他自己在外头待一会儿吧……他可能受不了这场面。这场面让他想起他大儿子。他大儿子牺牲前也接受过同样的抢救，当时他就在手术室门外等着，等了整整十一个小时，最后大夫告诉他，他们尽力了，但抢救还是失败了。他可能是怕再经历这样一次结局……他真的不想再承受一次这样的打击……在他心里，马扬也许比自己那个大儿子还要重要得多……"焦来年说着，低声地哽咽起来。院长心里一热，眼眶湿润了，深叹道："唉，好老头儿……"

这时，从门外的走廊里突然响起一阵阵骚动，有人在外面叫喊着，还有人在跑动。院长和焦来年都吃了一惊。院长远远探望了一眼，忙说："是手术室那边出事了……"说着，就急速向那边赶去。焦来年一把拉住他，恳求道："院长，有件事，你能不能帮个忙……假如真是马扬怎么了，这会儿能不能别告诉贡书记……让我先把他带走……他的心脏无论如何都承受不起这样的一击……"院长沉吟了一下，说道："行。只要你能带得走他，我一定配合你。"

没等他二位赶到手术室，半道上就被一位手术室的护士跑来截住了。那护士气喘吁吁地说道："秦副院长请你们马上过去……"护士小姐说到的"秦副院长"，就是陆军总院的副院长，国内著名的脑外科专家，国家工程院院士。

院长忙问："马主任怎么了？"

护士高兴地说："手术成功了。马主任他醒了，他清醒了！"

院长和焦来年一愣，马上高兴万分地向手术室冲去。大约冲到离手术室还有十来米的地方，他们便听到一个女孩儿激动万分的叫声："爸……爸……爸……"那是马小扬。他们忙上前制止。马小扬却一下扑到院长的怀里，紧紧地抱住院长，跺着脚哭喊着："谢谢伯伯……谢谢伯伯……"

人们簇拥着把马扬推回病房。焦来年便急忙冲出主楼后门，冲到那辆大奥迪车前，完全控制不住地一把去拉开车门，想把天大的喜讯报告给贡开宸。但没等他开口，却一下愣在那里了。他看到，贡开宸仰靠在后座的椅背上，合着双眼，竟然不住地在无声地抽泣着。原来他已经得知手术成功，马扬被平安地抢救过来了。跟随贡开宸这么多年，焦来年真还没见他如此动情过。焦来年的眼眶一下湿润了。他忙轻轻地关上车门，以留出一个足够的空间，让老人独自一人找回自己那份应有的平静和尊严。

过了一会儿——准确一点儿，应该说过了好大一会儿，比如说，十分钟，或二十分钟后，车门终于轻轻地被打开。这一回是贡开宸打开的。

"来年……"他在招呼焦来年。

焦来年忙弯下腰去。贡开宸的眼圈还红着，低声吩咐道："你就不要回省城了……马上接手大山子市市委书记、市长的职务，暂时把大山子开发区主任和开发区党委书记的职务也兼上，让马扬腾出一整块时间好好养一养伤。组织部的吕部长明天会来宣布这个任命。"说到这里，他稍稍地停顿了一会儿，然后，长长地叹了一口气，似乎有许多的留恋，许多的不甘，许多的期待，许多的感喟，说道："来年啊，大山子就交给你了。你要善待这三十万工人，要好自为之。"说罢，奥迪车就启动了。

第七十九章

连续几天，张大康都觉得自己的眼皮在跳个不停。一直没得到宋海峰的准确消息，使他心神极度不安。这么多年，他还没有这么不安过。他心里很明白，给修小眉准备的那六十五万，即便透露了出去，也并不能构成行贿罪，但是前前后后他给宋海峰的那几百万，一旦"穿帮"，那麻烦就大了，检察院的那一帮人肯定要扑上来，死咬住不放。事情的严重性，当然还远不止是宋海峰的这几百万，为了并购大山子的那两个厂子，他上上下下打点，就花去了一千多万。他不敢想象那后果。所谓千里之堤，溃于蚁穴……这么些年来，他提防着，自觉不会发生这样的恶变。"究竟是哪个环节上出了问题呢？"他曾经警告过矿务局原先的那几个领导，让他们不要胡来，千万要沉得住气。天下事，再困难，从来都可以熬得过去的，尤其在中国这个地方。看起来年年在建章立法，在铺摊子，但铺开的毕竟还不能算是一块钢板，暂且还只是个笸箩，面积挺大，气势也挺雄，但就是有漏洞，漏洞还挺多、挺大。只要沉得住气，就像那句成语所说的那样，白驹过隙嘛，偌大一匹蠢马都能找到机会从针鼻儿眼儿里穿过，况且我等这样智商的人呢？但矿务局那几个家伙，当官受人伺候还可以，要他们独立处置一些重大难题往往就抓瞎。"言可言案"案发，他就知道要坏事。事后他狠狠骂了他们一通。他又找到宋海峰，建议他自告奋勇去兼任大山子市的一把手。他知道言可言案发生在大山子，理应由大山子公安局来侦破。他觉得宋海峰完全有那个能力控制一个小小的大山子公安局。只要把这件事挟在胳肢窝底下，再捂个一年半载，他就能把捅出的那一个个漏洞一一抹平、堵上，整个局势就会好转，可能变得平静如初……但没料到，贡开宸觉出蛛丝马迹，把这案子一下转到省公安厅手里，里外切断了所有可能干预此案的黑手，并把怀疑的目光开始盯向宋海峰……这件事，跟宋海峰违规违纪使用郭立明有关。郭立明事件加重了贡开宸对宋海峰的怀疑。贡开宸真是个精明的政治老手啊……

"他们真的在清查宋海峰的问题了？把他'双规'了？"难以抑制的慌乱，一阵阵袭来。"我觉得张总还是去澳洲暂时避避风头为好。"一位高级助手试探着提议。

张大康根本没考虑这些没脑袋的家伙的建议，只是问："你们去找过宋海峰的老婆了吗？"他现在最关心的还是宋海峰到底哪儿去了。那位高级助手说："我们去找了。他老婆说他带队去北京参加什么全国精神文明表彰大会了。可是从北京方面得到的消息说，他根本没在会上露头。"

张大康不安地站了起来。

"但贡志雄跟我们说，他可以找到宋海峰的下落。"

"他什么时候这么跟你们说的？"张大康疑惑地问。

"昨天。""昨天？他怎么知道我们在找宋海峰？""总是我们中的谁跟他说的呗！""谁跟他透露的？""谁？那就不清楚了……""你们肯定他知道我们在找宋海峰？""肯定。"张大康沉默了，正要下令："赶紧去查一查谁在跟这小子联系。让他们别再跟这小子保持联系了……"电话铃突然响了起来。居然是贡志雄打来的，而且找的就是张大康。接电话的助手用征询的目光看了看张大康，想问，接还是不接。张大康迟疑了片刻，突然拿过电话。他要亲自摸摸这小子的底，也许还能探听到有关贡开宸的一点儿动态。

"贡志雄，你还想得起来有我这么个朋友？"他冷笑道。

"您不是在打听宋海峰的下落？想不想见他？"贡志雄开门见山。

"我干吗要打听那些当官的下落？他爱上哪儿上哪儿……你嫂子有消息吗？"

"你少跟我提我嫂子。张大康，在事业上，我尊重你、佩服你，但是，你也得给我留一点儿面子。"

"哎哎哎，我跟你嫂子到底怎么了？"

"少废话。你到底想不想见见宋海峰？"

"你真知道？"

"操！"贡志雄啐了声粗话，居然"啪"地一下把电话撂了。张大康在电话机旁发了一会儿愣，仔细琢磨了刚才贡志雄的每一句话的语气语调，觉得并无大的漏洞，于是又拨通了这小子的手机，走上了自己最后一段不归之路——贡志雄配合省厅专案组的人，把张大康从他的老窝里勾了出来，实施了密捕。

贡志雄平生头一次看到捕人。当他陪张大康走出恒发公司后门，走进大楼后首寂静无人的夹道，他突然感到自己有点儿对不起朋友。霎时间，他脚步便放慢了，稍稍地落在了张大康的后边，下意识地斜过十分复杂、甚至还有一些怜惜的眼光，从背后打量了一下张大康。他油亮乌黑的后发际被高档羊绒大衣里的白衬衣领子衬托着，依然显得那么洒脱。个子要比贡志雄高出半个头的张大康这时走得依然快捷有力。只是在那一刹那间，看到狭窄的便道上停着两辆乳白色的国产汽车，本能告诉他，这儿似乎不该有这样的汽车。机敏的他刚想采取什么防卫行动，说时迟，那时快，从汽车里已经钻出三四个便衣，拿着手铐，上前来了。张大康转身想跑，但想了一想，还是没跑，只是回过头来，神情极其复杂地瞟了一眼贡志雄，然后居然迎着那几个便衣走去了。贡志雄没跟他们一起走。对于张大康，他人生的另一个阶段开始了。几秒钟之间，天上地下，他一步跨越了天堂地狱之间相隔的那十万八千里界线。"人哪，就那么简单……"贡志雄感慨，不禁打了个寒战，下意识地低下头看看自己身前身后的那段水泥路。光洁而灰色的路面并无差别，但这个叫张大康的人就在这并无差异的路面上，越过了自己人生的生死界线啊……

贡志雄在空空荡荡的大楼后门外继续默默地呆站了一会儿，深深地吐了一口气，从裤子口袋里掏出那个镀金的打火机和另外一些张大康送给他的小零碎玩意儿，扔进道旁一个垃圾箱里，然后向便道的出口处走去。

这天晚上，有关方面也报来了修小眉的下落。她失魂落魄地走上过江大桥，正准备从桥上往下跳的时候，被两位路过的民工拦腰抱住，并把她送到附近的派出所。她怎么也不肯说出自己的姓名，让派出所的同志费了九牛二虎的力气，才搞清她的身份。

几天后，组织上通知郭立明，他已经说清了问题，暂时先回家好好侍候妻子生孩子坐月子，等妻子坐完月子，再分配工作。

一个星期后，马扬被送往北京住院治疗。

五个月后，中德合资的坑口电厂在大山子举行了隆重的奠基典礼。差不多同一时间，中央根据贡开宸呈报的方案，批准成立大山子盛业能源集团。马扬已然康复，恢复了正常工作能力，中央同意了马扬的请求，不去外省担任省委副书记，而留在K省任大山子盛业能源集团董事会首任董事长兼首席执行官。

两年后，中国大山子盛业能源集团在海外上市。在那一段日子，马扬在欧美七个国家进行了十八场路演，募集海外资金四十八亿美元。

在那一年的秋天，贡开宸退休。由中央提名并经K省第十一届党代会选举确认，马扬当选为K省新中国成立后的第七任省委书记。退休的第二年，贡开宸重新组织了家庭。新"老伴"还是K省人。

二〇〇二年三月二十五日早晨七点三十五分
改毕于京城莲花池